소설 이승만

우남의 꿈

소설 이승만
우남의 꿈

신용구 지음

비봉출판사

소설 이승만

우남의 꿈

초판 1쇄 발행 _ 2015년 10월 26일
초판 2쇄 발행 _ 2018년 1월 25일

저　자 _ 신용구
펴낸이 _ 박기봉
펴낸곳 _ 비봉출판사
주　소 _ 서울 금천구 가산디지털2로 98. 2동 808호(롯데IT캐슬)
전　화 _ (02) 2082-7444
팩　스 _ (02) 2082-7449
E-mail _ bbongbooks@hanmail.net
등록번호 _ 2007-43 (1980년 5월 23일)
ISBN _ 978-89-376-0429-4 03810

값 16,000원

추 천 사

"울리고 웃기는 재미를 즐겨라. 남는 것은 인생 공부!"

인 보 길(印 輔吉)

뉴데일리 회장, 건국이념보급회
이승만포럼 공동대표

울컥울컥, 떨리는 심장이 눈물을 쏟는다.

푸우푸우, 먹먹한 가슴이 하늘로 치달린다.

소설 이승만 이야기— 타계한 지 50년 만에 소설로 다시 태어난 그의 삶은 읽는 이의 삶을 갈가리 뒤집어 놓는다.

역시 정신과 의사는 다르다. 이미 율곡, 박정희, 안중근 등의 인생 내면을 소설로 펼쳐낸 작가 신용구(정신과 박사)는 이승만의 독창적 정신세계와 자유분방한 영혼을 분석해 그 무한한 창조적 DNA의 디테일을 가장 실감나게 드라마로 이끌어간다.

"이런 사람인 줄 몰랐다, 너무 늦게 알았음이 부끄럽다"는 작가의 말처럼, 작가라면 누구나 소설로 쓰지 않고는 못 배길 이승만의 90평생 세계역사 드라마, 이제라도 한국인 손으로 소설이 되어 나와 정말 다행이다.

1897년 배재학당 졸업식에서 한국 최초의 영어 연설 〈한국의 독립〉 (Independence of Korea)으로 데뷔한 청년 혁명가 이승만, 한국 최초의 일간 신문 창간(매일신문), 한국 최초의 국민 운동권 지도자, 한국 최초의 반(反) 러시아 투쟁, 한국 최초의 국제 필화사건, 한국 최초의 입헌왕국 국회의 원(23세), 한국 최초의 성령 받은 양반 기독교인, 한국 최초의 옥중 학교 운영, 한국 최초의 영한사전 편찬, 한국 최초의 옥중 저서(〈독립정신〉), 번 역서(〈청일전기〉) 저술, 한국 최초의 황제 밀사, 한국 민간인 최초의 미국 대통령 면담, 한국 최초의 미국 명문대 박사, 한국 최초의 미국 대통령 제자, 한국 최초의 남녀공학 실시(하와이), 한국 최초의 비폭력 독립투쟁 (3.1운동), 한국 최초의 임시정부 3곳 대통령, 세계 최초의 공산주의 비판 논문 발표, 한국인 최초의 영어저술(〈Japan Inside-Out〉) 세계적 베스트셀 러, 한국 최초의 반공자유국가 건설 투쟁(해방 3년간), 5천년 민족사 최초 의 자유민주공화국 건국, 세계 최강국 미국을 어르고 달래고 싸우고 활 용할 줄 알았던 세계적 지도자 ……

이승만의 '최초 기록'들은 큰 것만 골라서 나열하기도 숨이 가쁘다. 이승만의 건국정신과 더불어 약소국 지도자의 강대국 다루기 전략전술 은 세기의 명품이다.

그는 드라마 제조기, 아니 그 자신이 드라마였다. 그가 있는 곳에 드라 마가 만들어지고 역사의 반전이 일어났으며, 그의 '최초 기록'들은 그리하 여 하나하나가 소설이요, 연극, 영화, 다채로운 파노라마 스펙터클이 되 었다. 동서양을 알고 세계를 꿰뚫어 새 그림을 그리고 새 역사를 이뤄내 는 인간, 토인비가 말한바 "역사는 집단 운동의 결과가 아니라 비상한 창 조적 천재의 작품"이라는 그 '창조적 천재'가 바로 이승만 아닐 것인가.

이승만의 수십 수백 편의 드라마는 그러나 대한민국 땅속 깊이 아직 도 매장되어 있다.

소련 · 중국 · 일본 · 미국이 파묻었고, 김일성과 김구세력이 파묻었으며, 묻힌 것도 다시 꺼내어 작살낸 뒤 또 파묻는다. 권력을 나눠 주지 않는다며 등 돌렸던 한민당의 후예들이 지금까지 이승만을 증오해 온 것이 대한민국 현대사의 쓰레기통 속이다. 이 순간에도 남북한의 친공 반미 세력은 통일전선을 이루어 '대한민국 이승만 죽이기'에 밤낮이 없다.

이를 저 죽는 줄도 모른 체 구경만 하는 대한민국! 이승만의 자유민주 시장경제 덕분에 부자가 된 이 나라는 태연하게 〈건국 생일도 모르는 사생아 국가〉임을 정부가 전 세계에 공표하며 낄낄거리는 비정상 변태 국가로 유유자적하고 있다.

갈수록 태산……. 이승만이 미국의 살해 협박 속에 불굴의 '1인 전쟁'으로 탄생시켰던 대한민국의 생명줄 한미동맹마저 흔들흔들, 국가보위 책임자 대통령이 앞장서서 〈전작권 환수 = 한미연합군사령부 해체〉를 진행하고 있는 판이다. 한미동맹을 제 손으로 끊어버리는 대한민국은 몇 년이나 살아낼 수 있을까? 시진핑이 살려 줄까? 아베가 도와 줄까? 지난 세월 정나미 떨어진 미국의 마음은 70년 전처럼 한국을 떠나가고 있다.

소설 이승만 〈우남의 꿈〉부터 읽었으면 좋겠다. 우선 '울리고 웃기는 재미'를 즐겨라. 다 읽고 나서 "역사에서 배우지 못하는 민족은 역사의 심판을 받고 역사에서 사라진다"는 반성문을 일기장에 적어보는 것도 좋으리라.

추 천 사

박 상 증

민주화운동기념사업회 이사장
전 참여연대 공동대표

올해는 우리 민족이 일제의 압제로부터 해방되고 70년이 되는 해이며, 우리 힘으로 민주공화국을 세운 지 67년이 되는 해입니다.

그동안 우리는 산업화를 통해 세계적으로 '한강의 기적'이라 불리는 경제성장을 이루었고, 민주화를 통해 시민의 권리를 한껏 높여왔습니다.

그러나 우리는 여전히 지속적으로 경제를 성장시키면서 한편으로는 성장과정에서 소외되고 뒤쳐진 우리의 이웃을 보듬어야 합니다. 이념, 세대, 지역 등 우리 사회의 다양한 갈등요소를 해소하는 것은 물론 우리 사회 갈등의 주요한 원인인 남북분단을 해소하고 통일을 이루어야만 하는 복잡다단(複雜多端)한 상황에 놓여 있습니다.

혹자는 우리 사회의 이런 저런 갈등을 수면 아래로 눌러온 경제성장률이 떨어지고, 여러 갈등 요소들이 표면화되고 있다는 이유로 한국 사회의 위기와 추락을 경고하기도 합니다.

그러나 하나님의 역사 속에서 세계를 놀라게 한 기적의 역사, 성공의 역사를 이루어온 우리 민족은 앞으로도 이러한 위기를 슬기롭게 극복할 것으로 믿어 의심치 않습니다.

위기극복을 위해서는 우리의 어제를 성찰함으로써 앞선 이들로부터 지혜와 용기를 구해야만 합니다. 그리고 이러한 성찰은 특히 우리 역사 속에서 심각하게 훼손된 건국의 역사, 그리고 자신이 세운 나라에 돌아올 날만을 기다리다 하와이의 한 요양병원에서 쓸쓸히 서거한 우리의 건국대통령 우남 이승만 박사를 제 자리로 돌려놓는 일에서부터 시작되어야만 합니다.

우남 이승만 박사 혼자의 힘으로 해방을 이루고 나라를 세운 것은 분명 아닙니다. 그러나 그 누구보다도 우남 이승만 박사의 공이 컸다는 것은 부인할 수 없는 사실입니다. 오늘날 우리가 이룩한 경제성장과 튼튼한 안보, 그리고 번영의 토대를 만든 우남 이승만 박사의 선견지명과 우국헌신의 노력에 경의를 표합니다.

올해는 건국대통령 우남 이승만 박사께서 서거하신 지 50주년이 되는 해이기도 합니다. 이러한 의미 있는 해에 때마침 우남 이승만 박사를 주인공으로 하는 소설이 출간되었습니다. 그동안 몇 권의 소설을 저술한 작가이자 의사인 신용구씨의 노력에 의해 우리의 건국대통령 우남 이승만 박사가 우리 곁으로 다가오신 것입니다.

여러 가지로 어려운 시기에 우남을 소설로 재탄생시킨 작가의 용기와 노력에 독자를 대신하여 감사의 뜻을 전합니다. 이 소설이 그동안 왜

곡되고 짓밟혔던 우리의 건국대통령 우남 이승만 박사를 많은 이들로 하여금 제대로 이해하고 평가하게 하는 중요한 계기를 제공할 것으로 믿어 의심치 않습니다.

건국대통령 우남 이승만 박사를 추모하며

2015. 7. 23.

머 리 말

해방 70년, 건국 67주년을 앞두고 전직 대통령에 대한 논쟁이 한창이다. 그 논쟁의 한 가운데 서 있는 사람이 초대 대통령 이승만이다.

이승만이 실각한 이후 그에 대한 토론은 군사정부를 거치면서 거의 금기시되어 왔고, 그에 대한 세간의 인식은 단연 3.15 부정선거와 4.19 혁명에만 집중되어 그에 대한 평가는 매우 부정적이었다.

쿠데타로 정권을 잡은 군사정부가 권력의 정통성을 확보하기 위해 이승만을 희생시키고 상해임시정부라는 겉옷으로 치장을 하려 들었기 때문이라는 것이 지금까지의 학계의 정설이다.

세상이 바뀌어 근래 들어서는 이승만에 대한 연구도 상당히 활발하게 이루어지고 있다. 하지만 대다수는 그의 업적을 연구하고 찬양하는 글들이 많고 내용도 상당히 전문적이어서 일반 독자들이 이승만을 알기에는 벽이 느껴진다.

이 글은 이승만에 대한 첫 번째 소설이다. 그래서 이승만을 알고 싶은 독자들에겐 갈증을 푸는 데 얼마간 도움이 될 수 있을 것이라 생각한다.

나는 정신과의사로 한국의 사회정신병리 문제를 역사심리적인 관점에서 고민을 하면서 한국의 중세에 해당하는 조선 중기 이후부터에 관해

꾸준히 소설을 써왔다.

첫 번째 소설은 조선사회의 개혁을 이끈 율곡의 혁명기를 다룬 소설 '격몽'이었고, 박정희의 내면 심리를 다룬 그의 심리성장소설 '나, 박정희', 사랑과 용서를 주제로 한 안중근 소설 '대의', 임진왜란 당시 진주성 전투를 다룬 소설 '애나'에 이르기까지 소설을 통해 사회가 안고 있는 본질적인 문제를 주로 다루어 왔다.

나는 아주 우연한 기회에 이승만에 대한 글을 쓰게 되었다. 친구의 소개로 어느 유명한 정치인 한 분을 사석에서 만났다. 개인적으로 존경하는 분이라 한 번 만나보고 싶은 마음이 있었다.

그분 말씀이, 자신은 이승만 대통령을 매우 존경한다고 했다. 공사석을 막론하고 그분을 국부로 존경한다고 서슴없이 말하고 다닌다고 했다. 나는 갸우뚱하며 물었다. 언뜻 이해가 되지 않았기 때문이다.

"그러면 표가 떨어질 텐데요?"

"그것 때문에 표 떨어진다면 어쩔 수 없지요. 옳은 건 옳은 것 아닌가요?"

나는 그분의 대꾸에 할 말이 없었다. 틀림은 없는데 틀린 것 같았기 때문이다. 암만 그래도 정치를 하려면 입에 침도 바르고 적당히 둘러대어 사람들의 귀를 간질이는 거짓말도 해야 하는데 그분은 그게 싫은 모양이었다.

아무튼 나는 그분이 준 영감 때문에 이승만에 대해 관심을 갖게 되었고, 또 내 글이 중세 조선에서 현대로 넘어오는 과정에 있어 이승만은 내가 다루고 싶은 대상으로는 적격이었다.

그런데 이승만에 관한 자료를 접하면서 나 자신조차 그를 너무 모르고 있었다는 사실을 알고는 너무 놀랐다. 글 좀 쓰고 역사와 사회문제에 제법 관심이 있다고 자부심을 갖고 있던 나로서는 부끄럽기 짝이 없었다. 내 스스로가 소경 코끼리 만지듯 하고 있었던 것이다.

이 때문에 그때부터 정신을 바짝 차리고 나는 이승만을 진지하게 탐구했고, 이를 토대로 그의 인생을 한 땀 한 땀의 바늘로 옷을 짓 듯이 차분히 적어 내려갔다. 내가 만나본 이승만은 적어도 왜곡된 역사 인식의 희생양이 된 느낌이 강했다. 하지만 이승만에 대한 판단은 오로지 독자들의 몫일 뿐이다.

글을 끝내면서 채 마치지 못한 숙제를 다 한 듯 개운함을 느끼면서도 이 글이 제대로 된 작품인지 자신이 없다. 허물이 있다면 언제든 독자들의 따가운 회초리에 내 종아리를 내 놓을 각오와 자신은 서 있다.

해방 70주년, 건국 67주년을 맞아 내놓은 이 책이 이승만에 대한 독자들의 이해를 돕는 데 작은 도움이 된다면 더 이상 바랄 게 없다.

2015. 5.
안양 진료실에서
신용구

목 차

목 차

유 폐

I

하와이 호놀룰루 마키키 가(街) 2033번지, 하얀 칠이 된 작은 2층 목조주택 앞에 검정 세단이 아침 햇살을 가르며 조심스럽게 미끄러져 들어왔다.

등이 구부정하고 볼이 쭈글쭈글한 백발의 노인이 3평 남짓한 좁은 거실의 칠이 벗겨진 검정 소파에 앉아 차가 현관으로 들어오는 광경을 까만 눈을 반짝이며 유심히 지켜보고 있었다. 세월에 빼앗긴 볼품없이 쪼그라든 그의 빠짝 마른 가슴에 벅찬 흥분의 감정이 일더니, 얼굴이 능금같이 붉게 달아올랐다.

어느 틈엔가 늘어진 그의 눈가도 촉촉이 젖었다. 한눈에 보아도 그는 여든은 족히 넘어 보였다. 나무껍질 같이 피부가 거칠고 쭈글쭈글한 그가 곁에 다소곳이 앉아 있던 아내에게 따뜻한 눈길을 던지며 그녀의 손을 살짝 잡았다.

"프란체스카, 이제 가는 거야!"

"……"

오스트리아 출신인 그의 아내 역시 가슴이 먹먹해진 탓인지 눈시울만 붉힌 채 말을 잇지 못했다. 대신 깡마른 손에 힘을 주며 남편의 손을 꼭 쥐었다.

"당신 그간 고생 많이 했어요. 어깨는 괜찮아요?"

"아냐, 고생은 무슨……, 고생은 당신이 했지, 난 괜찮아, 이젠 아픈데도 없어, 멀쩡해, 다 좋아졌다고!"

그는 아내의 눈에 짙게 드리워진 그녀의 걱정이 기우라는 듯 두 팔을 번쩍 들어 팔을 휘휘 휘저었고 그녀를 바라보며 겸연쩍은 표정으로 배시시 웃었다.

아내를 바라보는 그의 눈빛이 너무 선해 보여, 마치 사랑하는 엄마를 바라보는 아이의 순수한 눈을 닮은 듯했다. 눈빛만으로도 이들 노부부의 사랑이 얼마나 애틋한지 어렵지 않게 짐작할 수 있었다.

노인이 아내에게 보낸 한없이 부드러운 눈빛은 아내에 대한 그의 사랑을 말하는 것이기도 했지만, 한편으론 아내에 대한 자신의 사과를 전하는 눈빛이기도 했다.

그는 석 달 전 발을 헛디뎌 계단에서 굴러 어깨를 크게 다쳤는데, 약 때문에 이 노부부는 홍역을 치렀다.

그는 평소 약 먹는 걸 아주 싫어했다. 디프테리아에 걸린 어린 아들에게 치료 한 번 제대로 시켜주지 못하고 미국에서 허망하게 떠나보낸 아버지로서의 무능에 대한 죄책감이 그를 괴롭히고 있었기 때문이다. 그의 아들은 7대 독자였다.

그가 약 먹는 걸 몹시 꺼려한 탓에, 약을 먹는 시간이면 어김없이 쫓고 쫓기는 숨바꼭질이 두 사람 사이에 벌어졌다. 그는 자물쇠를 채운 듯 입을 굳게 다물었고, 그의 아내는 그의 입을 벌리기 위해 읍소와 통사정을 하며 전쟁 같은 난리를 쳤다. 시집살이도 이런 시집살이가 없었다.

이 소동 덕에 그의 아내는 지난 3개월 새에 십 년은 더 늙어버린 것 같았다. 아름다운 금발이 백발로 변해 있었다.

쓸데없는 약 투정으로 늙은 아내의 애를 태우다 못해 온종일 진을 빼게 해 파김치로 만들곤 했던 성미 고약한 이 노인은 대한민국 초대 대통령 이승만이었다.

그는 이미 구순(九旬)을 목전에 두고 있었다. 몸은 왜소하고 등은 굽고 탄력 잃은 얼굴에는 저승꽃이 만발했다. 창백한 안색은 얼핏 보기에도 병색이 깊어 보여 그의 인생이 얼마 남지 않았음을 어렵지 않게 짐작할 수 있었다.

이런 노쇠함에도 불구하고 해방 정국 이후 대내외의 거센 도전과 위협을 물리치고 12년간이나 굳건히 권좌를 지킨 그의 얼굴에는 범접할 수 없는 위엄이 가득했다.

꼭 다문 입술과 별같이 빛나는 형형한 눈빛은 여전히 그가 그 어디에도 비견될 수 없는 강인한 의지의 소유자라는 사실을 일깨워주기에 부족함이 없었다.

병 치료를 위해 한 달 가량 휴양차 하와이로 오느라 거의 빈손으로 오다시피 한 하와이에서 뜻하지 않게 발이 묶여 고국으로 돌아가지 못하게 되자 그는 지독한 그리움과 우울의 늪에 빠져 허우적댔다. 한동안 망연자실했던 그가 언제 그런 때가 있었냐는 듯이 까맣게 잊은 채 실눈을 하고 어린아이처럼 해맑게 웃고 있었다.

조국을 떠난 지 20개월 만에 꿈에 그리던 한국 땅을 다시 밟을 수 있게 되었다는 사실에 가슴이 설렌 것이다. 그의 마음은 바삐 달음박질을 쳐서 이미 태평양을 건너 한국에 가 있었다.

'지금 들에는 밀과 보리가 한창 자라고 있겠지?'

'제발 올해는 굶어죽는 국민들이 없어야 할 터인데'

'내가 하야하지 않았으면 어찌되었을까? 죄 없는 학생들과 국민들이 많이 다쳤겠지? 그래 하야는 정말 잘 한 거야, 우남, 자네 말이야, 자네

정말 잘 했어, 자넨 멋있는 사람이야, 자넨 사내대장부라고, 암.'

이런저런 상상에 잠시 마음을 빼앗겼던 그가 갑자기 무슨 생각이 들었는지 정신이 번쩍 나서 눈을 휘둥그렇게 하고는 민망한 기색으로 아내에게 나지막이 말했다.

"프란체스카, 이제, 한국 가면 절대 당신 속 썩이지 않을 거야, 내가 맹세할게."

그는 자신보다 스물다섯이나 나이가 적어 늘 젊다 못해 어리다고만 생각했던 아내가 새삼 부쩍 늙어 있다는 사실을 발견하고는 깜짝 놀랐다. 언제나 청춘일 거라 생각했던 아내였다. 세월도 그녀를 비껴갈 거라 생각했다.

그런데 그의 아내는 무척 늙어 있었다. 오래된 화병의 시든 꽃처럼……. 성성한 백발, 탄력 없이 늘어진 볼, 처진 입꼬리, 그의 눈에 비친 아내의 외모는 초라했고, 심지어 노인의 체취마저 물씬 풍겼다. 그는 이 모든 게 믿어지지 않았고, 아내의 성급한 노화가 자기 탓이라 여겨졌다. 그는 언제나 자신의 감정에만 정신이 팔려 아내에게는 쥐꼬리만한 눈길도 주지 못했다고 자책했다.

그는 자신의 성격이 유별나다는 걸 잘 알고 있었다. 그는 자신의 믿음에 대해 확신이 강했고, 믿음과 소신에 대해서는 타협을 몰랐다. 이 탓에 사람들은 그를 황소고집이라거나 씨알도 안 먹히는 아주 피곤한 똥고집이라 불렀다.

어떤 이들은 그를 열정적이라 말하고, 어떤 이들은 앉은 자리에 풀도 나지 않을 만큼 인색하고 독선적인 인간이라 비난하는 이들도 있었다. 아무튼 그에 대한 대체적인 사람들의 인상과 평가는 무척 까다롭고 골치 아픈 사람이라는 것이었다.

웬만한 사람이라면 참고 견디기 힘든 복잡한 이 노인의 다채로운 성가신 요구를 군소리 없이 다 받아주고 지난 30년 동안 묵묵히 그의 곁을 지키며 고락을 같이 해온 여자가 그의 아내 프란체스카였다.

학수고대했던 환국(還國)을 앞두고 제정신이 돌아오자 그는 그간 무심결에 보아 넘긴 아내의 모습이 하나 둘 눈에 들어왔다. 그는 벽안(碧眼)의 아내에게 말할 수 없이 미안했고 또 고마웠다. 약 때문에 아내의 속을 태운 자신의 철없는 행동도 후회가 되었다.

그가 싱긋 웃으며 때늦은 사과와 약속의 의미로 자신의 새끼손가락을 아내에게 내걸려고 하자, 그의 아내는 짓궂은 표정으로 그의 손을 슬쩍 밀쳤고, 그가 아내의 예쁜 면박에 멋쩍어 하며 어깨를 으쓱했다.

"이봐, 모두 잘 봤지! 늙으면 다 구박덩어리가 되는 거라고, 늙어서 밥술이나 얻어먹으려면 눈치껏 살아야 해, 나처럼 겁 없이 살다가는 나중에 고생 바가지로 할 거야, 마누라한테 잘 해, 마누라한테, 알았나!"

이 노부부의 익살스런 장난을 지켜보던 이승만의 양아들 이인수, 그의 열렬한 후원자로 하와이에서 조경 사업으로 성공한 한인 사업가 월버트 최씨, 그를 피붙이같이 따르는 양복점 사장 최백렬이 호탕하게 껄껄 소리 내어 웃었다. 인기척이 끊긴 채 적막과 고요에 잠겨있던 마키키 가(街) 2033번지에 봄날 같이 화사한 웃음꽃이 활짝 피었다.

2

이승만은 검정 양복을 말쑥하게 차려입은 하와이 주재 한국 총영사가 현관문을 열고 들어서자, 요란하게 손짓 하며 백년손님 대하듯 그를 반갑게 맞았다.

"총영사, 어서 오게, 이리 와 자리에 앉게나!"

귀국을 앞둔 마당이라 그의 목소리는 젊은이처럼 힘이 넘쳤다. 그는 때묻은 지압용 호두알을 만지작거리며 총영사에게 가만히 물었다.

"그래, 몇 시 비행긴가?"

"각하, 저……"

총영사는 이승만의 얼굴을 보지 못하고 눈을 내리깐 채 말을 못하고 머뭇거렸다. 그의 표정은 어딘지 모르게 어둡고 형언할 수 없는, 난감한 모습이었다.

이상한 낌새를 챈 노인의 머릿속으로 불현듯 불길한 생각이 스쳐 지나갔다. 노인은 자신의 인생의 깊이만큼이나 눈치가 빨랐다. 그의 육감과 직감은 하도 특별해 귀신도 따르지 못했다.

쾌활했던 아까와는 달리 노인의 얼굴에 웃음기가 한순간에 가셨다.

"무슨 일이 있는가?"

머리를 조아린 채 이승만의 눈치를 살피던 총영사가 어렵사리 입을 뗐다

"각하, 이번에는 힘들 것 같습니다."

"……"

"혁명정부가 각하의 환국을 허락하지 않습니다."

"이유가 무언가?"

"정확히는 모르겠습니다."

총영사의 전언에 이승만은 짧은 신음소리를 내고는 두 눈을 질끈 감았다. 냉탕과 온탕을 오가며 서서히 갈라지는 유리거울처럼, 기쁨과 슬픔, 환희와 절망이 교차하면서 노인의 얼굴이 극심한 고통에 조각조각

일그러지고 있었다.

그의 가족과 지인들은 다시 실의에 빠지는 노인을 보면서 가슴을 졸였다. 하지만 그들은 노인의 심기를 헤아려 말을 아꼈다. 가장 가슴 아픈 사람이 노인이기 때문이고, 어떤 말로도 그에게는 위로가 되지 않음을 모두가 알고 있었기 때문이다. 백약이 무효일 땐 그저 흐르는 시간에 일을 맡겨두는 게 상책이었다.

이승만은 군사정부의 입국 불허 방침에 치미는 분노를 간신히 가라앉힌 다음 총영사를 매섭게 쏘아보았다. 핏발이 성성한 그의 눈엔 통한의 빛이 가득했다. 그는 본국의 군사정부를 꾸짖듯이 말했다.

"총영사, 대체 대한민국은 누가 세웠지?"

"당연히 각하이십니다."

"그런데 내가 왜 못 가는 것인가?"

"각하, 죄송합니다."

"대체 내가 무슨 죄를 지었지? 프란체스카, 대체 내가 무슨 잘못을 한 거지? 내가 죽을죄를 짓기라도 했다는 건가? 내가 왜 내 나라 내 땅에 내 맘대로 갈 수 없다는 거야, 내가 왜?"

감정의 격앙과 함께 노인의 목소리가 차차 높아지더니 그가 토해내던 피 끓는 원망과 분노가 기어코 자조적인 비탄의 절규로 변했다.

"난, 이곳에 잠시 쉬러 왔을 뿐이야. 누가 날 보고 망명자라는 거야? 내가 국고를 유용했다고? 집도 절도 없는 무일푼인 내가, 참 기가 막혀서……."

그가 넋이 나간 표정으로 말없이 눈물을 흘리다 허탈하게 웃자, 가족과 지인은 물론이고 하와이 총영사까지 어깨를 들썩이며 눈물을 훔쳤다. 그들은 모두 그의 억울한 처지를 동정하고 진심으로 애통해 했다. 이것은 단순히 혈연이나 친소관계 때문은 아니었다. 한국 정부가 그를 기소한 이유가 너무도 어이없는 것이기 때문이다.

3.15부정선거에 책임을 지고 그가 대통령직에서 하야한 후 요양삼아 잠시 하와이에 나와 있을 무렵, 집권 12년 동안 그가 1990만 달러에 달하는 국고를 유용했다는 혐의를 씌워 한국 정부가 느닷없이 그를 기소한 것이다.

그는 신앙심이 깊었고 평생 청교도적인 자세로 청빈한 삶을 살아 숫제 돈과는 담을 쌓은 사람이었다. 그의 수중에는 당연히 한 푼의 돈도 한 뼘의 땅도 없었다. 하와이 생활도 말할 수 없이 곤궁해 그를 사랑하는 지지자들의 도움으로 겨우 입에 풀칠만 하고 있었다.

그의 어려운 형편을 말하기라도 하듯 거실에 있는 물건들은 하나같이 성한 것이 없었다. 가구들은 좀이 슬었거나 군데군데 패였고, 빛바랜 선풍기는 모터가 다 되었는지 소리가 아주 시끄러웠다.

동포들은 하와이에 온 대통령에게 신상품을 선물하고 싶어 했지만, 그는 동포들에게 폐 끼치는 게 싫어 동포들의 호의를 마다하고 그들이 쓰다 버리려든 중고 물품만 받아 살림을 차린 탓이었다.

그는 한국정부가 자신을 국고 유용 혐의로 기소했다는 소리를 듣고 코웃음을 쳤고 귀국해서 자신의 결백을 법정에서 증명해 보이겠다고 귀국 채비를 서둘렀다.

하지만 그를 기소한 한국정부는 정작 그를 체포해 법정에 세우려고 하기보다는 그의 귀국을 막는 데만 혈안이 되어 있었다. 이 탓에 그를 부패혐의로 기소한 당국의 저의가 의심스러웠다.

범죄 혐의를 받고 있는 피의자는 수사를 받고 싶다며 귀국을 간절히 원하고 있는데, 마땅히 그를 조사해야 할 수사당국은 그의 귀국을 결사적으로 가로막는 실로 웃지 못할 해괴한 장면이 벌어지고 있었다. 코미

디도 이런 코미디가 없었다.

아무튼 그는 한국정부의 귀국 불허 방침 덕분에 자신의 의지나 의사와는 전혀 상관없이 영어의 몸이 되어 고도 하와이에 발이 묶이고 말았다.

"내가 도둑놈이라고……."

주절주절 넋두리를 늘어놓는 애타는 그의 마음을 알아주기라도 하듯 그가 뜰에다 심어놓은 개나리와 진달래가 창가에 꽃잎을 흐드러지게 뿌려댔다.

3

이승만이 애완견 해피를 안고 까치발을 한 채 도둑고양이처럼 살금살금 2층 침실을 내려왔다. 그가 부엌으로 가서 떡국을 끓이고 있던 아내에게 귀엣말로 소근 거렸다.

"프란체스카, 지금 아무도 없어, 빨리 가자!"

"여보!"

"빨리 가자니까 뭐하고 있어!"

주변에 감시꾼이 득실거리기라도 한 양 그가 잔뜩 긴장된 얼굴을 하고 초조한 눈빛을 그녀에게 던지며 손을 슬쩍 잡아끌었다. 그녀는 물 묻은 손을 앞치마로 닦고는 이맛살을 찌푸린 채 그를 가만 지켜보다가 한숨을 쉬었다. 그늘진 그녀의 얼굴엔 낙심한 기색이 역력했다.

한국 정부의 귀국 불허 통보를 받은 이후, 그 충격 탓인지 별안간 그의 정신이 흐려졌고 이따금씩 전에 않던 뜬금없는 행동을 해 그녀를 당황하게 만들었다.

그는 아내의 당혹스러워하는 마음은 조금도 아랑곳하지 않고 칭얼거리는 아이처럼 눈살을 찌푸리고 자꾸만 아내의 손을 성가시게 잡아끌었다. 그의 한 손엔 검정가방이 들려 있었다.

"이건 뭐예요?"

"돈이야!"

"무슨 돈이요? 이리 줘 봐요."

신주단지 모시듯 그가 손에 꽉 움켜 쥔 검정 비닐 가방을 그녀가 슬그머니 낚아채자, 그가 소스라치게 놀라며 뒷걸음질 치고는 눈에 불을 켜고 사납게 그녀를 쏘아보았다.

"이 도둑년, 어디 이 돈을 훔치려고 이 나쁜 년!"

"여보!"

"그래 이 나쁜 년, 너 혼자 잘 먹고 잘 살아라!"

그는 흥분해서 느닷없이 손바닥으로 아내의 어깨를 힘껏 후려치고는 가방을 바닥에 내동댕이친 후 후다닥 2층으로 올라가버렸다. 가방 안에서 깡통, 철사뭉치, 고철덩어리가 쏟아졌다. 한국행 비행기표 살 돈을 마련한다고 그가 마을 인근 길가에 버려진 것들을 주워 모은 것들이었다. 정원 귀퉁이의 양동이에는 아무도 사 가지 않는 녹슨 고철이 수북했다.

그녀는 남편이 사라진 이층 계단을 올려보다 눈가에 자작하게 고인 물기를 앞치마로 찍어 훔치고는 부엌바닥에 쪼그리고 앉았다.

바닥에 쏟아져 사방에 널린 고철을 그녀가 바구니에 주섬주섬 주워 담고 있는데 아무 일도 없었다는 듯이 그가 잠시 후 휘파람을 불며 내려왔다.

"뭘 하고 있어?"

"보면 몰라요!"

"하지 마, 힘들어. 내가 정리할 테니 당신은 쉬어요."

혼미했던 그의 정신이 다시 돌아와 있었다. 예전의 그와 조금도 다름 없었다. 그는 그녀에게 한없이 부드럽고 다정다감했다. 원래 그는 여자 와 약자에 대한 배려를 아는 멋진 신사였다.

그가 아내에게 싱긋 눈웃음을 치고는 바구니를 들고나갔다. 입술을 살짝 깨문 채 남편을 물끄러미 바라보는 그녀의 주름진 눈에 눈물이 핑 돌았다. 그녀는 남편이 놀랄까봐 쏟아지려는 눈물을 간신히 참고 있었 다.

그녀는 이런 일을 겪을 때마다 십년감수하는 기분이었다. 남편의 정 신이 돌아온 것은 다행이지만, 이 불안정한 평화가 얼마나 오래 갈 수 있 을지 알 수 없어 마냥 불안했다. 지금 그녀에게 바램이 있다면, 그것은 남편의 온전한 정신이 조금이라도 남아 있을 때 한국으로 돌아가는 것뿐 이었다.

그러나 얼마나 가망이 있을까. 한국정부의 인색한 태도로 보아서는 눈곱만치도 기대를 않는 게 나았다. 그녀는 상념을 떨쳐내듯 고개를 가 로 저은 후 남편을 위한 기도를 올리고는 그가 좋아하는 떡국을 그릇에 담다가 그의 외마디 비명에 놀라 그릇을 바닥에 떨어뜨렸다.

"아!"

그녀는 얼핏 불길한 예감이 들어 그릇이 산산이 부서져 어지럽게 튀 어 바닥에 지저분하게 널린 떡국을 뒤로 한 채 후다닥 밖으로 뛰쳐나갔 다.

이승만은 정신을 잃고 뜰에 쓰러져 거친 숨만 가쁘게 몰아쉬고 있었다. 그녀는 콩닥거리는 가슴을 진정시키며 침착하게 트리폴리 육군병원의 구급차를 불렀고, 구급차는 전화를 받은 지 20분 만에 달려왔다.

이승만은 뇌출혈에 따른 응급수술을 받았지만 나흘이 흐르도록 의식
이 없었다. 그녀는 온종일 조바심 하면서 중환자실 앞을 서성이다 회진
을 하고 나서는 주치의를 복도에서 만났다. 아일랜드계 미국인인 그는
이승만을 잘 알았고 이승만을 존경했다. 그는 혼신의 힘을 다해 그를 치
료하고 있었다.

"박사님, 그이가 살 수 있을까요?"

"마담, 죄송합니다. 대통령께서는 연세도 있으시고 혈종도 너무 컸습
니다. 우리 같이 기도합시다."

주치의는 자신의 힘이 미치지 못해 참으로 안타깝다는 듯 그녀에게
애잔한 눈길을 보내며 조용히 목례를 하고는 그녀의 시야에서 서서히 멀
어져 갔다.

인공호흡기를 꽂은 그의 몸에는 거미줄 같은 링거 줄이 어지럽게 주
렁주렁 매달려 있었다. 그녀는 의자를 끌어다 그의 침대 곁에 앉아 그의
손을 잡았다. 아직 남편의 의식이 돌아오지 않았지만 그녀는 남편이 잠
시 잠을 자고 있는 것이라 생각하며 그에게 조용히 말을 걸었다.

"여보, 내 말 들려요? 당신 앞으로 더도 말고 덜도 말고 10년만 더 살
아요, 당신 독립운동하고 나랏일 한다고 한 번도 편히 쉬어 본 적이 없잖
아요. 온갖 시름 다 잊고 우리 두 사람 오순도순 정겹게 살아봐요.

5년 전 영주 부석사 갔을 때 절 마당에서 당신 손잡고 빙빙 돌았던
거 생각나죠? 아기처럼 좋아하던 당신 모습이 눈에 선해요. 늙은이라고
생각했던 당신에게 그런 동심이 남아 있다는 게 난 참 신기했어요. 그리
고 내가 결혼을 참 잘 했다는 생각도 했어요.

여보, 이제 우리 아무도 의식하지 말고 우리 두 사람만 생각하면서
하늘을 훨훨 나는 새처럼 자유롭게 살아봐요, 나 혼자 내버려두고 당신

홀로 훌쩍 떠날 생각은 아니죠? 그렇죠?

만약 그리하면 당신은 날 배신하는 거예요, 아주 나쁜 사람이 되는 거라고요! 우리가 날 때는 다르게 태어났지만, 떠날 땐 손깍지 하고 같이 가기로 약속했잖아요?

당신 다른 약속은 안 지키셔도 돼요, 하지만 이 약속만은 꼭 지키셔야 해요, 어서 털고 다시 일어나 당신이 그리워하는 서울로 가요, 여보,"

그녀의 따뜻한 기도가 그의 잠든 영혼을 일깨운 것인지 어느 틈엔가 이승만의 눈에 눈물이 고이며 시퍼런 핏줄이 선명한 그의 손이 꿈틀거렸다. 그의 머릿속에 그날의 기억이 새벽 물안개처럼 아련하게 피어오르고 있었다.

청년운동가

I

청·일 전쟁에서 승리한 일본과 일본의 세력 확장을 경계하고 견제하는 러시아의 맞불작전이 충돌하여 조선반도는 어느 순간부터 한판 승부를 건 두 나라의 치열한 각축장이 되었고, 고래싸움에 새우 등 터지듯 두 나라의 거센 알력 다툼에 조선은 말 그대로 망신창이 신세를 피할 수가 없었다.

외국 열강들에게 경제적 침탈을 당한 것은 말할 것도 없고 조선의 궁궐에서 황후까지 일본 낭인들에게 무참하게 살해당하는 능욕을 당했다. 이런 나라의 앞날을 두고도 위정자들은 제각기 자기 살길만을 찾아 핵분열을 일으켰다. 콩가루 집안이 따로 없었다.

이 때문에 의식 있는 백성들은 이 혼란의 시대를 몹시 걱정하며 이를 종식시키고 극복하여 나라의 독립을 굳건히 하는 방안을 찾는 데 절치부심했다.

이때 때맞추어 세상에 나타난 것이 미국 의사 서재필이 설립한 독립협회였다. 독립협회는 한국 최초의 근대적 정당 설립을 목적으로 서재필이 결성한 단체인데, 독립협회가 펼친 자주민권 운동은 시대적 요구에 절묘하게 맞아떨어지면서 협회 설립 2년째인 1898년(광무2) 무렵에는 백

성들의 열화 같은 지지를 받아 회원수가 기하급수적으로 늘어 독립협회
의 기운과 활동이 절정에 달했다.

독립협회는 처음에는 정부를 상대로 조언과 충고를 하며 내정 개혁
을 도모하다가 독립협회를 설립한 서재필과 정부 사이에 갈등이 생기면
서, 협회는 눈길을 돌려 나라의 주인인 백성들을 직접 계몽하고 교육하
는 쪽으로 사업의 방향을 틀었다.

그 첫 번째 사업이 연초 3월에 종로시전에서 벌인 만민공동회(萬民共
同會)였다. 하지만 협회는 정부와의 갈등을 우려해 전면에 나서지 않고,
대신에 이승만을 비롯한 배재학당과 경성학당 출신의 전도유망한 청년
들을 전면에 내세워 민권증진 운동에 나섰다.

한국 최초의 공개 정치토론장이 된 이 모임에서 그들은 러시아의 재
정고문과 군사교관의 철수를 정부에 공개적으로 요구했다.

이 모임은 오랜 악습으로 내려오던 사농공상(士農工商)이란 신분차별
의 제도가 철폐된 직후에 벌어진 일이어서 백성들의 참여 열기가 뜨거웠
다.

특히 철저한 계급사회에서 굴종을 강요받으며 평생 억압의 굴레에
갇혀 살았던 백정을 비롯한 하층민들의 억눌린 욕구가 이 모임을 통해
폭발했다. 그래서 이 모임은 민초들의 울분과 한을 녹여 인권과 자유라
는 값진 정신을 빚어내는 연금의 제단과 같은 아름다운 용광로였다.

그 첫모임에 일만 명이나 되는 엄청난 인파가 모였다 하여 만민공동
회라 이름 붙였는데 이 모임은 종로 시전과 경운궁 앞을 비롯하여 인파
가 모일 수 있는 곳이면 어디서나 열렸다.

이 탓에 한양은 대한의 자주독립을 주장하고 서구열강의 침탈 야욕
을 규탄하는 백성들의 성토장으로 변해 갔다.

당시는 한양 인구가 20만 명에 채 못 미칠 때였다. 이 가운데 절반 이

상은 아이들과 노인들이고, 나머지 반은 여성들이어서 얼추 성인 남자의 3할이나 되는 사람들이 이 모임에 참가한 것이다.

생각이 있고 수족을 놀릴 수 있는 남정네들이라면 모두 이 모임에 참석해 이구동성으로 정부를 성토하고 나서는 바람에, 구미열강에 각종 이권을 넘기려던 수구파들이 이들의 뜨거운 열기에 화들짝 놀라 백성들의 주장에 굴복해 결국 백기를 들었다.

이로 인해 러시아 재정고문 및 군사교관 철수, 러시아의 절영도(부산 영도) 저탄장(貯炭場) 조차 요구 철회, 목포와 진남포 조차지에 대한 러시아 매입 의도 무산, 이미 설립된 한·러시아 은행 폐쇄, 평양 일대에 대한 프랑스의 대규모 광산개발 요구를 무산시키는 큰 성과를 낳았다.

대한제국의 황제도 독립협회와 백성들의 끈질긴 개혁 요구에 화답해 언론자유를 보장하고, 중추원과 같은 입법기관을 설립하고, 법치주의를 확립하는 등 내정개혁에 나서겠다고 약속했지만, 황제는 찰거머리 같이 달라붙어 시시콜콜 시비를 거는 개혁파 인사들이 몹시 성가셨을 뿐만 아니라 마뜩찮았다.

그들의 요구라는 것이 자신의 입장에서는 너무 황당해서 결코 수용할 수가 없었기 때문이다. 이들을 바라보는 황제의 속마음은 군불에 솥 끓듯 달달 끓어올랐다.

서재필과 이승만 같은 개혁인사들이 황제에게 요구한 정치개혁안은 입헌군주제를 통한 대의민주주의를 이 땅에 실현하자는 것이었다.

그렇게 되면 황제의 권한은 당연히 대폭 축소되고, 황제도 백성들의 대표가 정한 법의 지배를 받게 되는 것이다. 무소불위의 권력을 휘두르던 그로서는 개혁파의 요구가 눈곱만치도 달가울 리가 없었다.

독립협회 인사들의 요구를 받아들여 마지못해 개혁을 약속했지만, 황제의 마음은 딴 데 가 있었다. 황제가 원한 개혁은 황제 중심의 개혁이었지 개혁론자들이 바라는 백성에 의한 개혁은 아니었다.

자연히 황제의 개혁의지는 물에 물탄 듯, 술에 술탄 듯 뜨뜻미지근했다. 이 때문에 개혁파의 요구가 날로 거세어졌고 덩달아 이들에 대한 황제의 불만과 적의가 점차 깊어갔다.

하지만 그는 형세가 여의치 않고 용기도 부족해서 벙어리 냉가슴 앓듯 속만 끓였다. 워낙 독립협회의 기세가 등등했기 때문이다.

자잘한 일로 불필요한 갈등을 빚다가 개혁파들에게 혁명의 구실을 주지 않을까 황제는 항시 걱정을 했다. 개혁파들이 딴 맘을 품고 정말로 혁명을 일으킨다면 그로서는 큰 일이 아닐 수 없기 때문이다. 그는 자력으로 권좌를 지킬 힘이 없었다.

아무튼 독립협회를 주축으로 한 개혁파들의 끈질긴 공격에 몸을 낮추고 있다가 이들에 대한 황제의 불만이 목구멍에까지 차올랐다는 사실을 간파하고는 이를 틈타 수구파들은 재빨리 재기를 도모하고 나섰다.

이들은 곧바로 독립협회 간부들이 머지않아 황제를 폐하고 공화정을 선포할 것이란 거짓 고변을 황제에게 올렸고, 황제는 이에 격분해 독립협회 회장 윤치호를 비롯한 간부 전원을 당장 체포하라고 불호령을 내렸다.

아침 밥상머리에서 붙잡혀 온 부회장 이상재를 비롯하여 독립협회 간부 17명이 반역 혐의로 전격 체포되어 한성 경무청으로 이송되었다.

그렇지 않아도 살얼음판을 걷는 듯 위태위태하기만 하던 정국에 반역이라는 일진광풍이 한바탕 휘몰아쳐 꽁꽁 얼어붙어있던 정국을 빙하기로 몰고 갔다.

황제를 압박해 내정개혁에 마지막 박차를 가하려 했던 개혁파들은 이 사건으로 치명상을 입었다. 그동안 어렵사리 쌓아올린 공든 탑이 하루아침에 무너진 것은 물론이고, 개혁은 고사하고 자신들의 명줄조차 기약할 수 없는 지경에 놓이게 되었다. 한 발만 삐끗 잘못 내디디면 천길 낭떠러지였다.

음모와 술책으로 독립협회 간부들을 잡아들이는 데 성공한 수구파 인사들은 회심의 미소를 지으며 시위 대중들을 해산시키려고 그들에게 저벅저벅 다가갔다.

"황제폐하께서는 이미 여러분들의 뜻을 잘 알고 있소. 그러니 그만 시위를 거두고 대한제국의 건전한 신민답게 생업으로 돌아가 이 나라를 위해 진정을 다 하시오.

황제폐하의 명령에도 불구하고 여러분들이 시위를 풀지 않고 농성을 계속한다면, 그 불경함은 대역죄로 간주하여도 무방하다고 하시었소. 경을 치기 전에 어서 모두들 돌아가시오!"

경운궁(덕수궁)의 정문인 인화문 앞에 모인 시위대를 향해 시위 해산 명령을 내리고 있는 사람은 의정부 찬정(贊政) 조병식과 더불어 수구파의 핵심 인물 가운데 한 사람인 법무협판 이기동이었다.

철야로 진행된 이 농성이 나흘째 접어들어 심신이 지쳐가고 있을 무렵 때마침 겨울을 재촉하는 가을비가 추적추적 내려 사람들의 마음을 더욱 산란하게 하였다.

정부의 어지간한 협박과 위협에도 굴하지 않고 호기를 부려가며 꿈쩍도 않던 사람들이 악질로 소문난 이기동이 대뜸 엄포를 놓자 서로 가자미눈을 하고는 옆 사람을 곁눈질했고, 한 둘 일어서는가 싶더니 엄마 따라 나서는 새끼 오리들처럼 여기저기서 슬금슬금 엉덩이를 들썩였다.

독립협회 간부들이 체포된 일로 이들은 동요하고 있었다. 숭례문 쪽에서 시위대를 해산하기 위한 병사들의 행진도 시작되었다. 시위대들에게 단순히 겁만 주기 위한 목적이었으므로 병사들은 당연히 비무장상태였다. 그럼에도 불구하고 군중들은 병사들이 나선 것에 겁을 집어먹고 경을 치지 않을까 걱정을 하여 자라목처럼 몸이 움츠러들었다,

인간의 군중심리란 묘했다. 하루아침에 태산을 무너뜨리고 장강을 메우는 것도 군중의 힘이지만, 이들이 추풍낙엽의 오합지졸이 되는 것도 한순간이다. 그래서 대중을 이끄는 지도자의 자질이 어느 사회에서나 매우 중요했다.

이때 선두에서 시위를 이끌던 한 사내가 결연한 표정으로 주먹을 불끈 쥐고 팔을 치켜 올리고는 시위대를 바라보며 목이 터져라 소리쳤다.

"여러분 고통스러우시겠지만 투옥된 동지들을 생각합시다. 우리가 마주하고 있는 이 두려움과 어둠은 단지 새벽이 멀지 않았다는 걸 말할 뿐입니다. 또한 저 모리배의 악담은 이 자들의 말로가 가까워졌다는 걸 말하는 데 지나지 않습니다.

겁먹지 마십시오. 승리가 바로 목전에 있습니다. 그러니 조금만 더 참고 밀어붙입시다. 저는 동지들이 전원 석방되는 그날까지 여기서 한 발자국도 물러서지 않을 것입니다.

우리는 혼자가 아닙니다. 우리는 외롭지 않습니다. 이 자리에는 뜻을 같이하는 우리 동지들이 천이나 있고, 우리에게는 이천만이라는 동포까지 있습니다. 위기에 빠진 이 나라를 구하기 위해 일어선 우리가 어찌 돼지 같은 저 간신배의 공갈협박에 속아 넘어가 여기서 물러날 수 있겠습니까?

저는 투옥이 되는 한이 있어도 이 자리에서 짓밟히고 몸이 뭉개지는 한이 있어도, 누명 쓰고 붙잡혀간 17명의 우리 동지들이 석방되지 않는다면, 결단코 물러나지 않을 것입니다.

제가 비록 이 자리에서 총칼에 맞아 죽는다고 해도 우리의 내일을 밝힐 희망의 씨앗이 될 수 있다면 여러분을 위해, 자라나는 우리 아이들을 위해, 기꺼이 목숨을 내놓겠습니다.

이 나라 인민들이, 우리 아이들이, 꿈을 먹고 살 수 있는 평등 세상이 된다면 무엇이 아깝겠습니까? 저와 뜻을 같이 하고 새 역사를 여는 데 동참하실 분들은 저와 함께 저 북악산이 떠나가도록 다 같이 함성을 질러 주십시오."

사자후를 토하는 이 청년은 얼굴이 갸름하고 살이 탄탄한 것이 한눈에 보아도 몸이 몹시 다부져 보였다. 흰 두루마기를 입고 단발을 하고 있어 그가 개화된 인물임을 어렵지 않게 알 수 있었다.

군중을 바라보는 그의 눈은 매처럼 매섭게 빛났고 쇠가 부딪히듯 그의 목에서는 카랑카랑한 쇳소리가 났다. 그의 외양에서 엄청난 힘이 느껴졌다.

동요의 조짐을 보이며 대오가 흐트러지던 시위 군중들은 이 청년의 호소가 떨어지기 무섭게 일사불란하게 다시 구호와 함성을 외쳤다.

"정부는 구속한 독립협회 간부들을 즉시 석방하고 황제도 인민들에게 약속한 개혁조치를 즉각 실시하라! 황제는 국정을 파탄내고 있는 매국 인사들을 파면하고 구속하라!"

꺼져 가던 투쟁의 불씨를 가까스로 다시 살려낸 이 청년은 배재학당 출신의 언론인 이승만이었다. 그는 일간지인 〈제국신문〉을 창간하고는 그 신문의 주필을 맡아 자신의 정견을 활발하게 펼치고 있었다.

2

투옥된 인사들의 신병이 경무청에서 한밤중에 몰래 고등재판소로 이
관되자, 이들의 동정을 예의주시하고 있던 이승만이 시위 군중들을 이끌
고 고등재판소 앞으로 바람같이 날아가서 고등재판소를 물샐틈없이 포
위하고는 시위대를 다시 이끌었다.

황제는 자신이 중추원(입법기관) 고문으로 초빙했던 미국 국적의 서
재필이 자신의 기대와는 달리 사사건건 정부 정책에 시비와 제동을 거는
데 불만을 품고 지난봄에 그에게 고문직 계약 해지를 통보하고는 미국으
로 추방했다.

뒤이어 정부를 겁박하던 독립협회 핵심 간부들까지 반역 혐의로 잡
아들여 황제는 드디어 한시름 덜었다고 생각했다. 마음고생에 찌들었던
그의 얼굴에 오랜만에 화색이 돌았다.

시위대들이 아직은 종로 바닥을 떠나지 않고 농성을 벌이고 있지만,
지휘부를 잃은 마당이라 목자 잃은 양떼처럼 우왕좌왕하다 결국 길을 잃
고 제풀에 지쳐 조만간 자진해서 시위를 풀 것이라고 생각했다.

이 때문에 황제는 애써 표정관리를 하며 뒷짐을 진 채 이들을 지켜보
고 있었다. 하지만 이것은 황제의 오판이었다.

시위대를 이끌고 있는 이승만이라는 젊은 지도자의 능력을 황제가
과소평가했던 것이다.

다른 연사들의 연설은 고루하고 딱딱해 지루하기 짝이 없었지만, 이
승만의 연설은 차원이 달랐다. 그의 연설은 늘 유머가 넘치고 감동적이
었다.

그는 청중들의 가슴에 불을 붙이다가 어느 틈엔가 눈물로 가슴을 촉촉이 적시게 했고, 눈물을 훔치는 순간 사람들은 배꼽을 잡고 웃고 있었다.

이 때문에 사람들은 그의 연설에서 눈을 떼지 못했다. 아무튼 그의 연설은 청중들의 심금을 울리는 묘한 매력이 있었다.

그의 연설이 이처럼 남다른 데는 나름의 배경이 있었다. 그는 서재필이 한국 최초로 배재학당 내에 조직한 토론모임인 협성회(協成會)의 창립 멤버였는데, 이 협성회의 토론 수업을 통해 그는 연설 실력을 갈고 닦았다. 그는 평소에는 조용했지만 자신의 주견을 밝히는 이 토론모임을 몹시 좋아했다.

천부적인 능력을 타고 났는지 서재필의 지도를 받은 그의 연설 능력은 하루가 다르게 커져갔고, 협성회 회원 가운데 실력이 단연 으뜸이었다.

말이 없는 그가 청중 앞에 서면 물 만난 고기처럼 유창한 연사가 되어 청중들을 단숨에 사로잡았다.

서재필은 뛰어난 통찰력과 비범한 암기력에다 나이답지 않게 청중의 마음을 쥐락펴락 하는 그의 노련한 연설 실력에 탄복해 그에게 반드시 외국 유학을 다녀올 것을 강권했다. 그를 이 나라의 동량으로 꼭 키워야겠다는 욕심 때문이었다.

아무튼 앞뒤 구절이 똑 같은 글을 읽고 같은 얘기를 해도 이승만이 연설을 하면 사람의 마음을 격동시키는 힘찬 서사(敍事)가 되고 눈물샘을 자극하는 아름다운 시(詩)가 되어, 그는 언제나 다른 사람들보다 족히 열 배는 더 뜨거운 청중들의 환호와 박수갈채를 받아 항시 구름떼 같은 청중을 몰고 다녔다.

그에 대한 청중들의 호응 열기가 이처럼 남달랐기 때문에, 독립협회

관계자들이나 시위 군중들은 지도부의 공백을 느낄 틈이 없었다.

독립협회를 설립한 서재필과 협회 간부들의 부재가 오히려 이승만의 인생에는 도약의 큰 기회가 되고 있었다. 자주민권 운동의 변방에 머물렀던 젊은 신인 이승만이 지도부 공백을 기화로 하여 혜성같이 나타나 핵심 민권운동가로 단숨에 우뚝 떠올랐기 때문이다.

그가 불굴의 투지를 불태우며 시위 현장을 종횡무진 사생결단의 자세로 앞장서서 시위를 이끌자 시위 양상은 급변했다.

정부의 탄압에도 불구하고 봇물 터지듯 날이 갈수록 시위군중의 수가 늘었고, 밤거리는 이들이 켜놓은 화톳불이 점령해 한양의 밤은 대낮처럼 훤했다.

이들의 시위에 동조해 여염집에서는 술과 음식을 내어오고, 아예 생업을 포기하고 길거리에 가마솥을 걸어놓고 국밥을 끓여 시위대들에게 대접하는 무리까지 생겨났다.

뜻밖의 상황에 황제는 기겁해 허둥댔다. 그는 성난 군중들이 몰려와 궁궐의 담을 넘지 않을까 더럭 겁이 났다. 시위대의 함성이 경운궁의 담을 넘고 있었다.

그는 경운궁의 경비병력을 급히 2배로 늘렸다. 그럼에도 그는 마음이 놓이지 않아 내실인 함녕전을 나오지 못하고 방 안에서 전전긍긍 진땀을 흘리며 서성대기만 했다.

그의 곁에는 사람이 없었다. 그는 자신의 곁에 아무도 없다는 게 불안했다. 하지만 그는 사람을 믿을 수 없어서 사람을 곁에 둘 수도 없었다. 그야말로 진퇴양난이었다.

아내가 일본 낭인의 손에 죽임을 당했지만 아내의 죽음도 따지고 보면 측근의 배신에 상당한 책임이 없지 않았다. 낭인들의 길잡이 역할을 한 자들이 일본인의 돈에 매수된 아내의 측근들이었기 때문이다.

아내를 일본 폭도의 손에 잃은 후로 그는 사람을 믿지 못했다. 그는 아내 사건 이후로 자신도 언제 믿는 도끼에 발등이 찍힐지 모른다는 생각에 늘 사로잡혀 있었다.

이 때문에 십 수년 동안 그림자를 밟으며 자신을 지켜온 측근 시위대(侍衛隊)조차도 그는 완전히 믿지 못해 늘 경계했다. 열 길 물속은 알아도 한 길 사람 속은 모른다는 말처럼, 이들 가운데 면종복배하는 사악한 인간이 없다고 단정할 수 없었던 탓이다.

이런 연유로 황제는 늘 고독했다. 오늘은 시위대 때문에 하루 종일 마음고생을 하고 있던 터라 더 외롭고 힘이 없었다. 숫제 넘어지면 바닥에 고꾸라져 일어날 수 없을 것만 같았다.

황제는 극심한 외로움과 불안 탓에 사람이 몹시 그리웠다. 그는 누군가가 곁에서 자신을 지켜 주었으면 좋겠다는 생각을 하며 살짝 눈시울을 붉혔다.

넋이 나가 저녁 수라를 드는 둥 마는 둥 하고 물리는 황제의 모습을 안타까운 눈으로 지켜보던 늙은 시종이 그에게 승늉을 따르며 조심스럽게 한마디를 거들었다.

"폐하, 고등재판소장 한규설 대감을 불러 타개책을 의논해 보는 게 어떻겠사옵니까?"

"한 대감을?"

"예, 그라면 능히 폐하의 근심을 풀어 줄 수 있을 것이라 생각되옵니다."

"지금 죄인들이 어디 있다고 했느냐?"

"예, 고등재판소로 옮겨져 재판을 기다리고 있는 것으로 알고 있사옵니다."

"그래, 그렇다면 더 잘 되었구나."

황제는 늙은 시종의 건의를 받아들여 급히 한규설을 불렀다. 그는 무과 급제자 출신답게 풍채가 아주 좋았다. 기개가 남다르면서도 문과적인 기질도 다분해 글을 잘 지었다. 게다가 인품까지 매우 온건하고 합리적이어서 황제의 두터운 신임도 받고 있었지만, 개혁파 인사들과도 두루 교분이 넓은, 실로 마당발 같은 사람이었다.

황제는 한규설을 부르고 나서야 한시름을 놓고는 붉은 소반 위의 숭늉 그릇을 들었다. 조야(朝野)의 신망이 두터운 한규설 같은 자라면 현 시국의 위기에 대한 올바른 진단과 현명한 처방을 내놓지 않을까 하고 황제는 생각했다.

그가 당도하자 황제는 얼마나 애가 탔던지 체통은 아랑곳하지 않고 촐랑거리며 경망스럽게 다가가 그의 손목을 냉큼 잡아끌었다,

"한 대감, 이를 대체 어찌해야 좋겠는가?"

"……"

한규설은 황제가 늦은 시각에 자신을 황급히 호출한 이유를 대략 눈치 챘지만, 그는 쉽게 입을 열지 않았다.

오늘날 현 상황이 난마같이 꼬이고 얽힌 데는 황제가 그 빌미를 제공한 측면이 강했고, 난국을 타개하려면 황제의 통근 양보가 필요했다. 문제는 황제의 마음이 인색해서 그의 결단을 끌어내는 게 간단치 않다는 것이었다.

설사 우여곡절 끝에 결단을 이끌어낸다고 해도 황제의 변덕이 또 다른 골칫거리였다.

황제는 몹시 귀가 얇아 누군가 달콤한 말로 조금만 꼬드기면 금방 넘어갔다. 팔랑귀가 따로 없었다. 황제가 주견 없이 측근들의 선동에 넘어

가 춤을 추어 러시아와 일본을 등에 업은 수구파와 독립협회를 중심으로
한 개혁파 사이를 오락가락하며 하루아침에 약속과 배신을 밥 먹듯이 하
는 변덕을 부린 게 한 두 번이 아니었다.

　이 때문에 황제에 대한 대중들의 불신의 골이 아주 깊었다.
　"남아일언 중천금(男兒一言 重千金)이라 하였거늘, 황제의 약속이 어찌
여염집 아낙의 헌신짝보다 못하단 말인가!"
　"황제가 사내가 맞긴 맞는가?"
　나라의 자주성을 회복하기 위한 내정개혁을 약속하고도 황제가 온갖
구실을 들어 약속을 뒤집은 것이 이미 여남은 번이나 되었다. 황제에게
쏟아진 백성들의 비난과 조롱은 그가 자초한 것이나 진배없었다.
　다급하긴 해도 황제는 아직은 똥줄이 타지 않았는지 근본대책을 세
우는 데는 관심이 없었다. 그는 오로지 적당한 수작을 부려 목전의 위기
만 어물쩍 넘기려고 했다.
　황제는 한고비만 넘기면 백성들이 오늘의 이 일을 까맣게 잊을 것이
라 생각했다. 황제는 백성들을 아주 어리석게 보고 있었다.
　하지만 시위대는 황제가 생각하는 것만큼 호락호락하지 않았다. 그
들은 더 이상 이전에 황제를 하늘로 알고 그에게 충성을 다짐하며 순종
만 하던 봉건시대의 어리석은 백성들이 아니었다. 그들의 가슴 속에는
모든 사람은 평등하다는 민권사상의 씨앗이 싹트고 있었다.
　그들은 이미 여러 차례 황제에게 기만을 당했다. 황제는 여전히 현
상황을 넘길 임시방편만 찾았지만 시위대는 황제에게 여러 차례 기만당
해 이젠 웬만한 사탕발림이나 눈속임에는 절대 넘어가지 않겠다고 단단
히 벼르고 있었다.
　그들은 황제의 식언과 공치사에 넌더리가 났다. 그들은 황제의 번지

르르한 달콤한 말보다 분명한 행동을 원했다. 동시에 약속 이행의 확실한 담보도 요구했다. 백성들의 창과 황제의 방패가 날카롭게 대치하고 있는 형국이었다. 타협의 여지는 많지 않았다.

황제는 정부를 공격하는 시위대에 대해 불신을 넘어 반역을 꿈꾸는 불순한 무리로 보았고, 황제의 시각 변화에 맞서서 시위대들도 이젠 황제의 존재를 점차 인정하려 들지 않았다. 두 열차가 정면을 마주보고 달리고 있었다. 처절하게 깨지든가 아니면 달리는 열차에서 급히 뛰어내릴 수밖에 없었다.

한규설은 혈기 넘치는 젊은 시위대의 창을 황제의 방패가 막아내기엔 역부족이라 생각했다. 시대적 흐름이란 젊은 시위대의 요구 앞에 오백년 역사 위에 세워진 황제의 봉건적인 권위는 너무 진부했다.

역사의 시계추는 그 무게 중심을 대의민주주의로 옮겨가고 있었다. 황제의 의지나 뜻과는 상관이 없었다. 그러므로 대의민주주의를 향한 정치체제의 변화와 내정개혁은 피할 수 없는 시대의 과제였다.

한규설은 부복한 채로 황제의 얼굴을 조심스럽게 살폈다. 한규설이 입을 다문 채 말이 없자, 마음이 조급해진 황제의 눈동자가 흔들렸다. 그의 눈빛은 불안했다.

그가 초조한 기색을 감추지 못하고 궐련에 불을 붙이고는 담배를 두어 모금 빨았고, 깊은 한숨을 내쉬더니 이맛살을 잔뜩 찌푸리며 신경질적인 표정으로 입에 문 궐련을 오징어다리 씹듯 질겅댔다. 동요하는 황제를 보며 한규설이 나지막이 입을 열었다.

"폐하, 폐하께서는 어떻게 하면 좋겠사옵니까?"

"허허, 이런 답답한 양반을 봤나? 내가 그 답을 알면 어찌 그대를 불러놓고 한숨만 쉬고 있겠는가?"

만만한 게 콩떡이라고 시위대를 향해서는 입도 벙긋 못하던 황제가 자기 수하는 고양이 쥐 잡듯이 다그쳤다. 애먼 한규설에게 황제가 벌컥 성을 내는 꼴은 종로에서 뺨 맞고 한강에서 눈 흘기는 격이었다.

황제는 자신의 말투가 너무 거칠었다고 생각했는지, 은근슬쩍 음색을 부드럽게 바꾸었다.

"한 대감은 저 불순한 무리들의 시위를 풀 방법이 없는가?"

"왜 없겠사옵니까?"

"어찌하면 되누?"

"그들의 요구를 들어 주소서."

그의 말에 황제가 아연실색했다. 황제는 그의 말이 믿기지 않아 기연가미연가 하고 잠시 멍한 표정으로 앉아 있다가 정신이 들자 버럭 호통을 쳤다.

"무어라! 날 보고 저 망나니 같은 무엄한 놈들의 불손한 요구에 무릎을 꿇으라는 말인가? 그대가 제정신가?"

"폐하, 고정하시고 제 말을 잠시만 들어보소서."

황제는 성난 황소처럼 코를 벌름거리며 연신 허연 콧김을 뿜었다. 한규설은 말없이 황제의 마음이 진정되기를 가만히 기다렸다. 황제가 펄펄 뛰고 있을 때엔 무슨 말을 해도 소용이 없다는 걸 그는 누구보다 잘 알고 있었다.

황제의 흥분이 조금 가라앉는 것을 보고 그가 다시 말을 이었다.

"폐하, 폐하께서는 그들의 요구가 정녕 잘못된 것이라 생각하시는 것이옵니까?"

"무슨 뜻인가?"

"신이 답변을 하기 전에 하나만 더 묻겠사옵니다."

황제는 또박또박 따져 묻는 한규설의 당돌한 태도가 불쾌했지만, 내심 당황해 아무 소리도 못했다.

황제는 본래 기가 약했다. 그는 망신살이 뻗쳐 한규설에게까지 괜한 봉변을 당하는 것은 아닌지 걱정만 할 뿐이었다. 수치와 굴욕 때문에 황제의 몸에 서늘한 전율이 관통하며 때 아닌 한기가 휘몰아쳤다.

"저들의 요구를 들어주는 것이 폐하께 어떤 부담이 되는 것이옵니까?"

"저들이 나를 이 자리에서 끌어내리려고 한다지 않느냐?"

"폐하께서는 정녕 그 같은 소문을 사실로 믿는 것이옵니까?"

"여기 이 격문이 있지 않느냐?"

황제가 탁자 서랍에서 한 자 길이의 누런 종이를 꺼내 그 앞에 불쑥 내밀었다. 황제는 분노에 사로잡혀 손을 부르르 떨었다. 이것은 의정부 찬정 조병식이 황제에게 몰래 전달한 격문이었다.

종이에는 다음과 같은 글이 실려 있었다:

"백성들이여! 오백 살 먹은 조선 왕조는 이미 쇠퇴하였다. 정부는 썩어서 벌레가 들끓고 시궁창 같은 냄새가 난다. 썩어도 너무 썩어서 성한 곳이 없다. 우리가 살기 위해 이제는 도려내야 한다.

세상은 변했다. 지금 온 세상은 백성이 주인인 세상이 되어가고 있다. 문명화된 열강들은 모두가 백성이 주인이 된 나라들이다. 우리도 부강한 나라를 만들기 위해 백성이 주인이 된 세상을 만들어야 한다.

이제 무능한 황제를 폐하고, 독립협회 회장 윤치호를 대통령으로 받들어 문명화된 나라를 건설하자!"

격문의 주된 내용은 황제를 몰아내고 이 땅에 공화정을 수립하자는 것이었다. 백성의 입장에서는 혁명이지만 황제의 입장에서는 반역이자 역모였다. 당연히 황제로서는 경악할 일이었다.

황제의 눈은 반역을 도모하고 있는 무리들에 대한 적의로 이글댔다. 그런데 한규설의 표정이 묘했다. 격문을 바라보는 그의 모습이 어딘지 모르게 데면데면했기 때문이다. 황제의 안색을 살피던 한규설이 조심스럽게 입을 열었다.

"폐하, 저도 이미 이 전단을 가지고 있사옵니다."

"그런데, 경은 두 눈으로 보고도 어찌 이를 모른 척하고 강 건너 불구경 하듯 딴청을 피우는가?"

황제는 한규설의 뜬금없는 말에 놀라 그에게 섭섭하다 못해 몹시 불만스러워 목소리에 가시가 돋쳐 있었다.

"폐하, 이 전단을 가져온 자가 누굽니까?"

"조병식이다."

"어디서 가져왔다 하더이까?"

"경무청 인근에서 발견했다더라. 그런데 왜!"

황제는 한규설이 별 것도 아닌 걸 꼬치꼬치 캐묻는다고 생각하며 그에게 버럭 역정을 냈다.

"폐하, 그런데 이게 어찌 좀 이상하지 않습니까?"

"뭐가?"

"이런 비밀스런 문건이 어째서 보란 듯이 경무청 인근에서 무더기로 발견되었을까요?"

"……"

"누군가 일부러 경무청 근처에 뿌렸다는 생각이 안 드십니까?"

"누가?"

"폐하께서는 독립협회 사람들을 가장 미워하는 이가 누구라고 보십니까?"

"……"

황제는 순간 제 발 저린 도둑처럼 움찔했다. 그는 짐짓 경탄해마지 않는 표정으로 눈을 동그랗게 뜨고는 무르팍을 쳤다. 이어 자신의 오판을 자책하듯 장탄식을 쏟아냈다.

"허어, 이런 어리석은 위인이 또 어디 있단 말인가?"

그런데 어딘지 모르게 황제의 행동이 어설프고 부자연스러웠다. 왠지 감씹은 것처럼 떨떠름한 기색도 역력했다.

사실 그는 귀엣말로 속삭이던 조병식의 고변이 음모와 계략에 따른 새빨간 거짓임을 일찌감치 알고 있었다.

그럼에도 조병식의 고변을 진실로 믿는 것처럼 연기를 하고 어물쩍 받아들인 건, 일이 실패했을 때를 대비한 황제의 계략이었다. 황제는 일이 잘 되어 나라의 화근이라 믿고 있는 독립협회를 없앤다면 더 할 나위 없이 좋겠지만, 일이 잘못되어 자신에게 비난이 쏟아질 경우까지 생각했다. 그 같은 상황이 벌어지면 그는 조병식을 희생양으로 삼아 자신은 책임을 슬쩍 피하겠다는 심보였다.

손 안 대고 코 풀려고 했던 황제의 얄팍한 계략이 한규설의 눈에 덜커덕 걸려들었다. 덫에 걸려 파드득대는 새처럼 황제도 한규설에게 발목을 잡혀 옴짝달싹 못했다.

민망함 때문인지 황제는 얼굴을 붉힌 채로 자꾸만 헛기침을 해댔다.

보 부 상

1

시위 여드레 만에 구속된 인사들이 마침내 석방되었다. 그들이 어깨동무를 하고 개선장군처럼 재판소 정문을 성큼성큼 걸어 나오자, 정문에서 그들을 기다리고 있던 시위대는 흥분의 도가니에 휩싸여 펄쩍펄쩍 뛰었고, 서로 끌어안으며 뜨거운 한 덩어리가 되었다. 그들의 환호성이 하늘에까지 닿았다.

"이겼소! 우리가 황제를 이겼소!"

"이 모든 게 우남의 공이오. 우남은 정말 대단한 사람이오."

군중들은 이구동성으로 시위를 조직하고 주도한 이승만을 찾아 입이 마르도록 칭찬했다.

그는 동료들의 요란한 칭송에 손사래를 치며 얼굴을 붉히다가 두 손을 들어 만세를 외쳤다. 시위대의 만세 소리가 푸른 하늘의 똥구멍을 마구마구 찔렀다.

그와 함께 시위를 주도하며 고락을 같이 해온 양홍묵(梁弘默)이 눈시울을 붉히며 이승만의 손을 덥석 잡았다. 양홍묵은 전통적인 유생 집안의 자식이었는데 이승만처럼 기독교에 눈을 뜬 뒤로 독립협회에 가입해 활발한 사회운동을 하고 있었다.

"우남, 내가 비록 나이는 몇 살 많지만 오늘부터는 내가 우남을 형님
으로 모시겠소."

"허허, 양형께서 별 말씀을 다 하시오."

"아니오, 우남. 난 진심이오. 존경의 뜻으로 말한 것인데 우남이 내
청을 받아주지 않으면 내가 얼마나 무안하겠소!"

"그래도 어디 그렇소? 다 태어난 날이 있고 순서가 있는 법인데."

"나이 어린 삼촌도 있는데 나이 어린 형도 없으란 법 있소? 참, 도원
결의를 한 관우도 유비보다 나이가 많지 않소?"

"허허 참, 생각 좀 해봅시다."

"좋소, 그럼 이 문제는 천천히 생각해 봅시다. 헌데 이젠 시위를 풀어
도 되지 않겠소?"

승리의 기쁨이 시위군중의 가슴을 흠뻑 적셔 모두 득의만면한 표정
을 짓고 있었지만, 오랜 철야농성으로 심신이 지쳐 죄다 몸이 천근만근
무거웠다.

투옥된 인사들이 모두 석방되어 소기의 시위 목적이 달성된 만큼 대
다수 사람들은 잠깐이라도 휴식시간을 갖고 싶어 했다.

이승만이 고개를 끄덕이며 그의 말에 동의를 표했다.

"이쪽은 일단 해산시킵시다."

"이쪽이라니! 우남은 다른 생각이 있는 것이오?"

양홍묵은 그의 말이 이해가 되지 않는 듯 의아한 표정을 지었다.

"그렇소, 난 종로로 가서 다시 시위를 벌일 생각이오."

"우남, 몸 좀 생각하시오. 처자식도 생각해야 하지 않겠소? 고뿔도 심
한 사람이 대체 어쩌려고 그러시오."

그의 책망이 아니어도 이승만의 몸은 정상이 아니었다. 찬비를 맞아
감기에 걸린 이승만의 얼굴에는 좁쌀 같은 땀방울이 송알송알 돋아 있었

고 한기가 드는지 몸도 가볍게 떨었다. 그럼에도 이승만은 아무렇지도 않다는 듯 빙긋 웃기만 했다.

"이까짓 고뿔이야 시간 가면 낫는 거요. 정 걱정 되면 양형이 어디 가서 생강이나 한 주먹 얻어다 주시오."

"허어, 웬 고집을 그리 쓸데없이 피우시오? 시위는 나중에 해도 되오. 이 형님 말을 듣고 일단 안정이나 취하시오."

그의 말에 이승만이 너털웃음을 터뜨리며 그를 놀리듯 빈정댔다.

"허허, 아까는 날보고 형님 삼겠다고 법석을 떨더니 그 새 마음이 변한 거요? 사내대장부의 마음이 어찌 그리 중심이 없소?

난 지금껏 양형은 덩치가 커서 양형 고추도 근수가 제법 나갈 줄 알았는데, 지금 하시는 걸 보니 양형 고추가 번데긴지 납작 고춘지 나도 도통 모르겠소!"

양홍묵은 이승만의 농지거리에 기가 막혀 어이없어 하는 표정을 짓고 있다가 별안간 저고리 소매를 둘둘 말아 올렸다. 그리고는 눈을 사납게 하고 주먹을 불끈 쥐더니 그를 혼낼 것처럼 달려들었다.

"정말, 말을 안 들을 거요?"

"지금은 절대 아니오."

"아니, 시간이 좀 먹는 것도 아닌데 뭐가 그리 급하오?"

양홍묵은 그의 건강이 걱정되어 일부러 눈을 부라리면서까지 그에게 휴식을 종용했지만, 이승만은 요지부동 자신의 뜻을 굽히지 않았다.

"양형, 황제가 얼마나 변덕스러운 사람인지 양형이 더 잘 알지 않소? 변소간 들고 날 때 마음 다르듯이, 여건이 달라지면 황제 마음이 언제 또 바뀔지 모르오.

그러니 우리가 기세가 올랐을 때 황제가 딴마음을 절대 품지 못하도록 세게 몰아쳐야 해요. 우리 협회를 모함한 조병식 같은 난신적자들이 버젓이 정부에 남아 있는데 지금 시위를 그만두면 어떻게 되겠소?"

양홍묵은 그의 설명에 그제야 정신이 번쩍 났다. 눈앞의 단기성과에 취해 순간적으로 자신들이 전쟁 중임을 까맣게 잊었던 것이다. 궁지에 내몰리면 쥐도 고양이를 무는 법. 양홍묵은 생각만 해도 오금이 저렸다, 위험은 천지사방에 널려 있었다.

일단은 조병식을 비롯한 수구세력들이 한발 뒤로 물러났지만 개혁세력이 그들을 완전히 제거한 것은 아니었다. 또 그들의 세력은 뿌리가 깊고 러시아와 일본이 그들을 비호했다. 게다가 황제마저 그들 편이었다. 기회가 되면 그들은 언제든지 발호할 수 있는 무리들이었다.

그는 자신의 단견을 책망하며 살짝 낯을 붉혔다.

"살아 있는 것들이라면 아무리 미물이라도 밟으면 꿈틀 하기 마련이니, 독이 오를 대로 오른 이놈들이 가만히 있을 턱이 없지요.

아라사 놈들이나 왜놈들 하고 짝짜꿍이 되어 일을 벌이면 진짜 큰일이오. 나도 같이 종로로 가겠소."

이승만과 양홍묵은 누가 먼저랄 것도 없이 종로시전으로 후다닥 내달렸다. 한발 빨리 달려온 성급한 추위에 거리의 공기가 꽤 차가웠다.

청계천변에 모여 사는 걸인들의 움직임이 전에 없이 바빴다. 세상에서 가장 나약한 존재가 세상의 변화를 제일 빠르고 민감하게 느끼기 마련, 변화에 그들이 가장 취약하기 때문이다. 걸인들은 본능적으로 다가오는 추위가 예사롭지 않음을 벌써 눈치 챈 것 같았다.

누더기를 걸친 청계천변 걸인들은 인심 좋은 누군가에게서 얻어온 거적때기로 겨울바람을 막을 장막을 치느라 차가운 바람 속에 땀방울을 쏟고 있었다. 작년 겨울이 너무 추워 걸인들이 많이 얼어 죽었던 탓이다.

2

"하, 이 잡것들 좀 보소!"

종로에서 시위를 벌이고 있는 이승만의 끈질긴 압력에 굴복해 의정부 찬정(贊政) 직에서 낙마한 조병식은 자신이 관계된 외교문서까지 공개하라고 압박했다는 이승만의 소식을 전해 듣고는 가소롭다는 듯 비웃음을 쳤다.

3년 전 황후가 일본 낭인들에게 무참하게 살해당한 후 황제는 신변 안전을 우려해 일본 몰래 러시아공사관으로 급히 피신했고, 그때부터 조선의 이권이 꼬리에 꼬리를 물고 뭉텅이로 러시아의 수중으로 넘어갔는데, 이 와중에 친러파인 조병식이 이권 문제에 개입한 상당한 정황이 이승만을 비롯한 소장 개혁파들의 눈에 포착되었다.

그들은 이 기회를 호기로 삼아 친러파의 거두인 조병식을 정부 요직에서 확실히 끌어내리려고 그의 비위와 비리를 캐는 데 모든 힘을 집중했다. 외교상 관례를 무시하고 그와 연관된 외교문서를 모두 공개하라고 정부에 요구한 것도 다 이 때문이었다.

만약 조병식에게 허물이 없다면 정부가 당당히 밝히지 못할 이유가 없을 것이고, 정부 당국이 고리타분한 명분과 어설픈 핑계를 대며 공개를 거부한다면, 이것은 무언가 구린 데가 있기 때문이라 판단하지 않을 수 없었다.

정부의 어정쩡하고 모호한 태도는 조병식의 비리를 방증(傍證)하는 자료라 생각하고, 개혁파들은 미끼로 정부에 숙제를 던져놓고는 그 반응을 예의 주시하고 있었던 것이다.

"이마에 피똥도 안 마른 젖비린내 나는 새끼들이 세상을 알긴 뭘 안다는 거야?"

조병식이 분을 참지 못하고 혼자 중얼거리다가 휙 바람소리가 나도록 재빨리 이기동에게 눈길을 돌렸다. 그는 보부상 단체인 황국협회 회장을 맡고 있었는데 그 역시 이승만 때문에 법무협판(協辦) 자리에서 쫓겨난 처지였다. 말하자면 동병상련의 정을 나누고 있는 두 남자가 만난 것이다.

"이 대감, 이놈들 그냥 두고 볼 참이요?"

"허어, 어찌 가만히 있을 수 있겠습니까? 천지분간 못하는 이런 무례한 놈들은 요절을 내야지요."

"폐하께서도 이놈들 손 좀 보라고 하셨어요."

"그게 정말이요?"

그의 말에 이기동이 반색을 하며 손뼉을 쳤다. 툭 불거진 그의 개구리눈이 이날따라 유난히 도드라져 금방 앞으로 쏟아질 것만 같았다. 입은 커서 메기 같고 눈은 개구리를 닮아 두꺼비가 따로 없었다.

조병식은 이기동이 못생겨도 너무 못생겼다고 생각하며 속으로 쓴웃음을 지었다.

'허허 참, 조물주도 실수를 할 때가 있나봐? 아님 조물주가 한눈을 팔았나? 못생긴 게 색은 무지 밝혀. 그래도 저놈 머리 하나는 쓸 만해, 그러니 세상은 공평한 게지!'

이기동의 얼굴을 요리조리 뜯어보며 조소를 즐기던 조병식이 헛기침을 하고는 어깨를 으쓱하며 봉투를 그 앞에 하나 내밀었다.

"이게 무엇이요?"

"무엇이겠소?"

"점쟁이도 아닌데 그야 내가 알 수 없지요, 무슨 보물이 들었소?"

"보물? 맞소, 하하! 돈이 들었으니 보물이라 해도 되겠소."

"웬 돈이요?"

"폐하께서 이 대감에게 전하라 하시었소."

이기동은 봉투 안에 든 황제의 당부 편지를 읽고는 감격에 겨워 눈물을 글썽이며 황제가 있는 경운궁을 향해 큰 절을 올렸다.

"황제 폐하, 이 못난 신을 이토록 믿어주시니 하해(河海)와 같은 성은이 그저 황송할 뿐이옵니다. 성심성의껏 전력을 다해 거리의 무뢰배들을 쓸어 이 난국을 극복하고 대한제국의 앞날을 반석 위에 올려놓겠사오니 신을 믿고 잠시만 기다려 주시옵소서."

잠시 의분에 젖어 출사표를 내듯 주절주절 떠들던 이기동이 눈물을 훔치고 일어나 앉아 빙긋 웃었다.

"폐하께서 내탕금까지 주실 줄은 몰랐소!"

"폐하께서 오죽했으면 돈까지 건넸겠소?"

조병식의 말에 이기동도 흥분해 콧김을 불었다.

"말이야 바른 말이지만, 요즘 젊은 것들 싸가지가 없어요. 종놈들은 제 어미 애비도 몰라보는 후레자식들처럼 제 상전도 몰라보고, 이젠 인간 같지 않은 천한 백정놈들까지 나서서 정부를 성토하고 있으니, 세상이 어쩌다 이리 되었는지 모르겠소? 이러다 한 순간에 세상이 홀라당 무너지는 건 아닌지 참으로 걱정이오."

"세상이 중구난방으로 어지러울 때는 우리같이 나이 든 사람들이 정신을 바짝 차려야 하오. 젊은 것들이야 세상 물정을 몰라 어물전 꼴뚜기처럼 미쳐 날뛴다지만, 우리는 절대로 시류에 영합해서 살면 안 되오.

아무튼 폐하의 뜻도 그러하니 이 대감께서는 이 위험한 놈들을 이번에는 확실히 제거해야 하오."

"하하, 아무렴 그래야지요."

두 사람은 술을 따라서 기분 좋게 한 잔 들이켰고, 황제의 당부가 있었음인지 이들의 표정은 자못 엄숙하기까지 했다.

고루한 노인들의 눈엔 젊은이들은 어느 시대에나 사고뭉치고 까다롭고 변덕스럽고 사회의 안전을 해치는 독충들이고, 세상의 진정한 파수꾼은 누가 뭐라고 해도 자신들뿐이라고 생각했다.

젊은이들에 대한 이들의 불신과 자신들에 대한 과신과 오만은 청춘시절 뜨겁게 아파했던 그들의 기억이 세월의 무게에 짓눌려 사라진 탓도 있고, 나이가 들어 편리한 것만 기억해내는 인간의 얄팍한 이기심만 남은 탓도 있었다.

구한말 민족문제를 두고 벌어진 신구 세대의 대결은 단순한 민족문제를 넘어 세기말에 나타난 물질문명의 개화와 더불어 인권에 대한 새로운 각성이 잇달으면서 갈등의 양상이 훨씬 복잡하게 전개되고 있었다.

노인들은 젊은이들을 위험한 폭탄으로 보았고, 젊은이들은 노인들을 노욕에 젖어 세상의 발전과 진보를 가로막는 냄새나는 쓰레기로 보았다. 양쪽 생각이 너무 대조적이고 완고해서 타협의 여지는 없었고, 어느 한쪽이 무릎을 꿇지 않는 한 이 전쟁은 쉽게 끝날 것 같지 않아 보였다.

이승만이 이끄는 만민공동회를 분쇄하여 조속히 사회적 안정을 이루고 무너진 나라의 기강과 질서를 바로잡겠다는 이기동의 호언장담에도 조병식은 왠지 마음이 놓이지 않았다.

그제 만난 프랑스 공사의 충고 때문이었다. 작년부터 독립협회와 정부의 갈등이 첨예해지기 시작하더니 올해 들어 독립협회가 만민공동회를 중심으로 한 민간운동으로 그 운동방향을 변모시켜 나가자 대중의 호응이 폭발적으로 일어나 한성에 주재하고 있는 외국 공사관에서는 촉각을 곤두세우고 사태의 추이를 예의 주시하고 있었다.

특히 프랑스의 경우에는 조선에서 각축을 벌이며 이권을 단단히 챙기고 있는 러시아나 일본과는 달리 대한제국 정부의 무능 때문에 정부 간 합의사항까지 손바닥 뒤집듯이 파기당하는 실로 어이없는 웃지 못할 경우를 여러 차례 경험한 터라 어느 나라보다 한국정부에 대한 불신이 깊었다.

이 때문에 프랑스 공사가 가끔 정국에 대한 훈수와 충고를 빙자하여 한국정부에 대한 자신들의 가슴 그득한 불만을 전했던 것이다.

"둑이 무너지는 건 작은 틈을 가볍게 보는 인간의 자만심 때문이지요. 나라의 운명도 마찬가지입니다. 혁명은 아주 사소한 데서 시작됩니다. 프랑스 혁명의 도화선에 불을 붙인 건 루이 16세의 순간적인 판단 실수 때문이었어요. 결국 그 양반은 자신은 물론이고 사랑하는 아내 마리 앙트와네트마저 단두대로 보냈습니다. 이건 한 순간의 적절한 판단과 조치가 얼마나 중요한가를 말해주는 아주 좋은 사례라 할 수 있어요.

그런데 지금 한국정부는 현 시국을 어떻게 보고 있습니까? 저는 정부가 민심을 너무 모르고 안이하게 대처하는 것 같아 참 안타깝습니다. 제가 보기엔 당장 무슨 큰일이 일어날 것만 같아 정말 불안하기 짝이 없습니다.

황제 폐하와 상의하시어 각하께서 특별한 결단을 내려 얼른 대책을 세우지 않으면 민심 수습이 쉽지 않을 겁니다. 시간이 없습니다. 명심하세요."

조병식은 프랑스 공사의 내정개혁에 대한 진정어린 충고가 가슴에 와 닿기보다 혁명을 빙자하고 프랑스에서 벌인 귀족과 성직자들에 대한 무자비한 살육과 혁명군에 의한 공포정치가 더 우려되었다.

이렇다 할 죄가 없는 선량한 사람들이 혁명에 반대했다는 이유로, 성직자와 귀족이었다는 이유로 혁명군에 의해 무참하게 살해당했기 때문이다. 그는 왕정 타파를 위해 벌인 혁명군의 공포정치는 혁명의 명분을 잃어버린 또 다른 형태의 기형적이고 패륜적인 독재라고 생각했다.

프랑스의 평민들이 왕권 중심의 독재 권력에 반발해 의회를 구성하고 헌법에 의한 법치를 촉구했던 것처럼, 지금 이승만이 종로에서 이끄는 만민공동회도 중추원과 같은 의회 구성과 인권 보장을 위한 완전한 법치를 요구하고 있었다.

프랑스 혁명 직전의 파리 도심 분위기와 지금 종로에서 농성을 벌이고 있는 한성의 분위기가 흡사 쌍둥이같이 닮아 있었다. 이 탓에 조병식은 머리를 스치는 불길한 생각을 지우지 못했다.

탐욕스럽다는 세인들의 지탄을 받고 있어도 그 역시 살만큼 살아 세상의 흐름을 읽는 웬만한 경륜과 안목은 있었다. 그래서 그는 어제 건넜던 돌다리도 때로 두드리고 건너야 할 때가 있다는 것도 알았다. 이날이 바로 그런 날이었다. 이기동이 호언장담했지만 조병식은 노파심에 그를 다시 한 번 다그쳤다.

"이 대감, 이번엔 정말 실수가 없어야 하오, 아시겠소?"

"여부가 있겠소. 한 번 실수는 병가지상사라지만, 장부가 어찌 그런 어리석은 실수를 두 번이나 하겠소. 쥐도 새도 모르게 쓸어버릴 테니 두고 보시오."

"그렇게 말하니 마음은 든든하오. 하지만 이번에는 경우가 다르오. 만약에 실패하게 되면 우리는 완전히 끝장이오. 부디 명심하시오."

조병식의 계속되는 당부에 사뭇 호기로웠던 이기동도 마음의 부담을 느꼈던지 자못 긴장이 되어 표정이 점차 심각해졌다.

조병식이 이전에 꾸민 독립협회의 반역음모 사건이 결국 조작된 것

으로 판명 나서 진즉에 이 두 사람은 세간의 거센 비난을 받고 있는 중
이었다.

이 때문에 두 사람은 이번만큼은 어떤 일이 있어도 티끌만한 실수도
있어서는 안 된다고 공히 같은 생각을 했다.

이기동은 조병식의 집을 나서면서 황국협회 회장으로서 팔도의 보부
상들에게 서둘러 통문을 띄웠다.

"회원 여러분, 잘 아시다시피 금번에 내린 정부의 민간단체 해산령은
나라의 안정을 회복하고 혼란을 막기 위한 정부의 고육책이었소. 우리
황국협회는 이 정부의 진정한 뜻을 알기에 우리의 개인적인 욕심을 버리
고 대승적인 결단을 해서 이 나라를 위해 과감하게 우리 황국협회를 해
산했소.

그런데 뻔뻔스럽게도 이 나라를 혼란에 빠뜨린 장본인인 독립협회가
자신들의 잘못을 깨닫지 못하고 적반하장으로 오늘의 사태에 대한 책임
을 정부에 전가하며 독립협회 부활을 요구하고 있다고 하오.

상황이 이러한데, 우국충정(憂國衷情)에 불타는 우리 회원들이 어찌
가만히 있을 수 있겠소? 분연히 떨쳐 일어나 분별없는 요구를 일삼아 나
라를 어지럽히고 있는 저 철없는 만민공동회를 무찌릅시다.

또한 우리도 우리의 이익을 지키기 위해 우리 황국협회의 부활은 물
론이고 우리가 내놓았던 각종 사업에 대한 독점권을 이 기회에 되찾아야
하오.

모든 회원들은 통문을 받는 즉시 지체하지 말고 한성으로 모두 모여
주시오. 그곳에서 우리의 분명한 뜻과 단호한 의지를 밝혀 혼란에 빠진
이 나라를 구합시다."

3

동대문으로 염탐 나갔던 양홍묵이 놀라서 진땀을 뻘뻘 흘리며 허겁지겁 달려와 소리쳤다.

"우남, 아무래도 안 되겠소, 시위를 그만두고 해산합시다. 보부상 패거리들이 개미떼같이 사방에 쫙 깔렸소, 우리 힘으론 역부족이오."

보부상들은 평소 집단 결속력이 가족같이 아주 끈끈하고 강했다. 이 때문에 이기동의 통문을 받자마자 팔도의 보부상들이 너나 할 것 없이 우르르 동대문으로 몰려왔다.

울며 겨자 먹기 식으로 아깝게 내놓았던 사업권을 되찾자고 하고 나라의 혼란을 막자고 하는데, 그들로서는 이론이 있을 수 없었다. 나라에 충성하고 애국하는 일일 뿐만 아니라 당장 사업상의 이익까지 챙길 수 있으니, 그들로서는 일거양득(一擧兩得)이라 그야말로 꿩 먹고 알 먹기였다.

그들이 진을 친 동대문 일대는 때 이른 눈꽃을 맞은 듯 순백의 세계로 변해 있었다. 보부상들이 자신들의 상징으로 머리에 쓴 패랭이에 목화송이를 꽂았기 때문이다.

한성으로 몰려오는 보부상들의 수가 하루가 다르게 늘고 있었고, 만민공동회를 무산시키기 위해 정부에서 이들에게 자금을 지원하고 있다는 소문까지 무성하게 나돌아 시위 군중들이 술렁거렸다.

"나라에서 저 놈들을 불렀다는 게 참말일까?"

"설마, 그랬을라고?"

"흥, 아닐세. 아니 땐 굴뚝에 연기 나겠는가? 그리고 궁하면 무슨 짓인들 못해?"

"맞아, 나도 들었네. 외국 공사관에서 군대 동원을 반대해서 저놈들을 대신 불렀다는 얘길 들었어. 정부에 있는 숙부가 급히 귀띔해 준 것이니 틀림없을 것일세."

"그렇다면 큰일 아닌가?"

"겁나는가?"

"아니, 꼭 그런 건 아니지만, 불상사가 나서 좋을 건 없지 않은가?"

"그야 당연하지만 이런 일을 하는데 어찌 불상사가 없을 수 있겠는가?"

"그래도 기왕이면 없는 게 낫지 않나?"

"이 사람 보게, 그럼 애당초 이런 일에 나서지 말아야지? 왜 쓸데없는 소리를 자꾸 하나! 보아하니, 자네 말투를 보니 은근히 겁이 나는 모양이구먼. 정 무섭거든 여기서 초치는 소리 그만하고 자네 혼자 집으로 돌아가게."

"이 사람이 무슨 말을 그리 섭섭하게 하나!"

"자네가 자꾸 오두방정을 떠니 하는 말일세."

"아니, 이 사람이 정말!"

"허어, 이보게들, 이러다 우리끼리 싸우겠어. 이제 그만하세. 보부상들이 언제 들이닥칠지 모르니 정신이나 바짝 차리게."

보부상들의 한성 집결 소식에 영향을 받아 만민공동회에 참가한 군중들은 만민공동회의 진로 문제를 두고 약간의 이견을 보이며 한바탕 소란을 피웠지만, 정부의 조치에 반발해 시위를 계속해야 한다는 사람들이 다수였다. 자연히 정부의 태도가 누그러질 때까지 당분간 시위를 중단하자는 온건론은 슬그머니 자취를 감췄다.

하지만 이승만과 함께 만민공동회를 이끌고 있는 양홍묵은 이와 생각이 달랐다. 정부를 등에 업은 보부상 패거리들은 일단 아주 거칠었다. 조선팔도를 돌아다니며 싸움이라면 이골이 날만큼 해 본 산선수전 다 겪은 선수들이다. 말 그대로 물불을 안 가리는 무리들이었다.

반면에 만민공동회에 참가하고 있는 백성들은 그저 평범한 사람들이다. 순박하고 선량한 백성들이 이 무지막지한 싸움꾼들을 이길 재간이 있을까, 계란으로 바위를 치는 격이라 그의 눈에는 티끌만치도 가망이 없어 보였다.

'보부상 패거리들의 공격을 받고 끝내는 오합지졸이 되어 혼비백산한다면 어찌 될까? 참으로 끔찍하다. 잔인한 진압에 사기는 바닥에 떨어지겠지. 머리가 깨진 사람들은 두려움에 떨 것이고. 정부를 저주하면서도 무자비하게 당했던 일을 생각하면 몸서리가 나서 감히 덤빌 엄두도 못 내고 주저앉겠지.

이번에는 보부상이지만 다음엔 군대가 올지도 모르고. 맨주먹으로 총검을 이길 순 없어. 의욕만 앞서서 괜히 대책 없이 나가다간 희생만 늘 거야. 백성들의 억울한 희생만은 막아야 해, 의미 없는 희생은 막아야 해.'

생각이 이에 미치자 양홍묵의 머릿속은 온통 시위 중단에 집중되었다. 보부상의 수가 워낙 많았기 때문이다. 게다가 이들은 모두 두 자 길이의 박달나무 곤봉으로 무장하고 있었다.

위험은 재깍재깍 울리는 시계바늘을 따라 시위대를 향해 서서히 다가오고 있었다. 양홍묵은 시위 군중들의 안전 걱정에 가슴이 답답해 숨이 막히는 것 같았다.

그럼에도 이승만은 가타부타 일언반구 말이 없다. 동요의 기미도 없다. 어찌 보면 태연해보이기도 했다.

"우남, 시위해산을 빨리 서두릅시다. 시간이 없소. 급하오. 일단 소나기는 피하고 봐야 하지 않겠소?"

양홍묵의 눈길엔 우려와 불안의 빛이 그득했다. 이승만이 그를 또렷이 바라보며 가만 고개를 가로저었다.

"아니오, 양형. 피한다고 일이 해결이 되겠소? 난 오히려 정부에 그릇된 인식을 심어줄 수 있다고 생각해요. 강하게 누를 때마다 우리가 물러서게 된다면 정부는 앞으로 힘을 앞세워 더 강하게 우리를 압박할 것이오. 강하게 억누를수록 우리도 강하게 나가야 하오.

지금 우리가 정부에 요구하는 것은 부당한 게 아니오. 아주 정당하고 정의로운 것이오. 지금 우리 자신을 포함해서 자손만대의 우리 후손들이 이 땅을 복 받은 땅으로 여기며 살 수 있는 새로운 세상을 만들자는 것 아니오?

황제는 마땅히 우리의 요구가 싫겠지요! 자신의 권한이 축소되니까. 하지만 이 땅의 주인은 황제가 아니라 백성 아닙니까? 당연히 모든 걸 백성들에게 돌려주어야 하지 않겠소?

지금 우리는 이런 의로운 싸움을 하고 있는 것입니다. 그런데 어찌해서 우리가 총칼이 겁이 나고 몽둥이가 무서워서 도망칠 수 있겠소?

폭력이 두려워 불의와 부정을 보고도 침묵한다면 어찌 우리가 피 끓는 젊은이라 할 수 있겠소? 또 우리가 어찌 산 사람이라 감히 말할 수 있겠소?

양형, 황제와 우리의 생각이 지극히 다른데 어찌 이만한 갈등과 고비가 없겠소? 지금 우리가 마주한 건 우리가 언젠가는 넘어야 할 산에 지나지 않소."

나지막이 시작했던 이승만의 음색이 점차 고조되며 격정적으로 변했다. 그 주변에 있던 사람들이 그의 말에 감동을 받아 눈시울을 붉혔고, 양홍묵도 크게 느낀 바가 있어 그 역시 가슴이 뭉클했다.

'그래, 맞아. 불의를 보고도 침묵하는 건 영혼이 없는 짓이야.'

양홍묵은 조급한 나머지 안전만을 생각한 자신의 단견이 부끄러워 얼굴을 붉혔다.

"우남, 나이는 내가 더 먹었는데 생각하는 걸 보면 정말 당신이 형님 같소. 우남 말이 다 옳소. 그래요, 어차피 부딪힐 일 피할 게 뭐가 있겠소? 까짓것 죽기 살기로 우리 한번 싸워 봅시다."

양홍묵은 사고의 깊이가 좀 부족했고 예리하거나 기민하지도 못했다. 마음도 늘 급해 혼자 지레짐작으로 앞서나갈 때가 많았다. 자연 실수를 연발했고, 때로는 형광등처럼 반응이 한 박자씩 늦어 일이 더디고 쉬운 일도 어렵게 만드는 병통이 없지 않았다.

하지만 그는 가슴에 불이 붙으면 하나님도 못 말리는 휘발성 강한 폭탄이 되어 일당백의 용사로 변했다.

목소리가 하도 커서 한 번 고함을 내지르면 지축이 흔들릴 듯 하늘이 쩌렁쩌렁 울렸고, 불을 뿜는 그의 고리눈은 보는 사람의 몸과 마음을 오싹하게 했다. 또 몸은 비호같이 날쌔어 동에 번쩍 서에 번쩍 했다. 가히 신출귀몰하다 할 만큼 그 위용이 대단했기 때문에 사람들은 그를 항우장사라 불렀다.

양홍묵은 마음을 고쳐먹고 종로에서 보부상들을 맞아 사생결단의 각오로 큰 싸움을 벌일 다짐을 했다. 그러나 이번에는 이승만이 반대해서 그가 이를 의아히 여겼다. 또 한편으로 무안하기도 했고 은근히 불쾌하여 속도 상했다. 자신이 기껏 일을 구상하면 이승만이 자꾸만 제동을 걸었기 때문이다.

'우남이 나를 똥강아지 취급하는 것은 아닌가?'

그래서인지 그의 목소리가 전에 없이 몹시 퉁명스러웠다.

"우남, 왜 그러시오? 저놈들은 몽둥이까지 들고 있는데 우리는 어찌 가만히 있어야 한단 말이요?"

고개를 돌린 채 눈을 내리깔고 이맛살을 찌푸린 양홍묵의 모습을 보아하니 그가 아무래도 마음이 무척 상한 듯했다. 이승만은 자신에게 늘 친동기처럼 살갑게 대해 주던 그에게 상처를 준 것 같아 마음에 걸렸다. 이승만도 눈치가 있어 그가 샐쭉해진 이유를 알았다.

6대 독자로 형제가 없어 이승만은 두 살 연상인 양홍묵에게 많이 의지하고 있었다.

그는 자신의 언사가 너무 경솔했나 싶어 낯이 화끈거리고 민망했다. 잠시 주저하다가 그가 조심스럽게 입을 열었다.

"내가 자꾸만 김을 새게 해서 정말 미안하오. 하지만 내가 양형 마음을 일부러 상하게 하려고 한 건 아니니 오해는 마시오."

그의 말에 양홍묵의 굳어 있던 얼굴이 다소 풀렸지만 여전히 표정이 떨떠름했다. 마지못해 그가 고개를 끄덕였다.

"말해 보오."

"고맙소, 정부를 상대로 싸우는 우리는 힘이 약하오, 하지만 분명한 명분은 있소. 이게 우리의 유일한 강점이오. 약자가 가질 수 있는 가장 강력한 힘은 누구나 공감할 수 있는 명분에 있소.

그런데 만약 우리가 무장을 하고 싸우게 되면 어떻게 되겠소? 정부는 그렇지 않아도 역적패당으로 우리를 고깝게 보고 있소.

모든 사람들이 다 그렇지는 않겠지만 일부 사람들이 흥분해서 무고한 희생을 내게 되면 우리는 폭도로 몰릴 것이고 여론도 등을 돌릴 것이오. 이게 가장 무서운 일이오.

많은 사람들이 우리를 지켜보고 있소. 우리 조선 사람은 물론이고 외국 선교사, 외국 신문 기자, 구미 열강의 외교관들도 우리를 주시하고 있소. 우리가 명분을 잃는 행동을 하는 순간 우리는 이 싸움에서 집니다.

그러니 절대 무장해서도 싸워서도 안 됩니다. 때리면 맞아주고 피를 흘리면서도 우리는 걸어가야 합니다."

이승만의 말을 잠자코 듣고 있던 양홍묵의 안색이 조금씩 풀리더니 어느 새 봄눈 녹듯 그에 대한 서운함의 응어리가 풀리며 환히 밝아졌다. 그는 어두웠던 가슴에 찬란한 빛이 가득 들어차는 것만 같은 특별한 희열을 느꼈다. 그는 차가운 겨울바람을 맞고 있는데도 이상하게 몸이 후끈거리며 따뜻했다. 그는 이승만의 혜안에 탄복했다.

"우남, 참으로 고맙소, 내 어리석음을 깨우쳐 주어 정말 감사하오. 무어라 말을 해야 할지 모르겠소. 다만 우남과 같이 이 일을 하게 된 게 나로선 참 영광이요."

양홍묵은 정을 듬뿍 담아 무두질한 담비가죽보다 더 부드러운 눈길을 그에게 던지고 있었다. 그는 기껏 스무 네 살밖에 안 되는 이승만을 왜 사람들이 주목하고 정부의 고관들조차 그를 두려워하고 부담스러워하는지 이유를 이젠 알 것 같았다.

이승만은 나이에 걸맞지 않게 사물의 이치를 꿰뚫는 통찰력이 매우 뛰어났다. 언변도 탁월했고, 사람과 세상에 대한 사랑은 형언할 수 없이 뜨거웠다.

총칼도 두려워하지 않는 불굴의 용기와 불의와는 타협을 모르는 불타는 정의감, 게다가 남들이 부러워할 명석한 두뇌까지 이승만은 겸비하고 있었다. 이 탓에 양홍묵은 사람들이 그를 믿고 따르지 않을 재간이 없다고 생각했다.

양홍묵이 사과의 손길을 그에게 슬며시 내밀었고, 이승만도 두 손을 내밀어 살포시 양홍묵의 손을 잡았다.

"양형, 오해를 풀어주니 고맙소. 그리고 일단 우리 시위대를 인화문 쪽으로 옮깁시다."

"그게 좋을 것 같소?"

"아무래도 우리가 인화문 쪽으로 옮기면 황제가 지척에 있으니 일단은 보부상들이 쉽게 움직일 수 없을 것이오. 방어에도 좋고 또 황제에 대한 압박 수위도 높일 수 있으니 일석이조 아니겠소?"

"옳거니!"

양홍묵이 그의 말에 눈을 반짝이며 무르팍을 쳤다.

4

이승만이 이끄는 시위대가 황제가 거처하는 경운궁의 인화문 앞으로 옮겨간 사이 전국 보부상들도 동대문 인근에 총집결했다.

그들은 시위대와의 일전을 벼르면서 전열을 가다듬었다. 동대문에 모인 보부상들은 전국 보부상의 총회장격인 13도 부상도반수(負商都班首)에는 과천군수 길영수를, 갑신정변의 주인공 김옥균을 상해로 유인해 살해한 홍종우를 자신들의 대표로 뽑아 곧바로 연좌농성에 돌입했다.

"우리 황국협회를 부활시켜라, 빼앗아간 우리의 권리를 되돌려 달라!"

한성의 동쪽에서 이 같은 함성이 울려 퍼질 때, 한성의 심장부인 인화문에서는 내정개혁을 요구하는 만민공동회가 이승만과 양홍묵의 주도로 진행되고 있었다.

"정부는 조병식을 비롯한 5명의 간신들을 처단하라!"

"독립협회를 부활하고 언론자유를 보장하라!"

"황제는 백성들에게 약속한 내정개혁을 조속히 단행하라!"

"연좌제는 악법이다, 부활을 중단하라!"

"모든 백성들의 인권을 보장할 법 제도를 완벽히 정비하라!"

"외국 상인들의 무분별한 진출로 피멍이 든 소상인들을 보호하라!"

한쪽에서는 개인의 이익을, 다른 한쪽에서는 사회적 정의와 공동의 이익을 위해 목청을 높였다. 성격과 색깔이 전혀 다른 두 시위가 동시에 일어나면서 겨울 초입의 한성이 뜨겁게 달궈지고 있었다.

장안의 사람들은 모이기만 하면 이 두 모임의 동정과 함께 특히 이승만을 화제로 삼고 나섰다. 그가 정부를 비판하면서 쓴 〈제국신문〉의 사설이 아주 신랄했기 때문이다.

"자네 〈제국신문〉 봤나? 속이 뻥 뚫리는 기분이더라고!"

"이승만이 쓴 사설을 읽은 게로군?"

"맞아, 정말 대단했어, 정부 눈치를 본다고 모두 말을 아끼는데 〈제국신문〉은 눈곱만치도 정부 눈치를 안 보는 것 같아."

"다 젊은 탓 아니겠나?"

"에이, 어디 젊다고 다 그런가?"

"자넨 그 친구가 마음에 쏙 드나보군?"

"그럼!"

"그런데 말이 너무 거칠어. 꼭 싸움닭 같아. 대신들을 까는 건 그래도 괜찮은데 황제폐하마저 마구 비판하는 건 너무 무례해 보이더라고! 사람이 어찌 제 혼자 잘나서만 살 수 있는가? 세상에 독불장군은 없는 법이네, 앞뒤 안 가리고 막 나가다간 저 친구 언제가 큰 코 한번 다칠 것이야."

"어허, 이 사람이 악담은, 뭘 잘못 먹었나? 그래도 이 사람아, 왜놈들이나 아라사 놈들 감싸는 신문보다는 낫지 뭘 그래!"

이승만은 자신에 대한 평가가 악담과 찬사로 극적으로 엇갈리고 있다는 걸 잘 알고 있었다. 그와 가까운 사람들은 행여 좋지 않은 일에 그가 휘말려 고초를 겪게 되지는 않을까 노심초사하며 가슴 졸였지만, 그는 전혀 개의치 않고 오히려 이를 은근히 즐겼다. 젊은 나이 탓에 치기 어린 자만심이 그에게도 있었던 것이다.

황제나 그 측근 인사들이 자신을 위험인물로 지목하고, 자신이 기생에게 빠져 살림을 차리고, 공금을 횡령해 기생 치마폭에 넙죽 갖다 바치고 있다는 말도 안 되는 악의적인 소문을 퍼뜨린 것도 따지고 보면 자신이 사회적으로 아주 중요한 사람이 되었다는 징표라고 생각했다.

그래서 그는 주변 사람들의 우려에도 불구하고 자신을 둘러싸고 장안에서 회자되는 얼토당토않은 추문을 들으면 헛웃음을 치고는 어깨를 으쓱하며 넘기곤 했다.

자신의 혈통은 세자 자리를 동생 충녕대군에게 넘긴 양녕대군의 16대 손으로 엄연한 이씨 왕가의 후예인데다, 어머니가 용을 품에 안는 태몽을 꾸고 지었다는 승룡(承龍)이란 아명(兒名)의 유래를 자신의 귀에 딱지가 앉고 못이 박히도록 들어온 터라, 그는 자연스럽게 자신의 운명에 대한 남다른 생각과 포부를 어릴 때부터 갖고 있었다.

그는 어느 날 갑자기 자신에게 쏟아지기 시작한 사람들의 찬사와 칭송이 처음에는 몹시 어색했고 한편으로는 신기했다. 또 뜻하지 않게 이것에 뒤따라 붙는 자신에 대한 비난과 악평에는 잠시 놀라서 상당한 곤혹스러움을 느끼기도 했다.

하지만 지금 그는 자신에게 쏟아지는 사람들의 모든 시선을 자신에 대한 사람들의 특별한 관심이라 여기며 귀찮아하지 않았고, 이런 대중의 관심을 자신의 꿈과 결부시켜 생각하는 공상을 즐길 때가 더러 있었다.

아무튼 그는 최근 들어 자신의 활동에 대한 세인들의 주목을 받으며 예전에 비해 몇 십 배 더 자신에 차, 더욱 도발적인 과감한 언사를 일삼 았다.

신하들과 서구 열강의 회유와 유혹에 이끌려 정신없이 춤을 추다 여론의 반대에 부딪히면 눈이 둥그레져서 언제 그랬냐는 듯 하루아침에 말을 바꾸는 황제에 대해서는 자존심도 없는 무능한 군주라고 몰아세웠고, 러시아와 일본의 뒤에 숨어 권력투쟁에 혈안이 된 조병식을 비롯한 고관들에 대해서는 나라의 곳간을 좀먹는 쥐새끼들이라고 독설을 퍼부으며 이들을 말려 죽여야 한다고 일갈했다.

또 아관파천(俄館播遷) 이후 대한제국의 정치판을 한 손에 거머쥐고 정국을 좌지우지하고 있던 러시아에 대해서도 사설을 통해 비난을 쏟아 부으며 여론을 환기시켰다:

"청ㆍ일 전쟁으로 우리가 청국의 속국을 벗어난 지 얼마나 되었는가? 일본에 패한 청국이 시모노세키 조약으로 조선에 대한 지배권을 포기한 지 불과 3년이다.

천재일우의 이런 호기를 살려 모두 합심해 문명을 진작(振作)하고 산업을 육성하여 나라를 부강하게 할 방법은 찾지 못할망정, 눈앞의 이익에 눈이 어두워 나라의 자주권을 포기하고 있는 작금의 현실을 보면 참으로 기가 차서 어안이 벙벙할 따름이다.

아라사가 3국 간섭*을 통해 일본을 견제하니, 황제와 고관들은 아라사의 힘이 제일인 줄 알고 잽싸게 거기에 빌붙어 아라사가 요구하는 것이라면 아무 생각 없이 무엇이든 다 들어주는 별 해괴망측한 짓을 벌이

---

* 청일전쟁에서 승리한 일본이 전쟁 배상의 대가로 요동지역에 대한 조차권을 확보하자 러시아가 일본의 만주 진출을 억제하기 위해 프랑스, 독일과 연합해 일본의 요구를 철회시킨 사건

고 있다.

황제와 고관들에게는 아라사가 자신들의 이익을 지켜주는 참으로 고마운 백기사일지 모르나, 대체 이 아라사가 어떤 나라인가?

북극 곰 아라사는 표트르 대제 이후 지난 200년간 침략을 통한 영토 확장에만 눈이 멀어 있는 나라다. 아라사가 황제와 고관들에게 선심을 쓰고 호의를 베푸는 것이 그들이 좋아서이겠는가? 이 나라를 불쌍하게 생각해서이겠는가?

아라사가 이 땅에 공을 들이는 것은 얼지 않은 항구를 얻고자 함이고 결국 이 땅을 자신들의 땅으로 가져가겠다는 것이다. 그런데도 황제와 고관들은 아라사의 간계와 야심을 모르는지, 아니면 알고도 모르는 척하는지 몰라도, 그들을 은인으로 여기며 납작 엎드려 감사하고만 있을 뿐이다.

황제의 침실과 고관들의 집과 가구가 아라사식으로 변하고, 그들의 찬장에 화려한 아라사 식기와 그릇들이 넘쳐나는 걸 보면, 온 세상이 아라사 풍으로 바뀔 날도 멀지 않은 것 같다.

두더지 같이 야금야금 파먹어 들어오는 아라사의 야욕을 우리가 이쯤에서 차단하지 않는다면, 청국의 속국에서 간신히 벗어난 우리가 아라사의 속국이 되는 치욕을 어찌 면할 수 있겠는가?

때를 놓치고 나면 땅을 치고 후회해도 소용없으니, 황제와 고관들은 비록 욕심에 눈이 멀고 귀가 먹었다 해도, 현명하고 지혜로운 우리 동포들만은 우리 앞마당에 큰 도둑이 들지 않도록 반드시 또렷한 정신으로 깨어 있어야 한다."

드러내놓고 러시아의 정책을 비판하는 사람이 많지 않았던 터라 이승만의 반러시아 활동은 곧바로 러시아 당국의 눈에 들어왔고, 그의 폭로에 겁먹고 황제가 약속을 뒤집은 게 이미 한두 번이 아니어서 러시아 당국은 이승만을 요주의 인물로 두고 그의 일거수일투족을 면밀하게 관찰했다.

그러다 이승만의 공격이 멈추지 않는 데 위기감을 느낀 러시아 당국은 그를 회유하지 못할 바에는 눈엣가시 같은 이승만을 제거하는 게 좋겠다고 생각하고, 러시아 공사 베베르를 조병식에게 급히 보내 러시아 당국의 뜻을 전했다.

"각하, 돈은 충분히 대겠습니다. 이승만을 확실하게 처리해 주십시오. 일만 성사되면 지금 드리는 돈의 10배는 더 드리겠습니다."

그가 내민 봉투 안에는 한성 요지의 50칸짜리 고대광실을 사고도 남을 돈이 들어 있어, 조병식의 입이 헤벌쭉 벌어졌다.

5

만민공동회에 대한 보부상들의 대대적인 공격이 임박했다는 소문이 전해지면서 장안이 술렁거렸다. 만민공동회 해산에 나선 보부상들의 수가 2천명을 넘었고, 모두가 웬만한 장사 못지않은 당찬 체격을 가진 사람들이라는 소식 때문이었다.

가족의 일원이 이 시위에 참가한 가족들은 이 전언에 놀라서 허둥지둥 현장으로 달려가 시위에 참가한 피붙이들을 빼내오느라고 야단법석을 떨었다.

"아니, 태산 엄마, 지금 한가하게 빨래나 하고 있을 때야?"

"무슨 말에요? 무슨 일이 있어요?"

앞집 사는 파주 댁의 큰 소리에 개울가에 쪼그리고 앉아 빨래를 하던 이승만의 아내 박승선은 화들짝 놀라 물기를 짜던 빨랫감을 손에 든 채 가만 고개를 들었다. 파주 댁은 장에 갔다 오는지 그녀의 머리에 인 짐이 한보따리였다. 파주 댁은 흘러내리는 치마끈을 한손으로 홀쳐매고는 코를 풀고 나서 한심하다는 표정으로 그녀를 바라보며 혀를 찼다.

"다들 식구 데려오느라고 인화문 앞으로 달려가고 지금 난리도 아니야? 아니 그런데 태산 엄마는 걱정도 안 돼? 다른 사람도 아니고 남편이 지금 대장이잖아! 태산 아빠 목에 현상금까지 걸렸다고 하는데 어쩔 거야? 그냥 두고 볼 거야?"

파주 댁은 어디서 그 같은 이야기를 주워들었는지 몰라도 자신이 직접 보고 듣고 오기라도 한 마냥 미주알고주알 사설을 풀어놓았다.

파주 댁이 원래 참새 같이 입이 싸고 수다스러워 그녀는 파주 댁의 말을 한 귀로 듣고 흘려보내려 했으나 마음이 편치 않아서인지 자꾸 마음에 걸리고 왠지 꺼림칙했다.

그녀는 끝내 빨래를 하다말고 슬그머니 일어나 시름이 가득한 얼굴을 하고는 빛이 차가운 하늘을 멀거니 올려다보다 한숨을 내쉬며 걸음을 재촉했다.

"어디 가는 게냐?"

"마실요."

"날도 추운데, 태산이는 왜 데리고 나가누?"

그녀의 시아버지 이경선은 점심 밥상도 차려주지 않고 애지중지하는 7대 독자를 들쳐 업고 집을 나서는 며느리가 못마땅해 눈살을 잔뜩 찌푸렸다.

"애가 보채서요, 금방 다녀올게요."

이실직고했다간 불호령이 떨어질 게 분명해 그녀는 얼렁뚱땅 핑계를 대고 서둘러 대문 문턱을 넘어섰다. 그때 느닷없는 시아버지의 목소리에 움찔하며 휘청거렸다.

"아가, 내가 행여 해서 하는 말인데, 남자란 자고로 여자가 내조를 잘 해줘야 성공하는 법이다. 좀 신경이 쓰여도 남자가 하는 일은 나 몰라라 해야 한다. 아녀자가 잔소리를 하면 될 일도 안 되는 법이다!"

그녀는 시아버지 이경선의 음성이 벌레같이 스멀거리며 살 속을 파고드는 것만 같았다. 그녀는 갑자기 욕지기가 났고 화가 나서 혼자 이죽거렸다.

"참 재수 없는 요망한 노인이야. 귀신은 저 인간 안 잡아가고 뭐하누?"

젊어선 술과 친구로 재산을 날리고 나이가 들어서는 명당 찾기에 넋이 나가 그나마 가진 재산을 다 날려 집안 식구들의 원망이 시아버지에게 쏟아졌고, 가족들은 이경선을 부뚜막 위에 노는 어린아이처럼 걱정하여 늘 눈을 떼지 못했다.

이태 전에 별안간 시어머니가 세상을 뜬 후로는 무료함 탓인지 노파심 탓인지 며느리에 대한 이경선의 잔소리가 유난히 많아져서, 그렇지 않아도 남편 때문에 애간장을 태우던 그녀의 속을 뒤집어 놓아 부아를 돋우곤 했다.

열여섯 어린나이에 혼인을 하고 한동안 금슬이 좋았던 부부였지만, 친구의 설득에 넘어가 배재학당에서 신학문을 익힌 뒤로 그녀의 남편은 완전히 딴 사람으로 변했다.

남편의 이목이 온통 나라 일에만 쏠려 있어 하루아침에 그녀는 뒷전으로 물러나 앉아 과부신세를 면하지 못하고 있었다.

남편의 사랑을 잃은 젊은 새댁이 그나마 마음을 의지하고 위안을 삼을 수 있었던 것은 자신을 살갑게 품어주던 온화한 시어머니가 있었기 때문인데, 시어머니가 세상을 떠나자 부인 박씨는 한순간에 천애고아가 된 것 같은 적막한 외로움에 빠졌다.

울화는 깊어 가는데 남편은 바깥으로만 돌아, 그녀는 그야말로 흐르는 건 눈물이요 나오는 건 한숨밖에 없는 굽도 젖도 못하는 안팎곱사등이 신세가 되었다.

아궁이에 불을 때며 혼자 부글부글 끓이던 속이 드디어 탈이 나서 근래엔 발정 난 암탉 같이 때와 장소를 가리지 않고 짜증과 앙탈을 부렸다.

우두커니 하늘을 바라보다가 말없이 장독대의 독을 발로 걷어찼고, 그릇 부수듯 설거지하는 소리도 요란했다. 또 얇은 입술을 꼭 다문 얼굴엔 한겨울 바람 같은 냉기가 가득 흘러 이경선도 며느리 눈치를 보지 않을 수 없었다.

며느리의 표변에 깜짝 놀란 시아버지 이경선이 며느리의 경거망동을 단속한다고 간혹 목에 핏대를 세워가며 잔소리를 퍼붓고 있었지만, 가슴이 원망과 분노로 가득 찬 그녀의 귀에는 아무것도 들리지 않았다.

성격이 단순한 이경선의 눈에는 실의에 빠져 있는 며느리의 가련한 모습은 손톱만큼도 보이지 않고, 시아버지를 함부로 대하는 간이 배 밖에까지 비집고 나온 버릇없는 며느리의 막되 먹은 모습만 눈에 들어와, 이경선은 이경선대로 며느리에게 화가 잔뜩 나 있었다.

아무튼 그녀는 속으로 시아버지 이경선에게 욕을 한 바가지 퍼부은 후, 한달음에 시위현장으로 달려갔다.

그녀의 남편은 인화문 앞에서 궤짝으로 만든 연단 위에 올라선 채로

운집한 군중들을 향해 팔을 번쩍 치켜들면서 소리쳤고, 그때마다 사람들은 우레와 같은 갈채로 그의 말에 화답했다.

천지개벽할 혁명을 목전에 두었다고 생각한 탓인지 남편의 표정은 의기양양했고, 군중들은 남편에게 환호했지만 그녀는 남편이 눈곱만치도 자랑스럽지 않았다.

'혁명을 한다고 밥이 나오는가? 떡이 나오는가?'

그녀는 부질없는 짓으로 진종일 사람 속을 태우는 남편이 죽이도록 얄밉고 원망스러울 뿐이었다.

그녀의 머릿속은 자신의 귀한 7대 독자 아들을 아비 없는 불쌍한 자식으로 결코 만들고 싶지 않다는 생각으로만 꽉 차 있었다.

"태산 엄마, 태산 아빠 목에 현상금이 걸렸대!"

파주 댁의 목소리가 자꾸 귓전에 맴돌았고, 그녀의 까만 눈에 핏줄이 툭툭 불거졌다. 그녀는 치미는 화에 떠밀려 사람들을 헤치고 연단 쪽을 향해 성큼성큼 걸어갔고, 남편과의 거리가 가까워지면서 그녀는 전의를 가다듬듯 아이를 들쳐 맨 포대기 끈을 바짝 홀쳐맸다.

6

아내를 발견한 이승만이 깜짝 놀라 급히 연단에서 내려섰다.

"아니, 임자가 여긴 웬일이오?"

"왜, 내가 못 올 데를 왔어요?"

"아니, 그건 아니지만, 아이까지 데리고 어쩐 일이오?"

양홍묵은 이승만의 부인이 왔다는 소식을 듣고 반가운 마음에 인사 차 쪼르르 달려왔다가 얼음장 같은 박승선의 분위기가 하도 살벌해 얼른 가벼운 눈인사만 하고는 슬금슬금 뒤로 꽁무니를 뺐다. 이승만은 자신을 쏘아보는 아내의 눈빛이 당장 무슨 큰일을 낼 것만 같아 뒷일을 양홍묵에게 부탁하고는 서둘러 그녀를 잡아끌었다.

"임자, 대체 무슨 일이기에 여길 찾아와 난데없이 화를 내고 있는 거요?"

"내가 말을 한들 당신이 어떻게 내 맘을 알겠어요?"

그녀가 답답해하는 표정으로 눈살을 찌푸리며 아주 퉁명스럽게 쏴붙이듯 물었다.

"당신 목에 현상금 걸린 거 알아요? 몰라요?"

"현상금?"

그는 아내의 말이 뜬금없다는 듯 몹시 어이없어 하며 벌어진 입을 다물지 못했다.

"아닌 밤중에 홍두깨라더니, 그 무슨 소리요!"

"당신 정말 몰라요?"

"아니 내가 죄인도 아닌데 현상금은 무슨 현상금이란 말이오? 대체 누구에게 무슨 얘길 들은 것이오? 그런 쓸데없는 소리나 하려거든 썩 돌아가요. 여긴 위험해요."

얼굴이 시뻘게진 남편이 벽력같이 소리쳐서, 그녀는 파주 댁이 전한 얘기가 아무 근거가 없는 풍문임을 알아채고는 놀란 가슴을 슬그머니 쓸어내렸다.

하지만 그녀는 은근히 남편이 괘씸하기도 했다. 마누라 알기를 개똥으로 아는지 소식을 듣자마자 놀라서 댓바람에 달려온 마누라의 애타는 마음은 안중에도 없고, 오로지 자기 일에만 정신이 팔려 기차 화통 삶아

먹은 듯 큰 소리로 자신을 야단만 치는 남편이 말할 수 없이 얄미웠고 배신감까지 들어 괜히 서러웠다.

자신에게는 남편이 하늘이고 우주이고 전부였지만, 남편에게 자신은 고작 아이 엄마이고 돈 안 들이고 부리는 만만하고 충직한 하녀에 지나지 않는 것 같았다.

불현듯 이런 생각이 들자 그녀는 미칠 것 같았다. 그녀는 속이 부글부글 끓었고 마음 같아서는 세상에서 제일 잘난 이 위인을 단박에 때려눕혀 질근잘근 물어뜯어 놓고만 싶었다.

그래도 그녀는 일부종사(一夫從事)하는 아녀자의 미덕을 살려 입술을 질끈 깨물어 보았지만, 뜻대로 되지 않았다. 서러움에 북받쳐서인지 말을 하면 할수록 자꾸만 약이 올랐다.

"혼자는 못가요, 아니, 안 가요, 같이 가요!"

"억지 부리지 말고 돌아가요, 태산이 고뿔들어요."

"흥, 자식은 그래도 걱정이 되나 보죠? 그래 자식 걱정하는 사람이 여기서 이러고 있어요?"

"무엇 때문에 맘이 상했는지 모르지만, 그만 빈정대고 돌아가요. 사태가 몹시 급박하오. 이곳은 아주 위험한 곳이란 말이오!"

"그런 위험한 일을 왜 당신이 꼭 해야 해요? 당신 말고는 이 세상에 사람이 없어요?"

"임자 오늘따라 왜 이래요? 우린 왕실의 후손이오. 체통을 지키세요."

그가 버럭 고함을 치며 면박을 주자, 그녀가 싸늘한 표정으로 그를 노려보며 비웃음을 쳤다.

"그래 잘난 당신 눈에는 내가 집안 체면이나 깎아먹는 아주 무례하고 천박한 여자로 보이나 보죠?

당신 눈에는 내가 호강에 겨워 요강에 똥 싸는 년으로 보일지 몰라도,

난 당신 땜에 애를 태우며 참다 참다 이를 악물고 왔는데 오늘따라 내가 왜 이러냐고요?

정말 기가 차서……. 나하고 같이 가지 않으려면 우리 헤어져요. 난 이렇게 피를 말리며 살고 싶지는 않아요."

"임자!"

그가 그녀의 말에 어이없어 하는 표정을 지었다. 아내의 성미가 가랑잎에 불붙듯 해서 간혹 다툼이 있긴 했어도 그가 얼른 사태를 진정시켜 큰 싸움으로 번진 일은 없었다.

하지만 때가 때이니만큼 머리를 꼿꼿하게 세우고 독사 같이 대드는 아내에 대해 그는 실망이 너무 컸다. 그는 아내를 새삼 다시 생각했다.

'이 사람이 이렇게 분별력이 없는 사람인가? 이 비상시국에…….'

그는 아내의 행동에 모욕감을 느꼈다. 자부심 강한 그는 그녀가 자신의 아내라는 사실이 믿기지 않았다.

"무엇 때문에 화가 그리 단단하게 났는지 모르지만 나중에 얘기합시다. 행사를 진행해야 하니 그만 돌아가시오."

"돌아오든 말든 이젠 신경 안 써요. 난 친정에 가니 맘대로 하세요."

그녀는 이렇게 그의 가슴에 대못을 박아 놓고는 찬바람을 일으키며 휑하니 돌아서 가버렸고, 그는 구멍 난 풍선같이 텅 빈 가슴의 쓸쓸함을 스스로 위무해 줄 새도 없이 새문고개를 넘어 오는 보부상 패들을 맞이해야 했다.

7

"와아!"

"저놈들을 사정없이 쳐라!"

길영수와 홍종우가 선두에 서서 보부상들을 이끌었고, 시위대 보호 명목으로 경운궁 인근 경비에 나섰던 병사와 순검들은 보부상패들이 들이닥치자 약속이나 한 것처럼 싸우는 시늉만 하다가 썰물같이 빠져나갔다. 덕분에 시위대는 홀로 인화문 앞에 덩그러니 남았다.

박달나무 몽둥이로 무장한 보부상 패들이 시위대를 둘러싸고 포위망을 점점 좁혀왔다. 군중들은 동요했고, 사람들은 놀라서 하나 둘 허둥지둥 달아났다. 앞서서 대열을 이탈한 사람들은 자연히 그들의 표적이 되었다.

보부상패들의 몽둥이가 오뉴월 복날 개 패듯 굴러 온 먹잇감을 향해 사정없이 날아들었다. 몸통은 그들의 발길에 짓이겨지고 머리는 그들의 방망이에 터졌다. 몸만 만신창이가 된 게 아니라 정신과 영혼까지 그들의 발아래 뭉개졌다.

"저놈들은 반역자들이니 다 때려죽여도 좋다!"

길영수의 선동에 격동이 된 보부상들은 희생자들이 흘린 시뻘건 피를 보고는 더욱 흥분했다. 피 맛을 본 짐승이 피 맛에 길들여지듯, 보부상패들이 야수의 본능에 눈을 뜨면서 더욱 짐승다워졌다.

길영수는 지팡이를 짚은 채 먹잇감을 향해 눈을 번뜩이며 달려가는 무리들을 아주 흐뭇한 표정으로 지켜보고 있었다. 그는 시위대가 쓰러질 때마다 손뼉을 쳤다. 길영수의 눈에는 사람이 아니라 짐승이 쓰러지고 있을 뿐이었다. 이미 사세를 되돌리기에는 역부족이었다. 그럼에도 불구하고 이승만은 눈을 부릅뜨고 다시 연단에 올라섰다.

"여러분! 뭉치면 살고 흩어지면 죽습니다, 모두 어깨동무를 합시다. 그리고 앞으로 나아갑시다.

우리의 몸으로 저놈들의 몽둥이에 맞섭시다. 머리가 깨어지고 이 자리에서 죽을지언정 뒤로 물러나지 맙시다. 나아갑시다. 전진합시다."

이승만의 호소에 군중들이 다시 힘을 내어 서로의 어깨에 팔을 둘렀다.

"여러분, 우리는 내 몸 하나 살리기 위해 이 자리에 모인 것이 아닙니다. 돈을 얻기 위한 것도, 밥을 얻기 위한 것도, 권력을 얻기 위한 것도 아닙니다.

오로지 이 나라와 우리 동포를 위해 이 자리에 모인 것입니다. 우리가 사랑하는 이 나라와 동포들 때문에 말입니다. 저 자들이 휘두른 몽둥이에 우리의 머리가 깨어지고 터진다 해도 우리의 정신까지 짓밟힐 순 없습니다.

여러분 전진합시다. 앞으로 나아갑시다. 넘어지고 깨지더라도 앞으로 나아갑시다. 포기하지 말고 우리의 뜻이 관철될 때까지 나아갑시다. 흉악한 간신배들을 몰아내고 새 세상이 올 때까지 앞으로 나아갑시다."

격정에 찬 이승만의 연설에 사람들은 눈물을 훔치며 전진했다. 하지만 그들의 몽둥이는 너무 강했다. 빗발치듯 내리치는 방망이의 위력 앞에 대열은 열 걸음을 채 옮기기 전에 맥없이 무너져 내렸다. 두려움과 공포가 도미노같이 번지면서 대치한 지 한 시간 만에 시위대는 혼비백산하여 달아나고 있었다.

도망치는 시위 군중들을 넋을 놓고 바라보던 이승만 앞에 보부상패 거리의 총수 길영수가 불쑥 얼굴을 디밀었다.

"자네가 이승만인가?"

"그렇다, 그러고 보니 네가 길영수로구나?"

도포자락을 휘날리는 길영수가 누런 이빨을 드러내며 말없이 싱긋 웃었다. 그의 조소에 노한 이승만이 서슬을 퍼렇게 하여 그를 쏘아보며 당장 물고를 낼 것처럼 길영수의 멱살을 냉큼 잡아챘다.

"네놈도 이 나라의 녹을 먹는 관리가 아니냐? 그런데 어찌하여 썩어 빠진 간신배에게 부화뇌동하여 이 나라를 위해 일어선 백성들을 핍박하고 박해하느냐? 대체 넌 어느 나라 백성이냐?"

구레나룻 수염이 길고 눈이 작고 하관이 커서 길영수는 인상이 몹시 험악했다. 그가 가소롭다는 듯이 껄껄 소리 내어 웃어젖히며 이승만의 손목을 꺾어 그가 쥔 손을 장난감 다루듯 간단하게 풀었다. 그는 손바닥으로 솥뚜껑을 부술 만큼 엄청난 힘을 가진 장사였다.

"허허, 역시 네놈은 용기가 대단하구나. 내가 당장 이 자리에서 요절을 낼 수도 있지만 네 용기가 가상해서 한 번만 봐주겠다."

그가 조롱의 눈빛으로 이승만을 꼬나보며 슬쩍 밀치자, 이승만이 허수아비마냥 힘없이 발라당 뒤로 넘어졌다. 얼굴이 시뻘게진 그가 용수철처럼 몸을 퉁기며 벌떡 일어나 머리를 들이밀어 길영수의 가슴을 치려고 할 때 그에게 호감을 가지고 있던 보부상 무리 가운데 한 사람이 뒤에서 그를 턱석 끌어안았다.

"이승만씨, 지금 당신 혼자 남았소. 고집피우지 말고 지금 당장 달아나시오."

주변을 둘러 본 이승만의 눈에는 시위 군중이라곤 한 사람도 보이지 않았고 목화송이를 꽂은 보부상들만 시야에 그득 들어왔다.

시위대를 몰아내고 인화문 앞을 장악한 보부상들은 하늘이 떠나가도록 함성을 질렀다. 그리고는 길영수를 헹가래치며 승리의 기쁨을 자축했다. 그제야 이승만도 정신이 번쩍 나서 밀려드는 보부상 패거리들의 무리를 제치고 허겁지겁 인화문 앞을 빠져 나왔다.

8

이승만이 배재학당 정문에 들어섰다는 문지기의 기별에 배재학당 강당에 모여 있던 사람들이 놀라서 우르르 쏟아져 나왔고, 부상을 당해 비틀거리며 걸어오던 이승만은 자신을 향해 달려오는 양홍묵을 보고는 운동장 한가운데서 그만 정신을 잃고 쓰러지고 말았다.

배재학당은 미국인 선교사 아펜젤러가 세운 학교였기 때문에 치외법권(治外法權) 지역으로 인정받아 많은 시위 군중들이 순검의 손길을 피해 이곳으로 피신해 와 있는 상태였다.

이승만은 죽은 듯이 잠을 자다가 이틀 만에 겨우 의식을 회복했다. 그의 곁엔 양홍묵을 비롯한 그의 동지들이 그를 지키고 있었다.

그가 부스스 눈을 뜨자 모두들 일제히 만세를 외치다 끝내는 통곡했다. 이들의 눈물은 죽음을 예상한 이승만이 다시 살아난 것이 너무 기뻐 흘린 환희의 눈물이기도 했고, 세 사람이 죽고 백여 명의 사람을 크게 다치게 한 정부의 비정한 시위진압 방식에 반발하는 분노의 눈물이기도 했고, 동지를 잃어버린 동료로서의 아픔을 말하는 고통의 눈물이기도 했다.

양홍묵이 배시시 웃으며 볼을 타고 흐르는 눈물을 훔치며 울먹였다.

"모두 우남이 죽는 건 아닌가 생각하며 마음을 졸였소. 살아나 정말 고맙소!"

이승만의 눈에도 눈물이 그렁그렁 했다. 그 역시 자신이 살아난 것이 믿기지 않았다. 맞닥뜨린 길영수가 마음을 먹었다면 자신은 그 자리에서 황천길로 갈 수도 있었다. 그는 자신을 살려 준 길영수의 진짜 의도를 알 수는 없었지만, 그가 자신에게 호의를 베푼 탓인지 자신의 눈에는 그가 그리 나빠 보이지 않았다.

그도 몽둥이에 여러 차례 맞아 온몸에 피멍이 잔뜩 들어 있었고 몸이 욱신대는 통증도 심했다. 그럼에도 그는 미소를 지으며 농지거리를 하여 사람들의 아픈 마음을 달랬다.

"맞소, 죽긴 죽었소. 저승사자가 탄 말을 같이 타고 염라대왕 앞에 갔는데, 염라대왕 말씀이 그럽디다, '얼마 줄 것이냐?'해서 '무슨 말이요?' 하고 물었소.

그랬더니 '예끼 이놈 너 설마 공짜로 저승에 오려고 하는 건 아니겠지?'하고 말해서 '아니, 저승 가는 길에 웬 돈이 필요하오?'물었지요. 염라대왕 그 양반 말씀이 이래요,

'야, 이놈아! 저승에 사람이 차고 넘쳐서 네게 줄 땅이 없는 걸 어찌 모르느냐? 돈을 안 내면 못 들어온다, 이놈아!'하고 호통을 치기에 나도 '그럼, 잘 되었소'하고 저승 땅 만 리 길을 굽이굽이 여행하고 이제 막 돌아서 나오는 길이었소. 내가 빈털터리가 아니었으면 저승 땅에 꼼짝없이 묶일 뻔했소. 그런데 양형 어쩌지요? 양형은 부자라…"

"엥, 뭐라고?"

양홍묵이 그의 말이 뜬금없다는 듯 황당해 하는 표정을 짓자, 이승만이 빙그레 웃었다.

"아, 그러고 보니 양형은 딸부자지요, 하하!"

양홍묵이 아들은 없이 딸만 내리 넷을 둔 것을 일러 하는 말이었다.

동료를 잃고 슬픔에 잠겨 있던 사람들은 때 아닌 이승만의 농담에 잠시 시름을 잊고 웃을 수 있었다.

절망 한가운데서 보인 이승만의 넘치는 기지와 위트는 사람들로 하여금 그에게 열광하게 만들었다. 캄캄한 어둠 속에서 만나는 빛줄기처럼 그와 함께 있으면 사람들은 어떤 우울함 속에서도 긍정의 힘과 희망을 발견할 수 있었기 때문이다.

"그런데 지금 보부상들은 어찌 하고 있소?"

"아직 인화문 앞에 장사진을 치고 있소."

이승만은 고개를 끄덕이고는 끼낑대며 일어나려고 안간힘을 쓰면서 다리를 버둥거렸다. 통증 때문에 이승만의 미간이 절로 일그러졌다. 양홍묵이 얼른 손을 뻗어 만류했다.

"우남, 아직 몸이 좋지 않소, 며칠 더 쉬어야 하오."

"그래도 이렇게 누워 있을 순 없소. 우리가 그 정도의 시위 진압에 사기가 꺾여 물러선다면 우리가 무엇을 바꿀 수 있겠소?

간신배들은 제 세상을 만난 듯 더 활개를 칠 것이고, 황제는 개혁을 포기할 것이고, 세상은 다시 암흑으로 돌아가 백성들이 희망을 잃을 것이오, 그러니 시간만 허비하며 그냥 대책 없이 누워서만 지낼 순 없소. 우리도 빨리 조직을 재정비하여 서둘러 거리로 다시 나가야 하오."

시위를 재개해야 한다는 이승만의 견해에는 모든 이들이 공감했지만, 정부의 강공진압 작전이 상당한 효과를 발휘해서 백성들이 시위에 나서기를 주저하고 있어 모든 것이 조심스럽기만 했다. 자칫 잘못하다간 남아 있는 불씨마저 꺼뜨려 투쟁 동력을 완전히 상실할 수 있기 때문에 서로 눈치만 보며 말을 아꼈다.

그나마 시위 재개를 입에 올리게 된 것도 따지고 보면 이승만이 생환했기에 가능한 일이었다. 그가 만약 길영수에게 맞아 불귀의 객이 되었다면 만민공동회는 구심점을 잃어 그날로 역사의 뒤안길로 퇴장할 수밖에 없는 운명이었다.

이승만이 문제 제기를 한 후 향후 투쟁 방향을 두고 열띤 토론이 벌어졌고, 한 시간쯤 지났을 때 배재학교 교장 아펜젤러가 환한 미소를 지으며 문을 열고 들어섰다.

"미스터 리, 인화문에 몰려 있던 보부상들이 모두 서대문 바깥으로 물러나고 없습니다."

"선생님, 어떻게 된 일입니까?"

"정동 일대에 있던 백성들이 들고 일어나 그 자들을 몰아냈다고 합니다. 백성들이 지금 미스터 리를 찾고 있습니다."

그의 전언에 모두들 눈이 휘둥그레졌고 다 같이 얼싸 안으며 환호성을 질렀다. 아펜젤러는 흐뭇한 표정으로 부드러운 미소를 짓고는 이승만의 어깨를 두드렸는데, 그의 얼굴엔 제자에 대한 애정과 스승으로서의 자부심이 넘쳐흘렀다.

"미스터 리, 내 제자지만 당신 정말 훌륭해요. 당신은 영웅이오."

그는 원래 정치적인 문제에 관여하는 걸 몹시 꺼렸다. 당연히 배재학당 출신 인사들이 시위를 주도하는 것도 싫어했다.

정부와 정치적인 긴장 관계에 놓이다 보면 목사로서 자신이 가장 우선해야 할 선교 사업에 큰 지장이 생기지 않을까 우려한 탓이었다. 이 때문에 배재학당 출신들에게 정치적 활동에 대한 자제를 자주 당부했지만, 보부상을 동원한 정부의 강경진압 작전이 너무 악랄했고, 이승만이 주도하는 만민공동회의 주장이 하나님의 뜻에 부합한다고 생각해서 이승만을 지지하는 쪽으로 마음을 바꾼 것이다.

다수의 희생자를 낸 정부의 무자비한 시위진압 작전은 정부의 의도와는 달리 아주 엉뚱한 결과를 낳고 말았다.

나무꾼, 소백정, 갖바치 같은 사회적으로 천대받던 백성들은 보부상 패들에게 만민공동회가 습격을 당했다는 소식을 접하고는 모두들 자기 일인 양 흥분해서 이 사태의 배후 인물로 지목된 황국협회 회장 이기동의 집을 불태워 잿더미로 만들었고, 사세를 관망하고 있던 백성들도 이들에게 동조해 조병식을 비롯한 고관들의 집을 습격해 쑥대밭으로 만들고는 거리로 뛰쳐나와 이승만을 연호했다.

방관자의 입장에 서 있던 외국인들도 여론에 나타난 백성들의 뜻을 확인하고는 슬그머니 정부에 등을 돌려 개혁을 촉구했다. 결국 간신배들의 자충수로 황제와 정부는 사면초가 신세가 되어 사태해결을 두고 전전 긍긍했다.

9

백성들이 보부상 패거리들을 서대문 바깥으로 쫓아내면서 새로운 세상에 대한 민초들의 열망이 활활 불타올랐고, 종로시전은 혁명의 성지로 떠올라 사람들이 물밀듯이 쏟아져 들어왔다.

사나흘 요양을 하며 몸을 추스른 이승만이 하얀 두루마기를 걸치고 두 팔을 흔들며 시종 여유 있는 미소를 입가에 담고 연단에 올랐다. 그를 보고 싶어 목을 빼고 있던 사람들이 그의 출현에 환호했다. 그들은 우레와 같은 박수갈채를 보내어 사지에서 외로이 정부의 탄압에 맞서 싸운 영웅의 귀환을 뜨겁게 환영하고 있었다.

5천명이 넘는 군중이 모였다. 지난 3월에 일만 명이 모인 만민공동회

첫모임 이후 최대 인파였다.

"이승만, 이승만!"

예수의 부활을 믿지 못해 상처가 채 아물지 않은 예수의 가슴 구멍에 손가락을 넣어 보았던 의심 많은 도마처럼, 어떤 이들은 그가 살아 있다는 것이 믿어지지 않는지 가까이 다가와 그의 손을 잡으려 손을 내밀었고, 그가 내민 손을 잡고는 기쁨의 눈물을 흘렸다.

"여러분, 죄 없는 백성들을 짓밟는 정부는 나쁜 정부입니까? 좋은 정부입니까?"

"나쁜 정부!"

"여러분, 그렇다면 이 나쁜 정부를 그냥 두어야하겠습니까? 아니면 없애야 하겠습니까?"

"없애야 합니다."

먹이를 보고 우르르 달려드는 고기떼와 같이 이승만이 질문을 던지면 시전에 모인 군중들은 기다렸다는 듯이 일제히 함성을 지르며 답했다. 이승만과 군중은 찹쌀떡 궁합을 자랑하는 오래된 부부인 양 호흡이 척척 맞아떨어졌고, 이들의 함성이 높아질수록 황제의 위기감은 점차 커져만 갔다.

축제 분위기로 한창 들떠 있는 종로와는 달리 황제가 머무는 경운궁은 백성들의 습격을 피해 집을 간신히 빠져나온 대신들의 움직임이 부산한 가운데 무거운 침묵이 짙게 깔려 몹시 적막했다.

아침 댓바람부터 시작된 시위가 하늘에 별이 총총 뜨고 달빛이 하늘을 훤히 밝히도록 끝나지 않고 온종일 구호소리가 경운궁의 담벼락을 넘자, 황제는 귀를 막고 진저리를 쳤다.

"이 괘씸한 놈들…"

넋두리하듯 혼자 중얼거리며 아무 생각 없이 바둑돌을 놓던 황제의 두서없는 손길이 내관의 보고에 멈추어 섰다.

"폐하, 윤치호 회장이 입궐하였습니다."

"들라 하라!"

민란을 방불케 하는 대규모 폭동이 한성에서 일어난 경우는 임진왜란 당해 연도에 선조가 백성들을 버리고 몽진 길에 올랐던 그 때를 제외하고는 조선 건국 500년 역사상 처음 있는 일이었다.

지금까지의 민란과 폭동은 주로 먹고 사는 민생 문제와 결부된 것으로 함경도나 전라도와 같이 지주와 관리들의 착취가 심하고 빈민들이 많은 곳에서 일어난 경우가 대부분이었다.

지금처럼 개혁을 요구하는 정치적 슬로건을 내걸고 백성들이 수도 한성에서 폭동을 일으킨 전례가 없었다. 이 때문에 황제는 더 조바심이 났다. 오장육부의 온 신경이 금방이라도 터질 것 같은 팽팽한 긴장 속에 있었다. 그는 이 민란이 프랑스 대혁명과 같은 혁명으로 발전하지 않을까 우려했다.

한껏 기대를 모았던 보부상패를 동원한 강경 진압 작전이 수포로 돌아가고 한성 땅이 젊은 혁명가들의 해방구로 탈바꿈하면서 황제는 큰 위기감을 느껴 부랴부랴 대책을 세운다고 이제야 야단법석을 떨었다.

그는 성난 민심을 달래려 한성부 판윤을 보내 시위 진정을 시도했으나, 시위대들은 콧방귀도 뀌지 않고 돌팔매로 응수해 한성부 판윤은 입도 벙긋해 보지 못하고 놀라서 꽁지를 빼고 달아나기에 바빴다.

황제가 제시한 선 시위해산, 후 개혁안 실시, 방안이 시위대들에게는 씨알도 먹히지 않았던 것이다. 시위대의 요구는 개혁안을 발표하고 약속한 개혁안을 당장 실천하라는 것이었고, 그들은 자신들의 요구를 눈곱만치도 양보할 생각이 없었다.

황제의 충실한 심부름꾼들이 이승만을 필두로 한 젊은 혁명가 집단에 의해 연달아 퇴짜를 맞으면서, 황제가 궁여지책으로 찾은 이가 윤치호였다.

윤치호는 서재필의 뒤를 이어 독립협회 회장을 맡고 있었고, 신진 혁명가 집단은 그에게 크게 의지했다. 배후에서 만민공동회를 조종하는 인물이 바로 그였던 것이다.

황제는 윤치호가 왔다는 소식에 일말의 기대를 걸면서 흐트러진 옷매무새를 가다듬었다.

10

"내가 왜 그자들이 요구하는 것을 모두 수용해야 한다는 말이냐? 말 그대로 이건 백기투항 아니냐? 난 못한다. 싫다!"

윤치호의 건의에 황제는 흥분해서 눈살을 찌푸리며 싸늘한 표정을 하고 돌아앉았다. 황제의 체면은 체면대로 구기고 세상에 있는 욕 없는 욕 모두 잔뜩 얻어먹은 터에, 윤치호가 얼굴색도 변하지 않고 항복문서에 날인하라고 황제에게 종용하자, 윤치호의 뻔뻔한 태도에 황제가 기겁한 것이다. 혹 떼려다 오히려 큰 혹을 붙인 것만 같아서 황제는 그를 부른 걸 뒤늦게 후회했다.

황제가 윤치호를 믿은 것은 그가 법무대신의 아들일 뿐만 아니라 한때는 관직생활도 했고 일본, 중국, 미국 등 다양한 유학경험까지 있어 다른 개혁파들에 비해 말이 잘 통하고 성격이 유(柔)하다는 데 있었다. 하

지만 따지고 보면 윤치호는 공화정을 줄기차게 주장하고 있는 개혁파의
우두머리일 뿐이었다.

황제는 이런 사람을 앞에다 불러놓고 도움을 얻기 위해 대화를 시도
하고 있는 자신의 모습이 한심하기도 했고, 이승만을 비롯한 소장 개혁
파들의 급진적 성향을 핑계 삼아 자신의 요구를 미꾸라지마냥 요리조리
피해 나가는 윤치호의 태도가 얄밉고 괘씸하기도 했다.

"폐하, 아무런 조건 없이 시위대 해산을 이끌어내는 것은 신의 능력
밖의 일이옵니다. 황송하오나 신이 폐하께 말씀드린 조건을 수용하지 않
으신다면, 신으로서는 더 이상 폐하를 도와드릴 수가 없사오니 신은 그
만 물러가겠나이다."

두 시간의 독대에도 두 사람은 한 발자국도 앞으로 나아가지 못했다.
서로 양보할 생각 없이 상대에게 양보만을 요구하는 평행선을 달리고 있
었으니 당연했다. 답을 구할 생각이 눈곱만치라도 있다면 부딪히고 깨지
는 한이 있어도 서로 상대를 향해 덤벼들어야 했다.

황제의 태도에 변화가 없는 한 서로 얼굴만 쳐다보고 있다고 해서 해
결될 건 아무 것도 없었다. 윤치호가 일찌감치 마음을 접고 황제와 협상
을 포기하고 슬그머니 자리에서 일어나려고 하자 황제가 떨떠름한 표정
을 지우지 못하고 그를 째려보며 손짓했다.

"앉아라!"

황제가 좀 단순하긴 해도 윤치호가 사실상 자신의 마지막 카드라는
점은 잘 알고 있었다. '이 자가 떠나고 나면 이승만이 이끄는 시위는 격화
될 것이고, 이를 막기 위해선 병력을 동원해야 할지도 모른다. 어쩌면 이
것이 혁명의 도화선이 될지도……'

황제는 프랑스의 경우를 생각하니 너무 끔찍해서 오금이 저려왔다.

'500년 이어온 종묘사직을 내 대에서 끝낼 순 없다. 이 일만은 불문

곡직 막아야 한다.'

조선왕실의 운명이 끝날지 모른다는 조바심이 미동도 않던 그의 마음을 끝내 움직였다. 시위를 벌이고 있는 소장 개혁파들의 요구를 수용하는 게 황제는 내키지 않았다. 하지만, 이를 피해 갈 다른 방도가 있는 것도 아니었다.

각국 정부에서 크게 우려하고 있는 유혈사태도 막아야 했고, 치솟는 혁명의 불길도 급히 꺼야만 했다. 황제는 갈 길이 멀기도 했고 마음은 더 바쁘고 속이 바짝 탔다. 그가 모든 것을 체념한 허탈한 표정으로 윤치호를 바라보며 일렀다.

"네가 가서 내 뜻을 전해라. 모든 조건을 수락할 테니 신민들은 속히 시위를 풀고 생업으로 돌아가도록 하라!"

"폐하, 방금 하신 말씀 진정이시옵니까?"

"이 나라의 황제가 어찌 한 입으로 두 말을 하겠느냐?"

"폐하, 하지만 신이 걱정하는 것은 폐하께서 약속하신 것이 지켜지지 못한 전례가 많아 폐하께서 말씀하셔도 진정성을 의심하는 이들이 많으므로 폐하의 뜻을 전하는 것만으로는 시위 해산이 쉽지 않을 것 같다는 것입니다."

"그럼 어찌해야 믿겠느냐?"

"사태를 이 지경으로 몰고 간 대신들을 당장 체포하고, 철저한 조사를 통해 이들의 죄상을 낱낱이 밝혀 이들에게 억울한 일을 당했던 숱한 백성들의 노여움을 풀어주시고, 만민공동회의 신임을 받는 인물들을 내각에 기용하여 정부 개혁에 참여케 해주시옵소서."

"오냐, 이 또한 다 허락할 것이니 서둘러 내 뜻을 전하라!"

황제는 제 코가 석 자가 되니 공동의 목표를 향해 한때 의기투합했던 과거의 동지 조병식, 이기동을 가차 없이 버렸다. 역시 세상에는 영원한 친구도 영원한 적도 없었다.

느닷없는 황제의 배신에 놀란 이들은 숨 고를 틈도 없이 당장 몸 숨길 곳을 찾아 눈알이 빠질 지경이 되었다.

이승만이 종로와 인화문을 오가며 시위를 벌인 지 꼬박 한 달 만이었다. 황제의 명령으로 황국협회를 배후에서 조종한 조병식과 이기동이 체포되어 경무청에 구금되었다는 소식에 종로의 시위대는 일제히 환호했다.

"마침내 우리가 이겼다, 이겼다고!"

양흥묵이 너무 좋아서 어린아이마냥 어쩔 줄 몰라 하며 개구리처럼 팔짝팔짝 뛰다가 이승만을 끌어안고 바람에 타서 발개진 그의 볼에다 연신 뽀뽀를 해댔다.

한성 감옥서

I

　황제의 내정개혁 약속에도 불구하고, 정부의 개혁 속도가 미진한 데 불만을 품고 만민공동회에 관여한 백성들이 황국협회와의 연관성이 티끌만치라도 의심이 되는 사람들은 무조건 잡아다 초주검이 되게 구타했고, 나아가 고관과 관리들의 집을 마구 방화하고 재물을 약탈했다. 사방에서 메케한 냄새와 더불어 자욱한 연기가 하늘로 피어올랐다.

　하루아침에 한성은 무법천지가 되었다. 한성이 어제와는 다른 또 다른 생지옥이 되어버린 것이다. 백성들은 자신들에게 불똥이 튀지 않을까 전전긍긍했고, 집을 잃고 길거리에 나앉게 된 사람들은 실성한 사람처럼 땅을 치며 통곡을 그치지 않았다.

　실력행사를 통해 황제에게 항복문서를 받아낸 시위대들이 정부를 우습게 알고 공권력을 무력화시킨 것이다. 이 때문에 한성은 무정부상태에 빠져 있었다.

　인내심을 갖고 사태를 지켜보던 황제도 이 혼란과 난국을 수습하기 위해 병력 동원이 불가피하다는 생각을 마침내 갖게 되었고, 각국 공관의 의견을 들어가며 병력 투입 시기를 저울질하고 있었다.

　이런 상황 변화로 인해 독립협회 회장 윤치호의 속이 타들어갔다. 연일 폭동이 일어나는 한성의 상황이 진정되지 않으면 어렵사리 얻어낸 국가 개혁의 기회를 한 순간에 물거품으로 만들 수 있기 때문이다.

그는 한성부 판윤에다 중추원 부의장으로 뽑혀 사실상 개혁의 키를 손에 쥐고 있었다. 그의 눈에는 이승만을 비롯한 신진 개혁세력이 시위를 통해 이뤄낸 성과는 언제 무너질지 모르는 모래성 위의 집과 같이 모든 것이 불안해 보이기만 했다.

그는 창가에 앉아 담배에 불을 붙였다. 미국 유학시절에 산 쿠바 산 엽궐련이었다. 그는 이 담배를 매우 좋아했다.

풍미에 있어서만큼은 이 담배가 세계 최고라고 생각했다. 그가 담배 연기를 가슴 깊숙이 빨아들이자 혀와 코끝에서 구수하고 달콤한 향이 가득 느껴졌다. 어제 피운 것이나 오늘 피운 담배나 그 맛은 조금도 변함이 없었다. 이 담배는 마음의 우울을 달래주는 특별한 효능도 있었다. 하지만 왠지 오늘은 담배 맛도 쓰게 느껴지고 마음도 착잡했다.

올겨울은 12월 들어 유난히 춥고 눈도 많이 내렸다. 오늘도 새벽녘부터 폭설이 줄기차게 내리고 있었다. 눈이 무릎까지 쌓였지만 사람들은 여전히 종로를 떠나지 않고 있었다. 어림잡아 5백 명 정도가 무리지어 구호를 외치고 있는 모습이 눈에 들어왔다.

"젠장 이젠 좀 그만하지……."

고집스런 황제를 굴복시켰다는 승리감에 도취된 탓인지 시위대들은 이젠 아무 것도 두려워하지 않았고 누구의 말도 들으려 하지 않았다. 그들은 자신들의 판단과 생각을 지상 최고의 선이라 믿었고, 자기 만족의 최면에 걸려 자신들이 무슨 짓을 하는지 전혀 모르고 있었다. 심지어 독립협회 회장인 자신의 말도 이들에게는 전혀 먹혀들지 않았다.

세상사 과유불급(過猶不及)이라 했기에 그의 시름은 나날이 깊어만 갔다. 자기 만족과 한계를 모르는 그들이 어떤 일을 벌일지는 알 수 없지만,

과도한 욕망의 부메랑이 그들의 발등을 찍을 수 있다는 것은 분명했다.

담뱃불을 끄고 황제를 알현하려 자리에서 일어서는데, 이승만이 의기양양한 표정으로 들어와 그 앞에 봉투를 불쑥 내밀었다.

"무언가?"

"중추원에서 추천한 대신 후보자 명단입디다."

각계각층의 인사로 구성된 중추원이 황제의 명에 따라 활동을 시작했고, 중추원 의관(議官)으로 임명된 이승만은 만민공동회의 돌격대장답게 의회의 기능을 대신하는 중추원에서도 핵심적인 역할을 하고 있었다.

대신 후보자 명단을 보던 윤치호의 눈이 놀라움에 왕방울만큼 커졌다. 중추원에서 천거한 고위직 후보 11명 가운데 의외의 인물이 있었던 것이다. 그의 얼굴이 파래졌다.

"박영효는 누가 추천한 건가?"

"무어가 잘못 됐습니까?"

"대답부터 하게, 누가 했나?"

"저하고 최정덕이가 했습니다만……"

윤치호가 발끈 성을 냈다. 최정덕은 이승만의 독립협회 동료로 박영효의 심복인 이규완에게 포섭되어, 갑신정변 이후 일본에 도피 중인 박영효의 귀국을 돕기 위해 발 빠르게 움직이고 있었다.

"이봐, 자네 지금 정신이 있나? 없나? 어떻게 박영효를 추천했어? 자네 정신이 어찌 된 것 아니야?"

"아니, 부의장 각하, 대체 이게 무슨 말씀입니까?"

이승만은 윤치호가 다짜고짜 아침부터 화를 벌컥 내는 데 마음이 몹시 상해서 저절로 언성이 높아졌다.

"나라를 살릴 인재를 구하는 자리에 박영효를 추천한 것이 대체 무슨 잘못입니까?"

"허어, 세상에 이런 어리석은 자가 있나? 자네 세상 물정을 그리도 모르는가? 아니면 알고도 이런 무모한 짓을 하는 건가?

이 자는 대역 죄인이야 게다가 박영효가 황제를 폐하고 일본에 있는 의화군*을 황제로 옹립한다는 말까지 나돌고 있는 처지인데, 자네는 정말 이런 사실도 모르고 추천한 건가?"

윤치호의 노골적인 반박에 아뭇소리도 못하고 이승만은 슬쩍 얼굴을 붉혔다. 켕기는 구석이 있었기 때문이다.

이승만은 본래 황제가 판단력은 부족하고 줏대가 없다고 생각해 그를 무척 싫어했다. 이 와중에 박영효의 입국을 위한 사전 정지작업 차 몰래 조선에 들어와 비밀활동을 하고 있던 박영효의 측근 이규완이 이승만을 눈여겨보고 접근해서 지금은 아주 가까운 사이가 되어 있었다.

이승만이 결국 이규완의 꼬임에 넘어가 박영효를 충신열사로 높이 평가하게 되었고, 그가 구상하고 있는 의화군 옹립이라는 쿠데타계획까지 대한제국의 혁신을 위해 꼭 필요하다고 믿었다.

이 탓에 그는 다른 중추원 의관들의 반대를 무릅쓰고 박영효의 대신 추천을 강력하게 밀어붙인 것이다.

"다른 사람은 몰라도 박영효는 안 되네, 당장 물리게."

이승만은 윤치호가 걱정하는 이유를 대략은 알았지만, 애써 만든 초안을 수정하고 싶지는 않았다. 그는 박영효 같이 포부와 야망이 큰 인물이 한 사람 정도는 내각에 들어가야 최소한 국가 개혁의 동력을 잃지는 않을 것이라고 생각했다. 개혁의 성공을 위해서는 분명한 구심점과 확실한 추진세력이 동시에 병존해야만 했다.

"각하의 뜻은 알겠으나, 의관들이 다수결로 결정한 것이니 제 임의로

---

* 고종황제의 다섯째 아들로 이름은 이강이며, 유약한 다른 왕자들과 달리 기개가 있고 강직해 따르는 이들이 많았다.

바꿀 수는 없습니다. 어차피 우리가 결정한 사안은 만민공동회에서 추인을 받아야 하니 먼저 민회(萬民共同會)의 반응을 지켜보는 것이 좋겠습니다.”

중추원의 규약을 핑계 삼은 이승만의 의견은 그럴듯했지만, 이승만의 말은 윤치호의 생각을 자신은 결코 받아들일 수 없다는 완곡한 거부 의사의 표현에 지나지 않았다.

윤치호가 박영효를 추천해서는 안 되는 이유를 구구절절 설명해도 이미 박영효에게 콩깍지가 씐 이승만의 눈과 귀에는 아무것도 보이지 않았고 들리지도 않았다. 종내는 윤치호가 크게 흥분해서 안색이 붉으락푸르락했다.

“정말, 이럴 건가?”

“어쩔 수 없습니다.”

“고얀 놈……, 자네 맘대로 하게!”

이승만이 굳은 표정으로 그에게 목례를 하고 나가자 다리에 힘이 풀린 윤치호가 망연자실해 의자에 털썩 주저앉았다.

“대체 저놈은 어찌 저리 미련한가?”

황제를 상대로 벌인 전쟁에서 승리한 이승만은 자신감이 너무 넘쳐 예전과 다르게 점점 급진적으로 변하고 있었다. 그는 모든 것을 단숨에 바꾸고 싶어 했다. 젊음의 열정이 그를 조바심치게 했으나, 열정만으로는 세상을 바꿀 수 없음을 윤치호는 알았다.

다른 예를 들 필요도 없다. 화덕에 뛰어드는 불나방 같은 불쏘시개는 될지언정, 사랑이 넘치는 젊음의 열정이 세상을 따뜻하고 안전하게 보듬는 큰 그릇이 꼭 되는 것은 아님을 갑신정변을 일으킨 박영효가 말해 주지 않았던가. 윤치호의 눈에는 사나운 화마(火魔)가 불어오는 게 훤히 보였다.

"어찌할까, 어찌할까, 저 어리석은 인간을 ⋯⋯."

2

만민공동회의 추인을 받고 올린 중추원의 대신 후보 명단을 보고 황제는 몹시 어이없어 하며 냉소를 지었다.

"허허, 이놈들이 정말 미쳐도 단단히 미쳤구나!"

그는 중추원에서 제출한 후보자 명단을 북어포 찢듯이 북북 찢어 시뻘건 화톳불에 던져 넣고는 재로 변하는 명부를 바라보며 두 눈을 부라렸다.

"여봐라!"

황제의 부름에 늙은 내관이 쪼르르 달려와 코가 바닥에 닿도록 찰싹 엎드렸고, 진노한 황제는 방안이 쩌렁쩌렁 울리도록 큰소리로 말했다.

"당장 친위대장을 불러 박영효의 끄나풀들은 물론 그놈의 음모에 가담한 자들은 사안의 경중을 가릴 것 없이 한 놈도 빠짐없이 붙잡아 사악한 박영효의 죄상을 낱낱이 밝히도록 하라!"

단종 복위를 모의하던 김질이 역모가 발각될까 지레 겁을 먹어 함께 거사를 도모한 동지 성삼문을 배신하고 세조에게 고변해 사육신 사건을 일으켰듯이, 쥐도 새도 모르게 추진되었다고 굳게 믿었던 박영효의 황제 폐위 음모 사건은 거사를 하루 앞두고 이 역시 내부 배신자의 고변에 의해 사전에 발각되었다.

보위에 오른 지 40여년이나 된 황제는 비록 명민함은 다소 부족했으나 격동의 세월을 만나 산전수전 다 겪어 녹록치 않은 관록이 붙었다. 당연히 권력에 도전하는 자들을 사냥하는 기술 정도는 일찌감치 터득했다.

숨을 죽이고 먹잇감을 기다리다가 빈틈이 보이면 전광석화 같이 달려들어 숨통을 단숨에 끊어놓는 것이었다. 그는 능구렁이 같이 귀띔을 받고도 모른 척했다.

경계를 늦추면 상대는 방심하고, 경계를 더 늦추면 상대를 시험하듯 겁 없이 면전에 모습을 드러내서 어슬렁거리게 마련이다. 오만과 거만은 상대를 아주 우습게 안다는 신호였고, 그 역시 이때 허점이 생기기 마련이다.

그래서 황제는 중추원에서 대신 후보 명단을 올려 보내자 쓴웃음을 지었던 것이다. 때가 온 것이다. 기회를 포착하자 그는 사나운 짐승으로 돌변했다.

순수했던 처음과 달리 만민공동회는 지금 과격 폭력집단으로 변질되었다. 여론은 황제의 편에 섰고 백성들은 개혁파들을 버렸다. 백성들은 끝없는 다툼에 염증을 느끼며 진저리를 쳤다. 백성들은 세상이 조금 불편하고 좀 억울해도 소리 없이 편안하게 조용히 살고 싶을 뿐이었다.

백성들은 소란스러운 정의보다 조용한 독재를 더 평화롭다고 생각했다. 그들은 당장 먹고 살기도 힘들었기 때문이다.

3

중추원 의관 직에서 파면된 지 엿새 만에 이승만은 남산 아래 진고개에서 순검에 의해 전격 체포되어 서대문감옥서에 수감되었다. 그러다 탈옥을 시도하던 중 다시 붙잡혀 중죄인이 득실거리는 한성감옥서로 이감되었다.

그제는 폭설이 내려 장방형의 옥 마당엔 아직도 눈이 수북이 쌓여 있었다. 옥 바닥은 맨땅에다 볏짚만 깔아놓았을 뿐 흙바닥이나 진배없었다.

목에 칼을 두른 이승만이 구석에 쪼그리고 앉아 학질에 걸린 사람마냥 덜덜 떨었다. 솜이라고 해봐야 고작 한 주먹도 되지 않는 솜이 전부인 것이 죄수복이었다. 강풍을 동반한 추위에 흙바닥까지 눅눅해 냉기가 고스란히 뼛속까지 스며들어 그는 뼈가 아린 느낌이었다.

어제 입감(入監)한 이승만뿐 아니라 오랜 수형생활에 이골이 난 여남은 명의 중죄인들도 이 추위만은 견디기 힘들었던지 인경이 두 시간이나 지났음에도 통 잠을 이루지 못했다.

깊은 어둠속에서 새벽별 같은 새까만 눈동자만 소리 없이 반짝였다. 한 방에 있는 죄수들도 소문을 익히 들어 이승만이 어떤 인물인지 대략은 알고 있었다. 그들은 유명인사가 자신들의 방에 들어온 게 신기해서 은근한 호기심을 보였고 누군가 그의 곁에 슬며시 다가왔다.

"선생, 많이 춥죠? 이 장갑 좀 끼세요."

"아니, 선생도 추울 텐데…"

"난, 어머니가 여벌로 갖다 주신 게 있으니 걱정 마시오."

그의 말에 이승만의 눈시울이 뜨거워졌다. 그의 호의가 고맙기도 했지만, 얼마 전에 돌아가신 어머니가 생각났기 때문이다.

그에게 천자문을 가르치고 글을 익히게 한 사람도 어머니였고, 세상에 대해 큰 포부를 갖게 한 분도 그의 어머니였고, 북한산의 문수사를 찾아 지성으로 불공을 드리며 아들의 앞날에 축복을 빌어준 이도 어머니였다.

그런데 지금 자신은 옥 안에 갇힌 죄인이다. 그는 어머니에게 부끄러웠고 어머니를 볼 낯이 없었다. 어머니가 세상을 떠나 자신의 초라한 행색을 볼 수 없다는 게 그로서는 그나마 다행이란 생각이 들었다.

하지만 그는 암만 생각해도 자신이 체포된 이유를 알 수 없었다. 자신에게 죄가 있다면 박영효의 측근들과 친하게 지냈다는 것뿐, 자신은 어떤 모의에도 가담한 적이 없었다. 자신이 서대문감옥서에서 탈옥을 감행한 것도 자신의 무죄에 대한 확신 때문이었다.

그는 도대체 무슨 이유로 자신이 하루아침에 역모에 연루된 중죄인이 된 건지 알 수가 없었지만, 황제가 자신을 미워한 탓이라 생각하고 그에게 지독한 원망을 품었다.

'내가 살아 나간다면 당신을 가만두지 않을 거야!'

복수의 칼을 가는 그의 가슴속엔 황제에 대한 붉은 적의가 꿈틀거렸다. 그때 그에게 장갑을 준 사람이 싱긋이 웃으며 다시 말을 붙였다.

"똥장군이나 지던 놈한테 선생이라 부르니 내가 듣기 괜히 민망하오. 내 이름은 돌석이니 그냥 이름으로 불러 주오. 그런데 선생은 대체 어떤 죄목으로 들어온 거요? 소문을 듣자하니 나라에서 명망도 높고 나라를 위해 훌륭한 일을 하셨다고 들었는데……"

"허허, 반역죄요, 반역죄!"

그의 말에 깜짝 놀라 돌석의 눈이 구슬같이 동그래졌다.

"아니, 그럼 선생이 사형을 당한단 말이오?"

"죄상이 그러하니 죽음을 피할 길이 있겠소?"

이승만이 처연한 심정으로 땅이 꺼질 듯 깊은 한숨을 내쉬었다.

"너무 염려하지 마시오. 나 같이 살인을 한 사람은 모르지만 선생은 쌓아온 공덕이 있으시니 분명 솟아날 구멍이 있을 것이오. 모두 뿌린 대로 거둔다고 하지 않았소?"

돌석은 자신을 똥장군이나 져다 나르는 무식한 사람이라 낮추어 말했으나 천성이 그런지 아니면 삶의 이력이 붙어서 그러한지 몰라도 사람을 따뜻하게 감싸 안는 인정미와 더불어 교양미도 느껴졌다. 이승만은 친절하기만 한 그가 사람을 죽였다는 게 선뜻 믿어지지 않았다.

"그런데 돌석씨는 어떻게 해서 살인을 한 거요?"

"사정이 길어 그 얘기는 나중에 하겠소."

그는 무슨 말 못할 곡절이 있는지 자신의 사연은 숨긴 채 빙긋 웃기만 하다가 사람들을 불렀다.

"우리 이러지 말고 이승만 선생하고 통성명하고 날도 추운데 어깨동무라도 하면서 잠을 청해 봅시다."

한낮에는 힐끔힐끔 이승만의 눈치를 살피며 몸을 사리던 이들이 돌석의 제의에 우르르 몰려와 이승만과 인사를 나누었고, 말문이 터지자 봇물 터지듯 제 각기 억울한 사연을 하소연하느라 밤을 꼬박 새웠다.

감옥 안에 있는 사람들의 처지와 사연은 각양각색이었다. 몇 달 째 재판도 못 받고 갇혀 있는 사람, 죄가 없는데도 재판관의 사감(私憾)을 사서 잡혀 있는 사람, 자신의 죄목이 무언지도 모르는 사람, 아내의 간부를 쳐 죽인 사람, 배가 고파 주인집 광에서 쌀을 훔치다가 잡혀 온 사람 등 등 실로 다양했지만, 돌석만은 고집스럽게 끝내 입을 열지 않아 이승만 에게 궁금증을 자아내게 했다.

4

소금으로만 간이 된 콩나물국에다 뉘와 돌이 거의 반이나 되는 조악한 조반을 든 후, 이승만은 탈옥 경위와 역모 가담에 대한 조사를 받기 위해 경무청으로 압송되었다. 열 평 남직한 조사실에 들어서니 뜻밖의 인물이 그를 기다리고 있었다.

"야, 이게 누군가? 천하의 이승만이 아닌가. 하하하!"

그는 황국협회 회원으로 이승만과 싸웠던, 별명이 독사라는 악명 높은 박돌팍이었다. 그는 쌀 두 가마를 식은 죽 먹기로 들어 올리는 장사인데다 온몸이 근육질로 차돌같이 단단했다. 돌팍이라는 이름이 그냥 붙은 게 아닌 듯했다. 그가 팔을 굽힐 때마다 타조알만한 이두박근이 울퉁불퉁 튀어 올랐다.

그가 고문기술자다운 음흉한 미소를 입가에 흘리며 덥수룩한 수염을 쓸고는 천천히 다가왔다. 그리고는 이승만의 살이 까인 어깨에 손을 올리고는 싸늘한 얼굴을 디밀었다.

"원수는 외나무다리에서 만난다지만 여기서 볼 줄은 몰랐어. 그래도 우리가 구면이니 내가 심하게 하지는 않겠네. 빨리 끝내는 게 피차간에 좋지 않겠나?"

"말이 많다. 묻고 싶은 게 있으면 얼마든지 물어라. 하지만 난 죄가 없으니 해 줄 말도 없다."

"하하, 아이고 그려셔? 죄가 없으셔? 주둥아리는 아직도 살아 있군. 하지만 네 그 고상한 입에서 곧 비굴하게 살려달라고 애걸하는 소리가 나올 걸?"

"죽이든 살리든 네 맘대로 해라. 난 할 말도 없다."

"그래? 길고 짧은 건 대 봐야지. 난 자네처럼 아주 품위 있고 고매한 사람이 아니야. 인내심도 그리 많지가 않아. 난 치사하고 비열한 인간이니까 사람은 생긴 대로 놀아야지, 그렇지 않은가?"

그는 온갖 야유와 조롱을 속사포같이 퍼부은 다음, 순검들에게 그를 발가벗겨 책상 모양의 형틀에 묶게 했고, 뱀 같은 눈을 번뜩이며 나신(裸

身)이 된 이승만의 몸을 뚫어지게 쳐다보며 히죽거렸다.

"대체 이게 뭐하는 짓이냐?"

"내가 생긴 대로 논다고 말하지 않았나?"

"더러운 새끼!"

"그래 난 더럽다. 하지만 승만이, 오늘은 간만에 나도 착한 사람 좀 되고 싶다. 그러니 도와다오."

그는 가장 비인간적인 방식으로 이승만의 자존감을 짓밟으며 그의 목을 천천히 조여 왔다. 이승만은 가슴을 치미는 굴욕감과 엄습하는 냉기에 몸을 부르르 떨다가 눈물을 흘렸고, 이를 감추려 이를 악다문 채 눈을 감았다.

"탈옥은 누가 주동했나?"

"최정식이다."

"그래? 하하, 참 자네답지 않게 좀 비겁하군. 최정식이 하고 대질을 한 번 해 볼까? 그래도 좋겠나?"

그와 함께 탈옥을 감행한 최정식은 이승만의 독립협회 동지로, 그 역시 붙잡혀 이미 형장의 이슬로 사라지고 없었다.

탈옥하다 저항을 않고 순검에서 순순히 붙잡힌 이승만과 달리 최정식은 추적에 나선 순검에게 권총을 쏘아 총상을 입히고 달아났다가 체포되었다.

이 바람에 탈옥에다 살인미수의 죄상까지 더해져 처벌이 가중되어 사형을 당한 것이다.

박돌팍은 머리를 굴려 이미 세상을 떠난 최정식이 살아 있는 양 그와의 대질심문을 들먹이며 교묘하게 이승만을 압박했지만, 대답은 매한가지였다.

"그럼 좋다. 권총은 누가 구했느냐?"

"그 또한 최정식이다."

그의 대답에 박돌팍이 냉소를 지으며 껄껄 소리내어 웃었다.

"그럼 넌 아무 짓도 한 게 없다는 말이냐? 천하의 이승만이가 아무 것도 한 게 없어? 최정식이의 선동에 넘어가 탈옥 대열에 슬쩍 끼어들었다는 말이냐? 넌 내가 바본 줄 아느냐? 날 보고 그런 허무맹랑한 거짓말을 믿으라고! 이 새끼, 좋게 말로 해서는 안 되겠네…"

그가 눈짓을 하자 옆에서 대기하고 있던 순검들이 이승만의 허벅지 사이에 주릿대를 끼워 사정없이 주리를 틀었고, 이승만이 30분이 지나도록 자복을 하지 않자 이번에는 손가락 사이에 마디가 툭툭 불거진 대를 끼워 손가락을 비틀어댔다.

혼절하면 찬물을 끼얹어 정신을 깨우고 주리를 틀고 정강이를 까고 손가락을 비트는 고문이 사흘 밤낮 계속되었다. 그래도 이승만은 끝내 입을 열지 않았다.

온몸이 찢어지고 살이 갈라진 이승만은 이미 넋이 나가 눈이 풀린 채 늘어져 있었지만, 박돌팍도 몹시 지쳤다. 지쳤다기보다 그는 오히려 이승만에게 겁을 먹었다고 말하는 게 더 옳았다. 아무리 독한 사람도 자신에게 고문을 당하고 하루를 버틴 경우가 없었다. 고문을 받고도 굴복하지 않고 하루를 넘긴 사람도 그에겐 이승만이 처음이었다. 이승만이 사흘이나 견뎌낼 것이라고는 그는 상상조차 하지 못했다.

그는 이승만이 사람이라기보다 징그러운 괴물 같기만 했다. 그는 이승만을 아주 미워했다. 그런데 가슴 한구석에서는 자신의 적이라 생각한 그에 대한 묘한 경외심이 일고 있었다. 그로서는 참 이상한 일이었다. 고수는 고수를 알아보는 법. 어느 틈엔가 그가 주섬주섬 이승만의 옷을 집어들어 그에게 입혀주고 있었다. 그리고 혼자 넋두리를 하듯 중얼거렸다.

"졌다 내가. 참 독하다……"

5

이승만은 사흘 만에 초주검이 되어 한성감옥서로 되돌아와 옥 안에 들자마자 정신을 잃고 쓰러졌고, 하룻밤이 지나서야 희미하게나마 의식을 회복했다.

돌석은 끙끙 앓는 이승만의 곁을 붙박이 같이 지키다가 그가 눈을 깜빡이는 걸 보고는 반색하며, 담당 옥리(獄吏)에게 쏜살같이 달려가 그에게 사정해서 미음을 한 그릇 얻어왔다.

돌석이 그릇을 들고 그에게 다가서자 그가 소스라치게 놀라며 몸을 웅크리고 사시나무 떨듯 떨었다.

"이 선생, 왜 그러시오?"

"그만해! 그만해! 저게 뭐야? 저게 뭐야?"

이승만이 손을 들고 가리키는 천장에는 어지럽게 널린 거미줄만 무성했다. 고문 충격으로 이승만의 얼은 반쯤 빠져 있었다.

돌석은 기겁을 하는 이승만의 모습에 잠시 당황했다가 동공이 흔들리고 있는 이승만의 극심한 불안을 진정시키려 그의 뺨을 두어 차례 가볍게 때렸다.

"이 선생, 정신 차려요! 나야 나!"

주변 동료들의 도움으로 이승만은 한참 만에 두려움에 떨던 마음을 가까스로 가라앉혔다. 짓이겨진 그의 손가락엔 아직도 진물이 줄줄 흐르고 있었다. 그가 따가운 손가락에 정신없이 입김을 불어대며 눈물을 쏟았다.

"후−후, 아파. 아파 죽을 것 같아."

고문의 후유증으로 밤마다 그는 악몽을 꾸었다. 꿈은 대체로 고문과 죽음에 대한 것들이었다. 이 탓에 그의 몸은 비를 맞은 듯 늘 땀에 흠뻑 젖어 있었다.

석 달 열흘이 흘러 춘색이 짙어갈 무렵에는 봄눈 녹듯 그의 고문후유 증도 크게 사그라져서 답답할 때 간혹 손가락을 후후 불어대는 습관 말고는 모두 없어졌다.

모질게 짓밟히고도 꿋꿋하게 떨쳐 일어나는 질경이처럼 조국에 대한 뜨거운 사랑과 열정 그리고 삶에 대한 6대 독자로서의 강인한 의지가 고문에 쓰러진 그를 다시 일으켜 세운 것이다.

그의 아버지 이경선은 일주일에 한 번씩 면회 와서 아들의 몸을 살뜰히 보살폈고, 배재학당 교장 아펜젤러, 이승만의 절친한 벗인 제중원 의사 겸 선교사인 에비슨, 윤치호, 여러 외국인 선교사와 배재학당 출신의 동료들이 찾아와 그의 석방을 위해 백방으로 뛰고 있다는 사실을 알려주었다.

재판이 열리지 않아 판결이 어떻게 나올지 알 수는 없지만, 각계각층에서 보내온 격려와 관심 덕분에 고문에 꺾였던 그의 사기가 다시금 살아나고 있었다.

찬도 없이 하루 두 번밖에 주지 않는 형편없는 음식일지언정 맛있게 먹을 수 있었고, 혈색도 좋아졌다.

어느 날 조반을 들고 있는데 아내의 간부를 죽인 사내를 옥리가 불렀다. 사내는 입을 우물거리며 옥리를 힐끗 올려다보고는 데면데면하게 말했다.

"밥 먹는 중인데, 조그만 기다리시오."

"그러쇼, 그 밥이 이젠 마지막일 테니….'

"예? 뭐라고요?"

옥리는 자신이 실수했음을 알아채고는 당황해서 얼른 자리를 피했다. 옥리가 무심코 내뱉은 말에 사내의 얼굴이 하얗게 질렸다. 넋이 나가 울먹이는 그를 보고는 모두들 처연한 표정이 되어 슬그머니 숟가락을 내려놓았다. 아침이슬 같이 사라질 동료에 대한 연민과 더불어 그의 운명이 결코 남의 일 같아 보이지 않았기 때문이다.

이승만이 수감된 감방은 중죄인들만 수용하는 곳으로 태반이 사형수의 운명이었다.

한동안 형 집행이 없어 사형을 잊고 잠깐 시름을 놓고 있었는데, 다시 발등에 불이 떨어진 것이다. 죽음을 예감한 듯 모두의 표정이 몹시 어두웠다. 다음날 또 한 사람이 교수형을 받고 사라졌다.

동료들과 마찬가지로 이승만도 점점 불안해졌고 날이 갈수록 조바심도 더해갔다. 피할 수 없는 죽음이 그를 약하게 만들고 있었다. 그에게는 선택권이 없었다. 선택의 권리는 오로지 자유인들만 누리는 권리일 뿐 그에게는 해당 사항이 없었다. 그의 운명은 당국이 정한 틀에 따라 이미 결정되어 있었다.

당국은 그에게 탈옥과 반역죄를 씌웠다. 반역은 사형이다. 그는 무죄를 주장했지만 당국은 그의 말에 귀를 기울이지 않았다.

인권을 지켜야 할 법은 유명무실했다. 법은 권력자의 입맛에 따라 얼마든지 달라졌다. 코에 걸면 코걸이, 귀에 걸면 귀걸이가 되는 세상이었다. 원칙은 이미 죽었다. 설상가상 지금은 개혁파가 몰락하고 수구파가 득세를 했다. 더군다나 담당 재판관은 자신이 조병식과 더불어 나라의 오흉(五凶)으로 지목한 법무대신 유기환이었다.

달포 전에 내려진 황태자 탄생 축하 사면령도 반역죄에 대해서는 예외였다. 그로선 이 함정에서 빠져나갈 손톱만한 희망의 구멍도 보이지 않았다.

신문도 그의 사형을 기정사실화 하며 그의 죽음을 동정하는 기사를 마구 쏟아냈고, 친정에 머물고 있던 그의 아내 박승선도 사태가 이 지경에 이르러서야 놀라서 남편을 구명한다고 무거운 엉덩이를 종잇장처럼 팔랑이며 사방팔방 돌아다니고 있었다.

자신을 둘러싼 심상찮은 바깥세상의 기류에 그는 자신의 운명이 다했다고 생각했고, 예고 없이 세상을 떠나야 할 자신의 처지를 비관하며 깊은 회한에 젖어 조용히 유서를 준비하고는 늘 가슴에 품고 다녔다.

침식과 텃밭 작업을 함께 했던 그의 동료들이 계속 홀연히 자취를 감추면서 흐르는 시간이 그의 숨통을 서서히 조여 왔고 그의 얼굴도 빛바랜 그림처럼 다시 생기를 잃어갔다.

그는 잠이 오지 않는지 뒤척이다가 슬그머니 일어나 옥문 앞에 우두커니 앉았다. 창살을 뚫고 손바닥크기 만한 검은 하늘이 달을 물고 들어왔다. 구름 사이로 얼굴을 삐죽 내민 달은 온갖 생채기로 피멍이 든 것처럼 시퍼렇게 보였다. 자신의 마음을 닮은 듯했다. 그는 눈시울을 붉힌 채 절로 새어나오는 한숨에 스스로 놀라 가슴이 울컥했다.

'내가 왜 이러지?'

'정말 이대로 끝나는 건가?'

'이 나라는 어떻게 되지? 그리고 아버지와 태산이는?'

온갖 상념과 걱정이 꼬리를 무는데도 그는 이상하게도 아내에 대한 생각은 조금도 나지 않았다. 그는 아내가 자신의 구명을 위해 발 벗고 나서 영일 없이 돌아다니고 있다는 소식을 들었을 때에도 그다지 고맙다는 생각이 들지 않았다. 오히려 떨떠름할 뿐이었다.

'내가 아내를 미워하고 있는가?'

그는 자신에게 묻고 스스로 답했다.

'미워하진 않았어, 그저 실망했을 뿐이지!'

그리고는 다시 자신에게 되물었다.

'솔직히 미워했잖아? 안 그래?'

그는 도리질을 쳤다.

'아니야, 난 미워하지 않았다니까. 그냥 마음이 닫혔을 뿐이야.'

'그게 그거지 뭐야, 업어치나 메치나지!'

생각이 이에 미치자 그는 불현듯 아내가 불쌍했고 그녀에게 연민이 느껴졌다.

아주 오래 전에 어떤 청상과부가 홀아비들에게 보쌈을 당했다는 소문을 듣고 덜컥 겁이 나서 야반도주하듯 시댁에서 친정으로 달아난 여인이 있었다.

그 여인이 바로 아내의 어머니였다. 세상 사람들이 자신을 과부라고 업신여겨도 그녀는 아무렇지도 않았다. 그녀에겐 세상 무엇과도 바꿀 수 없는 딸이 있었다. 그녀에게 딸은 자기 인생의 전부였다. 그녀에게 있어 딸은 자신의 목숨보다 더 소중했다.

그런 알토란같은 그녀의 딸이 자신의 아내였다. 아내는 쾌활하고 유머가 넘쳤지만, 사랑을 너무 많이 받고 자란 탓인지 고집스럽고 절제력도 없고 막무가내였다.

이 때문에 사람들이 당황할 때가 많았다. 그래도 모전여전(母傳女傳)이라고, 친정어머니를 닮은 탓인지 자식에 대한 사랑도 깊었고 생활력도 무척 강했다.

곰곰 되짚어보면 그는 아내와 자신이 멀어진 것은 누구의 탓도 아닌 것 같았다. 다만 물과 기름처럼 서로의 지향점이 달랐을 뿐이라 여겼다.

그는 자신이 죽고 나면 아내가 이씨 가문의 멍에와 속박에서 벗어나 자유롭게 살았으면 좋겠다고 생각했다. 그리고 자신과는 다른 더 좋은 멋진 사람을 만나 행복한 여생을 보냈으면 하고 바랐다.

그는 두 손을 모아 자신이 기도를 올리는 것을 알고는 흠칫 놀라 쓸쓸히 웃었다. 그의 어머니는 불심이 강해 배재학당에 들어가는 아들이 천주학(天主學)에 빠질까 몹시 우려했었다.

그는 사랑하는 어머니의 마음을 다치게 하고 싶지 않았다. 그래서 자신은 어떤 일이 있어도 서양 오랑캐의 천주학에는 눈길도 주지 않겠다고 어머니 앞에 굳게 맹세했었다.

물론 이 같은 그의 맹세는 어머니의 사랑을 배신하지 않겠다는 자식으로서 어머니에게 드리는 사랑의 서약이기도 했으나 현실 인식에 따른 것이기도 했다.

그는 서양의 제국주의자들이 문명이 미개한 나라에 선교사를 파송하는 것은 그 나라의 영토를 강탈하기 위한 사전 작업으로 인식했다. 그는 태평양의 외딴 섬 하와이가 이런 과정을 통해 미국의 영토로 편입된 사실을 알고 있었다.

이 때문에 배재학당에 들어갈 당시 그는 처음에 선교사들에 대한 편견을 갖고 그들을 무척 경계했었다. 세월이 흘러 그들에 대한 적대감은 말끔히 사라졌지만, 아직도 그는 기독교를 믿고자 하는 마음이 없었다.

사람은 천하없어도 잠만은 꿀처럼 달게 자야 한다고 입버릇처럼 말해 온 사람이 돌석이었다. 자신의 소신처럼 하늘이 무너질 듯 천둥번개가 쳐도 늘 단잠을 자던 돌석이 이날따라 유난히 몸부림을 쳤다.

이승만은 그가 흐느끼는 소리에 조용히 고개를 돌렸다. 전에 없던 일이었다.

"왜 무슨 일이 있소?"

"……"

대꾸가 없어 이승만이 그의 어깻죽지를 가만히 잡고 살짝 흔들었다. 그래도 그는 새우처럼 등을 웅크린 채 말이 없었다. 울음을 속으로 삼키는지 이젠 흐느낌도 들리지 않았다. 그는 그저 멍한 눈으로 소리 없이 눈물만 흘렸다.

"무슨 일이 있냐니까? 왜 그러시오, 도대체?"

두 손으로 얼굴을 파묻고 있던 그가 이승만의 채근에 마지못해 조심스럽게 일어나 앉았다. 강단 있게 생긴 갸름한 얼굴을 가진 돌석의 두 눈이 벌침에 쏘이기라도 한 듯 퉁퉁 부어 있었다.

그가 땅이 꺼질 듯 깊은 한숨을 내쉬고는 울음이 가득 밴 목소리로 입을 열었다.

"이 선생, 어찌하면 내 죄를 씻을 수 있소?"

"자다가 봉창 두드린다더니, 이 오밤중에 그게 대체 무슨 말이오?"

이승만은 그의 물음이 뜬금없다 싶으면서도 한편으론 그가 자신의 개인사에 대해서는 입도 벙긋하지 않았던 터라 그의 말에 귀가 솔깃해지는 궁금증이 더럭 일었다.

그가 손바닥으로 문질러 눈물을 훔치고는 잠시 주저하다가 가슴 깊이 단단히 박아둔 이야기를 마침내 끄집어냈다.

"이 선생한테 내가 이곳에 들어온 사정을 말하지 않은 것은 내가 인간말종 짓을 해서 너무 창피했기 때문이오. 내일은 내가 모시던 바깥 상전의 생일이기도 하고, 내가 죽는 날이기도 하오."

"뭐라고요?"

그는 자신의 귀를 의심했다.

'이게 대체 무슨 소린가?'

긴가민가해서 이승만이 다시 물어도 돌석의 대답은 같았다. 그제야 사태를 파악한 이승만이 깜짝 놀라 가느다란 그의 실눈이 보름달 같이 둥그래졌다.

그는 사형수가 자신이 죽는 날을 사전에 알고 있다는 것도 기이했지만, 친 동기간처럼 옥중에서 서로 믿고 의지했던 그가 내일이면 이 세상 사람이 아니란 생각에 낙담이 되어 이승만의 가슴은 한꺼번에 와르르 무너져 내렸다. 그의 눈을 비집고 풀잎을 타고 흐르는 이슬처럼 자꾸만 작은 눈물방울이 또르르 굴러 떨어졌다.

"너무 애달파하지 마시오. 어차피 죽을 것이라, 내가 돈을 써서 그렇게 해달라고 법부에 부탁을 하였소. 나는 나를 한 식구 같이 챙겨준 상전을 죽인 사람이오. 천하에 죽일 놈이지요, 내 죄를 용서받을 순 없겠소?"

그는 상전의 애첩이 자신을 유혹하는 바람에 잠깐 정신이 나가 그녀와 관계를 하게 되었고, 그러다가 상전에게 발각되어 놀란 나머지 얼결에 상전을 다듬이 방망이로 머리를 내리쳤다는 것이다.

상전의 숨이 끊어진 것을 알고 겁이 나서 도망칠까도 생각했지만, 죗값을 달게 받는 게 도리라 여겨 스스로 경무청을 찾아갔다고 했다. 그는 상전의 생일날 자신의 목숨을 버려 사랑하던 하인에게 억울한 죽임을 당한 상전의 한을 눈곱만치라도 풀어주고 싶다는 말도 덧붙였다.

"내가 듣기로 천주학에서 말하는 예수에게 용서를 빌면 사람의 죄를 용서받을 수 있다고 하던데 맞소?"

이승만은 확신을 갖진 못했지만, 왠지 그렇게 하지 않으면 안 될 것 같아 그에게 고개를 끄덕여주었다.

"그렇다면 어떻게 하면 되는 것이오? 이 선생은 천주학을 가르치는 배재학당을 나왔으니 잘 알 것 아니오? 날 좀 도와 줄 순 없겠소?"

"진실로 죄를 회개하면 지금이라도 당장 하나님은 당신을 구원해 주실 것이오."

오래된 습관 탓이었을까, 아니면 자신도 모르는 사이에 신앙의 씨앗이 가슴에 뿌려졌던 것일까, 아무튼 선교사들에게 인이 박히도록 들었던 그 말이 처음으로 그의 입을 통해 불쑥 튀어나왔다. 이승만은 무의식 중에 이 말을 내뱉고 나서 몹시 겸연쩍어했다.

하지만 생의 끄트머리에 선 돌석의 처절한 심정을 생각하니 그의 바람을 외면할 수가 없었다. 할 수만 있다면 그를 위해 진정으로 기도해 주고 싶었다.

"그럼 우리 같이 기도해 봅시다."

그가 무릎을 꿇고 두 손을 가지런히 모은 채 눈을 감고 기도를 시작하자, 돌석도 세상에 태어난 이래 한 번도 만나보지 못한 절대자의 존재를 막연히 떠올리며 눈을 감았다.

"주여, 진실로 저희의 잘못을 회개하고 그 지은 죄를 고백하나이다. 부디 저희의 불쌍한 영혼을 구해주소서. 온유하심이 봄 햇살 같고 사랑이 하해(河海)와 같으신 주님, 내일이면 주님의 어린양 돌석님이 하나님의 부름을 받아 주님 곁으로 갑니다.

돌석 형제의 지난 허물을 용서하시고 삶에 지친 돌석 형제의 아픈 영혼을 따뜻하게 감싸 안아 주소서. 눈이 멀어 잘못을 저질렀고, 어리석어 아침이슬 같은 탐욕을 부렸습니다. 진정으로 이 모든 것을 회개하나이다.

주님, 이 순간부터 저희의 영혼을 절절한 마음으로 주님께 맡기오니 부디 앞으로는 부질없는 욕망으로 스스로 해치지 않게 해주시고, 주님이 삶을 주관하시는 주님의 양으로 거듭나게 해주시고, 주님이 보시기에 아름다운 양으로 다시 태어나게 해 주시옵소서.

아울러 이 나라를 위해 기도합니다. 지금 이 나라는 황제를 비롯한 위정자들의 무능, 무소신, 무책임과 개인적인 탐욕으로 온 나라가 골병이 들어 만신창이가 되었고, 길 잃은 백성들은 갈 곳을 몰라 거리를 떠돌며 방황하고 있습니다.

주님께서 이 참담한 현실을 보고 계시거든, 문전걸식하고 있는 불쌍한 백성들의 울음소리를 듣고 계시거든, 부디 외면하지 마시고 이들을 주님의 품안에 거두소서!"

간절함 때문이었을까, 동병상련의 마음 때문이었을까, 누가 먼저라 할 것도 없이 이승만과 돌석의 눈에서 다 같이 뜨거운 눈물이 흘러내렸다.

6

동이 트기 무섭게 옥리가 돌석을 불렀다. 진작 알고 있었고 마음까지 단단히 먹었던 바이지만, 이별의 순간을 앞에 두고 마음이 흔들리는 것은 인지상정. 이승만은 뼈가 도드라진 앙상한 그의 손을 붙잡고는 목이 메어 말을 잊었다.

"이 선생, 너무 슬퍼마오. 난 간밤에 이 선생 기도를 듣고 가슴이 환히 밝아지는 기쁨을 느꼈다오. 지금도 몸과 마음이 말할 수 없이 가볍다오."

돌석의 말마따나 그의 얼굴에는 그늘진 구석이라곤 티끌만한 곳도 없고 기쁨으로 충만해 미소년처럼 해맑게 보였다. 보내는 사람은 울고 있는데 정작 떠나는 사람은 웃고 있었다. 그는 행복하게 미소짓는 돌석을 보며 가만 생각했다.

'정말 신은 있는 걸까? 정말 구원을 받을 수 있는 걸까?'

그는 구원을 받을 수만 있다면 신을 한번 믿어보고 싶다는 생각을 했고, 터져 나오는 울음을 속으로 간신히 삼키고는 말했다.

"그동안 참 고마웠소, 잘 가시오."

돌석은 싱긋 웃으며 그에게 손을 한번 흔들어 주고는 망설임 없이 형장을 향해 성큼성큼 앞으로 나아갔고, 이승만은 감옥서의 마당과 텃밭을 지나 모퉁이에 있는 형장으로 들어서는 돌석의 모습이 시야에서 사라질 때까지 옥문을 잡고 소리 없이 오열했다.

한편으로 당당했던 그의 마지막 모습이 그의 눈에는 경이로워 보였다. 그는 돌석이 생의 마지막 문턱에서 희열을 안고 세상을 떠나갈 수 있게 한 그 힘의 정체가 몹시 궁금했다.

그는 호기심이 발동하면 참지를 못했다. 그는 성경을 보고 싶어, 아버지 이경선의 지시로 옷 심부름을 온 하녀 복녀에게 자기 친구 선교사 에비슨을 찾아가서 영문 성경과 영어사전을 구해 오도록 했다.

그는 성경을 얻게 되자 밤낮없이 성경을 읽었다. 목에 칼을 쓰고 손이 묶인 그를 위해 그의 옥중 동료들은 그의 손이 되어 대신 성경 책장을 넘겨주었고, 망을 봐주며 옥리들의 눈 단속을 피하게 했다.

마음을 열고 성경을 보기 시작하니 모든 게 달리 보였다. 예정된 죽음이 그의 닫힌 가슴을 활짝 열어젖힌 것이다. 모든 게 새로웠고 놀라웠고 신비했다. 예전에 읽었던 구절들이 전혀 다르게 다가와 그의 머리와 가슴 그리고 영혼을 쉼 없이 때렸다.

멀리 있던 게 가까워졌고, 희미했던 게 뚜렷해졌다. 어둔 것이 밝아졌고, 원망이 감사함으로, 미움과 복수의 마음이 용서와 사랑으로, 슬픔이 기쁨으로, 불행이 행복으로, 교만이 겸손으로, 절망이 희망으로 날아올라 너울너울 날개를 치며 하늘로 솟아올랐다.

죽음의 공포에 짓눌려 절망의 심연을 떠돌던 그의 영혼이 신을 만나면서 비로소 새로운 세상으로의 힘찬 자맥질을 다시 시작한 것이다.

그는 그동안 자신이 쳐놓은 욕망의 덫에 걸려서 보지 못하고 듣지 못했던 신의 존재를 새삼 느끼게 되었다.

"미스터 리, 걱정 많이 했는데 혈색이 좋아 보여요."

"모든 게 주님 덕분입니다."

"그래요? 하하, 고집쟁이 미스터 리도 이젠 주님을 영접하셨나봅니다."

"뒤늦게 철이 든 게지요."

배재학당 교장 아펜젤러는 감옥서를 찾아가 이승만을 면회하던 중 그가 기독교에 귀의했다는 소식을 듣고 몹시 기뻐했다. 배재학당 출신 인사 가운데 기독교를 받아들이지 않은 사람은 그 수를 손으로 꼽을 정도였는데 가장 대표적인 사람이 이승만이었다.

이승만이 배재학당 출신 인사 가운데 사회적인 명성이 제일 높아 학교 측에서는 이승만을 불교에서 기독교로 개종시키려고 애쓰고 있었다. 이 때문에 아펜젤러는 그의 개종 소식을 듣고 자신의 얼굴에 홍조를 띨 만큼 아주 기분이 좋았다. 그는 부드러운 미소를 지은 채 가지런히 빗은 자신의 탐스런 수염을 여유 있게 쓸면서 들뜬 어조로 말했다.

"탈옥을 주도한 건 미스터 리가 아니라 최정식이라는 게 이미 결론이 났어요. 문제는 박영효와 관련된 문제지만 너무 걱정 마세요. 알렌 공사와 우리 선교사들이 미스터 리의 석방을 위해 모두 백방으로 알아보고 있답니다.

황제의 의중은 모르지만 우리가 결사반대하고 있으니 황제가 함부로 극형을 내리진 못할 겁니다. 아무튼 머지않은 장래에 좋은 소식이 있을 것이오."

아펜젤러는 선교사 언더우드가 지난주에 이승만의 석방을 위해 고종을 예방했고, 그 결과 선처를 하겠다는 황제의 약속을 받아냈다는 사실을 전했다.

그는 행여 이승만이 이를 믿지 못하고 불안해 할까봐 황제와 언더우드의 친분이 아주 각별해 어떤 일이 있어도 이 약속은 공수표가 되지 않을 것이라는 친절한 배경설명까지 덧붙였다. 그리고 이것만으로는 좀 성에 차지 않았는지, 상황이 여의치 않으면 본국 정부의 힘을 빌어서라도 황제를 압박해 꼭 자유의 몸이 되게 해주겠다고 약속했다.

이승만은 아펜젤러를 비롯한 미국 인사들의 적극적이고도 자발적인 구명운동이 고맙기는 했으나 가시방석에 앉은 사람처럼 마음이 몹시 편치 않았다. 정작 그 자신은 서구 열강의 침탈에 꺾인 나라의 주권을 되찾아야 한다고 종로에서 대중들에게 뜨겁게 외친 사람이었다.

자신은 무죄를 확신하지만, 구속이 된 이상 석방을 위해선 이유 불문하고 자신의 혐의에 대한 법의 심판을 먼저 받아야 한다. 자신의 신분은 아직 판결을 받지 않은 미결수다. 재판 결과가 나오지 않은 상태에서 감형 운운하는 것은 어떤 법치국가에서도 있을 수 없는 일이다.

좋은 의도를 갖고 시작한 일이라 해도 외국인이 이런 일에 개입해 미주알고주알 간섭하고 훈수를 두어 재판을 방해하는 것은 어느 모로 보나 주권 침해 행위였다. 이 때문에 이승만은 외국인들이 자신의 석방을 위해 발로 뛰고 있다는 사실에 도무지 기뻐할 수가 없었다. 오히려 너무 부끄러웠다.

설사 자신이 탈옥의 종범(從犯)으로 밝혀진다고 해도 자신에게 씌워진 역모 혐의를 벗지 못하면 탈옥 종범이라는 사실은 아무런 의미가 없다. 역모와 반역죄는 사형이었고, 역모 혐의가 인정되면 그는 사형을 피할 길이 없다. 그는 이 사실을 너무나 잘 알고 있었다. 기왕 죽어야 한다면 그는 명예롭게 죽고 싶었다.

아펜젤러는 이승만의 개종에 아직도 흥분이 가시지 않았는지 시종 유쾌한 표정을 짓고 있었다. 이승만이 그를 바라보며 조심스럽게 말했다.

"선생님, 제 일에 관심을 가져 주시는 건 고맙지만, 이쯤에서 그만두었으면 합니다."

그의 말이 의외라는 듯 아펜젤러는 깜짝 놀란 표정으로 눈을 동그랗게 떴다. 그가 고개를 갸우뚱거렸다.

"왜요? 무슨 일이 있나요?"

"이유는 묻지 마시고 그렇게 해주십시오. 제 운명을 그냥 하늘의 뜻에 맡기고 싶습니다."

아펜젤러는 이승만의 담담한 얼굴을 찬찬히 살피더니 그의 생각을 곧 알아채고는 말을 덧붙여 이승만을 설득하려고 했다.

"미스터 리, 이건 그렇게 내버려 둘 문제가 아니에요. 지금 대한제국은 법은 있지만 법이 없는 나라나 마찬가지에요. 무법천지란 말이죠. 당연히 억울한 사람이 많이 나오게 되어 있어요.

억울한 사람이 많이 생긴다는 것은 불행한 일 아니에요? 원칙과 정의가 없는 이런 나라는 미개한 나라이기도 하고요."

"……"

이승만은 그의 말에 달리 대꾸할 말이 없어 그냥 고개만 끄덕였다. 아펜젤러는 이승만에 대한 남다른 애정 탓에 그를 쉽게 포기할 수가 없어 상기된 표정으로 열변을 토했다.

"미스터 리는 문명의 발전과 나라의 진보를 위해 투쟁하고 있는 사람 아닌가요? 미스터 리의 문제는 미스터 리만의 문제가 아닙니다. 힘없고 가난한 억울한 백성들의 문제이기도 해요. 당신이 이름 없는 가난한 백성들을 대표해서 그들을 위해 싸우고 있다는 걸 우리는 잘 압니다.

하나님의 종인 우리가 이 사실을 알면서도 눈을 감거나 침묵할 순 없

습니다. 하나님 앞에서는 만인이 다 평등합니다. 우리가 미스터 리의 일
에 관여하는 것은 내정간섭이 아니라 불의를 응징하라는 하나님의 뜻입
니다."

"선생님의 마음은 충분히 감사하고 선생님이 전하시는 뜻도 알겠습
니다. 하지만 무리를 하고 싶지는 않습니다. 저희 옛날 말에 사필귀정(事
必歸正)이라는 글귀가 있습니다. 뿌린 대로 거둔다는 뜻입니다.

만약 하나님이 살아 계시고 절 보고 계신다면, 그리고 제게 하나님의
뜻이 있다면, 주께서 어찌 저를 구원하시지 않겠습니까?"

아펜젤러는 거창하게 신의 뜻까지 동원해 이승만을 설득하려고 했다
가 도리어 이승만이 내세운 논리에 막혀 할 말을 잃어버렸다.

그는 죽음을 앞두고도 마음의 평정을 잃지 않는 이승만을 참으로 대
단한 사람이라 생각했다. 그리고 자신의 목숨보다 나라의 주권을 더 소
중히 여기는 그의 뜨거운 애국심에는 숙연함까지 들어 절로 고개가 숙여
졌다.

그는 이승만과 같은 아름다운 청년을 자신의 제자로 두었다는 사실
에 스승으로서 가슴이 벅찼고, 조선에서의 선교 사업이 알토란같은 결실
을 맺어가고 있다는 것에 대해 신에게 깊이 감사했다.

하지만 그는 이 귀한 인재를 구하지 못하면 어떻게 하나 하는 조바심
이 불같이 일어나 돌아오는 길 내내 발걸음이 천근만근 무거웠다.

'이 일을 어찌할까? 이 일을 어찌할까?'

7

6월인데도 날씨는 초여름처럼 몹시 뜨거웠다. 하지만 거리의 공기는 을씨년스럽고 냉랭하기만 했다. 독립협회가 정부에 의해 다시 강제 해산된 후, 정부의 조처에 반발해 최정석을 비롯한 독립협회의 급진과격파 회원들이 일본인 거류지인 진고개에 숨어들었고, 이들이 조병식과 같은 고관들을 목표로 폭탄테러를 벌이고 있어 민심이 술렁였다.

이들의 테러를 막기 위한 경무청의 경계도 강화되어 무장한 순검들이 밤낮을 가리지 않고 거리와 골목을 누비고 다녔다.

이들의 극단적인 행동은 이승만의 재판일이 점차 다가오면서 더욱 기승을 부렸다. 이들은 독립협회 부활과는 별도로 이승만에 대한 즉각적인 석방도 동시에 요구하고 있었다.

궁내부특진관(宮內府特進官: 왕실 사무에 대해 왕에게 자문을 해주던 관리) 한규설은 이들의 과격 행동이 자신들의 뜻과 달리 이승만의 앞날에 도리어 암운을 드리우게 하는 건 아닐지 몹시 걱정했다.

사회적 혼란에 민심이 싸늘하게 돌아서면 그들은 말할 것도 없고 이승만의 재판에도 악영향을 끼칠 게 불을 보듯 뻔했기 때문이다.

그는 정부를 대표하여 배재학당 졸업식장에 참석했다가 나라의 독립에 대한 주제로 영어로 연설하는 졸업생 이승만을 보고는 한 눈에 그에게 반해 늘 그를 주목해 왔었다.

청년 이승만이 〈제국신문〉을 창간했을 때에도 한규설은 누구보다 먼저 〈제국신문〉의 독자가 되어 이승만이 쓴 사설을 읽었다.

이승만의 사설은 너무 격정적이라 위험했지만, 오랜만에 보는 때 묻지 않은 순수함과 청춘의 열정이 살아 있는 젊은이의 기상이 그에겐 몹시 반가웠고, 한편으로 그런 이승만이 든든하기도 했다. 두 사람은 만민 공동회를 통해 급속히 가까워졌다.

이런 인연이 있어 그는 이승만이 구속되자 그를 구할 방도를 찾기 위해 백방으로 뛰었으나 아직 뾰족한 방안을 찾지 못해 애가 탔다. 오늘 새벽에는 참정대신 신기선의 집이 폭탄 공격을 받고 전소되었다는 소식을 듣고는 탄식을 했다.

"이 어리석은 놈들 보게, 어쩌자고 이런 못된 짓만 골라서 하는가? 이런다고 문제가 해결되는가?"

방 안에서 주절주절 넋두리를 하고 있는데, 뜻밖에 주한 미국공사 알렌이 그를 찾아왔다.

"공사께서 제게 웬일이시오?"

"길게 얘기는 않겠습니다."

알렌은 세모꼴의 마른 얼굴에 눈이 깊어 인상이 매우 강했다. 그가 상기된 표정으로 한규설을 바라보며 누런 봉투를 하나 내밀었다.

"이게 뭐요?"

"열어 보시오."

한규설은 그의 행동이 뜬금없다 싶어 다소 의아해하며 그를 힐끔 쳐다보고는 봉투 안에 든 서류를 꺼냈다.

"아니, 이건 이승만의 석방 청원서 아니오?"

"그렇소!"

서류를 들여다보던 한규설의 눈이 휘둥그레지고 있었다. 청원서 한 부는 한성에 있는 미국 선교사들이 연명으로 날인을 한 석방청원서였고, 다른 한 부는 미국 국무성에서 보내온 이승만의 석방을 요청하는 공식

청원서였다. 한규설은 알렌이 자신에게 이 청원서를 들고 온 것이 내심 몹시 반가웠지만 내색을 않고 되물었다.

"아니, 그런데 이걸 어찌 내게 가져왔소? 이걸 내시려면 법부나 외부에 내어 처리하는 게 도리 아니겠소?"

"절차로 보자면 맞는 말입니다. 하지만 사안의 중대함과 긴박함을 생각하면 각하께 가져올 수밖에 없지 않습니까?"

알렌은 정상적인 과정을 밟지 않고 한규설을 찾아온 것이 당연하다는 듯 그를 보고 빙긋 웃었다. 알렌의 의도는 분명했다. 개혁파가 몰락하고 수구파들이 득세한 상황이라 그는 자신이 청원서를 내봐야 정부가 이런저런 핑계를 대가며 일 처리를 미룰 것이라 판단했던 것이다.

한규설이 작년에 법부대신 자리에서 물러났으나, 고등재판소장과 법부대신을 역임하면서 신망을 쌓아 그를 따르는 사람들이 많았고, 지금은 황제의 두터운 신임을 받아 지근거리에서 황제를 보좌하는 입장이었다. 말하자면 알렌은 자신이 가져온 청원서를 복잡한 과정을 거치지 않고 황제에게 곧바로 전달하기 위해 그에게 달려온 것이었다. 게다가 알렌은 이승만과 한규설의 개인적인 친분에 대해서도 소상히 알고 있었다.

이승만을 사지에서 구해낼 마땅한 수가 없어 고민을 하고 있던 터라, 알렌이 가져온 석방청원서는 한규설에게 가뭄의 단비처럼 큰 힘이 되었다.

그는 서둘러 입궐해 황제를 만나고 나왔다. 인화문을 나서는 그의 입가에 미소가 번졌다.

황제는 한규설이 전한 미국 정부의 이승만 석방청원서를 보고 처음에는 몹시 마뜩찮게 생각해 볼멘소리를 했다.

"뭐 이런 버르장머리 없는 젊은 놈 하나를 두고 왜 이리 수선을 피우나?"

하지만 미국 정부가 이승만이 미국인 의료선교사 셔먼의 길을 안내하던 중에 순검에게 체포된 정황을 설명하며, 미국 정부에 아무런 양해도 구하지 않고 독단적으로 대한제국 정부가 미국인을 위해 봉사하고 있는 이승만을 현장에서 전격 체포한 것은 양국 간의 우의를 크게 훼손시킬 수 있는 중대 사안이라는 미국 정부의 노골적인 불만 토로에 황제가 눈살을 찌푸리며 은근슬쩍 한 발 뒤로 물러났다.

"판결이 나면 선처를 하든 말든 할 일이지만, 판결도 나지 않은 일을 날 보고 어쩌란 말인가? 웃기는 자식들이구먼!"

황제는 자신을 천덕꾸러기 오줌싸개 정도로 여기는 이승만의 오만한 태도에 분개해 그를 몹시 미워했다. 사형선고를 내려 그를 죽이고 싶은 게 황제의 본심이었지만, 그의 말투는 판결이 달라진다면 자신도 어찌할 수 없이 수용해야 하지 않겠느냐는 눈치였다. 미국의 압력이 은근히 신경 쓰였던 것이다.

한규설은 황제의 반응을 보고 안도의 한숨을 내쉬었다. 황제가 재판 과정에 영향력을 행사하지 않는다면 적어도 이승만이 회생할 절반의 가능성은 열리는 것이기 때문이다. 모두가 이승만의 사형을 돌이킬 수 없는 사실로 믿고 있던 터였다. 가능성 제로의 절망에서 회생 가능성 절반의 희망을 갖게 된다는 것만도 엄청난 반전이었다.

탈옥은 현행범이라 도리 없이 실형을 피할 순 없지만, 반역 혐의에 대해서는 법정에서 다툴 여지가 충분했다.

문제는 재판장으로 선임된 홍종우였다. 그는 황국협회의 만민공동회 습격 사건을 주도한 인물이다. 말하자면, 이승만과는 개와 원숭이처럼 상종할 수 없는 원수지간이었다.

그가 당시의 일로 억하심정을 품고 거머리같이 들러붙어 이승만의 역모 혐의를 끈질기게 물고 늘어진다면 이승만의 운명이 풍전등화의 신세가 될 것은 틀림이 없었다.

하지만 한규설은 홍종우에 대해 믿는 구석이 있었다. 그가 재물과 여색을 많이 탐하는 속된 인물이긴 해도 남다른 배포와 호연지기(浩然之氣)가 있었다.

물론 그의 호연지기라는 것이 졸장부들에게서 흔히 볼 수 있는 삐뚤어진 의협심이긴 하나, 그는 제법 의분도 느낄 줄 알고 의기도 있는 사람이었다. 게다가 그는 귀가 얇고 허영기까지 있어 사탕발림 같은 공치사에도 곧잘 넘어가곤 해서 주변 사람들이 은근히 그를 가볍게 보기도 했다.

쇠뿔도 단김에 빼랬다고, 한규설은 일단 그를 찾아보고 담판을 지으려고 마음을 먹자 자연히 마음이 바빠져 평소와 달리 자신을 태운 가마꾼들을 호되게 몰아세우며 걸음을 재촉했다.

"여봐라, 빨리 달리지 않고 뭣들 하느냐!"

8

홍종우는 대청에서 장조카와 바둑을 두고 있다가 기별도 없이 들이닥친 한규설을 보고는 놀라서 벌떡 일어나 모시적삼을 펄럭이며 그를 맞았다.

"아니, 한 대감께서 어인 일로 이 미천한 저를 찾아오셨습니까?"

"허허, 홍 판관이 재판장이 되었는데 내가 일이 바빠 축하인사도 못드렸소. 지나던 길에 생각이 나서 잠깐 들렀소이다."

한규설이 꼬들꼬들 해풍에 잘 마른 영광굴비 석 두름을 선물로 건네자 홍종우가 몹시 황송한 표정을 지으며 넙죽 고개 숙여 두 손으로 받아 들었다.

한규설은 고등재판소장은 물론이고 법부대신을 역임한데다 황제의 핵심 측근으로 자타가 공인하는 명망가였다. 홍종우에게 그는 하늘같은 선배였고 마음의 우상 같은 존재였다.

비록 자신이 현재 득세를 하고 있는 조병식의 무리를 따르고는 있었으나, 이는 오로지 입신양명을 위한 처신의 방편일 뿐 조병식의 무리들을 뼛속 깊이 좋아하는 것은 아니었다. 그는 자신이 훗날 대신의 자리에 오른다면 만인의 존경을 받는 한규설과 같은 사람이 되고 싶다는 소망을 갖고 있었다.

그는 서둘러 안주인에게 주안상을 내오게 하고는 잰걸음으로 한규설을 사랑으로 안내했다. 안에서 내다 본 뜰 풍경은 운치가 있었다. 작은 연못에는 붉은 연꽃이 소담스럽게 피어 있고 뜰 곳곳에 심은 패랭이와 금낭화가 선홍빛의 수줍은 얼굴을 하고 얌전한 자태를 자랑했다.

한규설의 눈에는 그 모습이 화려하지 않고 왠지 수수해 보여 그의 이목을 끌게 했다. 집 주인이 욕심을 부리지 않고 과도한 조경을 하지 않은 탓이었다. 한규설은 탐관이라고 내심 업신여겼던 홍종우를 다시 보게 되었다.

"홍 판관 뜰은 누가 가꾸시는 게요?"

"집안일이야 모두 안사람 몫이 아니겠습니까?"

"허허, 그래요? 뜰을 보니 부인의 정성이 여간 아닌 것 같습니다."

"그렇게 말씀해 주시니 참으로 감사합니다."

한규설의 칭찬에 홍종우의 입이 귀밑에 걸렸다. 낮술이지만 기분이 좋아서인지 홍종우는 한규설이 따른 술을 술술 잘 받아마셨다. 대접으로 곡주 열 잔을 마시고도 홍종우는 끄덕도 하지 않아 큰 체구답게 술도 장사였다.

이러저런 이야기로 대화를 나누며 기회를 엿보고 있던 한규설에게 홍종우가 부추전을 입에 넣고 오물거리며 먼저 물어 왔다.

"그런데 대감, 정말 오늘 저에게 축하 인사만 하러 오신 건지요?"

한규설은 그의 물음에 대답은 않고 씨익 웃었고, 눈치를 챈 홍종우가 선뜻 멍석을 깔았다.

"무엇이든지 말씀하시지요. 어려운 발걸음 하셨는데 헛걸음 하셔서야 되겠습니까?"

한규설은 홍종우를 만나면서 새삼 놀랐다. 연줄과 아부로 벼락출세했다고 생각했는데 아는 게 꽤 많아 재판관 자리도 그에게 제법 어울리는 것 같았고, 상대의 마음을 살피고 배려하는 따뜻한 마음까지 있어 자신이 알고 있던 비루한 욕심쟁이가 아닌 것 같았기 때문이다.

그는 사람은 역시 겪어 보아야 알 수 있다고 생각했고, 편견에 차서 홍종우를 바라보던 자신의 어리석음을 자책하며 조심스럽게 입을 뗐다.

"빙빙 둘러서 말하진 않겠소, 이승만이 때문이오."

그의 입에서 이승만의 이름이 불쑥 튀어나오자 홍종우의 얼굴색이 조금 변했다. 하지만 크게 내색하지는 않는 것으로 보아 그 역시 얼마간 눈치를 챈 것 같았다.

"말씀하시지요."

"그의 역모 혐의에 대해 어떻게 생각하고 있소?"

"증거가 충분하지는 않지만 정황상 역모 혐의가 없다고 볼 수는 없습니다."

"그렇다면 사형을 생각하고 있다는 말이요?"

"당연한 일이지요."

"증거가 충분하지 않은데도?"

"충분하지는 않아도 증거가 왜 없겠습니까?"

"그게 무슨 말이요?"

"일이 발각되어 이규완이가 일본으로 도망치려 할 때 이승만이가 그 놈을 찾아가 자신도 일본으로 가게 해달라고 사정했다는 진술을 이규완의 측근을 조사하면서 받아냈습니다. 이승만이 죄가 없다면 무엇 때문에 도망치려 했겠습니까?"

홍종우는 이승만의 혐의를 확신하듯 눈에 힘을 주며 거침없이 말했다. 한규설은 그의 말에 내심 뜨끔했다.

"하지만 간접진술뿐이지 직접 자백을 받은 것은 아니지 않소? 더군다나 모든 것을 꾸미고 모의한 주범 이규완은 도망치고 없는데 어떻게 이를 엮을 것이오?"

"이것은 내란입니다. 나라를 지키기 위해서라면 이런 일에 대해서는 좀 엄격하게 법을 행하고 처벌해야 하지 않겠습니까?"

홍종우는 개혁의 바람을 거부하고 황제를 결사 옹위하는 근왕주의자 (勤王主義者)였다. 황제에게 도전하는 세력은 황제의 적이기도 하지만 당연히 자신에게도 적이었다. 박영효의 역모에 분개해 이와 관련된 자들에 대한 적의에 불타 그의 얼굴이 점점 홍조를 띠며 언성이 높아졌다.

한규설은 격앙되어 가는 그의 감정이 걱정되어 흥분된 그의 마음을 진정시키려고 나지막한 목소리로 위로하듯 은근히 타일렀다.

"홍 판관의 우국충정은 나도 공감하오. 나라를 지키기 위해서라면 마땅히 그리 해야 하지요. 허나 이번 일만은 좀 신중하게 생각해야 할 것 같소."

"무슨 말씀이신지……"

한규설의 말에 붉게 달아올라 있던 홍종우의 안색이 슬며시 누그러 졌다. 홍종우는 평소 자신이 존경해온 한규설인지라 그에게 예의만은 꼭 갖추고 싶어 했다.

"홍 판관은 지금 장안을 휩쓸고 있는 독립협회의 폭력사태가 어찌될 것 같소?"

"글쎄요, 잘은 모르지만 아무리 큰 불도 시간이 지나고 나면 다 꺼지 기 마련 아닌가요?"

"말은 맞지만, 모든 걸 태우는 게 문제 아니겠소? 나는 이승만이 문 제는 적당한 선에서 묻고 넘어가는 게 좋을 것 같소. 증거가 불충분한데 역모 혐의를 씌우게 되면 독립협회 회원들이 가만히 있지 않을 거요. 서 울 장안이 뒤집어지고 이를 기화로 외국 군대가 다시 들어온다면 어떤 일이 생기겠소?"

한규설의 얘기에 홍종우의 얼굴이 잔뜩 굳어졌다. 자국 국민을 보호 한다는 구실로 이 땅에 외국군대가 들어와 벌인 만행을 그는 똑똑히 기 억하고 있었다.

임오군란 때에는 청군이 점령군 행세를 하며 무고한 백성들을 죽이 고 가옥을 불태우고 아녀자들을 겁탈했고, 그 와중에 그의 사촌누이도 피해를 입었고, 그의 누이는 수치심을 견디지 못하고 당산나무에 목을 맸다.

세상을 떠난 누이 생각에 그가 눈시울을 붉히며 한숨을 내쉬었고, 침 통한 표정을 짓고 있는 그를 바라보며 한규설이 조용히 말했다.

"판관은 법의 원칙을 지키는 것도 중요하지만 나라의 혼란을 막기 위 해서는 사회적인 문제에도, 정치적인 문제에도 신경을 써야 합니다. 좀 융통성을 발휘해 볼 순 없겠소? 어차피 증거도 충분한 게 아니잖소?"

홍종우가 고개를 가만히 끄덕이고는 그를 보고 희미하게 웃었다.

"대감, 진정으로 감사합니다. 저는 하나만 알았지 둘은 몰랐습니다. 제 짧은 소견을 일깨워 주셔서 무어라 할 말이 없습니다."

마음을 졸이던 한규설이 그의 말에 울컥해 홍종우의 손을 턱석 잡았다.

"홍 판관, 고맙소. 정말 고맙소. 내 이 은혜는 두고두고 잊지 않을 것이오."

가슴으로 대화를 나눈 두 남자가 서로를 바라보며 환히 웃었고, 한규설은 옥중의 이승만을 떠올리며 마음속으로 외쳤다.

'여보게, 이젠 살았네, 살았어!'

옥중학교

1

옥살이도 한 해가 지나니 이젠 이력이 붙어 이승만도 어지간한 일로는 수감생활이 불편하지 않았다.

낮에는 감옥서 안의 채마밭에서 일하고 나무를 다루는 솜씨가 좋아 가끔은 황실에 가구를 공급하고 있는 공장에도 불려나가 작업을 하기도 했다.

노동으로 강하게 단련된 탓에 얼굴이 구릿빛으로 변해 인상은 차돌보다 더 단단하고 속이 꽉 찬 알곡같이 여물어 보였다.

채마밭에는 감옥서에 수감된 죄수들이 나와 가을 김장에 쓸 배추 수확에 구슬땀을 쏟았고, 그도 칼을 들고 배추 밑동을 치느라 손길이 바빴다.

한참 동안 쪼그리고 앉아 작업을 하던 그는 허리가 뻐근하고 오금이 저려 잠시 일어나 송알송알 맺힌 이마의 땀을 훔치고는 자신의 뒤를 졸졸 따르던 한 아이를 바라보며 싱긋 웃었다.

"힘들지 않니?"

"재미있어요, 괜찮아요."

비쩍 마른 아이는 무엇이 좋은지 이승만을 보며 생글거리며 웃었다.

"네 웃는 모습이 참 예쁘구나. 그런데 넌 어떻게 하다 여기 왔니?"

그는 이 아이가 다른 아이들과 달리 한눈을 팔거나 꾀를 뿌리지 않아 아까부터 신통히 여기고 있었다. 한성에는 청소년을 수감하는 별도의 시설이 없어 아이들이 어른들과 같은 감옥서에 수감이 되었는데, 그 수가 오십여 명 남짓했다.

"비단 가게 돈을 훔쳤어요."

"왜? 넌 내가 보니까 그럴 아이는 아닌 것 같은데……"

그의 말에 아이의 얼굴이 새빨개지며 눈가에 눈물이 그렁그렁 매달렸다.

"애야, 말해 봐, 무슨 일이 있었니?"

말을 못하고 울먹거리기만 하던 아이가 그의 재촉에 간신히 입을 열었다.

"아버지가 시켰어요."

"아버지가 왜?"

"집에 먹을 게 없어서요."

"그런데 왜 하필 너를 시켰니?"

"감옥에 가면 굶지는 않는데요."

이승만은 말없이 눈물을 주르르 흘리며 어찌해야 할지를 몰라 몸을 바들바들 떠는 아이를 바라보다가, 자신도 목이 메어 눈시울을 붉히고는 팔을 둘러 아이를 살포시 감싸 안았다.

아이는 아버지가 자신을 버렸다는 사실을 까맣게 모른 채 눈을 껌뻑이며 병든 엄마 걱정만 잔뜩 하고 있었다.

그 자신도 잠시 할 말을 잊어 멍하니 있다가 산란한 마음을 수습하고 나서야 조용히 물었다.

"지금 네가 제일 하고 싶은 게 뭐니?"

"엄마가 보고 싶어요."

"그래, 이 아저씨가 엄마를 만나볼 수 있을지 한번 알아봐 주마."

"정말이요?"

그의 약속에 슬픔에 잠겨있던 아이의 까만 눈이 반짝반짝 별 같이 빛이 났다.

"물론 약속하마. 그리고 소원이 있으면 하나만 말해봐, 이 아저씨가 들어보고 지금 당장 해줄 수 있는 것이라면 들어 주마."

"전 돈을 많이 벌고 싶어요. 부자가 되면 가족들과 같이 살 수도 있고, 이 감옥에도 쌀을 잔뜩 보낼 거예요."

그 사이에 아이는 마음의 평정을 되찾았는지 그를 보고 배시시 웃었고, 그도 아이에게 부드러운 눈길을 던지며 미소지었다.

"애야, 미안하구나. 아저씨가 부자가 아니라서 널 당장 도울 순 없지만 부자가 될 수 있는 길은 알고 있단다. 그걸 대신 가르쳐주면 안 되겠니?"

"어떻게요?"

그의 말에 아이는 호기심에 가득 찬 눈빛으로 이승만을 뚫어지게 쳐다보았다. 그는 아이의 고사리 손을 보듬듯이 쥐고는 부드럽게 쓰다듬었다.

"공부하는 거란다."

"공부요?"

"그래."

"난 글자를 모르는데……"

아이는 그의 말에 금방 샐쭉해졌다.

"실망 했구나?"

"……"

아이는 우울한 표정으로 고개를 숙인 채 고개만 끄덕였다.

"걱정마라, 이 아저씨가 가르쳐 주마. 난 한글은 물론이고 영어도 할 줄 알고 일본어도 할 줄 알고 산수도 잘 한단다. 내가 아는 것은 모두 가르쳐주마. 넌 이제 이 조선의 희망이 되는 거야. 알겠니?"

아이는 이승만의 말뜻을 다 알아채지는 못했지만, 그가 자신을 도와줄 것이라는 믿음이 생긴 탓인지 동그란 얼굴에 드리워진 그늘을 걷어내고 박꽃 같이 환히 웃고 있었다.

2

수염이 텁수룩하고 비쩍 마른데다 눈이 우묵해서 아주 성마르게 생긴 한 사내가 감옥서장 김영선에게 편지를 쓰고 있는 이승만을 못마땅한 표정으로 쳐다보며 자못 퉁명스럽게 말했다.

"이 동지, 그만 두시게."

감옥서장에게 편지 쓰기를 그만두라고 이승만에게 채근해 대는 사람은 양기탁이란 인물로 독립협회와 만민공동회에서 이승만과 같이 활동해온 그의 동지였다.

그는 황제의 명에 따라 독립협회가 해산된 후 미국 선교사의 도움을 받아 일본과 미국 유학을 마치고 돌아왔다가, 이상재와 민영환 등과 연합하여 국가 혁신을 꿈꾸다가 당국에 체포되어 종신형을 받고 수감 중이었다.

죄수들에게 공부를 시켜 재활갱생의 길을 열어주고 싶다는 이승만의 뜻이야 더할 나위 없이 좋았다. 하지만 미국 유학까지 다녀온 양기탁의 입장에서도 죄수들을 교육시킨다는 것은 평생 처음 듣는 이야기인지라, 이승만이 죄수들을 교육하는 학교를 열고 싶다는 말을 했을 때 그는 이승만의 생각이 너무 뜬금없어 말문이 막혔다.

이승만의 발상이 남달라 평소에도 그의 독특한 생각 때문에 사람들이 당황한 적이 많았기에 그를 아끼는 선배 입장에서 양기탁은 걱정이 태산 같았다.

그는 이승만이 괜한 일을 벌여 사람들의 구설에 오르고 시비에 휘말리는 걸 조금도 원치 않았다. 사형 위기에 처했던 이승만이 종신형을 받았다가 15년형으로 감형이 된 지 채 한 달도 못 되었다.

원칙도 없이 형량이 고무줄처럼 줄었다 늘었다 했고, 당국에 밉보이면 괘씸죄로 엉뚱한 혐의까지 추가되어 다시 재판을 받는 게 현실이었다.

그래서 감형 예비대상자는 물론이고 감형을 받은 사람이라 할지라도 형이 끝나기 전까지는 감옥서 안에서는 가급적 당국과 충돌할 수 있는 일을 자제하는 게 수형 생활에 가장 큰 도움이 되는 비결이라고 양기탁은 생각했다.

감옥서의 여건을 감안하면 죄수를 교육시키겠다는 이승만의 생각은 더더욱 가당찮았다. 감옥에는 총 350명의 수감자가 있었고, 수십 명이 한 방에 벌레같이 우글거리며 펴지도 구부리지도 못하는 안팎곱사등이 신세로 간신히 새우잠을 청하고 있었다.

감방은 채 치우지 못한 배설물과 땀에 찌든 체취가 뒤섞여 돼지우리보다 더 독한 악취를 풍겼고, 형편이 괜찮아 밖에서 사식을 들여오는 경우는 모르지만 먹지 못해 굶어 죽어나가는 이가 한둘이 아니었다.

하루 두 끼 주는 식사로 겨우 입에 풀칠을 하고 하루하루를 연명하는 것도 감지덕지하고 지내는 게 감옥서 죄수들의 형편이었다.

심지어 죽어가는 동료가 먹다 남긴 밥그릇을 서로 먼저 차지하려고 악다구니를 쓰며 피 튀기며 싸우기까지 했다.

죄수들을 벌하는 데만 급급한 당국의 허락은 어떻게 받을 것이며, 설사 학교를 연다고 해도 이를 운영하고 유지할 비용은 어찌 감당할 것인가. 더군다나 뒤틀린 심성으로 바깥세상에서 온갖 패악을 다 부리고 들어온 죄수들이 무슨 마음이 있어 공부에 관심을 두겠는가.

양기탁은 암만 생각해도 하나에서 열까지 마음에 걸리지 않는 게 없었다. 이승만은 선배 양기탁이 썩 내켜하지 않는 눈치를 보였지만, 그는 이를 크게 마음에 담아두지 않았다.

양기탁은 돌다리도 두드려보고 건너는 신중한 사람이어서 생각이 지나치게 복잡했지만, 이승민의 생각은 매우 단순하고, 명료했고, 무슨 일이든 일단 결심이 서면 하늘이 두 쪽 나는 한이 있어도 해야 직성이 풀렸다.

이승만이 그를 보고 가지런한 이를 드러내며 자신만만한 표정으로 싱긋 웃었다.

"선배, 얼굴을 보니 걱정이 한 짐이오!"

"이 동지도 많이 컸소, 선배 갖고 놀 줄도 알고……"

"아무렴요, 저승 문 앞에까지 다녀온 처지에 눈에 뵈는 게 있겠습니까? 하, 하!"

양기탁은 이승만의 농지거리에 허탈하게 웃었다.

"정말 그렇게 자신이 있소?"

"역모를 꾸미는 것도 아니고 아이들을 가르쳐서 다시는 이곳에 발을 들이지 않도록 사람 구실하게 도와주자는 것인데, 이를 장려하지는 못할

망정 누가 재를 뿌리겠습니까?"

"암만 그래도 그렇지, 일이 한두 가지가 아니오. 관리들이 협조할 지도 문제고, 일을 벌여놓고 잘 안 되면 그 뒷감당은 또 어찌하려고 그러시오?"

"그런 걱정일랑 붙들어 매시고, 내가 만약 학교를 열면 도와주시겠다는 약조만 해주시오."

양기탁은 그를 보고 딱한 표정을 지으면서도 이승만의 확고한 의지에 꺾여 마지못해 혀를 차며 고개를 끄덕였다.

"진짜 할 수 있겠소?"

"뜻이 있으면 길이 있겠지요. 주님께서도 두드리면 열린다고 하지 않았습니까?"

이승만이 입에 자물쇠를 채우듯 성경구절까지 인용해 들먹이는 데야 같은 기독교인으로서 양기탁도 할 말이 없었다. 그는 머쓱한 표정을 지으며 어깨를 으쓱했다.

3

감옥서장 김영선은 이승만이 보낸 장문의 편지를 받고 어찌해야 할지 몰라 난감한 표정을 지은 채 콧잔등을 어루만지며 깊은 생각에 잠겨 있었다. 탁자 위에 놓인 촛불이 이승만이 보낸 편지 위에서 일렁거렸다:

"백성들이 죄를 짓는 것은 태반이 직업이 없기 때문입니다. 죄를 미워하기보다 사랑을 베푸시어 이들이 다시는 죄를 짓지 않게 도와주십시오. 이를 위해 학교를 열고자 합니다. 거기 드는 비용은 제가 번역을 하고 필요한 물품을 만들어 벌충하겠습니다. 등불을 켜고 공부하는 공간을 확보할 수 있게 부디 허락해 주십시오."

그는 죄수들을 불쌍히 여기고 이들을 교화시키려는 이승만의 마음이 몹시 가상했다. 가슴이 뭉클할 정도로 감동적이기도 했다. 그러나 전대미문(前代未聞)의 일이었다. 중견 관리에 불과한 그로서는 능력 밖의 일이라 도무지 혼자 결정할 수가 없었다.

그는 깊은 고민 끝에 이승만의 후원자를 자처하는 특진관 한규설에게 급히 도움을 청했고, 한규설은 이승만의 뜻을 전해 듣고는 무르팍을 치며 의관을 서둘러 챙긴 다음 짙은 눈썹을 휘날리며 황제를 찾았다.

"또 그 이승만의 일이오?"

황제는 부복한 한규설의 말을 채 다 듣기도 전에, 그가 이승만이란 이름을 입에 올리자 심드렁한 표정을 지으며 역정부터 냈다.

"도대체 경은 이승만이 하고 어떤 사이인가?"

"폐하, 폐하께서 그 자를 탐탁지 않게 여기시는 이유를 신은 잘 알고 있습니다. 하오나 오늘 그가 폐하께 아뢰려고 하는 생각은 온 세상의 백성들에게 폐하의 덕을 널리 알릴 수 있는 참으로 훌륭한 묘안입니다. 신이 그 내용을 소상히 전하겠사오니 그의 생각을 한 번쯤 깊이 유념해 주시옵소서."

황제는 이승만이란 이름 석 자만 들어도 늘 머리가 지끈지끈 골치가 아팠지만, 한규설이 하도 간청해 못 이기는 척하고 들어나 보자고 했다. 한규설의 설명이 이어지면서 시큰둥했던 황제의 얼굴빛이 조금씩 변했다. 그러면서도 그는 마음을 놓지 못했다.

"그놈이 말은 그럴싸하게 해놓고 딴 짓 하려고 하는 게 아닌가?"

한규설은 이승만에 대한 황제의 불신과 경계심을 알고 있었지만 시치미를 뚝 떼고 물었다.

"폐하, 딴 짓이라니요?"

"아니, 경처럼 똑똑한 사람이 왜 자꾸 모르는 척 하는가? 비위 상하게……"

황제가 불쾌한 감정을 여과 없이 드러내자 한규설이 얼굴을 붉히며 얼른 사죄를 했다. 황제는 양은냄비 끓듯 흥분도 잘 했지만 화도 순식간에 가라앉는 사람이었다.

"황공하옵니다, 폐하! 신이 잘못을 저질렀사오니 신을 벌하여 주시옵소서. 다만 그의 진정한 마음을 헤아려 주시어 이 나라의 옥정(獄政)이 바로 설 수 있도록 윤허하여 주시옵소서. 그리고 그가 감히 어찌 폐하께 불경한 마음을 갖겠사옵니까?"

"정말 경의 말을 믿어도 되겠는가?"

"그러하옵니다. 폐하!"

"만약 그렇지 않다면 어찌할 것인가?"

"신이 제 목이라도 내 놓겠사옵니다."

"허허, 기가 차서……, 도대체 경은 그놈의 무엇이 그리 마음에 들어 애꿎은 목숨까지 내놓겠다는 것인가?"

"폐하, 아뢰옵기 황송하오나 이 나라 전체로는 모르겠사오나 이십대의 인물 가운데 이 나라를 이끌 만한 인물 한 사람을 꼽으라면 신은 주저 없이 이승만을 말할 자신이 있사옵니다.

폐하께서 그에 대한 불편한 마음이 있으신 줄 알지만, 그가 젊어서 저지른 허물이라 여기시고 용서해 주옵소서.

또 그를 폐하 곁에 두시면 모르긴 해도 유방을 도와 한나라를 세운 장량쯤의 역할은 충분히 할 수 있을 것이니, 이 어찌 폐하의 홍복이라 하지 않을 수 있겠사옵니까?"

한규설이 자꾸 이승만을 감싸고도는 데 화가 나서 황제가 버럭 고함을 쳤다.

"듣기 싫으니 그만하라!"

그에 대한 분노로 황제의 미간이 씰룩거렸다. 그는 이승만이 쓴 제국신문의 사설을 읽고 단단히 화가 나서 심사가 뒤틀려 있었다.

아관파천 이후 친러시아 인물인 조병식을 비롯한 수구세력의 농간에 황제가 주견 없이 갈지자(之) 행보를 보이자, 이승만이 황제를 십상시(十常侍)에게 휘둘려 나라를 파탄 낸 어리석음의 대명사인 한나라 영제(靈帝)에 비유했기 때문이다.

"난 속이 좁아 그런 놈은 용서할 수 없다. 그렇게 잘난 놈이라면 오히려 감옥생활이 더 잘 되었다. 좀 똑똑하다고 천지분간을 못하고 함부로 나대는 놈에게 세상의 이치를 가르쳐 주는 것도 나쁘지 않다.

그러니 그놈을 용서하라느니, 특사로 방면하라느니 하는 말은 다시는 입에 담지 말라! 다만, 그놈의 뜻이 나쁜 것은 아니니, 정치적인 내용만 빼고 교육을 한다면 굳이 학교를 세우겠다는 그의 뜻을 막을 필요는 없을 것이다."

"성은이 망극하옵니다. 폐하!"

한규설은 황제의 조처에 감읍해 코가 방바닥에 닿도록 납작 엎드려 큰 절을 올리고는 껑충껑충 뛰어 되돌아갔고, 황제는 텅 빈 집무실 창가에 서서 팔짱을 낀 채 중얼거렸다.

"거참, 묘한 놈이구먼. 미국 놈들이고 한규설이고 그놈을 아는 작자들은 어찌해서 그놈에게 사족을 못 쓰는고? 이십대의 으뜸이라고? 영어를 제일 잘한다고? 잘하면 뭐하누? 먼저 인간이 되어야지……"

황제의 눈에는 바람에 어지럽게 흩날리는 낙엽만이 무수히 쏟아져 들어왔다.

4

하늘과 땅이 지글지글 불타는 듯한 더위에 난데없이 우렁찬 목소리가 한성 감옥서의 높은 담장을 넘어 흘러나왔다. 길을 가던 행인들이 걸음을 멈추고 담벼락 밑에 삼삼오오 모여 들었다.

"이게 무슨 소리야?"

"가갸 거겨 고교 구규……."

귀를 쫑긋 세운 그들의 귀에 청아한 아이들의 목소리가 낭랑하게 들려왔다. 사람들은 모두 놀란 표정을 감추지 못했다.

"아니, 대체, 어찌해서 감옥서 안에서 아이들이 공부하는 소리가 들린단 말인가?"

옥중학교 개교 소식을 몰랐던 이는 말할 것도 없고 관보와 신문을 통해 옥중학교 개교 소식을 진작 알고 있던 사람들도 이를 아주 신기하게 여기며 흐뭇한 웃음을 입가에 담았다.

"살다보니 세상에 이런 일도 다 있구먼, 허허!"

한성감옥서에는 정치범을 비롯한 중죄인들이 많아 수시로 감옥서 안에서 사형집행이 이뤄졌고, 이 때문에 이들의 시신을 거두러 온 가족들의 통곡이 늘 그치지 않던 악명 높은 곳이 이 한성감옥서였다.

잔인한 고문과 무자비한 처형으로 장안은 물론이고 조선 팔도의 백성들에게 두려움과 공포의 대상이 되었던 이곳이 천지개벽하듯 하루아침에 딴 세상이 되었으니 사람들의 감회가 남다를 수밖에 없었다.

한성감옥서의 옥리들도 마찬가지였다. 신문에 옥중학교에 대한 기사가 연일 나가고, 이 사실에 감동을 받은 경향 각지의 독지가들의 뜨거운 후원이 잇달으면서 이들도 그 성원 열기에 후끈 달아올라 괜히 우쭐해져서 어깨를 으쓱하곤 했다.

지금까지 이들은 감옥서에서 일을 하며 고문과 살인에 관여한 경험이 적지 않았다. 비록 공적인 일이라 하더라도 인간적인 고뇌가 없지 않아서 죄책감은 물론이고 직업에 대한 자부심도 낮았다.

이런 처지에 옥사 한 칸을 비워 아이들에게 공부를 시키게 되니 이제야 사람구실을 하게 되었다는 생각에 옥리들도 마음이 뿌듯했던 것이다.

이승만이 이끄는 아이들의 첫 수업을 참관하는 감옥서장 김영선을 비롯한 감옥서 관리들의 입가에 미소가 가시지 않은 것도 당연했다.

이승만이 칠판에 백묵으로 쓴 글자를 따라 종달새마냥 시끄럽게 떠들던 아이들이 실수를 할 때면 폭소를 터뜨리기도 했다.

참관인 가운데는 양기탁, 이상재 등 독립협회 출신의 수형자를 비롯해 러시아와 일본 상인들의 경제침탈에 저항해서 일어난 활빈당 사건의 주모자 가운데 한 사람인 스무 살 청년 박용만도 끼어 있었다.

첫 수업이 끝나자 얼굴이 동글동글하고 땅딸막한 감옥서장 김영선이 다가와 싱글벙글 웃으면서 이승만에게 축하의 인사를 건넸다.

"감옥 안에서 이런 경사스런 일이 생기다니 참으로 감개무량합니다. 내가 이 선생에게 어떻게 감사의 인사를 올려야 할지 모르겠소."

"별 말씀을요, 서장님께서 도와주시지 않았으면 언감생심 이런 일을 꿈이라도 꾸어보겠습니까?"

"아니요, 아니요. 진작 우리가 이런 일을 해야 했는데, 우리가 미련해 차마 챙기지를 못했어요. 참으로 부끄럽소. 이 선생 편지를 받고도 곧바

로 처리하지 않고 미적거려 시간을 허비한 것도 미안하오. 지금 옥중학
교 때문에 온 나라가 난리요.

관리 생활 20년에 내가 이처럼 큰 보람을 느낀 일은 처음이요. 황제
폐하께서도 여론의 뜨거운 반응에 무척 고무되어 계신다고 하오. 앞으로
이 선생이 하시는 일은 무엇이든 최대한 편의를 봐드릴 테니 필요한 것
이 있으면 기탄없이 말해 주시오.”

과묵한 편이라 평소 말이 없던 그였지만 김영선은 흥분한 탓인지 숨
김없이 자신의 속마음을 털어놓았다. 그리고는 이승만의 손을 그가 번쩍
들고 만세를 외쳤고, 온 감옥서 안이 우레 같은 박수와 만세소리로 떠들
썩했다.

황제여, 황제여

1

옥중학교 개교로 한참 들떠 있던 한성감옥서가 어느 때부터인가 어두운 공기에 휩싸여 활력을 잃고 무겁게 가라앉고 있었다. 사람들은 모두 두려움과 공포에 하얗게 질려 종종 걸음을 쳤고, 자신에게도 화가 미칠까봐 안절부절못했다.

연해주에서 발생한 콜레라가 함경도와 평안도를 쑥대밭으로 만든 후 한성에 진입한 것이 이레 전인데 감옥서 안에도 사흘 전부터 환자가 발생해 사람들을 공포의 도가니로 몰아넣고 있었던 것이다.

이승만은 어제 온종일 환자를 돌보느라 피로가 쌓여 몸이 천근만근 무거웠지만, 수업시간이 되자 어김없이 밝은 미소를 지으며 교탁에 섰다. 아직 콜레라의 위험성을 몰라서인지 아이들의 표정이 그리 어둡지 않아 그나마 다행이라 여겼다.

눈대중으로 보아도 결석한 아이는 하나도 없었다. 그는 여느 때와 다름없이 이름을 불러 출석 점검을 하는 것으로 수업을 시작했다. 마지막으로 그가 이 교실에서 공부하는 학생 가운데 나이가 가장 많은 학생을 불렀다.

"이길녀!"

"……"

늘 경쾌했던 평소와는 달리 그녀는 자신이 존경하는 이승만의 호명에 아무런 말을 못하고 얼굴을 찡그린 채 배를 부둥켜안고 쩔쩔맸다. 그는 예감이 좋지 않아 교탁을 내려와 그녀에게 다가갔다.

얼굴이 창백해진 그녀가 진땀을 뻘뻘 흘리고 있었다. 이마에 손을 대보니 열이 펄펄 끓었다. 그는 가슴이 철렁 내려앉았다.

"길녀씨, 언제부터 이랬어요?"

"어젯밤부터요……"

그는 아이들에게 자습을 시키고는 그녀를 마당 한쪽에 마련된 병사(病舍)로 얼른 데려갔다. 병사에는 탈수로 기진맥진한 열 명의 환자가 이미 누워 끙끙 앓고 있었고, 그녀는 그들을 보며 자신의 운명을 예감한 듯 울음을 터뜨렸다.

"선생님, 우리 옥녀 어떻게 해요? 불쌍해서 어떻게 해요?"

"길녀씨, 무슨 그런 마음 약한 소리를 해요! 서양 의사들이 좋은 약을 많이 갖고 있소. 몹쓸 병에 걸렸다고 다 잘못되는 것도 아닌데 왜 자꾸 이상한 소리를 하는 거요! 병이란 고치면 되는 것이오. 그리고 아이를 생각해서라도 그런 나쁜 생각은 절대 하지 마시오. 아시겠소?"

이승만은 그녀의 심약해진 마음에 오금을 박으려 눈을 부릅뜨고 하늘이 무너져도 솟아날 구멍이 있는 법이라고 덧붙이며 호통을 쳤다. 하지만 그 자신도 그녀가 행여 잘못될까봐 몹시 불안해 전전긍긍했다.

부모도 모른 채 길에서 태어났다 하여 이름이 붙은 길녀. 이승만에게 그녀는 그의 가슴 한구석을 늘 아리게 하는 또 다른 누이였다. 그녀는 그녀의 이름처럼 인생이 참으로 박복하고 기구했다.

어느 보부상의 수양딸로 들어갔다가 남다른 미모 때문에 수양아버지에게 겁탈을 당하고 수양어머니에게 몽둥이찜질을 받고 쫓겨난 후, 사당

패에 들어가 부초같이 떠돌다가 자신을 겁탈한 어느 세도가의 아들을 돌로 쳐 죽여 감옥서에 들어왔는데, 어느 때부터인가 배가 불러왔다.

정신이 혼란스러울 법도 했지만 그녀는 운명을 받아들여 딸아이를 옥중에서 낳았고, 자신의 처지를 닮았다 하여 자신의 이름과 비슷한 옥녀란 이름을 붙였다.

그리고 아이의 출생 사연은 까맣게 잊어버린 채 세상 여느 엄마 못지 않은 지극한 모성으로 정성을 다해 아이를 키웠다. 이 때문에 그녀에 대한 사람들의 칭송이 끊이지 않았다. 그녀는 선이 굵고 갸름한 얼굴이 보기 드문 미인이라 감옥서 안의 많은 남정네들이 가슴을 설레며 그녀를 마음에 두기까지 했다.

이승만 역시 얼굴도 예쁘고 마음도 비단결같이 고운 젊은 그녀가 옥살이를 하게 된 이유를 알고 나서는 그녀의 처지가 너무 가여워서, 옥중학교 학생으로 등록시켜 남다른 애정을 쏟아 가르쳤던 것이다.

그는 답답한지 손가락을 후후 불고는 병사에서 나오자마자 잰걸음으로 달려가 급히 간수장부터 찾았다.

"대체 어찌된 것이요? 미국 의사 에비슨은 어찌 이리 기별이 없소?"

"낸들 아오."

이승만은 속이 타서 안절부절못하고 있었지만, 30대 초반의 간수장은 데면데면한 얼굴을 하고 그를 곁눈질로 힐끔거리다가 태평스럽게 먹다 남은 쟁반의 누룽지를 집어 들고 오물거렸다.

강 건너 불구경 하듯 하는 오불관언(吾不關焉)한 태도에 화가 나서 이승만이 버럭 고함을 쳤다.

"지금 누룽지가 넘어가시오?"

"아니, 이 양반이 웬 소리를 지르고 난리야?"

"지금 고함 안 치게 생겼소? 사람이 다 죽어가고 있는 판국에…."

간수장은 이승만이 죄수 주제에 신분을 잊고 너무 설친다고 생각해 심히 아니꼽게 여겼지만, 상대가 대신 한규설은 물론이고 여론의 비호를 받고 있는 이승만인지라 맞대응은 못하고 볼멘 표정만 지은 채 입을 꼭 다물었다.

"말 좀 하시오, 말 좀. 대체 어찌된 일이오? 내가 의사를 부른 지가 사흘째요, 사흘. 천리 길도 아니고 엎어지면 코앞인데 진고개에 있는 에비슨이 아직도 안 오는 이유가 뭐요?"

이승만은 옥 안에서 콜레라 환자가 발생하자마자 인편으로 급히 그에게 도움을 청했고, 미국인 의사 에비슨은 친구 이승만의 요청에 지체 없이 달려가겠다는 답을 전해 왔었다.

그런데 하루가 지나고 이틀이 지나고 사흘이 가도록 그의 기척은 없었고 환자는 점점 늘어만 가서 그 수가 열을 넘어 종내는 자신이 아끼는 길녀까지 앓아누웠다.

형편이 이 지경까지 이르자 그도 더는 참을 수가 없었다. 간수장을 노려보는 이승만의 눈에는 노기가 등등했고 두 주먹을 불끈 쥔 그의 모습은 당장이라도 간수장에게 주먹을 날릴 기세였다. 대가 약한 간수장은 그에게 무슨 봉변을 당하지 않을까 더럭 겁이 나서 그가 묻지도 않은 말을 툭 내뱉었다.

"난 잘못이 없소, 감옥서장이 시켜서 한 것뿐이오."

그는 감옥서장 김영선이 왕진을 온 에비슨을 돌려보내게 했다는 말을 듣고는 눈에 쌍심지를 켜고 한달음에 후다닥 김영선에게 달려갔다.

2

"대체 왜 서양 의사는 안 된다는 겁니까?"

"감옥서의 기본방침이오. 이건 어제 오늘의 일이 아니오. 시간 낭비 말고 돌아가 아이들이나 잘 가르치시오."

감옥서장 김영선은 이승만에 대한 다정다감했던 이전의 태도와는 사뭇 다르게 몹시 사무적인 어투로 말을 뱉고는 두 눈을 질끈 감았다. 두 시간 동안 수사관처럼 따지고 꼬치꼬치 캐묻는 이승만에게 질려 넌더리가 나기도 했지만, 그로서는 이승만에게 더 이상 해 줄 이야기가 없었기 때문이다.

웬만한 사람이면 감옥서장의 단호한 태도에 주눅이 들거나 정나미가 뚝 떨어져 진작 발길을 돌렸을 테지만 이승만은 어림도 없었다.

그는 김영선의 박대에도 꼼짝도 않고 똬리를 튼 채 문지기마냥 방문을 꼭 지켰다. 그가 무어라 소리를 쳐도 한 귀로 듣고 흘려들어 요지부동이었다.

시간이 흐르면서 김영선은 숫제 죽을 것만 같았다. 오줌보는 터질 것 같고 이웃의 환갑 잔칫집에서 과식을 한 탓인지 뒤까지 마려워 하늘이 노랬다. 땅딸막한 김영선이 울상을 지은 채 앞뒤를 손으로 틀어막고 어찌할 바를 모르고 종종걸음을 쳤다.

"이 선생, 정말 왜 이러시오? 나 좀 살려주시오."

새파랗게 질려 애걸복걸하는 그에게 이승만이 눈을 치켜들고는 염장을 질렀다.

"아니, 각하를 누가 잡아먹기라도 합니까? 그리고 각하께서는 공사

구분이 엄격한 분으로 압니다. 제가 말씀드린 것은 공적인 일이고 각하
께서 지금 힘들어 하시는 일은 아주 사적인 일입니다. 공직자가 어찌 사
적인 일을 공적인 일에 앞세울 수 있습니까?"

"이 선생 제발 살려주시오, 나 지금 숨넘어가는 것 안 보이오."

"그럼 좋습니다. 제가 방문을 비켜드릴 테니 볼일을 다 보신 후 미국
의사가 감옥서에 들어오지 못하는 진짜 이유를 말해 주셔야 합니다. 그
리 하시겠습니까? 아니면 그냥 바지에다 일을 보시겠습니까?"

김영선은 다급해지자 이것저것 잴 것도 없이 두 손 두 발을 다 들었
다.

"내 그리 하리다, 얼른 문이나 비키시오."

"남아일언중천금입니다, 약속하셨습니다."

"알았소, 알았소!"

이승만이 비켜서자 김영선은 꽁지가 빠지도록 잽싸게 달려 나갔다가
한 식경이 지나서야 돌아왔다.

"이젠 말씀을 해주시지요. 외국인을 이곳에 출입하지 못하게 하는 건
내규에 있는 것입니까?"

"그건 아니요."

"그럼 대체 이 화급한 때에 무엇 때문에 미국 의사 출입을 막는 것입
니까?"

그가 이승만의 채근에 난감한 표정을 지으며 한숨을 내쉬었다.

"휴, 이건 이 선생만 알고 계시오. 아시겠소?"

이승만이 고개를 끄덕이자 누가 들을세라 그가 귓엣말로 속삭이듯
말했다.

"황제 폐하의 명이오."

이승만은 자신이 잘못 들었나 싶어 그에게 되물었다.

"누가 그랬다고요?"

"폐하께서 그런 지시를 내렸다고 하지 않소."

본시 황제를 몹시 미워했던 터라 이승만의 얼굴이 그에 대한 분노로 달아올라 금방 시뻘게졌다.

"무엇 때문이오?"

"하나는 우리의 감옥서 환경이 불결해서 그들에게 보여주는 게 창피하다고 생각한 것도 있고, 둘째는…."

김영선은 갑자기 하던 말을 멈추고 이승만의 눈치를 보며 머뭇거렸다.

"둘째는 뭐요?"

그가 다시 땅이 꺼져라 한숨을 내쉬었다.

"이건 정말 비밀이오. 이 선생을 믿고 이런 말을 하는 것이니 아무에게도 말하면 안 되오. 그러면 난 죽소. 비밀은 지켜야 하오, 아시겠소?"

두려움에 떨고 있는 그를 보며 이승만이 고개를 끄덕였다.

"후-우, 황제께선 한성감옥서에 수감된 사람들을 몹시 미워하고 있소. 이 때문에 폐하께서는 감옥서에는 예산을 한 푼도 배정하지 말라고 하셨소. 일반 백성들에게 지원할 예산도 모자라는 판이라 감옥서에 돌아올 예산이 없는 건 어쩌면 당연한 일일 수 있소. 하지만 자청해서 감옥서 환자들에게 도움을 주겠다고 나선 외국 의사들까지 막는 것은 좀 지나친 처사라 나도 생각하오."

한성감옥서에 수감된 사람의 태반이 정치범이었다. 정치범에 대한 황제의 증오심이 미국 의사 에비슨의 발을 묶었고 나아가서 한성감옥서까지 통째로 역병에게 넘겨준 셈이었다.

"법이 있어 우릴 함부로 죽일 순 없으니 병에나 걸려 뒈지라는 얘기구먼…."

이승만은 어이가 없는지 허탈하게 웃기만 하다가 책상을 내리치며 중얼거렸다.

"정말 어리석은 위인이군. ……"

3

그는 김영선의 방을 나서며 곧장 자신의 집무실인 교장실로 가서 붓을 바람같이 휘날려 한규설에게 도움을 청하는 편지를 썼다.

"길게 쓸 시간이 없어 짧게 씁니다. 각하께서는 저의 허물을 용서하십시오. 옥중에 번진 역병 상황이 너무 심각합니다.

오늘만도 다섯 명이 죽어나갔습니다. 환자는 거의 매일 예닐곱 명씩 늘고 있는데, 감옥서에서는 기껏 병자들에게 물이나 줄 뿐 아무런 조치를 취하지 못하고 있습니다.

이러다간 한 달 안에 모두 역병에 희생될 것 같습니다. 지금 제가 믿을 분은 오직 각하 한 분밖에 없습니다. 황제 폐하를 설득해 주십시오. 감옥에 있는 죄수들도 황제폐하의 백성이란 사실을 알려주십시오. 의사가 올 수 없으면 약이라도 구해 주십시오. 정말 간곡히 부탁드립니다."

그의 편지를 받은 한규설은 지체 없이 그에게 답장을 보냈지만, 그 역시 상황이 녹록치 않아 이승만이 품었던 한 가닥 희망도 사라졌다.

"감옥서의 형편이 그토록 참담하다니 마음이 몹시 아프오. 그럼에도 불구하고 내가 지금은 아무런 도움을 줄 수가 없어 참으로 부끄럽소. 나는 최근에 자리에서 물러난 뒤로 폐하를 뵙지 못하고 있소. 지금 폐하께서는 조병식만을 귀히 여기고 다른 사람들의 말은 귓등으로 흘려듣고만 있소이다.

어쨌거나 내가 폐하를 뵙고 진력을 다해 말씀은 한 번 드려보겠으나 큰 기대는 하지 마시오. 다만 당신의 건강이 걱정이오.

백성을 사랑하는 마음에 몸을 사리지 않고 환자를 돌보는 당신의 모습이 눈에 선해 눈물이 앞을 가리오. 부디 몸조심 하시오. 우리가 살아서 보아야 하지 않겠소. 다른 건 몰라도 약은 내가 꼭 한번 구해 보도록 하리다."

감옥서 당국은 예산 부족을 이유로 병자들을 수수방관하고 있고, 믿었던 한규설마저 상황이 여의치 않자, 이승만은 넋을 놓고 있다간 모두 역병의 제물로 희생이 되겠다 싶어 뜻이 맞는 사람들을 불러 모아 급히 의용 구호대를 만들었다.

대다수가 독립협회와 만민공동회에서 같이 일을 했던 사람들이었다. 활빈당 사건에 연루된 박용만, 독립협회 부회장 이상재, 양기탁, 자신의 서당 친구이자 먼 친척뻘이 되는 신흥우, 자신의 청일전기* 번역 작업을 도와 주던 의형제 정순만 등 여러 사람들이 이승만의 구호활동에 적극 동참했다.

이들의 활동에도 불구하고 상황은 나아지지 않았고 오히려 나날이 악화되었다. 그제는 다섯 명이 죽어 나가더니 어제는 열일곱 명이 한꺼번에 유명을 달리했다. 마스크를 한 인부들이 온 종일 시신을 치우기 위해 감옥서를 뻔질나게 들락거렸고, 감옥서 밖에는 이들이 내다버린 시신이 수북이 쌓였다.

상황이 이쯤 되자 감옥서의 사람들은 모두 말을 잃었다. 관리건 죄수

* 청일전쟁을 다룬 외국 서적

건, 나이가 많든 적든, 남자든 여자든, 신앙이 있든 없든 모두가 전전긍긍
했다. 자신들도 언제든지 인부들의 들것에 실려 나갈 수 있기 때문이다.
죽음의 공포가 사람들의 몸을 사리게 했다.

오랜 감옥서 생활로 정이 듬뿍 든 동료였다 할지라도 이젠 병이 들면
사람들이 언제 보았냐는 듯이 그들을 외면하기 시작한 것이다. 구호대
내에서도 이견이 터져 나와 혼란을 부채질했다.

열일곱 명이 죽어 나가던 날, 다시 병사(病舍)를 찾아나서는 이승만의
손목을 이상재가 갑자기 낚아챘다.

"이 동지, 잠깐 얘기 좀 해요."

화가 난 듯 미간을 찌푸린 이상재의 표정이 자못 심각해 보였다. 이
승만은 그의 눈치를 보며 엉거주춤 서 있다가 슬그머니 앉았다.

"이젠 그만합시다."

"무슨 말입니까?"

이승만은 이상재의 말이 뜬금없다 싶어 의아한 표정을 짓고 있었다.

"아무 의미가 없어요, 안타깝지만 이젠 멈춰야 해요."

이상재는 올해 쉰셋으로 감옥서에 있는 인물 가운데 가장 나이가 많
았다. 그는 병자들을 구호하는 활동 못지않게 이승만을 비롯한 구호대원
들을 지키는 일도 중요하다고 생각했다. 구호대원들 대다수가 이 나라를
이끌어갈 동량들이었기 때문이다.

그는 나이가 많은 만큼 오랜 인생 경험에 비추어 이 사태를 냉정하게
보았고 결말을 아주 비관적으로 보았다.

독립협회 부회장이자 연장자로서 그는 나라 발전에 크게 이바지할
훌륭한 인재들을 이런 일로 잃고 싶지 않았다. 그는 이승만이 특히 불만
이었다. 좋게 말하면 대범하고 희생적이지만 나쁘게 말하면 그의 눈에

비친 이승만은 너무 겁이 없고 조심성이라곤 눈곱만치도 없는 무분별한 사람이었다.

이승만은 남들이 다 꺼리는 병자에게 서슴없이 다가갔다. 그들 곁에 바짝 다가앉아 물을 떠다가 수건으로 냉찜질을 해주고, 물을 주어 그들의 갈증을 덜어주고, 성경을 읽어주며 질병의 고통에 지친 그들의 외로운 영혼을 위로했다.

죽음의 공포에 질린 병자들이 오한에 떨며 멍한 눈으로 그를 바라보며 내미는 메마른 손을 이승만은 가만히 잡아주었다.

"선생님, 이제 저는 어떻게 되는 겁니까? 정말 죽는 겁니까?"

"걱정 마세요, 주님이 당신을 지켜줄 겁니다. 우리네 인생은 짧지만 주님을 믿으면 영생을 얻게 됩니다. 믿음이 당신을 구할 겁니다."

죽음을 예감한 사람들은 그가 자리에서 일어나려고 하면, 그가 구원의 길로 가는 답을 알고 있는 사람이라 생각해서인지 아니면 그의 손을 놓는 순간 모든 것이 끝난다는 절망적인 생각 때문인지 몰라도, 필사적으로 그의 두 손을 잡고 놓지 않으려고 했다.

"주님이 누구신가요? 안 믿으면 구원을 받을 수 없나요?"

"너무 근심하지 마세요. 주님은 사랑의 주님입니다. 사랑이 넘치는 주님입니다. 주님은 당신이 믿던 안 믿던 모든 사람을 사랑합니다. 사랑의 주님이 당신을 구할 겁니다. 염려하지 마세요."

그의 말에 병자들은 뜨거운 눈물을 흘렸고, 그 역시 그들과 같이 눈물을 흘리며 그들의 눈에서 눈물이 마르길 기다려주었다.

몸을 사리지 않는 이승만의 열렬한 구호 활동에 사람들은 놀랐고, 그의 행동에 감동을 받아 그에 대한 개인적인 관심은 물론이고 그가 믿는 기독교에 대한 관심도 사람들 사이에 동시에 고조되었다.

이승만의 구호활동이 영웅적인 행동이긴 했으나 이상재는 그가 구호

활동에 너무 지나치게 몰두하다 역병을 피하지 못하고 쓰러지는 것은 아
닐까 몹시 걱정했다.

이승만의 구호활동에 감복해 그에 대한 감옥서 사람들의 칭송이 높
아 가면 갈수록 그에 대한 이상재의 불안도 더불어 커져만 갔다. 행과
불행을 언제까지나 요행수에만 맡겨둘 수는 없는 일이었다.

이상재는 어른으로서 그를 아꼈고, 이젠 앞으로 더 많은 일을 해야
할 그를 병마에 내어줄 수 없다고 생각하고 단단히 보호해야겠다고 생각
했다.

그는 벼르고 벼르다 더 이상 그의 무모한 행동을 방치할 수 없다고 판
단하고 팔을 걷어붙이고 제동을 걸려고 나선 것이다.

이승만은 지금껏 잠자코 있던 이상재가 상황이 급박한 이때에 느닷
없이 구호활동을 그만두라고 하는 데 은근히 부아가 났다.

힘써 도와주지는 못할망정 후배가 진력을 다해 벌이는 구호활동에 초
를 치는 건 어른의 도리가 아니라 생각했다. 나이로 보면 아버지뻘이고
평소 존경했던 대선배인지라 그는 무어라 말을 못하고 볼멘 표정만 짓고
있었다.

이상재는 그를 질책하듯 뚫어지게 그를 쏘아보았고, 그는 이상재의
그런 눈길이 몹시 부담스러웠다. 그는 말을 아끼고 있다가 조심스럽게
입을 열었다.

"이유가 무엇입니까?"

"지금 상황은 천재지변이나 다름없소. 인력으로 할 수 있는 단계를
지났소?"

"그럼 사람들이 죽어가고 있는데도 가만히 있어야 한다는 말입니
까?"

"오해하지는 말아요. 나도 사람 목숨이 소중하다는 것은 아오. 하지

만 그것도 일의 형세를 보아가면서 해야 하는 것이오."

이승만은 이상재의 만류에도 자신의 고집을 꺾지 않았다.

"구호활동을 지금 그만둔다고 해서 대체 달라질 게 뭐가 있습니까?"

"지금은 어떤 노력을 해도 이 상황을 반전시킬 수가 없소. 싸우다 안 되면 물러서는 것도 싸움의 한 방법이오. 이젠 이 동지 스스로 구호활동을 포기하고 자신을 보호해야 한다는 말이오."

"저를 아끼는 마음은 감사하지만, 선생님의 생각은 받아들일 수 없습니다. 저는 이미 이전에 죽었던 사람입니다."

한 발자국도 물러서지 않고 또박또박 말대꾸를 해대는 이승만의 강경한 태도로 보아, 여간해서는 그가 구호활동을 단념하지 않을 것 같았다. 이상재는 그의 고집을 꺾고자 하여 화를 내는 척하며 눈을 부릅뜨고 그를 꾸짖었다.

"그러니 자신을 더 아끼라는 말이오! 이 세상은 늘 행운으로 가득 찬 게 아니오, 아시겠소?"

"……"

이상재가 그에게 화를 내는 건 처음이었다. 그는 평소 다른 사람에게도 화를 잘 내지 않는 사람이었다. 그래서 이승만은 더 난감하고 당혹스러웠다. 둘 사이에 묘한 긴장감이 흘렀고, 세숫대야를 들고 이승만을 따라나서던 신흥우와 박용만도 어찌해야 할지를 몰라 몹시 어색한 표정을 하고 우두커니 서서 두 사람을 지켜보고 있었다.

이승만은 그의 이해를 구하기 위해 자신의 생각을 분명히 밝히는 것이 좋겠다는 생각을 했다. 이상재는 독립협회 부회장으로 신망이 높아 따르는 사람들이 많았다. 그가 구호활동에 대한 반대의견을 강력히 제기하면 구호활동 자체가 무산될 수도 있다.

그는 이상재의 눈치를 살피다가 운을 뗐다.

"선생님, 저는 덤의 인생을 살고 있습니다. 사형의 위기에서 수많은 사람들이 저를 구하기 위해 발 벗고 나섰습니다. 제 가족은 물론이고 외국인 선교사들, 배재학당의 아펜젤러, 공사 알렌, 이름 모르는 독자들, 한규설 대감, 독립협회의 동료들, 심지어 저의 정적이었던 홍종우에 이르기까지 이루 말할 수 없이 많은 사람들이 저를 도왔습니다. 이것이 어찌 사람의 뜻이라 하겠습니까?

이곳에서 재판 없이 즉결처분을 당한 것이 한두 사람입니까? 독립협회의 안경수 회장도 재판 없이 사형을 당했습니다. 그런데도 저는 살았습니다. 사형을 당해야 한다면 아마도 제가 먼저 당해야 했을 겁니다.

그래서 저는 제가 살아난 것을 기적이라 생각합니다. 이것은 사람의 뜻이 아니라 생각합니다. 저는 이 기적을 주님이 만들어 주셨다고 믿고 있습니다. 저는 제 인생을 그분께 온전히 맡겼습니다. 제가 죽고 사는 걸 결정하는 일은 오로지 그분의 몫입니다. 그런데 제가 무엇을 걱정하겠습니까?"

"이보시게, 이 동지! 난 당신이 믿는 주님은 잘 모르지만, 기적이나 요행은 자주 일어나는 게 아니라오. 그걸 어떻게 믿고 이렇게 무모하게 일을 한단 말이오?

이 동지는 사람들이 사방에서 쓰러지는 게 보이지 않소? 이 감옥서 안에는 우글대는 이만큼이나 괴질이 득실거리고 있어요. 한 발만 잘못 내디디면 천 길 낭떠러지요. 이럴 때 자연의 흐름에 맡겨두고 피하는 것이 상책이오. 난 지금이 그럴 때라고 보오. 부탁 하오, 제발 멈추시오."

이승만의 말이 주효했던지 이상재의 태도는 아까와는 달리 그리 완강하지 않았고 오히려 간청하듯 읍소하는 모습이었고, 이승만도 그에 맞추어 한껏 자세를 낮추고 안색을 부드럽게 해서 공손히 말했다.

"선생님의 뜻은 정말 고맙습니다. 하지만 병자를 눈앞에 두고 저는 눈길을 돌릴 수가 없습니다. 주님은 의인(醫人)을 필요로 하는 사람은 병자이지 건강한 사람이 아니라고 하였습니다.

병사에 누운 사람들은 제 손길을 필요로 하고 있습니다. 저는 그저 제 손길을 필요로 하는 사람들에게 작은 도움을 주고 있을 뿐입니다,

설사 이 일을 그만두고 제 일신을 보전한들 제 눈앞에 놓인 아픈 사람도 외면한 사람이 어찌 세상의 큰일을 도모할 수 있겠습니까?

제가 하는 일의 결과가 어떠하든 그것은 주님의 뜻이지 제 소관이 아닙니다. 저는 다만 덤의 인생을 살게 해주신 주님의 뜻을 따라 지금 살고 있을 뿐입니다. 그러니 제 행동이 그리 특별할 것도 없습니다."

"……"

이상재는 이승만의 확고한 종교적 신념과 인간에 대한 그의 순수하고 치열한 사랑에 감복해 눈시울을 붉혔다. 그는 이승만의 얘기를 듣고 온몸에 전율이 흐르는 것만 같았다. 그는 벌렁대는 가슴을 진정시키려 호흡을 고르며 가만 한숨을 내쉬었다.

그는 또 이승만의 얘기를 구구절절 옳다고 생각하고 자신의 단견과 편협함을 자책하며 부끄러움을 느끼기도 했다.

'나이만 많았지 난 헛똑똑이야, 헛똑똑이. 헛살았어, 허허.'

그는 자신의 무지를 깨우쳐 준 이승만에게 감사하며 솜털같이 부드러운 눈으로 이승만을 바라보았다.

"당신이 믿는 그 주님을 내게도 한번 소개시켜 줄 수 있겠소?"

"……"

이승만은 이례적인 그의 반응에 놀라 잠시 어안이 벙벙해 머뭇거리다 반색을 하며 그의 손을 덥석 잡았다.

"선생님, 그리고 말고요."

역병에 대한 구호활동 문제로 날카롭게 대치했던 두 사람의 갈등이

봄눈 녹듯 녹아내리며 두 사람은 서로를 마주보고 환히 웃고 있었다.

이상재는 이승만과 같은 인재를 자신의 후배로 두었다는 게 한없이 자랑스러웠고, 이승만은 자신의 입장을 이해해 준 것뿐만 아니라 자신이 믿는 종교까지 그가 관심을 보여주었다는 사실에 무척 고무되었다.

비 온 뒤에 땅이 굳어지듯이, 이전보다 더 돈독한 동지애로 얽힌 두 사람이 손을 맞잡고 뜨거운 눈빛을 교환하고 있을 때, 병사(病舍)를 지키고 있던 옥리가 잔뜩 긴장한 얼굴을 하고 부리나케 달려와 다급한 목소리로 이승만을 찾았다.

"옥녀 엄마가 지금 이 선생을 애타게 부르고 있소!"

4

길녀는 땀을 비 오듯 쏟으며 금방 숨이 넘어갈 듯 가파른 숨을 몰아쉬고 있었다. 땀에 젖어 온몸이 물에 빠진 듯 흥건했다. 한눈에 보아도 그녀의 상태는 몹시 위중했다.

그는 그녀를 보자 가슴이 덜컹 내려앉는 것만 같았다. 하지만 그는 그녀가 너무 가여워서 자신의 마음을 내색할 수 없었다.

그는 짐짓 담담한 표정을 하고 자리에 누운 그녀를 물끄러미 내려다보았고, 창백한 얼굴의 그녀가 이승만을 보고는 희미하게 웃으며 사력을 다해 더듬거리며 말했다.

"선, 선생님. 저 저는 이제 가망이 없어요."

"아니, 엄마라는 사람이 그게 무슨 소리요? 그런 쓸데없는 소리 말아요."

이승만은 힘을 내라고 소리 내어 그녀를 다그치고 있었지만 그 역시 이젠 희망이 없다는 걸 알았다. 그녀가 앓아누운 지 이레째였다.

그래서인지 자신의 말이 자신의 귀에도 너무나도 공허하게 들렸고, 그녀를 지켜주지 못한 자책감과 무력감이 거세게 밀려와 폭풍 같은 눈물이 쏟아지려고 했다. 그는 그녀의 마지막 순간이 온 것을 부인할 수 없었다. 옥중에서 함께 했던 그녀와의 기억들이 파노라마 같이 뇌리를 스치며 그의 목을 메이게 했다.

그의 귓전에 흥분에 찬 그녀의 목소리가 지금도 또렷하게 울렸다. 한 해 전 일이다.

"선생님, 옥녀가 붓을 들었어요!"

딸 옥녀가 돌 잔칫날 붓을 드는 걸 보고 몹시 기뻐하며 그녀가 딸의 돌잔치를 열어 준 이승만을 보고는 열에 들떠 말했다.

"선생님, 제 딸도 선생님과 같은 훌륭한 사람이 될 수 있을까요?"

"내가 훌륭한 사람인지는 모르지만, 엄마가 마음이 따뜻하고 착하니 아이는 분명 크게 될 거요. 속담에 콩 심은 데 콩 나고 팥 심은 데 팥 난다고 하지 않았소? 길녀씨가 사랑으로 길렀으니 아이가 올곧게 자랄 거요."

"제가 지은 죄가 많은데도요?"

"아니요, 당신의 죄가 아니오! 죄는 죽은 그놈이 지은 것이지 당신 죄는 아니오. 당신은 그저 자신의 몸을 지키기 위해 애를 썼을 뿐이오. 그래서 당신은 정상이 참작되어 감형을 받은 게 아니겠소?"

그의 말이 그녀에게 작은 위로가 될 법도 했지만, 그녀는 아쉬움을 감추지 않고 품에 안은 아이를 바라보며 쓸쓸히 웃었다.

"이 옥에서 얼른 나가 아이와 밖에서 오순도순 살고 싶은 제 마음이
야 굴뚝같지만, 어느 세월에 제가 이곳을 빠져 나갈 수 있겠어요?"

그는 딸의 돌 잔칫날 자괴감에 빠진 그녀를 질책하려다 슬그머니 그
만두었다. 그녀의 생각이 너무나도 정확했기 때문이다. 세상은 유전무죄
요, 무전유죄 세상이었다.

땡전 한 푼 없는 알몸뚱이 신세인 그녀가 설사 죄가 없다손 치더라도
옥에 들어온 이상 형기를 다 채우기 전에 석방되기란 하늘의 별을 따는
것만큼이나 지난했다.

나라의 경사가 있어 황제가 사면령을 내린다고 해도 힘없는 백성들
에겐 단지 그림의 떡에 불과했다. 그래서 그는 그녀의 막막한 현실 앞에
꿀 먹은 벙어리가 될 수밖에 없었고, 그는 다만 그녀를 위해 기도하는 것
으로 그녀에 대한 자신의 미안함을 대신했을 뿐이다.

그는 핏기 없는 하얀 눈자위에 눈물이 그렁그렁한 그녀의 외로운 눈
을 더 이상 볼 수가 없어 고개를 들어 천장을 잠시 멍하니 바라보았다.
그녀를 보고 있다간 눈물을 왈칵 쏟을 것 같았기 때문이다.

"선생님, 저처럼 처, 천한 년을, 이 불결한 년을 예뻐해 주, 주셔서 감
사했어요."

그는 목구멍까지 차오른 울음을 안간힘을 다해 간신히 누르고는 나
직막이 말했다.

"길녀씨, 그런 소린 마시오. 세상에 귀하고 천한 것이 어디 있다고 하
시오? 주님 앞에는 모든 사람이 다 똑같소. 높은 사람도 없고 낮은 사람
도 없소. 굳이 따지자면 마음이 천박한 사람이 천한 사람이지, 물질과 지
위로 어찌 인간의 귀천을 구분할 수 있겠소?

길녀씨는 마음이 참으로 고결한 사람이니, 내가 보기엔 길녀씨야말로

세상에서 가장 귀한 사람이라 생각해요. 아마 내가 믿는 주님도 나와 똑같이 볼 것이오."

그녀가 마지막 숨을 몰아쉬듯 일그러진 표정으로 가쁘게 숨을 헐떡거리며 힘겹게 말했다.

"선생님, 정말인가요, 그 말씀?"

"그럼요, 당신은 저 세상에 가면 가장 귀한 대접을 받을 거요."

"그렇다면 저, 저를 위해 기도를 한 번만 해 주세요."

그는 그녀의 청이 그녀가 이 세상에서 자신에게 하는 마지막 부탁이라 여기며 비장한 마음으로 바닥에 무릎을 꿇고 그녀의 손을 슬며시 잡았다. 그녀의 손이 몹시 차가웠다. 사신(死神)이 이미 그녀의 몸 안에 침입했음을 어렵지 않게 짐작할 수 있었다.

그는 그녀를 떠나보낼 생각을 하니 가슴이 너무 아리고 정신이 멍했다. 그녀는 그에게 아주 특별한 학생이었다. 그녀는 티끌같이 하찮은 것에도 감사할 줄 알았다. 그녀는 사람들이 별로 눈 여겨 보지 않는 보잘것 없는 사람이었지만 미워할 줄도 몰랐다.

그는 그녀를 통해 진정한 감사가 무엇인지도 알게 되었다. 감사가 결코 거창한 것에 있지 않음을 알았고, 감사가 행복의 묘약이라는 사실도 그녀 때문에 깨달았다.

미워하지 않는 것이 곧 사랑이고 미워하지 않는 것이 자신을 평안하게 하는 지름길임도 알게 되었다. 그녀로 인해 그는 자신의 가슴에 가득 차 있던 오만과 세상과 사람에 대한 편견을 버리고 사랑을 배울 수 있었다.

그래서 그는 자신이 아니라 오히려 길녀가 자기 인생의 큰 스승이라 생각했다.

그는 가슴을 저미는 슬픔을 한 가득 품에 안고 잠시 숨을 골랐다. 마음 한 구석에서는 자신의 기도가 하늘 끝에 닿아 기적이 일어났으면 하고 바랐다. 하지만 이내 모든 것을 포기하고 그는 자신이 믿는 예수에게 그녀의 운명을 맡겼다.

"주님, 이 세상에서 가장 가난했던 여인이, 이 세상에서 가장 작은 여인이 이제 주님의 품에 안기려 합니다.

이 여인이 이 세상에서 겪었던 필설로 차마 다 할 수 없는 고통을 일일이 기억하시고 그녀의 고통을 주님이 베푸시는 사랑의 손길로 하나하나 다 어루만져 주시어, 다시는 이 여인이 고통 받지 않는 삶을 살게 해 주시옵소서.

아울러 이 여인의 유일한 혈육인 옥녀 역시 주님의 손길로 따뜻하게 보듬어 주시어, 이 세상에서 가장 헐벗고 굶주렸던 이 여인이 온갖 세상 근심을 다 내려놓고 기쁜 마음으로 주님의 품에 안길 수 있게 인도하여 주시옵소서."

그의 기도가 그녀의 꺼져가던 삶에 대한 의욕에 다시 불을 지폈다. 그녀가 고통스런 표정으로 필사적으로 소리쳤다.

"선, 선생님! 전 살고 싶어요. 우리 옥녀 좀 보여 주세요. 선생님이 안고 있는 모습을 보고 싶어요."

"그러지요."

그의 곁엔 박용만이 초조한 기색을 감추지 못하고 서 있었다. 그가 박용만에게 눈짓을 하자, 기다렸다는 듯이 그가 후다닥 날쌘 걸음으로 뛰어나갔다. 운동으로 단련된 몸이어서 박용만의 동작은 비호(飛虎) 같았다.

그때 갑자기 하늘에 구멍이라도 난 것처럼 비가 억수같이 퍼부었다. 요란한 뇌성벽력이 잇달아 사람들이 웬일인가 싶어 놀라 자라목을 하고 벌벌 떨었다.

잠시 후 여자 감방으로 달려간 박용만이 간수에게 부탁해서 아이를 안고 황급히 돌아왔다.

그녀에겐 아이를 기다리는 찰나의 이 시간이 너무 길었다. 그녀는 평생
을 살아온 자신의 인생길보다 이 순간의 시간이 한없이 길게만 느껴졌다.

박용만이 아이를 안고 들어섰을 때 사신과 사투를 벌이던 그녀는 너
무 지쳐서 숨은 이미 끊어질 듯 말듯 실처럼 가늘어져 있었다.

병사의 출입문을 뚫어지게 쳐다보던 그녀의 눈이 까만 아이의 눈과
한번 마주쳤고, 그녀가 손짓을 하며 무어라 한두 마디 중얼거리더니 그
만 힘없이 나동그라져 맥을 놓았다.

이승만의 얼굴이 고통과 분노로 일그러지고 있었다. 그가 참았던 울
음을 토해내며 짐승같이 울부짖었다.

"네가 황제라고? 네가 황제라고? 이 나쁜 새끼, 죽여버릴 거야. 길녀
씨, 내가 이놈을 절대 용서하지 않을 거요!

두고 보시오, 두고 보시오. 내가, 나 이승만이가, 세상을 바꾸겠소, 황
제도 없고 귀천도 없는 새 세상을 만들겠소. 당신 같은 사람도 천대받지
않고 한 세상 잘 살 수 있는 세상을 만들겠소. 아, 길녀!"

그녀의 임종을 그와 함께 지켜보았던 양기탁, 박용만, 신흥우는 포효
하듯 퍼부어대는 황제에 대한 그의 저주와 적나라한 증오에 화들짝 놀라
누가 들을 세라 병사의 문을 꼭 닫아 걸고 몸을 도사렸다.

5

한때 맹위를 떨치며 조선팔도를 초토화시킨 콜레라는 추위와 함께
물러갔지만, 재소자 350명 가운데 80여명이 넘는 엄청난 희생자를 낸 콜

레라 사건을 계기로 황제에 대한 이승만의 분노와 적개심은 이전과는 비교할 수 없을 만치 거세게 불타올랐다.

그에게 황제는 어리석고 줏대 없고 신념도 없는 세상천지 어디서도 찾을 수 없는 등신에다 얼굴에 개기름이 줄줄 흐르고 볼때기에 살만 뒤룩뒤룩 붙은 욕심 많은 괴물에 지나지 않았고, 오백년 사직을 이어온 봉건왕조는 낡고 닳아 이젠 아무짝에도 쓸모 없는 누더기에 불과했다.

그는 황제와 봉건왕조를 백성과 이 나라를 위해 반드시 무너뜨려야 할 타도의 대상으로 삼고는, 백성이 나라의 주인 되는 공화정으로 정치체제를 변모시키기 위한 개혁방안을 찾는 데 불철주야 골몰했다.

자신을 물심양면으로 후원하고 지켜주던 든든한 바람막이 아펜젤러가 군산 앞바다에서 풍랑에 휘말려 유명(幽明)을 달리한 것도 그의 격정에 불을 지폈다. 그는 스승 아펜젤러가 조선에서 희구했던 세상을 만들어 그에게 꼭 보여주고 싶었다.

이승만이 자기 방에서 〈제국신문〉에 보낼 사설을 쓰고 있는데, 그의 측근들이 몰려들어 기웃거리며 어깨너머로 그가 쓴 사설을 호기심어린 눈으로 엿보고 있었다.

〈제국신문〉 사장이 옥중에 있는 이승만에게 글을 부탁해 그는 2년 넘게 거의 매일 옥중에서 사설을 써왔는데, 이승만이 쓴 사설들은 대담하고 자극적이어서 독자들이 아주 좋아했다.

이 덕에 〈제국신문〉은 잉크 냄새가 마르기도 전에 날개 돋친 듯이 팔려나가 항상 매진 사례를 빚었다. 〈제국신문〉의 입장에선 이승만은 신문사의 명예를 드높이는 얼굴이자 자신들을 먹여 살리는 스타 필자인 셈이었다.

하지만 이승만을 보호하기 위해 신문사는 그가 쓴 사설은 익명으로 게재했고, 이 때문에 일반 독자들은 날카로운 지성을 자랑하는 제국신문의 스타 필자가 누구인지 어림짐작도 못하고 있었다.

이 베일에 싸인 스타 필자의 정체를 아는 사람들은 오직 옥중에 있는 그의 독립협회 동료들과 이 사설을 비밀리에 신문사에 전하고 있는 선교사 게일을 비롯한 여러 미국 선교사들뿐이었다.

그의 동료들은 익명으로 쓰여진 이승만의 글이 바깥세상에서 굉장한 인기를 끌고 있다는 걸 알았다.

그래서 모두가 궁금하게 여기는 필자의 정체를 자신들은 알고 있다는 사실만으로도 가슴 뿌듯해 했고, 이승만이 글을 완성할 즈음에는 이승만이 오늘은 어떤 글을 썼는지 알고 싶은 궁금증을 이기지 못해 채마밭에서 작업을 하다가도 괭이와 호미를 내던지고는 그가 마련한 옥중 도서실로 슬금슬금 모여들었다.

때는 바야흐로 조선과 만주에서 각축전을 벌이고 있던 러·일 양국 사이에 마침내 전쟁이 터지고, 양국의 전쟁에 휘말리지 않으려고 중립을 선언했던 대한제국의 필사적인 노력이 일본의 강압에 의해 무력화된 시기였다.

일본은 무력시위를 통해 한·일 의정서를 체결하여 한반도를 마치 자국 영토인 양 자신들의 구미에 맞게 군사적 용도로 맘껏 사용했고, 나아가서 황무지 개간 권리까지 가져갔다.

숫제 일본이 조선의 주인인 양 행세하여 조선인의 자존심을 짓밟았고, 이 때문에 일본에 대한 조선 사람들의 반발이 거세지고 있었다.

시국이 이러하여, 조국의 자주성을 위해 목숨 바쳐 투쟁했던 이승만의 동지들이 느끼는 일본에 대한 증오와 정부의 무능에 대한 울분은 너무 깊고 커서 그 정도를 가늠할 수가 없었다.

이승만의 동지들은 이제 그의 글에 대한 단순한 지적 호기심 때문이 아니라 나라의 장래에 대한 우려와 걱정 때문에 마음을 잡을 수 없어 자연스럽게 도서관에 모여 시국에 대한 격정을 토로했다.

이승만이 쓴 글을 보고 양기탁의 눈이 휘둥그레지더니 그가 아주 난감한 표정을 지었다.

"이 동지, 이거 너무 많이 나간 것 아니오?"

"내가 틀린 말 한 건 아니오!"

"그래도 아직 확인된 건 없지 않소?"

"그러니 조사든 수사든 진실을 밝히기 위한 작업을 해야 하지 않겠소?"

"그렇지만 암만 생각해도 이번 글은 너무 앞서나간 것 같소. 나라도 어수선한데…… 후환이 있을까 좀 두렵소."

"걱정 마시오, 양 동지. 아무리 나라가 어려워도 해야 할 일은 해야 하오. 또 구더기 무서워 장 못 담그는 건 아니잖소?"

이승만은 양기탁의 우려에도 불구하고 자신은 아무렇지도 않다는 듯 그의 걱정에 손사래를 치며 빙긋 웃었다. 양기탁은 이승만의 여유 있는 모습이 적이 불만스러워 볼멘 표정을 짓고 있었는데, 그의 옆에 있던 박용만이 양기탁의 반응이 별스럽다는 듯 그를 곁눈질하며 은근히 냉소를 흘렸다.

그리고는 양손을 바지 호주머니에 푹 찔러 넣고 비스듬히 서서 불량스럽게 한 쪽 다리를 가볍게 흔들며 이승만을 슬며시 거들었다.

"사설이란 자고로 주견이 분명해야지 물에 물탄 듯 술에 술탄 듯해서는 안 됩니다. 난 이 글이 아주 좋습니다. 이희(李熙: 고종)가 골치깨나 아플 것 같소, 하하!"

가장 연소한 박용만의 훈계조 발언에 양기탁은 물론이고 이상재를 비롯한 여러 연장자들의 표정이 일순 굳어졌다.

이상재가 옷소매에 묻은 흙을 가볍게 털면서 마뜩찮은 눈으로 박용만을 노려보며 이맛살을 잔뜩 찌푸렸다.

'이놈이 버릇이 없는 건가, 철이 없는 건가? 더군다나 이희라니? 황제가 네 친구냐, 이놈아!'

유교의 영향을 많이 받은 연장자들은 대체로 장유유서(長幼有序)의 위계질서를 미덕으로 알아, 어른들의 말을 도중에 끊거나 어른 앞에서 다리를 떠는 경망스런 행동은 상상도 못했다.

또 비록 혁명을 꿈꾸지만, 그들의 가슴에는 여전히 황제가 신성한 존재로 자리 잡고 있었다. 그들은 황제에 대한 강한 감정적인 유대감 때문에 혁명을 하더라도 황제에게 어떤 위해도, 그 어떤 불이익도 주고 싶어 하지 않았다. 그들에게 황제는 영원한 황제였다.

이상재는 박용만이 황제를 동네 똥강아지 취급하며 이름을 함부로 부르는 것도 아주 못마땅했다.

코를 만지작거리며 말을 아끼던 이상재는 박용만이 연신 싱글벙글하고 있자 불쾌한 표정으로 그를 따끔하게 나무랐다.

"이보시게 박 동지, 무엇이 그리 좋은가? 무슨 경사 났나? 온 세상에 이 나라가 망신을 당하게 생겼는데……"

"그게 무슨 소리입니까?"

박용만은 그의 말을 이해하지 못하고 다소 의아한 표정을 지었고, 이상재는 그가 한심하다는 듯 눈을 가늘게 뜨고 한 번 째려보고는 말도 없이 눈길을 쓱 거두어 이승만에게 돌렸다.

박용만은 이상재가 자신을 투명인간 취급하며 무시하자 무안해서 동그란 얼굴이 홍당무 같이 달아올랐다.

"이보게, 이 동지. 이 동지 생각이 틀리지 않았다고 하더라도 글을 꼭 이렇게 써야만 하는가?"

이상재는 이승만에게도 불만이 많았다. 그는 이승만의 글이 마음에 들지 않았다. 이상재가 그의 글에 이의를 제기한 것은 뜻밖이었지만, 그는 별로 놀라지 않는 눈치였다.

"무얼 걱정하십니까?"

"첫째는 나라 망신이고, 둘째는 이 동지 신변이 염려되어 그러네."

"무엇이 나라의 망신이라는 말입니까?"

"황제와 대신들이 이 난리 중에 개인적인 치부를 위해 쌀을 매점매석 (買占賣惜)했다는 사실이 사설을 통해 외국인들에게 알려지면 이 무슨 개 망신인가? 그러지 않아도 미개한 나라라고 우리를 얕보고 있는데 이 일이 터지게 되면 얼마나 이 나라를 우습게 보겠는가?

여러 가지 애로가 있겠지만 차라리 그 정보를 경무청에 주어 우리 스스로 수사를 해보도록 하는 게 좋지 않겠나? 이러지도 저러지도 못하고 있는 황제 폐하의 입장도 한번 생각해 보게."

이상재의 말은 러·일 전쟁의 와중에 일본의 볼모로 잡혀 운신을 못하고 있는 현 시국의 어려움을 감안해서 가급적 혼란을 부추기는 일은 자제해야 한다는 어른으로서의 노파심이 작용한 것도 있었으나, 황제의 처지에 대한 연민의 마음도 컸다.

이승만은 내심 입맛이 씁쓸했다. 이상재가 혁명을 줄기차게 외치면서도 황제를 신성시하는 근왕주의자(勤王主義者)의 색채를 완전히 벗지 못한 것 같았기 때문이다. 황제에 대한 연민이나 동정, 사랑 같은 감정은 혁명가에게 독이었다. 그는 자신이 존경하는 원로 혁명가 이상재의 한계를 보는 것 같아 마음이 몹시 무거웠다.

'이게 바로 세대차이라는 건가? 아니면 성격 차이인가? 그도 아니면 황제와 개인적인 어떤 인연이 있는 걸까?'

이상재의 제지에 이승만은 온갖 생각이 다 들었고, 평소 알고 있던 이상재의 다른 모습에 순간 당혹했다.

정체는 알 수 없지만 이상재와 자신 사이에 세대차이 이상의 쉽게 건너기 어려운 두꺼운 벽이 존재하는 것 같아 몹시 안타깝기도 했다.

하지만 그는 실망의 빛을 보이기보다는 더 냉정해졌다. 그는 자신을 철저한 혁명가라고 생각했다. 이상재에게 황제가 어떤 의미인지는 몰라도 자신에게 황제는 그저 인민을 핍박하고 박해하는 인민의 적에 불과했을 뿐이다.

그는 이상재가 무슨 말을 하든 상관없이 자신의 고집대로 밀고 나갈 계획이었다. 그는 진실을 규명하고 정의를 바로 세우는 데는 그 상대가 황제일지라도 예외를 둘 수 없다고 생각했다.

그에게 있어 인간은 신 앞에서 모두 평등하고, 모든 인간은 행복을 추구할 권리가 있다고 믿었다. 황제라도 다른 사람의 행복을 빼앗으면 안 된다고 그는 생각했다.

작년 작황이 유난히 좋아 대풍을 이루었음에도 올해 들어 이례적으로 쌀값이 크게 오르는 기현상을 보였다. 이태 전에 유례가 없는 흉작을 경험했던 터라 시중에서는 대풍에 거는 기대가 무척 컸었다.

그런데도 정반대로 쌀값은 천정부지로 올라 지난 해 대풍을 무색하게 만들었다. 설을 지나고 야금야금 오르던 쌀값이 최근 두 달 사이에 곱절이 올라 사람들을 어리둥절하게 했다. 러 · 일 전쟁 때문에 전선으로 실려나간 곡물이 늘어난 것도 쌀값 상승의 한 가지 이유가 될 수 있지만, 이것만으로는 쌀값 앙등의 원인을 모두 설명할 수는 없었다.

그런데 어느 때부터인지 이에 대한 뒷말이 무성하게 이어지며 뜻밖에 황제의 이름이 호사가들의 입방아에 올랐다.

"황제가 고갈된 내탕금을 채우려고 쌀을 매집해 이렇듯 쌀값이 날개 단 듯 오른다는군!"

"그게 정말인가? 설마 황제 폐하께서?"

"글쎄 나도 뭔지 모르겠네, 나도 믿기지가 않아. 허허 참, 사실이라면 말세야, 말세!"

소문은 무성했지만 정보의 출처도 불분명하고 그 내용도 정확하지 않아 쌀값의 이상 급등에 황제가 연루되었다는 설은 사람들이 공공연히 입에 올릴 입장이 못 되었다. 여차하면 황제를 모독한 죄로 종신형을 받을 수도 있기 때문이었다.

소문에 대한 황제의 적극적인 해명으로 두어 달이 지나 이 소문이 잦아들었는데, 느닷없이 〈제국신문〉에 황제의 쌀값 조작 사건을 고발하는 비밀투서가 날아들었다.

제보 내용은 황제의 측근이 아닌 한 절대로 알 수 없을 만큼 소상하고 구체적이었다. 〈제국신문〉 측이 이를 예의주시하고 곧장 현장 조사를 벌였고, 제보 내용을 사실로 확인한 다음 이승만에게 자료를 제공해 주어 그에게 이에 대한 사설을 쓰도록 한 것이다.

이상재는 황제가 자신의 권력 유지를 위해 가난한 백성들의 호주머니를 털었다는 사실에는 참을 수 없는 격한 분노를 토로했지만, 나라가 어지러울 때 이를 공론화하는 것은 시기적으로 부적절하다며 신중을 기하라고 거듭 이승만에게 당부했다.

이상재의 끈질긴 권유에도 이승만은 붓을 꺾지 않았다.

"선생님, 잠시 우리가 세상의 비웃음거리가 되더라도 사실을 밝히고 이런 일이 재발하지 않도록 하는 게 이 나라와 이 나라의 백성들에게 더 중요하다고 생각합니다."

결국 이승만의 고집대로 사설은 토씨 하나 고치지 않고 원안대로 나갔다. 옥중에서부터 큰 논란을 빚어 파문이 예상되었던 터라, 그의 옥중 동료들은 사설에 대한 세간의 반응을 몸을 바짝 낮춘 채 숨 죽여 살폈다.

신문이 나가자마자 그의 사설은 소문에 긴가민가하며 황제에게 의혹의 눈초리를 보내고 있던 장안의 모든 사람들을 격동시켰다. 그들은 모두 울분에 차서 삼삼오오 모여 황제의 비행을 성토했다.

"설마 했는데, 황제가 어찌 이럴 수 있단 말인가? 차라리 벼룩의 간을 빼먹지 어찌 황제가 불쌍한 백성들의 등을 후릴 수 있단 말인가? 이렇다면 우리가 황제에게 충성을 바칠 필요가 있는가?"

출처를 알 수 없는 사설 하나에 민심이 요동치고 있다는 소식이 황제에게 황급히 전해졌고, 그는 자신이 은밀하게 추진한 내탕금 확보 작업의 전모가 백일하에 드러나 큰 혼란에 빠져 안절부절 어찌할 바를 모르고 잠시 허둥댔다.

까딱 잘못하다간 자신이 가장 걱정하는 프랑스 혁명 같은 일이 조선에서 재연될지 모른다고 생각했기 때문이다.

종종걸음을 치는 그를 보고 한 대신이 사태를 수습할 계책을 내어 황제에게 올렸다.

"폐하, 어려울 때는 공격이 최대의 방어라는 점을 잊지 마시옵소서!"

황제는 대신의 충고에 정신이 번쩍 나서 무르팍을 치고는 경무청의 수장인 경무사를 서둘러 호출했다.

'그래 맞아. 내 잘못을 인정한다고 돌아선 민심이 좋아질 리는 없어. 끝까지 부인하는 거야. 쪽 팔리긴 하지만 버티는 거야. 그럼 어떡할 거야? 나는 황제인데……. 아무도 날 못 건드려. 그리고 여차차면 대사면으

로 이 상황을 돌파하면 돼. 기죽지 말자고, 스타일 구기지 말고!'

주견이 없어 어려운 일을 만나면 늘 우물쭈물하던 평소와 달리 황제는 자신이 부른 혼란을 매우 빠르게 진정시켜 나갔다. 나름 믿는 구석이 있었기 때문이다.

황제는 이미 세 번이나 읽어 본 〈제국신문〉의 사설을 다시 읽어보며 혼자 중얼거렸다.

"이런 쳐 죽일 놈이 있나? 뭐 내가 쥐새끼라고? 어느 놈인지 한번 두고 보자. 그리고 이놈아, 황제도 나라를 통치하려면 돈이 필요해. 이놈아, 내가 돈이 탐이 나서 나 혼자 내 뱃속 채우려고 그런 일을 한 줄 아냐? 다 이 나라를 위해서 어쩔 수 없이 한 일인데 이걸 어떻게 이렇게 졸렬하게 씹어 대냐?"

황제는 온 세상 사람들의 조롱거리가 된 자신의 쌀값조작 사건을 백성들을 기만한 황제의 파렴치한 행동이 아니라 가난한 나라의 황제로서 부족한 통치자금을 마련하기 위한 고육지책이었다고 주장하며 자신에게 쏟아지는 주변의 따가운 시선에 장벽을 쳤다.

하지만 황제의 항변은 자기 합리화라기보다는 오히려 진실에 가까웠다. 황제는 자신의 비밀 통치자금이나 다름없는 내탕금을 고갈시켜 가면서까지 일본의 황당한 요구를 막기 위해 갖은 애를 다 썼다.

황제의 호출에 경무청 수장인 경무사가 한달음에 달려와 납작 엎드렸다.

"이유 불문하고 보름 안에 반드시 이 발칙한 놈을 잡아내어 내 앞에 대령시키라. 내가 친히 국문할 것이다. 역모의 의도가 없지 않고서야 백성과 나를 이간시키는 이런 일은 할 수가 없다. 내가 덕이 없어 이런 치욕을 당하고 있으니 선대 조상의 얼굴을 보기도 부끄럽다. 나의 명예회복을 위해 그리고 실의에 빠진 백성들을 위해 이놈을 꼭 잡아야 한다. 알 았느냐?"

경무사는 눈에 살기를 담은 황제의 분노에 잔뜩 겁을 집어먹고 경무 사 소속의 순검을 모두 풀어 밤낮을 가리지 않고 장안을 이 잡듯이 샅샅 이 뒤졌다.

그 사설이 선교사 게일의 손에서 나왔다는 걸 밝혀냈을 때는 쾌재를 부르며 무언가 실마리가 풀릴 것 같은 기대를 수사당국은 잔뜩 했다.

그러나 게일이 경무청의 조사 요구에 일절 불응하면서 일은 꼬였다. 미국과의 외교협약에 따라 정부에서는 미국인을 체포 조사할 수가 없었 다. 결국 전력을 다한 경무청의 수사는 아무 성과도 없이 변죽만 올리다 허망하게 끝났다.

보름이 지났을 무렵 수사 종결을 위해 법부대신 한규설이 황제에게 수사 최종보고서를 제출했고, 황제는 10장으로 이루어진 보고서의 맨 마 지막 장 결론 부분을 읽으며 허탈하게 웃었다.

"허허, 이걸 최종보고서라고 가져온 건가? 범인은 있는데 누군지는 모르고…. 경은 대체 이 사설을 쓴 자가 누구라고 생각하나?"

"……"

"나도 아는데 경이 어찌 모를 수가 있는가?"

황제는 한규설을 시험하듯 이렇게 한 마디 던지고는 그의 얼굴을 요 모조모 살폈다. 하지만 한규설은 새치름한 표정으로 앉아서 끝내 아무 말도 없었다.

팽팽한 기 싸움을 벌이듯 한동안 침묵이 흘렀고, 황제가 먼저 이 불 편한 침묵을 깨고 나왔다.

"난 이 자를 이승만이란 놈이라 생각하는데, 경은 어떤가?"

황제의 입에서 이승만이란 이름이 나오자 한규설은 가슴이 뜨끔했지만 짐짓 모른 척하고 시치미를 뗐다.

"신처럼 미련한 자가 어찌 그걸 알겠사옵니까?"

"그만하면 됐네. 어리석기는 내가 어리석지. 떡 줄 놈은 생각지도 않는데 혼자 김칫국부터 마시고 있으니 말이지. 으음."

"폐하, 황공하옵니다."

"길게 말할 것 없네. 경은 대체 이놈을 어찌하면 좋겠는가?"

황제의 말이 뜬금이 없어 한규설은 잠깐 고개를 들어 용안을 슬쩍 살폈다. 한 손으로 턱을 괴고 있는 황제의 얼굴에 고심의 흔적이 역력했다.

"무슨 말씀이신지요?"

"휴, 난 이놈을 가두어 두면 나라가 좀 조용할 줄 알았는데 오히려 더 시끄러우니 내가 머리가 복잡해 미칠 것 같네. 나 원 참, 이놈을 죽일 수도 없고 살릴 수도 없고……."

황제가 담배에 불을 붙이고는 연기를 가슴 가득 빨아들였다가 울분을 토하듯 깊이 내뱉었다.

"담배 맛이 좋구먼, 경도 한 번 피워보겠나?"

"아니옵니다, 폐하. 이승만 그 자가 그토록 폐하의 심기를 건드린다면 차라리 외국으로 내보내는 게 어떻겠사옵니까? 어차피 혐의를 입증할 방법이 없는 마당이니 그를 더 이상 처벌할 근거도 미약하고, 폐하께서 은전을 베푸시어 그를 사면한 다음, 그를 외국에 내보낸다면 폐하께 여러 가지로 도움이 될 것이라 사료되옵니다."

황제는 한규설이 은근슬쩍 또 이승만을 감싸고도는 것 같아 내심 배알이 꼬였다.

'이 자가 밥을 잘못 먹었나? 자꾸 왜 이래?'

황제의 얼굴이 뜨뜻미지근하다 못해 불쾌한 기색이 비쳤다. 이 탓에 황제의 목소리가 자못 퉁명스러웠다.

"대체 발칙하기 짝이 없는 그놈이 내게 무슨 도움이 된다는 말인가?"

"폐하, 아뢰옵기 황송하오나 그 자가 애국하는 마음만은 지극합니다. 제가 일전에 말씀드렸듯이, 학식이 출중한데다 영어는 국내에서 그를 능가할 사람이 없다고 합니다.

지금 나라가 일본과 러시아의 전쟁에 휘말려 실로 시국이 어지러워서 지금은 우리의 정세 안정을 위해 미국의 도움이 절대적으로 필요한 때입니다.

신은 그를 미국에 보내 공부도 시키고 영어에 능통한 그를 대미 외교 요원으로 활용하는 것이 폐하를 위해서나, 이 나라를 위해서나, 전도유망한 한 청년의 장래를 위해서나, 모두 좋은 일이라 생각하옵니다.

신이 비록 어리석기 짝이 없으나 폐하를 위한 충성심만은 어느 누구에게도 뒤지지 않는다고 자부하옵니다. 폐하, 부디 신의 뜻을 굽어 살펴주시옵소서!"

민심 안정을 위한 사면과 국난 돌파를 위한 대미외교 강화 필요성을 염두에 두고 있던 황제는 한규설의 생각이 자신의 구상과 너무 닮은 데 깜짝 놀란 데다 한규설의 말이 피가 끓듯 하여 황제의 심금을 울렸다.

러·일 전쟁에서 승기를 잡은 일본의 압박 강도가 나날이 거세지고 있어 황제는 일본을 견제하기 위해 미국의 도움이 절실했다.

일본은 사랑하는 아내를 빼앗은 것은 물론이고 자신의 왕국마저 군화발로 마구 짓밟고 있어 일본에 대한 황제의 분노와 증오는 뼈에 사무쳐 지울 수가 없었다.

황제는 그의 말을 골똘히 생각하며 눈을 감은 채 담배를 두어 모금 빨다가 그에게 나지막이 물었다.

"경은 내가 나쁜 사람이라 생각하는가?"

"아니옵니다. 그럴 리가 있겠사옵니까?"

"그렇다면 내가 내탕금을 마련하기 위해 쌀값을 조작하는 건 어찌 생각하는가?"

"좀 무리한 일이긴 하지만 불가피한 면도 있다고 봅니다."

"정말 그런가?"

"신이 어찌 한 입으로 두 말을 하겠사옵니까?"

"경이 그리 생각한다니 참으로 고맙구먼. 그런데 그 이승만이라는 놈은 대체 무슨 심보로 나를 그리 괴롭히누?"

한숨을 내쉬는 황제의 얼굴엔 그에 대한 원망의 빛이 가득했고, 이를 본 한규설이 황제의 오해를 풀어주어야겠다고 생각하며 공손한 태도로 조용히 진언했다.

"폐하, 나라에 큰 혼란이 있다면 침묵하는 것이 옳겠사옵니까? 아니면 일신의 안위를 돌보지 않고 떨쳐 일어나는 것이 옳겠사옵니까?"

"무슨 말을 하고 싶은 건가?"

"폐하, 이승만은 청년이옵니다."

"그래서?"

"청년 정신이란 세상의 소금과도 같은 것입니다. 청년이 불의를 보고도 침묵한다면 대체 이 세상이 어찌되겠사옵니까? 폐하께서는 정녕 청년이 청년답지 못한 세상을 원하시는 것이옵니까?"

눈시울까지 붉힌 한규설의 진심이 전달된 때문인지 그의 물음에 황제가 상기된 표정으로 말을 못하고 머뭇거렸다.

"폐하, 신이 비록 아뢰옵기 황송하오나 이승만과 같이 불의에 타협하지 않고 정의감에 불타는 청년들이 살아 있기에 지금 이 어려운 시국에도 나라가 이만큼이나 보전되고 있다고 생각합니다.

불의를 보고도 못 본 척하고 불의와 타협하는, 청년 정신이 죽은 세상에는 그 어떤 미래도 기대할 수 없사옵니다. 폐하! 비록 신이 미련하오나 신의 뜻을 굽어 살펴 주시옵소서."

한규설이 울먹였고 황제도 가슴이 아려오는 것이 왠지 먹먹하기만 했다. 두 사람 사이에 잠시 침묵이 흘렀고, 그 사이 황제가 자주색 비단 손수건으로 눈물을 훔치고는 말했다. 황제의 얼굴이 어느 때보다 편안해 보였다.

"참으로 고맙네, 내가 경을 부담스러워하면서도 자꾸만 내 곁에 두려고 하는 이유를 경은 잘 알 것이네. 사람들은 내 귀에 듣기 좋은 소리만 하지 진정으로 말하는 사람이 없네. 자네는 내게 진심을 얘기하는 몇 안 되는 사람 중의 한 사람일세.

난 자네 같은 사람이 있어 마음이 든든하다네, 정말 고마우이."

황제가 옥좌에서 조용히 내려와 한규설의 손을 잡으며 가만히 그의 어깨를 두드렸고, 두툼한 눈두덩을 타고 황제의 뜨거운 눈물이 흘렀다.

황제의 머릿속에 난마같이 얽혀 있던 이승만에 대한 증오의 실타래가 한규설이 보여준 '진정성'이란 마법에 걸려 기적같이 한순간에 풀리고 있었다.

'그래 이제 그놈을 풀어주자. 이젠 그만 미워하자. 미워하는 건 나한테도 안 좋아. 한규설이 말마따나 그놈을 한번 믿어보자. 미국도 그놈을 간절히 원하고 있지 않은가?'

이승만의 후원자였던 아펜젤러가 죽은 이후에도 미국인 선교사들을 중심으로 한 이승만 석방 요구가 끊이지 않아 정부를 놀라게 하고 있었다.

이것은 이승만이 고통스런 수형생활에도 불구하고 40명이 넘는 사람들에게 전도해서 그들을 기독교에 귀의시킨 사실이 알려져 미국인 선교사들이 큰 감동을 받은 탓이었다.

옥중에서 한 사람에 의해 이토록 많은 사람들이 기독교로 개종하게 된 것은 세계 기독교 역사상 유례가 드문 주목할 만한 대사건이었다.

미국 선교사들은 이를 계기로 내심 이승만을 한국 기독교를 이끌 핵심 지도자로 키울 복안을 갖고, 그에 대한 석방 압력을 정부에 집요하게 넣고 있었던 것이다.

황제는 이승만이 미국이 그토록 간절히 원하는 인물이라면 그를 대미외교의 새로운 카드로 쓸 수도 있겠다고 생각했다.

"내 경의 뜻을 좇아 이승만을 사면하겠네."

"폐하, 성은이 망극하옵니다!"

황제는 자신의 발등에 얼굴을 파묻고 감격의 눈물을 쏟아내는 한규설을 보며 따뜻하게 웃고 있었다.

밀 사

l

5년 7개월의 옥고를 치르고 나온 이승만은 그 시간의 공백을 보상받기라도 하듯 수많은 사람들의 초청을 받아 온 서울 바닥을 하루도 빠짐없이 일개미처럼 분주히 쏘다니며 강연도 하고, 나라의 미래를 위한 구상에도 몰두했다.

처음에는 배재학당 후배들, 미국인 선교사들, 독립협회 임원들, 정부의 고위관료들을 주로 만났는데, 근래 들어서는 유독 민영환과 한규설을 자주 만났다. 오늘도 그는 민영환을 만나고 그의 집에서 나오는 길이었다.

그는 민영환의 집을 나와 남산골에 있는 자기 집으로 가다가 무슨 생각이 났는지 갑자기 방향을 틀어 자신이 만민공동회를 이끌었던 종로 시전을 찾았다.

러·일 전쟁 와중에도 시전 바닥은 평소와 다름없이 사람들로 붐볐다. 손님과 상인들이 흥정을 벌이는 모습과 웃고 떠드는 시끌벅적한 시장의 소음이 사람 사는 세상같이 느껴져 싫지는 않았다.

그런데 태평한 이 광경을 지켜보는 이승만은 왠지 뒷맛이 개운치 않고 돌덩어리를 하나 매단 듯 가슴도 좀 답답했다.

　나라의 완전 독립과 새로운 정치체제의 변화를 요구했던 5년 전의 뜨거운 열기가 시간이라는 망각의 늪에 빠져 사람들의 뇌리에서 까맣게 지워져 있는 것이 몹시 안타까웠기 때문이다.

　하지만 그 무엇보다 아쉽고 그를 더 불안하게 한 것은 시국에 대한 사람들의 무지와 오해였다.

　러 · 일 전쟁에서 승기를 잡은 일본이 그 여세를 몰아 조선을 삼키기 위한 구체적인 실천 작업에 박차를 가하고 있는데도, 시전에서 일을 보는 사람들은 모두 일본을 조선의 구세주로만 생각하고 그들의 승리를 마냥 기뻐만 하고 있었다.

　행사가 있는지 시전 앞 큰길을 따라 총칼로 무장한 일본 군인들이 대오를 지어 행진을 했고, 이를 지켜보던 행인들이 개선장군을 맞이하듯 손뼉을 치며 그들을 환호했다.

　"그 지긋지긋한 아라사 놈들, 꼴 좋다. 까불더니 일본한테 한 주먹거리도 안 되잖아!"

　"난 일본이 참 대단하다고 생각해. 일본이 이긴 건 아시아인의 자랑 아닌가?"

　"암, 그렇고말고. 이젠 우리도 서양놈들한테 기 죽을 필요 없어. 일본을 중심으로 청국과 우리나라가 뭉치면 겁날 놈들이 어디 있겠나? 하하하!"

　시전 바닥의 분위기가 이처럼 일본에 우호적인 것은 일본 천황이 조선의 완전한 독립을 위해 일본이 러 · 일 전쟁에 나섰다는 선전 조칙(詔勅)에 대해 눈곱만치도 의심하지 않고 믿었기 때문이다.

　그는 전쟁을 화제로 삼아 수다를 떠는 사람들의 지각없는 얘기에 참견하려다말고 한숨을 내쉬며 발길을 돌렸다. 그의 귓전에는 아직도 민영환의 목소리가 생생했다.

"나는 자네가 동의만 한다면 자네 식솔들의 생계는 내가 책임지겠네. 폐하께서도 허락했으니 미국으로 가게. 자네 같은 사람의 힘이 지금은 절대 필요하네."

이승만은 민영환에게 대미 밀사로 나가 달라는 부탁을 받고는 그 자리에서 확답을 못하고 일어났다.

5년 7개월 동안 옥고를 치르느라 집을 비워 아들 노릇, 남편 노릇, 아비 노릇을 제대로 못한 것이 마음에 걸렸기 때문이다. 그 사이에 어머니는 세상을 떠났고 아버지는 연로해서 자신의 보살핌이 필요했다.

그는 더 이상 불효를 저질러서는 안 된다고 생각하면서도 그의 마음은 어느 순간 자신도 모르게 태평양을 건너는 날개 짓을 하고 있었다.

'아무리 가정이 중요하다고 하나 장부가 어찌 나랏일을 모른 척할 것인가?'

그는 과거 서재필에게 미국 유학을 권유받은 적이 있었는데, 출옥 후에는 미국 선교사 게일과 언더우드를 비롯한 미국 선교사들에게 미국 유학에 대한 구체적인 제의를 지속적으로 받고 있었다.

이러던 차에 민영환으로부터 미국 밀사까지 제안을 받게 되자 그는 내심 자신의 미국행을 하나의 운명으로 받아들이고 있었다.

그가 꼬불꼬불한 골목길을 헤치고 대문간을 들어서자 아내 박씨가 웬일로 방실거리며 쪼르르 달려와 반겼다.

'이 사람이……'

아침 댓바람부터 아내 박씨가 세숫물 문제로 아버지 이경선과 한바탕 말다툼을 벌여 이승만의 속을 긁어놓았던 터여서, 아내를 바라보는 그의 눈길이 그리 곱지 않았다,

"무슨 일이 있소?"

"여보, 놀라지 마세요!"

아침엔 사람을 잡아먹을 듯 표독스런 얼굴에 냉기가 쌩쌩 돌더니, 지금은 바람난 여인네처럼 커다란 눈알에 생글생글 웃음을 담아 애교를 떨고 있어 이승만은 아내의 변덕이 마냥 당혹스러웠다.

"……"

"대궐에서 사람이 다녀갔어요."

"누가? 왜?"

"황제 폐하께서 당신을 꼭 보고 싶다고 대궐로 나오라고 하잖아요!"

그는 아내의 입에서 황제라는 말이 나오자, 그제야 아내가 난데없는 수선을 피우는 이유를 단박에 알았다. 그는 아내가 한심해서 속으로 혀를 찼다. 황제는 한때 자신을 죽이지 못해 안달을 했던 사람이다.

아무리 돈과 권력에 죽고 사는 세상이라지만, 남편을 죽이려고 했던 사람에 대해 아내가 동지섣달 꽃 본 듯이 이렇게 호들갑을 떨며 반기는 게 여간 씁쓸하지 않았다.

돈과 권력이라면 사족을 못 쓰는 아내의 속물근성을 보는 것 같았기 때문이다. 그는 황제의 태도가 어이가 없어 속으로 싸늘한 비웃음을 쳤다.

'이 양반이 똥줄이 타긴 타는 모양이구먼…….'

그는 황제의 제안에 티끌만한 관심도 없다는 듯 데면데면한 표정으로 아내의 말을 귓등으로 흘려듣고는 아버지가 거처하는 건넌방으로 쏙 들어갔다.

곰방대에 막 불을 붙이고 있던 그의 아버지도 아들이 들어오자 엉덩이를 들썩이며 반색을 했다. 경위야 여하튼 황제가 애타게 찾을 만큼 아들의 위상이 높아졌다는 게 아버지 된 입장에서는 아들이 몹시 자랑스러웠다. 게다가 어떻게 얻은 자식인가. 그에게 있어 아들은 천신만고 끝에 얻은 금쪽같은 6대독자였다.

"폐하께서 아범을 보자고 했다던데……."

"알고 있습니다."

"폐하께서 부르시는데 알현을 해야 하지 않겠느냐?"

"전 관심이 없습니다."

이경선은 딱딱하게 굳어 있는 아들의 냉담한 얼굴을 보자 김이 빠져 금방 샐쭉해졌다. 황제가 친히 불렀다면 당연히 큰 벼슬자리를 하나 얻을 수 있는 좋은 기회였다. 가문의 영광이기도 했다. 그런데 아들은 당돌하게도 넝쿨째 굴러들어온 호박을 사정없이 걷어차려고 하는 것 같았다.

그의 집안은 왕실의 후손이면서도 몇 대째 변변한 벼슬에 오른 사람이 없었다. 말 그대로 허울 좋은, 이름뿐인 양반가였다. 이런 까닭에 벼슬에 대한 이경선의 갈망은 몹시 컸다.

5년 7개월 옥고를 치른 아들 때문에 겪은 마음고생을 생각하면 그는 지금도 가슴이 아리고 몸이 뜨거워 자다가 벌떡벌떡 일어나곤 했다.

황제의 부름으로 드디어 지난날 겪은 설움을 단번에 만회할 수 있게 되었다는 가슴 벅찬 희망을 품었던 것이 언제였던가. 하루도 아니고 반나절도 아니고 바로 두 시간 전의 일이었다.

이경선은 자신의 부푼 기대가 일장춘몽으로 끝날 생각을 하니 갑자기 정신이 아득해졌다.

하지만 그는 아들이 황제의 부름을 내켜 하지 않는 것은 필시 무슨 곡절이 있을 것이라 여겨 섭섭함을 무릅쓰고 더 이상 아들에게 이에 대해 왈가왈부하지 않았다.

그는 자신의 아들을 믿었고, 아들이 하는 말이라면 팥으로 메주를 쑨다고 해도 철석같이 믿었다. 이처럼 아들에 대한 믿음이 반석같이 단단했기에 이경선은 가슴에서 꼿꼿하게 치켜들고 일어서는 서운함을 애써 지우고 입을 꼭 다물었다.

그래도 그의 얼굴에는 실망의 빛이 역력했다, 이승만도 아버지 이경선의 마음을 잘 알았다. 그는 아버지의 뜻을 받아들일 수 없는 것이 미안해서 무릎을 꿇은 채 아버지 이경선의 안색을 살피다가 조심스레 운을 뗐다.

"아버님, 죄송합니다."

"괜스런 소리를 한다."

"그런데 다시 또 염치없는 소리를 해야 할 것 같습니다."

이경선이 길게 물었던 담뱃대를 떼며 고개를 들어 아들을 슬쩍 올려다보았다. 아들의 표정이 심상치 않아 보여 그는 내심 긴장이 되었다.

"무슨 말이고?"

"……"

이승만은 입술이 근질거렸지만 목구멍에까지 꽉 차오른 말을 차마 내뱉을 수 없어 난처한 얼굴을 하고 입술만 달싹이며 머뭇거렸다.

오랜 옥고를 치르고 집에 온 지 불과 백일도 지나지 않았다. 창졸간에 어머니가 돌아가신 후 혼자 자식의 옥바라지를 한 아버지의 노고를 생각하면, 그는 도무지 입이 떨어지지 않았다. 그는 계면쩍어 하는 아들의 얼굴을 보고 무언가 짚이는 것이 있어 짐짓 덤덤한 표정을 지으며 물었다.

"그냥 편히 얘기해라. 아범 때문에 이 아비도 놀랄 만큼 충분히 놀랐으니 이젠 웬만한 일에는 놀랄 것도 없다. 그래 무슨 일이냐?"

"소자가 정부 밀사 자격으로 미국을 다녀와야 할 것 같습니다."

"그건 좋은 일이 아니냐?"

"꼭 그렇지는 않습니다."

"왜?"

"정부 일도 있지만 게일이 애를 써서 제게 미국 유학을 주선해 주었습니다. 불가피하게 곧 집을 떠나야 할 것 같습니다."

"얼마나?"

"적어도 3년 이상은 걸리지 않을까 싶습니다."

"……"

아들이 외국으로 유학을 간다는 건 좋은 일이긴 하지만 집에 돌아온 지 얼마 되지도 않은 아들이 막상 다시 집을 떠난다고 생각하니 괜히 심사가 복잡했다. 환갑도 훌쩍 넘어 근력도 예전만 못해 그는 건강에도 자신이 없었다. 생전에 아들을 다시 볼 수 있을까 싶은 걱정도 앞섰다. 그래도 아버지는 아버지였다.

"좀 서운하긴 하지만 일이 그리 되었다면 어쩌겠느냐? 기왕 갈 것 같으면 집안 걱정은 일절 마라. 장부란 자고로 한 번 칼을 빼어들었으면 끝을 보아야 하고 뜻을 이루어야 한다. 유학을 아무나 갈 수 있는 것도 아니니, 어쩌면 아범 인생에 좋은 기회가 될 수 있다. 축하한다."

이승만은 아버지 이경선이 보인 뜻밖의 반응에 감격해 몸 둘 바를 모르고 얼굴을 붉히며 눈물을 흘렸고, 문밖에서 이들의 대화를 엿듣던 그의 아내 박씨가 웬일로 회심의 미소를 지으며 흘러내린 머리칼을 밀어올리고 있었다.

그녀는 미국으로 유학을 떠나는 남편의 생활이 안정이 되면 곧장 자신도 미국으로 갈 수 있을 것이라 생각했다, 그리되면 꼴 보기 싫은 시아버지 이경선의 지긋지긋한 속박에서 자연스럽게 해방될 수 있다는 앙큼한 계산을 머리에 그리고 있었던 것이다.

2

이승만은 황제의 개인 면담 요청을 끝내 거부함으로써 황제에게 굴욕을 안기고는, 1904년 11월 4일 정오 무렵 정든 서울을 떠나 제물포에서 오하이오 호 배를 타고 한국과 작별했다.

그는 일본 고베에 도착하여 일본 기독교인들을 만났고, 그들의 도움으로 얼마간 머물며 일본 경찰의 눈을 피해 연설을 다녔다.

일본은 러·일 전쟁에서 승기를 잡았으나 전비가 부족해서 전쟁을 오래 끌 형편이 되지 못했다.

이런 저간의 사정으로 일본의 원로 이토 히로부미(伊藤博文)와 카쓰라(桂太郞) 총리 등 일본 정치인들은 미국 대통령 루스벨트에게 부탁하여 이 전쟁의 종전을 위한 중재를 맡아 달라고 부탁해 둔 터였다.

이 와중에 일본의 움직임을 간파한 한국 정부가 점점 한국 정부를 옥죄어 오는 일본의 간섭에서 벗어나려고 미국에 밀사를 파견한다는 정보가 있어, 일본 경찰은 유력 한국인들의 동정을 예의 주시했고, 이승만도 그 감시 대상자 가운데 한 사람이었다.

아무튼 그는 주변의 도움으로 무사히 일본 방문을 마치고 11월 17일 고베에서 사이베리아 호를 타고 미국을 향한 열흘간의 항해에 다시 돌입했다.

그는 돈을 아끼려고 3등 선실을 이용했는데, 그곳에는 하와이 사탕수수 농장에 취업하기 위해 정든 고향을 떠나는 한국인 · 일본인 · 청국인 등이 득실거렸다.

환기가 전혀 되지 않는 3등 선실은 사람들의 체취, 땀내, 음식냄새가 뒤섞여 온갖 악취를 풍겼고, 이 때문에 그는 골머리가 아파 마른 빵 조각을 들고 수시로 선상으로 나와서 끼니를 때웠다.

남루한 옷차림의 밑바닥 인생들이 모여 돼지우리마냥 서로 몸을 웅크린 채 등을 기대고 앉은 3등 선실의 고약한 풍경과는 달리, 1등 선실은 호화롭기 짝이 없어 이승만의 입을 쩍 벌어지게 했다.

1등 선실은 술을 마시는 바는 물론이고 도박장에다 쇼를 보여주기 위한 홀, 사우나를 할 수 있는 목욕시설까지 갖추고 있었는데, 사흘 동안 피죽도 한 그릇 얻어먹지 못한 사람들처럼 핏기도 없고 깡말라 한 눈에 보아도 모습이 기괴하기 짝이 없는 3등 선실과는 정반대로, 1등 선실 사람들은 날이 선 멋진 정장을 차려 입은 데다 얼굴에 윤기가 흘렀고 시종 여유까지 넘쳤다. 이승만은 어찌 이토록 다른 사람들이 한 시대 한 공간에 같이 살고 있나 싶었다.

그를 세상 밖으로 처음으로 인도하는 사이베리아 호는 그에게 충격 그 자체였다. 일본이라는 나라가 비록 밉기는 해도 배의 크기와 규모가 너무 웅대해서 일본의 산업기술에 대해 묘한 경외심이 일기도 했고, 나라의 근대화를 과감하게 이끌지 못해 나라를 외세에 끌려 다니게 만든 무능한 황제에 대한 분노가 더 골수에 사무치는 것만 같았다.

배는 고베를 떠난 지 열이틀 만에 호놀룰루에 도착했다. 항구에는 미리 연락을 받은 하와이 감리교 감리사인 와드먼과 일찍이 한국에서 호형호제하던 윤병구 목사가 나와서 그를 반갑게 맞았다.

그는 배가 하루 동안 항구에 정박하는 사이 잠시 배에서 내려 윤병구의 안내로 누우아누 지역의 한국인 교회를 방문하여 이 지역에 거주하는 한인들을 만났고, 기차를 타고 호놀룰루에서 20킬로미터 떨어진 에와의 한국인 농장으로 다시 이동해 한인들이 벌인 환영회에 참석해 그들과 함께 한국 문제를 주제로 담소를 나누며 밤을 보냈다.

한국인이 하와이에 진출하기 시작한 때는 1890년대 후반으로, 1902년 공식적인 하와이 이민이 있기까지는 한인의 수는 고작 30명 남짓해서, 당시 하와이에서 한인의 존재는 모래사장에 뿌려진 좁쌀 같은 존재도 되지 못했다.

미미했던 한인의 수가 본격적으로 늘기 시작한 것은 하와이 사탕수수 농장에서 일하는 일본 노동자가 급격히 늘어나면서부터다.

일본인들은 수가 늘어나자 자신들의 이익을 지키기 위해 세력화를 꾀했고 이 힘을 바탕으로 농장주를 압박했다.

순한 양처럼 마냥 고분고분하게 나오던 일본인들이 그간의 순종적인 태도를 버리고 여러 가지 근로조건 개선을 요구하며 까다롭게 굴자 위기의식을 느낀 농장주들이 이들을 견제할 목적으로 문화가 비슷한 한인 노동자들을 대거 수입하게 된 것이 그 배경이었다.

1902년 12월 22일 첫 이주를 시작한 이래 이승만이 하와이에 도착했을 당시에는 4천 명이 넘는 한인들이 거주하여 농장을 비롯한 다양한 직종에 진출해 있었지만, 신천지가 열릴 것이라 한껏 가슴이 부풀었던 처음의 기대와는 달리 막상 하와이 현실은 너무 고단해서 일부 사람들은 성급히 고향을 떠난 것을 후회하며 향수에 젖어 눈물짓기도 했다.

하와이 동포들은 적도의 뙤약볕 아래 잠시도 허리를 펴지 못하고 꼬박 하루 10시간 넘게 고된 노동을 하고도 가난한 살림살이를 벗어나지 못했다.

입에 풀칠은 하게 되어 굶어죽지는 않게 되었다지만, 농장주들의 녹록치 않은 냉대와 무시 같은 타관살이의 설움을 생각해 보면 한국에 있을 때에 비해 별반 나아진 게 없었다.

아무튼 향수에 젖어 있다 보니 하와이 교민들은 하와이를 방문하는 한인을 만나게 되면 모두 고향사람 본 듯 반가워서 어쩔 줄 몰라했다.

이 때문에 강당을 가득 메운 이승만 환영회는 적도의 열기가 무색할 만큼 뜨거웠고, 그에 화답해 이승만은 200명이나 되는 한인들을 대상으로 장장 4시간에 걸쳐 무능한 황제와 일본의 야심을 성토하고 주권을 잃어버린 채 안개 속을 헤매는 조국의 암울한 현실에 대해 울분을 토했다.

참석자들은 그의 남다른 열정과 뛰어난 식견에 놀라워하며 그에게 우레와 같은 박수갈채를 보내면서 오랜만에 한인으로서의 뿌듯한 자부심을 느꼈다.

비록 하룻밤의 짧은 만남이었지만 그가 하와이 한인들에게 심어준 첫인상은 아주 특별해서 사람들은 그와의 이별을 몹시 아쉬워했고, 그가 그들의 시야에서 사라질 때까지 한 사람도 자리를 뜨지 않고 길가에 서서 그에게 손을 흔들어주었다.

그는 한인들이 열어준 환영회를 마친 다음 윤병구와 함께 루스벨트가 주선한 러·일 강화회담에 대한 대책을 논의한 후, 호놀룰루 항구를 출발하여 12월 6일 금문교로 이름난 미국 서부의 아름다운 도시 샌프란시스코에 도착했다.

그는 그곳에서 전도사로 활동 중인 안정수의 안내로 한국 선교사로 활동하는 아들을 둔 샌 라파엘 시에 사는 피시 부부를 만났고, 그들의 소개로 안셀로 신학교 교장 매킨토시로부터 학비와 기숙사비를 포함한 연 300달러의 장학금 제의를 받고 잠시 고민에 빠졌다.

드넓은 대지에 자리 잡은 안셀로 신학교의 바로코식 석조건물은 웅장했고, 하늘에 닿을 듯 우뚝 솟아있는 첨탑은 신의 목소리가 금방이라도 흘러나올 것 같은 묘한 신비로움이 있었다.

그는 호기심에 가득 찬 눈으로 눈에 잡히는 것들을 행여 놓칠세라 눈알을 이리저리 굴려가며 하나도 빠짐없이 요모조모 살피고 뜯어보았다.

그것이 무엇이든 한국에서 온 이방인의 눈에 포착된 것들은 그로 하여금 경탄을 금치 못하게 해, 샌프란시스코를 잠시 유람하는 도중 이승만은 내내 벌어진 입을 다물지 못했다.

산이며 들이며 집이며 나무며 사람이며 한국의 것들은 모든 게 작고 크기도 엇비슷 올망졸망했지만, 미국은 무엇이든 다 컸다.

집도 나무도 컸고, 들판은 지평선이 아득히 보였고, 산에 오르면 하늘의 별이라도 딸 수 있을 것처럼 한 없이 높이 치솟아 있었다. 강은 도대체 이것이 강인지 바다인지 구분할 수 없어서, 그는 미국이 대국이라는 것을 처음으로 절감했다.

'이런 나라가 세계 최강이 아니면 어느 나라가 최강이 될 수 있을까?'

이승만은 영국이 비록 지금 세계를 지배하고 있지만 언젠가는 그 주도권을 미국에게 넘겨주게 될 날이 조만간 올 것이란 생각을 떨쳐버릴 수가 없었다.

대국이 되기 위해서는 넓은 영토도 필요하나, 세상과 함께 소통하는 자유로운 영혼과 세상을 선도할 수 있는 새로운 이념적 가치로 무장하고 있어야 한다. 로마제국 이후 세계 중심이 된 국가는 모두 그러 했다.

미국은 땅도 넓었지만, 신 앞에 만인이 모두 평등하다고 믿는 영국에서 이주한 청교도들이 세운 나라가 미국이었다.

황제가 모든 것을 결정하는 봉건국가에서 온 그에게 자유와 평등을 주장하는 미국은 경이로움 그 자체였다.

그는 샌프란시스코에서 열흘 간 머물다가 LA를 거쳐 크리스마스 다음날 산타페 열차를 타고 최종 목적지인 워싱턴으로 향했다.

닷새 만에 워싱턴에 도착한 그는 기차역 인근 마운틴 버넌 호텔에 여

장을 풀자마자 곧장 폭설이 내린 길을 나서서 선교사 게일과 언더우드가
써 준 소개장을 들고 커버넌트 교회의 햄린 목사를 찾아 자신의 진로에
대한 자문을 구하고는, 새해 아침에 아이오와 서클에 있는 한국공사관을
방문했다.

한국에서 온 이 이방인을 불러주는 곳은 없었지만, 그가 가야 할 곳
은 많아서 그의 수첩에는 하루 일정이 깨알 같은 글씨로 빼곡히 적혀 있
었다.

공관은 3층짜리 붉은 벽돌 건물로 방이 9개였는데, 1층은 공관으로
2~3층은 공관원들의 살림집으로 사용하고 있었다.

황제의 밀사가 왔다는 서기관 김윤정의 전언에 공사 대리 신태무가
급히 3층에서 내려왔다. 그는 실크로 된 멋진 외교관복을 입고 있었는데,
한쪽 눈이 찌그러져 있어 이승만은 왠지 그의 인상이 좋지 않아 꺼림칙
했다.

"난 정부 대표로 루스벨트 대통령을 만나러 왔소. 대리공사께서 국무
부에 대통령 면담을 요청하는 공문을 좀 보내주시오."

"난 본국에서 그와 같은 훈령을 받은 바가 없소. 훈령이 있다면 모르
지만 그와 같은 지시가 없는데 절차를 무시하고 공문을 보낼 순 없소."

"지금 왜놈들이 스티븐슨을 외교 고문으로 앉혀놓고 우리 정부를 감
시하고 있는 건 신 참사께서 잘 아시는 일 아니오? 이 판국에 어떻게 정
부에서 공개적으로 훈령을 내릴 수 있단 말이오?"

이승만은 나라의 운명이 경각에 달린 상황에 오불관언(吾不關焉)하는
신태무의 태도가 얄미워 언성을 높였다.

웬만한 사람들은 지체가 높은 공관장 앞에서 아쉬운 소리를 하느라
비굴한 웃음을 흘리는 경우가 태반이다.

신태무는 이승만의 행색이 좀 남루해 보여 밀사를 자칭한 그를 의심

을 했다가 그가 조금도 주눅 들지 않고 당당하게 나오는 걸 보고 정말
그가 황제의 밀사가 아닐까 생각하고는 움찔했다.

하지만 그는 정부로부터 어떤 정식 공문도 받은 바가 없어 무턱대고
이승만의 요구를 들어줄 입장이 못 되었다.

"이승만씨, 당신의 뜻은 충분히 알지만 나로선 도리가 없소. 난 정책
을 결정할 수 있는 위치에 있는 사람이 아니오. 그저 오는 공문을 받아 집
행하는 관리일 뿐이오. 그러니 나를 자꾸 채근할 생각은 말고 일단 어떤
형태로든 당신이 본국에 연락해서 내게 훈령을 보내주도록 하시오. 그리
하면 언제든지 내가 움직이겠소."

한 시간을 설득해도 신태무의 답변은 한결 같았고, 오로지 자기 방어
를 위한 옹색한 변명만 잔뜩 늘어놓았다. 그는 전형적인 보신주의자의
모습이었다. 이승만은 숫제 쇠귀에 경을 읽어주는 게 낫겠다 싶어 혀를
차며 공사관을 나섰다.

'미친 놈, 저런 멍청한 놈이 대리공사라니, 허!'

그는 공사관을 나와 분을 이기지 못하고 신태무의 머리를 차듯 앞마
당에 떨어진 돌멩이를 힘껏 걷어차고는 미련을 버리고 서둘러 공사관을
떠났다.

그가 오십 보쯤 걸었을까. 공사관 서기관 김윤정이 숨을 헐떡이며 뛰
어와 그를 급히 불러 세웠다.

"이보시오, 이승만씨!"

"무슨 일이오?"

"잠시 얘기 좀 합시다."

그는 주변을 두리번거리며 이승만을 근처 커피숍으로 조심스럽게 잡
아끌었고, 무슨 생각에서인지 그에게 공관에 대한 소상한 설명을 했다.

신태무는 미국에 유학 중인 의친왕 이강을 감시하기 위해 엄비가 보

낸 인물이라고 그는 설명했다.

"그 양반은 이강을 감시해서 그의 동정을 엄비에게 보고하는 일 외에는 아무 것에도 관심이 없소. 그런 무능하고 생각 없는 사람이 대리공사로 있는 건 우리나라의 수치요. 내가 공사를 맡게 된다면 난 당장에라도 당신을 도와 미국무부에 공문을 보내겠소. 어떻소? 먼저 나를 도와주지 않겠소?"

자신의 아들을 황제의 후계자로 만들고 싶은 엄비의 욕심 때문에, 해외에 나가 있는 공관원들조차도 서로 반목하고 있었다. 이승만은 이 사실이 너무 우울했다.

'왜 우린 늘 이렇게 싸워야만 하는가? 왜 우리는 뭉치지 못하는가?'

조선의 당쟁 이후 권력은 백성을 위한 권력이 아니라 지배 계층을 위한 권력으로 완전히 변질되었다. 이 때문에 조선은 공동체 정신이 희박했고 외세의 침입에 대해서도 한목소리를 내지 못하는 경우가 허다했다. 조선사회가 안고 있는 비극이었다.

그는 김윤정이 내민 뜻밖의 제안에 입을 다문 채 몹시 떨떠름한 표정을 지었다. 중국인들을 상대로 인삼장사를 하는 동포들이 영역 다툼에 샌프란시스코 길거리에서 상투를 서로 쥐어 잡고 엎치락뒤치락 싸우는 모습이 떠올랐기 때문이다.

미국 사람들은 눈살을 찌푸리며 이상한 모습을 하고 다투는 한인들을 미개인이라 조롱했고, 이승만은 그들이 자신의 동포라는 사실 때문에 말할 수 없는 부끄러움을 느끼며 서둘러 자리를 뜬 적이 있다. 샌프란시스코에 거주하는 동포들은 겨우 25명이었다.

먼 타국에서 서로 의지하고 도와주며 이끌어도 부족할 판에, 이들은 작은 이익에 눈이 멀어 자기 동포들을 헐뜯었다. 나라를 대표해서 나와 있는 공관원들조차도 단합을 못하고 분열이 되어 진흙탕 싸움을 벌이고 있었다.

이승만은 한국이 위기에 빠진 이유가 어디에 있는지 삼척동자도 알 것만 같아 참담한 기분을 떨칠 수 없었다.

하지만 일은 일이었다. 그는 썩 내키지는 않았지만 사적인 감정을 배제하고 공적인 입장으로 돌아와 김윤정의 제안을 곰곰이 따져보며 식어 빠진 커피를 한 모금 들이켰다.

"김 서기관께서 진정 나를 도와줄 수 있겠소?"

"난 한국 사람이오. 내 조국의 사정이 그러한데 어찌 침묵할 수 있단 말이오. 내가 공사를 맡게 되면 목숨을 바쳐서라도 일을 완수할 것이니 걱정 마시오. 나도 사내자식이오. 자식까지 둔 아비가 자식들 보기 부끄러운 일을 하겠소?"

김윤정은 시종 자신만만했고 의분에 차서 격정을 토로하는 모습이 이승만의 마음에 들었다. 꿩 대신에 잡은 닭일지언정 그로서는 비겁한 신태무보다는 당돌한 야심가 김윤정이 파트너로서는 더 낫다고 생각했다.

루스벨트를 만나기 위해 그는 공사관의 도움이 절대적으로 필요했고, 호언장담하는 김윤정을 그는 믿고 싶었다. 이승만이 김윤정의 손을 슬그머니 잡았다.

3

이승만은 일단 김윤정이 원하는 바를 급히 전보를 쳐서 민영환에게 보내 도움을 청했다.

민영환이 모든 지원을 약속했으므로 김윤정의 요구는 어렵지 않게 해결될 것이었다.

그 때문에 이승만은 한 시름을 덜었다고 생각하고는 호텔을 나와 하숙으로 거처를 옮겼고, 선교사 게일과 언더우드가 써 준 소개장에 적힌 목사들의 교회를 찾아가 강연을 해가며 생활비를 조달하는 동시에 루스벨트를 만날 기회를 잡기 위해 동분서주했다.

그는 미국 조야에 한국에 대한 여론을 환기시킬 요량으로 1월 중순에 워싱턴 포스트지를 방문하여 일본의 한국 점령 기도를 성토하는 논설을 게재했고, 한규설과 민영환이 써준 소개장을 들고 주한 공사를 지낸 하원의원 딘스모어를 찾아가 국무장관 헤이와의 면담을 부탁했다.

"편지를 보니 옛 친구들의 목소리가 들리는 것 같소. 정말 반갑소. 당연히 들어드리리다."

딘스모어는 냉정하고 빈틈없는 법률가로 알려져 있었지만 날카로운 인상과 달리 매우 호탕했고, 이승만이 쓴 논설을 자신도 읽었다며 그에게 큰 호감을 보였다. 외국인이 미국에 오자마자 미국의 유력 신문에 논설을 싣는 경우는 흔치 않았기 때문에, 그는 이승만을 아주 특별한 사람으로 인식하고 비상한 관심을 보였던 것이다.

그로부터 얼마 지나지 않아서 이승만에게 경사가 겹쳤다. 목사 햄린의 주선으로 만난 워싱턴대학 총장 찰스 니덤이 그가 가져온 선교사들의 소개장을 꼼꼼히 읽어본 다음 환히 웃으며 말했다.

"당신 참 대단한 사람이오. 감옥에서 이렇게 많은 사람들을 전도하다니! 정말 기적 같은 일을 했소. 당신 같은 사람을 이 학교 학생으로 받아들이게 된 것이 우리에게는 오히려 영광이오. 매학기 도서관 사용료 1달러만 내면 선교 장학금으로 모든 걸 무상지원 하겠소. 2월 학기에 등록하시오."

이승만은 그의 제안이 너무 파격적이어서 믿어지지가 않았다. 어안이 벙벙해진 채로 이승만은 그의 사무실을 나섰고 차가운 공기를 들이마시고 나서야 정신이 번쩍 들었다.

그는 자신의 볼을 살짝 꼬집어보았다. 아팠다. 모든 게 현실이었다. 그는 후끈 달아오른 몸의 더운 열기를 이기지 못해 셔츠의 앞 단추를 하나 푼 후 미친 듯이 거리를 내달렸다.

"됐어! 이젠 됐다고! 내가 해냈어!"

미국 최고의 대학에 장학금을 받고 입학하게 되었다는 기쁨과 흥분이 채 가시기도 전에 딘스모어가 다음 날 직접 차를 몰고 그의 하숙집을 불쑥 찾아왔다.

"헤이와의 면담이 성사됐소. 지금 바로 가야 하오."

그는 딘스모어의 말에 너무 놀라 말을 못하고 있다가 감정에 복받쳐서 눈물을 글썽거렸다. 헤이를 만난다는 것은 루스벨트 대통령과의 면담을 담보하는 보증수표나 마찬가지기 때문이다. 한편으로 불안하기도 했다.

'어떻게 일이 이렇게 술술 풀리지? 호사다마(好事多魔)는 아닐까? 아냐, 하나님이 한국을 불쌍히 여겨 도와주시는 걸 거야!'

그는 가슴 한 쪽에서 일어나는 일말의 불안감을 머리를 흔들어 떨쳐내고는 딘스모어에게 잠시 거실에서 기다리게 한 후, 예복으로 준비한 단 벌의 푸른 양복을 꺼내어 콧노래를 부르며 손수 다림질을 하고는 붉은 넥타이를 매고 거리에서 10센트를 주고 산 중절모를 쓰고 한껏 멋을 냈다.

그는 거울에 비친 자신의 모습을 바라보며 실성한 사람처럼 히죽히죽 웃었다.

'정부의 비밀특사로 이만하면 손색이 없어. 제법 근사한데. 말랐지만

오히려 좋아, 아주 이지적으로 보이잖아, 하하!'

이승만은 음식이 맞지 않아 한국을 떠나온 지 두 달 만에 몸무게가 무려 8킬로그램이나 줄어 꽤 통통했던 몸집이 홀쭉해졌다.

그는 헤이가 주장한 중국의 문호개방 정책을 생각하며 회심의 미소를 지었다. 헤이는 중국의 문호개방 정책은 중국뿐 아니라 모든 나라가 이익을 공유해 더불어 잘 살 수 있는 더할 나위 없이 훌륭한 정책이라고 말해 국제사회의 큰 주목을 받았다.

자유통상과 호혜적 상호주의가 세계평화에 기여한다고 굳게 믿는 그 같은 사람이라면, 어려움에 빠진 한국 문제를 절대 외면하지 않을 것이라 생각했다. 더구나 그는 독실한 기독교인이었다.

한국에는 많은 선교사가 활동하고 있고, 상당수의 미국인이 한국에서 다양한 사업을 벌이고 있었다. 한국이 일본에 넘어가면 미국의 이익이 침해받을 것은 당연했고, 미국이 자신의 이익을 지키기 위해 한국을 포기하지 않을 것이라고 생각했다.

또 한국이 안정을 찾아 번영의 길로 나아가게 되면 아시아에서 일본의 팽창을 막을 수 있는 완충국으로서의 역할을 할 수 있는 것도 미국의 이익에 부합할 것이라고 이승만은 내심 판단했다.

푸른 눈의 헤이는 풍채가 당당해 한 눈에 보아도 인상이 푸근했고, 오랜 외교관 생활을 한 탓에 시종 여유와 유머가 넘쳤다. 이 때문에 이승만은 그를 처음 보았지만 오래 전에 알던 사람처럼 깊은 친밀감을 느꼈다.

그는 조미(朝美) 우호통상조약에 따라 미국이 거중 조정에 나서 달라는 이승만의 얘기를 다 들은 후 탁자에 놓인 퀼련을 빼어 손에 들고는 싱긋 웃었다.

"한국은 아주 흥미로운 나라요. 러시아와 일본이 한국에서 맞붙었을 때 난 우리 선교사들에게 안전을 생각해 긴급히 한국에서 철수하란 훈령을 내렸소. 그런데 한 사람도 철수를 하지 않았어요. 난 이런 경우를 내 평생에 처음 봤어요. 알고 봤더니, 우리 선교사들이 한국 사람들의 정성에 감동하여 도무지 한국을 떠날 수 없었다는 후일담을 들었소. 이건 정말 이례적인 일이오. 아시아의 다른 나라에선 전혀 그렇지 않거든요, 하하!"

뿌리 깊은 토속종교를 가진 일본인이나 중국인들은 서양 선교사들을 배척했지만, 한국은 오히려 이들을 환대했다.

중국, 일본과 지리적으로 가까운 한국이 문화적 유사성에도 불구하고 기독교에 대해 이들 나라와 다른 태도를 보인 것은 유교라는 철학적 배경의 차이에 기인한 바가 매우 크다.

유학은 미신을 철저히 배격하는 학문인데, 조선에서와 달리 일본에서는 크게 꽃을 피우지 못했고, 중국은 땅이 넓어 종족이 다양해 토속 신앙의 뿌리가 깊었다.

이 때문에 지리적 근접성과 문화적 유사성에도 불구하고 한국은 기독교에 대해 중국 및 일본과는 전혀 다른 반응을 보인 것이다.

게다가 한국의 경우에는 조선왕조의 쇠퇴와 나라의 혼란으로 대중들이 새로운 메시아의 출현을 갈망하고 있던 때여서 일반대중들의 마음이 내세와 구원을 약속한 기독교로 쉽게 옮겨갈 수 있었다.

아무튼 한국에서의 기독교 부흥이 신앙심이 깊은 국무장관 헤이의 눈에는 예사롭지 않게 보였고, 한국인들이 선교사들에게 보여준 우호적인 태도에 큰 감명을 받아 한국이 처한 현실에 대해서도 그는 대통령 루스벨트와는 달리 무척 호의적이었다.

대통령 루스벨트는 한국이 자치 및 방어 능력이 없기 때문에 한국을 위해서라도 한국이 일본의 보호령이 되는 것이 순리라 여겼지만, 그는 무슨 생각에서인지 자신의 임명권자인 대통령과 전혀 다른 발언을 쏟아내 이승만의 가슴을 한껏 부풀게 했다.

"우리 미국은 하나님이 세운 나라입니다. 한국인들의 태도를 보면 당신 나라도 하나님이 세운 나라 같습니다. 당연히 돕겠습니다.

우리는 친구를 사귀면 상대가 우리를 배신하지 않는 한 우리는 절대 상대를 배신하지 않아요. 우정을 끝까지 지킵니다. 약속하지요."

"정말입니까?"

"그럼요."

"믿어도 됩니까?"

"미스터 리, 믿으세요. 난 이 나라의 국무장관입니다."

이승만은 헤이에게 몇 번이고 확인을 요청하며 그의 대답을 끌어냈고, 창피함을 무릅쓰고 울컥해서 그 앞에서 왈칵 눈물을 쏟았다.

4

이승만은 헤이의 답변 때문에 집으로 돌아오는 길 내내 가슴이 터질 듯 쿵쾅거렸다. 그는 헤이와의 면담으로 나라의 완전한 독립이 이미 성취된 것 같은 착각이 들 정도로 흥분해 있었다.

그는 집으로 돌아와 가까스로 뛰는 가슴을 진정시키고는 자신만만한 표정으로 책상에 앉아 곧장 한규설과 민영환에게 헤이와의 면담 결과에 대한 편지를 썼다.

"이 나라가 그래도 복이 있는 것 같습니다. 국무장관 헤이가 조미 우호 통상조약에 따라 우리를 지원하겠다는 약속을 했습니다.

모든 것이 두 분 대감의 공입니다. 아울러 재차 청을 드리오니, 공사 대리 신태무를 소환하고 김윤정을 승진시켜 공사로 임명하는 일을 서둘러 주십시오.

신태무라는 자는 그저 월급 몇 푼에나 관심이 있을 뿐 아무 생각이 없는 사람입니다. 김윤정은 애국하는 마음이 지극하니 그를 공사로 삼는 게 마땅합니다."

그는 일본의 감시망을 피해 딘스모어의 도움을 받아 미국의 외교행랑을 통해 한규설과 민영환에게 편지를 보낸 후, 향후 대책을 상의하기 위해 열차를 타고 필라델피아로 갔다.

그곳에 살고 있는 서재필을 만나기 위해서였다. 8년 만의 해후였다. 이승만은 필라델피아로 가는 도중 내내 그와의 추억을 떠올렸다.

"미스터 리, 당신은 꼭 미국에서 공부해야 합니다, 명심하세요, 당신을 위한 것이기도 하지만 이 조선을 위한 것입니다. 꼭 명심하세요."

서제필은 청춘의 피가 끓는 이승만에게 세상이 넓다는 것을 가르쳐 준 스승이었고, 그에게 큰 꿈을 꾸게 해 준 인생의 인도자였다. 그는 역에서 내리면서 역 귀퉁이의 제과점에서 서재필이 좋아하는 설탕물이 듬뿍 발린 도넛을 한 봉지 샀다.

그는 미국 조야에 발이 넓은 스승 서재필에게 헤이와의 면담 결과를 설명하고 그에게 도움을 청하려고 했다. 그는 부푼 기대와 오랫만에 스승을 만난다는 설레임을 안고 서재필의 아담한 주택을 찾았다.

서재필은 이승만을 보자 반가움에 그를 끌어안고 키스를 퍼부었는데, 이승만에게 자초지종을 듣고는 득의만면한 이승만과 달리 고개를 갸웃거렸다.

"미스터 리, 너무 상황을 낙관하는 건 아닌지 모르겠소."

"헤이가 몇 번이나 약속한 사실입니다."

이승만은 8년 만에 만난 존경하는 스승에게 자신의 혁혁한 공적을 내세워 내심으로 칭찬을 듣고 싶어 했던 터라, 그의 뜻밖의 말에 왠지 서운했다.

서재필은 유난히 큰 자신의 코를 매만지며 샐쭉해져 있는 이승만을 물끄러미 바라보고 있었다. 그의 눈에는 이승만에 대한 비웃음과 더불어 그에 대한 걱정도 담겨 있었다.

그는 헤이 한 사람을 만난 것으로 모든 것이 다 성사된 것 마냥 의기양양해 있는 이승만에게 적지 않은 실망을 했다. 그는 그 같은 이승만에게서 젖비린내를 느꼈다. 그의 눈에 비친 이승만은 아직 세상 물정을 모르는 풋내기였다.

"미스터 리라면 100달러를 남기는 장사를 하겠소? 아니면 10달러를 남기는 장사를 하겠소?"

"무슨 말씀이신지....."

"국제적인 관계는 냉정해요. 루스벨트는 미국의 이익에 아주 충실한 대통령이요. 난 작년에 워싱턴에 갔다가 그가 의회에서 연설하는 것을 들은 적이 있소."

"......"

"그 자가 무어라고 말한 줄 아시오? 일본이 한국을 지배하는 걸 보고 싶다고 했소. 일본의 힘이 강해져서 남진하는 러시아를 막는 게 태평양에 걸친 미국의 이익을 보호하는 데 아주 긴요하다고 말이요."

"그래도 헤이는 미국의 대외정책을 담당한 국무장관 아닙니까?"

이승만은 자신을 은근히 업신여기는 듯하는 스승의 다소 거만한 태도에 마음이 상해서 언성을 살짝 높였다. 서재필은 볼멘 표정을 짓고 있는 그를 보고는 냉소인지 조소인지 알 수 없는 이상야릇한 웃음을 담고는 그에게 말했다.

"미스터 리, 미국은 대통령제 국가요. 다시 말하면, 대통령의 생각이 절대적이란 뜻이요. 그가 임명한 장관은 그의 철학을 구현하는 하수인에 지나지 않아요. 그런데 당신은 어째서 그 하수인의 말만 믿는 것이오?

내 말을 잘 새겨들어요. 정치는, 특히 국제정치는 냉정한 것이오. 당신은 아직 경험이 적어 국제관계를 잘 모르지만, 정말 냉혹해요. 미국이 한국과 일본 둘 중 하나를 선택하라면 누굴 택하겠소? 당신이 미국 대통령이라면 한국을 택하겠소? 일본을 택하겠소?

어렵게 생각할 필요 없소. 역지사지(易地思之)로 생각하면 답은 바로 나와요. 이건 아주 명쾌한 것이오. 그런데 미스터 리는 어찌 하나만 생각하지 둘은 생각을 못하시오? 정치나 국제관계는 열정이나 의로움만으로 하는 게 아니오."

스승 서재필의 일장 훈시에 이승만은 당황해서 얼굴이 벌겋게 달아올랐다. 스승의 진심어린 충고였지만 항시 자신감에 충만해 있던 그로서는 처음 겪는 수모인지라 스승의 이성적인 지적이 귀에 잘 들어오지 않았다.

그는 스승에게 너무 기대가 컸던 탓에 자신을 철부지 취급하는 서재필의 태도에 비위가 몹시 상했다.

그는 약이 올랐고 자신의 생각이 틀리지 않다는 것을 스승에게 보란 듯이 꼭 증명해 보이고 싶었다.

스승의 집을 찾을 때 바람 든 처녀마냥 부풀었던 그의 가슴에는 스승에 대해 섭섭함과 서운함이 뒤섞인 묘한 화가 들끓었다. 그는 굳은 표정으로 이를 악문 채 뒤도 돌아보지 않고 그의 집을 빠져나왔다.

돌아가는 이승만의 뒷모습을 바라보며 서재필이 걱정스런 표정으로 중얼거렸다.

"저 녀석의 가슴은 여전히 뜨겁구먼. 하지만 아직은 덜 영글었어. 더 커야 해. 쯧쯧, 너무 순진해!"

5

어느 덧 이승만이 미국에 온 지 7개월이 흘렀다. 지난 5월에 일본의 도고 헤이하치로(東鄕平八郎) 제독이 이끄는 일본 해군이 러시아의 발틱 함대를 동해에서 격침시켜 확실한 승리를 거두면서 한국을 둘러싼 국제정세는 더욱 요동쳤다.

일본은 종전(終戰)의 전제조건으로 이젠 국제사회에 대해 한국에 대한 자유처분권을 아주 노골적으로 주장했다. 한국은 일본의 뻔뻔한 요구에 아연 긴장했고, 황제는 이에 놀라 이승만 외에도 다른 여러 명의 밀사를 미국에 파견해 전방위적인 외교전을 펼치려고 서둘렀다.

하지만 황제 주변에 포진한 여러 대신들이 이미 일본에 매수된 터라, 황제의 일거수일투족이 일본의 정보기관에 매일 넘어가고 있었다.

황제가 야심차게 준비한 비밀공작은 채 하루도 넘기지 못하고 나라를 배신한 대신들의 고변에 의해 일본의 정보망에 꼼짝없이 걸려들었다.

일본 외상 고무라(小村)의 강력한 항의에 황제는 그물에 걸려 가쁜 숨만 몰아쉬며 퍼덕이는 물고기처럼 꿀먹은 벙어리가 되어 아무런 저항도 못하고 그에게 맥없이 굴복했다.

그는 한·일 협약에 따라 한국의 외교 현안은 외교고문 스티븐슨을 통해 해결하겠다고 약속함으로써 국제적인 망신만 샀다.

이 와중에 공사 대리 신태무가 해임되고 서기관 김윤정이 3등 참사관으로 승진하여 공관장이 된 것이 그나마 이승만에겐 큰 위안이 되었다. 미국 대통령 면담을 위한 사실상의 교두보가 마련되었기 때문이다. 이승만에 대한 김윤정의 호의와 적극적인 태도도 그에겐 고무적이었다.

옥중 동지 박용만과 함께 갑자기 미국으로 건너온 여덟 살 아들 태산이 당장 거처할 곳이 마땅치 않아 이승만은 적잖이 고민이 되었다. 그는 궁리 끝에 김윤정에게 어렵게 도움을 청했다.

"미안하지만, 내 아들을 잠시 좀 맡아주시오."

"당연하지요, 이 선생. 눈곱만치도 걱정하지 마십시오. 저하고 이 선생은 이젠 한 배를 탄 동지입니다. 이 형 일이 곧 내 일이요. 아이는 내가 최대한 돌볼 테니 걱정 말아요. 루스벨트 면담 문제에만 신경을 쓰시오. 난 이 선생에게 큰 은혜를 입었소. 은혜의 만분지 일이라도 갚을 수 있게 내가 최선을 다할 것이요."

"참으로 고맙소."

그는 김윤정의 거침없는 약속이 든든하기만 했고, 자신이 김윤정을 공관장으로 추천한 일이 탁월한 선택이었다며 내심으로 몹시 만족스러워했다.

그 덕분에 큰 고민이었던 아들 일까지 해결하게 되어 이승만은 김윤정을 아주 의리 있는 남자 중의 남자라 생각하고 이전보다 더 큰 호감을 가졌다.

아내 박승선이 한 마디 상의도 없이 아이를 덜컥 보내 사실 이승만은 고민이 이만저만이 아니었다. 자신이 머물고 있는 기숙사에 아이를 데리고 있을 수도 없고, 자신은 학업뿐만 아니라 강연이며 밀사 문제까지 해야 할 일이 산적해 있어서 아이를 돌볼 일분일초의 틈도 없었다.

오랜 만에 미국에서 만난 아들이 몹시 반갑기는 했으나, 자신의 처지를 생각하면 아이를 돌볼 일이 캄캄했다. 이 때문에 무턱대고 일을 저지른 아내 박승선에 대한 원망의 마음도 한때 불같이 일었다.

물론 앞뒤 안 가리고 일을 먼저 저지르고 보는 것이 아내 박승선의 평소 문제해결 방식이었다. 좋게 보면 화끈했고 나쁘게 보면 대체 어디로 튈지 모르는 대책이 없는 사람이었다.

이승만은 아주 계획적이고 빈틈이 없는 사람인지라 즉흥적으로 일을 처리하는 사람을 싫어했다.

아무튼 그는 김윤정의 배려 덕분에 여러 가지 고충을 한꺼번에 해결하게 되어 강연이 예정되어 있던 워싱턴과 뉴욕의 교회를 찾아 홀가분하게 여행을 떠났다.

한국의 현실과 일본의 야심, 그리고 자신의 옥중 신앙생활을 주제로 삼아 강연을 이어가던 이승만이 무슨 일인지 돌연 강연을 중간에 그만두고 일주일 만에 부랴부랴 기차를 타고 뉴욕에서 워싱턴으로 되돌아오고 있었다.

창가에 몸을 비스듬히 기댄 이승만의 얼굴이 고통스럽게 일그러져 있었다. 넋을 놓고 한참동안 차창 밖만 물끄러미 내다보던 그가 고개를 돌리고는 한숨을 내쉬며 접어둔 신문을 다시 펼쳤다. 그의 손이 수전증을 앓는 사람처럼 미세하게 떨렸고, 그가 두 눈을 정치면 머리기사에 고정시켜 신문이 뚫어져라 쳐다보고 있었다.

"국무장관 헤이, 돌연사, 심근경색증으로 추정."

이승만은 이 신문기사를 읽고 또 읽어 벌써 열 번이나 읽고 있었다.

그는 헤이의 죽음을 믿고 싶지 않았다.

'대체 이게 무슨 날벼락인가? 건강했던 그가……'

이승만은 헤이의 죽음을 부정하고 싶었다. 미련을 버리지 못해 그는 신문기사를 보고 또 보고 있었다.

대통령 루스벨트는 친구 헤이의 죽음에 애도를 표하며, 공석이 된 국무장관 자리에 테프트 육군장관을 국무장관 대리로 서둘러 임명하여 헤이의 공백을 메웠다.

헤이의 발인은 닷새 후에 백악관에서 열리고 그의 유해는 워싱턴 국립묘지에 안장될 것이란 기사도 실려 있었다. 헤이의 죽음은 부인할 수 없는 기정사실이었다.

그의 죽음으로 이승만은 자신을 영광의 문으로 인도할 단단히 붙잡았던 동아줄이 허무하게 뚝 끊긴 것 같았다. 조국 독립의 꿈도 동시에 허공으로 날아간 것 같았다. 악마의 심술이 아니고서야 이렇듯 다 된 밥에 재를 뿌리는 재수 없는 일이 생길까 싶기도 했다. 그는 천길 벼랑으로 추락하는 기분이었다.

객차 사이를 오가는 차장이 먹을거리를 담은 수레를 이끌고 가는 모습이 그의 눈에 들어왔다. 수레에는 위스키며 과일이며 과자가 가득했다. 그는 너무 우울해서 술을 한잔 하고 싶었다. 그는 취해서 모든 것을 잊고 싶었다. 하지만 그는 술을 마시면 가슴이 뛰고 답답했다. 얼굴도 붉어지고 머리가 아팠다. 그는 체질적으로 술을 분해할 효소가 없었다.

그는 술 한 잔 못하는 자신의 처지를 생각하며 헛헛한 웃음을 짓고는 위스키를 바라보던 눈길을 거두고 따뜻한 커피를 시켜서 타는 속을 달랬다.

생각하면 할수록 모든 게 미궁 속으로 빠져들었다. 그는 자신이 캄캄한 우주의 미아가 된 것은 아닌가 하는 착각이 들었다.

그는 혼란을 수습하려고 안간힘을 썼다. 그러나 발버둥을 치면 칠수록 더 깊은 수렁 속으로 빠져드는 것처럼, 그는 자꾸만 더 깊이 혼란의 늪으로 빠져들고 있었다.

열 가지 생각이 새끼를 쳐서 백 가지 상념이 되고, 천 가지가 되고, 만 가지가 되어 퍼져나가 그의 뇌수를 사정없이 건드렸다. 그는 머리가 너무 아파 머리의 한 부분을 칼로 도려냈으면 하는 생각도 들었다.

'이렇게 허무하게 끝나고 마는 것인가? 정말 끝인가? 방법은 없는가?'

그런데 절망과 마주하는 순간 갑자기 비온 뒤 하늘이 개이듯 그의 머리가 환히 맑아졌다. 서재필이 자신에게 해준 말이 떠올랐던 것이다.

'어렵게 생각하지 마시오, 일의 이치는 아주 단순해요. 모든 건 입장을 바꿔 생각해 봐요. 욕심을 내려놓고 감정을 버리고 바라보면, 그러면 답이 나와요.'

돌이켜 보면 서재필의 말은 참으로 빛나는 금언이었다. 그는 무르팍을 쳤다. 홧김에 그를 잠시 미워했던 마음도 봄눈 녹듯 사라졌다.

사람은 감정에 매몰되면 눈앞에 있는 것도 보지 못하는 장님이 되고 손에 쥐고 있는 것조차 잊어버리는 망각의 늪에 빠져 허둥대는 어리석음을 저지르게 된다. 무수히 실수하고 무수히 반성하면서도 또 다시 무수한 실수를 반복하는 것도 욕망의 덫에 걸려 진정한 깨달음을 얻지 못한 탓이다.

생각이 여기에 미치면서 그는 자신에게 최대한 긍정적인 암시를 주며 최면을 걸었다.

'답이 어딘 가에 있을 거야, 분명히! 난 사형 직전에 살아났어. 수많은 사람들을 죽였던 콜레라도 나를 비켜갔어. 이건 단순한 행운이 아니야. 어쩌면 내 운명일지도 몰라. 일이 쉬운 것은 재미가 없어. 하나님은 더 많은 복잡한 장치를 해놓았을 거야. 나에게 더 큰 축복을 주기 위해서 신이 나를 시험하신다면 그 시험에 기꺼이 응하는 거야!

시험하는 건 당신이 나를 사랑한다는 뜻이잖아? 그래 맞아, 하나님은 절대 우리 민족을 버리지 않을 거야. 모세가 이집트의 노예상태에서 이스라엘 백성들을 구했듯이, 나로 하여금 일본의 노예가 되어 가는 우리 민족을 내 손으로 해방시키기 위해 나를 단련하고 시험하고 있는 걸 거야. 그러니 분명 길은 있어, 분명히!'

그는 끊임없는 자신과의 대화를 통해 절망의 바다에 감춰진 희망의 흔적을 찾아 나섰고, 워싱턴에 돌아오자마자 그는 국무장관 서리로 선임된 육군장관 테프트의 향후 일정을 파악한 후, 하와이에 있는 목사 윤병구에게 급히 전보를 쳤다:

"조만간 테프트가 필리핀의 수빅만에 있는 미군 기지를 방문할 적에 하와이를 경유한다고 하오. 그때 우리 한인들을 모아 그의 하와이 방문을 환영하는 대대적인 모임을 성대하게 열어 주시오. 윤 형, 나라의 운명이 걸린 일이오. 절대로 테프트의 마음을 사야 하오. 기왕이면 루스벨트 대통령을 면담할 수 있는 소개장을 받아 두면 더 좋겠소. 당신을 사랑하는 친구 승만.

† 추신: 참, 그가 좋아하는 음식은 소고기 안심스테이크이고, 그가 좋아하는 와인은 캘리포니아산 레드 와인이오. 괜히 프랑스 와인을 내놓지 마시오. 그는 미제를 신봉하는 애국자요. 그리고 그의 처가가 캘리포니아에서 포도농사를 짓고 있다는 것도 명심하시오."

이승만은 테프트의 동북아시아 지역에 대한 그의 인식뿐만 아니라 그의 개인적 취향과 취미, 특기, 가족사항 등등 시시콜콜한 것까지 다 알아본 다음, 지면 관계상 전보에서 미처 언급하지 못한 것들은 모아 편지에 잔뜩 적어 윤병구에게 다시 보냈고, 이를 받아 본 윤병구는 어이없는 표정을 지으며 껄껄 소리 내어 유쾌하게 웃었다.

"하, 이 친구 거의 스토커 수준이군. 완전히 또라이가 다 된 것 같아, 허허!"

이승만이 보낸 편지에는, 여성 편력이 심한 테프트의 특성을 고려해 그가 좋아하는 색, 좋아하는 향수, 좋아하는 음악, 좋아하는 책, 좋아하는 여자, 지금까지 사귄 애인의 수, 각 애인과의 밀회 기간, 여자에 대한 그의 특별한 취향까지 수사관처럼 샅샅이 조사해서 일목요연하고 꼼꼼하게 적어 보내 윤병구를 거의 까무러치게 했던 것이다.

6

그로부터 한 달이 흘렀고, 이승만은 김윤정에게 맡겨두었던 아들 태산을 자신의 후원자를 자처한 필라델피아의 부호 보이드 부인에게 돌봄을 부탁해 한 시름을 덜게 되었다.

이틀 후면 개강이었다. 이승만은 오전에 도서관에서 빌려온 다음 학기 참고도서를 꺼내 놓고 메모를 하며 정리를 하고 있다가 방문을 두드리는 소리에 자리에서 일어났다.

그가 문을 열자, 기숙사 흑인 관리인 브라운이 머리를 삐쭉 들이밀며 싱긋 웃었다. 브라운은 이승만이 지금까지 본 흑인 가운데 가장 피부색이 까만 사람이었다.

양치질도 잘 하지 않는 이빨이었지만, 유난히 까만 피부색 때문에 브라운의 이는 세상의 그 어떤 흰색보다 더 눈부신 순백의 아름다움을 자랑했다. 그가 환히 웃을 땐 검은 땅 속에 파묻힌 하얀 진주알을 보는 것만 같았다.

까만 피부색 때문에 많은 학생들이 그가 가까이 오는 걸 꺼려했지만, 이승만은 그의 피부색을 개의치 않았다. 그 역시 유색인종이었고, 유색인종에 대한 백인들의 은근한 편견과 차별에 평소 시달리고 있던 터라 그는 브라운에 대해 동병상련의 정을 느꼈다.

"브라운, 무슨 일이야?"

브라운은 알듯 말듯 미소만 지은 채 말도 않고 문 앞에 서서 생글거리기만 했다.

"브라운, 뭐야?"

그는 이승만의 채근에도 애를 태우듯 입을 닫고 빙긋 웃고만 있었다.

"브라운, 장난 그만 치고, 뭐냐니까?"

"허허, 왕자님, 선물!"

이승만은 진실했지만 자신을 돋보이게 포장하고 싶은 욕구가 없지는 않았다. 이 때문에 약간의 허세와 허풍을 떨 때도 있었다.

그는 자신을 양녕대군의 16대손으로 엄연한 조선 왕가의 후예라고 소개했다.

이 때문에 브라운을 비롯한 여러 외국인들이 그를 조선 왕실의 왕자로 오해했다. 자연히 사람들은 이승만을 매우 고귀한 신분을 가진 신비로운 인물로 인식하고 있었다.

하지만 그는 이 같은 오해를 적극적으로 해명하진 않았다. 오히려 은근히 이를 즐겼다. 계보로 본다면 그의 말이 완전히 틀린 말은 아니었고, 자신에 대한 이 같은 외국인들의 오해와 착각이 자신의 워싱턴대학 생활을 훨씬 순조롭게 하는 윤활유 역할을 하고 있었기 때문이다.

워싱턴대학은 미국 주류사회의 백인들이 많아서 인종에 대한 편견이 적지 않았다. 이들의 편견과 차별에 시달리지 않기 위해선 실력도 중요했지만 그에 못지않게 집안의 배경도 큰 영향을 끼쳤다.

워싱턴대학은 미국 상류사회 출신들이 주류를 이루었는데, 이들이 인맥을 형성하며 국제적인 영향력 확대를 위해 자신들의 수준에 걸맞는 외국 유학생들에게 호의를 베푸는 경향이 없지 않았기 때문이다.

브라운은 약을 올리듯 여전히 말을 않고 속을 태웠다.

"무슨 선물?"

이승만은 짜증을 내듯 짐짓 눈살을 찌푸렸다. 그제야 그가 머쓱한 표정으로 정수리를 긁으며 등 뒤에 감추고 있던 물건을 이승만 앞에 슬그머니 내밀었다. 윤병구가 보낸 편지였다.

이승만이 수일 전부터 계속 우편함을 뒤지는 걸 보고 브라운은 이승만에게 아주 중요한 일이 있다는 걸 직감하고는 우편배달부가 전해 준 편지를 받자마자 이승만에게 빨리 전해주고 싶어서 곧장 달려온 것이었다. 말하자면 이것은 우체부의 체온이 아직 남아 있는 따끈따끈한 편지였다.

"브라운, 고마워!"

그가 머리통 하나쯤은 차이가 나는 키가 큰 브라운의 어깨를 툭 치자, 브라운은 자그마한 동양 왕자가 하는 짓이 가소롭다는 듯이 눈을 삐딱하게 하여 쳐다보며 이승만을 갑자기 번쩍 들어 안아 올렸고 깜짝 놀라는 이승만을 향해 아기처럼 혓바닥을 날름 내밀고는 쏜살 같이 달아났다.

이승만은 솥뚜껑만한 엉덩이를 흔들며 꽁지가 빠지게 달아나는 그를 보고 엄지를 치켜세웠다. 성품이 온화하고 친절한 브라운이 이승만에겐 언제 보아도 정이 듬뿍 가는 사람이었다. 그는 방안에 앉아 조심스럽게 윤병구가 보낸 편지봉투를 열었다.

"이 형 덕분에 테프트와의 만남은 대단히 성공적이었소. 그는 우리

한인들의 환영을 받고 몹시 즐거워했소. 이 형이 그토록 바라던 루스벨트 면담을 위한 소개장도 받았소. 보름 안에 나도 워싱턴으로 갈 것이오. 그때 봅시다.”

윤병구가 그에게 편지를 쓴 건 12일 전이었다.

‘그렇다면 두 밤만 자면 윤병구가 테프트의 소개장을 들고 온단 말이지?’

헤이의 죽음으로 꺼져 가던 불씨가 되살아났다. 캄캄했던 이승만의 가슴에도 희망의 불빛이 비쳐들어 다시금 마음이 부풀고 있었다.

7

주한 일본공사 하야시(林)의 긴급 보고에 일본 총리 가쓰라(桂太郎)의 얼굴이 붉으락푸르락 했다.

“이 양반이 정말 제정신이 있는 사람인가? 좋아, 그럼 확실한 본때를 한 번 보여주지.”

그는 때늦은 점심을 먹다 말고 이토 히로부미(伊藤博文)에게 전화를 걸어 하야시의 보고 내용을 알린 다음, 외상 고무라(小村壽太郎)를 자신의 공관으로 급히 호출했다.

대 러시아전 승리로 축제 분위기로 한껏 들떠 있던 총리 공관에 갑자기 싸늘한 긴장감이 감돌았다.

“이젠 그냥 두고 볼 수는 없을 것 같소.”

“당연히 그래야지요.”

가쓰라와 고무라는 정한론(征韓論)을 지지하는 대표적인 일본의 유력 정치인들이었다. 러시아와 전쟁을 벌인 이유도 따지고 보면 조선에 대한 양국의 야심이 충돌한 결과였다.

일본은 대 러시아전을 치르면서 전쟁 승리를 위해 국력을 총동원한 총력전을 펼쳤다. 일본은 모든 자원을 투입했고 모든 국민이 용감한 전사가 되었다. 소국이 대국을 이기기 위해서는 달리 다른 방법이 없었다.

그들은 전비가 바닥나자 모자라는 전비를 보충하기 위해 급히 국채까지 발행해 국제 채권시장에다 내다 팔았고, 국채로 어렵게 확보한 자금마저 바닥나 지금은 재정절벽 일보 직전이었다. 국가부도를 목전에 두고 있었던 것이다,

국가재정에 무리가 가는 엄청난 물자를 투입하고 그 대미를 대 러시아전 승리로 장식한 마당이었다. 그런데 전쟁의 원인이 되었던 조선이 독립을 위해 새로운 밀사를 미국에 파견하려 하고 있었다. 이 소식에 가쓰라와 고무라가 펄쩍 뛰는 것은 어쩌면 당연했다.

"한두 번도 아니고 정말 지겨운 인간이오. 이젠 황제를 더 이상 믿을 수가 없소. 이 자는 반드시 보위에서 끌어내려야 해요."

"지금은 때가 조금 이를 뿐, 마땅히 그리 되어야 합니다."

가쓰라와 고무라는 정분이 난 연인들처럼 서로 죽이 맞았다.

"테프트가 지금 필리핀에 있다고 했지요?"

"그렇습니다."

"도쿄로 그 양반을 초청합시다. 아무래도 이번 기회에 확실한 언질을 받아두어야 하겠소."

"좋습니다. 아마 모르긴 해도 미국도 우리와 입장은 비슷할 겁니다. 우리의 관심은 조선에 있고 미국의 관심은 필리핀에 있으니, 미국과 얘기는 잘 될 것이라 봅니다."

"하지만 모든 일이 끝날 때까지는 절대 방심하면 안 되오. 한국과 미국은 조미 우호통상조약을 맺은 바가 있어, 황제가 밀사를 통해 자신의 뜻을 분명히 밝힌다면 미국도 입장이 곤란해질 거요. 그러니 까딱 잘못하면 닭 쫓던 개 지붕 쳐다보는 격이 될 수도 있어요. 그러니 우리가 먼저 조치를 취해야 하오. 한국이 미국과 접촉할 수 있는 모든 통로를 차단시켜야 한다는 말이오. 아시겠소?"

"여부가 있겠습니까? 일단 스티븐슨에게 얘기해서 한국 공사관에 재정지원을 중단시키고, 감독을 강화토록 하겠습니다."

"강화회담이 끝날 때까지 어떤 대가를 치르는 한이 있어도 한국의 손발은 물론이고 입까지 다 틀어막아 놓아야 하오."

가쓰라는 외상 고무라에게 한국정부를 단속하도록 신신당부해 두고는 조소를 띠고 중얼거렸다.

"이 인간이 어리석은 것 같으면서도 교활하기 짝이 없단 말이야. 나원 참, 기가 막혀서!"

가쓰라의 지시에 따라 주미 한국 공사관에 대한 압박이 날로 거세지고 있었다.

공관장 김윤정은 한국 외교고문 스티븐슨의 느닷없는 공관 방문에 잔뜩 긴장해서 굽실거리며 날쌘 걸음으로 그를 3층에 있는 자신의 서재로 안내했다.

통상적으로 고문이나 외부(外部)의 고관이 방문할 때에는 일반적으로 공문을 띄우고 오는 게 관례이다. 이 때문에 불시에 이루어진 스티븐슨의 방문은 매우 이례적인 경우에 해당된다.

그가 마주한 스티븐슨은 한국 외부의 외교 고문으로, 말은 고문이지만 한국의 외교를 쥐락펴락 하고 있는 한국 외부의 실세였다.

실세가 아무런 귀띔도 없이 나타났으니 놀랄 수밖에, 그를 대하는 김윤정의 얼굴이 잔뜩 긴장되어 있었다.

"고문께서 예고도 없이 여긴 어인 일로 오셨는지요?"

"1년 만에 공관장이 되었다지요?"

매부리코의 스티븐슨은 그의 아내 고순영이 내어 온 차를 본체만체하고는 다리를 꼰 채 부리부리한 눈길을 그에게 던졌다. 스티븐슨의 인상은 운명을 결정하는 악랄한 마법사처럼 매우 고약했다.

그의 말에 김윤정의 얼굴이 굳었고 그가 마른 침을 꿀꺽 삼켰다. 그는 무엇보다 어렵사리 공관장이 된 자신의 승진에 스티븐슨이 괜한 시비를 걸어올까 봐 큰 걱정을 했다.

공관에 임시 서기로 들어와 1년 만에 공관장이 된다는 것은 세계 어느 나라에서도 유례를 찾아볼 수 없는 희한한 일이었다. 한국의 인사체계가 문란했고, 마땅한 인재가 없는데다, 그가 재수가 좋아 공관장을 꿰찼을 뿐이다.

물론 그 이면에는 한국의 밀사 이승만과 한국 조정의 실세 민영환의 적극적인 지원이 있었다. 하지만 이젠 세상이 바뀌어 한국의 모든 외교권이 일본에 넘어갔다.

"예, 그렇습니다."

"먼저 축하를 드립니다, 인사가 늦었어요."

"무슨 말씀을요. 제가 아직은 능력이 많이 부족합니다."

"허허, 능력은 키우면 되는 것이지요. 원래 능력이란 사람이 만드는 것이 아니라 자리가 만드는 법입니다. 누구라도 왕 자리에 앉으면 왕 노릇도 할 수 있어요."

스티븐슨은 30분 동안 본론은 꺼내지도 않고 테니스를 비롯한 자신의 신변잡기만 잔뜩 늘어놓으며 변죽만 올렸다. 김윤정은 이것이 오히려 더 신경쓰였다.

'인사차 온 것은 아닐 테고, 저 자의 진짜 꿍꿍이는 무얼까?'

한참동안 수다를 떨던 스티븐슨이 김윤정의 일곱 살 딸이 방에서 나오는 것을 보고는 말했다.

"아이가 얼굴이 깜찍한 게 참 예뻐요."

"별 말씀을요."

"허허, 난 거짓말 할 줄 몰라요. 그런데 미국에서 오래 사셨다지요?"

"예."

"아이를 잘 키우려면 한참 돈이 많이 들 텐데, 쩌쩌, 어떻게 하지요?"

"무슨 말씀이신지......"

"참, 그 말을 제가 미처 드리지 못했군요. 죄송합니다. 머지않아 이 공관은 폐쇄될 겁니다."

스티븐슨은 아무렇지도 않다는 듯이 불쑥 말을 내뱉고는 김윤정이 가엾다는 듯이 동정적인 눈길을 던지며 혀를 찼다.

"안됐소, 어렵게 공관장이 됐는데......."

그의 말에 김윤정의 얼굴이 하얗게 질려 진땀을 흘렸다.

"대체 무슨 말씀이신지요?"

"한국은 곧 일본의 보호국이 되고 장차에는 일본에 합병되어 한 나라가 될 것이요. 그러면 한국 공사관이 문을 닫는 건 당연한 일 아니겠소?"

김윤정이 너무 놀라서 어안이 벙벙한 표정을 짓고는 말을 잇지 못했다. 그의 손이 부르르 떨렸다. 스티븐슨은 안절부절 못하고 있는 김윤정의 안색을 살피며 회심의 미소를 지었다.

"일을 계속하고 싶소?"

"......"

"말해 봐요. 원한다면 내가 얼마든지 그런 자리는 하나 마련해 줄 수 있소.”

김윤정은 당장에라도 스티븐슨이 내민 제안을 덥석 물고 싶은 마음이 굴뚝같았다. 하지만 명색이 공관장이라 체면에 말은 못하고 얼굴만 붉혔다.

그는 런던, 파리와 더불어 세계 외교의 중심무대로 막 떠오른 워싱턴의 공관장이 되었다는 사실에 큰 자부심을 가졌다.

그는 꿈도 컸다. 워싱턴에서 일을 제대로 해서 황제의 인정과 신임을 받아 한국의 외부대신이 꼭 되고 말겠다는 당찬 포부를 갖고 있었다.

그런데 한국이 일본의 보호국이 되고 병합이 되면 자신이 준비한 인생설계는 한바탕 꿈으로 끝날 수밖에 없다. 자신은 하루아침에 실업자로 전락하게 되는 것이다. 그에게는 청천벽력이 따로 없었다.

그는 어렵게 성취한 영예로운 자리를 내놓을 수가 없었다. 그는 공관장의 자리를 포기하는 순간 자신의 인생이 완전히 부서질 것만 같았다. 그의 머릿속이 하얗게 변했다. 이승만과 했던 약속도 까맣게 지워졌다.

그가 갑자기 자리에서 벌떡 일어나 스티븐슨 앞에 무릎을 꿇고 머리를 조아렸다.

“제가 어떻게 하면 되겠습니까?”

“허, 이러지 마세요, 김 참사관. 이러지 않아도 됩니다. 난 한국이 일본의 보호국이 된다 해도 당신이 나에게 협조만 한다면 당신을 미국에 있는 일본의 여러 총영사 자리 가운데 하나를 줄 수 있어요.”

“말씀만 하십시오.”

스티븐슨은 김윤정의 비굴한 처신에 어이가 없어 내심 혀를 찼다.

‘참으로 형편없는 위인이군!’

스티븐슨의 우묵한 눈 안엔 그에 대한 경멸의 빛이 넘쳐흘렀다. 그는 김윤정을 회유하고 협박해 소기의 목적을 달성하는 것이 목적이었지만 그에게 실망한 나머지 티끌만한 예우도 그에게 해줄 필요성을 느끼지 못했다. 그는 김윤정을 벌레 보듯 했다. 스티븐슨의 태도가 매우 고압적으로 변했다.

"내가 어떻게 그걸 말로 다 하겠소? 당신이 알아서 하시오, 알아서. 지구상에서 사라질 나라를 위해 충성할 것인지, 아니면 곧 미국과 더불어 세상의 중심이 되어 세계를 선도할 일본에 충성을 바칠 것인지, 이것은 당신이 선택해야 할 문제요. 당신이 불행한 삶을 살 것인지 아니면 영광과 복을 같이 누리는 삶을 살 것인지 이 또한 당신이 선택할 문제요."

"고문께서 하신 말씀 가슴에 새기고 또 새기겠습니다."

김윤정은 스티븐슨이 돌아간 후 창가에 우두커니 서서 담배를 물었다. 그의 뒷모습은 모든 것을 잃고 통곡하는 사람처럼 왠지 몹시 쓸쓸해 보였다.

그는 자신이 미웠다. 그는 죽을 수 있다면 자신을 죽이고도 싶었다. 권력에 눈 먼 자신이 더러웠고, 돈에 민족을 파는 자신에 대해 구역질이 났다.

바람에 물결치는 플라타너스 잎이 햇빛을 받아 유난히 반짝거렸다. 그 현란한 빛의 춤사위에 그가 현기증을 느끼며 주저앉았다. 그때 거실에서 뛰어놀던 그의 딸 고려가 쪼르르 달려와 안기며 얼굴을 파묻었다.

"아빠, 어디 아파?"

"아니!"

"그런데 왜 주저앉아?"

"응, 아빠가 바보 같아서……."

"아냐, 아빠 바보 아냐!"

그는 종달새처럼 지저귀며 속없이 품을 파고드는 딸아이를 끌어안고 소리 없이 눈물지었다.

'고려야, 이 아빠는 배신자란다, 용서해 다오.'

8

한국의 운명을 가를 치열한 비밀외교전이 워싱턴과 동경에서 동시에 뜨겁게 펼쳐지고 있었다.

가쓰라는 테프트를 도쿄에서 만났고, 이승만과 윤병구는 서재필이 손을 본 독립청원서를 들고 기차를 타고 뉴욕을 거쳐 오이스터 베이로 갔다. 루스벨트는 동부의 피서지로 이름난 이곳에서 오랜만에 가족들과 한가한 여름휴가를 보내고 있었다.

루스벨트는 소몰이를 즐기는 소문난 터프가이였지만, 청교도 정신으로 무장한 정치인으로 가정을 행복의 원천이라 믿었다. 그는 가족들과 보내는 시간을 자기 인생에서 가장 소중하다고 생각했다. 그래서 그는 휴가 기간에는 어떤 경우에도 가족들과의 시간을 방해받고 싶어 하지 않았다.

당연히 그는 비서진들에게 비상한 일이 아니면 어떤 외부 일정도 잡지 말라고 엄명을 내려둔 터였다. 개인 면담은 물론이고 기자들과의 질의응답도 피했다.

이 탓에 대통령의 동정을 담기 위해 휴가지에 몰려온 기자들은 대통령의 그림자도 구경하지 못한 채 허탕을 치고 호텔 로비에서 빈둥거리며 하릴 없이 시간만 때우고 있었다.

말쑥하게 차려입은 두 명의 한국인 이승만과 윤병구가 오이스터 베이의 호텔에 들어서자, 무료함에 지쳐 등 높은 소파에 엿가락처럼 길게 늘어져 있던 기자들이 몸을 벌떡 일으켜 세웠다.

그들은 잠시 두 사람의 안색을 살폈고 워싱턴 포스트 기자가 그들을 향해 뛰어가자 주춤하고 있던 기자들이 그들을 향해 우르르 몰려갔다.

이틀 전 신문에 한국의 두 밀사가 독립청원서를 들고 루스벨트를 곧 방문할 것이라는 기사가 나간 적이 있어서 조만간 그들이 이곳에 모습을 드러내지 않을까 생각하고 있었기 때문이다.

이승만이 워싱턴포스트지에 한국의 독립과 일본의 패권주의를 비판하는 논설을 두 번이나 실은 터라, 워싱턴포스트지 기자는 금방 이승만을 알아보았던 것이다.

"이승만씨 맞죠?"

"그렇소."

"혹시 대통령을 만나러 온 겁니까?"

"맞습니다."

"한국의 독립청원서 때문이지요?"

"아시는 대로요. 면담이 성사되면 기사나 아주 크게 써 주시오."

"대통령을 만날 수 있을까요? 지금 일절 면담을 불허하고 있는데……"

"한국말에 지성(至誠)이면 감천(感天)이라 했소. 예수님도 구하라 그러면 얻을 것이요, 두드리라 그러면 열릴 것이라 하였소. 그러니 해보지도 않고 포기하는 것이 제일 바보 같은 짓 아니겠소?"

"소문에는 이미 대통령이 일본에게 한국에 대한 지배권을 인정했다는 말도 있소. 그러면 만나봐야 허사 아니요?"

한국의 밀사를 자처하는 이승만과 윤병구에게 하나라도 정보를 더 캐내기 위해 기자들은 이들의 감정을 자극하는 질문을 집요하게 던졌다.

두 사람의 생각뿐 아니라 표정과 감정까지도 이들에게는 재미있는 기사거리가 될 수 있었다.

기자들은 대체로 대통령을 만나겠다고 달려온 두 사람의 용기는 높이 평가했지만, 대통령 면담 성사 가능성은 아주 희박하다고 판단했다. 루스벨트가 친일적 색채가 무척 강한 사람이었기 때문이다.

이 탓에 이승만 일행을 바라보는 기자들의 눈에는 그들에 대한 연민이 빛이 담겨 있었다. 친일 성향이 강한 일부 기자들은 이들을 비웃기까지 했다.

물론 면담이 성사된다면 특종을 잡을 수도 있어 그들은 내심 면담이 성사되기를 바라는 마음이 없지는 않았다.

면담이 이루어진다면 포츠머스에서 열릴 러 · 일 강화회담이 어떤 형태로든 영향을 받을 수밖에 없기 때문이다.

"저놈들은 남의 밥상에 재 뿌리는 것도 아니고 정말 왜 저러오?"

윤병구는 자꾸만 염장을 질러대는 기자들의 얄미운 질문 공세에 잔뜩 화가 나서 시큰둥한 표정으로 투덜거렸다.

"기자들이란 다 그렇지, 너무 화를 내지 마오. 저놈들과 사이가 틀어져서 좋을 것 없소. 우리는 저 자들을 우리에게 이롭게 잘 이용만 하면 돼요."

이승만은 분을 참지 못하고 콧김을 불며 기자들을 뒤돌아보고는 볼멘 표정을 거두지 않고 있는 윤병구의 등을 두드리며 억지로 잡아끌었다. 그 자신이 신문도 창간하고 주필도 역임해 보아서 언론인들의 생리를 잘 알았다. 면담을 성사시켜 특종 기사만 만들어낸다면 굳이 기자들을 구워삶지 않아도 그들 스스로 개미처럼 부지런히 움직일 거라고 생각했다. 그는 여장을 풀자마자 곧장 루스벨트의 별장으로 찾아갔다.

9

한쪽에 바다를 낀 언덕길을 관목 숲을 헤치고 30분쯤 걸어 오르자 드넓은 초지 위에 세워진 아름다운 2층 목조주택이 눈에 들어왔다.

하얀 칠이 된 대통령의 별장은 숲속의 작은 성처럼 아름다웠다. 정면에서는 바다를 한 눈에 조망할 수 있고 둘레에는 초지를 둘러싼 울창한 숲이 있어 엄마의 품처럼 별장을 포근하게 감싸 안고 있었다. 사냥과 낚시와 승마를 동시에 즐기는 루스벨트의 취향을 고려해 지어진 별장이었다.

배가 불룩 나온 루스벨트는 늦은 아침을 먹고 일층 거실에서 손자와 체스 놀이를 하고 있었다. 그는 비서관이 들어서는 것을 보고도 체스 판에서 눈을 떼지 못했다.

열 살밖에 되지 않은 손자가 체스를 시작한 지 20분 만에 자신이 가진 말의 절반을 쓰러뜨려, 그는 손자를 아주 신통하게 여겼다.

"토미, 너 참 머리가 좋은 것 같아. 넌 누굴 닮았니?"

"할아버지요."

"그 녀석, 참 예쁜 말만 골라서 하네, 허허!"

루스벨트는 손자의 말 한 마디 한 마디에 감동해서 너털웃음을 터뜨렸고, 국정을 챙기느라 그동안 놀아주지 못한 손자와 더 많은 시간을 가져야겠다고 생각하며 흐뭇해 하는 눈으로 손자를 지그시 바라보았다. 루스벨트는 손자와의 놀이에 빠져 비서관이 자신의 곁에 서 있다는 사실조차 잠시 잊고 있었다.

"각하!"

"어, 자네, 왜?"

"밖에 손님이 와 있습니다."

"누가?"

"한국인입니다."

"그 자들이 왜?"

"각하를 뵙자고 합니다."

"난 휴가 중에 면담을 하지 않는다고 하지 않았나?"

"알고 있습니다, 그런데 그게……"

"뜸 들이지 말고 얘기하게, 뭔가?"

"테프트 장관의 소개장을 가지고 왔습니다."

"테프트의 소개장을……"

루스벨트는 그들이 테프트의 소개장을 가지고 왔다는 비서관의 말에 고개를 갸웃거리다가 비서관에게 일단은 그들을 데려오게 했다.

루스벨트는 테프트 때문에 전혀 예정에 없던 외부인의 면담을 허락했지만, 그들이 한국인이라는 게 몹시 꺼림칙했다. 그는 테프트로부터 닷새 전에 일본 총리 가쓰라와의 협상 내용을 보고받았고, 일본은 한국을, 미국은 필리핀을 지배하는 데 서로 이의를 제기하지 않는다는 합의안도 자신이 이미 승인해 준 터였다.

이승만과 윤병구는 비서관을 따라 1층에 있는 대통령의 서재로 안내되었다. 그들이 들어서자 루스벨트가 구부정한 자세로 자리에서 일어나 그들을 맞았다. 팔(八) 자 수염이 멋진 루스벨트는 두 한국인들의 모습을 보고는 깜짝 놀랐다. 그의 눈앞에 있는 한국인들은 자신이 만났던 일본인들과 생김새가 너무나 비슷했기 때문이다.

한국이 비록 지금 미개하긴 하지만 미국과 영국처럼 한국인과 일본인의 조상이 같은 것은 아닐까 하는 생각을 잠시 했다.

한국인의 외모가 일본인과 유사해서, 일본을 좋아하고 사랑했던 그는 두 한국인에게도 친근감을 느꼈다. 루스벨트는 자신을 찾아온 낯선 이방 인에게 부드러운 낯빛을 하고 나지막이 물었다.

"그래, 어떤 일로 나를 보자고 했소?"

"각하, 저희들은 한국의 독립을 요구하는 청원서를 들고 각하를 찾아 왔습니다."

"그래요?"

루스벨트는 이승만의 말에 짐짓 무덤덤한 표정을 짓고 있었지만, 내 심으로 가슴이 뜨끔했다. 한편으로 그는 한국인들에게 소개장을 써주어 자신의 입장을 난처하게 만든 테프트의 사려 깊지 못한 처신도 좀 못마 땅했다.

'젠장, 이 친구 나보고 어떡하라고 이 자들에게 소개장을 써 준 거야!'

하지만 그는 정치 9단의 능구렁이였다. 노련한 정치인답게 그의 얼굴 에는 그 어떤 동요의 빛도 보이지 않았다. 정치인은 면전에서는 모든 사 람의 친구가 되어야 한다. 그런 점에서 그는 대단한 술수가였다.

"그런데, 당신들은 어떤 자격으로 날 찾아온 것이오?"

"각하, 저희는 한국 정부의 대표도 아니고 황제의 밀사도 아닙니다. 오로지 미국 시민이 된 하와이에 거주하는 8천 명에 달하는 한인들을 대 표해서 이들의 명의로 조국의 독립을 요청하는 청원서를 가져온 것입니 다."

미국 시민이 된 하와이 한인들의 청원서를 들고 왔다는 말에 루스벨 트는 이들에 대한 경계심을 풀고 한 발 뒤로 물러났다. 루스벨트는 미국 시민이 된 자는 국적을 막론하고 모두 똑같은 미국인으로 마땅히 대접을 받아야 한다고 생각했다.

"좋소, 내게 원하는 것이 무엇이오?"

"저희들이 각하께 드린 이 청원서를 한 번 살펴보시고 포츠머스 강화 회담에 이 청원서를 제출해 달라는 것 외에는 없습니다."

두 손을 모으고 샌님같이 앉아 있는 윤병구와는 달리 이승만은 상대가 미국 대통령 루스벨트임에도 주눅이 드는 법이 없이 말에 거침이 없었다. 자신의 주견을 당당히 밝히는 이승만의 태도를 보고 루스벨트는 그에게 특별한 호감을 가졌다.

그는 동양인으로서 이같이 영어가 유창한 사람도 드물게 보았다. 체구는 작아도 이승만의 안광은 살아 있었고, 그 기운은 범상치 않았다. 그는 마치 범의 눈을 보는 것 같았다. 자기를 찾아오는 사람들 가운데 이승만처럼 당당한 사람은 손에 꼽을 정도였다.

자신을 찾는 사람들은 주로 청탁을 목적으로 하거나 아쉬운 부탁을 위해 오는 경우가 다반사(茶飯事)인지라 비굴하거나 협잡꾼의 역겨운 냄새를 풍기기 마련이었지만, 이승만에게는 비굴함이라곤 눈을 씻고 찾아보아도 티끌만큼도 없었다. 이런 사람들은 대개가 자신의 일에 대한 확신이 강한 사람들로 사명감과 정의감에 불타는 이들이 많았다.

그는 이승만의 열정적인 태도에서 남북전쟁 당시 전장을 누비던 자신의 모습을 발견하고 동질감을 느꼈다. 이 같은 감정이 루스벨트로 하여금 이승만의 얘기에 귀를 기울이게 했다.

이승만이 주장한 발언의 요지는, 미국과 한국이 조미 우호통상조약을 맺었고, 한국이 일본 때문에 위기에 빠져 있으니, 통상조약에 따라 미국이 한국을 지원하는 거중 조정에 나서 달라는 것이었다.

이미 닷새 전에 가쓰라-테프트 간의 조약을 승인한 터라 루스벨트는 이승만의 말이 당혹스럽기만 했다. 그렇다고 면전에서 그의 요청을 매몰차게 거절하는 것도 내키지 않았다. 그는 이승만이란 젊은이가 몹시 마음에 들었다.

그는 이승만에게 실망을 주고 싶지는 않았다. 하지만 처한 입장이 달라 그로서는 어쩔 도리가 없었다. 그는 미국의 이익을 대변하고 지켜야 하는 미국 대통령이었다. 그는 이승만에게 상처를 주어야 한다는 사실이 꽤나 마음에 걸렸다.

입장이 난처할 때 상대의 마음을 다치게 하지 않고 자신도 면구스러움을 피할 수 있는 가장 좋은 방법은 외교적 수사를 동원한 완곡한 표현이다. 그는 그 같은 표현에 매우 능했다.

"당신의 뜻은 잘 알겠소. 하지만 우리 국무부는 개인적으로 가져오는 공문은 접수하지 않소. 만약 당신이 한국 공관을 통해 정식으로 국무부에 청원서를 접수시킨다면 그 청원서를 포츠머스 강화회담에 제출해 줄 용의는 있소. 그러니 먼저 한국 공관을 통한 절차를 밟아 주시오."

이승만과 윤병구는 루스벨트의 뜻밖의 발언에 감격해 눈시울을 붉혔다. 그들은 루스벨트에게 허리를 굽혀 정중히 인사를 하고는 그의 별장을 나서면서 초원을 바람같이 내달렸다.

순식간에 그들은 호텔 앞에 당도했다. 둘은 호텔 앞에서 와락 끌어안으며 토끼처럼 깡충깡충 뛰었다. 기쁨의 탄성을 내지르는 이들을 보고 기자들이 몰려왔고, 그들이 기자들을 향해 손가락을 들어 승리의 V자를 그려 보여주었다. 기자들의 플래시가 폭죽처럼 사방에서 터졌다.

"특종이다!"

이승만과 윤병구는 카메라 플래시를 뒤로 한 채 한달음에 방으로 뛰어가 눈 깜짝할 사이에 짐을 꾸렸다. 동전 한 푼 쓰는 것도 아까워 벌벌 떨던 이승만이 이날은 웰일로 프런트 직원의 손에 후한 팁까지 챙겨주었다. 이승만은 이날만큼은 아무 것도 아깝지 않았다.

그들은 코가 바닥에 닿도록 허리 굽혀 인사하는 호텔 직원에게 싱긋 눈웃음을 치고는 쏜살같이 역으로 달려갔다.

"이 형, 참으로 장하오!"

"아니오. 내가 잘한 것은 눈곱만치도 없소. 오로지 루스벨트가 대인배라는 사실이 참으로 고마울 뿐이오."

워싱턴으로 향하고 있는 두 사람의 얼굴에는 개선장군마냥 희색이 만면했다. 두 사람은 눈앞에 와 있는 나라의 독립을 생각하며 서로를 추켜세우고 자신들의 공을 자화자찬하며 콧노래를 부르고 흥얼거렸다. 그들은 이 청원서를 공사 대리 김윤정에게 주어 미 국무부에 제출하기만 하면 모든 일이 끝나는 것이라고 여겨 마음이 벌써 서울에 가 있었다.

10

"뭐라고? 지금 뭐라는 거야?"

"본국의 훈령이 없어 이 청원서를 접수할 수 없소."

이승만과 윤병구는 워싱턴에 도착하는 즉시 한국 공사관을 찾았고, 공관장 김윤정은 그들이 내민 청원서를 절대 접수할 수 없다고 버티면서 일대 소동이 벌어졌다.

이승만은 김윤정의 배신에 노발대발해서 잡아먹을 듯이 김윤정을 노려보며 탁자를 주먹으로 내리쳤다.

"당신 옛날에 나한테 무어라 씨부렁거렸소? 공관장만 시켜주면 목숨 바쳐 나라 구하는 일에 앞장서겠다고 당신 입으로 내게 몇 번이나 맹세했소? 그런데 뭐 이제 와서 안 된다고? 이 자식이 정말! 죽고 싶어 환장을 했나?"

"말 좀 가려서 못 하겠소? 난 엄연히 나라를 대표하는 공관장이오. 황제의 대리인이란 말이오!"

"뭐야? 이 자식 이거, 보자보자 하니까 정말 뻔뻔한 놈이구먼. 싸가지가 없는 이런 새끼는 말로 해서는 안 돼, 본때를 보여줘야지!"

이승만은 그를 향해 육두문자를 숨 쉴 틈도 없이 댓 바가지 퍼 부은 후 성큼성큼 걸어가 김윤정의 책상을 번쩍 들어 바닥에 내동댕이쳤다.

책상의 유리가 깨지고 쌓인 서류가 날리면서 일층 공관이 순식간에 아수라장이 되었다. 삿대질과 고성이 오가며 일층 공관이 발칵 뒤집어졌다.

일요일 아침에 벌어진 이 소동에 3층에서 숨을 죽이고 사태를 관망하던 김윤정의 아내 고순영이 이승만의 비난을 더 이상 듣기 거북했던지 쪼르르 달려와서 파르르 성을 내며 눈을 치켜세우고 이승만에게 따지고 들었다. 부부는 일심동체였다.

"정말 너무 하시네요. 우리 이 이가 하고 싶지 않아서 안 된다고 하는 건가요? 나라에서 하라는 말씀이 없어 못하고 있다는 건 이 선생님이 더 잘 아시잖아요? 대체 우리 보고 어떻게 하라는 거예요? 우리는 지금 월급도 받지 못해 쌀도 구하지 못하고 있어요! 이 마당에 우리가 무얼 어떻게 해야 하나요?"

김윤정뿐 아니라 그의 아내 고순영도 이 소동이 벌어지기 전까지는 남들 눈에는 이승만과 이들이 한 가족으로 비칠 만큼 아주 친했고, 이승만은 고순영을 평소 제수라 불렀다. 이승만은 고순영의 당돌한 태도에 당황해 순간 멈칫했다.

'아무리 가재는 게 편이라 해도 안팎으로 해도 너무하는구먼!'

그는 제수라 불렀던 고순영을 향해서도 욕지거리가 나올 것 같았지만, 목구멍까지 차 오른 욕을 입술을 깨물고 참았다.

"제수씨, 무슨 말을 그렇게 서운하게 하시오? 선과 후가 다르지 않소? 지금 공관이 정부로부터 훈령을 못 받는 것은 일본 놈들이 감시를 하고 있기 때문 아니요? 나라를 생각하는 손바닥크기 만한 충성된 마음만 있어도 이 일을 어떻게 처리해야 할지 답은 뻔히 나와 있소. 그런데 황제의 대리인으로 일을 하고 있는 공관장이라는 사람이 어찌 이럴 수 있단 말이요? 당신 남편이 하는 이 파렴치한 짓을 대체 내가 어찌 이해할 수 있단 말이오. 제수씨는 지금 나라를 배신한 남편의 행동을 두둔하는 것이오? 아이들에게 부끄럽지도 않소? 아이들 앞에 어떻게 낯을 들고 살 수 있겠소?"

이승만이 김윤정의 자녀를 끌어들여 이들의 행위를 비난했고, 이승만에 대한 마음을 이미 접은 고순영은 살쾡이같이 이승만의 얼굴을 할퀴려고 달려들었다.

곧이어 공관을 지키던 덩치가 산만한 흑인 경비원이 득달같이 달려와 이승만과 윤병구의 팔을 뒤로 꺾고는 굴비 엮듯 묶어 그들을 짐짝같이 질질 끌고 나갔다. 흑인 경비원의 완력에 밀려 무력하게 쫓겨난 이승만은 굳게 닫힌 공관 정문을 부서져라 두드리며 소리쳤다.

"이놈들아, 문 열어라, 문 열어! 고려야! 네 아버지가 나라를 팔아먹었다. 나라만 팔아먹은 게 아니다. 우리 민족의 자유 그리고 너희들의 자유까지 팔아먹었다. 그래서 너희들은 이젠 노예로 살아야 한다. 네 아버지는 미친놈이다."

이승만의 애끓는 절규에도 굳게 잠긴 문은 다시는 열리지 않았고, 30분쯤 지나자 기마 경찰관 세 명이 공관을 향해 달려오고 있었다. 김윤정이 공관 무단침입으로 이승만을 고발해 경찰을 부른 것이다.

소나기는 일단 피하고 보는 것이 상책이다. 경찰에 끌려가봐야 좋을 게 없다. 미국은 법치국가이고, 법위반의 동기는 그다지 중요하지 않다.

윤병구는 거머리같이 붙어 문고리를 잡고 늘어져 있는 이승만을 잡아끌었다. 이승만도 어쩔 수없이 경찰이 오는 걸 보고 발길을 돌렸다. 하지만 독이 올라 그들에게 저주를 퍼붓는 걸 잊지 않았다.

"이 연놈들, 내가 너희들을 결코 용서치 않으리라. 연놈들의 배를 갈라 창자를 찢어 온 산천에 뿌려 나라를 잃은 우리의 울분을 대신할 것이다, 두고 보아라, 연놈들아! 내가 가만있을 줄 아느냐? 공관을 불태워 너희들의 더러운 몸뚱어리를 한 줌 재로 만들고 말 테다, 이 연놈들아!"

이승만이 백방으로 뛰어다니며 죽을힘을 다해 노력했지만, 김윤정의 거부로 청원서를 끝내 미국 국무부에 접수시키지 못해 독립에 대한 민족의 염원이 담긴 청원서는 포츠머스 강화회담에 얼굴도 내밀어보지 못한 채 역사의 뒤안길로 쓸쓸히 사라질 운명에 처했다.

이승만은 국내 신문사에 이 사건의 진상을 알리는 서신을 보내는 것으로 이에 대한 울분을 대신 토로했고, 독립청원서 제출에는 실패했지만 이승만이 밀사 자격으로 미국의 대통령을 만났다는 사실이 알려지면서 그는 일약 영웅으로 떠올라 한국 사람들의 환호와 박수갈채를 한 몸에 받았다.

당시는 을사보호조약 체결로 반일 열기가 극에 달해 조선 팔도에서 의병운동이 격렬하게 벌어지던 때였다. 이승만의 주가가 폭등한 것은 너무나 당연한 결과였다.

쇠락한 왕조가 마침내 주권을 상실하고 일본의 보호국이 되는 비운을 겪게 되었지만, 이승만은 이 사건으로 역사의 전면에 등장할 수 있었다. 역설적으로 이 사건은 그에게 있어 인생의 향방을 바꾸게 된 엄청난 행운을 안겨 주었다.

11

청원서 사건이 이승만에게는 몹시 뼈아픈 기억이었으나, 이 사건은 그에게 여러모로 도움이 되었다. 좌절과 시련을 통해 정치적으로 우뚝 성장했고 세상에 대한 새로운 시각도 갖게 되었다.

첫째는 우리의 적은 일본이나 러시아가 아니라 우리 자신이라는 사실이었다.

둘째는 우리의 노예근성을 뿌리 뽑지 않는 한 제2, 제3의 김윤정은 언제든 나타날 수 있다는 것이었다.

이 때문에 민족의 도덕성을 회복하지 않고서는 민족의 장래를 기약할 수 없다는 것을 절감했다. 기독교 정신으로 우리 민족을 교육하는 일에 이전보다 더 깊은 관심을 갖고 매달리게 된 것도 이 탓이었다.

셋째는 냉엄한 국제질서의 현실이었다. 이승만은 한국을 일본의 제물로 바친 포츠머스 강화회담의 공로로 루스벨트가 미국 최초로 노벨 평화상을 수상하는 걸 지켜보면서, 자신을 기만한 루스벨트의 야비한 이중성과, 진리는 죽고 주먹만 살아남은 세상의 우스꽝스런 부조리에 분노했다. 그러나 국제질서라는 것은 이상이나 도덕적 가치가 아니라 강대국들의 힘의 논리에 따라 결정된다는 것을 인정하지 않을 수 없었다.

이것은 미국의 경우에만 해당되는 것은 아니었다. 유사 이래 인간이 만들어 온 모든 역사가 이 같은 길을 걸어 왔다. 세상에 대해 선을 주장하기 이전에 자신을 지킬 수 있는 최소한의 힘을 갖추는 것이 먼저 필요했다.

지난 겨울에는 7대 독자 태산이 죽고 을사보호조약 체결 와중에 자기 가족들의 생계를 보살펴주던 민영환까지 자결해 그에게는 불행이 끊이지 않았다. 그럼에도 그는 절망에 빠지기보다 새로운 각오와 결의를 다지며 움츠러든 어깨를 폈다. 그만큼 그가 세상을 깊이 알게 되었다는 뜻이다.

그는 자신의 책상 앞에 이 같은 글귀를 붙여 놓고 스스로를 매일 다그쳤다.

"지금부터 내 목표는 한국 사람을 거듭나게 하는 것이다. 그 길은 기독교 교육밖에 없다. 나의 인생 목적은 그 일을 위해 준비하는 것이다"

그는 한 눈 팔지 않고 오로지 자신의 목표만을 향해 매진했다. 우체국에 가고 산책하는 시간을 제외하곤 방에 틀어박혀 공부에만 전념했고, 일요일엔 멋진 크림색 실크옷과 파나마모자를 쓰고 늘 교회에 나갔다.

말이 많지는 않으나 입을 열면 풍부한 유머와 위트로 이승만은 사람들의 마음을 한 순간에 사로잡았다. 그래서 많은 사람들이 그를 특별한 존재로 인식했고, 이들이 그의 고단한 유학생활에 적지 않은 도움을 주었다.

그는 조지워싱턴 대학을 졸업한 후, 하버드 대학원에 진학하여 역사학, 정치학, 경제학을 배웠고, 하버드대학을 졸업한 후에는, 박사과정을 이수하기 위해 여러 대학에 자신의 계획에 대한 의사를 타진하며 진로를 모색했는데, 그 와중에도 그는 독립의 방책을 논의하는 일을 멈추지 않았다.

1908년 여름 윤병구와 합세해 전 세계에 흩어져 있는 한인 조직을 하나의 단체로 결성하기 위해 덴버에서 애국동지 대표회의를 개최하고는 만장일치로 회장에 피선되었다.

이승만은 루스벨트 대통령 면담 과정에 미국의 언론에 이미 노출되어 있었던 터라, 그가 덴버 회의에서 회장으로 선출되자 새삼 다시 주목

을 받았다. 그는 무장투쟁을 주장하는 박용만의 의견에 반대해 자신의
대일 투쟁 방향을 한인들의 기관지인 '공립신보'에 실어 일본 정보당국
이 다시 이승만을 주시하는 계기를 만들기도 했다.

"한국의 희망은 일본의 은혜에 있지 않고 포악함에 있다. 만일 일본
이 공평한 법으로 한국인에게 평등하게 대한다면 어리석은 백성들이 다
시는 나라를 생각하지 않을지 모른다.

그래서 한국에 대한 일본의 은혜는 비상(砒霜)과 같은 것이다. 한국의
복은 일본이 약한 데 있지 않고 강한 데 있다. 일본이 강성해져서 욕심
을 부리면 어느 순간에 세계에서 고립될 것이고, 한국의 친구들은 늘어
날 것이다.

일본은 한국이 의병활동과 같은 어리석은 행동을 하는 걸 매우 원한
다. 이것은 실익도 없고 백성들만 괴롭혀 그들로 하여금 도리어 일본의
보호라도 받아서 편안히 살기를 원하게 할 수도 있다.

일본은 한국인이 조직화하는 걸 두려워하고 편을 가르기를 갈망한다.
이 때문에 일본이 가장 꺼리는 존재는 그들이 손을 댈 수 없는 외국에 나
온 한국 유학생이다.

또 일본은 한국에 기독교가 전파되는 걸 두려워한다. 종교활동을 통
한 인적 유대를 막기가 힘든 탓이다. 기독교는 정치, 도덕, 사회를 개량하
는 밑거름이 될 것이고, 기독교가 전국에 전파되는 한 외국인들은 한국
문제에 대해 결코 눈을 떼거나 침묵할 수 없을 것이다."

이 논설로 이승만은 대일 무력투쟁을 주장하는 박용만과 같은 인물
들에게 겁쟁이라는 거센 비판을 받았으나, 일본 당국은 오히려 한국인들
의 무력투쟁보다 일본의 약점을 파고든 이승만의 독립 방략에 더 긴장했
다.

정신을 오염시키는 바이러스는 절대로 눈에 보이지 않는 법이다. 보이지 않으므로 예방도 어렵다. 눈에 보이는 순간 이미 생명은 위태로워진다. 그래서 일본은 시끄러운 박용만보다 이승만을 더 무섭게 여겼다.

그들은 이승만의 논설이 미칠 파장을 예상하면서 영향을 최소화하기 위해 '공립신보'의 국내 반입을 차단하고 기독교인들에 대한 감시와 감독을 강화하고 나섰다.

하지만 발 없는 말이 천리를 가는 법이다. 하물며 한국인들의 존경을 한 몸에 받고 있는 이승만의 주장이 천 리 아니라 만 리를 간다 한들 하등 이상할 게 없었다.

일본 경찰의 철저한 단속에도 구멍이 뚫려 이미 동경 유학생들과 지식인들 사이에는 이승만의 독립방략이 파다하게 퍼져 인구(人口)에 회자되고 있었다.

이승만은 루스벨트 대통령과의 면담 성공으로 한국인 사이에 신화적인 인물로 떠올랐고, 이 논설을 통해 한국과 일본의 주목을 받으면서 다시금 자신의 영향력과 건재함을 세상에 과시했다.

아들의 죽음과 민영환이라는 강력한 후원자를 잃은 지난날의 불운을 보상받기라도 하듯, 그에게는 연이은 행운이 다시 찾아와 실의에 빠진 이승만의 처진 어깨를 일으켜 세우며 비상의 날개를 달아주었다.

그는 우연히 뉴욕을 여행하던 중에 과거 자신을 도와주던 홀 목사를 만나 프린스턴 대학원에 진학하는 데 도움을 받았고, 그는 그곳에서 훗날 미국 대통령이 되는 스승 윌슨 총장을 만나 그의 각별한 사랑을 받았다.

윌슨은 이승만의 박사 학위논문 지도교수였고, 이승만은 윌슨의 가정에 초청받는 몇 안 되는 사람 가운데 한 사람이었다.

금의환향

1

프린스턴대학에서 정치학 박사 학위를 받고 진로를 두고 고민하던 이승만은 도미 5년 10개월 만에 귀국길에 올랐다.

서울 YMCA에 있던 이상재가 그를 서울 YMCA의 총무로 초빙한 것이다. 감리교단에서는 자신들이 키운 이승만을 한국의 종교지도자로 키우고 싶어 했고, 조선 통감 소네 아라스케(曾禰荒助)는 요주의 인물인 이승만을 국내에 두고 감시하는 게 낫다고 판단해서 교단이 요청한 이승만의 서울 YMCA 근무를 승인해 주었다.

이승만의 귀국은 한국인에게 기독교 정신을 불어넣고자 하는 이승만의 집념, 교단의 필요성, 일본 당국의 상호 이해관계가 맞아떨어진 결과였다.

그가 뉴욕에서 리버풀로 향하는 발틱 호에 오른 때는 한일병합이 공포된 지 닷새가 지난 뒤였다. 그는 대서양을 거쳐 리버풀에 도착했고, 도버 해협을 건너 유럽에 들어간 다음 파리, 베를린, 모스크바를 돌아 대륙횡단열차를 타고 만주를 관통해 힘찬 기적을 울리며 압록강 다리를 건넜다.

열차가 압록강 검문소에 이르러 잠시 정차하자, 일본도를 허리춤에 차고 검정 제복을 입은 일본경찰이 열차에 올라 그를 보고 다가왔다. 일본경찰은 사전에 상부로부터 이승만의 귀국을 연락받고 대기 중이었다. 일본경찰은 눈을 번뜩이며 매우 건조한 어투로 물었다.

"이름은?"

"이승만이오."

"목적지가 어디요?"

"서울이오."

"무슨 일로 가시오?"

"한국 YMCA 총무로 초청받아 가는 길이요."

경찰은 이승만의 답변에 별로 관심이 없는 것 같았다. 그의 눈길은 이승만이 가슴에 안고 있는 가방에 쏠려 있었고, 그가 이승만의 가방을 빼앗듯이 낚아챘다. 그리고 그는 허락도 없이 이승만의 가방을 뒤졌다.

그는 경찰의 무례한 행동을 잠자코 지켜보다가 그에게 국제 YMCA 서울 지부가 보내준 공식초청장을 그 앞에 불쑥 내밀었다.

눈매가 매처럼 부리부리한 이승만이 그를 잡아먹을 듯이 쏘아보고 있었다. 시종 고압적인 태도를 보이던 경찰은 그의 기세에 눌렸던지 안색이 순간 굳어지며 주춤거렸다.

경찰은 얼굴에 솜털이 아직 보송보송한 것이 꽤 앳돼 보였다. 눈대중으로 보아서는 나이가 겨우 스무 살 남짓할 것 같았다.

당황하는 모습이 역력한 것이 임용된 지 얼마 되지 않은 초짜 경찰임이 분명했다. 이승만이 그를 향해 사나운 눈길을 한 번 더 던지자 경찰은 다소 겁을 집어먹은 표정으로 두리번거리다가 이승만에게 뜬금없이 거수경례를 붙이고는 곧바로 되돌아갔다.

이승만은 일본경찰의 무례하고 난폭한 검문에 마음이 상해 입맛이 개운치 않았다. 자신의 앞날이 순탄치 않을 것만 같은 느낌을 지울 수가 없었기 때문이다. 아무튼 일본경찰의 검문을 받고나니 만감이 교차했다.

'상투를 틀고 갓을 쓴 승객들의 모습은 영락없는 한국 사람들인데, 이젠 이 나라가 내 나라가 아니구나!'

이승만은 망국의 현실을 절감하고는 자조적인 한숨을 내쉬었다. 그러다 창가로 고개를 돌렸다. 차창가로 단풍으로 물든 울긋불긋한 조국의 산하가 지나갔고, 아이를 태우고 소달구지를 끄는 노인과 젖이 삐져나온 옷을 입은 아낙이 조심스럽게 물동이를 이고 가는 모습도 보였다. 모두 눈에 익은 정겨운 풍경들이었다.

'서울 남산은 어떤 모습일까? 종로 거리는 지금 누가 누비고 있을까? 종로 설렁탕집은 아직 그대로일까? 서울역에는 누가 나와 있을까? 한국 유일의 미국 박사, 이게 대체 무슨 의미가 있을까? 나라를 잃은 마당에……'

6년 가까운 세월이 흘러 되돌아온 조국이지만, 망국의 한 때문에 그는 도무지 신명이 나지 않았다. 불현듯 그의 머릿속에 한국 대리공사 김윤정의 뻔뻔한 얼굴이 떠올라 화가 치밀었다.

'그놈이 내 일을 방해하지만 않았어도……. 아니야, 그래도 마찬가지였겠지. 하지만 그놈은 내 죽어도 용서하지 않을 것이야. 그런 더러운 매국노들이 어디 그놈뿐일까? 노예근성을 버리게 해야 한다. 주인 의식을 갖게 해야 한다. 그래야만 우리에게 희망이 있다.'

이승만은 꼬리를 무는 상념에 시달리다 평양을 지나면서 슬며시 잠이 들었고, 도착을 알리는 시끄러운 방송 소리에 깨어났다.

"최종 목적지인 경성에 도착했습니다. 승객 여러분 빠뜨린 물건 없이 안녕히 가십시오."

꿈에도 잊지 못한 서울이었다. 긴 겨울잠에 빠져 있던 개구리가 봄기

운에 튀어나오듯, 서울은 동면에 들어갔던 그의 의식을 일깨웠고, 지난
날의 숱한 기억들이 주마등처럼 그의 머리를 스쳤다.

그는 격한 흥분에 가슴이 주체할 수 없을 정도로 벌렁거렸지만 가슴
한 구석에서는 고통스런 아쉬움이 고개를 내밀어 그의 발목을 붙잡았다.
아들 태산과 함께 서울 땅을 같이 밟지 못한 것이 그로서는 뼈아팠다.
잊었다고 생각한 아들이 다시 떠올라 그는 눈시울을 붉혔다. 아들에 대
한 부채의식으로 마음이 몹시 무거웠다.

그는 자신을 죄인이라 여기며 흥분을 가라앉히고 서울역을 천천히
빠져 나왔다. 서울역엔 땅거미가 짙게 깔려 있었다. 마중을 나온 사람들
은 자신이 찾는 가족이 나오는 걸 보고 손을 흔들며 달려가 재회의 기쁨
을 나누었다. 어떤 이들은 말없이 끌어안았고, 어떤 이들은 울음을 터뜨
렸고, 어떤 이들은 유쾌한 웃음을 흘리기도 했다. 서울역은 온갖 감정이
교차하는 감정의 통로였다.

그는 아이를 안고 조용히 흐느끼고 있는 옷차림이 남루한 한 남자를
바라보다가 한숨을 내쉬고는 고개를 돌렸다. 눈이 새까만 아이의 얼굴에
서 태산의 얼굴이 겹쳐 떠올랐기 때문이다. 그는 자꾸만 가슴에서 일어
나는 아들에 대한 속절없는 그리움을 애써 지우며 눈을 두리번거렸다.
누군가 그를 보고 목이 터져라 소리쳤다.

"승만아!"

그의 귀에 아주 익은 친숙한 목소리였다. 하얀 두루마기를 걸친 한
노인이 환하게 웃으며 이승만을 향해 손을 흔들었다. 노인은 그의 아버
지였다.

꼿꼿했던 아버지의 허리는 꼬부랑 굽었고, 머리엔 하얀 눈꽃을 인 듯
백발이 되어 있었다. 그는 딴 사람이 된 아버지의 모습을 보고 울컥했
다. 가슴에 큰 돌덩이를 하나 매단 듯 마음도 더 무거워졌다. 자신은 아

버지로서 아들을 지키지 못했고, 아들로서 아버지를 또한 지키지 못한
것 같아 큰 자책감이 들었다.

"죄송합니다."

"무슨 소리야? 이 사람아, 미국 박사가 되어 돌아왔는데 이런 경사가
어디 있어?"

이경선의 몸은 늙었지만 목소리는 여전히 아들처럼 카랑카랑했고 힘
도 넘쳤다. 그는 주변을 두리번거리다가 아내가 보이지 않는 걸 보고 이
상히 여겨 아버지에게 물었다.

"아버님, 그런데 집 사람은 안 나왔습니까?"

"허!"

오랜만에 아들을 보고 마음이 들떠 있던 이경선의 얼굴이 아들의 물
음에 잔뜩 굳어졌다. 그는 떨떠름한 표정을 거두지 못하고 대답 대신 눈
살만 잔뜩 찌푸렸다.

"무슨 일이 있었습니까?"

"태산이를 죽인 게 그년인데, 내가 어찌 그년이 곱게 보이겠냐?"

며느리를 비난하는 이경선의 얼굴엔 며느리에 대한 증오심이 가득
묻어났다. 이승만은 아버지의 말에 대꾸를 못하고 꿀 먹은 벙어리처럼
입을 닫았다.

아들의 죽음은 대책 없이 아들을 미국으로 보낸 아내의 경솔한 처신
에도 문제가 있었지만, 공적인 일을 핑계로 아들을 제대로 돌보지 못했
던 자신도 아들의 죽음에 대한 책임에서 자유로울 수가 없었던 탓이다.

"죄송합니다. 제 허물이 큽니다."

"네가 무슨 잘못이 있어? 나랏일로 미국에 간 사람이 무슨 정신이 있
어 자식을 돌봐? 그년이 미친년이지. 이 시아비를 얼마나 우습게 여겼으
면 나하고 말 한 마디 상의도 없이 태산이를 덜컥 보내? 난 지금도 그년

얼굴을 보면 치가 떨린다. 내 앞에서 그년 역성들 생각은 눈곱만치도 마라, 알았냐?"

아버지와 아내의 척을 진 갈등으로 오랜만에 찾은 남산골 집에는 음산한 냉기만 감돌았고, 두 사람의 싸움을 견디다 못해 이승만은 귀국한 지 한 달도 못 되어 어쩔 수 없이 서울 YMCA 사무실의 3층 다락방을 얻어 집을 나와야 했다.

2

그를 꽁꽁 묶어두고 있는 집안의 무거운 냉기와는 달리 바깥세상은 그의 귀국을 열렬히 반겼다.

신문은 앞다투어 한국인으로서 미국 박사 1호가 된 이승만의 귀국을 환영하는 기사를 실어 내보냈고, 그가 참석한 YMCA 강연회는 연일 구름떼 같은 군중이 모여들어 강당은 항상 콩나물시루 같았다.

미국 박사 1호 한국인, 미국 대통령을 만나 외교전을 펼친 한국의 영웅, 그는 이미 한국의 신화와 전설이 되어 있어 그의 일거수일투족이 세인들의 주목을 받아 늘 화젯거리가 되었다.

"거참, 재미있어!"

"뭐가?"

"새로 온 이승만 교장선생 말이야!"

"툭하면 '대단하지(원더풀)'를 연발한다며?"

"거침도 없고, 우리하곤 아주 다른 사람 같아!"

"정말 기대가 돼?"

"그래도 좀 엉뚱한 데가 있어."

"뭐가?"

"누구 이승만 교장한테 한국에 오랜만에 온 소감을 물었더니, 대뜸 그랬다는군."

"뭐라고?"

"임금이 없어 좋고, 양반이 없어져 좋고, 상투가 사라져 좋다는 거야!"

"아니, 당연한 소리 아니야?"

"예키, 이 사람아! 무슨 소릴……. 나라가 망했다고 목숨 끊은 사람이 비일비재한 마당에 이 나라가 망한 걸 은근히 즐기고 있는 모습을 보이니 이 얼마나 해괴망측한 일인가, 아니 그런가?"

"아니, 이 사람아, 무슨 말을 그렇게 해? 자네 일본순사들이 늘 이 교장 뒤를 따라붙어 다니는 걸 보고도 그런 소리를 하나?"

인민이 나라의 주인이 되어야 한다는 철저한 공화주의자 이승만의 생각이 근왕사상(勤王思想)에서 채 벗어나지 못한 봉건적인 생각에 젖어 있는 사람들에게는 적지 않은 시비를 불러일으켰으나, 그의 출발은 대체로 순조로웠다.

교회 부흥회 목사와 같은 열정에 가득 찬 그의 강의에 학생들은 환호했다. 선비연하면서 괜히 무게를 잡고 단조로운 음성으로 공자왈 맹자왈 하며 하품을 유발하던 재미없고 지루하기 짝이 없는 고식적인 선생들과 이승만은 확연히 달랐다.

그의 행동은 자유분방했고, 말에는 거침이 없었으며, 때로는 시를 읊듯 감미롭게, 때로는 폭풍이 몰아치듯 뜨겁게 뱉어내는 그의 강의에 청중들은 이승만에게서 시선을 떼지 못했다.

또 그는 서재필이 조직했던 협성회와 같은 학생들의 토론회를 만들어 학생을 지도함과 동시에, 이듬해 초여름 전국 일주에 나서서 40여일에 걸쳐 3,700킬로 이동하는 강행군을 펼치며 교인들을 대상으로 강연을 했다.

이 기간 동안 33번의 집회가 열렸고, 그 참석자도 무려 8천 명에 가까웠다. 그는 강연을 다니며 전국을 순회하는 동안 조선총독부가 한국인이 세운 사립학교를 곳곳에서 탄압하고 학교를 폐쇄시키려 온갖 술책을 다 부리고 있는데 놀라 성난 목소리로 대중들에게 외쳤다.

"배움에는 노예가 없소. 배우고 익혀 눈을 떠야만 우리는 노예 신세를 면할 수 있소. 일본이 원하는 것은 우리를 노예로 만드는 것이오. 여러분들은 자유도 없고 권리도 없는 노예로 살길 바라시오? 우리 자식들도 그런 세상에서 살길 바라시오?

노예의 삶을 원하지 않는다면 우리는 학교를 닫아서는 안 되오. 그 어떤 경우에도 책을 놓아서는 안 되오. 이것이 우리 민족의 새로운 역사를 창조해 줄 것이오."

그는 총독부의 재정 압박으로 학교 폐쇄 위기에 처해 실의에 빠진 교인들에게 옥중에서조차 책을 손에서 놓지 않았던 자신의 공부 경험과 미국에서 강연으로 간신히 돈을 벌어가며 학업을 이어갔던 자신의 옹골찬 이력을 소개하며, 교인들이 원기를 회복할 수 있도록 힘을 북돋아주었다.

"여러분, 불가능은 없습니다. 절망도 없습니다. 주 예수를 믿고 우리 자신을 믿고 이 순간 최선을 다합시다. 주님은 가난한 자에게 복이 있다고 했습니다. 비록 우리가 힘이 없지만 열심히 두드립시다. 그러면 열릴 것입니다. 부지런히 구합시다. 그러면 얻을 것입니다.

주님은 위대한 분입니다. 그분이 우리의 주인입니다. 그러니 우리가 무엇을 걱정하겠습니까? 지금 이 순간부터 주님께서 가르친 대로 그분께서 보기 좋아하는 모습으로 살아갑시다.

그러노라면 왜놈들도 물러갈 것이고, 압제도 사라질 것이고, 자유도 얻게 될 것입니다. 제가 그 산 중인입니다."

그는 자신을 향해 눈물을 흘리는 교인들과 후일을 기약하며 아쉬운 작별을 한 후 전국 일주의 마지막 날 개성에서 전국 기독교학생 대표자들을 모아 하계 수련회를 개최했다.

총독부는 곳곳에서 엄청난 인파를 몰고 다니는 이승만의 위력에 깜짝 놀라 전전긍긍했다. 이승만이 개최한 대다수의 모임은 항상 참석자가 전년에 비해 두 배 이상 많았고, 하늘을 찌르는 열기는 어디에도 비할 바가 없었다.

전국을 들쑤시고 다니며 반일 열기를 부추기고 있는 이승만의 행동이 총독부는 점점 불안했다.

종교 활동을 빙자하여 반일 행동을 서슴지 않는 그의 행보를 두고 보자니 그 때문에 배일감정이 격화되고 있는 한국 분위기가 심상찮고, 그를 잡아들이자니 미국과 갈등을 야기할까봐 그를 잡아들이는 것도 조심스러웠다.

이승만이 국제YMCA 소속으로 되어 있어 그를 함부로 체포했다가는 미국과 적지 않은 외교적 마찰을 피할 수 없을 것이기 때문이다.

이승만을 국내에 가두어 놓고 그의 행동을 통제하고 감시하려고 했던 일본 당국은, 예상과 달리 이승만이 국제YMCA의 배경을 믿고 미친 야생마처럼 날뛰자 그에 대한 고민이 점점 깊어갔다. 이승만이 귀국한 후 서울YMCA는 배일사상을 전파하는 온상으로 변해 갔다.

무력으로 간신히 한일병합을 이루어낸 총독부는 기독교인들의 종교 활동에 위기의식을 느꼈다. 이승만을 비롯한 한국기독교 지도자들의 동정을 살피다가 마침내 총독 데라우치가 이승만과 한국 내 종교지도자들을 정조준한 대대적인 공격에 나섰다.

"나를 암살하려고 했다면 이들을 그냥 내버려둘 수 없지. 배후를 철저히 조사해서 한 놈도 남기지 말고 모조리 검거토록 하라!"

이른바 '105인 사건'*이 터져 온 나라에 종교지도자들에 대한 검거 열풍이 휘몰아쳤다.

3

"정말 내가 꼭 떠나야만 하는 것이오?"

"지금으로서는 그 길밖에 없소."

"대체 내가 왜 떠나야 하오?"

이승만은 자신에게 출국을 권하는 감리교 동북아시아 책임자 해리스 목사에게 언짢은 표정을 지으며 역정을 냈다. 105인 사건과 자신은 아무런 관련이 없고, 105인 사건조차도 조작된 것임을 알고 있기에 그는 자신의 등을 떠미는 해리스의 태도가 곱게 보이지 않았다.

해리스 역시 이승만에게 불만이 많았다. 그는 이승만이 정치적인 일에 관심을 끄고 종교적인 일에만 마음을 쏟길 바랐지만, 이승만은 교단

---

* 안중근의 사촌 안명근이 평안도 일대에서 독립자금을 모금하고 다니던 중에 일본 경찰에 검거되었는데, 총독부는 이것을 빌미로 '테라우치 암살음모 사건'을 조작해서 평소 배일운동에 앞장섰던 종교지도자들에 대한 탄압에 나섰다.

의 기대를 저버리고 배일운동에 앞장섬으로써 교단이 추진하는 선교사업에 막대한 지장을 초래했다.

자신들이 이승만을 후원해서 한국 최초의 미국 박사를 만든 것도 이승만을 한국의 대표적인 종교지도자로 키우기 위한 장기적 포석 가운데하나였다.

그런데 이승만 한 사람 때문에 한국 선교를 위한 교단의 원대한 계획이 틀어지고 있어서 이승만에 대한 교단의 고심이 깊었다.

교단은 총독부와의 충돌을 원치 않았다. 그들은 한국인들의 생각과는 달리 지금 한국은 미개해서 자치능력이 없기 때문에, 메이지 유신으로 문화와 산업이 발달해 세계 일류국가 반열에 올라선 일본이 한국을 통치하는 것은 한국에 도움이 됐으면 됐지 결코 해가 되는 일은 아니라고 생각했다.

해리스 역시 교단과 생각이 다르지 않았다. 금발의 해리스는 자신에게 반발하는 이승만을 노려보며 벌컥 화를 냈다.

"그 이유를 정말 모르겠소? 지금 우리 선교사업이 어떻게 되어가고 있소? 당신 때문에 올해 우리 교단이 세운 모든 사업이 전부 취소될 위기에 처해 있소? 사정이 이러한데도 그 이유를 내게 묻는 것이오?

당신 정신이 있소, 없소? 당신이 한국에 남아 있으면 당신이 구금되는 것은 시간문제이고, 그리되면 우리 사업은 더 큰 어려움에 처해요.

당신이 예뻐서 우리가 당신을 구하려는 게 아니요. 당신이 체포되면 우리 사업이 더 큰 위기에 빠지기 때문에 어쩔 수 없이 당신을 미국으로 빼돌리려 하는 것이오. 오래 걸리지 않을 테니 사태가 진정될 때까지 몇 달만 나가 있도록 하시오."

"정말 몇 달만 나가 있으면 되겠소?"

"내가 당신에게 언제 거짓말 한 적 있소?"

이승만은 교단의 출국 권유가 몹시 못마땅했지만, 검거 열풍이 수그러들 때까지 몇 달만 미국에 나가 있어 달라는 요청에는 달리 할 말이 없어 입을 닫았고, 해리스는 싸늘한 표정으로 협박이나 다름없는 한 마디를 덧붙여 이승만이 절대 딴 마음을 품지 않도록 쐐기를 박았다.

"모름지기 종교인은 정치와 종교를 분리해서 생각해야 하오. 더군다나 한국처럼 정치가 어수선한 상황에서는 더 말할 게 없소. 우리는 하나님의 종이요. 우리의 사명은 하나님의 말씀을 전하고 사람들에게 구원의 길을 알려 주고 그들을 인도하는 데 있지 정치제도를 바꾸는 데 있지 않소. 그러니 이 교장도 이걸 꼭 명심하시오.

아무튼 이번에는 어쩔 수 없어 당신을 구하지만 당신이 태도를 바꾸지 않고 계속 이런 식으로 나오면 교단에서도 당신을 달리 생각할 것이요."

"무슨 말이요?"

"교단에 부담이 된다면 당신을 더 보호할 수 없는 상황이 올 수도 있다는 말이오, 아시겠소?"

이승만은 나라를 잃은 한국인의 입장을 전혀 고려하지 않는 해리스의 자기중심적인 생각이나 그의 고압적인 태도가 몹시 역겨웠지만, 그의 말에 토를 달지는 않았다.

자신이 무슨 말을 해도 해리스의 생각에 티끌만한 변화도 없을 것임을 잘 알기 때문이었다. 해리스는 고집이 셌고, 잘 알려진 친일파 가운데 한 사람이었다. 미국의 교단 역시 일본에 우호적이어서 해리스의 생각은 곧 교단의 생각이나 다름이 없었다.

그래서 그는 아무 실익도 없이 긁어 부스럼 만드는 어리석은 일을 하고 싶지는 않았다.

이승만은 그와 헤어진 뒤 사무실을 나와 남산골 집을 찾았다. 떠나야 한다면 아무래도 아내와의 관계를 이번 기회에 정리하는 것이 좋겠다 싶었다.

5년 7개월 동안 옥살이를 하고 뒤이어 6년 가까운 세월을 다시 미국에서 보내 그와 아내가 떨어져 지낸 시간이 자그마치 11년 세월이었다. 강산이 한 번 바뀐 것이다. 강산만 바뀐 게 아니었다. 아내와 그 사이엔 건널 수 없는 커다란 강도 하나 생겼다. 그는 이미 개화된 진보적 지식인이었다. 서양 문화에 익숙해져 있었다. 그는 전통적인 가치관을 고수하며 인습에 젖어 있는 아내의 모습에 적응이 되지 않았다.

이 때문에 그는 귀국한 후에도 그녀와의 관계가 서먹해 합방을 한 일이 없었다. 아이까지 죽고 아버지와의 사이까지 나빠 자신과 아내를 이어줄 그 어떤 끈도 존재하지 않았다.

서로 말은 않고 있었지만 맞지 않는 옷을 입고 있는 사람들처럼 서로가 불편해하고 있다는 걸 두 사람은 알고 있었다.

이승만은 언제부터인가 아내와의 이혼을 생각했다. 아버지 이경선의 부추김이 있었지만 그 때문만은 결코 아니었다.

그는 자신이 아내에게 느끼는 이질감도 그녀가 자신에게 느끼는 이질감도 노력을 통해 해소될 수 있는 것이 아니라 여겼다. 또 그는 아내가 자신과 살아봐야 어차피 그녀가 행복해질 수도 없다고 생각했다.

그는 기왕이면 그녀를 자신과 이 집안으로부터 해방시켜 새로운 인생의 기회를 그녀에게 열어주고 싶었다. 물론 자신도 자유로워지는 건 분명했다.

이승만은 미국에 다시 가야 하는 마당이라 아내와의 이혼을 더 이상 미룰 수 없다고 판단하고 귀가하는 길로 아내를 조용히 불러 어렵게 입을 뗐다.

"이젠 정리를 합시다."

"흥, 이젠 마음이 떠났나요?"

"빈정거리지 마오. 당신을 위해서도 나쁜 일은 아니오."

"고양이 쥐 생각하는 그 따위 소리는 집어치워요? 미국 가서 공부해 박사가 되더니 내가 우스워졌나요? 이젠 별 고상을 다 떠시는군요? 치사하게 그러지 말고 남자가 좀 솔직해져 봐요. 나한테 여자가 있다, 그 여자와 살고 싶다, 이런 것 말예요. 그래야 내가 당신 이혼 요구를 이해할 수 있는 것 아니에요?

이혼이 나를 위해서라니? 허 참, 자다가 봉창 두드리는 것도 유분수지, 그런 되먹지도 않은 말로 나를 후리려고 그래요? 박사님, 왜 이러세요? 날 바보로 아세요? 내가 까막눈이긴 해도 나도 알 건 다 안답니다. 돌아와서 코빼기도 안 비치더니 10년간 독수공방하며 시아버지 모시고 산 마누라한테 선물한다는 것이 고작 이혼인가요?

정말 웃긴다, 하하, 웃겨! 그래요, 나도 당신이 싫어요. 죽이고 싶을 만큼 싫어요. 살고 싶지 않아요!

하지만 언감생심 이혼은 꿈도 꾸지 말아요. 이혼을 요구한다면 내가 해야지 어떻게 당신이 먼저 요구하죠? 무슨 권리로? 미안하지만 내가 눈을 감을 때까지는 이혼 같은 허튼소리는 말아요. 내가 두 눈으로 똑똑히 당신이 죽는 꼴을 보기 전에는 이혼은 절대 없어요. 승만씨, 아시겠어요?"

그에게 쌓인 한이 많았던지 부인 박씨는 이승만이 이혼 문제를 입에 올리자마자 속사포처럼 한 바가지 독설을 그에게 퍼부은 다음 찬바람을 휙 일으키며 방을 나갔다.

아내에게 평생 얻어먹을 욕을 한꺼번에 다 얻어먹은 이승만은 도리질을 치는 아내를 간신히 설득해, 적지 않은 빚까지 내어 이혼 위자료로 숭례문 밖 도동(桃洞)에 복숭아밭을 마련해 주었다. 복숭아밭은 수확이

제법 톡톡해 아내 혼자 여생을 편히 즐기기에는 부족함이 없는 옥답이었
다.

　그는 6개월 후에 돌아온다는 말을 아버지에게 남기고는 자신의 생일
인 3월 26일 한국 땅을 다시 떠났다.

　하지만 이 여행이 33년 동안 그의 발을 미국 땅에 묶어 둘 운명적인
여행이라는 걸 이승만 본인은 물론이고 어느 누구도 알지 못했다. 이 때
문에 몇 벌의 옷만 준비한 그의 여행 가방은 잠깐 출장을 다녀올 사람의
그것처럼 단출하기만 했고, 그를 배웅나온 서울 YMCA 인사들도 긴 이
별을 예상하지 못한 탓인지 아쉬움보다는 웃는 얼굴로 편안하게 그를 떠
나보냈다.

하와이 대한인국민회 장악

I

이승만은 미네소타주 미네아폴리스에서 열리는 기독교 감리회 제4년 총회에 참석할 한국의 평신도 대표로 뽑혀서 감리교 동북아시아 책임자인 해리스와 함께 서울역을 출발했다.

그들은 기차로 부산까지 이동한 다음, 부산항에서 선편으로 일본에 당도했다. 일본에 잠시 체류하는 동안 여가를 얻어 이승만은 동경 YMCA 회관을 방문하여 한국 유학생들의 열렬한 환영을 받았고, 이들과 합세해서 유서 깊은 가마쿠라에서 춘계 수련회를 개최하여, 해리스가 기겁을 하는 유학생들에 대한 의식화 교육을 다시 실시했다.

당시 동경 YMCA에는 고당 조만식, 고하 송진우, 춘원 이광수, 안재홍, 신익희, 최린 등등 향후 한국을 이끌어갈 기라성 같은 인물들이 즐비했다.

이 때문에 일본 경찰은 동경에서 이승만이 무슨 음모를 꾸미지 않을까 우려하여 긴장의 끈을 늦추지 않고 이승만의 동정을 예의주시하며 그의 발언은 토씨 하나 빠짐없이 모니터링하고 있었다.

일본 경찰은 일본 본토에서조차 이승만이 겁 없이 배일감정을 자극하는 발언을 서슴지 않고 함부로 내뱉는 것을 보고 총독부에 긴급 전문을 쳤다.

"이승만의 행태로 보아 그는 악질적인 선동가가 분명합니다. 그가 태도를 바꾼다면 모르지만, 그가 개과천선하길 바라는 것은 연목구어(緣木求魚)와 같은 일입니다.

그러니 조선사회의 정세 안정을 위해 어떤 경우에도 그의 귀국을 허용해선 안 됩니다."

출국과 동시에 이승만의 재입국에 대비한 은밀한 논의가 총독부 내에서 진행되었고, 그의 동태를 파악한 결과 총독부는 일단 그를 국외로 추방하는 쪽으로 가닥을 잡았다.

만민공동회를 이끌며 5년 7개월 동안 옥고를 치르면서도 사회운동을 멈추지 않은 사람이 이승만이라, 그를 교화시킨다는 건 사실상 불가능했고, 더군다나 이승만의 든든한 배경이 되고 있는 현역 뉴저지 주지사인 윌슨이 미국 대선에까지 출마한 상황이었다.

이 때문에 윌슨의 애제자를 체포한다는 것은 간단한 일이 아니었다. 그를 체포하는 것은 오히려 득보다 실이 훨씬 많은 일이었기에 총독부는 앓던 이를 하나 빼는 셈치고 이승만의 국외 추방을 내부적으로 전격 결정한 것이다.

이승만을 둘러싼 주변의 감시와 압박이 드세어지고 있었지만, 정작 당사자인 그 자신은 아무 것도 인식하지 못한 채 감리교 4차 총회를 마친 다음 미국을 둘러보고 귀국할 태평한 생각만 하고 있었다.

일본에서의 일정을 마치고 요코하마를 출발하여 미국으로 가는 동안 해리스는 이승만의 태도 변화를 요구하며 집요한 공세를 펼쳤고, 이 바람에 해리스와 이승만은 내내 부딪히며 반목했다.

"이 교장, 한국에 대한 일본의 지배는 너무 당연한 것이오. 지금 세상을 보시오. 우리 미국도 필리핀을 지배하고 있잖소? 강대국이 약소국을 지배하는 건 수탈을 위한 것이 아니오. 강대국이 약소국을 잘 지도해서 나라 발전을 이루어 낸다면 누이 좋고 매부 좋은 격 아니겠소?

막말로 한국이 일본의 지배를 받지 않는다고 칩시다. 그러면 한국이 온전하게 보전되겠소? 아마도 러시아가 한국을 그냥 두지 않았을 것이오. 그나마 한국의 문화와 역사를 잘 아는 일본이 한국을 지배해서 한국에도 유익하지만, 나는 개인적으로 태평양의 안전에도 크게 기여했다고 봐요.

이 교장, 고집 피우지 말고 일본의 한국 지배를 받아들이시오. 그게 순리요. 유대민족이 오랜 기간 이집트의 박해를 받은 것도 하나님의 뜻이지만, 모세를 그 땅에 보내 그들을 구원한 것도 하나님의 뜻이요.

이 교장이 어떻게 생각할지 모르지만, 한국이 일본에 병합된 것도 어찌 보면 하나님의 깊은 뜻이 있었기 때문 아니겠소?"

해리스는 아주 사려 깊게 하나님의 속마음까지 내세워 가며 이승만을 설득했는데, 때리는 시어미보다 말리는 시누이가 더 미운 법, 이승만은 궤변도 이런 궤변은 없다 싶어 해리스의 말이 너무 역겨워 구역질이 났다.

생각 같아서는 살이 포동포동한 그의 기름진 얼굴에다 토악질을 한껏 하며 그를 야유하고 싶었다.

이승만은 그가 친일파라는 건 진작 알았지만, 해리스가 일본 일이라면 만사를 제쳐두고 일본 편을 드는 이유가 사실은 젊고 예쁜 일본 애인 때문이라는 건 몰랐다.

아무튼 해리스의 일본 사랑은 유별났고, 이 탓에 그는 명예 도쿄시민 증서까지 받아두고 있었다. 이승만은 그를 하나님의 사랑을 팔아 장사하는 야비한 인간이라 여기면서도 말을 아꼈다.

이유 여하를 막론하고 그의 보호를 받고 있는 마당에 그와 부딪혀 좋을 일은 없기 때문이다. 그는 해리스의 말에 가타부타 말도 없이 치미는 화를 꾹 참으며 수평선을 바라보다가 자신을 쏘아보는 그의 따가운 눈길이 느껴져 지그시 눈을 감았다. 목구멍에선 그에 대한 욕이 뜨겁게 치밀어 올랐다.

'씨팔놈, 개 풀 뜯어먹는 소리 하고 자빠졌네. 차라리 솔직히 나는 일본에 미친 친일파라고 해라!'

해리스도 자신이 너무 지나치게 이승만을 몰아붙였다고 여긴 탓인지 이승만의 침통한 얼굴을 보고는 멋쩍은 표정을 지으며 선실로 슬그머니 꽁무니를 뺐다.

이때 단파방송이 대서양에서 타이타닉호가 침몰했다는 소식을 전해 이승만이 탄 배에도 잠시 소란이 있었다.

이승만은 하루가 멀다 하고 일본 찬양 발언을 앵무새처럼 계속하는 해리스에게 잔뜩 화가 나서 그와 얼굴을 마주하고 싶지 않았다. 빨리 그와 헤어지고 싶은 마음이 간절했지만 5월 1일에 열리는 감리교 대표자 총회 전까지는 도리 없이 그와 함께 지내야 했다. 아무튼 그와 함께 하는 시간이 이승만에게는 늘 가시방석 같이 불편해 그의 안색이 성난 사람처럼 항시 굳어 있었다.

미국에 도착한 후 해리스는 미국 전역을 포함해서 전 세계에서 온 600명이 넘는 교역자와 평신도 대표들 앞에서도 입에 침이 마르도록 일본을 찬양했다.

"일본의 한국 병합은 한국의 재앙이 아니라 한국의 축복이 될 것입니다."

해리스는 일본이 종교지도자들을 탄압하기 위해 조작한 105인 사건을 쏙 빼고 일본이 한국을 지배한 후 발전소가 들어서서 전깃불이 들어

오게 되었고, 도심에는 전차가 다니고 있다는 등의 눈 가리고 아웅 하는 소리만 지껄여댔다.

'저, 인간이!'

흥분한 탓에 이승만의 눈썹이 씰룩거렸다. 이승만은 그와 단 둘이 있을 때는 웬만한 일은 이견이 있어도 참았다. 반론을 펼쳐봐야 의미 없는 피곤한 설전이 될 수밖에 없기 때문이었다.

하지만 이 날은 공개적인 자리인지라 상황이 달랐다. 회의장 안에는 세계 여론을 주도하는 600명의 종교지도자들이 참석했다. 이들이 한국의 사정을 오인하게 내버려 둘 수는 없는 일이었다. 그는 한국의 현실을 알리기 위해 발언권을 신청해 마이크를 잡았다.

"해리스 감독의 얘기는 하나만 알았지 둘은 모르는 말입니다. 비록 한국이 근대화에 늦어 현대문명 발전에는 조금 뒤쳐졌지만 5천년의 찬란한 역사와 우리 고유의 언어를 가진 나라입니다.

숱한 도전과 역경을 이겨내고 지금까지 국체(國體)를 지켜온 이 나라가 잠시 근대화에 늦었다고 해서 어찌 자립과 독립의 능력이 없다고 할 수 있습니까?

잠깐 몸이 아파 누웠다고 해서 환자가 영원히 자리에 눕는 것이 아니듯이, 한국은 지금 작은 혼란을 겪고 있을 뿐입니다. 이 같은 격동기의 혼란은 지금 문명국을 자처하는 구미의 열강들도 모두 겪은 일입니다.

분명히 말하건대, 아시아 평화를 위해 한국은 자주독립국가가 되어야 합니다. 독립국이 된다면 한국은 머지않아 동북아시아의 균형추가 될 것입니다.

일본은 한국의 종교지도자들을 두려워해서 '105인 사건'까지 조작하여 종교탄압에 나선 야만적인 나라입니다. 일본의 모습이 이처럼 잔혹한데 이것이 어찌 하나님을 믿는 우리가 존경해야 할 나라입니까?"

이승만의 발언에 해리스 감독의 얼굴이 붉으락푸르락 했고, 모욕감을 견딜 수 없었던지 종내는 그의 제지로 이승만이 잡은 마이크의 전원이 갑자기 꺼졌다.

"도대체 지금 이게 뭐하는 짓이오?"

"당신이 행동을 함부로 하니까 한국에서의 선교 사업이 자꾸만 어려워지고 있는 거요. 이 총회에도 일본 영사가 와서 당신의 행동을 보고 있을 거요. 어찌 사람이 이처럼 경거망동하는 거요? 당신 인생 그만 살고 싶은 거요?"

해리스의 전언이 아니더라도 '105인 사건'으로 궁지에 몰린 일본 정부가 국제 여론의 동향을 살피려고 일찍이 일본 영사를 이 총회에 참석시켜 분위기의 흐름을 파악하고 있었다.

이승만의 동정은 여지없이 총독부에 보고되었고, 불온사상을 가진 선동가 명단에 오른 이승만의 이름에 붉은 줄이 하나 더 그어졌다. 잠정적인 귀국불허 조치가 내려졌던 그에게 영구 귀국금지 조치가 취해졌다.

일본이 둔 영구 귀국금지라는 초강수가 그를 국제 미아로 만들어 한때 그가 몹시 혼란스러워 했지만, 이것이 그의 인생에는 오히려 새로운 변화의 계기가 되었다.

2

이승만은 진드기같이 달라붙어 자신을 괴롭히던 해리스와 헤어지자 십년 묵은 체증이 내려앉은 것처럼 속이 뻥 뚫렸고, 몸에 날개라도 돋아

난 듯 몸이 하늘을 날 것만 같았다.

그는 해리스와 헤어지자 그에게 눈길도 주지 않고 서둘러 뉴저지주 서거트로 발길을 돌렸다. 서거트에는 주지사의 별장이 있었다.

한국으로 떠나면서 헤어진 뉴저지주 지사이자 스승인 윌슨은 곧 대통령 후보 지명을 앞둔 미국 정계의 거물로 변해 있었다. 이런 연유로 이승만은 한껏 가슴이 부풀었다.

평생 귀인을 한 번 만나는 것도 힘든 일인데, 자신이 가장 존경하는 스승 윌슨이 미국 대통령 후보 지명이 유력하다는데 그로서는 흥분이 되지 않을 재간이 없었다. 그는 이를 천재일우의 기회라 생각했다.

그의 도움을 받을 수만 있다면 한국 독립에 대한 미국 내 여론을 반전시킬 수 있는 계기를 마련할 수 있을 거란 판단 때문이었다.

그는 프린스턴대학 재학 시절 자신과 한때 연애 감정을 나누었던 윌슨의 딸 제시 윌슨에게 아버지와의 면담 일정을 부탁한 후, 윌슨의 지도를 받은 자신의 박사 학위논문 〈미국 영향 하의 중립〉(Neutrality Influenced by the United States)을 들고 급히 그를 찾았다.

논문의 주된 내용은 통상(通商)의 중요성을 역설한 것인데, 국제 통상을 통하면 나라의 국부가 커지는 것은 물론이고, 통상이란 결국 상호이익을 추구하는 것이기 때문에 국제관계에서 적대적인 관계를 해소하는 데도 큰 도움이 된다는 것이 그가 주장한 논문의 요지였다.

그가 파란 천으로 장정이 된 자신의 논문을 윌슨에게 증정하자, 그가 이승만을 보고 싱긋이 웃었다.

"고맙네."

"바쁘신데 시간을 내어 주셔서 감사합니다."

"딴 사람은 몰라도 내가 자네한테는 당연히 시간을 내야지, 안 그런가?"

"......"

월슨은 애제자 이승만이 자신을 찾아온다는 딸의 전언에 반색을 하며 선거운동까지 뒤로 미루고 그를 먼저 만난 것이다.

이승만은 이 사실을 알고 있어서 스승 월슨의 따뜻한 배려에 감격해 말을 잇지 못하고 얼굴만 붉혔다

"얼마만인가?"

"딱 두 해만입니다."

"그래 그렇지, 허허, 그때가 좋았어!"

월슨은 이승만과 함께 학교 교정에서 테니스를 치던 그때를 떠올리며 커다란 입가에 부드러운 미소를 담았다.

"내가 자네를 봤을 때, 자네 첫 인상이 어땠는지 아나?"

"저도 대충은 압니다."

"참 많이 놀랐어. 동양인인데 어찌 인상이 나하고 그리 비슷한지 말이야, 하하!"

월슨과 이승만은 이목구비가 뚜렷한데다 얼굴형이 길고 하관이 빨라 언뜻 보면 형제지간이거나 부자지간 같은 느낌을 주었다.

월슨의 집안은 찢어지게 가난했지만 행상을 한 어머니의 헌신적인 뒷바라지 덕분에 그가 미국 최고의 명문 프린스턴 대학에 진학해 수석졸업의 영광을 안은 기억이 있었다. 이 탓에 가난한 나라 한국에서 온 늦깎이 대학원생 이승만의 처지가 그의 눈에는 예사롭게 보이지 않았다.

비슷한 처지에 있던 이승만에게 인간적인 연민을 느꼈고, 유사한 외모에서 남다른 동질감을 가졌는데, 사회와 역사에 대한 이승만의 예리한 직관력과 탁월한 통찰력에 감탄해 그는 이승만에게 푹 빠졌다.

그래서 월슨은 동북아시아의 한 귀퉁이 대륙의 끝자락에 아슬아슬하게 붙어 있는 이름 없는 나라 한국에서 온 이승만을 자신의 분신인 양

아끼며 그에게 아버지나 다름없는 부정을 듬뿍 쏟았던 것이다. 이승만에 대한 윌슨의 사랑이 유별나 사람들은 그가 윌슨의 사위가 되는 것은 아닌가 생각하기도 했다. 그의 딸 제시 윌슨과 한때 염문까지 뿌렸으니 그같은 세간의 말들이 전혀 근거가 없는 것은 아니었다.

이승만을 바라보는 윌슨의 눈에는 그에 대한 애정이 잔뜩 묻어났다.

"고생 많았지?"

"젊은 제가 고생이랄 게 있겠습니까마는, 선거 유세하시느라 총장님께서 힘드실 것 같습니다."

"그래, 내 나이가 있어 좀 버거울 때도 있어. 하지만 자네와 테니스 치면서 몸을 다져서 그런지 아직은 쌩쌩해. 어때, 나하고 팔씨름 한번 해보겠나?"

윌슨이 갑자기 옷소매를 걷어붙이고는 이승만에게 달려들어 차를 내오던 재혼한 그의 젊은 부인이 하얀 이를 드러내고 까르르 웃었다. 이승만은 계면쩍은 표정을 지으며 손사래를 쳤고 자신의 본심을 그제야 스승 앞에 털어놓았다.

"총장님, 부탁이 하나 있습니다."

"말해 보게."

윌슨은 이승만을 자식같이 여겨서인지 그를 대하는 태도가 전혀 거리낌이 없었다. 이승만이 가방을 뒤적이더니 문서 한 장을 꺼내 탁자 위에 내놓았다.

윌슨은 '한국 독립 지지 성명서'란 제목이 붙은 문서를 들여다보더니 약간 상기된 얼굴을 하고 앞자리에 조심스럽게 앉아 있는 이승만에게 눈길을 돌렸다.

"이게 무언가?"

이승만은 윌슨과의 특별한 교분에도 불구하고 다소 긴장이 되었던지,

마른 침을 삼키고는 나지막하지만 또렷하게 자신의 뜻을 밝혔다.

"저는 미국의 명사들을 찾아 한국의 독립을 지지하는 서명을 받으려고 합니다. 총장님께서 사인을 해주시면 제게 큰 도움이 될 것 같습니다."

윌슨은 이승만의 말을 듣고 한동안 말이 없었다. 눈을 지그시 감고 무언가를 골똘히 생각하는 윌슨의 얼굴엔 고민스런 표정이 역력했다. 그가 가벼운 한숨을 내쉬고는 무겁게 입을 열었다.

"내가 자네 생각은 잘 알겠네. 나도 같은 마음일세. 하지만 나보다 더 중요한 건 미국의 여론이네. 자네도 미국은 여론국가라는 걸 알지 않나? 먼저 미국 사람들의 마음을 사게!

지금 내가 대선을 앞두고 있어 이런 예민한 문제에 사인하는 건 여러 복잡한 논란을 부를 수 있어. 때가 되면 내가 자네를 돕겠네. 나도 한국뿐 아니라 비슷한 처지에 놓인 약소국을 위한 내 나름의 복안이 있어. 지금 당장 밝힐 수 없어 유감이지만, 난 언제나 자네 편일세. 내가 이 자리에서 서명을 하지 않았다고 자네 뜻을 거부하는 건 아니네. 그러니 너무 서운하게 생각하지는 말게!"

윌슨의 답변은 대선 후보로서 자신의 솔직한 심정을 밝힌 것이었다. 미국 내의 여론은 동맹국인 일본에 매우 우호적이었으므로 반일과 배일의 뜻을 공공연히 드러내는 것은 정치인으로서 적지 않은 부담이었고, 대선을 앞둔 후보로서는 그 내용의 진정성 여부를 떠나 여론의 시비에 휘말리는 행동을 하는 것은 바람직하지 않았다.

그에겐 무엇보다 표가 중요했고, 이승만과의 우정보다 현실적인 정치적 이익이 그에겐 더 절실했다.

이승만은 윌슨이 대선을 앞두고 있고 미국과 일본의 관계가 밀접해 스승에게 자신의 뜻을 관철시키는 게 간단하지는 않을 것이라 여겼지만, 생각보다 윌슨의 서명 거부 의사가 너무 쉽게 나와 맥이 빠졌다.

그는 스승 윌슨의 반응이 실망스럽긴 해도 자신과 한국의 처지에 대해 그가 온정적인 태도를 보인 것은 그나마 다행이라고 생각했다.

그는 첫술에 배부르랴, 하고 생각하며 스스로 위로하고는 후일을 기약하며 스승의 대선 승리를 빌었다.

3

이승만은 서거트를 떠난 후 동부지방을 돌아다니며 여러 지인들을 만났고, 윌슨의 가족 못지않게 그 역시 스승 윌슨의 대선 승리를 간절히 바랬다. 그래서 틈나는 대로 윌슨의 별장을 방문하여 그의 가족과 같이 지내면서 윌슨이 민주당의 대선 후보로 지명받는 영광스런 자리도 함께했다. 윌슨은 이승만의 한국독립 지지 서명 요구에 날인을 거부한 것이 마음에 걸렸던지 이전보다 더 살갑게 이승만을 대했다.

미국에 온 이후 이승만에게 있어 당면 과제는 뜻밖에도 자신의 진로 문제로 떠올랐다. 막상 귀국하려고 했으나 여러 곳에서 난관에 부딪혔다.

감리교단에서는 이승만에게 일본의 통치를 받아들이라는 회유를 계속했고, 그렇지 않으면 한국에서의 활동이 어렵다는 언질을 수시로 보내 그를 곤혹스럽게 했다.

한국의 독립을 줄곧 주장해 왔고, 백성이 주인이 되는 공화정부를 한국에 세우기 위해 싸워온 그로서는 교단의 요구를 받아들일 수는 없었다. 교단의 보호를 받지 못한다면 어차피 귀국도 어렵고, 설사 귀국을 한다고 해도 감옥으로 직행할 것이 불을 보듯 뻔했다.

그는 일단 미국에 남을 작정을 하고는 사정을 보아 귀국은 추후로 미루기로 하고, 홀로 두고 온 아버지가 걱정이 되어 이상재에게 전보를 쳐서 아버지의 생활을 부탁했다.

이승만은 출국 때와는 달리 모든 상황이 하루아침에 갑자기 바뀌었다. 그는 돌아갈 수도 없고, 일본 국적을 거부하는 바람에 무국적자 신세로 전락해서 그 어떤 정부로부터도 일절 보호를 받을 수가 없었다.

이 때문에 그는 미국에서 당장 무엇을 해야 할지 머리에 떠오르지 않아 막막하기만 했다.

일부 동포들은 일본 국적을 취득하는 대신 미국 국적을 선택해 삶을 이어나갔지만, 이승만은 이 또한 단호히 거부했다. 이미 세계지도에서 사라진 조국이 그에게는 여전히 살아 있었고, 그는 변함없는 한국인으로 살기를 갈망했다.

얼마의 시간이 걸릴지는 몰라도 조국이 언젠가는 되살아나 자신을 따뜻하게 품어 주리라 그는 믿었다. 노예로 살던 유대민족이 모세를 통해 부활해 새로운 국가를 만들었듯이, 그 역시 자신의 사명은 한국인을 노예 상태에서 해방시켜 자유로운 인민의 나라를 건설하는 것이라고 생각했다.

이 때문에 동부의 여러 대학에서 프린스턴 박사학위를 가진 그에게 교수 제의가 있었지만, 그는 그것도 탐탁지 않게 여겼다. 일신의 안일을 위해서라면 유명 대학의 교수직 제의를 마다할 일은 아니지만, 그의 가슴을 가득 채우고 있는 것은 오로지 한국의 독립문제였다.

그는 고민을 거듭하다가 네브라스카 주의 헤이스팅스에서 독립운동을 하고 있는 박용만을 떠올리고는 그를 찾아갔다.

박용만은 정원을 손질하고 있다가 누군가 자신의 어깨를 툭 치는 걸 느끼고는 등을 돌렸다.

"이게 누구요? 형님 아니시오!"

박용만은 이승만을 보자 그를 턱석 끌어안았다.

"형님, 정말 오랜만이오. 비록 보진 못해도 형님 소식은 내 이웃에 사는 것처럼 조석으로 항시 듣고 있소."

이승만은 진작 스타가 되어 있었고, 그의 동정은 동포사회에서도 늘 모든 이들의 관심사였다. 신문이나 한인 모임에 나가면 이승만에 대한 소식을 어렵지 않게 들을 수 있었다.

게다가 정보에 밝은 박용만인지라, 그는 이승만의 활동을 자기 손금 보듯 훤히 꿰뚫고 있었다. 그가 '105인 사건'의 검거 열풍을 피해 미국으로 피신해온 것도 알고 있었다.

이승만의 스승인 윌슨이 민주당 대통령 후부로 지명이 된 뒤로는 기대감 탓에 이승만에 대한 동포사회의 관심은 그 열기가 예사롭지 않았다.

박용만이 눈을 반짝이며 다정하게 미소지었다.

"참, 윌슨 총장은 만나고 오셨소?"

"그럼, 얼마 전에 만나 뵈었지."

"이번 대선은 어떻게 보세요?"

"글쎄, 선거란 게 원래 뚜껑을 열어보기 전에는 하나님도 알 수 없는 것 아냐? 허허!"

"난 그 양반이 됐으면 정말 좋겠소."

박용만의 말이 무슨 뜻인지 굳이 풀어서 설명하지 않아도 서로는 통했고, 이승만은 그에게 맞장구를 쳐주는 대신 웃음으로 답했다.

"그런데 형님, 소문에 한국으로 돌아가기가 힘들어졌다고들 하던데,

앞으로 어떻게 하실 거요?"

"소문도 빠르군, 허허. 참 나 원······. 자네는 내 뒤꽁무니만 쫓고 있나?"

"형님, 내가 좀 무식해 보여도 내가 안테나 아니오, 안테나. 이 박용만이한테 안 걸리는 사람이 없소. 하하!"

박용만은 자신의 정보력을 은근히 과시하고는 차를 조용히 음미하고 있는 이승만에게 지나는 말로 은근슬쩍 의중을 물었다.

"형님, 나는 형님이 만든 대한인국민회를 자치정부로 만들고 싶소. 하와이에 우리 한인들이 많이 살아요. 그곳에 가서 자치정부도 만들고 군인도 양성하고 싶은데, 형님 생각은 어떠시오?"

박용만은 자신의 야망과 꿈을 이루기 위해 명망가의 반열에 올라선 이승만의 도움이 절실했다. 미국 동포사회에서 이름이 난 인사들은 안창호를 비롯하여 몇몇 있었으나 그 위상은 이승만에게 비할 바가 못 되었다. 박용만의 눈에 이승만은 하늘이었고 다른 지도자들은 그의 무릎께에도 미치지 못하는 잔챙이들에 불과했다.

이승만은 구한말에는 만민공동회를 이끈 투사였고, 한국의 밀사로 독립 문제를 상의하기 위해 루스벨트 대통령을 만난 유일한 한국인이었고, 프린스턴대학을 나온 한국 최초의 미국 박사였으며, 미국 대통령 당선이 유력시 되는 윌슨과 절친하다는 그의 이력은 박용만의 생각처럼 누구도 흉내낼 수 없고, 다른 누구도 갖고 있지 않은 그만의 독보적인 자산인 것은 분명했다.

이 때문에 박용만은 이승만의 이력이 몹시 탐이 났다. 동포사회의 단결을 통해 대일 무력투쟁을 벌이고자 꿈꾸던 그로서는 미국의 정계·학계·언론계에 구축된 이승만의 탄탄한 인맥과 한국에서는 물론이고 전 세계 동포사회에 각인된 그의 신화적인 명망을 탐내지 않을 재간이 없었다.

신화란 아무나 만들 수 있는 게 아니다. 천(天)·지(地)·인(人)의 조화 가 맞아야 하고, 놀라운 사건의 전격성과, 아무도 상상할 수 없는 신비로 움이 있어야 비로소 탄생하는 것이 신화다. 당시의 한국인 가운데 그 같 은 요소를 모두 갖춘 인물은 이승만이 유일했다.

그는 이승만이 자신의 계획에 적극 협조만 해준다면 자신의 사업이 탄탄대로를 걸을 것이라 믿어 의심치 않아 이승만에게 몸이 후끈 달아 있었다. 이승만의 눈치를 가만히 살피던 그가 마침내 자신의 본심을 드 러냈다.

"형님, 부탁이오. 같이 갑시다. 제 일을 좀 도와주시오. 나라의 독립 을 위한 길 아닙니까?"

"나라의 독립을 위해 하는 일이야 당연히 도와야 하겠지만, 난 자네처 럼 무력투쟁에는 관심이 없네. 나라의 독립을 위한 운동을 한다면 난 외 교적으로 하고 싶네. 인민들의 피를 흘리지 않고서도 독립운동을 할 수 있는 방법이 있다면 이것이 제일 상책이네. 그 유일한 방안은 외교를 통 해 우리에게 우호적인 여론을 형성하는 것이라 생각하네."

이승만은 박용만의 생각이 탐탁지 않은지 마뜩찮은 표정을 감추지 못했다. 박용만은 이승만의 부정적인 반응에 잠깐 멈칫했다가 의자를 당 겨 바싹 다가앉아 그의 턱밑에 고개를 들이밀었다.

"그래요, 좋습니다. 제가 형님을 도와드리면 되지 않겠소? 형님도 저 좀 도와주시오."

"서로 길이 다른데 어떻게?"

"저는 제 갈 길을 가겠지만, 형님이 하고 싶은 일이라면 저는 무엇이 든 돕겠소. 나라 독립을 위한 방책이 어디 하나뿐이겠소? 형님은 외교를 맡고 저는 군사를 맡으면 이 얼마나 든든한 일이요. 형님 말마따나 여론 형성을 위한 외교도 필요하지만, 때로는 무력의 뒷받침이 필요할 때도

있을 거요. 그때를 대비해서 같이 일을 하자는 것이니 무엇이 그리 어렵
겠소? 같이 갑시다.”

박용만의 집요한 설득이 얼마간 주효했던지 이승만은 처음과는 달리
그리 싫은 기색을 내비치지는 않았다.

“……”

이승만은 코를 만지작거리며 곰곰 무언가를 생각하더니 그를 응시하
며 천천히 입을 열었다.

“그럼 하나만 부탁하세. 나는 교육과 출판문화 사업을 하고 싶네. 도
와줄 수 있겠나?”

박용만은 그의 제안에 잠시의 머뭇거림도 없이 마치 기다렸다는 듯
만면 가득 미소를 지으며 이승만의 뜻을 흔쾌히 받아들였다.

“형님 여부가 있겠습니까? 아우인 제가 당연히 도와야지요, 하하!”

그는 이승만이 자신을 따라 하와이로 가 준다는 사실만으로도 천군
만마를 얻은 듯 힘이 넘쳐, 태산이라도 번쩍 들어 땅바닥에 내다 꽂을 수
있을 것만 같았다.

하지만 하늘을 날 것 같았던 박용만의 환희는 그리 오래 가지 못했
다. 하와이는 두 사람의 맹주를 원하지 않았고, 동상이몽의 두 사람 역시
자신들의 꿈을 위해 하와이의 맹주 자리를 포기하지 않았기 때문이다.

4

이승만은 그해 연말 미국 대통령에 당선된 스승 윌슨을 찾아가서 축

하 인사를 하고는, 이듬해 정월에 박용만의 초청을 받아 하와이로 떠났
다.

1913년 2월 초 호놀룰루 항구엔 수백 명의 한인들이 잔뜩 긴장된 표
정으로 태극기를 들고 누군가를 기다리고 있었다.

샌프란시스코에서 출발한 배가 항구에 들어오고 곧 이어 하얀 중절
모에 흰색 정장을 입은 신사가 배에서 내려오자 한인들이 술렁거리더니
일제히 팔을 높이 뻗어 태극기를 힘차게 흔들었다. 배에서 내린 사람은
다름 아닌 이승만이었다.

박용만이 이승만의 활용도를 높이기 위해 작년 말부터 하와이 지역
신문과 하와이 대한인국민회 지부를 통해 이승만을 한국에서 가장 위대
한 인물로 소개하는 선전홍보를 강화해 온 덕분에, 모두 직장에 출근해
야 할 평일임에도 불구하고 수백 명의 한인들이 항구에 모여 이승만의
하와이 입성을 열렬히 환영한 것이다.

이승만은 동포들의 뜨거운 환영 열기에 감격해 눈시울을 붉혔는데,
박용만이 느닷없이 그의 손을 끄는 바람에 마중 나온 동포들에게 제대로
인사도 못하고 박용만을 따라 항구 인근의 작은 호텔 로비로 발길을 돌
렸다.

박용만의 걸음걸이는 흡사 무엇엔가 쫓기는 사람 같았다. 이승만은
그의 행동이 뜬금없어 역정을 냈다.

"이 사람아, 무슨 일이야? 왜 그리 급해?"

"들어가서 얘기 드리겠소."

이승만의 걸음을 재촉하는 박용만의 얼굴 표정이 어딘지 모르게 몹
시 어두워 보였다. 이 탓에 이승만은 왠지 기분이 꺼림칙해서 그에게 더
이상 물어볼 엄두가 나지 않았다.

사람들의 눈길을 피해 호텔 로비에 들어선 박용만이 침통한 표정을

감추지 못하고 양복 안주머니에서 종이를 한 장 꺼내어 그에게 건넨 후
훌쩍거리며 손수건으로 눈물을 훔쳤다.

"대체 이건 뭔가?"

"형님 부친께서 돌아가셨답니다."

"뭐?"

박용만의 말에 이승만은 외마디 비명을 지르고는 얼이 빠져 한동안
멍하니 서 있었다. 이를 악문 그의 눈에서 소리 없이 눈물이 주르르 흘렀
다. 그는 떨리는 손으로 종이를 펼쳤다. 이승만 대신 그의 아버지를 돌보
아 주던 이상재가 그가 하와이로 떠난 걸 알고 박용만 앞으로 보낸 편지
였다.

"이 박사, 미안하네. 내가 미력해서 아버지의 임종도 지켜드리지 못
했네. 춘부장께서는 작년 12월에 운명하셨네.

자네가 떠나고 자네 부인과 불화가 있었던지 춘부장께서 집을 나와
날 찾아오셨어. 교회에 빈 방이 하나 있어 내드렸지. 거기서 서당을 열어
아이들을 가르쳤는데, 내가 시간이 없어 자주 찾아뵙지를 못한 게 한이
되네. 정말 미안하네. 춘부장의 시신은 자네 고향 평산으로 모셨어. 할
말이 없네. 슬픔이야 말할 수 없겠지만 자네 어깨에 걸린 짐이 무거우니
모쪼록 마음을 잘 추스르시게. 생전에 자네를 만날 수 있다면 그때 엎드
려 용서를 빌겠네!"

이승만은 아버지의 육신을 대하듯 편지를 끌어안고는 그 자리에 주저
앉았다. 건강이 좋지 않아 오래 살지는 못할 거라 생각했지만, 그는 이토
록 빨리 아버지와 이별할 것이라곤 상상을 못했다. 온갖 회한이 그에게
거세게 밀려들었다.

명당과 풍수에 빠져 가산을 탕진한 아버지를 원망했던 것, 자신의 옥
바라지로 아버지를 괴롭혔던 것, 아버지를 홀로 두고 훌쩍 유학을 떠났

던 것, 7대 독자를 잃어 아버지의 마음을 아프게 했던 것, 아내와 사이가 좋지 않은 아버지를 남겨 두고 대책 없이 피신에 오른 일 등등 그는 자신이 아버지에게 안겨 준 마음의 상처를 생각만 해도 가슴이 찢어지게 아팠는데, 가세가 기울어 집안이 빈한하고 곁을 지키는 자손이 없던 탓에 시신을 상여에 싣지도 못하고 짐꾼의 지게에 얹혀 짐짝같이 평산 땅으로 운구되었다는 사실을 알고는 끝내 죄책감에 오열했고, 박용만도 흐느끼는 이승만의 어깨를 부여잡고 그와 함께 슬픔을 나누었다.

5

이승만은 아들과 아버지를 황망하게 떠나보내고 잠시 깊은 상실감에 빠졌지만, 이를 하나님의 뜻으로 돌리고 자신이 하와이에서 해야 할 일을 찾아 나섰다.

그는 하와이 동포들이 몹시 궁금해 하는 한국에서 일어난 '105인 사건'의 전말에 대해 자세히 알린 후, 조국 독립을 위해 가장 필요한 것은 한국인이 기독인이 되는 것이라는 자신의 신념을 재차 강조하며 동포들의 가슴에 자신의 뜻을 각인시켰다.

그는 한국을 기독교 국가로 만들기 위한 전진 기지로 하와이가 적임지라 판단하고 하와이 동포사회 저변에 기독교 신앙을 확산시키려고 고군분투했다.

5월 14일부터 7월 말까지 두 달 보름에 걸쳐 그는 동포들의 실상을 파악할 요량으로 하와이, 마우이, 카우아이, 몰로카이, 라나이, 카홀라웨,

니이하우 그리고 주도 호놀룰루가 소재한 오아후 등 하와이 군도의 8개 섬을 돌아보았다.

한때 사탕수수 농장 노동자로 유입된 이민 동포의 수가 7,226명에 달했던 적도 있으나, 1913년 무렵엔 그 수가 4,533명으로 줄었고, 다수의 한인들이 하와이 생활에 적응하면서 자작농이나 행상·잡화상·채소상·재봉·가구·서점·여관·이발소·영업 등 일자리를 늘려나가 사탕수수밭 농장 노동자로 일하는 사람은 1,403명에 그치고 있었다.

당시 한인들은 하와이 감리교 감리사인 와드먼이 한인 기숙학교 운영자금으로 일본 영사로부터 750달러를 기부 받은 것에 분노해, 한인들이 와드먼의 경솔한 처사에 대한 민족적 저항에 나서 감리교를 탈퇴하고 와드먼이 운영하는 한인학교에서 학생들까지 자퇴시키는 등 동포사회가 한참 시끄러웠다.

민족 지도자로 우뚝 선 이승만이 각 섬을 방문한 결과, 한인 사회와 감리교단 사이에 오해가 많이 풀려 교회 신자수가 다시 정상을 되찾았다.

이승만의 놀라운 위력을 체감한 감리사 와드먼은 자신에 대한 한인들의 반발에 큰 부담을 갖고 있던 터라 서둘러 한인기숙학교 교장 자리를 그에게 제의했다.

평소 교육사업에 큰 뜻을 두고 있었기 때문에 이승만은 학교운영의 전권을 자신이 갖는다는 감리교단과의 약속 하에 한인기숙학교 교장에 취임했다.

그는 교장 취임 직후 학교 이름을 한인 중앙학교로 개칭하고, 각 섬을 돌면서 두 눈으로 생생하게 목격한 여자아이들의 실상을 기억하고는 이들을 위해 서둘러 학교를 남녀공학으로 만들어 여자아이들을 입학시 컸다.

한성감옥서에서 만났던 길녀처럼 한국 여자들의 생활은 꼴이 말이 아니었다. 이들은 하와이에서도 사람 취급을 받지 못했다. 여자아이들은 집안에서 남자들의 시중을 들고 늘 허드렛일이나 하는 하찮은 존재였고, 부모의 강요로 어린나이에 돈에 팔려 나이 많은 중국인이나 하와이 현지인에게 시집가서 성을 착취당하거나, 부모를 대신해 헐값에 노동력을 착취당하고 있었고, 학교에 다니고 있던 여자아이들은 무지한 부모의 왜곡된 욕심에 의해 강제로 학교를 그만두는 경우가 태반이었다.

이승만이 교장으로 취임한 후 그에 대한 한인들의 믿음에 힘입어 한인 학생수가 급증해서, 그는 교육사업의 큰 성장에 자신감을 갖고 자신이 본래 구상한 교육출판문화 사업에 박차를 가했다.

그해 늦가을 어느 날, 한인들이 눈을 동그랗게 뜨고 아침 댓바람부터 삼삼오오 모여 수군거렸다.

"야, 이게 뭐야? 이 박사 사진 아닌가?"

"그러게!"

"뭐라고 적혔어?"

"이 박사를 우리 민족의 위대한 지도자라는구만."

"그래? 야, 정말 대단해, 우리 이 박사는. 코쟁이들까지 이 박사를 이리 높이 평가하니 말이야!"

"나는 절로 어깨가 으쓱거려지네. 이젠 왜놈들도 코쟁이들도 우리를 무시하지는 못할 거야, 안 그런가?"

"아, 그렇다마다, 말하면 잔소리지. 이 박사가 요번 겨울에 윌슨 대통령 딸네미 결혼식에도 초청을 받았다 하지 않아!"

"그게, 정말인가?"

"자네, 신문에 기사 난 것 보지도 못했나?"

"헤헤, 내가 워낙 까막눈이라 말이지……."

하와이 동포사회는 한인으로서는 처음으로 신문에 대문짝만하게 실린 이승만의 기사를 보고는 감격해서 모두 어쩔 줄 몰라 했다. 어떤 이들은 고된 이민생활에 따른 설움까지 북받쳐서 목이 메어 눈물을 글썽거렸다.

한인들은 그동안 현지 미국인에게는 더러운 누렁이로, 일본인에게는 미개한 식민지의 개로 하대를 당해, 적도의 태양 아래 하루 10시간이 넘는 고된 노동으로 몸을 혹사당하면서도 그 고통에 대한 정당한 대가를 받지 못하고, 찢기고 밟혀도 아무도 관심을 가져주지 않는 잡초나 다름없는 변방인에 불과했다.

이승만의 기사에 열광한 것은 하와이 한인사회를 이끄는 대한인국민회 하와이 지부도 마찬가지였다.

박용만의 지원에 힘입어 대한인국민회 하와이 대표를 맡고 있던 김종학은 신문에 난 기사를 바라보고 벌어진 입을 다물지 못했고, 간사를 맡은 홍영식은 감격을 못 이겨 눈시울을 붉혔다.

"참으로 자랑스럽소."

"이 하와이 땅에 막말로 프린스턴을 나온 정치학 박사가 누가 있는가? 이 박사가 유일하지 않나? 게다가 대통령과도 친분이 깊으니 말이야. 이젠 우리도 왜놈들한테 기죽을 필요 없어."

"당연하지요. 하와이에서 우리 이 박사가 힘이 제일 센 사람일 거요."

"무슨 말인가?"

"원래 권력이란 게 그렇지 않소? 직위의 높낮이가 중요한 게 아니라 최고 권력자와 얼마나 가까우냐 하는 게 권력의 바로미터 아니겠소? 그러니 우리 이 박사가 하와이에서 제일 높은 사람이지요.”

“야, 홍영식이 아주 유식하구먼! 당연하지 암 그렇고말고!”

이처럼 하와이 동포사회는 상하를 막론하고 이승만의 기사에 일제히 환호하며 그에 대한 기대가 하늘 높은 줄 모르고 치솟았다.

이승만은 화분에 물을 주고 있다가 한인학교 교사들로부터 기사에 대한 동포사회의 뜨거운 반응을 전해 듣고는 싱긋이 웃기만 할 뿐 가타부타 말이 없었다. 그로서는 얼마간 예상한 일이었던 탓이다.

그래서 쪼르르 달려와 소식을 전한 교사들만 괜히 수선을 피웠다는 생각에 멋쩍은 표정을 지으며 슬그머니 돌아갔다.

이승만이 한인기숙학교 교장을 맡은 후 36명에 지나지 않던 학생수가 갑자기 120명으로 급증하자, 하와이 신문 〈애드버타이저〉의 편집국장이 이 일에 주목했다.

하와이에는 중국, 일본을 비롯한 아시아 이민자가 많았는데, 아시아 이민자 가운데 가장 가난한 한국인들의 교육열이 제일 높았다. 돈이 없으면 교육을 포기하는 것이 일반적인 상식인데, 한국인들은 다른 민족과 달리 이런 상식을 여지없이 깨고 있었다.

이 때문에 그는 평소 한국인들의 높은 교육열에 깊은 관심을 갖고 있다가, 한인학교 학생 수가 급증한 것을 계기로 ‘한국인의 교육열’이란 기사를 기획하고는 취재에 나섰다.

그런데 취재에 나선 기자는 교장 이승만을 만나본 후 그의 특별한 이력과 매력에 푹 빠져 ‘한국인의 교육열’이란 본래의 기획 의도를 버리고 예정에 없던 ‘인물 탐구 이승만’이란 주제로 기사 방향을 바꾸었다.

이승만은 젊은 여기자에게 한국인들은 수천 년 전부터 학교를 세워 백성들을 교육시킨 세계에서 그 유례를 보기 드문 아주 특별한 나라라고 자랑하면서, 자연스럽게 자신의 이력도 소개했다.

그는 자신이 한국에서 왕정 타도를 외치며 만민공동회를 이끌었던 일부터 사형 위기에 처했던 옥중생활, 그리고 옥중에서 콜레라를 맞아 싸웠던 일, 한국의 밀사로 루스벨트 대통령을 만났던 일, 조지워싱턴 대학과 하버드를 거쳐 프린스턴대학에서 박사학위를 취득한 일, 그곳에서 맺은 윌슨과의 우정, 조국을 위해 열정을 불태우다 일제가 조작한 종교 탄압 사건인 '105인 사건'에 휘말려 어쩔 수 없이 미국으로 피신한 일, 그리고 일본의 반대로 귀국을 할 수 없는 국제 미아가 된 채 하와이에 들어와 조국 독립을 위해 기독교 교육에 힘쓰고 있다는 사실을 밝혔는데, 이승만의 얘기에 젊은 여기자의 파란 눈이 휘둥그레지며 '오, 원더플!'을 연발했다. 사회적 약자 문제에 관심이 많았던 그녀의 눈에는 이보다 더 드라마틱한 인간 승리의 기사가 없었다.

결국 젊은 여기자는 이승만과 얘기를 나누면서 2년 전에 중국으로 돌아간 쑨원(孫文)을 떠올렸다. 쑨원은 하와이에서 중흥회(中興會)를 만들어 결국 중국 신해혁명을 성공시킨 장본인이었다.

그는 이승만을 중국의 쑨원에 필적할만한 인물로 평가하고는 이승만을 쑨원 못지않게 하와이를 빛낼 위대한 인물이 될 것임을 직감하고 그에 대한 인물탐구 기사를 썼던 것이다.

이승만은 어떤 사업이든 성공하기 위해서는 홍보가 가장 필요하다는 걸 누구보다 잘 알고 있었다. 하와이 유력 신문과 인터뷰 기회를 잡자 그는 홍보를 위해 기자들이 제일 솔깃해 할 만한 내용들만 골라서 유창한 영어로 일목요연하면서도 감성적으로 전했다.

이 기사는 이승만에게 감동한 여기자의 자발적인 기사였지만, 따지고 보면 이승만의 탁월한 언론감각이 만들어낸 작품이었다고도 할 수 있다.

이승만은 취재 나온 여기자의 예사롭지 않은 반응을 보면서, 자신에 대한 기사의 비중이 어느 정도 될지 직감했다. 이 때문에 교사들의 전언에 그는 그저 무덤덤한 반응을 보였을 뿐이다.

이 기사로 인해 동포사회는 물론이고 백인사회에서도 이승만에게 지대한 관심을 보였다. 그의 교제 범위는 점점 넓어져 그는 한순간에 하와이의 마당발이 되어 있었다.

이승만이 자신에게는 처녀지나 다름없는 하와이에 발을 대딛자마자 맹위를 떨치고 있는 동안, 하와이에 자치정부를 수립하고자 했던 박용만도 자신의 꿈을 위해 절치부심했다.

그는 하와이 주정부로부터 대한인국민회 하와이 지부를 사단법인으로 허가를 받고는 자체적인 사업역량 강화에 나섰다. 그는 하와이 지부를 통해 한인들에게 인두세(人頭稅) 격인 국민 의무금(義務金)을 거두고 더불어 한인들에 대한 경찰권까지 행사하는 정부 형태의 기구를 구성해 나갔는데, 이 과정에서 이승만과 적지 않은 파열음을 내면서 수면 아래에 잠복해 있던 갈등이 불쑥 솟아올라 한인 사회를 쑥대밭으로 만들어버렸다.

6

이듬해 5월 어느 날, 호놀룰루의 하늘은 구름 한 점 없는 코발트색으로 물들어 있었고, 습도도 낮고 바람이 불어 산책을 하기엔 더할 나위 없이 좋은 날씨였다.

상쾌한 날씨를 만끽하기 위해 나온 사람들로 거리가 붐벼 자연스럽게 대한인국민회 하와이 지부가 주최한 한국의 날 행사도 성황을 이루었다.

사람들이 지켜보는 가운데 한국인들이 호놀룰루 시가지를 행진하고 있었다. 흰색 바지와 파란 상의로 정장을 한 고적대(鼓笛隊)가 태극기를 앞세우고 나팔을 불고 북을 치며 대열을 선도했고, 그 뒤를 이어 목총을 든 소년병 학교의 장정들이 대오를 맞춰 행진을 펼쳤으며, 한복을 곱게 차려 입은 하와이 동포들이 형형색색의 깃발을 들고 춤을 추며 그 뒤를 따랐다.

사람들은 생전 처음 보는 한국인들이 펼치는 이국적인 모습에 큰 흥미를 느껴 좀체 눈길을 떼지 못했고, 흥에 겨운 사람들은 대열에 끼어 함께 춤을 췄다.

주변의 반대에도 불구하고 자신이 야심만만하게 추진한 행사에 엄청난 인파가 몰린 것을 보고 너무 기뻐서 박용만의 입이 거의 귀밑에 걸려 있었다.

"형님, 이만하면 대성공 아닙니까?"

"말해서 무엇 하겠나? 정말 수고했어, 축하하네."

"돈이 좀 들었으니, 이 정도는 당연하지요, 하하!"

전시성 행사에 불과한 이 축제를 위해 박용만이 지나치게 많은 비용을 지출한다는 일각의 거센 비판이 있었던 터라, 행사 성공으로 박용만은 체면이 섰다고 생각한 나머지 우쭐해져서 보란 듯이 어깨를 쭉 펴고 회심의 미소를 지었다.

이승만 역시 허례허식을 위한 경비지출을 별로 달가워하진 않는 편인지라, 박용만을 둘러싸고 떠도는 소문을 듣고는 씁쓸한 마음이 들기도 했지만 자신이 아끼는 동생이 하는 일이어서 언급을 삼가고 한귀로 흘려

들었던 것인데, 박용만의 말에 문득 궁금증이 생겼다.

"예산이 얼마 들었다고 했지?"

"아주 많지는 않습니다. 한 2천 달러 정도……"

이승만은 그의 말에 깜짝 놀라서 작은 눈이 1센트 동전만큼 커졌다. 그는 박용만이 2천 달러라는 거금을 이 행사에 지출했다는 것도 놀라웠고, 2천 달러를 아무렇지도 않게 말하는 그의 담담한 태도도 또 놀라웠다.

동포들에게 거두는 세금은 1인당 연간 5달러였다. 현재 하와이에 거주하고 있는 동포의 수가 4천 명이 좀 넘어 1년 동안 거둘 수 있는 세금이 2만 달러 정도에 달했다.

이 중 일부는 샌프란시스코에 있는 대한인국민회 중앙총회에 보내야 하고, 남는 것이 하와이 국민회의 1년 예산이 된다. 박용만의 말이 사실이라면 이벤트성 홍보 행사에 연간 예산의 1할이 넘는 거금이 투입된 것이었다.

이승만의 얼굴이 점점 싸늘하게 변했다. 그가 대한인국민회 하와이 지부 총회장인 김종학에게 한인중앙학교 기숙사 건립기금으로 2천 달러를 요청했다가 자금이 부족하다고 거절당한 지 두 달도 안 됐다.

김종학이 예산이 없다고 발뺌을 해서 그는 부랴부랴 하와이의 8개 섬을 돌면서 동포들에게 의연금을 모아 간신히 기숙사 건립 기금을 마련했다.

가난한 학생들을 위한 기숙사 건립기금 지원에는 온갖 구실을 다 대어가며 인색하게 굴던 국민회가, 일회성 행사에 지나지 않는 이 축제에는 예산의 1할 이상을 선뜻 지원했다는 게 그는 도무지 믿어지지 않았다. 동포들이 낸 혈세를 이렇듯 허무맹랑하게 물 쓰듯 해도 되는지 의심스러웠다.

그는 국민회 간부들의 원칙 없는 처신도 불만스러웠지만, 박용만의 태도 역시 영 못마땅했다. 김종학은 박용만의 전폭적인 지원을 받아 총회장으로 선출된 인물이다.

말하자면 김종학은 박용만의 사람이었고, 김종학의 자금 지원 거절은 박용만의 의중을 반영한 것이라고 볼 수 있었다.

이승만은 차차 화가 났다. 곰곰 생각해 보면 하와이에 들어온 이후 박용만이나 대한인국민회 하와이 지부로부터 확실한 지원을 받은 게 거의 없었다.

박용만은 이승만이 하와이에 들어오기만 하면 그에게 필요한 모든 지원을 아끼지 않겠다고 철썩 같이 약속했었다.

그런데 지원은 고사하고 교묘하고도 지능적인 냉대가 이어졌고, 이승만을 얼굴 마담으로 내세울 필요가 있을 때에만 박용만이나 하와이 지부는 득달같이 달려와서 그에게 굽실거렸다.

이승만은 박용만이 주장하는 대일 무력투쟁을 부정적으로 보았지만, 호놀룰루 북쪽 산 너머 카할루우의 한 계곡 농장에 낮에는 노동을 하고 저녁에 군사교육을 하는 둔전식(屯田式) 소년병 학교를 박용만이 세웠을 때에도 개교식 축사는 이승만의 몫이었다.

그럼에도 불구하고 그에게 돌아온 것은 예산타령을 앞세운 배신행위뿐이었다. 그는 박용만의 처사가 적잖이 괘씸했지만, 그와 나눈 지난날의 정리 때문에 속을 끓이면서도 말은 못하고 볼멘 표정만 지었다.

행사 성공으로 한껏 들떠 있는 박용만을 곁에서 보고 있자니 은근히 부아가 치밀었지만, 잿밥에 눈먼 사람처럼 잔칫집에 찬물을 끼얹을 수는 없어 이승만은 슬그머니 행사장을 빠져 나와 걸어서 학교로 되돌아왔다.

피보다 진한 물이 없듯이, 신념보다 강한 의리는 없었다. 호형호제하던 두 사람의 관계가 서서히 틀어지고 있었는데, 그 이유는 투쟁 노선의 차이 때문이었다.

외교를 통한 독립투쟁을 신봉한 이승만은 자신이 창간한 〈태평양 잡지〉를 통해 이미 세계적인 군사 대국이 된 일본을 무력으로 응징한다는 것은 계란으로 바위 치는 격일 뿐 아니라 오히려 불쌍한 인민들을 더 깊은 고통의 질곡으로 몰아넣는다고 주장하며 대일 무력투쟁은 무용하다고 비판했고, 박용만은 사사건건 자신의 노선을 방해하는 이승만에게 심드렁해져서 그를 자신의 구미에 맞게 길들이기 위해, 자신이 장악한 대한인국민회 하와이 지부를 통해 이승만에 대한 압력을 나날이 가속화함으로써 두 사람의 갈등은 점차 노골화되고 있었다.

7

1915년 2월의 어느 날, 대한인국민회 하와이지부 본부에서 총회 임원 선출을 위한 개표를 진행하던 총회장 김종학이 몽둥이를 들고 달려드는 대의원들을 보고는 놀라서 목에 핏대를 세우며 고함쳤다.

"뭐야, 저 새끼들. 어서 막아!"

"개소리 마, 이 썹 새끼야. 너만 물러나면 아무 문제없어. 이 새끼들 박살내!"

대의원들은 김종학을 비롯한 20여명의 간부진들이 한통속이 되어 예산을 횡령했다는 사실을 알고는 분노하여 임원 선출 투표에 이의를 제기했고, 돈으로 대의원들을 이미 매수한 김종학 등 집행부 임원들은 승리를 기정사실화하고 반대파 대의원들의 항의를 무시한 채 개표를 강행하자 이에 격분한 대의원들이 몽둥이를 들고 개표장에 난입한 것이다.

대의원들이 떼를 지어 단상으로 펄쩍 뛰어올랐고, 그들이 휘두른 몽둥이에 사람들이 사방에서 넘어지고 고꾸라졌다. 이마가 터져 안면에 선혈이 낭자했고, 몸이 뒤엉켜 엎치락뒤치락 하면서 셔츠가 찢어지는 등 임원을 뽑기 위한 대한인국민회 하와이 지부 총회장은 한순간에 아수라장이 되었다.

김종학은 대의원들의 격렬한 저항에 부딪혀 자라목을 하고 벌벌 떨면서 서둘러 의사봉을 내리쳤다.

"불상사로 인해 개표를 정상적으로 진행할 수 없어 오늘 선거는 무효로 하고, 선거는 사태가 진정될 때까지 무기한 연기합니다."

대한인국민회 관계자들을 눈엣가시 같이 여기고 있던 이승만 역시이들이 예산을 횡령했다는 사실을 알고는 노발대발했다.

그는 곧바로 〈태평양 잡지〉에 대한인국민회 간부들의 부패와 이중성을 고발하는 장문의 사설을 실어 그간 꾹 눌러 왔던 대한인국민회에 대한 불만을 노골적으로 터뜨렸다.

그렇지 않아도 마침 대한인국민회 관계자들이 국민회관 건축에 엄청난 예산이 소요된다며 한인 중앙학교 교육예산 편성을 줄여 시쳇말로 이승만의 꼭지가 돌고 있던 중이었다.

"국민회관 건축이 대체 무슨 의미가 있는가? 학식을 주는가 아니면 돈을 주는가? 그런데 이것이 어찌 동포들의 숙원사업인가? 당장 필요치도 않은 회관을 큰돈을 들여 서둘러 건축하려는 이유가 무엇인가? 건축을 핑계로 돈을 빼먹으려고 하는 것은 아닌가?

나는 이런 의심을 거둘 수가 없다, 왜냐하면 이미 그들은 공금을 횡령했다고 지탄을 받고 있는 사람들이기 때문이다. 동포들이 낸 피 같은 돈을 이벤트성 행사를 하는 데 퍼붓고, 그렇지 않으면 자신들이 먹고 마시는 유흥비용으로 전용하여 하와이 지부는 우리의 독립을 방해하고 인민들의 고혈을 빨아먹는 복마전이 되어 버렸다.

동포들이여! 이제는 더 이상 회계가 불투명하고 돈을 횡령하는 썩어빠진 대한인국민회에 의무 의연금을 내지 말고, 꼭 내려거든 나 이승만에게 내주시기 바라오!"

이승만은 장문의 사설을 싣는 것만으로는 만족하지 못하고 각 섬을 돌면서 동포들에 대한 대면 설득에 나섰다.

"내게 의무 의연금을 내면 큰 사업을 이루어 여러분의 기대에 반드시 보답할 것이오. 그러니 대한인국민회에 내지 말고 내게 직접 내 주시오."

한인들도 그동안 전횡을 일삼는 대한인국민회의 강압적인 의연금 모금에 대해 불만이 많았지만 이의를 제기했다가는 자칫 애국심이 없다는 비난을 받지 않을까 두려워서 말을 아끼고 있었다.

동포들의 형편을 헤아리지 않고 1인당 5달러씩 획일적으로 거두어들이는 그들의 모금 방식이 가난한 동포들에겐 큰 부담이었다.

동포라는 이유와 나라의 독립을 위한 기금 마련이란 대의명분에 밀려 울며 겨자 먹기 식으로 자신들이 낸 돈을 이들이 유용하고 횡령했다는 소식을 듣고 까무러치게 놀라지 않는 한인들이 없었다.

"이 더러운 놈의 새끼들, 차라리 벼룩의 간을 빼먹지!"

이들에 대한 동포들의 원성이 이와 같이 이구동성으로 터져 나왔고, 이때를 틈타 이승만이 진실을 알리고 한인 동포들에게 도움을 청하자, 그들은 기다렸다는 듯이 일제히 대한인국민회에 등을 돌리고 이승만이 내민 손을 덥석 잡았다.

울고 싶은데 이승만이 뺨을 때려준 격이었다. 그날로 동포들의 의연금은 모두 이승만에게 집중되었다. 이승만의 모금은 강제성이 없었고 뜻이 좋았을 뿐만 아니라 모금의 주체가 동포들의 존경을 받고 있는 이승만이었기 때문이다.

이승만의 곳간에 돈이 충분히 쌓여갈 때 국민회의 금고는 나날이 쪼그라들고 있었다.

한 달 여 시간이 지났을 무렵 대한인국민회의 재정은 바닥이 나서 파산의 고비를 맞았다. 국민회의가 급히 수습책을 찾기 위해 비상회의를 열었다.

"대체 이를 어찌하면 좋소?"

전광석화같이 밀어붙이는 이승만의 강단에 눌려 김종학은 어찌할 바를 모르고 얼이 빠져 있었다.

그는 맹한 눈을 껌뻑거리며 꿀 먹은 벙어리처럼 입을 다문 채 앞에 앉아 있는 임원진들의 안색만 살폈다.

예산이 없어 박용만의 소년병 학교 지원은 고사하고 당장 이번 달 임직원들의 급여도 지급할 수 없는 처지였다.

말 그대로 이번 달부터는 숫제 모두 손가락을 빨고 살아야 할 처지였다. 묘안이 없어 모두 속절없이 죄 없는 담배만 태워 사무실이 공장 굴뚝같이 뿌연 연기로 온통 그득했다.

이승만은 이미 화가 날 대로 나 있었고 자신들에 대한 불신도 깊었다. 이 탓에 자신들이 어떤 얘기를 해도 이승만에게는 씨알이 먹히지 않는다는 걸 모두 잘 알고 있었다.

모두 말을 아끼고 있을 때 성질 급한 간사 홍영식이 두 눈을 번뜩거리며 붕어같이 생긴 두꺼운 입술을 열었다. 머리는 동백기름을 발라 올백을 하고 귀는 당나귀처럼 큰데다 가는 눈은 옆으로 길게 찢어져서 한눈에 보아도 그의 인상은 범상치 않은 모사꾼같이 음흉해 보였다.

"우리 조직을 와해시키려는 불순한 의도가 아니라면 이 박사가 우리에게 이럴 수는 없소. 이건 전쟁이라 생각하오. 이판사판이오. 갈 데까지 갈 수밖에 없소.

그리고 우리에게도 명분은 있소. 우리가 거두는 돈이 어찌 우리의 사익을 위한 것이오? 기금의 일부는 중앙총회에 이관되어 독립을 위한 자금으로 쓰이는데, 이 박사가 이를 방해하면 이건 우리 동포들이 모여 만든 대한인국민회의 존재를 부정하는 것이니 이 싸움이 꼭 우리에게 불리할 것은 없소. 가 봅시다. 약점이라면 저들도 있을 것이니 기죽지 말고 기왕 싸울 거라면 한 번 대차게 싸워 봅시다."

집행부 임원 모두가 공금횡령 혐의를 받아 동포들의 거센 비난과 원성을 사고 있는 마당이었지만, 낯이 두꺼운 탓인지 아니면 몰염치가 몸에 밴 때문인지, 홍영식은 가당찮게도 대의명분 운운하며 싸늘한 표정으로 도톰한 주먹을 불끈 쥐었다.

자신에 찬 홍영식의 다부진 결기가 겁 많은 김종학에겐 한 줄기 위안이 되었다. 반대파 대의원들이 자신을 경찰에 횡령혐의로 고발한다고 벼르고 있던 터라, 홍영식의 말이 그의 귀엔 아주 솔깃했다. 그가 눈알을 간사스럽게 때굴때굴 굴리며 물었다.

"어떻게 말이오?"

"이에는 이, 눈에는 눈으로 대응해야지요. 이 박사 쪽에서 실력행사로 나왔으니 우린들 몽둥이를 들지 못할 이유가 없지 않소? 내가 힘깨나 쓰는 놈들을 여남은 명은 준비할 수 있소? 이 박사를 이번 기회에 완전히 까부수어 아예 병신으로 만들어 놓고 앞으로는 입도 뻥긋하지 못하게 할 것이오."

홍영식은 엄청난 계획을 털어놓으면서 눈 하나 깜짝하지 않았지만,

김종학은 더럭 겁이 나서 얼굴이 새파래졌다.

"아니, 그렇게까지 이 박사에게 할 필요가 있겠소? 이 박사가 사람들을 동원한 것도 아닌데……"

"회장님, 회장님이 그렇게 심약하게 하시니까 일이 자꾸만 어려워지는 겁니다. 본때를 보일 때는 확실히 보여야 합니다. 그래야 딴 마음을 안 먹지요!

그리고 이 박사가 사람을 동원하지는 않았다지만 따지고 보면 그 사람들은 모두 이 박사를 지지하는 사람들 아니오? 똥물이 튀면 다 똥물인 거지 똥물에 백로가 어디 있고 까마귀가 이디 있겠소?"

"그렇소, 우리도 동감이오. 이판사판인데 지금은 찬밥 더운 밥 가릴 때가 아니오."

목구멍이 포도청인지라 참석한 임원들은 자신들의 밥줄이 걸린 탓에 이구동성으로 홍영식의 계획에 동조하고 나섰지만, 김종학의 얼굴만은 왠지 떨떠름했다.

상대가 이승만이었기 때문이다. 그는 동포사회는 물론이고 한국에서도 제일가는 명망가였다. 미국 대통령의 친구이기도 했다. 하와이의 유일한 프린스턴대학 정치학 박사로 하와이 YMCA를 통해 백인 주류 인사들과도 깊은 교분을 맺고 있었다.

한마디로 그는 자신들이 거리의 뒷골목에서 한방에 해치우고 흔적도 없이 땅 속에 묻어버릴 수 있는 떠돌이 날건달이 아니었다. 그는 자신들이 건드리기에는 도무지 뒷감당이 어려운 거물이었다.

그는 다수의 의견에 떠밀려 마지못해 고개를 끄떡이면서도 마음은 몹시 불안했다.

'무식한 놈들이 용감하다지만, 이건 아니잖아? 홍영식 이놈 때문에 내가 경을 치게 생겼어. 아휴, 정말!'

그는 겁은 많아도 눈치는 귀신같이 빨라서 일의 형세를 아주 정확하게 판단할 줄 알았다.

야심이 큰 박용만이 김종학을 회장으로 삼은 것도 알고 보면 그가 머리는 좋고 기는 약해서 자기 수하에 두고 부리기에 그보다 만만한 사람이 없었기 때문이다.

아무튼 김종학의 눈에는 먹구름이 밀려오는 게 보였다. 이건 그야말로 본전은 고사하고 어리석기 짝이 없는 자살행위로 비쳤다.

그는 가급적이면 이 진흙탕 싸움에 끼어들고 싶지 않았다, 차라리 이승만과 타협을 하거나 아니면 백기 투항하는 편이 몸을 보전하는 데 더 나을지 모른다는 생각을 얼핏 했다.

딴 마음을 품고 있자니 제 발 저린 도둑처럼 김종학은 자꾸만 얼굴이 화끈거렸고, 임원진들의 눈길이 부담스러워 지그시 눈을 감았다.

김종학은 임원진들이 돌아간 후 어둠이 내리자 주변을 두리번거리며 홀로 어딘가로 후다닥 달려갔다.

8

무기한 연기된 대한인국민회 하와이 지부 임원 선거 및 총회가 이승만을 지지하는 대의원들의 요구로 달포 만에 다시 열렸다. 첫 번째 안건은 기존 집행부에 대한 탄핵안을 다루는 것이었고, 둘째는 새로운 집행부를 선출하는 일이었고, 셋째는 횡령에 가담한 기존 집행부에 대한 처벌 수위를 결정하는 일이었다.

이승만은 이 총회에 참석하려다가 그날 아침에 자신에 대한 테러 음모가 있다는 보고를 받고 한 발 뒤로 물러나 앉아 학교에서 일의 추이를 관망하고 있었다. 총무로 내정된 측근 안현경이 총회에 앞서 이승만의 호출을 받고 그의 방을 찾았다. 이승만은 방안에서 붓글씨를 쓰다가 안현경이 오는 걸 보고는 구부린 허리를 폈다.

"준비는 잘 되었는가?"

"완벽하게 해두었습니다."

"그놈들은 악의 무리들이네. 동포들의 피땀을 빨아먹는 독충들이야. 확실한 응징은 필요하지만 절대 잡음이 생겨서는 안 되네. 시끄러우면 기자들이 몰려올 것이고, 까딱 잘못하면 이번 일로 우리 동포들이 다른 민족들에게 욕을 먹을 수도 있어. 그러니 각별히 보안에 신경을 써야 하네. 빈대 한 마리 잡으려다 초가삼간 태우는 어리석음만은 범하지 말아야 한다는 말일세. 알겠는가?"

"명심하겠습니다."

안현경은 젊은이답게 패기는 넘쳤지만, 이승만은 그가 젊다는 것이 내심 미덥지 않았다. 세상은 열정과 패기만으로 살 수 없기 때문이다. 이것은 청년운동가로서 만민공동회를 이끌었던 자신의 산 체험이었다.

"몇 가지만 더 당부함세."

"하명하십시오."

"싸움은 한 번에 끝을 내야 하네. 질질 끌면 상처만 깊어지는 법이야. 그리고 명분을 확실하게 확보하도록 하게. 그래야 우리가 다른 민족에게 욕을 먹지 않을 거야. 또 뒷마무리는 깔끔하게 해야 해, 알겠는가? 이건 악과의 싸움이야. 여기엔 누이 좋고 매부 좋은 일이란 없어야 하네. 그렇지 않으면 싸움의 이유가 없어지는 것이네."

이승만은 완곡한 표현으로 집행부에 대한 인정사정없는 처리를 요구하고 있었지만, 젊은 안현경은 그의 의중을 제대로 알아채지 못한 채 연신 고개만 끄덕였다.

회의장 밖은 이승만의 중앙학교 학생들이 동원되어 철통같은 경비를 선 가운데, 회의장 안에서는 일사천리로 회의가 진행되고 있었다.

임시 회장을 맡은 감리교 목사 홍한식이 올린 기존 집행부에 대한 불신임안이 만장일치로 가결되었고, 곧이어 대의원의 투표로 총회장과 총무 및 임원진이 선출되어, 총회장에는 홍한식, 총무에는 안현경, 그리고 이승만을 지지하는 대의원들이 대거 임원진에 선출되었다.

박용만의 지지 세력에 밀려 줄곧 힘을 제대로 못 쓰고 있던 이승만 세력이 마침내 대한인국민회 하와이 지부를 장악하는 순간이었다. 우레와 같은 박수가 쏟아졌고, 기존 집행부에 대한 처벌 수위를 정하기 위한 마지막 안건이 드디어 막 오를 때, 몽둥이와 쇠파이프로 무장한 괴한들이 문짝을 부수고 느닷없이 밀어닥쳤다.

홍영식이 동원한 사람들은 한국인·중국인·일본인이 뒤섞인 건달집단들로 덩치가 모두 산만했다. 학생들은 그들의 상대가 되지 않았다. 경비를 서던 학생들은 그들에게 맞아 죄다 땅바닥에 널브러져 있었고, 일부는 그들의 주먹이 두려워 눈을 내리깐 채 벌벌 기었다.

기백이 제법 있는 몇몇 학생들이 머리를 꼿꼿하게 들고 그들에게 대들었다가 주먹을 맞고 벌러덩 나가 떨어졌다. 아무도 그들의 적수가 되지 못했다.

회의장은 한 달 전과 마찬가지로 다시 난장판이 되었다. 얼굴에 개기름이 번들번들한 홍영식이 점령군마냥 턱을 치켜세우고 불룩한 배를 내민 거만한 자세로 걸어 들어와 단상을 차지하고는 눈을 부라리며 신임집행부를 향해 고함을 쳤다.

"이 선거는 무효다. 우리는 인정할 수 없다. 그리고 누가 누굴 처벌한다는 것이냐? 저 새끼들을 모조리 조져라!"

홍영식의 말이 입에서 떨어지기 무섭게 동원된 폭력배들이 집행부를 향해 달려들었고, 그들이 선출된 집행부 임원들에게 몽둥이찜질을 하려는 순간 갑자기 카메라 플래시가 사방에서 대포 소리를 내며 펑펑 터졌다. 하와이의 유력 일간지 기자들이 대거 몰려와 검은 휘장 뒤에 숨어 진을 치고 있었던 것이다.

눈에 불을 켜고 고래고래 고함을 지르던 홍영식은 이 뜻밖의 상황에 기겁을 했다. 그는 사색이 되어 얼굴을 모자에 파묻고는 툭 불거진 엉덩이를 흔들며 쏜살같이 회관을 빠져나갔고, 동원된 폭력배들도 카메라에 얼굴이 찍힐세라 손으로 얼굴을 가리고 줄행랑을 놓기에 바빴다.

이승만이 언론을 이용해 박용만파를 제압할 목적으로 일찌감치 언론사에 모종의 습격이 있을지 모른다는 정보를 흘려 놓았던 것이다.

9

이승만의 기지와 대책으로 대한인국민회를 장악하기 위해 배수진을 친 이승만의 도전은 아주 성공적으로 끝났다. 그럼에도 이승만의 표정은 몹시 언짢아 보였다. 총회를 끝내고 막 그를 방문한 신임 임원진들도 무엇 때문인지 몰라도 곤혹스러워하는 기색이 역력했다.

신임 임원진의 첫 방문이니 이승만이 그들의 임원 선출을 축하하며 덕담을 나누는 것이 상례일 것이나, 이날은 예외로 이승만의 사무실 안에 무거운 공기가 가득 차 있었다. 이승만은 미간을 찌푸린 채로 신임 임원진에 대해 한 시간째 질책을 해댔다.

"그 사람들은 범죄를 저지른 사람들이오. 그런데 어째서 공회(公會) 재판으로 간단히 끝낸단 말이오?"

"박사님, 이미 그들과 합의된 사항이라 물리기가 ……"

"대체 누가 합의를 했단 말이오? 우리 동포들이 그 합의안을 수긍하 겠소? 그 자들은 백성들의 고혈을 빨아먹은 탐관오리들이나 다를 바가 없소? 이런 자들은 국법에 비추어 보아도 극형을 받을 것이오.

먹고 살겠다고 정든 고향을 떠나 이역만리까지 와서 죽을 고생을 하 면서 낸 돈들인데, 그걸 횡령한다는 것이 말이 되오? 이 자들은 법정에 세워 꼭 법의 심판을 받게 해야 하오."

"박사님, 제발 한 번 더 고려해 주십시오. 그 자들이 돈을 모두 내놓겠 다고 약속했습니다. 동포들의 단합을 위해서라도 한 번쯤 용서하는 것도 좋지 않겠습니까?"

신임 임원진을 대표해 총무 안현경이 이승만에게 읍소를 했지만, 이 승만은 요지부동 시종 이들에 대한 강력한 처벌을 신임 집행부에 요구했 다.

신임 집행부가 김종학을 비롯한 이전 집행부에게 온정을 베풀어 횡령 한 돈만 회수하고 형사고발을 하지 않기로 한 게 이승만을 화나게 했다.

악이란 뿌리째 뽑아내지 않으면 다시 솟아나기 마련이다. 이 일을 대 충 마무리 짓고 넘어가면 무장투쟁을 주장하는 박용만의 무리들이 언제 든 다시 세력을 형성할 수 있을 것이고, 하와이 지부를 개혁하겠다고 나 선 신임 집행부가 온정주의에 빠져 일을 어물쩍하고 넘기는 것도 거슬렸 다.

집행부가 이토록 미온적인 태도를 보인다면 하와이 지부에 대한 차

후의 개혁도 힘들어질 게 분명했다.

개혁이란 때가 있는 법이다. 개혁이 사정(私情)과 인정(人情)으로 얼룩지면 도로아미타불이 되어 개혁을 아니 한 것보다 못한 꼴이 될 수 있다. 결국 엄청난 비난을 감수하고 기존 집행부를 몰아냈던 명분이 사라지는 것이다. 이것은 이승만이 제일 우려하는 일이었다.

첫 단추를 잘못 꿰면 모든 게 틀어지게 된다. 신임 집행부가 일을 제대로 해주어야 자신이 하는 사업도 명분을 쌓고 사업 추진에 탄력을 받을 수가 있다.

개혁에 실패할 경우 모든 책임을 자신이 져야 한다. 자신이 권력과 돈에 눈이 멀어 폭력사태까지 벌여가며 하와이 지부를 장악했다고 여론의 지탄을 받을 위험도 있다.

개혁을 위해서는 분명한 원칙도 있어야 한다. 그런데 이번 개혁은 모든 사람에게 공평해야 한다는 기본적인 원칙조차 지켜지지 않았다. 이승만이 염려했던 일이 일어나고 있었다.

정에 얽매인 신임 집행부의 판단과 처신에 실망해 그가 목소리를 높였다.

"이런 일은 발본색원(拔本塞源) 해야 하오. 부정부패 행위를 가볍게 처리하면 제2, 제3의 김종학이 언제든 나올 수 있소?

그들과 한 약속을 파기하고 그들을 법정에 꼭 세우시오. 그렇지 않아도 신문지상에 우리 한인들이 벌인 폭력사태를 두고 말이 많소. 시비를 가리고 명분을 찾아야 하오. 그래야 이 사태에 대해 우리는 하와이 사회에 대해 말을 할 수가 있소. 그렇지 않으면 우리나라 사람들은 별 것도 아닌 일로 사생결단을 하듯 싸우는 이상한 사람들이라고 다른 민족들에게 오해를 받을 수도 있어요. 아시겠소?"

이승만의 입장이 워낙 강경하고 분명해 신임 임원진들은 더 이상 말을 못하고 슬며시 물러났다.

불똥이 김종학에게 뛰었다. 김종학은 신임 집행부와의 합의로 급한 불을 껐다고 안도하고 있다가 신임 집행부가 자신을 횡령혐의로 경찰에 전격 고발했다는 소식을 듣고는 콧김을 불며 냉큼 달려와 안현경에게 따졌다.

"대체 이게 무슨 짓인가? 나하고 철석같이 약속을 해놓고 하루아침에 이렇게 사람을 배신할 수 있는가? 이게 당신들이 말하는 개혁인가?"

"미안하지만 어쩔 수가 없소. 여론이 너무 좋지 않아 우리로서도 어쩔 수가 없소."

"흥, 여론 좋아하시네! 이 자식아 그런 말도 안 되는 헛소리는 집어치워. 내가 모를 줄 아냐? 이승만 그놈이 사주했다는 건 나도 안다. 이 개새끼들 어디 한번 두고 보자! 누르면 내가 그냥 죽을 줄 알지만 나 혼자 그냥은 안 죽는다. 개새끼들 언젠가는 꼭 후회할 날이 있을 거다."

동료들을 배신하고 이승만 진영에 이승만에 대한 테러음모가 있음을 몰래 고변해 놓고도 이승만 진영에게 한순간에 버림을 받자, 겁쟁이 김종학은 눈에 뵈는 게 없어졌다.

안현경의 사무실을 뒤집어 놓고 나서는 김종학의 눈이 이승만에 대한 분노로 이글거렸다.

그가 이승만을 저주하는 장문의 유서를 남겨놓고 분을 못 이겨 권총으로 자살했다는 소식이 다음날 신문에 실려 하와이 한인사회가 요동쳤다.

10

박용만은 자신의 오른팔이나 다름없는 김종학의 느닷없는 자살 소식에 충격을 받고는 들고 있던 찻잔을 떨어뜨렸다.

'형님이 어찌 나한테 이럴 수가 있는가?'

그와 이승만은 한성감옥서에서 결의형제를 맺었고, 서로를 배신하지 않겠다고 하늘을 두고 맹세한 사이였다. 위험을 무릅쓰고 이승만이 옥중에서 쓴 '독립정신'의 원고를 가방 밑에 숨겨 미국으로 반출한 사람도 그였고, 이승만의 아들 태산을 미국으로 데려온 사람도 그였고, 미국에서 방황하고 있던 그를 하와이로 초빙한 것도 그였다.

물론 자신의 모든 의도가 완전히 순수한 것이라고는 볼 수 없으나, 무국적자 신세가 된 이승만이 하와이에 정착하는 데 자신의 도움이 큰 보탬이 된 것도 사실이다.

그런데 과거 마음을 함께 나누었던 형제가 이젠 자신의 목에 칼을 겨누고 있었다. 그는 자신의 목을 조여 오는 이승만의 태도를 더 이상 묵과할 수가 없어, 담판을 지을 요량으로 김종학의 장례식이 끝난 다음날 이승만의 사무실에서 그와 조우했다.

이승만을 대하는 박용만의 모습이 예전과 같지 않았다. 그의 눈에는 이승만에 대한 원망의 빛이 그득했다.

빛이 강하면 어둠이 깊듯이, 사랑이 깊었던 만큼 미움도 컸다. 그는 이승만이 내놓은 찻잔에 손도 대지 않고 결판을 지으러 온 사람답게 싸늘한 눈길을 거두지 않고 그를 노려보았다.

"형님, 정말 너무 하는 것 아닙니까?"

"무슨 말인가?"

"시치미 떼지 마시오. 왜 소년병 학교 예산을 지원하지 않는 겁니까?"

이승만 진영이 대한인국민회 하와이 지부를 장악한 이후, 박용만이 운영하는 소년병 학교 예산이 급감해 운영에 큰 어려움을 겪고 있었다.

주미 일본 대사관은 미국 정부에 소년병 학교 폐쇄를 요구했고, 소년병 학교 학생들이 경작하고 있는 농장 주인도 뚜렷한 이유도 말해주지 않고 별안간 땅을 다시 내놓으라고 닦달을 하고 있는데다, 하와이 지부에서 지원하는 예산까지 급감하자 박용만은 막다른 길에 몰렸다.

그는 독이 오를 대로 올라서 상대가 호랑이든 사자든 상관없이 자신을 건드리는 것이라면 무엇이든 물어뜯어 놓고만 싶은 심정이었다.

그의 해명 요구에 이승만은 가타부타 말도 없이 조용히 차를 들기만 했다. 박용만은 성질이 파르르 한 데다 인내심까지 바닥난 터라 아무 반응이 없는 이승만의 무덤덤한 태도에 화가 나서 버럭 소리쳤다. 여느 때 같았으면 상상도 할 수 없는 일이었다.

"형님, 말 좀 해보시오!"

"이 사람아, 나 귀 안 먹었어. 좀 진정해!"

이승만은 성화를 해대는 박용만에게 짜증이 나서 잔뜩 눈살을 찌푸리고 그를 노려보았지만, 그 눈빛 속엔 그에 대한 애정이 그득 담겨 있었다.

이승만은 여전히 그를 아꼈다. 그는 아직도 박용만을 자신의 아우라고 생각했다. 그가 잠시 한때의 욕심에 눈이 멀어 자신을 힘들게 한 적은 있지만, 그는 지난 날 박용만이 저지른 모든 허물을 용서해주고 싶었다. 하지만 그가 자신과 갈등관계에 있는 대한인국민회 중앙총회에 계속 몸을 담는 것만은 용인할 수 없었다.

샌프란시스코에 있는 대한인국민회 중앙총회의 간부들은 의혈투쟁을 지지하는 사람들이 대다수였다. 외교고문 스티븐슨을 저격해 미국사회에 테러공포를 불러일으킨 전명운(田明雲)과 장인환(張仁煥)도 대한인국민회 소속이었다.

이승만은 박용만이 장교 양성을 위해 소년병 학교를 설립한 것도 탐탁지 않았지만, 그가 의혈투쟁에 목숨을 건 대한인국민회에 몸을 담고 있는 것은 더 못마땅했다.

아무리 목적이 숭고하다고 해도 의혈투쟁은 결국 사람의 목숨을 빼앗는 일이라, 이승만은 의혈 투쟁에 질색을 했다. 한두 사람의 목숨을 빼앗는다고 해서 역사의 대세를 되돌리거나 거스를 수도 없기 때문이다.

그는 사람의 마음을 사고 사람의 마음을 움직이는 외교적인 방략이 비록 시간은 더디지만 의혈투쟁보다 훨씬 효과적인 독립투쟁의 길이라 생각했다. 댓돌을 뚫는 것은 쇠망치가 아니라 낙숫물이 아니던가!

그는 다른 사람은 몰라도 자신이 아끼는 박용만이 자신이 혐오하는 의혈투쟁 대열의 선봉에 선 것만은 막고 싶었다.

아우 하나 깨우치지 못하는 것은 자신의 무능이자 치욕이었고, 외교투쟁을 고집하는 입장에서 박용만을 설득해 투쟁노선을 바꾸도록 하지 못하는 것은 남들에게도 체면이 서지 않을 뿐더러, 형으로서 동생의 손에 피가 묻는 것도 진정 보고 싶지 않았다.

박용만은 이승만의 질책에 볼멘 표정을 짓고는 그를 바라보는 게 불편한지 눈을 질끈 감았다.

"용만이, 내 말 좀 들어봐. 난 자네가 대한인국민회와 손을 끊었으면 좋겠어. 난 자네가 소년병 학교를 운영하는 것은 모르지만, 그 조직에 몸을 담는 건 정말 싫어. 그 조직은 내가 가장 혐오하는 조직 아닌가? 하필 자네가 왜 그 조직의 일을 해야만 하는가?

차라리 그쪽 일은 그만두고 나를 도와주게. 그러면 소년병 학교 예산 지원 문제는 다시 검토해 보도록 하겠네. 용만이, 우리 다시 한 번 시작해 보세."

이승만이 간절한 목소리로 몇 번이나 부탁했지만 박용만은 어두운 얼굴에 짙게 드리운 차가운 냉기를 거두지 않고 도리질만 했다.

"싫소. 난 대한인국민회를 탈퇴할 생각이 없소. 형님은 형님의 생각이 맞다고 여기지만 난 이 길이 옳다고 생각해요. 서로 신념이 다른데 어찌 한 배를 타고 갈 수 있겠소? 생각이 다른데 한 배를 타고 가는 게 무슨 의미가 있겠소? 그래봐야 서로 피곤할 뿐이오. 형님은 형님의 길을 가요, 난 내 길을 갈 것이오."

박용만은 소년병 학교의 문을 닫는 한이 있어도 대한인국민회를 탈퇴하는 일은 있을 수 없다며 이승만의 제의에 콧방귀만 뀌다가 화를 거두지 않고 끝내는 돌아갔다.

하지만 박용만 자신도 이승만이 소년병 학교에 예산을 지원해준다고 하더라도 소년병 학교를 유지하는 게 쉽지 않다는 걸 알고 있었다. 미국 정부에 대한 일본의 압력이 상상을 초월할 정도로 집요했고, 농장 주인이 소년병 학교의 땅을 사전 예고도 없이 불쑥 내놓으라고 한 것도 일본 대사관의 치밀한 공작에 따른 것임을 알기 때문이다.

이런 상황에서 굳이 아무런 실익을 기대할 수도 없는 이승만을 찾아가서 항의를 한 것은 믿었던 사람에 대한 배신감이 큰 탓이었다.

꽃피는 봄이 오면 강남 간 제비는 돌아오지만, 신념이 갈라놓은 금 간 사랑은 세월이 앗아간 젊음처럼 다시는 돌아오지 않았다.

대한인국민회 부회장에 피선된 박용만이 중앙총회장단 취임식에 참석차 샌프란시스코를 방문했다가 이승만과 전혀 상관없는 이발소 주인 오진국에게 무차별 구타를 당했는데, 그는 이것이 이승만의 사주에 의한 것이라 믿고 이승만과 의절을 선언했다.

심지어 이를 기화로 하여 안창호까지 나서서 대한인국민회의 중앙총회의 결정 사항을 무시하고 대한인국민회 하와이 지부를 독단적으로 운영하는 이승만에 대해 포문을 열고는, 대한인국민회 기관지를 통해 이승만을 맹비난했다.

"마음이 공평치 못하고, 편벽되고, 도량이 좁고, 자기 혼자 지혜롭다고 주장하는 사람이 하와이 땅에 살고 있어서 세상이 시끄러우니 이 어찌 우스운 일이 아닌가? 홀로 영웅이 될 수 있다고 믿는 자가 있다면 이야말로 소아병적인 인물이다.

세상에 전지전능한 사람은 없다. 어찌 그 사람은 자신만이 옳다고 여기고 남들이 사용한 것은 모두 공개하라고 요구하면서 자신이 사용하는 돈은 그 내역을 어째서 한 번도 공개하지를 않는가? 지금이라도 늦지 않다. 모든 것을 공개하고 동포들의 단결을 위해 스스로 자숙을 촉구하는 바이다."

이승만은 안창호의 날선 비판에 코웃음을 치며 빈정거림으로 응수해 그들의 염장을 질렀다.

"지출내역을 보고 싶다면 언제든 와서 보라. 나는 누구처럼 간이 크지 않아서 주머닛돈을 쌈짓돈처럼 쓸 줄 모른다. 1센트의 돈도 허투루 쓰지 않았다. 미안하지만 내 간은 쥐벼룩만하다. 와서 보라. 내 장부는 언제든 열려 있다!"

창과 방패처럼 일진일퇴를 거듭하는 중앙총회와 이승만의 설전이 이어졌고, 이승만은 중앙총회의 끈질긴 요구에도 회계장부 공개를 끝내 거부함으로써 중앙총회의 더 큰 비판과 원성을 사서 그에 대한 비토 그룹이 늘어나고 있었다.

이 같은 사실을 알면서도 이승만이 눈 하나도 깜짝하지 않고 공개를 거부한 것은 사실상 구태에 젖어 관료화 되어 있는 중앙총회에 대한 불신이 깊었던 것이 제일 큰 이유였고, 외교를 통한 독립투쟁이란 자신의 신념을 의혈투쟁 단체인 대한인국민회에 절대 양보할 수 없다는 확고한 생각 때문이었다.

그는 신앙심이 깊은 종교인이었다. 원수를 사랑하라는 예수의 말씀까지 따를 수는 없지만, 그는 사람을 죽이는 일에 동포들이 낸 피 같은 돈을 쓸 수는 결코 없다고 생각했던 것이다.

이승만이 하와이 지부를 장악하고 박용만에 대한 구타 사건까지 발생하자 이 모든 게 이승만과 연계되어 있다는 억측이 계속 난무했다. 안창호의 비판처럼, 그의 독선을 경계하고 비난하는 사람들의 성토가 나날이 거세졌다.

"이 박사가 돈 독이 올라도 확실히 올랐나봐?"

"미쳤다고 봐야지."

"세상에 독불장군이 어디 있어? 두고 보라지. 그 양반 머지않아 비참하게 거꾸러지고 말 거야!"

이승만을 둘러싼 논란이 가속화되고, 일부에서는 권력욕에 눈이 먼 더러운 인간이라고 그를 비난하며 경원시까지 했으나, 오히려 동포사회에서 이승만의 입지는 더욱 탄탄해지고 있었다. 국민 의무금을 강제로 징수했던 대한인국민회와는 달리 동포들의 의연금을 강제로 징수하지 않고 동포들의 자발적인 뜻에 맡겨두었기 때문이다.

1차 세계대전이 끝날 무렵 그는 대한인국민회 대표 자격으로 파리 강화회담에 참석할 수 있는 기회까지 갖게 되었다.

그에 대한 사람들의 곱지 않은 시선에도 불구하고 대한인국민회가 울며 겨자 먹기 식으로 그를 강화회담 대표자로 뽑을 수밖에 없었던 것은 바로 그를 대체할 만한 인물도, 그에 필적할 만한 인물도 이 땅에는 존재하지 않았음을 말하는 것이다.

다시 말해, 그는 여전히 한국인이 자랑하는 신화의 한가운데 우뚝 서 있었던 것이다.

상해임시정부 대통령 이승만

1

비서 임병직은 외출에 나서는 이승만을 걱정스런 눈으로 바라보며 그의 외출을 만류했다.

"박사님, 안색이 안 좋습니다. 오늘은 그만 쉬시지요."

"이 사람아, 지금이 어느 땐데 그리 한가한 소리를 하고 있어! 모자나 주게."

이승만은 자신을 막아서는 임병직에게 허튼 소리는 말라고 오금을 박듯 마뜩찮은 눈으로 노려보며 그가 건네는 모자를 빼앗듯 낚아챘다.

"쓸데없는 생각 말고 전화나 잘 받고 있어, 알았나?"

이승만의 질책에 임병직은 머쓱한 표정을 지으며 얼른 고개를 숙였다. 그는 이승만이 호텔 로비를 나서는 것을 보고서야 방으로 돌아왔다.

그의 얼굴엔 근심이 그득했다. 임병직은 서울 YMCA에서 이승만에게 수학했던 그의 애제자였고, 이승만의 알선으로 미국 디킨슨 대학을 졸업한 후 줄곧 이승만의 비서 일을 맡고 있었다.

임병직은 스승 이승만의 건강이 나날이 악화되어 가는 게 염려스러워 신경이 몹시 곤두섰다. 이승만은 워싱턴에 온 후 잦은 설사와 소화불량에 시달려 거의 식사를 못 했다. 한 달 사이에 체중이 무려 5킬로그

램이 줄었다.

옥중에서는 돌과 뉘가 반이나 되는 밥도 거뜬히 소화시킨 그였지만, 워싱턴에 온 후로 이승만은 밥을 서너 숟갈만 들어도 가슴 아래에 돌멩이 하나를 매달아 놓은 듯 답답한 체기를 늘 느꼈다.

따뜻한 하와이에 있다가 갑자기 워싱턴으로 날아와 워싱턴의 추운 날씨에 적응하지 못한 탓도 있으나, 동포들이 자신에게 거는 기대가 너무 큰 탓에 스트레스를 많이 받고 있었던 탓이다.

하와이를 떠날 때만 해도 혈색이 좋았던 그였지만, 지금은 볼이 홀쭉하고 핏기가 없이 파리한 게 영락없는 병자의 모습인지라, 그의 충복인 비서 임병직의 근심이 깊었다.

사실 이승만은 자신이 파리 강화회담의 대한인국민회 대표로 뽑혔다는 소식을 듣고 이것의 수용 여부를 두고 한동안 고민했다. 민족의 대표가 된 것은 영광스런 일이지만, 실제 자신이 여권을 발급받아 파리에 갈 수 있을지 자신이 서지 않았기 때문이다.

동포들은 자신이 윌슨의 친구이므로 어렵지 않게 파리 강화회담에 참석할 수 있는 여권을 발급받을 수 있을 거란 기대를 했지만, 이승만의 생각은 달랐다.

윌슨은 대통령 선거 당시 자신이 가져간 한국의 독립청원서에도 서명을 거부했다. 오로지 그것은 개인의 정치적인 이익 때문이었다. 지금 그는 미국 대통령이다. 그러므로 그는 미국의 이익을 생각해야만 할 입장이다. 당시를 사적인 관계라 본다면, 지금은 공적인 관계이다.

대통령 윌슨은 인간적이고 다정다감한 사람이긴 해도, 공과 사를 엄격하게 구분할 줄 알았다.

미국과 일본은 독일을 상대로 세계1차 대전에 참전한 동맹국이다. 윌슨이 아무리 자신을 사랑하지만 그가 전쟁에 같이 참여한 동맹국의 마음을 상하게 하면서까지 자신을 품기는 쉽지 않을 것이라 여겼다.

고민은 깊었지만 그는 결국 대한인국민회의 요구를 수용했다. 그가 고민한 난제는 파리로 갈 자신의 여권 발급이 가능한가 하는 것이었다.

그럼에도 그가 대한인국민회의 요구를 수용한 것은 동포들의 염원을 외면할 수 없다는 의무감과 어렵게 얻은 호기를 놓칠 수 없다는 판단 때문이었다.

세계1차 대전 종전을 맞아 강대국의 지배를 받고 있던 약소국들의 독립에 대한 열망이 불타오르며 이들이 함께 뭉쳤다. 스웨덴, 노르웨이, 덴마크, 아일랜드, 핀란드, 발칸반도가 꿈틀거렸고, 윌슨은 '각 민족은 민족 스스로 자신의 운명을 결정해야 한다'는 민족자결주의를 내세워 이들의 독립운동에 불을 지폈고, 일제의 무단(武斷) 통치에 숨을 죽이고 있던 조선 땅에도 독립을 위한 봄기운이 모락모락 피어올랐다.

세계 1차 대전의 종전을 앞둔 이 시점은 분명 2천만 조선 민족이 갈망하던 독립을 위한 대내외 여건이 무르익은 시기였다. 하지만 강력한 미·일 동맹의 현실 앞에 한국 독립의 길이 그의 눈에는 그리 녹록해 보이지 않았다.

그럼에도 그는 그 책무를 맡아 하와이를 떠나 워싱턴으로 갔다. 끝없는 좌절을 반복하면서도 그 도전을 멈출 수 없는 그리스 신화에 나오는 시지프스의 기구한 운명처럼, 절대 내려놓을 수 없는 등짐을 지고 오를 수 없는 고지에 올라서기 위해 그는 도약대 위에 발을 올렸다.

그는 자신의 뜀박질이 어떤 운명으로 귀착될지 알 수 없지만, 그 등짐의 무게에 허리가 휘고 몸이 으스러질지언정 숨이 멎을 때까지 이 뜀박질을 결코 멈추어서는 안 된다고 생각했다. 나라의 독립이 그에게는 삶의 이유였고, 인생 최대의 과제였기 때문이다.

국무장관 랜싱의 비서실장 브라운은 이른 아침부터 그가 찾아오자 송곳 같은 턱을 쓸면서 눈살을 찌푸리고는 먼저 한숨부터 내쉬었다. 웬만한 사람이면 한두 번 거절당하면 대충 눈치 채고 발길을 돌렸을 것이다. 이승만은 아무도 반겨주지 않는 국무부를 오늘로 꼬박 열흘째 찾고 있었다.

이승만은 자명종처럼 같은 시각에 국무부를 찾았다. 마주하면 이야기가 보통 한 시간은 기본이었고, 조금만 빈틈을 보이면 사정없이 파고들어 두세 시간 동안 사람을 고문해 대는 통에 브라운은 이승만을 만나면 거의 머리가 돌 것만 같았다.

그는 이승만을 보자 가슴부터 먼저 덜컹 내려앉았다. 또 오늘은 무슨 핑계로 돌려보낼 것이며 그의 말 고문에 얼마나 시달려야 할지를 몰라 그는 이승만의 존재를 느끼는 순간부터 머리가 아파왔다.

"이 박사, 몇 번이나 말해야 하오. 아직 각하께서는 워싱턴에 돌아오지 않았소?"

브라운은 지금까지 이승만을 만나면서 이런 저런 이유를 들어 미꾸라지처럼 잘도 빠져 나갔지만, 이승만은 윌슨의 딸 제시를 통해 윌슨이 파리에서 이틀 전 워싱턴으로 돌아온 걸 알고 있어 싱긋 웃었다.

"미스터 브라운, 각하께서 이틀 전에 돌아온 거 알고 있소."

"나도 모르는 걸 당신이 어떻게 알고 있소?"

브라운은 이승만의 정보력에 깜짝 놀라 붕어처럼 눈을 껌뻑거렸다

'하, 이놈 정말 별종이네. 귓구멍에 고성능 안테나를 달고 있나?'

브라운은 대통령 영접을 위해 공항까지 다녀오고도 모른 척 시치미를 뚝 뗐다.

"난 그런 얘기 들은 바가 없소."

"미스터 브라운, 이런 쓸데없는 소리는 그만합시다. 대통령 면담 일정이나 잡아 주시오."

"글쎄, 각하께서 안 계시는데 면담은 무슨 면담이오? 억지 그만 부리고 돌아가시오!"

다시금 두 사람의 실랑이가 시작되었고, 오늘도 브라운은 자물쇠를 채우듯 끝내는 입술을 질끈 깨물고 입을 꾹 다물었다. 이승만을 막아서는 브라운도 그를 몰아치는 이승만도 다 지쳐 있었다.

브라운은 오늘은 장장 3시간을 그에게 고문을 당하고 있었다. 이승만이 빨리 일어나 나가 주었으면 하고 바랐지만, 그는 엉덩이로 의자에 철심을 박은 듯 꼼짝도 않았다. 정오를 알리는 자명종 소리와 함께 배에서도 시장기를 알리는 신호가 왔다.

그럼에도 두 사람의 신경전은 계속되었다. 한 사람은 미국의 이익을 위해, 다른 한 사람은 민족의 장래를 위해 머리를 맞댄 수 싸움을 벌였다.

브라운은 그를 무시하듯 그의 눈길을 피해 담배를 물고 서류철을 뒤적이며 그가 일어나길 바라면서 시간을 끌었고, 이승만은 그의 의도와 동태에 조금도 개의치 않고 면벽하는 수도승처럼 눈을 감고 가만히 앉아 있었다.

하지만 명문가의 온실에서 화초같이 자란 브라운은 산전수전 다 겪은 이승만의 적수가 되지 못했다. 이승만은 박돌팍에게 몇날 며칠 동안 고문을 당하고도 오히려 자신을 고문한 박돌팍을 지치게 한 사람이었다. 네 시간쯤 지나자 브라운은 좀이 쑤셔서 도저히 자리에 가만 앉아 있을 수가 없었다.

숫제 엉덩이가 짓무르거나 종기가 날 것만 같았다. 앉은 자리에서 몸을 꽈배기처럼 배배 꼬며 주리를 틀던 그가 결국 굳게 잠근 입을 열었다.

"이 박사, 내가 당장은 대통령 면담에 대한 약속을 못하겠소. 하지만 최선을 다 해보겠소. 가져온 서류가 있거들랑 내게 주시오."

눈을 감고 있던 이승만은 그의 말에 눈을 방긋 뜨며 다시 싱긋 웃었고, 브라운도 어이없다는 듯 그를 바라보며 허탈하게 웃었다.

하루도 거르지 않고 10일 동안 이승만을 만나면서 브라운도 그를 남다르게 보았다. 매번 허탕을 치면서도 아픈 몸을 이끌고 국무부를 제집 안마당 드나들듯 쉼 없이 찾아오는 민족에 대한 그의 열정에 내심 감복한 바가 없지 않았던 것이다.

그는 한국의 대표적인 인물로 이승만이 미국 조야에 이름이 난 것은 우연한 일이 아니라는 생각을 지울 수 없었다. 마음이 열리자 이승만을 바라보는 그의 눈빛도 예전 같지 않게 한결 부드러웠다.

"미스터 브라운, 고맙소. 당신 은혜 잊지 않겠소."

이승만은 윌슨 대통령에게 전할 자신이 가져온 한국의 위임통치 청원서를 그에게 건넸다. 주된 내용은 다음과 같았다.

"파리 평화회의에 참석한 연합국들이 한국을 일본의 지배로부터 자유롭게 하고 완전 독립을 보장만 해준다면, 한국이 자치 능력을 갖출 때까지 새로 설립되는 국제연맹에 일정 기간 위임통치를 맡길 수도 있을 것입니다.

그리만 된다면 한국은 중립적인 상업지대가 되어 많은 나라에 도움을 줄 것이며 일본의 팽창을 막고 동양의 평화를 유지하는 완충국 역할을 할 것입니다."

한때 이 독립청원서 때문에 이승만이 동포들에게 매국노라는 비난을 받는 수모를 겪었지만, 이 위임장은 당시 국제정세와 한국의 현실을 감안하여 당장에 한국이 독립을 실현할 수 있는 방안을 담은 것으로, 그를 비난했던 도산 안창호의 동의까지 받아 만든 독립청원서였다.

국무장관 랜싱은 브라운의 보고를 받고는 이승만이 가져온 독립청원서에 눈길도 주지 않고 싸늘한 표정으로 벌컥 화부터 냈다.

"자네, 정신이 있는가? 없는가? 한국은 이번 전쟁과 아무 상관이 없어. 우리의 동맹 일본이 있는데 자네는 어쩌자고 대책도 없이 이런 청원서를 받아 놔?

일본이 연합국의 일원인데, 이 청원서를 파리 평화회의에 낸다는 게 가능키나 한 일인가? 왜 쓸데없이 내 지시도 받지 않고 이 문서를 수령하여 분란을 만들어? 대통령 면담 같은 건 꿈도 꾸지 말라고 그래!

이승만이 제아무리 대통령과 가까운 사이라 해도 이런 일로 면담 자리를 만들 순 없어, 알았나?"

미국의 국익을 먼저 생각하는 국무장관 랜싱에게 한국의 독립청원서는 티끌만한 가치도 없는 휴지조각에 불과했다. 비서실장 브라운은 장관의 불벼락 같은 호통에 얼굴이 벌겋게 달아올랐다.

그는 처음 본 장관의 엄청난 진노에 오금이 저린 듯 다리를 덜덜덜 떨었고, 뛰는 가슴을 간신히 진정하고는 이승만에게 전화를 걸었다.

"정말 미안하게 됐소. 당신이 원한 대통령 면담 계획은 물론이고 한국의 독립청원서를 파리 평화회의에 제출하는 것도 불가능하게 되었소. 정부의 방침이 그러하니 안타깝지만 내가 당신을 도울 길이 지금으로서는 없을 것 같소."

브라운은 이승만에게 거듭 사과의 뜻을 밝히고는 서둘러 전화를 끊었다. 그의 전화에 이승만의 얼굴이 크게 일그러지며 몸이 비틀거렸고 순간 안색은 백지장이 되었다. 곁에서 차를 끓이고 있던 임병직이 화들짝 놀라 긴 팔을 잽싸게 뻗어 이승만을 얼른 끌어안았다.

"박사님, 괜찮습니까?"

"……."

이승만은 고통스런 표정으로 가는 신음만 흘리다가 손을 가로저었다.

"박사님, 병원으로 모실까요?"

"아, 좀 어지럽구먼……."

이승만은 채 말을 다 잇기도 전에 정신을 잃고 바닥에 쓰러졌고, 임병직이 급히 그를 등에 들쳐 업고 인근 병원으로 옮겼다. 이승만은 혼절한 사람처럼 깊은 잠에 빠져 있다가 이튿날 늦은 오후가 되어서야 겨우 정신을 차렸다.

"과도한 피로로 탈진한 상태입니다. 환자가 극히 예민해 한동안 절대 안정이 필요하니, 불필요한 자극은 삼가야 합니다."

의사의 지시에 따라 그의 침상에는 ABR(absolute bed rest: 절대 안정)이란 푯말이 붙었고, 일주일간 임병직을 제외하고는 다른 사람의 면회는 일체 금지되었다.

건강 체질인 이승만은 며칠 쉬자 금방 건강을 회복했는데. 의사의 지시가 없어 며칠째 꼼짝 없이 병상에 누워 있어야 했다. 이 때문에 그는 좀이 쑤셔 미칠 것만 같았다. 그는 세상천지를 자기 집처럼 떠돌아다니던 자유인이었다. 그는 기운이 나자 곁에 앉아 책을 읽고 있는 임병직의 어깨를 자꾸만 흔들었다.

"병직아, 의사선생에게 퇴원허락 좀 받아다오? 난 이젠 멀쩡한데, 왜 날 퇴원시키지 않는지 모르겠다. 그 양반 인상이 입원비 욕심이나 내는 좀생이 같아 보이지는 않던데 말이야! 하여튼 네 재주껏 퇴원 허락 좀 받아와! 알겠냐?"

이승만에게 등을 떼밀려 자리에서 엉거주춤 일어나 나간 임병직이

30분도 채 지나지 않아서 몹시 상기된 표정으로 되돌아왔다. 이승만은 별안간 덜컥 겁이 났다.

'내가 무슨 죽을병에 걸리기라도 했나?'

이승만은 은근히 속이 타서 서랍장 위에 둔 물통을 통째로 들이키고는 임병직에게 짐짓 태연을 가장하고는 슬쩍 물었다.

"병직아, 얼굴이 왜 그래? 의사 선생이 무어라 그러던? 솔직하게 얘기해, 난 예수 믿는 사람이라 죽는 것도 겁나지 않아. 그러니 숨기지 말고 털어놔!"

"박사님……!"

임병직은 눈시울을 붉힌 채 더 이상 말을 잇지 못했고, 이승만은 그의 어정쩡한 태도에 화가 나서 고함을 쳤다.

"무슨 일이냐니까?"

"박사님!"

"그만 불러 이놈아, 왜?"

"일본 도쿄에 있는 한국 유학생들이 지난 2월 8일에 도쿄 시내에 모여 독립선언서를 발표했다고 합니다."

"무어라?"

그의 말에 이승만의 두 눈이 휘둥그레졌다. 그가 갑자기 벌떡 일어나 앉더니 팔에 꽂은 주사바늘을 사정없이 빼고는 옷을 주섬주섬 챙겼다.

"병직아, 가자!"

"의사 선생님 허락은 받아야죠?"

"허락은 개뿔! 무슨 얼어 죽을 놈의 허락? 우리 동포들이 이미 허락했다, 가자!"

휘적휘적 앞서 걷는 이승만의 뒤를 키가 껑충한 임병직이 졸졸 따랐다.

2

1920년 12월 초 중국인의 시신을 중국 본토로 운반하기 위한 배가 한 척 호놀룰루 항구에 들어왔고, 다음날 아침 시신을 실은 배가 다시 출항을 기다렸다.

출항을 한 시간 남겨두었을 무렵, 중국인 시신 운송을 맡긴 하와이의 장의사 보스윅의 뒤를 두 남자가 주변을 두리번거리며 따랐다.

검정색 창파오를 걸친 것으로 보아 중국인인 듯했으나, 그들은 한국말을 썼다.

"박사님, 영판 청국 사람 같은 데요!"

"그래? 넌 되놈 같다야!"

두 사람은 마주보며 서로의 모습이 재미있다는 듯 시시덕거렸고, 배가 불룩한 보스윅은 그들에게 윙크를 하며 배에 오르라고 신호를 보냈다. 중국인으로 변장을 한 두 사람은 이승만과 임병직이었다.

이승만이 털이 무성한 발그레한 보스윅의 손을 잡고는 그에게 감사의 뜻을 전했다.

"고맙네, 자네가 아니었으면 상해로 갈 일이 막막했을 거야."

"무슨 소리야? 자네 일이라면 내가 마땅히 도와야지. 아무튼 시신을 싣고 가는 배니까 검문은 안 할 거야. 그러니 너무 걱정 말게나."

"아무튼 고마워, 잘 다녀오겠네."

이승만은 자신의 친구 보스윅과 따뜻한 포옹으로 작별인사를 나눈 후 배에 올랐고, 배는 10여분 지나서 태평양 건너편의 중국 상해를 향해 출발했다.

이승만이 상해로 가기 위해 굳이 중국인으로 변장을 하고 밀항을 하게 된 데는 그만한 이유가 있었다.

미국 정부의 여권발급 불허로 이승만의 파리 평화회담 참석은 비록 불발이 되었지만, 이승만이 한국의 대표로 뽑혀 파리평화회담에 참석할 것이란 소문에 자극을 받아, 피가 끓는 동경의 한국 유학생들이 2월 8일 독립선언서를 발표했고, 국내에서도 기독교 · 불교 · 천도교를 망라한 33인의 민족 대표가 3월 1일 오후 2시 태화관에 모여 독립선언서를 낭독하여 조선 독립의 기운이 요원의 불길처럼 불타올라 온 나라를 휩쓸었다.

결국 불발탄이 된 이승만의 파리 평화회담 참석 사건이 역사에 길이 빛나는 3.1운동의 불쏘시개가 된 셈이었다.

이승만도 동포들의 독립 열기에 고무되어 미국 독립의 상징인 필라델피아*에서 서재필과 더불어 대한인국민회와 함께 한인 자유대회를 개최해 한국의 독립을 촉구하는 시가행진을 벌였다.

이런 일련의 사건과 함께 수립된 한국의 3개 임시정부인 상해임시정부와 한성임시정부 그리고 노령 임시정부가 공히 이승만을 대통령으로 선출했다.

일제는 당연히 그를 체포하기 위해 혈안이 되었다, 그들은 곧바로 블랙리스트 1호에 올라 있는 이승만의 목에다 현상금 30만 달러라는 거금을 내걸었다. 당시 30만 달러는 지금 화폐 가치로 따지면 3천만 달러를 상회하는 실로 어마어마한 액수였다.

수년 전 미국 정부가 탈레반 지도자 오사마 빈 라덴 체포를 위해 내건 현상금이 2천5백만 달러였다. 이를 감안하면 일제가 이승만의 목에 내건 현상금 30만 달러는 인류 역사상 최고의 현상금이라고 해도 지나치지는 않을 것 같다.

---

* 필라델피아는 영국과 독립전쟁을 벌이던 미국이 1776년 독립선언문을 발표한 도시

아무튼 이승만은 이처럼 값나가는 사람이었다. 이승만이 대통령에 선출된 후 상해 임정에서는 대통령 취임식을 위해 이승만에게 상해를 방문해 달라고 줄곧 요청했지만, 이승만은 자신의 목에 걸린 30만 달러라는 엄청난 현상금 때문에 함부로 운신을 못했다.

현상금을 노린 국제 사냥꾼들과 일본경찰까지 그의 뒤를 바짝 따라붙어 뒤쫓고 있었던 것이다. 이승만은 정상적인 방법으로는 도무지 중국으로 들어갈 수가 없어서 궁리에 궁리를 거듭하다가 자신의 절친한 친구인 보스윅의 도움으로 시신을 운구하는 장의선을 타고 이날이 되어서야 비로소 상해로 가는 배를 타게 된 것이다.

이승만과 임병직은 부패한 시신 속에 몸을 숨기고, 썩어가는 시신 냄새를 맡아가며 보름을 항해한 끝에 간신히 상해에 당도했다.

항구에는 임정 요인 및 간부들이 세찬 겨울바람을 맞으며 이승만을 기다리고 있다가 그가 모습을 드러내자 태극기를 흔들며 초대 대통령 이승만을 열렬히 맞았다.

환영객은 대략 백여 명이 되었는데, 살을 에는 바람에도 누구 한 사람 몸을 움츠리는 이가 없었다. 그는 자신을 뜨겁게 환영하는 임정 요인들의 열기에 고무되어 만면에 득의의 미소를 지었다.

팔자(八字) 수염을 멋지게 기른 국무총리 이동휘가 뚜벅뚜벅 걸어와 처음 보는 이승만을 와락 끌어안았다.

"각하, 먼 길 오시느라 정말 고생이 많았습니다."

"날도 추운데 이렇게 많은 분이 나와 환영해 주시니 무어라 감사의 말씀을 드려야 할지 모르겠소."

"각하께서 오시는데 당연한 일이지요. 각하 같이 세계적인 명망을 얻으신 분을 우리 대통령으로 모시게 되어 저희들로서는 이보다 더한 영광이 없습니다.”

“국무총리께서 과찬을 하시니 낯이 부끄럽소이다, 하하!”

이승만은 이동휘의 치사에 손사래를 치면서도 자신에 대한 그의 칭송이 싫지는 않아 내심 어깨가 우쭐했다.

“별 말씀을 다 하십니다. 아무튼 각하께서 오시니 이제야 우리 임시정부가 반석에 앉은 듯이 든든해졌습니다. 많은 기대를 하고 있으니 좋은 지도를 부탁드립니다.”

이동휘는 이승만보다 두 살 많았지만 대통령 이승만에게 깍듯이 대했고, 이승만은 말과 행동이 시원시원한 쾌남아 이동휘가 은근히 마음에 들었다. 하지만 동상이몽의 두 사람이 물과 기름 같은 사이가 되는 데는 그리 많은 시간이 걸리지 않았다.

3

“박사님, 될성부른 나무는 떡잎부터 알아본다고 했습니다. 싹이 노랗습니다. 차라리 미국으로 가는 게 낫지 않겠습니까?”

이승만의 비서 임병직은 임시정부 요인들이 대통령 이승만의 뜻을 따르지 않고 회의 때마다 각기 제 주장만 내세우는 데 실망을 해서 이승만에게 미국으로 다시 돌아가자고 성화를 해댔다.

“이놈아, 여기 온 지 얼마나 됐다고 그리 수선을 피워!”

이승만은 눈살을 찌푸리며 임병직이 신중치 못하다고 나무랐지만, 그 역시 마음이 편한 건 아니었다. 임정에 모인 사람들은 십인십색으로 제

각기 생각이 달랐고, 각기 주장을 굽히지 않아 회의 때마다 매번 합의안을 도출하지 못하고 결정을 다음 회의로 미루고 있는 실정이었다. 그야말로 중구난방으로 사공이 많아 배가 산으로 갈 판이었다.

무엇보다 이승만의 신경을 곤두서게 한 것은 한때 자신이 기대를 했던 이동휘의 태도였다. 그는 소련 공산당의 지원을 받고 있는 사회주의자로, 무력투쟁을 통한 독립운동을 강력하게 주장했다.

이승만이 신봉하는 비무장 · 비폭력 외교독립운동 노선과 완전히 배치된 주장인지라, 그들 사이에는 바늘 하나 찔러 넣을 타협의 공간이 없어 서로가 서로의 배타적인 태도에 놀라고 있었다.

이승만이 무장투쟁의 한계와 그 허구성을 지적하면 이동휘는 얼굴이 시뻘겋게 달아올라 자리를 박차고 나가 그를 당혹스럽게 만들었고, 임정에 있는 다수의 요인들이 소련의 힘과 공산주의에 대해 큰 호감을 갖고 있어 이승만의 운신의 폭도 좁았다. 이 탓에 이승만도 임정의 비우호적인 분위기에 형언할 수 없는 고립감을 느꼈다.

이승만이 상해에 온 지 한 달이 지났을 때 간도(間島) 참변에 대한 대책회의가 임시정부 2층 대회의실에서 열렸다.

작년에 있었던 홍범도의 봉오동 전투와 김좌진이 이끈 청산리 전투의 여파로 일본 정규군이 만주로 출병하여 독립군을 소탕한다는 명목으로 독립군의 근거지가 될 위험이 있는 한국인 마을들을 불태웠고, 나아가서 그곳에 거주하는 수천 명의 한국인들까지 무차별 학살함으로써 만주 일대의 한인들을 공포에 떨게 했다.

살아남은 한인들은 피땀 흘려 개간한 간도 땅을 버리고 일본군을 피해 연해주로, 중국으로 달아나기에 바빠 간도가 텅 비어갔고, 종국에는 애써 일군 간도 땅이 무인지경이나 다름없는 황무지로 변해 주인 잃은

밭에서 홀로 훌쩍 커버린 옥수수가 스산한 바람에 서걱대며 외로이 울고
있었다.

　"왜놈들 손에 한 달도 못 되어 무고한 동포 4천 명이 숨졌다고 하오.
이러다간 우리 동포들의 씨가 마를 것이오. 정녕 이런데도 무장투쟁만
고집할 수 있소?"

　이승만은 동포 4천 명이 일본군에게 희생됐다는 사실을 보고받고는
일본군에 대한 증오심을 감추지 못하면서도 동시에 피가 피를 부르는 무
력투쟁이라는 것이 얼마나 위험하고 허망한 것인가를 소리 높여 외쳤다.

　그는 이번 간도 사건을 계기로 임정 내에 만연한 대일 무력투쟁 분위
기를 반드시 일소시켜야겠다고 작정하고는 대통령직을 건 배수진을 쳤
다.

　하지만 이동휘 역시 이승만에게 불만이 많았다. 이승만이 말끝마다
무력투쟁의 가치와 효용성을 비판했고, 나아가서 자신들을 하나만 알고
둘은 모르는 어리석은 위인으로 매도하는 것에 이동휘도 마음이 몹시 상
해 있었다.

　이날도 회의 벽두부터 이승만이 자신이 주장하는 무장투쟁 독립론
을 정면으로 비판하는 데 발끈해서 끝장을 보겠다는 마음으로 이동휘가
눈을 부릅뜨고 목청을 높였다.

　"역사가 발전하는 데 어찌 희생이 없을 수 있소? 우리는 혁명을 하고
있어요! 어느 나라든 혁명을 하는 데는 얼마간의 피가 필요하오. 아무런
대가도 치르지 않고 얻은 혁명은 없소. 비록 희생은 가슴 아픈 일이지만
그 희생의 대가는 꿀과 같이 달콤하고 아름다운 보석같이 빛나는 것이
요. 당장 우리가 편하기 위해 무력투쟁을 하는 것이 아니란 말이요!"

　"이것 보오, 성채(이동휘의 호)! 당신은 사람의 목숨보다 더 소중한 것
이 있다고 생각하시오? 아무리 좋은 명분이 있다고 해도 사람의 목숨을

가볍게 여기는 것은 또 다른 의미의 폭력이요. 남의 폭력은 비판하는 사람들이 어찌 내 자신의 폭력을 미화할 수 있단 말이요? 이건 모순이요."

"말장난 그만하시고 본론을 말하시오. 하고 싶은 게 뭐요? 마음이 들지 않으니 우리보고 이 임정을 나가 달라는 거요?"

"무슨 말을 그렇게 하시오? 아무리 내 말이 마음이 안 들어도 말조심하시오. 난 다만 무력투쟁의 위험을 지적했을 뿐이오.

일본은 이미 누구도 무시할 수없는 초강대국이 되었소. 이런 국가를 상대로 일본군 몇 천 명을 죽였다고 해서 달라질 수 있는 게 대체 무어란 말이요? 우리에게 일본군을 상대할 전력이 있소? 아니면 전력을 키울 능력이 있소?

무력투쟁이 언젠가는 필요할지 몰라도 지금 당장은 바다 같은 호수에 돌멩이 하나 던지는 것이나 다를 바가 무엇 있겠소?

득보다 실이 많다면 죄 없는 동포들을 보호하기 위해서라도 무력 투쟁은 당장 중단하는 게 옳소."

"우남께서 딴에는 동포들을 엄청 많이 생각하시는 것 같아 듣기는 나쁘지 않네요. 하지만 기분이 꿀꿀합니다. 고양이 쥐 생각하는 것도 아니고……, 나 참!

예수 믿어 마음이 비단결같이 고운 우남께서는 그리 하세요. 난 마음이 모진 놈이 되어서 그런지 일본놈을 잘근잘근 씹어 먹지 않으면 혓바닥에 가시가 돋습니다. 한 번 보여드릴까요?"

이동휘는 이승만과의 결별을 이미 마음에 굳힌 듯 시종 조롱과 야유를 그에게 퍼부었고, 이승만의 생각에 오금을 박듯 그를 싸늘한 눈길로 노려보며 한마디를 덧붙였다.

"그리고 모르고 계시니 하나만 더 알려드리지요. 왜 우리가 힘이 없소이까? 우리 등 뒤에는 소련이 있소. 내 등 뒤에 소련 공산당이 있단 말이요. 그들은 민족을 떠나 이념 앞에서 한 형제가 된 사람들이요. 이처럼 든든한 배경이 있는데 우리가 무얼 걱정한단 말이요?"

"성채! 그게 대체 무슨 말이요? 소련 공산당과 손을 잡고 무장투쟁을 하겠다니! 우리 한국을 공산주의자의 노예로 만들 생각이요?"

이승만도 불이었지만 이동휘도 그 못지않은 불이었다. 이성의 불과 감성의 불이 부딪힌 것이다. 자유의 신봉자 이승만과 공산(共産) 이념의 신봉자 이동휘가 용호상박(龍虎相搏) 하듯이 맞붙어 불꽃을 사방에 튀겼다.

이들의 싸움을 어찌 보면 신과 인간의 격돌이라고 할 수도 있다. 이승만의 신을 바탕에 둔 인간에 대한 진실한 사랑과, 이동휘의 발등에 떨어진 불은 단숨에 꺼야 한다는 인간의 절박한 욕망이 충돌한 것이라고 볼 수도 있다.

회의에 참석한 모든 사람들은 두 사람의 설전을 바라보며 침묵했다. 어느 한 쪽이 전적으로 옳다고 할 수도 없고 반대로 어느 한 쪽이 틀리다고 할 수도 없기 때문이었다. 둘 다 선(善)이었고 둘 다 정의(正義)였다. 둘에겐 불순한 동기도 없었다, 다만 문제가 있다면 입장 차이와 더불어 포용과 편협 그리고 독선과 아집의 문제가 있을 뿐이었다.

그러나 이것은 걸음마를 막 뗀 임정에겐 너무나 큰 불행이었다. 임시정부는 이해관계를 달리하는 각 정파가 모인 모래성이었다. 이들의 대립과 반목은 이합집산으로 사상누각이나 다름없는 임시정부를 한순간에 날려버릴 수 있는 강력한 폭발력을 지니고 있었기 때문이다.

안창호도 김규식도 입을 굳게 다물었다. 두 사람의 신념이 워낙 강해 부러질지언정 굽히지 않는, 그래서 서로에게 한 치의 양보도 있을 수 없다는 걸 그들도 잘 알았다.

모두의 얼굴이 침통했다. 이것은 곧바로 모두가 걱정하는 분열에 대한 두려움을 말하고 있었다.

이동휘는 한때 이승만에게 큰 기대를 갖고 있다가 지금은 미국 자본주의에 물든 매국적 인사라는 인식이 강해 그에 대한 불만이 컸다. 이승만이 윌슨이 설립을 주도한 국제연맹에 나라를 헌납하려고 했다는 생각 때문이었다.

"공산주의가 어때서요? 모두 같이 잘 살자는 것인데, 공산주의가 어때서요?"

"당신 돌았소? 볼셰비키 혁명 이후에 얼마나 많은 무고한 사람들이 희생됐는지 아시오? 당신은 피가 그렇게도 좋소? 피를 그렇게도 맛보고 싶소?"

"그렇소, 난 모진 놈이라고 내 입으로 말하지 않았소? 그러니 이젠 갈라섭시다. 난 이젠 당신한테 기대할 게 없단 걸 알았소. 당신은 당신대로 나는 나대로 가는 게 좋겠소. 국무총리직 그만두겠소!"

이동휘는 곤색 양복저고리 안주머니에 찔러둔 사직원을 꺼내 그 앞에 던져놓고는 사람들이 만류할 새도 없이 자리를 털고 일어나 나가버렸고, 이들의 설전을 묵묵히 지켜보던 박용만도 힐끔 이승만을 한 번 쳐다보더니 시니컬한 웃음을 지으며 나갔다.

이승만에 대한 이동휘의 공개적인 공세 이후, 이승만의 임정 지도 노선에 대한 도전이 노골화되면서 정파 간의 갈등이 폭발해 안창호, 김규식이 임정에서 탈퇴하는 사태에 이르렀고, 이승만도 상해 임정에 머무는 것이 더 이상 의미가 없다고 생각해 그 해 여름 임병직과 함께 쓸쓸히 미국으로 되돌아갔다.

4

화불단행(禍不單行)이라 했던가. 상해에서 돌아온 이후 운명의 신에게 시험당하듯 이승만의 인생은 시련의 연속이었다. 박용만의 사주를 받은 그의 지지 세력들은 이승만이 돌아오자 임정 분열의 책임을 이승만에게 전가하며 그를 맹비난했다.

"이승만은 권력에 미친 더러운 인간이다."

"무책임하고 무능한 인물."

이것은 이승만에게 빼앗긴 하와이 교포사회의 지배권을 그에게서 다시 되찾아오기 위한 박용만 지지 세력의 의도적인 음해였다.

하지만 임정 분열의 원인은 이들의 주장과 달리 전혀 엉뚱한 데 있었다. 임정 분열의 표면적 이유는 미국 문화에 심취한 이승만과 러시아 혁명에 자극받은 열렬한 사회주의자 이동휘 양자 사이의 투쟁노선 차이에 따른 불신과 반목이었으나, 실제는 돈 문제가 가장 컸다.

상해 임정 요인들은 이승만이 상해 임정 대통령으로 부임하게 되면 하와이 교민 사회로부터 충분한 재정적 지원이 뒤따를 것으로 기대했다.

하지만 학수고대했던 금전적 후원은 고사하고 이승만이 자기 방식의 독립운동만을 주장하며 황소고집을 피우는 통에 사회주의 계열의 임정 요인들은 아연실색했고, 이승만에게선 그들이 기대한 것을 눈곱만치도 얻을 수 없다는 사실을 뒤늦게 깨닫고서야 슬그머니 이승만에게 등을 돌린 것이었다.

하와이 이민 역사는 20년에 가까웠다. 그런데도 교민들은 아직 경제적으로 크게 성공을 거둔 사람이 많지 않았다. 애국심은 뜨거웠으나 상당수가 노동에 종사하고 입에 풀 칠 하기도 바쁠 만큼 살림살이가 모두 팍팍했다.

상해 임정이 하와이 교민 사회의 경제적 지원에 큰 기대를 걸었던 것 자체가 현실을 살피지 못한 경솔한 판단이었다.

아무튼 이승만은 우여곡절 끝에 박용만 지지 세력의 집요한 도전과 공격을 뿌리치고 하와이를 지켜내는 데 간신히 성공하고는, 상해 임정 당시의 경험과 교훈을 살려 독립운동을 위해서는 재정자립도를 높여야 한다는 생각에 교민들의 후원을 받아 하와이 올라 섬에 100만 평의 땅을 매입했다.

밀림에 널린 나무들을 벌채하여 가구용으로 내다 팔고 숯을 구워 폭탄 제조회사에도 납품할 계획이었던 것이다. 후원금에 기대어 독립운동을 한다는 것은 언 발에 찔끔찔끔 오줌 누는 것에 지나지 않아 사업 지속성에 한계가 있을 수밖에 없기 때문이다.

하지만 사업능력도 부족했고 운도 따르지 않았다. 운영 미숙에 이어 대공황까지 불어 닥쳐 벌목을 위해 세운 동지식산회사가 설립 5년 만에 파산했다.

이 때문에 교포사회에서 굳건했던 그의 입지가 흔들렸다. 이승만이 상해를 떠나 오랫동안 대통령 자리를 비우고 있다는 이유를 들어 5년 전에 상해 임정이 이승만을 임정 대통령직에서 이미 탄핵까지 했던 터라, 동지식산회사 파산은 이승만에게 엄청난 타격이었다. 교포들이 사방에서 그에게 반발하고 나서 그의 리더십에 금이 가기 시작했다.

어떤 고난과 역경에도 웃음을 잃지 않던 이승만의 얼굴에 어두운 그림자가 드리우기 시작한 것도 이 무렵이었다.

그런데 뜻밖에 태평양 건너편에 있던 상해 임정의 김구가 그에게 구원의 손길을 내밀었다. 1931년 일본이 만주사변을 일으켜 동북아 정세가 요동을 쳤다.

국제연맹은 고조된 중·일 갈등을 해결하기 위해 스위스 제네바에서 이 문제를 다루기로 했는데, 임정은 이 회의에 한국의 독립 문제를 의제로 올리기로 하고 국제 감각이 탁월한 이승만에게 그 임무를 맡기기로 한 것이다.

실의에 빠져 우울한 나날을 보내고 있던 이승만은 김구의 제의에 반색하고는 김구에게 감사의 뜻을 전한 다음 죽음을 무릅쓰고라도 반드시 사업을 성공시키고 말겠다는 무서운 결의를 다지며 서둘러 스위스로 향했다.

그러나 일본의 벽은 너무 높았다. 이승만은 일본 포위 작전에 소련을 끌어들이려고 했지만, 소련은 이승만이 소련에 대해 매우 적대적인 인물이라는 기본적인 인식을 갖고 있었다.

소련은 그의 소련 입국 자체를 불허했다. 또 국제연맹의 모든 국가가 일본의 돈에 매수되어 있었다. 이승만의 야무진 희망은 말 그대로 희망사항일 뿐이었다. 한국 문제의 제네바 회의 의제 상정은 국제연맹의 문턱도 넘지 못했고, 이승만이 각국 외교관들에게 뿌린 유인물은 그들의 손에 들어가는 즉시 쓰레기통으로 직행했다.

그는 도리 없이 빈손으로 미국으로 되돌아갔다. 제네바 행의 본래 목적이 산산이 부서져 이승만은 심사가 복잡했다. 하지만 전혀 수확이 없었던 것은 아니다.

일본의 방해공작 때문에 한국의 독립 문제를 회의 의제로 상정하는 일은 무위로 끝났어도, 평생 반려자가 될 프란체스카 여사를 제네바에서 만난 것이다.

어느 날 이승만은 자신이 묵고 있던 제네바의 드 뤼씨 호텔 식당에 자리가 없어서 프란체스카와 그녀의 어머니가 식사를 하고 있던 자리에 우연히 합석을 하게 되었다.

삼십대 초반의 그녀는 이승만이 제네바 일대의 신문에 투고한 기사를 통해서 그를 잘 알고 있었고, 한국에 대해서도 상당한 지식을 갖고 있었다.

이 때문에 이승만은 너무 놀라서 벌어진 입을 다물 수가 없었다. 당시 유럽인들 가운데는 한국을 아는 사람이 없었다. 가뭄에 콩 나듯 아는 사람을 만난다고 해도 기껏 백이면 백, 한국을 일본의 한 지역으로 알고 있을 뿐이었다.

그런데 그녀는 한국이 일본에 무력으로 강제 병합되었다는 사실뿐만 아니라 이승만이 한국의 독립을 위해 고군분투하고 있다는 사실도 알고 있었다. 또 그를 한 번 만나고 싶은 마음도 있었다고 털어놓기도 했다.

그는 솔직하고 지적인 벽안의 이 젊은 여성에게 첫눈에 반해 깊은 호감을 느꼈다. 만남을 거듭하면서 이들은 스물다섯이라는 나이 차이를 뛰어넘고 국경과 인종을 초월한 사랑을 키워 후일 미국에서 부부의 연을 맺기에 이른다.

게다가 제네바에선 새로운 교훈도 얻었다.

잃는 것이 있다면 자연히 얻는 것도 있게 마련이다. 미국과 일본이 우호적인 관계를 유지하고 있는 이상 세계 최강국이 된 일본을 직접 상대해서 싸운다는 것은 무용하다는 것을 깨달았다.

하지만 냉정한 국제관계에 영원한 친구는 없는 법이라, 미ㆍ일 양국이 서로에게 눈이 멀어 지금 당장은 죽고 못 사는 격렬한 사랑을 나누고 있을지라도, 언젠가는 파경을 맞는 부부들처럼, 이들 양국도 틈이 벌어져 이혼법정에 설 날이 꼭 올 것이라고 믿었다.

그래서 그는 장기전을 펼칠 요량으로 때를 기다리며 자신이 워싱턴에 설립한 구미위원부를 통한 대미외교 선전 사업을 강화해 나갔다.

〈일본의 가면을 벗긴다〉

1

뉴욕 플레밍 H, 레벨 출판사 사장 플레밍의 입에서 함박웃음이 끊이지 않았다. 창고에 들어 앉아 시꺼먼 먼지가 수북이 쌓여가던 『JAPAN INSIDE OUT』(*역서: 일본의 가면을 벗기다)가 날개 돋친 듯 팔려나가고 있기 때문이다. 한때 사장 플레밍의 골칫거리가 되었던 『JAPAN INSIDE OUT』의 재고는 금방 동이 났고, 밀려드는 주문을 소화하느라 윤전기는 굉음을 울리며 쉴 새 없이 돌아가고 있었다.

"이 박사, 대박이 났어요, 대박이!"

12월에 일본이 미국의 진주만에 대대적인 공습을 감행함으로써, 일본의 미국 공격 가능성을 예언하며 불행을 막기 위해 미국이 일본에 대해 선제공격을 해서 일본의 숨통을 끊어놓아야 한다고 주장했던 이승만의 예측이 책이 발간된 지 딱 다섯 달 만에 정확하게 맞아 떨어졌기 때문이다.

이승만이 이 책을 내놓았을 때만 해도 미국 조야(朝野)의 반응은 싸늘하기 짝이 없었다.

"그 양반 나이가 들더니 정신이 오라가락 하나 보군!"

"제 나라 독립을 위해 미국을 끌어들이겠다고? 얄팍한 계산이지 무엇이겠나. 정말 교활한 노인이야.”

“늙은이 헛소리에 흥분할 필요 없어. 그저 노망든 노인네가 할 일 없어 지껄이는 허튼소리로 치부하면 돼!”

이승만을 전쟁광으로 몰아세우며 그를 흠집내기에 여념이 없던 미국 조야는 일본의 진주만 공습으로 그에 대한 인식이 한순간에 돌변했다.

“이 박사는 성서 속의 선지자 같은 사람이야!”

“대체 그걸 어떻게 알아냈지? 정말 소름끼칠 정도로 무서운 양반이야!”

“놀라운 통찰력이야. 그런 사람이 미국에 있었다는 걸 우리는 왜 진작 몰랐지?”

“그나마 다행이야. 그 같은 사람이 있다는 게 우리 미국엔 행운이 아니겠어?”

이승만에 대한 비난과 조롱이 하룻밤 사이에 존경과 찬사로 반전되었다. 이승만 역시 책이 잘 팔려 사장 플레밍에게 진 마음의 빚을 얼마간 갚은 것 같아 마음이 홀가분했다. 플레밍 사장이 상업적 이익을 무시하고 이 책을 흔쾌히 발간해 주었지만 미국 조야로부터 온갖 야유와 질타에 시달리며 책까지 팔리지 않아 그간 플레밍 사장의 얼굴을 볼 낯이 없었기 때문이다.

플레밍 사장을 바라보는 이승만의 눈빛은 활력으로 넘쳐났고, 거뭇거뭇 저승꽃이 드문드문 피어난 얼굴에는 여유로운 미소가 번지고 있었다.

“정말 고맙소. 당신이 아니었으면 이 책은 어디에서도 세상 빛을 못 볼 뻔했소.”

“천만의 말씀이오. 난 이 박사 글을 보고 한순간에 알아봤소. 이런 책을 내지 않으면 어떤 책을 내겠소? 이 책은 출판인으로서 내 양심과 명예를 걸고 낸 책이었소. 아무튼 이젠 순풍에 돛을 달았으니 걱정 붙들어

매시오. 이 박사도 이젠 날개를 달겠지만 나도 한 몫 단단히 챙길 것 같소, 하하하!"

플레밍은 유쾌한 웃음을 지으며 인세로 거금 1만 달러를 그에게 내놓고는 귀엣말로 한마디를 덧붙여 그를 놀라게 했다.

"지금 국방성에서 이 박사를 찾고 있소."

"뭐라고요? 누가 찾는다고요?"

"정보조정국(Coordinator of Information: COI) 굿펠로우 대령이오."

그의 전언에 이승만은 믿어지지 않는 듯 깜짝 놀라는 표정을 지었고, 무언가 짚이는 바가 있었던지 가슴이 울컥해지며 두 눈이 금방 촉촉이 젖었다.

굿펠로우는 미국 정보조정국의 2인자로 이승만이 일찍이 그에게 미국의 대일 특수작전이나 정보작전에 재미 한인 청년들을 참여시키고 싶다는 뜻을 전한 바가 있었다. 당시 굿펠로우는 이승만의 말에 콧방귀도 뀌지 않았다. 그에게 단 한 번의 눈길도 주지 않던 그가 이승만을 갑자기 찾는다는 것이었다.

이승만은 흥분으로 가슴이 미어질 것만 같았다. 대일 전선에 이젠 우리 한국인도 연합군의 일원으로 참전할 수 있는 길이 열렸다는 희망 섞인 기대로 가슴이 한껏 부풀었다.

이승만이 출판사를 나설 무렵 백설기 같은 흰 눈이 하늘에서 펄펄 내렸다. 그는 이 눈이 오늘의 이 경사스런 일을 축하해 주는 서설(瑞雪)이라 여기며 어린아이같이 신나게 눈발을 즐기며 거리를 걸었다.

2

워싱턴으로 돌아온 이승만은 벽난로 옆에서 차를 끓이고 있던 아내 프란체스카의 손을 잡으며 싱긋 웃음을 지었다.

"프란체스카, 그간 고생 많았어요."

"당신, 뉴욕 갔던 일이 잘 됐나 봐요."

"그렇다마다요. 책이 연일 매진사례요."

"정말이요?"

벽안(碧眼)의 프란체스카는 남편의 말이 믿어지지 않는 듯 커다란 두 눈을 깜빡거리며 멀뚱거렸다. 남편의 말에 그녀는 잠시 얼이 빠진 듯했다.

"허, 이 사람이 내 말을 못 믿는군."

이승만은 멍한 표정의 아내를 바라보며 껄껄 웃더니 그녀의 손에 일만 달러짜리 수표를 대뜸 쥐어주었고, 수표를 받아든 그녀의 눈이 놀라움으로 반짝거렸다.

"여보!"

그녀의 눈은 손에 받아 든 이 수표가 가짜가 아닌지 묻는 것만 같았다.

"진짜요, 내가 당신 볼을 한 번 꼬집어볼까요?"

이승만이 그녀의 빨간 볼을 꼬집으려 하자 그의 장난기에 그녀가 손사래를 치면서 눈시울을 붉혔다.

가난한 식민지 국가 출신 남편의 생활은 절약이 몸에 배어 있었다. 찢어진 옷은 기워 입었고, 터진 신발을 꿰매 신었고, 구멍 난 속옷에는 천을 대어 다시 기웠다.

이 때문에 이승만의 옷은 누더기라 불러도 좋을 만큼 성한 곳이 없었다. 그녀의 남편은 행여 아까운 음식을 버리지 않을까 식재료 구입에도 과도한 지출을 못하게 잔소리를 가끔 해댔다. 당연히 그녀의 시장바구니를 채운 것은 늘 식빵과 사과 한두 알, 계란 서너 개, 치즈 한 봉지가 전부였다.

오스트리아의 부잣집 딸로 태어나 가난이라는 것을 모르고 자랐던 터라 이승만의 지나치게 검소한 생활이 그녀에겐 한때 적지 않은 스트레스였으나, 8년을 살아오면서 그녀는 자신의 남편이 왜 자신에게 그토록 가혹한지 그 이유를 알고 나서는, 남편의 절약에 같이 힘을 보탰다.

한 푼이라도 아껴 나라 독립을 위하는 길에 쓰겠다는 남편의 고결한 뜻을 그녀는 무시할 수 없었다.

친정의 격렬한 반대와 스물다섯이란 나이 차이를 극복하고 그녀가 평생의 반려자로 선택한 사람이 이승만이었다. 그녀는 사랑하는 남편을 위해서라면 불구덩이에 뛰어들 수 있을 만큼 언제나 마음이 단단히 준비가 되어 있었다.

하지만 그녀도 사람인지라 사과를 한 짝씩 사가는 사람들을 보면 자신이 괜히 초라해지고 그들이 부러워지는 건 어쩔 수 없었다.

결혼 8년 만에 남편한테서 1만 달러나 되는 거금을 처음으로 받아든 그녀의 손이 바람에 흔들리는 꽃잎마냥 파르르 떨렸다.

"여보, 이거 정말 우리 거예요?"

"그렇다니까? 그걸로 뭘 하고 싶소?"

"글쎄요, 지금은 아무 생각이 안 나요. 그냥 멍해요."

"그럼 내가 시키는 대로 하겠소?"

그녀가 남편을 말없이 바라보며 고개를 끄덕였고, 이승만이 설렘과 흥분으로 어찌할 바를 모르고 있는 그녀를 사랑스런 눈으로 보면서 싱긋 웃었다.

"이 돈으로 당신이 원하는 집을 한 채 사시오. 이 집 저 집 돌아다니는 사글세 살이 이젠 지겹지 않소? 집을 사서 집도 꾸미고 뜰에 꽃도 심고 상추도 심어 뽑아 먹고, 어떻소?"

"......"

눈시울을 붉히고 있던 프란체스카는 그의 말에 마침내 감정이 북받쳐서 어깨를 들썩이며 눈물을 흘렸고, 그녀의 등을 감싸 안는 남편의 품에 안겨 그녀가 사랑을 연발했다.

"I love you!"

그녀의 눈가에 맺힌 이슬 같은 눈물방울에 하얀 햇살이 부서져 내려 두 사람을 환히 비추고 있었다.

3

예상과 다르지 않게 정보조정국의 굿펠로우는 대일 첩보전에 투입할 한국 청년들을 추천해 줄 것을 이승만에게 부탁했고, 그는 한국인 청년 수십 명을 그에게 천거했는데, 얼마 지나지 않아서 그에게서 다시 연락이 왔다.

미국이 일본의 최신예 항공모함 4척을 중부 태평양의 미드웨이 섬 인근에서 수장시키며 역전의 발판을 마련한 바로 그 무렵이었다.

때는 바야흐로 1942년 6월경이었다.

이승만이 국방성 정보조정국에 들어서자 머리 기름을 잔뜩 발라 머리칼에 윤기가 잘잘 흐르는 굿펠로우가 자리에서 벌떡 일어나 두 팔을 벌려 그를 맞았다.

"오시느라 고생 많았습니다. 먼저 차를 한 잔 하시죠?"

"차는 됐소. 본론으로 바로 들어갑시다."

그의 말에 굿펠로우가 당황했는지 머쓱한 표정을 지었고, 이승만은 무심코 자신이 결례를 했다는 걸 알고는 계면쩍은 얼굴을 하고 싱긋 웃었다.

"내 나이 칠순을 바라보고 있지만 아직도 성질이 좀 급하오. 미안하오."

"천만에요!"

굿펠로우는 호기심 어린 눈으로 그를 바라보며 그의 사과에 웃음으로 응대했다. 그는 이승만이란 사람을 만나면 만날수록 그에게 묘한 매력을 느꼈다. 나이가 들면 삶에 찌들어 열정이 사라지기 마련이지만, 이승만은 예외로 머리칼은 백발이 다 된 사람이 가슴에는 항시 청년 같이 불타는 열정을 품고 있었기 때문이다.

물론 그가 조국 독립이라는 인생의 숙원사업을 안고 산다는 것을 감안하더라도 그는 다른 이들과는 많이 달랐다. 그는 지혜로웠고, 문제의 본질을 꿰뚫는 통찰력과 더불어 천리안을 가진 사람처럼 뛰어난 예지력까지 겸비해서 그와 대화를 나누고 있노라면 눈이 번쩍 뜨이는 인생의 새로운 깨달음을 얻을 때가 많았다.

그는 이승만에 대한 궁금증을 이기지 못해 인구(人口)에 한참 회자되고 있는 그가 쓴 『JAPAN INSIDE OUT』을 읽어보기도 했다. 아무튼 그는 이승만을 보면 괜히 기분이 좋았고, 자신도 늙는다면 이승만과 같은 모습으로 늙고 싶다는 생각을 잠시 했다.

그가 싱긋 웃으며 입을 열었다.

"좋습니다. 다름 아니라, 이 박사께서 한국인을 대상으로 한 대민 선전업무(對民宣傳業務)를 좀 맡아 주셔야겠습니다."

"선전업무요?"

"그렇습니다. 해전에서는 일단 우리가 일본을 제압을 했는데 앞으로가 관건입니다. 동남아에 진을 치고 있는 일본군을 몰아내더라도 문제는 만주와 한국 그리고 일본 본토에 있는 일본군들입니다.

한국, 일본, 만주에는 한국인들이 많이 살고 있지 않습니까? 이 사람들이 후방에서 일본군을 교란시켜 준다면 우리 미군 입장에서는 작전을 펼치기가 훨씬 수월해질 것입니다. 이 박사께서 원하시는 일 아닙니까? 당연히 맡아주시겠죠?"

"하하, 여부가 있겠습니까!"

이승만은 만면에 미소를 지으며 고개를 끄덕였다. 오랜 기다림 끝에 우리의 힘으로 일본을 맞아 싸울 수 있게 되었다는 것이 그로서는 무엇보다 기뻤다.

미군과 함께 양동작전을 펼치는 것은 이젠 한국이 연합군의 일원이 된다는 의미였다. 연합군의 일원이 된다면 전후 처리 과정에서 우리의 목소리를 충분히 낼 수 있고, 그에 따라 우리의 몫을 우리의 힘으로 되찾을 수 있다는 의미이기도 했다.

〈JAPAN INSIDE OUT〉 출간 이후 얽히고설킨 복잡한 실타래가 하나둘씩 풀리고 있었다. 그토록 멀게만 느껴졌던 독립이 자신의 발아래에 와 있는 것만 같아서 이승만은 자꾸만 가슴이 두근거렸다. 부풀어 오르는 가슴은 터질 것만 같았고, 붕 뜬 마음은 이미 태평양을 건너 한국 땅을 누비고 있었다.

미국의 소리방송

1

'미국의 소리(Voice of America)' 방송을 통해 이승만의 연설을 들은 보성전문학교 교장 김성수가 긴장된 얼굴을 하고 고하 송진우의 집을 부리나케 찾았다. 송진우는 일제의 강압으로 동아일보 사장직에서 사퇴하고 집에서 칩거 중이었다.

김성수는 누가 들을세라 송진우가 혼자 두고 있던 바둑판을 옆으로 슬쩍 밀친 후 그에게 바싹 다가앉았다.

"고하, 이 박사 방송을 들었소?"

"물론이오."

"이 박사가 정말 대단한 일을 했소."

"그 양반이야 원래 거물 아니요?"

"그렇긴 해도. 이 박사가 미국 정부까지 움직일 줄은 몰랐소."

김성수는 감개무량한 표정으로 흥분해서 입에 침이 마르도록 이승만에 대한 찬사를 아끼지 않다가, 문득 무슨 생각이 나서 송진우에게 나지막이 물었다.

"듣자하니, 총독부에서 고하께 학도병 지원유세 연설을 하라고 했다고 하던데, 어찌 하실 생각이오?"

"물어보나 마나요. 내가 미쳤다고 그놈들 수작에 놀아나겠소? 신문사까지 폐간된 마당인데 내가 대놓고 그놈들 욕은 못할망정 그놈들을 위해 일할 생각은 추호도 없소."

"그럼 어찌할 생각이오?"

"병이나 핑계대고 방에서 뒹굴뒹굴 몸을 굴리면서 책이나 읽고 바둑이나 두면서 소일할 생각이요. 나하고 바둑이나 자주 둡시다."

"아무튼 생각은 잘 하시었소. 하지만 막다른 길에 몰리면 쥐도 고양이를 문다고 하는데, 왜놈들이 발악을 하면 무슨 짓을 할지 모르오. 조심 또 조심해야 하오"

"인촌도 조심하시오."

"당연하지요. 아무튼 일제의 패망이 멀지 않은 것은 분명한 것 같소이다."

"잠자는 호랑이의 코털을 건드려 놨으니 그놈들이 무사할 리 있겠소?"

송진우의 말에 김성수가 고개를 끄덕이고는 안경 너머로 눈을 번뜩이며 나지막이 말했다.

"고하, 독립이 머지않았다면 우리도 마음을 단단히 먹어야 할 것이오. 이 땅에 붉은 물이 든 사회주의자가 너무 많아 걱정이오."

"공산주의는 안 될 말이요. 내가 들어보니 공산주의는 어미 아비도 없고, 스승도 없고, 위아래도 없고, 인륜과 천륜도 없는 패륜적인 이념이라 했소.

모두 다 잘 사는 세상을 만드는 거야 누가 뭐라 하겠소만, 부모도 몰라보게 하는 이념이라면 이건 짐승 같은 세상을 만드는 쓰레기일 뿐이오. 당연히 우리기 막아야지요."

김성수는 송진우의 의견에 아주 만족스런 표정을 지었고, 그가 자신의 지기(知己)라는 사실이 마냥 든든하기만 했다.

이승만의 방송 이후 만난 조선 교육문화계의 두 거두 인촌 김성수와 고하 송진우는 독립 이후에 일어날 여러 가지 문제를 예상하면서, 자신들이 해야 할 일에 대해 진지한 고민을 본격적으로 하고 있을 때, 사회주의 진영에서도 비슷한 움직임이 일었다.

고려공산청년회 위원장 박헌영은, 일제의 좌익에 대한 일제 단속에 걸려 경성제대 출신의 인텔리 공산주의자 이강국이 좌익혐의로 체포되면서, 비서 이주하와 함께 일본 경찰의 눈을 피해 광주 벽돌공장에서 은신 중이었다. 그들은 낮에는 노동자로 위장하여 벽돌공장에서 일하고, 밤이면 인근 마을을 다니며 공산주의 이념을 전파하는 데 전념했다.

박헌영은 자신의 비서인 이주하가 들고 온 단파 라디오에서 난데없는 이승만의 방송을 듣고 화들짝 놀라 하던 일을 멈추고 주변을 두리번거리다가 슬그머니 마당에 산더미처럼 쌓인 벽돌무더기에 몸을 숨겨 라디오에 귀를 기울였다.

"동포 여러분, 나 이승만입니다. 왜놈들이 스스로 멸망을 재촉하느라고 미국에 대해 사전 예고도 없이 전쟁을 벌였습니다만, 왜놈들은 태평양 미드웨이 섬 근처에서 미군에 의해 완전히 수장이 되었습니다.

무려 네 척의 최신 항공모함이 부서져 왜놈들이 미군에게 대패했습니다. 미군은 지금 자신들이 받은 피해의 천 배 만 배를 갚아 줄 것이라 보복을 다짐하고 있습니다.

미국은 일본과 비교할 수 없는 큰 나라입니다.

일본의 멸망이 멀지 않은 이때에 만주와 한국 그리고 일본에 걸쳐 있는 우리 동포들이 할 일이 있습니다.

비밀리에 왜놈들의 군수기지를 파괴하시고, 왜놈들의 철길을 끊어놓

으시고, 왜놈들의 발을 묶고 왜놈들을 괴롭힐 수 있는 일이라면 무엇이
든 해야 합니다.

동포 여러분, 나 이승만은 우리의 자유와 독립을 위해 동포 여러분이
떨쳐 일어나시기를 촉구합니다. 우리의 자유를 회복하는 것은 우리의 손
에 달렸습니다.

독립의 서광이 비치고 있습니다! 일어나서 싸웁시다! 피를 흘려서라
도 싸웁시다! 자손만대에 자유를 물려주기 위해 이젠 피를 흘리며 싸워
야 할 때입니다. 동포 여러분, 왜놈들이 망할 날이 머지않았습니다. 싸웁
시다! 죽을힘을 다해 왜놈과 싸웁시다! 지금은 그들과 싸워야 할 때입니
다.

왜놈들과의 싸움은 이제 우리 혼자 하는 게 아닙니다. 왜놈들은 자신
들의 그 더러운 욕심 때문에 전 세계인의 적이 되었습니다.

세계 최강국인 미국이 우리를 돕고 있습니다. 뭉쳐서 싸워 왜놈들을
송두리째 한국 땅에서 몰아냅시다!"

단파에 실린 이승만의 목소리가 '미국의 소리(Voice of America)' 방송
을 통해 라디오에서 계속 흘러나오고 있었다. 박헌영은 가슴이 먹먹했
다. 그의 눈자위도 단풍같이 붉어졌다. '이젠 독립이 머지않았단 말이
지? 그럼 혁명의 시기도 머지않았어. 이젠 준비해야 해. 온 조선 땅에 사
회주의의 붉은 깃발을 꽂고 봉건의 잔재를 청산하고 인민의 세상을 만드
는 거야!'

박헌영은 이승만을 한 번도 본 적은 없어도 그의 이름과 이력은 익히
들어 너무나 잘 알고 있었다. 만민공동회를 이끈 투사로, 나라의 밀사로
미국 대통령을 만났고, 한국 최초의 미국 박사이며, 이미 죽은 윌슨의 친
구였고, 임시정부 초대 대통령이란 사실도 알고 있었다.

그 같이 화려한 이력을 가진 이승만의 말이라면 일본의 패망은 시간 문제일 뿐 기정사실이라고 그는 생각했다.

"이 동지!"

"예, 위원장 동지!"

"방금 이승만 박사 방송을 듣고 어떤 생각이 들었소?"

"왜놈들이 이 땅에서 물러갈 날이 머지않았다는 생각이 들었습니다."

"물론이요. 그보다는 이제 우리가 더 신경 써야 할 일이 있소!"

"무엇인지요?"

"조직을 풀가동해서 다가올 미래를 대비해야 하오. 그리고 각 조직원들에게 연락해서 왜놈들의 군수시설을 타격하는 데도 심혈을 기울여야 하오. 그래야만 이 박사 말처럼 우리 손으로 우리의 독립을 쟁취할 수 있을 것이오."

"……"

이주하는 말없이 고개를 끄덕이다가 회심의 미소를 짓고 있는 박헌영에게 물었다.

"위원장 동지. 그런데 이 박사는 대체 어떤 인물입니까?"

"잘 모르시오?"

"이름은 익히 들었지만……"

자생적 공산주의자 이주하는 공산주의 이론에는 해박했지만 나이가 젊어 이승만에 대한 기억이 별로 없었다.

"한 마디로 이 박사는 우리 민족의 영도자요. 사회운동 경력도 아주 길고, 그보다 화려한 이력을 가진 사람이 없소. 미국을 움직이는 걸 보니 그가 더 대단하다는 생각이 드오."

"그렇다면 그런 분을 우리 지도자로 모시는 게 어떻겠습니까?"

이주하의 말에 박헌영이 놀라워하며 누런 이를 드러내고는 껄껄 소리 내어 웃었다.

"이 동지는 어찌 나하고 똑같은 생각을 했소!"

"위원장님도 같은 생각을 했습니까?"

"그렇소. 이 박사 같은 인물을 영입만 한다면 우리가 이 땅에 붉은 깃발을 확실히 꽂을 수 있을 것이오."

박헌영의 목소리는 몹시 호기로웠다. 눈을 부릅뜨고 주먹을 불끈 쥔 모습은 자신의 생각을 확신하는 눈치였다. 하지만 박헌영은 이승만을 잘 몰랐다.

공산주의에 대해 이승만이 갖고 있는 견해가 어떤 것인지도 몰랐고, 그가 소련에 대해 어떤 생각을 갖고 있는지도 몰랐다. 다만 그는 이승만이 이 땅에서 가장 명망이 높은 인물이라는 것에만 관심이 있었고, 그에게 적당한 감투를 주어 회유할 수 있지 않을까 하는 제 나름의 얄팍한 계산만 하고 있을 뿐이었다.

아무튼 이승만의 미국의 소리 방송 이후 국내에서는 그간 잊혀져 있던 이승만에 대한 새로운 인식이 싹 트면서 그에 대한 기대감이 나날이 높아지고 있었다.

환 국

I

미 국무부에 비자 신청을 하러 갔던 임병직이 코가 석 자는 빠져서 다시 되돌아왔다. 이승만은 그의 모습으로 보아 굳이 물어보지 않아도 결과는 뻔했지만, 미련을 버리지 못해 그에게 의미 없는 물음을 던졌다.

"병직아, 비자 발급은 어찌 됐냐?"

"박사님, 면목 없습니다."

이승만이 한숨을 내쉬며 미간을 찌푸렸다.

"제기랄, 이 빌어먹을 놈들은 왜 비자를 내주지 않는 거야? 여보 물 한 대접만 가져와요!"

이승만은 해방이 되고도 한 달이 다 되어가도록 미국 국무부에서 비자를 내주지 않아 귀국을 못하고 있었다.

카이로 회담을 전후해서 나온 한국에 대한 신탁통치 방안과 소련이 한국에 대한 지배권을 가져간다는 소문까지 있어 이승만이 이에 강력 반발하면서 미국의 동맹국인 소련에 대해 신랄한 비난을 쏟아내는 바람에 미국의 입장이 매우 난처해졌기 때문이었다.

한국의 정세 안정을 위해서는 동맹국 소련의 절대적인 협조가 필요한데, 이승만이 자꾸만 소련을 자극하는 발언을 일삼아 미국 정부가 이승만을 기피인물로 삼은 것이다.

귀국을 못해 애를 태우던 이승만은 우여곡절 끝에 1945년 10월 16일 프린스턴 재학 시절 친분을 쌓았던 맥아더가 제공한 도쿄 사령부 소속 미군 비행기를 타고 김포 비행장으로 입국했다.

미국은 처음에는 이승만의 입국을 전혀 고려하지 않았다가 한국인들이 이승만을 열렬히 찾고 있다는 사실을 알고 한국의 정세 안정을 위해 이승만을 급히 불러들인 것이다.

이승만이 서울에 들어왔을 때는 김일성이 소련 공산당의 비호 아래 북한에 발을 들여 놓은 지 한 달이 지난 후였다.

당시 소련의 스탈린은 지중해로 진출하려는 야심을 품고 영국에서 열린 전승국 회의에서 리비아의 트리폴리 지역 양도를 요구하다가 미국과 여타 전승국들의 반대로 무산되자 이에 격분해 손에 들고 있던 면도날을 내던지면서 길길이 날뛰었다.

"이 양키 놈들 보게, 정말 웃기는 놈들이구먼, 제 놈들 혼자 다 먹겠다고? 좋아 나도 생각이 있어!"

그는 지중해 진출이 막히자 지중해 대신 아시아의 동쪽으로 눈길을 돌렸고, 모택동의 팔로군(八路軍)에게 장개석의 국민당과 맺은 국공합작(國共合作)을 파기하도록 하고는 그들에게 무기를 지원해 주어 장개석의 국민당에 대항하도록 했다. 스탈린의 공산주의 세계화 전략이 본격 가동된 것이다.

나아가서 북한에 주둔한 소련 사령관 치스차코프에게 북한에 사회주의 정권을 수립하라는 비밀지령을 극비리에 내렸다. 이 모든 조치는 소련의 국가적 이익을 극대화하기 위한 스탈린의 치밀한 전략에 따른 것이었다.

이 때문에 북한은 소련 사령부가 세운 청사진에 따라 일사천리로 사회주의 정권 수립을 위한 실천에 나섰고, 그 일환으로 소련은 김일성을 북한의 지도자로 만들기 위해 노골적인 선전선동을 강화했다.

그러나 남한은 사정이 이와 전혀 달랐다. 존 하지의 군정사령부가 군정포고령을 위반하지 않는 한 각 정파의 정치적 자유를 최대한 보장하겠다고 공언해서 남한에는 수십 개의 정당과 단체가 난립했다. 심지어 공산당에게는 서울 시내에서 제일 좋은 건물을 당사로 제공하기도 했다.

독립투쟁에 앞장선 민족 지사들은 새로운 조국 건설을 위해, 사회주의자들은 혁명을 위해, 식민지 일본의 정책에 협력한 이들은 보신(保身)을 위해 서로 뭉쳤다.

하지 중장의 선언으로 절대 강자가 없어진 남한 땅은 정치적 야심을 가진 모든 이들에게 문이 활짝 열린 기회의 땅이 되었다.

무주공산(無主空山)이 되다보니 정국의 주도권을 잡기 위한 각 정파 간의 이합집산이 연일 이어졌다.

이 탓에 해방의 기쁨을 채 누리기도 전에 남한은 갈피를 못 잡고 안개 속을 헤매는 격변의 혼란기를 맞았다.

전투사령관 출신의 하지는 전장에서 잔뼈가 굵어 무장으로서는 더할 나위 없이 훌륭했지만, 그에게는 눈을 씻고 찾아보아도 정치적인 식견이나 안목은 눈곱만치도 없었다.

그는 미국 정부의 방침에 따라 남한 땅에 정치적 자유를 보장하고 좌우합작의 연립정권을 세우는 데만 공을 들일 뿐, 한국인들이 무엇을 원하는지 잘 알지 못했다. 이 때문에 불필요한 갈등이 자주 일어났다.

효율성과 행정 편의만을 생각한 하지의 미군정은 총독부에 근무하던 일본인 관리들을 그대로 근무하도록 하려고 하다가 한국인들의 격렬한 저항에 부딪히기도 했다.

그만큼 하지는 정치적 감각이 부족했고 여론이나 사람들의 감정에 대해서도 무지하고 둔감했다. 한 마디로 그는 한국의 혼란을 수습할 군 정사령관의 재목은 아니었던 것이다.

아무튼 이 같은 혼란은 이승만의 귀국으로 차츰 잦아들었다. 이승만 이 귀국하자 각 정당들은 앞 다투어 이승만을 주석으로 모시겠다고 그에 게 러브콜을 보내는 수선을 피웠고, 박헌영이 세운 인민공화국도 이승만 의 의사와 상관없이 그를 주석으로 옹립했다. 모든 정파가 이승만의 후 광 효과를 기대하며 그를 영입하려고 몸이 잔뜩 달아 있었다.

구한말 이 땅에 공화정을 수립하겠다고 만민공동회를 이끌던 청년 투사 이승만의 시대가 바야흐로 다가오고 있었다.

2

"뭉치면 살고 흩어지면 죽습니다!"

귀국 일성으로 민족의 대동단결을 외친 이승만은 귀국 이레 만에 한 국의 모든 정치세력을 하나로 묶기 위해 전국 65개 정당 단체 대표 200 명을 자신이 묵고 있던 소공동의 조선호텔로 초대했다.

이승만의 전통(電通)을 받은 각 정파의 대표자들이 동이 트기 무섭게 노란 은행잎이 수를 놓은 조선호텔로 검정 지프를 타고 속속 몰려들었 다.

참석자들은 한민당의 김성수와 송진우 그리고 장덕수, 인민공화국의 박헌영, 건국준비위원회의 여운형과 김규식 등등 한국을 대표하는 기라성 같은 인물들이 즐비했고, 신문기자들도 열띤 취재에 나서 조선호텔 인근이 때 아닌 인파로 북적거렸다.

명실공히 해방 이후 최대 규모의 정치행사였고, 한국의 운명을 가를 중대한 모임이었다. 이 때문에 미 군정청 관계자들은 물론이고 소련 당국에서도 이 행사에 촉각을 곤두세워 외신 기자로 위장한 비밀정보원들을 이 행사에 보내 회의의 동향을 살폈다.

참석자들은 이승만의 뜻에 따라 한국의 독립을 촉진하기 위한 조선독립촉성중앙협의회(이하 독촉)를 구성하고 회장으로 이승만을 만장일치로 선출했고, 사회를 맡은 설산 장덕수가 회장 이승만 박사에게 인사말을 부탁했다.

"회장으로 선출되신 이승만 박사의 인사말이 있겠습니다."

눈을 감은 채 감회에 젖어 단상 중앙에 앉아 있던 이승만이 조용히 일어나 나아갔다. 하얀 두루마기를 차려 입은 이승만이 좌중을 둘러보며 참석자들에게 머리 숙여 인사를 하자 숨을 죽인 듯 정적에 휩싸여 있던 실내에 우레와 같은 박수와 환호가 쏟아졌다.

"이승만, 이승만!"

그는 자신을 연호하는 정치지도자들을 바라보며 손을 흔들어 그들의 성원에 답하고는 33년 만에 돌아온 조국에서의 첫 연설을 위해 천천히 마이크를 입으로 가져갔다.

그는 목이 메어 마이크 앞에서 잠시 머뭇거렸고, 손수건을 꺼내어 눈물을 훔쳤다. 장내는 찬물을 끼얹은 듯 숙연하고 고요했다. 이승만의 목소리가 어둠을 깨치고 아침을 여는 교회의 새벽 종소리처럼 정적을 깨고 잔잔하게 울려 퍼졌다.

"여러분, 나 이승만입니다. 새파란 젊은 나이에 떠났다가 굽이굽이 고개 넘어 이제 백발이 되어 돌아왔습니다. 33년 만에 돌아와 여러분에게 인사를 드립니다."

그의 목소리가 가볍게 떨렸고, 울음이 배어 있는 것 같기도 했다. 박수소리가 재차 요란하게 터져 나왔다.

"늘 기대하고 늘 꿈을 꾸었지만, 세월이 흐르면서 내 생전에 동포들을 다시 만날 수 있을지 애를 태웠던 때가 있었습니다. 그런데 지금 제가 이 고국 땅에서 여러분들과 함께 하고 있습니다."

그는 좌중을 둘러보며 잠시 호흡을 가다듬더니 오른 주먹을 불끈 쥐고는 팔을 흔들었다.

"우리가 이 자리에 모인 것은 조국의 완전한 독립을 앞당기기 위한 것입니다. 이를 위해서는 우리가 반드시 해야 할 일이 있습니다. 그것이 무엇이냐 하면!"

이승만은 잠시 말을 끊었다가 사람들의 시선이 자신에게 집중되는 것을 보면서 다시 입을 열었다.

호흡의 길이와 음의 높낮이를 조절하며 사람들의 마음을 쥐락펴락하는 탁월한 선전선동가의 기질을 오늘도 이승만은 유감없이 발휘했다.

모든 사람들이 그러했지만, 이승만을 인공(人共) 주석으로 추대한 박헌영은 유난히 이승만의 발언 하나하나에 신경을 썼다. 중절모를 눌러쓴 그는 두꺼운 안경 너머로 눈을 번뜩이며 빠른 손놀림으로 이승만의 연설 내용을 메모장에 기록하고 있었다.

"그것은 다름 아닌 단결입니다. 지금은 모든 것을 초월해서 우리가 하나가 되어야 한다는 말입니다. 사상의 차이를 극복하고 과거로부터 벗어나 우리가 하나가 되어야 한다는 말입니다!"

이승만의 발언에 적막하리만치 고요했던 장내가 갑자기 술렁거렸다.

일제 치하에서 비교적 온건 노선을 걸었던 한민당 쪽 인사들은 안도의 한숨을 내쉰 반면, 박헌영의 인공 계열은 어리둥절한 표정으로 벌어진 입을 다물지 못했다.

단상 아래 앉은 인공 계열의 누군가는 고개를 숙인 채 불만스러운 표정으로 이렇게 중얼중얼 씨부렁거렸다.

"씨팔, 저 새끼 알고 보니 반동 아니야?"

박헌영도 떨떠름한 표정을 짓고 난감해 했다. 그가 눈을 질끈 감았다.

'내가 이 박사를 잘못 생각했나?'

그는 이승만을 영입해 단숨에 해방 정국의 주도권을 잡고 혁명의 불길을 당기고 싶어 했다. 이승만의 민족 대동단결은 자신의 민족반역자 처단과 완전히 배치되는 생각이었다. 그는 이승만에게 뒤통수를 맞은 것 같아 몹시 씁쓸했다. 그는 뻐근해진 목덜미를 주무르며 흥분을 살며시 가라앉혔다.

3시간에 걸친 마라톤 회의가 끝나고 오찬이 벌어졌다. 명창의 태평가가 흥겹게 울려 퍼졌고 신이 난 사람들은 어깨춤을 덩실덩실 추기도 했다.

이승만은 헤드 테이블에 앉아 좌우합작을 추진 중인 몽양 여운형과 향후 정국 문제로 환담을 나누고 있었는데, 취기가 오른 여운형이 소피를 보러 화장실에 간 사이 이승만을 살피고 있던 박헌영이 슬그머니 술병을 들고 그의 곁으로 다가갔다.

"주석 각하, 제 술을 한 잔만 받아 주십시오."

"허허, 박 동지, 미안하오. 난 술을 못하오."

이승만은 일면식도 없는 자신을 주석 직에 앉힌 박헌영에게 상당한 호의를 갖고 있었다. 이 탓에 박헌영을 바라보는 이승만의 눈길은 매우 부드러웠다.

"주석 각하, 잠시 앉아도 되겠습니까?"

"여부가 있겠소!"

이승만 곁에 앉은 박헌영은 자신의 속내를 감추고는 빙긋 웃으며 말했다.

"각하의 연설을 들으면서 하나 궁금한 게 있어 여쭙습니다."

"말하오."

"아까 말씀하신 대동단결이란 어떤 뜻인지요?"

"말 그대로요. 지금은 비상상황이라 우리 민족 모두 일치단결해야 한다는 말이요."

"그렇다면 친일파들은 어찌할 생각입니까?"

"아주 악질적인 사람만 아니라면 다 같이 품고 가야 하지 않겠소?"

"그래도 옥석은 가려야 하지 않겠습니까? 독립을 위해 죽을 고생을 한 사람도 있는데, 과거 일을 다 묻어 두고 간다면 누가 나라를 위해 헌신하겠습니까?"

"박 동지 말은 옳소. 당연히 옥석은 가려야지요. 하지만 지금은 때가 아니오. 지금 우리 시국은 중병을 앓고 있는 환자나 마찬가지요. 당장 필요한 것은 환자의 기력을 회복케 해서 환자를 살리는 일이요. 그 이후에 옥석을 가려도 결코 늦지 않소."

이승만은 친일파 청산 문제를 미리 머릿속에 정리해 두고 있었던 듯 박헌영의 물음에 막힘이 없었다. 박헌영의 얼굴이 점점 굳어지고 있었다.

"각하, 옥석을 가리는 것이 어찌 중요하지 않다고 할 수 있습니까? 대동단결도 좋고 통일도 좋지만, 더러운 친일파들의 손을 잡으면서까지 단결할 수는 없습니다. 단결을 해야 한다면, 옥석을 가린 후에 순수한 애국자, 진보적 민주인사들을 중심으로 대동단결하는 게 옳지 않겠습니까?"

이승만에 대한 불만으로 박헌영의 목소리에는 힘이 실렸고 목소리가 점점 커졌다. 이승만은 상기된 그의 표정을 살피면서 둥글넓적한 박헌영의 푸근한 인상과는 달리 그가 아주 완고한 사람이라는 생각을 했다. 그의 눈에는 자신에 대한 노기까지 듬뿍 서려 있었다. 하지만 그는 모른 척 아무런 내색을 하지 않았다.

"허허, 박 동지의 말은 내가 옳다고 하지 않았소? 하지만 아직은 그때가 아니라는 것이오. 과거 일에 지나치게 얽매이면 앞으로 나갈 수가 없어요. 지금 당장 급한 것은 우리나라를 세우는 일이요. 건국이란 말이지요. 이걸 위해서는 지금 모두가 머리를 맞대고 같이 고민을 해야 합니다."

이승만은 완곡한 어조로 친일 세력을 포용해야 하는 이유를 박헌영에게 차분히 설명했지만, 그는 이승만의 생각에 눈곱만치도 동의하고 싶지 않았다. 그의 눈에 비친 친일세력들은 처단해야 할 반동이었고, 남의 곳간에서 주인 없이 쌀을 훔치는 악취 풍기는 쥐새끼들이었다. 박헌영이 술을 한 잔 스스로 부어 마시고는 발끈 성을 내었다.

"그래도 옳고 그른 것은 구분을 해야 합니다. 앞으로 우리가 만들 세상은 공평하고 깨끗한 정의로운 세상입니다.

자신의 잇속을 챙기려 민족을 배신한 더러운 친일 세력을 어찌 같이 데리고 갈 수 있겠습니까? 친일 세력들은 모두가 청산되어야 할 반동들입니다. 그들을 포용한다는 것은 천부당만부당한 일입니다."

목청을 높이는 박헌영의 얼굴이 시뻘게졌다. 이승만은 그가 몹시 흥분해 있다는 것을 알았지만, 박헌영에게 자신의 입장을 보다 분명히 밝힐 필요가 있겠다고 생각했다. 어차피 언젠가는 겪고 넘어가야 할 일이었다.

"지금은 인재가 필요한 때요. 악질적인 친일파만 아니라면 친일을 한 사람 가운데 재주 있는 사람들은 다 용서하고 써야 하지 않겠소? 똥물이 튀는 세상에서 살았는데 스스로 그 똥물에 뛰어들지 않았다면, 한 두 방울 튀는 똥물이 묻었다고 해서 어찌 그 허물을 다 밝히고 그 책임을 추궁하겠소?

우리에게 제일 필요한 것은 지혜로운 단결이오. 돈 있는 사람은 돈으로, 기술이 있는 사람은 기술로, 열정이 있는 사람은 열정으로 건국에 이바지하는 게 지금은 더 중요하오.”

이승만은 박헌영의 반응에 개의치 않고 그를 조용히 바라보며 시종 담담한 어조로 자신의 생각을 풀어냈다. 이승만의 눈빛은 부드러웠지만 너무 강렬해서 그 눈에 담긴 이승만의 확실한 뜻과 분명한 의지를 박헌영은 어렵지 않게 읽을 수 있었다. 두 사람 사이엔 좁힐 수 없는 간극이 존재했고, 박헌영 역시 이를 알아차렸다. 이승만은 자유와 사랑을 최고의 가치로 여겼고, 박헌영은 사회주의 혁명을 최고의 선으로 삼았다.

박헌영은 자신의 얘기가 그에게는 씨알도 먹히지 않는다는 사실을 깨닫고는 칼로 무 자르듯 그에 대한 기대와 미련을 가슴에서 싹둑 잘라냈다.

‘내 눈깔도 썩었구먼. 이런 자를 주석으로 내세우다니…. 반동이야, 반동! 미국 자본주의에 물들어 정신이 썩은 거야!’

당시 고등교육을 받은 사람들의 대부분은 정도의 차이는 있을지언정 자의든 타의든 친일의 행적이 묻어 있었다.

친일파를 용서하고 그들을 포용해야 한다는 자신의 주장이 일각의 비난을 사고 논란에 휩싸일 것을 뻔히 알면서도 이승만이 이 주장을 굽히지 않은 것은 결국 이들을 배제하고는 건국 과정에 필요한 인재를 조달하기가 쉽지 않다는 현실적인 이유 때문이었다.

박헌영은 굳은 표정으로 이승만에게 형식적인 목례를 가볍게 하고는 냉소를 지은 채 곧 자리를 떴다.

3

"이런 미친놈이 있나? 평생을 독립운동에 몸 바친 우리 아버님을 반동이라고 하다니! 이 처죽일 놈."

이승만의 비서실장 윤치호가 조간신문에 난 박헌영의 정치논설을 보고는 불 같이 화를 냈다.

"모든 일에는 원칙이 있어야 한다. 아무 것도 묻지 않고 한데 뭉칠 수는 없다. 조선에 잔재하는 친일 세력을 근절하고, 옥석을 가려 순수한 혈통만이 모여 진보적 민주주의를 실현해야 한다. 이것이 오늘날 우리 민족이 해야 할 지상과제다.

일부 반동세력이 친일파를 포용하고자 하는 음흉한 책동을 하고 있으나, 이는 정의로운 2천만 인민의 뜻과 전혀 무관한 것이며, 이를 계속 주장할 경우 2천만 인민이 이 같은 책동을 좌시하지 않을 것이다.

인민들이여, 오늘 내가 하는 말을 기억하고 눈을 똑바로 떠서 반동들의 불순한 책동을 경계하고 여하할 경우 벼락같은 저항으로 맞서 이들의 야욕을 분쇄하자!"

박헌영은 독촉 모임에서 이승만을 만난 후 이레 만에 이 같은 글을 발표했는데, 그의 글은 이승만을 구체적으로 지칭하지 않았으나 그가 공개 비판한 대상이 이승만이라는 것은 삼척동자도 알만했다.

자신이 주석으로 내세운 이승만을 박헌영이 느닷없이 공격하고 나선 것은, 친일 세력도 포용해야 한다는 이승만의 노선에 대한 실망도 하나의 큰 이유였지만, 남조선 인민의 7할 이상이 사회주의를 지지한다는 미 군정의 여론조사에 크게 고무된 결과였다.

그는 여론조사 내용을 보고 이승만이 없어도 너끈히 남한 땅에 붉은 깃발을 꽂을 수 있다는 자신감에 충천해 기고만장했다.

"영감탱이 이승만 나부랭이 그깟 쯤이야 죽이는 건 여반장이지, 암!"

그는 자신이 불만 붙이면 2천만 인민이 모두 떨쳐 일어나 혁명의 대열에 동참할 것이라고 확신했다. 그에게 있어 이제 이승만은 골방에 들어앉아 쌀만 축내고 있는 쓸모없는 늙은이에 불과했고, 대동단결이란 미명하에 친일파까지 아우르는 거국 정권을 구상하는 이승만을 반동으로 규정하고는 그를 쓰러뜨리기 위해 공격의 포문을 연 것이다.

미 군정청의 조사 내용처럼, 남한 땅이 위아래를 가릴 것 없이 붉은 사회주의에 광범위하게 물든 건 사실이었다. 이유는 한반도에 대한 주도권을 두고 일본과 전쟁을 벌인 러시아가 일본을 견제할 목적으로 일제통치 하에 독립운동을 벌인 한국의 민족 지사들을 보호한 데서 그 연유를 찾을 수 있다.

볼셰비키 혁명에 성공한 소련 땅에 머물러 있던 한국의 독립운동가들이 사회주의와 공산주의에 눈을 뜨는 것은 엄마의 젖 냄새에 자연스럽게 길들여져 가는 아기의 본능과 같은 것이었다.

일본에 병합되어 세계 지도에서 흔적도 없이 연기처럼 사라진 외로운 한국인들이 자신들을 기억해 주고 온정까지 베풀어주는 러시아에 대해 호감을 갖게 되는 것은 인지상정(人之常情)이었다.

윤치영은 30분이 지나도록 분을 이기지 못하고 눈에 쌍심지를 켠 채 아직도 신문을 붙들고 부르르 떨었다. 그는 암만 생각해도 박헌영을 그냥 두고 볼 수 없었다. 그가 이승만에게 주석 자리에 앉아 달라고 애걸복걸 하던 게 보름 전 일이다.

"이마에 쇠똥도 벗겨지지 않은 새끼가 어른을 이렇게 함부로 갖고 놀아? 이런 육시랄 놈이 있나?"

그는 이승만을 한국의 아버지 혹은 아버지라 부를 만큼 존경했다. 그가 이승만의 추종자로서 이승만에 대한 박헌영의 모독에 화를 내는 것은 당연했지만, 살의를 띤 그의 눈빛은 박헌영에 대한 그의 분노의 순수성에 얼마간의 의아함을 느끼게 했다.

그는 이승만에 대한 모독을 자신에 대한 비난과 모욕으로 받아들였고 상당한 불안을 느끼기도 했는데, 이 같이 복잡한 그의 심사는 그에게 은근히 찔리는 구석이 있었던 탓이다.

윤치영은 임병직과 더불어 이승만의 서울 YMCA 제자 가운데 한 사람이었다. 그는 미국에서 이승만이 설립한 구미위원부의 구미위원으로 일했는데, 이승만의 지시로 귀국해서 국내에서 독립운동을 하다가 일본 경찰에 검거되어 고문 끝에 일본의 대동아 전쟁을 찬양하는 글을 지은 뼈아픈 기억이 있다.

이승만이 그의 친일 행적에도 불구하고 그를 자신의 비서실장으로 기용한 데는 나름의 사정이 있다. 첫째는 자신이 오랫동안 해외에서 생활해서 국내 사정에는 소경이나 다름없는 문외한이란 것이었고, 둘째는 국내에 기반이 전무한 관계로 귀국한 지 얼마 되지 않은 자신이 믿고 의지할 사람이 흔치 않다는 점도 있었다.

게다가 변절이라는 한때의 허물은 있으나, 윤치영은 이승만과 함께 생사고락을 같이 한 독립협회 회장 윤치호의 사촌동생이자 자신의 애제자인 동시에, 지난날 미국에서 독립운동을 함께 한 동지이기도 했다.

그래서 그는 주변의 곱지 않은 시선과 우려에도 지난날의 과오를 통렬히 반성하는 윤치영을 끌어안아 자신의 최측근으로 삼은 것이다.

이승만이 과거 친일세력을 곁에 두는 것에 대해 주변에서 비난을 하면 늘 이렇게 응수했다.

"어찌 사람이 완전할 수 있는가? 사람은 누구나 허물이 있을 수 있다. 중요한 것은 그가 지금 어떤 자세로 인생을 사느냐 하는 것이고, 그것이 제일 중요하다!"

과거도 소중했지만 이승만에게 더 중요한 것은 미래지향적인 현실 인식과 직면한 어려움을 극복하기 위한 성실한 노력이었다. 대중들이 울부짖고 분노하는 이 현실도 언젠가는 흘러간 유행가 가사처럼 어쩌면 진부해질 수도 있다.

과거에 얽매어 한 발자국도 나아가지 못하고 결국 제 발등을 찍어 나라를 망친 역사는 멀리 있지도 않고 바로 목전에 있었다.

조선은 오백년 역사를 고담준론과 사상논쟁으로 시간을 허비했고, 그 결과 망국의 한으로 되돌아오지 않았던가.

그릇된 현실 문제 인식도 우려했지만 현실을 호도하며 미래를 망치는 세상의 기류를 이승만은 더 경계했다.

그는 머무르지 않고 나아가야 한다고 생각했다. 그는 나아감으로써 이 나라를 한 단계 더 높이 도약시키고 싶어 했다.

윤치영은 앉은 자리에서 허연 콧김을 불며 씩씩대다가 결국은 이 신문기사를 들고 잰걸음으로 이승만에게 달려갔다. 이승만은 샌드위치와 커피로 아침을 든 후 노란 국화가 핀 마당을 천천히 거닐며 산책을 즐기고 있었다.

"아버님, 이것 좀 보십시오."

"아침 댓바람부터 웬 법석이야?"

"글쎄, 박헌영이란 놈이……"

"박헌영?"

이승만은 꽃을 지그시 바라보고 있다가 윤치영의 말에 눈길을 슬며시 거두고는 고개를 들었다. 그는 덤덤한 표정으로 윤치영이 건넨 신문을 받아들었고, 박헌영의 글을 다 읽고 난 뒤에 코를 만지작거리며 대수롭지 않다는 듯 싱긋 웃었다.

윤치영은 그의 반응이 의아스러워 눈을 동그랗게 뜨고 고개를 갸우뚱 했다. 그는 콧등에 위태롭게 걸터앉은 안경을 슬쩍 올리고는 궁금증을 이기지 못하고 물었다.

"아버님, 아니 이 버르장머리 없는 놈의 글을 보고도 어찌 웃음이 나옵니까?"

"흥분하지 마라. 오히려 잘 되지 않았느냐? 허허!"

"무엇이 말입니까?"

"치영아, 내가 먼저 저 자를 내쳤으면 어떻게 되겠니? 아마도 내가 분열을 획책하는 분파주의자라는 욕을 들을 게 뻔해. 그런데 저 자가 먼저 내 등에 칼을 꽂아주었으니 이 얼마나 고마운 일이니? 허허"

이승만은 자신이 주장한 민족의 대동단결이란 대의명분 때문에 박헌영의 주석직 제의를 마지못해 받아들였지만, 그는 공산주의를 혐오했고 패륜을 일삼는 공산당과 합작할 생각은 추호도 없었다.

그는 오로지 자유민주주의만을 갈망했고, 자신이 신봉하는 미국식 자유민주주의 국가를 이 땅에 건설하고 싶었다.

그는 폴란드와 체코슬로바키아를 비롯해 공산당과 합작한 유럽의 대다수 좌우 연립정권이 공산당의 교활한 공작으로 모두 공산화되는 것을 두 눈으로 보았다.

공산당은 정권 장악을 위해서라면 수단과 방법을 가리지 않았다. 선거 승리를 위해 집단적으로 주소지를 옮겨 가며 투표를 하는 것도 그들의 책략 가운데 하나였다. 이 때문에 그는 공산당과의 합작을 내심 극도로 꺼렸다.

이승만에 대한 박헌영의 비난은 결국 울고 싶었던 이승만의 뺨을 때려준 꼴이 되었다. 그는 박헌영의 공격에 기다렸다는 듯이 공산당의 주석직을 미련 없이 내던져 자신의 색깔과 이념을 대내외에 분명히 천명하고는, 기독교 신앙을 기초로 한 자유민주주의 국가 건설이란 자신의 꿈을 이루기 위해 황소걸음을 성큼성큼 내딛었다.

신탁통치

I

미국 정부는 트리폴리의 양도 문제로 틈이 벌어진 소련을 달래려고 한국에 좌우합작 연립정부를 구성하기 위해 몸이 후끈 달아 있었다. 그런데 이승만이 벼락같이 화를 내며 여기에 사사건건 시비를 걸었다.

"좌우합작은 절대 안 된다. 그건 공산화를 의미하는 것이나 마찬가지다. 동구라파의 예를 봐라. 좌우 연립정부는 예외 없이 모두 공산화되었다.

우리가 어떻게 얻은 독립인데, 일본으로부터 어렵사리 해방된 조국을 소련의 식민지가 되게 할 순 없다. 우리는 독립된 자유민주주의 국가를 원한다."

미군정은 미국 정부가 추진하는 좌우합작 문제를 이승만이 집요하게 반대하고 나서자, 한때 큰 기대를 걸었던 이승만을 계륵 같은 존재로 여겼다.

미군정 사령관 하지와 군정장관 아놀드는 고집스럽고 완고한 이 칠순의 늙은이를 제어하지 못해 안절부절못하고 있었는데, 기회를 노리던 아놀드가 한번은 군정장관실로 이승만을 불러 그를 겁박할 요량으로 의도적인 면박을 주었다.

"닥터 리, 당신이 아무리 좌우합작을 반대해도 소용이 없소. 그냥 당신은 단 한 사람의 한국인일 뿐이오. 당신은 한국을 대표하는 사람이 아니란 말이오. 도대체 당신이 어떻게 한국을 대표한단 말이오?

이 나라에는 정부가 없소. 정부가 없으니 대통령도 없고, 대표가 있을 수 없는 일이요. 그러니 다시는 허튼소리로 나라를 시끄럽게 하지 마시오. 추후에 또 다시 헛소릴 지껄이면 내가 가만히 있지 않겠소!"

아놀드가 이승만을 노려보며 옆구리에 찬 권총을 만지작거리자 이승만은 그의 행동이 어이없다는 듯 냉소를 지었다.

"허허, 미국의 군대는 적군을 향해 총을 쏘라고 가르치는 게 아니라 우군을 향해 쏘라고 가르치는 모양이지요?"

이승만의 노골적인 조롱에 아놀드가 손을 부르르 떨었다. 이승만이 화를 이기지 못하고 파르르 떨고 있는 그를 보고는 속으로 혀를 끌끌 찼다.

'딴에는 육군소장이라는 놈이 속은 밴댕이만도 못하구먼!'

그리고 그는 다시 아놀드를 비웃으며 그의 염장을 질러댔다.

"미군은 세계 최강이라던데, 참으로 희한한 군대군요."

이승만에게 모욕을 주려다가 오히려 덤터기까지 뒤집어쓰고 망신을 톡톡히 당한 아놀드의 얼굴이 홍당무같이 시뻘겋게 달아올랐다.

'정신 나간 늙은이 아니야? 어디 주둥이를 한 번 더 멋대로 놀려 봐라. 허리를 분질로 놓고 말 테다, 쌍!'

이승만에 대한 분노로 아놀드의 안면근육이 씰룩거렸고 파란 눈은 적의로 이글거렸다. 하지만 이승만은 그의 기분에 눈곱만치도 개의치 않았다. 오히려 아놀드를 바라보고 있는 그의 눈은 마치 '넌 나의 상대가 아니야. 너의 나라 대통령이라면 몰라도 넌 아니야, 알겠나?' 하는 투의 조소의 빛을 가득 담고 있었다.

"허허, 좋소. 그 총으로 날 쏘고 싶다면 쏘시오. 하지만 당신이 날 쏘기 전에 내가 어떤 사람인지 당신에게 한 번 보여드리기나 해야겠소.

내가 이 나라를 대표하는지 하지 않는지 당신이 두고 보시오. 내가 이 나라를 대표하지 않는다면 내 스스로 찾아와 당신 총알을 받겠소."

이승만의 느닷없는 말에 잔뜩 굳어 있던 아놀드가 눈을 반짝이며 반색을 했다.

"정말이오?"

"내 나이 일흔이요. 이 나이에 내가 무슨 거짓말을 하겠소?"

아놀드는 그의 말에 내심 쾌재를 불렀다.

'이 영감탱이 이제야 내 발 아래 무릎을 꿇겠군. 좋아 어디 한번 봐주지. 네가 철저히 무너지는 꼴을 이 두 눈으로 똑똑히 봐주마!'

아놀드는 이승만의 자신감을 여전히 노인의 망령이거나 현실감 없는 미치광이의 망상쯤으로 치부하며 그를 속으로 비웃고 있었지만, 이승만은 자신이 아니라 확신에 차 있었다. 자신에 대한 국민들의 사랑에 확신이 있었고, 자신의 신념이 옳다는 확신이 있었고, 새 세상을 세우기 위해 나선 자신을 신이 결코 버리지 않고 도울 것이란 확신이 있었다.

구한 말 만민공동회를 이끈 이후 인생의 숱한 역경을 이겨내고 언제나 꽃을 피워냈던 자신의 인생 경험이 그 같은 확신의 밑거름이 되었다.

그는 이런 확신 때문에 자신이 옳다고 믿는 것에 대해서는 어떤 타협도 허용하지 않아 일각으로부터 독불장군이라는 비난을 사기도 했지만, 그는 이 같은 확신이 있었기에 위기와 어려움 속에서도 흔들리지 않고 고난을 헤쳐나갈 수 있었다.

결국 이승만의 자기 확신은 어떤 면에서는 그에게 약이 되기도 하고 또 다른 면에서는 독이 되기도 하는 두 얼굴을 갖고 있는 건 분명했다.

물론 자기 확신이란 불가능을 가능하게 만드는 전능한 명약이 될 수

도 있지만, 때로는 자신의 눈을 가리는 암수(暗數)가 될 수 있다는 것도
명심할 필요는 있을 것이다.

　아무튼 노기가 등등했던 아놀드는 이승만의 몰락을 기정사실화하며
성급하게 미소를 지었고, 이승만은 그를 아직 세상 물정 모르는 어리석은
인물이라 여기며 안타까운 눈으로 그를 바라보고는 싱긋 눈웃음을 지었
다.

　이승만은 그의 방을 나와 곧장 서울 방송국을 찾아가 자신의 뜻을 국
민들에게 전했다.

　"국민 여러분, 나 이승만입니다. 미 군정청은 나를 이 나라를 대표하
는 인물로 여기지 않는다고 합니다. 그래서 내가 하는 뜻과 생각을 자꾸
만 무시하려 들고 있습니다.

　미 군정청의 이런 오만방자한 태도를 막기 위해 지금은 국민 여러분
이 뜻을 모아줄 때입니다. 여러분이 나를 여러분의 대표로 생각한다면 3
일간의 파업으로 그 뜻을 밝혀 주십시오!"

　이승만의 이 국민연설은 예민한 정치적인 사안을 들고 나온 것도 아
니고 단지 미군정에 대한 시위를 겸해 자신에 대한 국민들의 신임을 물
은 것뿐인데, 반응은 너무 놀라웠다.

　그의 파업 명령에 서울의 모든 가게가 순식간에 문을 닫아 걸었다.
석탄을 운반하는 화부들은 석탄을 도로 되가져 가서 서울 시내에서는 불
을 피울 수가 없었고, 호텔의 라디에이터는 꽁꽁 얼어붙어 버렸다. 십리
까지 늘어선 시위행렬이 도로를 점령한 채 남대문에서 중앙청까지 이승
만을 지지하는 시가행진을 벌였다.

　이 일은 한국인에게 이승만이 어떤 존재인지를 보여준 실증적인 사
건이었다. 미국 정부는 골치 아픈 이승만을 애써 무시하고 싶었지만, 그
가 한국의 살아있는 신화라는 걸 인정할 수밖에 없었다.

상상할 수도 없었던 이승만의 엄청난 위력에 아놀드는 화들짝 놀라 급히 이승만을 찾아가 그에게 얼른 사죄하고는 손을 싹싹 빌며 시위 해산을 부탁하고야 말았는데, 이승만의 막강한 힘을 목도한 미군정은 이승만이 점점 부담스러워졌다.

그가 타협을 모르는 황소고집인데다, 미군정의 정책이 그 때문에 매번 벽에 부딪히고 있었기 때문이다.

결국 미군정은 이승만을 미국에 적대적인 인물로 여기고는 좌우합작을 반대하고 있는 이승만을 대신할 인물을 찾아 나섰고, 여운형과 김규식이 이승만의 대안으로 급부상했다. 이들은 모두 좌우합작을 주장하는 대표적인 인물들이었다.

그 사이에 이승만은 미군정과의 투쟁에 지쳐 12월 들어 결국 몸 져 크게 앓아누웠다. 그가 칠순의 나이를 잊고 청년 같은 열정을 불태운 탓이었다.

2

와병 중인 이승만이 돈암장에서 두문불출하고 있는 사이에 한국인을 격분케 하는 비보가 모스크바로부터 날아들어 동장군이 기승을 부리는 세밑의 차가운 서울 공기를 뜨겁게 달구었다.

카이로 선언과 얄타 회담에서 논의되었던 한국에 대한 신탁통치 방안이 모스크바에서 열린 미·영·소 3개국 외상회의에서 최종 결정된 것이다.

모스크바 3상회의 결정에 반발하여 서울의 상가들은 일제히 문을 닫아 이들의 결정에 항의했고, 술집과 식당까지 동조휴업에 나서는 등 신탁통치에 대한 반대 여론이 들끓었다.

폭설에도 아랑곳하지 않고 이른 아침부터 와병중인 이승만을 제외하고 정당 사회단체 대표자들이 김구의 거처인 경교장으로 속속 모여 들었다. 격전을 앞 둔 장수들처럼 모두의 얼굴이 비장했다.

정 중앙에 마련된 이승만을 위한 자리는 주인을 잃은 채 덩그러니 비어 있었다. 김구는 비어 있는 이승만의 좌석을 쓸쓸한 눈으로 힐끔 보다가 좌중을 둘러보고는 격앙된 목소리로 경교장에 모인 정당 사회단체 대표자들에게 외쳤다.

"우리 민족이 다 죽는 한이 있어도 신탁통치는 받아들일 수가 없소. 피를 흘리더라도 우리 손으로 자주독립 정부를 세워야 하오. 모두 궐기합시다!"

경교장에 모인 기자들은 민족 대표들의 결정사항을 빠짐없이 기록했고, 그들이 서명하는 장면도 카메라 셔터를 눌러 부지런히 담았다.

이승만이 회의엔 참석을 못했으나 서명 명부에는 그의 사인이 들어 있었다. 임정 선전부장인 엄항섭이 돈암장을 찾아가 그에게 미리 서명을 받아 둔 것이었다.

맨 위에 기재된 이승만의 서명에 뒤이어 김구와 여운형 김규식이 순서에 따라 서명을 했는데, 인공(人共)의 박헌영이 보이지 않았다.

"오늘 같은 날 박헌영은 대체 어딜 간 거요?"

기자들은 민족의 운명을 가를 중차대한 시점에 박헌영이 느닷없이 얼굴을 비치지 않는 것에 몹시 의아해 하며 수군거렸다. 인공도 신탁통치 안에 결사반대하고 있었다.

모두가 궁금해 하던 박헌영은 엉뚱하게도 그 시각에 평양에서 북한 주둔 소련군 민정사령관 로마넨코를 비밀리에 만나고 있었다.

"신탁통치안을 받아들여야 하오."

"그럴 순 없소."

"이건 소련 중앙당의 지시오."

"그래도 안 되오. 우리는 우리 힘으로 자주독립 국가를 건설하고 혁명을 완수할 것이오."

박헌영은 신탁통치 안을 수용하라는 로마넨코의 요구에 반발해 굳은 표정으로 도리질을 쳤고, 로마넨코는 그가 말귀를 못 알아듣는다고 짜증을 내며 목소리를 높였다. 흥분한 탓인지 로마넨코의 살찐 얼굴이 벌겋게 달아올랐다.

"어찌 하나만 알고 둘은 모르시오? 신탁통치를 받지 않으면 어찌 되겠소?"

"어찌 되다니요?"

"미국이 조선 땅을 모두 집어삼킬 것이오."

로마넨코의 말에 박헌영이 깜짝 놀라 어안이 벙벙한 표정을 지었다.

"그게 도대체 무슨 말이오?"

"미국은 원자탄을 가진 세계 최강의 국가요. 원자탄 두 방에 일본이 기겁을 하며 무조건 항복했소. 지금은 미국의 세상이란 말이오. 신탁통치는 미국을 견제하기 위한 최선의 방책이란 뜻이오. 만약 신탁통치를 받지 않는다면 우리 소련도 조선을 보호할 방도가 없소.

신탁통치를 받게 되면 적어도 북한 땅만은 미국에 넘기지 않고 우리의 혁명의 기지로 만들 수가 있소. 그리고 북조선의 혁명 기지를 발판으로 삼아 남한에 혁명을 일으킨다면 언제든 통일국가를 이룰 수 있지 않겠소? 우리는 어디까지나 조선 편이오. 그리고 조선의 독립을 지지하고 있소. 신탁통치는 나라를 두 동강 내기 위한 방책이 아니란 말이오, 아시겠소?"

신탁통치를 한사코 반대하던 박헌영은 로마넨코의 얘기에 귀가 솔깃했다. 그의 얘기가 꽤 그럴싸하게 들렸던 것이다. 박헌영은 담배를 하나 꺼내 물더니 그래도 다짐을 받아두는 게 좋겠다 싶어 그를 응시하며 되물었다.

"정말 믿어도 되는 것이오?"

"이건 스탈린 동지의 뜻이오. 스탈린 동지는 이미 북조선에 사회주의의 인민정부를 수립하라는 지시까지 내려놓았소. 그러니 박 동지가 남조선에 혁명을 일으키기만 한다면 통일정부 수립은 아무런 문제가 없소."

박헌영은 신탁통치가 분열의 방책이 아니라 통일의 방책이라는 로마넨코의 설득에 고개를 끄덕이며 공감하는 눈치를 보였다. 그렇지 않아도 미군정이 남한 땅에 들어선 이후 자신들의 활동에 상당한 제약을 받아 박헌영은 은연 중 적지 않은 위기감을 느끼고 있었다.

"스탈린 동지의 뜻이라니 나도 더 이상 딴 말은 않겠소. 하지만 남조선 혁명을 위한 지원은 아끼지 말아야 하오."

"여부가 있겠소, 하하!"

동상이몽의 두 사람은 각자의 이익이 맞아떨어지면서 신탁통치 지지에 극적인 합의를 보았다.

소련은 북조선을 점령함으로써 미국과 일본의 대륙 진출을 견제함과 동시에 피터 대제* 이후 러시아가 항시 꿈꾸어 왔던 부동항을 얻게 되었고, 신탁통치 지지 대가로 박헌영은 남조선 혁명에 대한 소련의 아낌없는 지원을 약속받았다.

로마넨코는 박헌영과 합의에 도달한 것이 아주 만족스러운 듯 너털

* 침탈과 합병으로 러시아를 대제국으로 건설한 러시아 황제; 재위 1682-1725

웃음을 터뜨리고는 등을 뒤로 젖힌 거만한 자세로 박헌영에게 커다란 여행용 가방을 하나 내밀었다.

"이게 뭐요?"

"열어보면 알 거요."

로마넨코가 건넨 가방을 열어본 박헌영은 눈앞의 광경에 너무 놀라서 벌어진 입을 다물지 못했다. 혁명가답지 않게 기다랗고 곱상한 그의 매끈한 손이 바들바들 떨렸다.

"이거! 다 돈이 아니요?"

"그렇소, 돈이오. 혁명에 필요하다면 돈은 얼마든지 지원하겠소."

그렇지 않아도 조직을 움직일 돈이 씨가 말라 있어 박헌영은 돈가뭄에 걱정을 태산 같이 하고 있었다.

이 차에 로마넨코에게서 거액을 받자 그는 반색을 하며 큰형님 대하듯 빨간 코의 로마넨코에게 넙죽 고개를 숙였다.

박헌영은 로마넨코가 자신에게 전달한 그 돈을 자신에 대한 소련 정부의 신뢰로 생각하며 더 없이 고맙게 여겼으나, 돈의 출처를 생각하면 참으로 씁쓸한 일이 아닐 수 없었다.

로마넨코가 박헌영에게 전달한 돈은 소련 정부에서 나온 돈이 아니라, 소련군이 북한에 진주하면서 개성의 은행에서 강탈한 돈이었다.

결국 로마넨코는 남의 쌈짓돈을 훔쳐 자기 것인 양 생색을 낸 것인데, 사정을 전혀 모르던 박헌영은 눈 가리고 아옹 한 로마넨코의 얄팍한 수를 미처 읽지 못해 그를 자기 구세주로 여겨 방을 나설 때 다시 한 번 허리를 굽혀 그에게 깍듯이 인사를 했다.

백범 김구

I

김구는 미군정과의 협의가 지연되어 이승만보다 한 달 뒤에 지각 입국했는데, 열흘 전 서울 운동장에서 열린 임시정부 환영대회에 15만 명의 군중이 모인 것을 보고 무척 고무되어 있었다. 국민들이 상해 임시정부의 정통성을 인정한 것으로 판단한 것이다.

게다가 임정을 후원하는 정치자금도 물밀듯이 흘러들어 그를 극도로 흥분시켰다.

화류계에 몸을 담아온 김성자라는 여인이 평생 피땀 흘려 모은 전 재산 60만원을 임정에 기부하자 그녀의 애국심에 감동해 임정에 대한 기부가 줄을 이었다.

국내 최대 방직회사인 경성방직은 700만원이란 거금을 임정에 일시에 쾌척해 세상을 다시 한번 놀라게 했다.

이승만이 떠난 후 상해 임정은 조직이 와해되어 재정을 자체적으로 조달할 능력이 전혀 없었다. 장개석 정부의 재정 지원이 없었으면 시쳇말로 굶어 죽기 딱 좋은 처지였다.

그런데 김구가 임시정부 주석이 된 후 윤봉길과 이봉창을 이용해 일제를 향해 폭탄을 투척하는 과감한 의열 투쟁을 벌이는 바람에 장개석

정부가 이를 눈여겨보고 재정지원을 하게 되어 임시정부가 그나마 입에 풀칠을 하고 연명은 하게 되었다. 말하자면 김구가 승부수를 던지는 바람에 죽어가던 임정이 살아난 것이다.

하지만 중국 정부의 재정지원은 임정이 독자적인 사업을 추진할 수 있을 정도의 풍족한 자금지원은 아니었다. 중국 정부의 재정이 넉넉지 않은 점도 있었으나 임정이 엉뚱한 행동을 하지 못하도록 단속하고 통제하기 위한 중국 정부의 의도가 숨어 있었다.

아무튼 천덕꾸러기처럼 중국 정부의 눈칫밥을 먹던 임정은 귀국하자 돈이 가마니때기로 쏟아져 들어왔다.

임정은 행복한 돈 풍년에 시달려 경교장의 개도 지폐를 물고 돌아다닐 판이었다.

귀국 후 한동안 지인들을 은밀히 만나면서 정국을 탐색하고 있던 김구는 임정에 대한 여론의 뜨거운 반응에 힘입어 그간의 은인자중하고 있던 태도에서 벗어나 제 목소리를 서서히 내기 시작했다.

그는 임시정부의 좌우합작 방안을 밝히면서, 정파를 가리지 않고 모든 정치세력이 다 같이 연대해야 한다는 이승만의 주장에 반기를 들고, 이승만이 만든 독립촉성회 가입을 거부했고, 이승만의 와병을 기화로 정국의 전면에 등장했다.

그는 미 군정청에 근무하던 한국 관리들이 신탁통치에 반대해 일괄 사표를 쓰고는 거리로 나와 시위에 나서는 걸 보고는 회심의 미소를 지으며 무르팍을 쳤다.

"반탁운동의 열기가 아주 뜨거워. 전국이 용광로같이 활활 타고 있지 않아? 선우 실장, 이제 때가 온 것 같지?"

"주석 각하, 무슨 말씀이신지?"

"이참에 미군정을 종식시키고 상해 임정에 정권을 인수시키고 싶네, 자네 생각은 어떤가?"

그의 비서실장 선우 진은 얼마간 예상을 하고 있었으나, 그의 입을 통해 미군정을 전복시키겠다는 뜻을 직접 듣게 되자 가슴이 철렁했다. 그는 김구가 미군정을 너무 가볍게 보는 것 같아 걱정이 앞섰다.

"각하, 좀 더 시일을 두고 정국을 한번 살펴보는 게 어떻겠습니까?"

"이 사람아, 무슨 소리야? 쇠뿔도 단김에 빼라고 했어! 일이란 때가 있는 법이야."

김구는 눈을 부라리며 선우 진이 충심에서 올린 건의를 가볍게 일축하고는 곧바로 임정 선전부장 엄항섭을 불렀다.

"각하 무슨 일입니까? 하명하십시오."

"자네는 당장 서울방송국으로 가서 내 성명을 전하게!"

김구는 정치자금이 경교장에 비 오듯 쏟아지고 군정청에 근무하던 한국인 관리들이 신탁통치에 반대해 사표를 내는 걸 보고는 이 모든 것을 상해 임정에 대한 국민들의 지지 의사로 간주했다.

그래서 자신이 직접 작성한 성명서를 엄항섭에게 건네는 김구의 태도는 몹시 의기양양했다. 두 주먹을 불끈 쥐고 눈에 힘이 들어가 있는 김구의 모습은 자신감이 넘쳤다. 그는 자신의 새로운 도전이 승리로 귀착될 것이라 확신하고 있었다. 엄항섭은 김구가 내준 검정 지프를 타고 남산에 있는 서울방송국으로 직행했다.

크리스마스 이틀 후였다. 미군정의 미국 측 고위 인사들은 신탁통치 문제로 금방 폭동이라도 날 듯 한국이 하루도 바람 잘 날 없이 몹시 시끄러웠지만, 한국에 대한 신탁통치 문제는 이미 모스크바 외상회의에서 결정된 사항인지라 어떤 식으로든 마무리될 것으로 생각하고는 크리스마스를 맞아 오랜만에 망중한을 즐겼다.

미군정 사령관 존 하지 중장은 한국을 찾아온 아내와 함께 조선호텔에서 식사를 하고 있다가 부관의 보고를 받고는 싸늘한 얼굴을 하고 서둘러 자리에서 일어났다.

"이 새끼, 정말 정신 나간 놈 아냐?"

라디오에선 군정청의 모든 지시를 거부하고 한국인들은 모두 임정의 명령을 따라야 한다는 김구의 성명이 흘러나오고 있었다.

"이 쌍놈의 자식, 죽여 버리고 말겠어!"

하지는 김구의 미군정 불복 선언을 미국 정부의 권위에 대한 정면 도전으로 보았고, 군정포고령을 위반한 중대범죄 행위에 해당한다고 판단했다.

그는 김구의 돌발 행동이 어이가 없었다. 하지는 한국의 내정을 책임지고 있는 군정사령관이었다. 그는 김구의 언동을 묵과할 수 없는 도발로 간주했다.

그렇지 않아도 언제 깨질지 모르는 살얼음판 위를 걷는 것처럼 정국이 아슬아슬한데 김구가 불을 붙여 놓았으니, 하지의 속이 부글부글 끓는 것은 당연지사.

그는 한국의 불안정한 정세를 안정시키기 위해 김구를 희생양으로 삼아야겠다고 내심 마음을 먹었다. 그는 지금은 일벌백계(一罰百戒)가 필요한 시점이라 판단했다. 김구가 죽음을 자청하고 나온 이상 그도 이를 마다할 이유가 없었다. 하지는 작정했다.

'죽여 주리라!'

하지는 지프를 타고 군정청으로 가는 길 내내 흥분을 감추지 못해 얼굴이 붉으락푸르락했고 연신 콧김을 불며 지휘봉으로 앞좌석 등받이를 두드리는 신경질적인 반응을 보였다.

하지만 하지는 김구를 곧장 군정청으로 부르지는 않았다. 군정청 관리들뿐만 아니라 경찰까지도 임정에 대한 충성을 선언한 마당이라 사정이 녹록치 않았던 탓이다. 잘못 건드렸다간 벌집을 쑤셔 놓을 수도 있었다.

정치력이 없어 일을 즉흥적으로 처리하다 매번 실수를 저질렀던 하지가 그 사이에 제법 관록이 붙어서 사태 파악은 웬만큼 할 줄 알았다. 그는 상황이 잠잠해지길 기다렸다가 김구를 소환하는 게 백 번 낫다고 판단했다.

또 그는 김구의 배후에 이승만이 있을지도 모른다고 생각했다. 정치력이 변변찮아 매번 실수를 연발하는 순진한 하지였지만, 그의 눈에도 김구를 잘못 건드렸다간 일을 그르쳐 혹을 덧붙일 수도 있을 것 같았기 때문이다.

갑작스런 김구의 성명 발표로 폭풍전야의 짙은 암운이 세밑 서울 하늘을 까맣게 뒤덮고 있었다.

사무실에 돌아온 하지는 정공법으로 나가 사태를 키우기보다 회유해서 사태를 무마하는 쪽이 낫다고 판단하고는 김구 대신 미군정에 협조적인 한민당 당수 송진우를 군정청으로 조용히 불러들였다.

그는 한국의 대표적인 온건개혁론자였다. 그는 일제 때 동아일보 사장으로 재직 중 베를린 올림픽에서 금메달을 딴 손기정의 가슴에 새겨진 일장기를 지운 사진을 실어 사장직에서 강제로 물러났다가, 해방 후 동아일보가 복간되면서 사장으로 다시 취임한 인물이었다.

송진우는 강단이 있지만 매사가 합리적이고 온건했다. 하지는 그라면 이 난제를 어렵지 않게 풀어낼 수 있지 않을까 생각했다. 더욱이 한민당은 임시정부의 정통성을 인정해서 한민당과 임시정부는 반목과 대립을 반복하는 다른 정파와 달리 밀월관계를 보이고 있었다.

"미스터 송, 마음 같아서는 당장 김구를 군정포고령 위반으로 체포해 사형을 시키고 싶지만 한국인들의 정서를 감안해서 참는 것이오. 그러니 당장 경교장으로 달려가 김구를 설득해 주시오.

김구가 성명을 번복하지 않으면 정말 큰 불상사가 날 수 있어요. 내 말 무슨 뜻인지 아시겠소? 이건 내가 김구에게 베풀 수 있는 최대한의 호의요. 하지만 이건 마지막이란 걸 꼭 전해 주었으면 좋겠소."

송진우는 김구의 군정 불복 선언은 신탁통치에 대한 반발이지 미군 정에 대한 도전의 뜻은 아닐 것이라고 김구를 애써 변호하면서 하지의 성난 마음을 진정시키고는 부리나케 경교장을 찾아 김구를 만났다.

김구는 경교장을 찾은 경찰 간부들로부터 충성 서약을 받고 있다가 송진우가 들어서는 걸 보고는 그들을 잠시 나가 있게 한 후에 송진우와 독대를 했다.

"백범, 난 지금 하지를 만나고 오는 길이오."

"뭐라던가요?"

김구는 자신의 성명에 대한 뜨거운 지지 여론에 자신감을 얻은 탓인 지 하지를 별로 대수롭지 않게 여기는 눈치였다.

송진우는 하지가 말한 것을 곧이곧대로 전했다간 성미가 불같은 김 구가 또 일을 내지 않을까 염려하여 에둘러 말했다.

"한번 만나자고 합디다."

"그것뿐이오?"

그의 말에 송진우가 잠깐 머뭇거렸고, 그가 두리번거리며 조심스럽게 주변을 살피다가 아무도 없는 것을 확인하고는 김구에게 나지막이 말했다.

"반탁운동을 중지하면 안 되겠소?"

김구는 뜬금없이 반탁운동을 중단하라는 송진우의 말에 얼토당토않다는 듯 눈살을 잔뜩 찌푸리며 버럭 고함을 내질렀다.

"거 무슨 되먹지도 않게 핫바지 고무줄 터지는 희한한 소리를 하고 있소?"

"나도 신탁통치는 반대하오. 하지만 반탁운동으로 미군정을 한 쪽으로 몰아가면 문제가 복잡해질 거요. 당장 백범의 신상에 문제가 생길 수 있어요!"

송진우는 자신의 얘기를 귓등으로 흘려듣는 김구가 걱정이 되어 결국 어쩔 수 없이 속에 감추고 있던 얘기를 슬며시 꺼내들었는데, 김구는 아예 콧방귀도 뀌지 않았다.

"나를 어찌 하고 싶은 모양인데, 해 보라지, 새끼들. 여긴 엄연히 한국 땅이요. 그딴 소리만 하려거든 썩 돌아가시오. 난 지금 바쁘오."

김구는 그 길로 등을 돌려 송진우의 눈길을 외면하고는 자신의 호명을 기다리며 아래층에서 대기 중인 경찰 간부들을 이층 서재로 불러 올렸다. 창가에는 여명이 찾아들었고 바깥에서는 닭 홰치는 소리에 놀란 마당의 진돗개가 시끄럽게 울어댔다.

등을 돌린 채 면벽하고 있는 김구를 바라보는 송진우의 가슴에 허탈한 공허감이 밀려들었다. 그는 김구에게 얘기해 봐야 아무 소용이 없다는 걸 알고는 힘없이 자리에서 일어났다. 그러면서도 진한 아쉬움이 남아 김구에게서 자꾸만 눈길을 떼지 못하고 있었다.

송진우는 김구를 밤새 설득했지만 결국 그의 노력은 아무 소득 없이 무위로 돌아갔다.

송진우는 심사가 복잡했다. 그는 미군정을 인정할 수 없다는 김구의 심정을 이해 못하는 바는 아니었다. 미군정에 대한 반발심은 한국인이라면 누구나 다 느끼는 공통의 감정이었다. 진정으로 군정을 원하는 사람은 이 땅에 한 사람도 없었다.

하지만 미군정은 피할 수 있는 게 아니었다. 한국의 독립은 한국인 스스로의 힘으로 쟁취한 독립이 아니었다. 어쩌면 미국인의 희생으로 주어진 미국의 시혜와도 같은 것이라 볼 수도 있었다.

한국의 독립을 가져온 태평양 전쟁에서 한국이 한 역할도 너무 미미했다. 전쟁 승리에 있어 한국의 기여도가 형편없었기 때문에 발언권을 갖는 것은 쉬운 일이 아니었다.

그런데도 김구는 민족적 감정에 치우쳐 미국을 인정하지 않으려고 했다. 송진우는 이런 김구가 너무 현실감이 없다는 생각이 들어 불안했다. 한편으로 그에게 서운하다 못해 인간적인 배신감이 들기도 했다.

일본의 항복으로 태평양 전쟁이 끝난 후 그 효용가치가 떨어져 중국 국민당 장개석에게도 버림받고 미군정에서도 받아주지 않아 그야말로 낙동강 오리알 신세가 된 고립무원의 김구를 미군정을 설득해 한국으로 데려온 장본인이 그 자신이었다.

서울 운동장에서 15만 명의 인파를 끌어 모아 임정에 대한 대대적인 환영식을 열어 김구의 입이 귀 밑에 걸리게 한 것도 자신이었다. 게다가 텅 빈 임정의 곳간에 900만원이라는 엄청난 정치자금을 마련해 준 것도 자신이었다.

이처럼 송진우는 물에 빠져 지푸라기 하나 잡지 못하고 허우적대던 김구를 살려준 사람이었다. 굳이 이치를 따지자면 그는 김구의 은인이었다.

그런데 김구는 살림살이가 좀 나아지자 실망스럽게도 안하무인으로 변해 갔다.

김구는 자신의 임정만을 순결을 끝까지 지켜낸 처녀처럼 고결하고 순수한 존재라 생각했고, 국내에 남아 일제의 탄압을 온몸으로 견디며 고생했던 인사들을 죄다 친일이라는 색안경을 끼고 보는 것이었다.

송진우에 대한 김구의 시각도 예외는 아니었다. 김구는 한민당의 송진우도 친일의 색채가 있다고 생각했다. 김구는 자신이 총을 들고 싸웠다는 이유 하나만으로 각자 자기 나름의 방식으로 싸워온 다른 사람들의 투쟁을 깡그리 무시했고, 펜을 들고 일제에 저항하며 싸운 송진우의 애국투쟁을 인정하지 않았다.

이 때문에 그는 송진우가 어렵게 마련해 준 정치자금에 대해서도 고마워하기보다 당연하게 여겼다.

그는 김구가 자신의 얘기를 귀담아 듣지 않은 것을 보고 그가 자신을 불신하고 있다는 것을 알았다.

김구와 김구의 임정을 위해 온갖 수고를 아끼지 않았던 그로서는 자신의 진심이 김구에게 통하지 않는다는 게 참으로 허탈했고 한편으로 어이가 없었다.

그는 김구가 상해에서 어떤 일을 하며 생계를 꾸렸는지 너무나 잘 알고 있었다. 그래서 그는 김구의 독선과 오만이 오히려 역겹기까지 해서 솔직히 욕을 한 바가지 퍼붓고 싶었다.

'이 인간들아, 너희들은 밖에서 배는 고팠을지 몰라도 우리처럼 일 년 내내 속을 태우면서 살지는 않았을 거다!

또 너희들처럼 배고프다고 매춘에 손을 대는 양심 없는 짓도 우린 하지 않았어!'

그가 어깨를 늘어뜨린 채 계단을 터벅터벅 내려가고 있을 때 군기가 바짝 든 여남은 명의 경찰 간부들이 송진우의 어깨를 툭 치며 우르르 올라갔다. 백범은 창가에 서서 송진우가 대문을 나서는 것을 보며 중얼거렸다.

"허, 송진우가 하지에게 넘어갔구먼. 자네 같은 사람이 바로 민족의 배신자네!"

2

송진우는 새벽에 경교장을 나서 집에 들어서던 길에 괴한의 총격을 받고 즉사했다. 신탁통치 문제로 정국이 들끓는 가운데 갑자기 터져 나온 그의 부음에 다시 한 번 정국이 요동쳤다.

병석에 누워있던 이승만도, 송진우가 세상을 떠나기 직전에 그와 마지막 시간을 함께 한 김구도, 그의 빈소를 찾아 조국 독립을 위해 한 생애를 파란만장하게 보낸 애국지사의 죽음에 경의를 표하며 애도했다.

그의 죽음은 곧바로 죽음의 배후 인물에 대한 관심으로 초점이 모아졌지만, 범인이 곧바로 잡히지 않아 한동안 사건은 미궁에 빠졌다.

하지 중장은 송진우의 죽음에 치를 떨었다. 짧은 만남이었지만, 송진우는 하지의 가슴에 아주 강한 인상을 남겼다.

그는 하지가 한국인 가운데 유일하게 흉금을 털어놓을 수 있는 사람이었다. 그만큼 하지는 그를 신뢰했다. 또 그는 사람의 마음을 감쌀 줄 아는 보기 드물게 가슴이 따뜻한 신사여서 이역만리 타국에서 날아온 이 이방인이 행여 불편한 일은 없는지 여러모로 신경을 써주어 하지를 감복케 한 사람이기도 했다.

이런 여러 가지 이유로 그에게 있어 송진우는 그 어떤 친구보다 특별하고 소중했다.

아무튼 그의 죽음은 한국에서 자신이 소통할 수 있는 통로가 사라진 것을 의미했다. 그는 막막했다. 그의 부재로 자신의 앞날도 순탄치 않을 것이란 생각을 떨칠 수 없었다.

그는 송진우를 죽인 범인과 그 배후를 꼭 밝히고 싶었다. 철저한 진상 규명은 죽은 친구에 대해 자신이 마지막으로 베풀 수 있는 우정이기도 했지만, 혼돈에 빠진 한국의 장래를 위해서도 꼭 필요하다고 생각했다.

조문을 위해 송진우의 빈소를 찾아갔다가 막 집무실로 돌아와 앉은 하지의 얼굴엔 친구를 잃은 슬픔이 가득했다.

그는 소파에 앉아 담배에 불을 붙이고는 김구를 생각했다. 그는 송진우의 빈소를 찾아 오열하던 김구의 얼굴이 왠지 가면 같기만 했다. 그가 군정장관 아놀드에게 대뜸 물었다.

"아놀드 장군, 이 사건의 배후가 당신은 누구라 생각하오?"

"글쎄요, 공산당들의 소행이 아닐까요?"

검은 선글라스를 낀 하지가 고개를 절레절레 흔들었다.

"그건 너무 순진한 생각이오."

"각하께서는 달리 짚이는 게 있습니까?"

"공산당이 암살을 기도했다면 누가 그 대상이 되겠소? 아마 첫 번째는 반공주의자인 이 박사일 거요. 그래서 난 적어도 공산당은 아니라 생각해요.

송진우는 내가 좋아하는 사람이고 우리는 공산당과도 가깝소. 공산당이 굳이 그를 죽일 이유가 없지요."

"그럼 이 박사일까요?"

"아닐 거요. 그 양반은 철저한 신앙인이오. 손에 피를 묻히는 걸 죄악시하는 사람이에요. 더군다나 이 박사는 송진우와도 아주 친밀한 사이오."

"그럼 누굴까요?"

아놀드는 자신은 잘 모르겠다는 듯 고개를 갸우뚱 거리고는 답을 구하듯 하지에게 눈길을 던졌다.

하지는 소파에 웅크리고 앉아 폐부 깊숙이 담배를 빨아들이고 나서 하얀 연기를 내뿜었다. 그는 송진우의 마지막 시간을 머릿속으로 복기하고 있었다.

"송진우가 마지막 만난 사람이 누구지요?"

"경교장을 찾아 김구를 만났지요."

"그때 밤새 격론이 벌어진 걸로 알고 있소."

하지의 말에 아놀드가 찻잔을 들다말고 멈칫했다.

"그럼 각하께서는 김구를 의심하고 있는 겁니까?"

하지는 주먹을 불끈 쥐면서 고개를 끄덕였다.

"김구라면 충분히 그럴 수 있소."

"왜 그런 생각을……?"

"테러는 아무나 할 수 있는 게 아니오. 더군다나 사람을 죽이는 일은 더 어렵소. 강심장이거나 얼굴에 철판을 네댓 장은 깔아야 가능할 것이오. 그런데 김구는 전력이 있소.

젊은 날엔 일본인을 자기 손으로 죽였고, 또 윤봉길과 이봉창이란 인물을 사주하여 일본군 요인들에게 테러를 했다는 것도 난 알고 있소. 그 외에도 김구가 상해에서 사람을 여럿 죽였다는 정보가 있소.

그렇다면 지금 이 나라 지도자 가운데 테러를 지시할 만한 사람이 대체 누구겠소? 난 김구와 박헌영 외에는 없다고 봐요. 하지만 박헌영은 송진우를 죽일 만한 티끌만한 이유와 명분도 없소."

하지는 이미 김구가 범인이라고 확신하고 있었다. 하지의 논리는 한 점 이론의 여지도 없을 만큼 지극히 명료했고 인과관계가 뚜렷했다. 아놀드는 하지의 추론이 놀라운 듯 입을 벌린 채 고개를 끄덕였다.

하지는 세상을 떠난 송진우 때문에 괴로워하며 눈을 감고는 입술을 질끈 깨물었다.

"어찌 보면 내가 송진우를 죽게 한 것은 아닌지 모르겠소. 그 양반을 김구에게 보내는 것이 아니었는데……"

하지는 송진우의 죽음에 대한 책임감 때문에 자책을 하다가 끝내는 눈물을 흘렸다.

그는 송진우의 장례식이 끝난 다음날 김구를 중앙청 군정사령관실로 불렀다.

하지는 방에 들어서는 김구를 보면서도 일어나지도 않고 앉은 자리에서 그를 맞았다. 그는 김구에게 그 어떤 예의도 갖추고 싶지 않았다. 그는 오늘 김구를 완전히 부수어 놓고 말겠다고 작정을 하며 부른 터였다.

이 탓에 김구를 바라보는 그의 눈에 살기가 등등했고 목소리에는 독기가 서려 있었다. 그는 김구를 보자마자 버럭 소리부터 질렀다.

"미스터 김, 당신 제 정신이오?"

"무슨 말이 그리 무례하오?"

김구는 하지의 태도가 불쾌해 볼멘 표정을 지었다. 자신이 미군정의 행정권을 인수한다는 포고령을 일방적으로 내린 터라 하지의 반발을 예상 못 한 바는 아니었다.

하지만 정월 초하루부터 고함을 치는 하지를 보고는 심사가 뒤틀렸다. 아침에 먹고 나온 떡국이 올라올 것처럼 비위가 상했다.

'이 자가 감히! 여긴 엄연히 대한민국이야!'

김구는 자신이 내린 포고령으로 한국의 행정권을 자신이 완전히 인수했다고 믿고 있었다. 이 탓에 노골적으로 화를 내고 있는 하지를 바라보는 김구의 눈에는 비웃음이 그득했다.

하지는 볼멘 표정을 거두지 않고 있는 김구를 쏘아보며 명령조로 다시 소리쳤다.

"어제 내린 포고문 당장 철회하시오. 그렇지 않으면 당신 내 손에 죽어!"

"지금 뭐라고 말하는 거요?"

"당신 내 말 듣지 않으면 죽는다고 했소. 귀 먹지 않았으면 내 말을 들었을 것이고, 돌대가리가 아니라면 내 말 뜻을 알아들었을 것 아니오?"

하지는 조금도 정제되지 않은 욕설에 버금가는 막말 수준의 말을 의도적으로 마구 쏟아냈다.

김구에 대한 하지의 거친 언사는 그에 대한 미움에 기인한 바도 컸지만, 김구의 감정을 자극해 그의 말실수를 유도하기 위한 목적도 있었고, 그를 길들이고 그의 행동을 자제시키려는 경고의 뜻도 담고 있었다.

김구는 얼마간 예상은 하고 왔지만 자신을 몰아치는 하지의 공세가 너무 뜻밖이라 당황한 나머지 말을 못하고 모욕감에 얼굴을 붉혔다. 한편으로 가슴 한구석이 괜히 뜨끔 찔리기도 했다.

하지가 전에 없던 행동을 하고 있어 그가 송진우 사건에 관여한 자신의 역할을 얼마간 감지한 것은 아닐까 하는 생각이 얼핏 고개를 들었다. 김구는 제 발 저린 도둑처럼 뒷목이 서늘했다.

송진우 피살 사건은 초동수사 단계라 진상은 고사하고 사건의 윤곽도 그리지 못한 상태였지만, 하지는 김구를 송진우 죽음의 배후라 100퍼센트 단정했다.

별안간 포고문을 선포해 군정청의 행정권을 인수하겠다고 나선 김구의 분별없는 행동을 보고, 하지는 김구가 송진우를 죽이고도 남을 위인이라 생각하지 않을 수 없었다.

당장 증거는 없지만, 머지않아 자신의 레이더에 그 증거가 포착될 것이라 그는 믿어 의심치 않았다. 그는 김구 주변 요소요소에 정보원을 심어두고 있었다.

하지는 김구를 잡아먹을 듯이 이글대는 눈빛으로 그를 노려보고 있었다. 숨 막히는 긴장감이 둘 사이에 흘렀다. 하지에게 살의를 느낀 김구의 얼굴은 웃음기를 잃은 채 싸늘히 굳어 있었다.

하지가 김구에 대해 화를 내는 것은 어느 정도는 상식적으로 이해할 만한 것이었다. 하지만 그 정도가 지나쳐서 보는 사람도 이를 의아히 여겼다. 동석한 군정장관 아놀드도 당혹스러워 아무 말도 못하고 입을 굳게 다문 채 가만히 앉아 있었다.

이것은 김구가 군인 하지의 감정을 자극했기 때문이었다. 하지는 군인으로서 아주 순수한 마음을 가진 사람이었다. 하지는 야전사령관 출신이다. 그는 전장을 누비며 그 자신도 죽을 고비를 무수히 넘겼고 수많은 부하들의 죽음을 전장에서 보아온 사람이다.

그래서 군인들이 흘린 피의 의미에 대해 누구보다 진지하게 생각했다.

미국은 일본을 상대로 한 태평양 전쟁에서 10만 명이 넘는 전사자를 냈다. 한국인은 대체 이 전쟁에서 어떤 역할을 했는가? 상해 임정은 이 전쟁에서 무엇을 했는가? 한국인은 이 전쟁에서 한 방울의 피도 흘리지 않았다.

그런데 김구는 여론을 등에 업고 미군정의 행정권을 일방적으로 인수하겠다고 천명했다. 하지는 어이가 없었다. 그는 김구가 일말의 양심이라도 있는 사람인지 의심스러웠다.

남이 차려 놓은 밥상을 내 것이라 주장하며 숟가락만 들고 덤비는 날강도, 손 안 대고 코를 풀려고 하는 철면피 기회주의자!

그는 김구 때문에 전장에서 산화한 부하들이 욕을 당하는 것만 같아 화가 치밀었다.

그는 김구가 미군정에 도전한 것 자체보다도 부하들의 고귀한 죽음과 아름다운 희생이 그의 무분별한 행동으로 더럽혀진 것만 같아서 더 분노했던 것이다.

그는 철저한 군인이었고 부하를 제 몸 같이 사랑하는 사람이었다.

감정적인 문제를 떠나, 현실적으로도 한국은 이 전쟁에서 요구할 수 있는 권리가 없다.

전쟁의 결과에 대한 처분권은 수많은 인명 피해를 입고 엄청난 물자를 투입한 미국에게 있다.

한국은 미군이 흘린 피의 대가로 해방된 것이지 한국인이 자력으로 얻어 낸 독립은 아니다. 이것은 군인 하지의 분명한 생각이었다.

아무튼 하지의 눈에 김구의 행동은 명백한 쿠데타였다. 그는 대책 없이 일부터 저지르고 보는 김구를 한심하게 여겼다. 이 탓에 하지는 그를 조롱하듯 다리를 꼬고 앉아 입가에 지은 냉소를 거두지 않았다.

그는 판단력이 부족한 김구를 추앙하는 한국인들의 생각을 도무지 이해할 수 없었다.

그는 김구의 불타는 애국심만은 높이 평가했다. 평생을 조국 독립을 위해 싸워 온 투사이니 당연했다. 하지만 하지는 지도자로서의 김구의 자질은 낙제점이라고 생각했다.

그에게는 전략이나 전술이란 것이 없었다. 아무런 생각이 없는 사람처럼 눈에 거슬리는 게 있으면 불도저처럼 그냥 밀어붙일 뿐이었다. 그런데도 한국인들은 그를 존경했다.

하지는 김구에 대한 한국인들의 사랑을 그다지 순수하게 보지 않았다.

중세시대 교황 레오 10세가 타락한 귀족과 부자들에게 면죄부를 팔아 치부를 했듯이, 그에 대한 한국인들의 사랑도 친일의 죄를 면탈하고자 김구의 도덕성을 돈으로 산 것에 불과하다고 생각했다. 김구에 대한 한국인들의 사랑에 불순한 동기가 개입되어 있다면, 이 사랑은 언제든 파국을 맞을 수 있는 위험한 사랑이라고 볼 수밖에 없었다.

그에 대한 한국인들의 사랑이 얼마나 갈지 알 수는 없지만, 김구의 효용가치가 떨어질 때 이 사랑은 깨어질 것이 분명했다. 물론 이것은 친일세력에 국한된 것이긴 하다. 아무튼 언제 배신을 당할지 모를 이 불안정한 사랑을 믿고 김구의 마음은 후끈 달아 빠지고 있었다.

하지의 위협에 김구의 얼굴은 사색이 되어 굳었다.

그런데 하지는 이상하게 이 순간 이승만이 머리에 떠올랐다. 그라면 이 상황에 자신에게 어떤 식으로 나왔을까?

보름 전 좌우합작 문제로 아놀드가 이승만에게 면박을 당한 후, 하지 역시 그에게 혼쭐이 났다.

좌우합작을 몰아붙이려는 군정청의 시도에 반발하여 이승만이 자신을 찾아와서 따졌던 것이다.

"당신은 군인이지 정치인이 아니오. 그러니 당신이 모르는 정치는 당신이 나설 일이 아니니 내 말을 들어요. 난 당신 나라에서 정치학박사 학위를 받은 사람이오."

"당신은 왜 그렇게 야심이 없소? 별 세 개로 만족하오? 난 군인이라면 별 다섯 개 정도를 달고 싶은 야망을 가져야 한다고 생각해요. 워싱턴에 흔들리지 말고 군정사령관으로서 소신을 갖고 일해 보시오. 당신도 눈이 있고 귀가 있으니 한국 사람들이 어떤 생각을 하고 있는지 알 것 아니오. 아무 것도 모르고 워싱턴에 처박혀서 입만 놀리는 얼간이들에게 휘둘리지 말라는 말이요!"

이승만은 어린아이 취급하듯 자신에게 일방적인 훈계를 했고, 그는 이승만의 논리에 막혀 일언반구 대꾸를 못했다.

그는 김구 못지않게 자신의 속을 긁어대는 이승만도 미웠지만, 그는 당최 이승만을 당해 낼 재간이 없었다.

거친 언사로 자신의 자존심을 박박 긁고 숨이 막힐 정도로 몰아세우면서도 이승만은 티끌만한 법적인 문제도 일으키지 않았다. 그는 여우처럼 지능적이고 뱀처럼 교활해서 잡으려고 하면 매끄러운 미꾸라지처럼 손가락 사이로 잘도 빠져 나가 그를 허탈하게 만들곤 했다.

정치적인 식견이 없는 그였지만, 그의 눈에도 이승만과 김구는 너무나 현격한 차이가 났다. 차이를 계량(計量)할 수는 없어도, 그는 그 차이를 하늘과 땅 차이만큼이나 크게 느꼈다.

하지가 조장한 살벌한 분위기에 밀려 김구는 크게 위축되어 있었다. 그래도 그는 자신이 한국의 실세라는 걸 잊지 않았고, 그에 걸맞는 당당한 태도를 보이고 싶었다.

그는 하지의 위협에 굴하지 않겠다는 듯 단전에 힘을 모으면서 목청을 한껏 높였다.

"장군, 미안하지만 난 당신 말을 따를 수 없소. 이미 군정은 끝이 났소. 모든 권한이 임정으로 이양이 되었단 말이요!"

그의 말에 하지가 갑자기 허리춤에 찬 리볼버 권총을 빼들고는 김구의 이마를 겨냥했다. 그가 방아쇠를 당겼다. 러시안 룰렛 게임을 하듯 회전식 탄창이 둔탁한 금속성 소리를 내며 돌아갔다. 하지는 여전히 방아쇠를 잡고 있었다. 그의 눈이 사납게 김구를 쏘아보고 있었다. 언제든 방아쇠를 당기겠다는 태도였다. 김구의 이마에서 좁쌀 같은 땀방울이 솟구쳤다. 오금도 저렸다.

"Son of bitch(개자식)! 정말 당신 나한테 죽고 싶은 거야? 난 군정 사령관이야. 한국은 지금 군정하의 계엄 상태야. 내 말은 곧 법이란 말이야, 알아? 이 새끼야!

내가 당신 한 사람 죽이는 건 아무 것도 아니야. 기어가는 바퀴벌레 밟아 죽이듯 죽일 수도 있어. 당신은 쿠데타를 했어. 반역죄로 난 당신을 기소하고 당장 사형에 처할 수 있다고, 알았어? 이 자식아!"

하지의 살해 위협에 김구는 순간 정신이 아찔했다. 그는 시정잡배 같은 하지의 태도에 자신뿐 아니라 온 나라가 능욕을 당한 것 같은 굴욕감에 가슴이 울컥했다.

그의 두 주먹에 저절로 힘이 들어갔다. 마음 같아서는 자신이 죽인 일본인 쓰치다 조스케처럼 하지의 머리통을 주먹으로 휘갈겨 박살을 내고 싶었다.

하지만 그럴 수가 없었다. 주먹보다 총이 가까웠고, 하지의 살해 위협은 단순한 장난이 아니었기 때문이다.

군정청을 나서는 김구의 얼굴이 야심만만했던 등청 때와는 달리 납빛으로 변해 있었다. 그는 경교장에 돌아가는 즉시 파업에 나선 군정청 관리들에게 현업에 복귀하라는 훈령을 내렸고, 이로써 김구의 쿠데타는 어이없이 일일천하로 막을 내렸다.

4

우익진영 인사들은 김구의 쿠데타 시도를 우려의 시선으로 바라보고 있다가 김구가 하지에게 저항 한 번 못해 보고 무력하게 무릎을 꿇는 모습을 보이자, 그의 정치적 리더십에 대해 깊은 의구심을 품었다.

당장 그 반향이 나타났다. 친일의 면죄부를 받으려고 경교장 문지방이 닳도록 돈 가방을 들고 부지런히 드나들던 친일세력들이 어느 틈엔가 발걸음을 뚝 끊었다.

이 탓에 항상 문정성시를 이루었던 경교장이 산사(山寺)와 같은 무거운 적막감에 휩싸였다.

권불십년(權不十年)이라 했으나 김구의 권력은 고작 한 달 남짓했다. 김구의 날개가 꺾인 경교장에는 식솔들의 발걸음만 바쁠 뿐 넓은 정원엔 차가운 바람만 스산하게 불었다.

이와는 반대로 정국은 요동을 쳤다. 박헌영 때문이었다. 북한을 다녀온 박헌영이 소련의 지시를 받아 하루아침에 반탁에서 찬탁으로 돌아서면서 나라가 발칵 뒤집어진 것이다. 세상이 그 정처를 알 수 없는 탁류의 혼돈으로 빠져든 것이다.

우익 진영은 찬탁을 들고 나온 공산당을 외세에 의존한 매국적 괴뢰집단으로 맹비난했고, 병석에 누워 있던 이승만도 박헌영의 태도 변화에 깜짝 놀라 성명을 발표하여 공산당의 찬탁 선언에 직격탄을 날렸다.

"공산당들은 소련을 조국으로 아는 사람들이니, 너희 조국 소련으로 돌아가라!"

공산당은 우익의 공세를 일찌감치 예상하고 있었고, 우익의 비난이 시작되자 그들 역시 이에 질세라 맞불을 놓았다. 공격은 이승만에게 초점이 맞추어졌다. 김구가 미군정과의 관계로 무기력증에 빠져 있었기 때문에 당연한 일이었다.

"금발 미인인 당신 마누라가 미국에서 밥상을 차려놓고 있으니 쓸데없는 일에 끼어들어 명줄 재촉하지 말고 미국으로 돌아가 얼마 안 남은 인생이나 즐겨라!"

"돈암장이야말로 돈 많고 더러운 친일파 놈들의 소굴 아니냐? 없어져야 할 사람은 우리가 아니라 바로 당신들이다! 괜한 트집을 잡아 민족감정을 이용해 친일의 전력을 은폐하려 하지 마라. 그것은 참으로 추악한 일이다!"

공산당은 나름의 대응논리를 개발해 우익진영의 공격에 맞섰다. 하지만 그들은 점차 설 자리를 잃고 고립되어 갔다. 찬탁의 명분도 미약했고 태도를 바꾼 뚜렷한 이유를 그들은 제대로 설명하지 못했다.

생각이 단순한 일반대중들의 눈에도 그들의 찬탁 논리는 생뚱맞기만 했다. 내부에서도 혼란이 일었다. 남한의 사회주의자들조차 박헌영의 태도 변화를 이해하지 못해 우왕좌왕했다.

아무튼 여론은 신탁통치 반대가 대세였고, 민심의 물결을 거스른 박헌영의 운명이 성난 민심에 의해 뒤집혀지고 있었다.

정치란 타이밍의 미학(美學)이다. 대중들이 원하는 걸 적절한 시기에 적절한 방식으로 대중들에게 주지 않으면 정치인은 그 명맥을 유지할 수가 없다. 때로 파격적인 방식을 동원하면 더 효과적이기도 하다.

김구와 박헌영은 한국의 위대한 지도자들임에는 틀림이 없으나, 정치적인 관점에서 본다면, 박헌영과 김구는 스스로 제 발등을 찍은 매우 어리석은 정치인들이다.

그들은 인식이 편협하고 마음이 조급한데다 거칠었다. 가슴이 뜨거운 사람은 혁명을 준비하는 투쟁의 시기에는 꼭 맞는 사람이지만, 훌륭한 정치적 수완을 발휘하여 난세를 다스릴 영웅의 재목은 아니다.

아무튼 박헌영은 여론과 시대정신에 한참 동떨어진 찬탁을 들고 나와 자신의 발목에 족쇄를 채우는 우를 범해 몰락을 자초했고, 김구 역시 쿠데타 실패로 지도력에 심각한 내상을 입고 방향타를 잃고 표류하는 배처럼 정국의 한가운데에 우두커니 서서 좌표를 정하지 못한 채 방황하고만 있었다.

하지에게 받은 김구의 내상(內傷)은 오래 갔다. 달포가 넘도록 김구는 하지에게 당한 봉변의 악몽에서 아직 벗어나지 못했다.

그는 아까부터 뒷짐을 진 채 초점 없는 시선으로 창밖을 멍하니 내다보고 있었다. 벽에 걸린 커다란 자명종이 정오를 알렸고, 때맞추어 그의 큰며느리 안미생이 고개를 숙인 다소곳한 모습으로 서재 문을 조용히 열고 들어왔다. 안미생은 안중근의 동생인 안정근의 장녀였다.

"아버님, 점심 준비했습니다. 내려가시지요."

"입안이 깔깔한 게 난 별 생각이 없다."

"아침도 안 드셨습니다."

"괜찮다. 그건 그렇고, 잠깐 자리에 좀 앉아라."

김구는 그녀에게 무슨 할 말이 있는지 그녀를 붙잡았고, 안경알을 닦고는 그녀에게 근심어린 눈길을 던졌다.

그녀는 시아버지 김구의 표정을 살피며 긴 치맛단을 여미고는 조심스럽게 소파에 앉았다.

"지금 자금 사정이 어떠냐?"

"직원을 줄이면 한 달은 버틸 수 있을 것 같습니다."

"그건 안 된다."

김구는 단호한 표정으로 고개를 가로저었다.

"우리 경교장 식구들과 한독당원들은 나라를 위해 평생 고생만 한 사람들이다. 그러니 살림이 좀 어렵다고 사람을 줄이는 일을 해선 안 된다. 돈은 내가 좀 알아보마."

김구의 일일천하 이후 경교장으로 쏟아져 들어오던 돈다발이 하루아침에 뚝 끊겨 돈벼락을 맞고 정신을 못 차리던 김구의 한독당(한국독립당)이 심각한 돈 가뭄에 시달렸다. 세상 인심은 고약했지만 양지를 찾아가는 게 또 세상 인심이기도 했다. 속은 상하는 일이지만 인심을 탓할 일만은 아니었다.

아무튼 한독당과 경교장은 자금이 막혀 두 달째 직원 급여를 지급하지 못하고 있었다.

나라가 독립한 마당에 독립운동에 평생을 바쳐온 동지들에게 월급을 주지 못하고 있다는 사실에 김구는 너무나 가슴이 아팠고 그들에게 몹시 미안했다.

며느리에게 큰소리는 쳤지만 김구는 막상 돈을 구하려니 막막했다. 돈 많은 친일파들에게 통사정을 하면 얼마간의 자금이야 마련할 수도 있겠지만, 김구는 친일파들에게만은 머리를 숙이고 싶지 않았다. 물론 지금까지 경교장에 들어온 자금의 대부분은 친일파들의 자금이긴 하나, 이는 모두 그들이 자진해서 바친 애국자금이었다.

김구는 그들이 알아서 돈을 가져온다면 몰라도 자신이 그들에게 구걸해서는 안 된다고 생각했다. 그들에게 돈을 구걸하는 것은 자신들의 고귀한 영혼을 파는 타락 범죄라 여겼다. 그는 그럴 바에는 차라리 죽는 게 낫다고 생각했다.

곰곰 생각하다가 그는 썩 내키지는 않았으나 이승만에게 연락을 했다. 미우나 고우나 그로서는 만만한 사람이 이승만밖에 없었다.

쿠데타 사건으로 김구가 가볍게 처신한다고 이승만에게 심한 질책을 받아 이승만과 김구는 살짝 틀어져 앙금이 있었다.

이승만은 김구의 기별을 받고는 군소리 한 마디 없이 선뜻 자금을 내주었다. 이러니저러니 해도 가재는 게 편이었고, 역시 형만한 아우는 없었다.

이승만의 자금 지원으로 김구의 경교장은 어려운 고비를 일시 넘겼지만, 한 달도 못 되어 다시 또 자금난에 봉착했다.

중이 고기맛을 보면 절간에 빈대도 안 남는다고 하듯이, 환국 이후 갑자기 씀씀이가 커진 경교장은 당장 지출을 줄이지 못했다. 김구의 경교장이 돈맛을 안 것이다. 흥부네 집 쌀독 비듯이 얼마 안 되는 곳간의 돈을 사방에서 먹어치우니 금방 거덜 날 수밖에. 이승만한테서 얻어온 돈은 곧 바닥을 드러낼 모양이었다.

하지만 안미생은 지난번과 달리 이번에는 김구에게 일절 돈 문제를 말하지 않았다. 그녀는 지난번에 김구에게 돈 문제를 거론했다가 김구가 몹시 힘들어 하는 걸 보고 시아버지에게 말한 걸 후회했다.

사실 김구는 돈을 잘 몰랐고 돈을 구하는 주변도 별로 없었다. 김구는 누군가가 가져다주는 돈만 썼지 자기 손으로 평생 돈을 벌어본 일이 없는 사람이다. 스스로 돈을 조달해 본 경험도 없었다.

상해임정 시절에는 장개석의 비위만 맞추면 쓸 만한 돈은 어렵지 않게 얻어 쓸 수 있었다.

그래서 김구는 돈에 관한 고민은 지금껏 거의 하지 않았다. 얼마간의 어려움이 있어도 며느리 안미생이 야무지게 일을 처리해 김구가 크게 신경쓸 일이 없었다. 돈에 관한 한 김구는 한량이었고 자유인이었다.

안미생은 시아버지에게 돈 문제로 근심을 안기고 싶지 않아 장개석에게 선물로 받은 청나라 시대의 진귀한 도자기까지 몰래 팔아 가며 경교장 생활비며 당 운영비의 일부를 마련했다.

이가 없으면 일단 잇몸으로 버티고 보자는 심산이었는데, 이것은 오로지 임시방편일 뿐 잇몸으로 평생 살 수는 없는 노릇이었다.

안미생은 혼자 고민을 하다가 어느 날 마음을 굳게 먹고 김구를 찾아갔다.

"드릴 말씀이 있습니다."

"무어냐?"

"아버님, 당 운영비가 바닥이 났습니다."

"……"

김구는 난감한 표정을 짓고 검은 뿔테 안경을 만지작거리며 말없이 두 눈만 껌뻑거렸다. 김구는 답답하기도 했고, 당혹스럽기도 했고, 난감하기도 했다.

김구는 사실 경교장과 한독당의 자금사정이 어렵다는 것을 대충 알고 있었다. 하지만 며느리가 말하지 않아 굳이 물어보고 싶지 않았다.

들어서 골치아픈 이야기라면 피하고 싶었고, 한편으로는 며느리가 당차서 어려움을 잘 헤쳐 나갈 것이라고 믿고도 싶었다.

그는 말없이 며느리의 입만 쳐다보고 있었다. 지난번에 얼마간의 돈을 구하는 일도 그에게는 벅찼다.

친일파들에게는 굽실거리기 싫었고, 자금이 풍부한 한민당과는 송진우 사건으로 사이가 틀어져 있었다. 이승만에겐 한 번 자금을 부탁한 형편이어서 다시 말을 꺼내기가 부담스러웠다. 이승만의 돈암장이 돈을 찍어내는 은행이 아니니 그쪽 형편도 썩 좋다고 할 수는 없었다.

이 때문에 며느리를 바라보는 김구의 눈빛이 여느 때와는 달랐다. 며느리에게 말 못할 청이라도 있는 듯 그의 눈빛이 몹시 간절해 보였다. 그녀는 김구가 입을 열지 않았지만 무슨 말을 자신에게 하고 싶은지 대충 눈치를 챘다.

그녀는 비장한 마음으로 다시 한 번 결심을 굳게 다졌다. 그녀는 자신의 목숨을 바쳐서라도 홀로서기에 나선 시아버지를 진심으로 돕고 싶었다.

한눈을 팔지 않고 오직 독립이라는 외길 인생을 살아온 시아버지였다.

"돈 문제는 제가 알아서 해도 되겠습니까?"

"……"

며느리의 말은 자신이 진정 원했던 답이었다. 김구는 누군가 자신을 대신해 돈 문제를 해결해 주길 바라고 있었다. 돈이라면 그는 골머리가 아팠다.

그런데 정작 그는 돈을 구해보겠다고 자청하고 나선 며느리의 얼굴을 똑바로 쳐다보지 못했다. 그는 왠지 민망했다.

며느리에게 고맙다는 인사치레를 하는 것도, 미안하다는 사과의 말을 건네는 것도 면피를 위한 속 보이는 사탕발림만 같아서, 입을 떼는 것도 염치가 없는 일인 것 같아서, 김구는 가는 신음을 토하며 입을 다물고만 있었다.

그는 며느리에게 궂은 일만 자꾸 시키는 것 같아 인간적으로 미안했다. 돈 문제 하나 제대로 해결하지 못하는 자신의 무능 때문에 자책의 마음이 들었던 탓이다.

"아가, 미안하구나!"

"아니에요, 아버님, 걱정하지 마세요. 제가 알아서 하겠습니다."

"그런데 당부 하나만 하자."

김구의 말에 그녀가 잠깐 멈칫하더니 무슨 말인지 알았다는 듯 싱긋 웃었다.

"친일파들에게선 절대 돈을 꾸지 않을 테니 걱정 마세요. 제가 하는 일은 나라를 위해서 하는 일이니 혹시 제가 하는 일이 좀 무리가 따르더라도 아버님이 이해를 좀 해주세요."

김구는 안미생이 친일파의 자금에는 절대 손을 대지 않겠다는 약속을 하는 것만으로도 절반의 걱정은 던 것 같았다. 자신의 속마음을 알아주는 며느리를 바라보는 김구의 눈길이 비길 데 없이 부드러웠다.

"네 수고는 내가 잊지 않으마!"

5

봄을 재촉하는 비가 추적추적 내리는 한강변 뚝섬의 허름한 인쇄소. 녹슨 양철지붕에 먼지가 사방에 수북해서 분명 사람의 손길을 탄 지 오래 된 폐건물이었다.

웬일로 치마저고리를 걸친 안미생이 머리에 수건을 두른 채 이곳에 나타나 대한독립촉성국민회 뚝섬 지부장 이원재와 밀담을 나누고 있었다.

대한독립촉성국민회는 이승만의 대한독립촉성중앙협의회와 김구의

신탁통치 반대 국민총동원중앙위원회가 신탁통치 반대를 계기로 통합한
단체였다.

안미생이 눈을 반짝이며 누가 들을세라 그에게 귓속말로 속삭였다.

"작업은 잘 되어가고 있겠지요?"

"염려 마십시오. 조선은행권 100원권 원판을 구했으니, 몇 천만원 찍
어내는 건 일도 아닙니다."

"다들 믿을 만한 사람들인가요?"

"다들 입이 무겁습니다. 그리고 백범 선생님을 모두 지지하는 사람들
이니 걱정은 안 하셔도 됩니다."

눈이 반짝 반짝 빛이 나는 이원재의 모습이 자신만만해 보였다. 허나
안미생은 만에 하나 일이 잘못될 경우를 대비해야 했다. 그에게 다시 한
번 당부했다.

"낮 말은 새가 듣고 밤 말은 쥐가 듣는 법입니다. 그러니 보안에 만전
을 기해야 합니다. 그리고 만약에……"

안미생이 잠시 말을 끊고 뜸을 들였다. 그리고는 눈빛을 매섭게 하고
는 가슴을 기울여 그에게 바짝 다가가 앉았다. 단도리를 위해 그에게 단
단히 확답을 받아 둘 모양새였다. 다부지게 생긴 이원재가 긴장이 되었
던지 마른 침을 삼켰다.

"말씀하십시오."

"만약에 발각되어 심문을 받게 되면 경찰에 어떻게 말해야 하지요?"

이원재는 그녀의 주문에 얼굴빛 하나 변하지 않고 진지한 표정으로
일사천리로 답을 했다.

"순사 나리, 정말 우리는 백범 선생을 모릅니다. 그냥 돈이 좀 필요해
서 우리가 한 짓입니다. 얼굴도 본 적이 없는데 어찌 우리가 그 사람을
알겠습니까?"

그럴싸한 이원재의 연기를 보고 만족한 듯 안미생이 쌩긋 웃으며 손뼉을 쳤다.

"좋아요, 이 동지. 지금처럼 그렇게 하시면 돼요. 저희 아버님과 이 일은 전혀 무관하다는 걸 꼭 기억하셔야 해요, 아셨죠?"

안미생과 이원재는 만약을 대비한 도상연습을 하며 똑같은 질의응답을 수차례 반복했다.

화폐를 위조한다는 것은 시대와 이유를 불문하고 중대한 사회적 범죄 행위다. 화폐 위조의 피해는 대개 부자보다는 가난한 사람들에게 고스란히 돌아간다. 화폐량의 증가로 인해 물가가 오르기 때문이다.

아무튼 화폐 위조는 경제의 근간을 뒤흔드는 파렴치한 행위다. 이 일이 잘못될 경우 그 파장은 예상이 어렵지만 김구의 정치생명이 위험해질 수도 있다는 것은 분명했다.

이 때문에 안미생은 이원재로부터 다짐에 다짐을 받아두려고 했고, 그녀의 당부에 이원재가 이를 악문 비장한 얼굴을 하고 그녀에게 맹세했던 것이다.

"장부는 한 입으로 두 말을 하지 않습니다. 목숨을 걸고 이 비밀은 무덤까지 가져가겠습니다."

"고맙습니다. 이 선생은 정말 애국자이고 대장부이십니다. 아버님을 돕는 것은 이 나라를 위한 길이니 어찌 이 선생께서 하시는 일이 가볍다 하겠습니까?

아버님에 대한 이 선생의 충성심은 내가 백골이 되어서라도 잊지 않을 겁니다. 내가 그 보답은 꼭 할 것이니 일만 제대로 처리해 주세요."

그녀의 치사에 이원재는 괜히 들떴다. 김구가 대통령이 될 경우 어쩌면 자신이 중요한 자리를 하나 맡을 수 있지 않을까 하는 생각이 얼핏 들었던 것이다. 그녀의 말이 떨어지기 무섭게 김칫국을 마신 그는 감읍한 나머지 자신보다 나이가 열 살이나 적은 그녀에게 고개를 숙여 넙죽 절을 했다.

명예를 소중히 여기는 사람은 명분에 목숨을 걸지만, 소인배는 눈앞의 이익에 눈이 멀기 마련이다.

이원재는 빗길에 나서는 안미생을 배웅하고 돌아와서는 우쭐한 표정으로 떡 벌어진 어깨에 힘을 주고는 윤전기를 돌리고 있는 인쇄공들을 독려했다.

"빨리 서둘러요. 오늘 밤 안에 끝내야 해요."

이원재의 작업 지시와 동시에 윤전기가 굉음을 울리며 수도꼭지 물 쏟아내듯 조선은행권 100원 짜리 지폐를 콸콸 토해 내고 있었다.

채 한 시간도 지나지 않아 붉은 지폐가 산더미처럼 쌓였다. 눈 깜짝할 사이에 금방 백만원의 거금이 만들어졌다.

갓 태어난 지폐에서는 기분좋은 잉크 냄새가 진동을 했다. 이것은 인간의 욕망을 부추기는 유혹의 냄새였다.

이원재는 잉크도 채 마르지 않은 깔깔한 새 돈 한 다발을 들고는 납작한 코를 들이대어 사냥개처럼 쿵쿵대더니 흐뭇한 표정을 짓고 싱긋 웃었다. 그때 덧니 뒤에 어설프게 씌워진 이원재의 금니가 벌어진 입술 사이로 비집고 나와 희미한 백열등을 받아 번들거려 왠지 그가 음흉해 보였다.

아무튼 이 위조지폐는 당국의 허가 없이 불법으로 찍어낸 돈이긴 했지만, 정품 인쇄기와 정품 용지를 사용한 것이어서 돈은 완벽한 정품이었다.

"참 돈 벌기 쉽구먼. 이러다 우리 백범 선생이 우리나라에서 제일가는 갑부가 되는 건 아닌지 모르겠어? 하하!"

그가 통쾌한 웃음을 터뜨리고는 담뱃불을 붙여 물고 잠시 용변을 보려고 문을 열고 나섰다. 그때 느닷없이 경찰이 들이닥쳤다.

"꼼짝 말고 모두 손 들엇!"

6

아침 댓바람에 걸려온 수도경찰청장 장택상의 전화에 김구는 사색이 되어 안절부절못했고, 온종일 서재에 틀어박혀 꼼짝도 않고 담배만 피우며 대응책 마련에 고심에 고심을 거듭했다.

그의 걱정과 한숨에 비례해서 탁자 위의 재떨이에는 담뱃재가 수북이 쌓여만 갔다.

임정 내무부장 출신 신익희, 한독당 부위원장 조소앙, 김구의 공보 특보 엄항섭, 김구의 비서실장 선우진을 비롯한 20여명의 인사들이 김구의 서재를 가득 메우고 있었다.

김구와 함께 그들 모두 깊은 침묵에 잠겨 있었다. 현장에서 물증과 같이 적발되었기 때문에 변명의 여지가 없었다. 더 절망적인 것은, 위기를 벗어날 바늘구멍만한 틈새도 김구에게는 없다는 점이었다.

일은 며느리 안미생이 꾸몄지만 최종적인 책임은 한독당 당수인 김구에게 돌아올 수밖에 없었다. 김구가 어렵사리 법적인 문제에서 벗어난다고 해도 정치적 타격은 피할 수가 없다.

김구는 일본과 어떤 야합도 하지 않고 상해 임정의 법통을 고수했다는 도덕적 명분을 최고의 가치로 여기며 다른 정파와 차별화를 해온 사람이었다.

화폐 위조사건의 불똥이 김구에게 튄다면 김구의 도덕성은 하루아침에 무너질 수밖에 없었다. 이것은 대통령을 꿈꾸는 김구에게 정치적인 사망선고 이상의 의미가 있었다.

일평생 나라 독립을 위해 싸워 온 그가 추악한 경제 잡범으로 추락하는 순간, 그는 국민들로부터 그간 자신이 걸어온 인생을 부정당하고 말 것이다.

이것은 죽음을 넘어서 김구에게는 처참한 생지옥의 경험이 될 수밖에 없고, 김구 개인의 몰락은 당연히 한독당의 붕괴로 이어질 수밖에 없기에 모두가 가시방석에 앉은 사람들처럼 좌불안석이었다.

언제 냄새를 맡았는지 경교장 밖에 기자들이 몰려와 인터뷰를 요청하고 있었다.

김구는 창밖을 내다보다가 장사진을 치고 있는 이들을 보고는 놀라서 얼른 문을 닫고 등을 돌렸다.

며느리 안미생은 두 시간 전에 경찰서의 소환 요구를 받고 출두해서 조사를 받고 있었다.

안미생이 경찰서에 출두하기 전에 김구와 비서진 앞에서 사건의 전말을 보고하고 떠난 터라 이들 모두 대략의 상황은 이미 파악하고 있었다.

당장 이 문제를 해결할 묘안이 있을 턱이 없다보니 김구의 서재에서 흘러나오는 것은 대안을 찾아가는 열띤 토론이 아니라 가슴을 치는 탄식뿐이었다.

이마저도 김구의 마음을 상하게 하지 않을까 걱정하여 한숨을 내쉬지 못하고 입을 막고 가늘게 숨을 내쉬었다. 표정이 어두워 초상집이 따로 없었다.

김구는 며느리 안미생의 태도가 평소와 달리 너무 자신만만해 보여 은근히 걱정은 되었었다.

하지만 며느리 안미생이 워낙 일을 철두철미하게 하는 완벽주의자인 지라 그는 자신의 염려를 노인의 괜한 노파심으로 여기고 머리를 스치는 불안을 지웠다. 그런데 우려했던 사고가 나고 만 것이다.

김구는 땅이 꺼질 듯 깊은 한숨을 내쉬며 터질 듯이 지끈대는 두통을 가라앉히려고 낙심한 표정으로 잘 피우지도 못하는 담배를 두 갑째 뜯고 있었다.

군정 사령관 하지는 신탁통치와 좌우합작을 반대하는 이승만과 김구의 손발을 묶어 둘 구실을 찾으려고 경찰을 풀어 이들에 대한 사찰을 근래 들어 강화하고 있었는데, 김구의 경교장이 먼저 하지의 레이더망에 걸려든 것이다.

김구의 경교장 식구들은 자신들의 도덕적 우월성을 과신한 나머지 이승만의 돈암장 식구들에 비해 조심성은 물론이고 준법 정신도 아주 미약했다.

그들은 자신들이 하는 일은 모두 정당하다고 여기는 경향이 없지 않았다. 당연히 그들은 탈법과 위법행위에 대해서도 별다른 죄의식이 없는 경우가 많았다. 도덕적 우월성이란 함정에 빠진 이들의 법에 대한 둔감함이 결국 화를 부른 것이다.

그 시각에 하지는 수도경찰청장 장택상의 대면 보고를 받고는 만면 가득 웃음을 지었다.

그는 처음에 장택상의 전화 보고를 받고는 믿지 못했다. 아무리 분별력이 없는 사람이라지만 김구가 설마 그런 파렴치한 짓을 벌였을 리 없

다고 생각해서 장택상에게 군정청으로 직접 들어와 보고하라고 요구했
던 것이다.

하지는 김구의 며느리가 한밤중에 뚝섬 인쇄소에서 나오는 사진을
들고는 희희낙락했다.

"이 양반, 이젠 정말 죽어지낼 수밖에 없겠는 걸……. 장 청장, 정말
수고했소. 하하!"

하지는 쿠데타를 일으킨 김구의 성격으로 보아 그가 다시 일을 꾸밀
것이라 생각은 했지만, 이처럼 엉뚱한 일로 자신의 레이더망에 포착될 것
이라곤 상상도 못했다. 이 때문에 하지는 더 놀라고 있었다. 그는 담배를
물고는 속이 후련해하는 표정으로 껄껄대며 웃었다.

"어리석다고 생각은 했지만, 정말 이렇게 어리석은 사람일 줄은 몰랐
소. 장 청장, 그렇지 않소?"

그는 이제야 자신을 괴롭히던 손가락에 박힌 가시 중 하나를 제거하
게 되었다고 내심 몹시 기뻐했다. 더불어 자신이 야심차게 추진하고 있
는 좌우합작 문제도 이젠 탄력을 받을 것으로 기대했다.

하지의 얼굴엔 더할 수 없는 만족감이 넘쳐흘렀다. 하지만 정작 사건
경위를 그에게 보고한 장택상의 얼굴은 침통하기 그지없었다. 잔뜩 찌푸
린 그의 이마는 내천 자(川)를 그리고 있었다.

장택상은 다혈질의 김구를 그리 좋아하지 않았고 사감(私憾)도 많았
다. 그는 상해에서 서울로 돌아온 김구를 만나려고 경교장을 찾았다가 경
비원들에게 문전박대를 당하고 쫓겨난 황당한 일도 있었다. 김구가 한국
에 있던 모든 인사들을 친일파로 보았기 때문에 생긴 일이었다.

그는 이 일을 당한 후 김구의 안하무인 처신에 실망해서 그의 인격과
인품에 대해 의구심을 품었고, 그에 대한 개인적인 기대도 일찌감치 접었
다.

하지만 공적인 입장에서 생각하면 김구의 존재를 마냥 무시할 순 없었다. 그의 개인적인 자질을 떠나 정치지도자로서 해방 정국에서 김구가 갖는 의미와 비중은 엄청났다.

누가 무어라 해도 김구는 이승만과 더불어 해방 정국을 양분하고 있는 조선의 양대 산맥이었다. 이 때문에 그는 김구의 문제를 단순히 법적인 잣대로만 처리해서는 안 된다고 생각했다.

장택상은 조선의 최고 갑부들 중의 한 사람인 경북 칠곡의 대지주 장승원의 아들인데, 영국 에딘버러 대학에서 경제학을 전공한 인재였다. 이후 그는 미국으로 건너가 이승만의 구미위원부에서 그와 함께 외교활동을 같이 하며 손발을 맞춰온 이승만의 측근이기도 했다.

그는 부잣집 아들답게 성격이 매우 호방했지만 부모의 돈을 마다하고 스스로 아르바이트를 하여 학비를 조달할 정도로 자기 관리가 철저하고 과묵해 아주 신중한 면도 있었다.

그는 김구의 몰락이 불러올 파장을 크게 우려했다. 김구에 대한 정치적 사망선고는 민족 진영의 연쇄 몰락을 부를 수 있고, 이것은 공산당의 득세로 이어질 것은 불을 보듯 뻔했다.

대지주 집안의 아들이어서 그런 점도 있으나 경제학도로서 그는 공산주의를 혐오하다 못해 철부지 얼치기들의 개똥철학이라고 깡그리 무시했다.

그는 경제학도로서 경제의 첫 번째 개념을 소유권이라 믿었다. 내 것이라는 소유권의 개념이 생기면서 경제 개념이 필요해진 것이다.

그런데 공산주의는 재화 생산의 수단이자 도구인 토지며 기계 설비를 모두 소유권의 대상인 사유재산으로 인정하지 않는다.

재화 생산의 수단이자 도구를 공적인 소유의 대상으로 묶는 이유와 명분을 분배의 정의에서 찾는다지만, 결국 공산주의는 더 많은 것을 갖고자 하는 인간의 욕망을 부정하는 철학이다.

인간의 가슴에서 갖고자 하는 욕망이 사라지든가 아니면 그런 욕망을 없애든가, 이도 아니면 아무런 불만 없이 주는 대로 먹고 자는 생각 없는 개돼지가 되든가 둘 중의 하나가 되어야만 공산주의는 존속할 수 있다.

또 분배를 감독하고 생산을 관장하는 국가나 공산당이 신보다 더 이성적이고 합리적이고 완벽한 지혜를 가져야만 공산주의를 실현할 수 있다.

이 두 가지 전제조건이 충족되지 않으면 완전한 공산주의를 실현하는 것은 연목구어(緣木求魚)에 불과하다.

장택상은 공산주의를 이해하려고 공산주의의 요모조모를 살펴보았다. 모양이 세모인지 네모인지 몰라서 더듬어도 보았고, 속에 무엇이 들어 있나 싶어서 배를 갈라 속을 헤집어도 보았다.

그래도 당최 그 공산주의란 놈을 알 수 없어서 나중에는 용기를 내어 한 번 깨물어 볼 요량으로 런던의 청년공산당 집회에도 여러 차례 나가 봤다.

그래도 그는 공산주의를 납득할 수 없었고, 그에게 공산주의는 괴물이었다.

이상적인 공산주의가 어떻게 가능한 일인가? 도대체 이것이 실현 가능한 일이기는 한 것인가? 그는 회의가 들었다.

인간의 갖고자 하는 욕망이 거세당하는 순간, 인간에게는 어떤 일이 벌어질까?

어쩌면 수 세기 내에 인간은 이 세상에서 멸종할지 모른다. 또 신보다 더 완전하고 완벽한 무결점의 인간과 무오류의 제도를 욕망을 가진 인간들의 세상에서 어떻게 구현할 수 있단 말인가?

이 때문에 장택상은 공산당의 주장을 그야말로 귀신 씨나락 까먹는 어림도 없는 허튼소리로 치부했다.

그는 이런 엉터리 철학이 잠시 잠깐 동안 사람들의 마음을 홀리고는 있지만, 언젠가는 반드시 역사 발전의 퇴보를 불러올 것이라고 생각했다. 그는 상식에 준하는 상식적인 판단과 진실하고 정의로운 실천만이 세상을 구할 수 있다고 믿었다.

아무튼 그는 김구의 퇴출만은 반드시 막아야 한다고 생각했다. 이승만이 건재하지만 그 혼자 힘만으로는 공산당을 감당하기가 어렵다고 판단했다. 경찰청 정보보고서에 올라온 사회주의자의 수가 남한 땅에 워낙 많았기 때문이다.

또 세상에는 독불장군이란 없다. 아무리 현명한 사람도 혼자서는 위대한 성취를 이뤄내기 어렵다.

더군다나 지금은 난세다. 난세를 다스리고 세상을 구원하기 위해서는 힘을 모아야 할 때이다. 이 때문에 서로에게 도움을 주는 발전적인 경쟁자들이 필요하다고 장택상은 생각했다.

이승만과 김구가 뜻이 서로 안 맞아 삐걱대기는 해도, 장단점이 상이한 두 거물이 상호 협력한다면 민족의 내일을 여는 역사의 수레바퀴가 힘찬 굴림을 할 수 있을 것이라 여겼다.

이 때문에 그는 김구가 미워도 위기에 빠진 김구를 그냥 내버려 둘 수는 없었다.

장택상은 불이 꺼진 하지의 담배 파이프에 불을 붙여주며 조심스럽게 물었다.

"각하, 김구를 어떻게 하실 생각입니까?"

"법대로 해야지요."

하지의 목소리는 건조했고, 그의 대답은 몹시 원론적이고 원칙적이었다. 이제 김구는 한국의 정세 안정을 위해 그가 활용할 만한 유용한 카드가 아니었다.

"각하, 뜻은 알겠습니다만 만약 김구를 위조지폐 사범으로 몰아 구속할 경우, 국민들이 군정청의 발표를 사실로 믿겠습니까?"

장택상의 말에 하지가 눈살을 찌푸리며 언성을 높였다.

"무슨 말이요?"

"각하, 만약 각하께서 김구를 구속한다면 이를 순수하게 보지 않고 어떤 정치적 의도가 있는 것으로 볼 겁니다."

"……"

장택상을 바라보는 하지의 표정이 떨떠름한 게 그가 영 마뜩찮은 눈치였다.

'가재는 게 편이라더니 장택상도 별 수 없구먼. 김구가 한국인이라고 김구 편을 드는 것인가? 나 원 참!'

하지는 그의 말이 불만스러웠지만 토를 달지는 않았다. 한국인 가운데 장택상만큼이나 미군정에 협조적인 인물이 없었고, 그가 없이는 불안정한 한국의 치안 유지가 어렵다는 것을 잘 알기 때문이었다.

"그럼 당신은 대체 이 일을 어찌 하자는 거요?"

"각하, 김구는 지난 번 쿠데타 사건으로 큰 상처를 입었습니다. 이미 날개가 꺾인 마당인데 이 일로 굳이 무리할 필요까지 있겠습니까?

차라리 이를 계기로 김구에게 재갈을 물리는 편이 나을 겁니다. 그리되면 김구는 각하 눈치를 볼 것이고 각하께서도 운신의 폭이 넓어질 것입니다. 지금 형세로 보아서는 김구를 구속하는 일은 긁어 부스럼 만드는 일밖에 되지 않습니다."

처음에 도리질을 치던 하지였지만 가만 생각해 보니 장택상의 말에 틀린 게 하나도 없었다.

"미스터 장, 정말 대단하시오! 듣고 보니 정말 좋은 생각이오. 조선말에 마당 쓸고 돈 줍는다더니, 그야말로 인심 써서 좋은 소리 듣고 김구의 발목까지 잡아 둘 수 있으니 참으로 훌륭한 계책이오."

장택상의 계책에 하지는 귀가 솔깃해져서 그 길로 단숨에 편지를 써서 김구에게 보냈다.

"당신의 체면을 생각해서 이번 일은 그냥 눈감아 주기로 했소. 당신이 내게 빚을 진 사실을, 그리고 당신의 운명이 내 손에 달려 있다는 사실도 잊지 마시오."

하지의 메시지는 간결했으나 그 전하는 뜻은 칼날처럼 매섭고 강렬했다. 자신의 말을 거역할 경우 김구를 정치적으로 매장시키겠다는 경고의 뜻이 담겨 있었다.

김구는 하지의 편지를 받아보고는 곤혹스러움을 감추지 못하고 소파에 털썩 주저앉았다. 울상이 된 김구의 얼굴은 만 타래의 실이 얽히고설킨 듯 표정이 몹시 복잡했다.

'이 일을 어찌한다? 살아 있어도 죽은 목숨이나 마찬가지니, 하지의 개로 살 바에는 차라리 죽는 게 낫지 않을까? 대체 이제 어찌하면 좋단 말인가?'

그는 하지에게 코가 꿰여 꼼짝달싹 못하게 된 자신의 운명에 낙담하면서, 한편으로 그는 자신을 위기로 내몰아 결국 독안에 든 쥐 신세로 만들어 버린 며느리가 원망스럽기도 했다.

그러다가도 어느 순간엔 자신을 자책하고 있었다.

'내가 무능해서 일이 이리 된 걸 어찌 며늘아기를 탓한단 말인가? 염치도 없이…….'

며느리 안미생은 하얗게 질린 채 안절부절 못하고 몸을 바들바들 떨다가 대죄를 청하듯 김구 앞에 슬며시 무릎을 꿇었다. 그녀는 시아버지 김구를 볼 낯이 없어 내내 고개를 숙이고는 울먹였다.

"아버님, 죄송합니다."

"네가 무슨 허물이 있느냐? 다 내 잘못이지……"

"아닙니다, 모든 게 다 제 잘못입니다. 제가 이 일에 책임을 지고 한국을 떠나겠습니다."

김구가 화들짝 놀라 소리쳤다.

"그게 무슨 말이냐?"

"제가 한국에 있는 한 언젠가는 이 문제가 다시 터져 나와 두고두고 아버님을 괴롭힐 겁니다. 결자해지(結者解之)라 했습니다. 제가 일을 꾸민 장본인이니 제가 떠나야 합니다. 그래야 더 이상 아버님께 여파가 없을 것입니다. 아버님, 떠나게 해주십시오!"

"아가!"

안미생을 바라보는 김구의 눈에 눈물이 글썽거렸고 그녀에 대한 안쓰러움이 그득했다. 하지만 그는 더 이상 말을 못했다. 며느리를 붙잡을 수도 없었다. 안미생이 내뱉은 말은 사실 자신이 가장 하고 싶은 말이었기 때문이다. 당 관계자와 비서진들도 이구동성으로 김구에게 그녀의 도피성 출국을 채근하고 있었다.

그 역시 며느리가 서울에 있는 한 자신을 향해 다가오는 불길을 막을 수 없다는 걸 누구보다 잘 알고 있었다. 그럼에도 그는 이 일은 며느리에게 맡겨야 한다는 말로 참모들의 의견을 거절해 그들의 애를 태웠다.

자신을 위해 희생을 자청한 며느리에게 한국을 떠나라는 말을 할 면

목이 없었기 때문이다.

입이 떨어지지 않아 차마 입 밖에 내지 못했던 말을 며느리에게 듣고 있는 김구의 심정은 형언할 수 없이 착잡했다.

어제까지만 해도 자신의 신변에 대한 걱정으로 온종일 조바심을 냈고 일을 그르친 며느리에게 은근히 원망도 품었다.

그런데 간사하게도 지금은 며느리에 대한 원망이 흔적도 없이 사라진 것은 물론이고 내심 고마운 마음도 없지 않았다. 이 사실이 그를 더 우울하게 만들었다.

자신의 마음이 갈대보다 더 변덕스러웠기 때문이다. 이러고도 남자인가. 이러고도 대장부인가. 그는 스스로를 책망하며 자신의 모습이 사내답지 않게 비굴하다는 생각을 떨칠 수 없었다.

그는 며느리를 볼 수 없어 키 높은 천장에 홀로 매달려 반짝이는 백열등을 멍한 눈으로 보고 있었다.

대놓고 말은 하지 않았지만 그 자신은 며느리에게 한국을 떠나야 한다는 무언의 눈빛을 보낸 겉 다르고 속 다른 이중인격자였다.

자신은 자신이 살기 위해 며느리를 배신하고 평생 자신을 위해 몸 바쳐 온 며느리를 헌신짝 같이 내팽개친 야비한 사람이었다.

며느리의 입장에서 본다면 자신은 일말의 변명조차 사치스러운 비겁한 사람임에 틀림없었다.

그는 불쑥 정치에 대한 환멸도 느껴졌다. 정치판에 몸을 담지 않았다면 며느리를 내쫓는 이런 불행한 일을 겪지 않았을 것이고, 가족들이 평범하게 오순도순 살 수 있었을 것이라 생각하니 가슴이 미어지는 것 같았다. 김구의 가슴이 울컥하더니 그가 이내 손수건으로 연신 흐르는 눈물을 훔치고 있었다.

아무튼 안미생의 해외 도피는 김구에겐 매우 아픈 일이지만 파국을 피하기 위한 최선의 선택이라는 데는 이론의 여지가 없었다.

이틀 후 안미생은 누구의 배웅도 받지 않고 달랑 여행 가방만 하나 든 채 김포비행장에서 미국행 비행기에 올랐다.

이날 김구는 떠나가는 며느리의 뒷모습을 볼 용기가 도저히 나지 않아 며느리가 대문간을 나서는 걸 보고는 곧바로 서재로 돌아와 비서진도 물리친 채 홀로 앉아 생각에 잠겨 있었다.

김구는 가족들의 추억이 담긴 앨범을 꺼내어 보다가 눈물을 훔치고는 며느리가 자신을 위해 지어놓고 간 하늘색 한복을 어루만졌다. 연한 옥빛이 은은히 비치는 이 한복은 며느리가 그를 위해 평생 처음으로 지은 옷이었다. 어쩌면 이 옷이 마지막 옷이 될지도 모를 일이었다.

그는 며느리가 지어놓고 간 이 한복을 자신의 수의로 삼고 싶다는 생각을 하면서 명예회복을 다짐하고는 며느리를 생각하며 입술을 질끈 깨물었다. 아버지의 원수를 갚기 위해 섶에 누워 쓸개를 핥았던 오왕(吳王) 부차(夫差)처럼……

'하지 이놈, 어디 두고 보자! 이 김구가 약점 좀 잡혔다고 죽어지낼 것 같으냐? 어림도 없다. 이 땅은 내 나라야!'

쿠데타 실패로 세간 사람들이 김구의 지도력에 의심을 품게 되고, 위조지폐 사건으로 그의 도덕성에 먹칠을 당했지만, 이 같은 그의 허물이 일본을 상대로 평생을 싸워온 김구의 공을 다 덮을 수는 없었다.

그의 오판과 실책에도 불구하고 김구가 없는 한국의 정치 지형은 아무도 생각하지 않았다. 김구는 여전히 해방 정국에 필요한 소금 같은 존재였다.

단정 선언

I

김구가 연이은 악수와 악재로 치명상을 입고 경교장에 갇힌 정치적 식물인간 상태가 되자, 그와 연대해 왔던 이승만은 깊은 고민에 빠졌다.

화폐 위조사건으로 김구의 수족을 묶어놓은 하지가 자신을 철저히 배제하고 비교적 온건한 임정 부주석 출신의 김규식과 조선인민당 당수 여운형을 중심으로 좌우합작을 추진하고 있었기 때문이다.

대외적인 환경에 대한 우려도 깊었다. 좌우합작 결과 구라파는 공산화의 열풍에 휘말려 오스트리아를 제외한 전 지역이 공산화되었고, 소련이 점령한 북한은 이미 정부나 다름없는 임시인민위원회를 설치해 토지개혁을 강행한 다음 북한 전 지역을 소련의 구미에 맞게 일사분란하게 정비해 나가고 있었다.

해방 이듬해엔 뜨거운 공산화의 바람이 드디어 38선을 넘어 요원의 들불처럼 맹렬하게 남한으로 넘어오고 있었다.

북한과는 대조적으로 남한의 정국은 정파 간의 첨예한 대립으로 한 치 앞을 내다볼 수 없는 안개 속을 헤맸다.

이승만은 애가 탔다. 누가 보아도 남한의 정세는 풍전등화의 형세였다. 그럼에도 미국 정부는 남한 땅의 운명에는 별다른 관심도 없었다.

2차대전 이후 새로운 평화시대를 열기 위해 국제적인 화해를 추구한다는 명분에 집착한 미국은 전승국 소련의 눈치만 살피는 데 급급했다.

소련을 의식해서 미국이 제안하고 추구한 작품이 남한 지역의 좌우합작이었고, 미국 정부는 이를 성사시키기 위해 안간힘을 다 썼다.

그런데 이 좌우합작이 남한을 넘어 한반도의 화합을 이루어내고 궁극적으로 소련과의 화해로 이어지기를 바랐던 미국의 기대와는 달리, 미국의 생각을 조롱하듯 북한의 정세는 점점 더 악화되고 있었다.

북한에서 토지를 빼앗긴 지주들, 반동으로 몰린 기독교인들, 조만식 계열의 조선민주당 인사들이 대거 사선을 넘어 남하하면서 공산화가 진행되고 있는 북한의 실상이 알려졌다.

신탁통치에 반대한 조만식이 북한 김일성에 의해 가택연금 상태에 놓여지고, 북한에 정부 격인 임시인민위원회가 설치되어 일방적인 토지개혁까지 감행했다는 소식을 접한 이승만은 노발대발했다.

이러던 차에 하지는 느닷없이 미소공동위원회의 합의 사항이라며 신탁통치에 찬성하는 단체와 정당만 미소공동위원회에 참가할 수 있다는 군정청 5호 성명을 발표했다.

아침을 먹다가 이 소식을 전해들은 이승만은 기겁을 하며 당장 숨이 넘어갈듯이 펄쩍펄쩍 뛰었다.

"하지, 이놈의 자식! 정신이 있는 거야, 없는 거야?"

흥분을 이기지 못한 이승만의 얼굴이 시뻘겋게 달아올랐고, 그는 혈압이 오르는지 뻐근해진 목덜미를 잡고 주름진 이마를 찡그렸다.

이승만의 고함소리에 돈암장의 재정을 담당하고 있는 서무비서 만송 이기붕이 화들짝 놀라서 튕기던 주판알을 내팽개치고는 잰걸음으로 요란하게 달려와 이승만의 안색을 살폈다. 이승만은 잣죽을 두어 숟갈 들다

말고 숟가락을 내려놓고는 마음이 괴로운 듯 앓는 소리를 냈다.

"박사님, 괜찮습니까?"

이승만은 지난겨울에 몸살과 독감으로 심하게 앓아누웠다가 기력을 회복한 지 일주일도 채 지나지 않았던 터였다. 고령의 그가 다시 몸져눕지 않을까 이기붕은 덜컥 겁이 났던 것이다.

이기붕은 미군정청 통역관으로 일하다가 군정청의 민주의원 의장이었던 이승만에게 철두철미한 회계실력을 인정받아 돈암장의 금전 출납을 책임지는 그의 재정비서로 발탁된 인물이었다.

그는 이승만의 비서들 가운데 제일 덩치도 작고 볼품도 없는데다 합류한 시점도 가장 늦었지만, 사람의 마음을 살피는 데 동물적인 감각이 있었고, 일을 함에 있어 빈틈이 없는데다가 기획력까지 뛰어나서 비서들 가운데 이승만의 사랑을 가장 많이 받고 있었다.

세조와 함께 계유정란을 일으켜 단종으로부터 정권을 찬탈했던 칠삭둥이 한명회와 비슷한 면을 가진 사람이었다.

더욱이 이승만은 양녕대군의 16대손이고, 이기붕은 효령대군의 17대손으로 다 같은 전주 이 씨였고 조선 왕실의 후예라는 공통분모가 있었다. 이 때문에 이승만은 이기붕에게 더 각별한 애정을 가졌다. 족보상의 항렬로 치자면 이승만이 이기붕의 아저씨뻘이 되는 셈이었는데, 그는 참새주둥이 같이 재잘거려 입이 좀 가볍다는 흠결은 하나 갖고 있었다.

"물이나 한 잔 갖다 주게."

이승만의 말이 떨어지기 무섭게 이기붕은 마당가 우물로 팔랑팔랑 달려가 물을 한 대접 떠서 그에게 넙죽 갖다 바쳤다. 이승만은 가슴에서 활활 타오르고 있는 성난 불기둥을 잡기 위해 대접을 꽉 채운 물을 단숨에 들이키고는 자리에서 벌떡 일어났다.

"외출 채비 좀 서두르게!"

"몸도 불편하신데 어딜 가시게요?"

"하지 좀 만나야겠어."

지난겨울 동안 건강을 챙기느라 동면에 들었던 이승만이 경칩을 맞아 미군정을 향한 새로운 전쟁을 시작했다.

2

하지는 문을 열고 들어서는 이승만의 성난 얼굴을 보고는 금방 얼굴이 굳었다. 병석에 누워 있던 이승만이 느닷없이 군정청을 방문한 것은 자신이 발표한 군정청 5호 성명에 대한 그의 분노 때문임을 어렵지 않게 알 수 있었다.

하지는 이승만만 보면 가슴이 은근히 조여왔다. 마음도 편치 않았다. 때로는 기분이 너무 불쾌해서 사나흘 동안 침식을 거를 때도 있었다. 미군정 사령관이자 미국 육군 중장인 자신을 이승만이 항시 똥오줌도 못 가리는 얼간이 취급을 하기 때문이었다.

이 탓에 그는 언제부터인지 이승만에게 연락이 오면 이런 저런 이유를 핑계로 들어 이승만을 피했지만, 지난겨울에 심하게 앓았던 그가 오랜만에 군정청을 방문한다는 기별에는 달리 그를 피할 구실을 찾기가 어려워 그의 방문을 허락했던 것이다.

하지는 마음의 각오를 단단히 하고 그를 맞았지만, 이승만의 얼굴을 보는 순간 벌써부터 머리통에 고춧가루를 뿌려 놓은 듯 머릿속이 따끔거리며 지끈지끈 아파 오는 것이었다.

'오늘은 이 양반이 또 무슨 헛소리를 해서 내 속을 뒤집어 놓을 것인가?'

이승만이 병석에 눕는 바람에 한동안 그를 보지 않아도 되어 하지는 지난겨울 동안만은 적어도 앓던 이가 빠진 것처럼 속이 시원했고 골치 아픈 일도 없었다. 김구도 허수아비로 묶어 놓았고, 김규식과 여운형의 협조로 자신이 야심차게 준비하던 좌우합작을 위한 사전 정지작업도 비교적 순조롭게 진행되고 있었다.

이러던 차에 반갑지 않은 이승만이 암초처럼 자신 앞에 나타나 떡 버티고 있으니, 하지로서는 여간 신경이 쓰이지 않았다.

그는 애써 불편한 심기를 감추고 억지스런 웃음을 지으며 그에게 자리를 권했지만, 이승만은 허튼 수작 말라는 듯 그를 노려보며 손사래를 쳤다. 이승만의 사나운 눈길이 하지의 얼굴에서 한시도 떠나지 않고 있었다.

"신탁통치에 반대하는 사람들은 미소공동위원회에 참가할 수 없다니, 도대체 그게 무슨 말이오?"

"소련의 뜻이라 어쩔 수 없어요. 나야 신탁통치에 대한 의견 여부를 떠나서 모든 남한의 정당을 미소공동위원회에 참석시키고 싶지만, 소련이 고집을 피우니 어떻게 하겠소?"

"장군, 대체 이 남한 땅에 신탁통치에 찬성하는 사람들이 누가 있소? 공산당 밖에 더 있소? 그들이 남한 사람들의 의견을 얼마나 대변한다고 보시오?"

"그걸 내가 모르는 바 아니오. 하지만 이 박사 말대로 모든 정당을 받아들이면 소련이 미소공동위원회를 깰 게 뻔한데, 그건 더 큰 문제가 있어요. 이미 북한 땅을 소련이 점령한 상태 아니오? 당신들은 통일을 바라지 않소?"

"당연히 통일을 원하오. 하지만 소련의 뜻을 따르다간 이 한국 땅 모두가 공산화되고 말 것이오. 그래도 좋소?"

소련의 이탈이 남북한의 분열과 분단을 불러올 것이란 하지의 주장과 남북한의 공산화를 우려한 이승만의 의견이 맞부딪혀 설전이 벌어졌고, 이승만은 숨 쉴 틈도 주지 않고 속사포 공격을 퍼부어 하지를 도망칠 수 없는 한 귀퉁이로 몰아세웠다.

장장 50년의 연설 경험을 가진 이승만의 말재주를 군인인 하지가 당해 낼 재간은 없었다. 이승만이 몰아친 지 몇 분 되지도 않아 코너에 몰린 하지는 어찌할 바를 몰라 쩔쩔 맸다.

"당신은 왜 되지도 않는 좌우합작에 자꾸만 목을 매는 거요? 동구라파가 공산화되는 것을 보지 못했소?

좌우합작을 하게 되면 우리 남한 땅도 필시 공산화가 될 것이오. 이것이 미국의 이익에 부합하는 일이요? 당신이 지금 어떤 생각에서 좌우합작을 추진하고 신탁통치를 하려 드는지 모르지만, 그리 되면 한국은 소련의 지배를 받게 될 것이오.

이것이 당신이나 미국 정부가 원하는 바요? 그러면 일본도 위험해지고 태평양에 걸려 있는 미국의 이익도 침해를 받게 될 것이오. 당신은 지금 미국에 매국적인 아주 어리석은 처신을 하고 있다는 사실을 아셔야 하오!"

이승만은 미국 정부의 불합리한 한국정책을 조목조목 비판하고 따지면서 하지의 잘못을 따끔하게 꼬집고 그에게 가르치러 들었다.

하지는 이승만의 십자포화에 맞아 정신이 없었고 논리마저 궁해져서 감히 반박할 엄두를 못 내고 있었지만, 그래도 명색이 군정사령관인데 이승만이 자신을 어린아이 대하듯 해서 비위가 무척 상했다. 그는 이승만이 연장자라 참고는 있었지만 그도 더 이상은 인내하기 어려웠던지 얼굴을 붉히며 목소리를 높였다.

"닥터 리, 미안하지만 난 미국 정부의 훈령만 받습니다. 닥터 리는 내 상관이 아니니 나에게 이래라 저래라 할 이유가 없어요. 말을 조심해 주시오."

하지는 자존심이 상한 나머지 이승만에게 격분해 자제력을 잃었고, 이승만은 자신에게 불같이 화를 내고 있는 하지를 보고는 쓴 웃음을 지었다.

"미스터 하지!"

"뭐라고요?"

이승만이 자신에게 장군이라는 호칭을 사용하지 않고, 일개 미국 시민으로 신분을 격하해 부르는 것에 하지는 너무 화가 나서 피가 거꾸로 치솟는 것만 같았다.

하지는 자신을 무시하는 이승만의 태도가 도를 넘었다고 생각했다. 그 역시 화를 참을 수 없는 지경에 이르고 있었다. 여차하면 더 이상 참지 않고 물리적으로 이승만을 제압하고 말겠다고 다짐했다. 그의 두 주먹은 이미 차돌같이 불끈 쥐어졌다. 그는 눈을 부릅떠 자신의 눈에 달린 불꽃을 시뻘겋게 피워 올리려고 했다. 싸늘한 그의 얼굴은 일촉즉발의 분위기였다.

그런데도 이승만은 상대의 기분에는 아랑곳 하지 않고 자신의 공세를 멈추지 않았다. 이 자리에서 끝장을 보고 말겠다는 태도였다.

"내 말이 잘못되었소? 내가 당신과 군사적인 문제를 논의했다면 나보다 더 전문가인 당신 말을 귀담아 들었을 것이오.

그러나 지금 우리가 나누고 있는 이야기는 정치적인 것이오. 이건 내가 전문가요. 난 미국 정치학 박사요. 지난 20년 동안 미국의 외교무대에서 미국을 상대로 한국을 위한 정치를 해왔소. 군사적인 일은 모르지만 정치에 관한 한 당신은 나와 비교 대상이 되지 못해요. 당신은 순진해빠진 어린아이에 불과하단 말이요, 아시겠소? 그러니 내 말을 들어요. 모르면 모른다고 하든가, 모르면 어떻게 하는 게 좋은지 물어봐야 하는 거 아니오? 내 말이 틀렸소?"

하지에 대한 이승만의 비난은 너무 노골적이었다. 이승만을 따라 나선 이기붕은 자신이 오히려 민망하고 얼굴이 화끈거려 하지의 눈길을 피해 고개를 숙이고 있었다.

바람에 흔들리는 꽃잎마냥 하지의 눈꺼풀이 모욕감에 파르르 떨렸다. 이승만은 혼잣말로 중얼거리며 염장을 더 질러댔다.

"아무리 무식한 군인이라도 머리를 쓸 줄은 알아야지, 쯧쯧!"

이기붕의 동그란 얼굴이 하얗게 질렸다. 그는 무슨 불상사가 날 것만 같았다. 그로서는 이승만을 자제시킬 수도 없어 속을 끓이면서 하지가 어찌 나올까 더럭 겁이 나서 그의 눈치를 보느라 눈알을 불안하게 굴렸다.

분위기가 워낙 심상치 않아 까딱 잘못하다간 이 자리에서 자신이 이승만을 위한 총알받이 신세가 될지도 모른다는 생각까지 들었다. 이 탓에 이기붕은 오금이 저려 제 자리에서 종종걸음을 쳤다.

지렁이도 밟으면 꿈틀대듯, 참고 있던 하지가 끝내 자리에서 머리를 뱀 대가리처럼 들고 발딱 일어났다.

"닥터 리, 당신이 어떤 경력을 가졌든 그건 나에겐 중요하지 않소. 난 오로지 미국 정부와 맥아더 원수의 지시를 받을 뿐이오. 더 이상 나에게 왈가왈부하지 마시오. 충고하겠는데, 당신은 당신 정신이 이상이 있는지 없는지 그것부터 감정을 받고 오시오!"

하지는 이승만을 이해할 수 없었다. 그로서는 이승만이 참으로 난해했다. 수수께끼 같은 사람이란 생각도 들었다.

어느 누구도 이토록 자신에게 오만불손하게 나온 사람이 없었다. 김성수의 한민당은 물론이고 김구의 한독당, 여운형의 조선인민당, 박헌영의 공산당까지도 자신들의 이익을 하나라도 더 챙기려고 미군정의 눈치를 보며 비위를 맞추려 애쓰고 있었다. 한국의 저명한 지도자들 모두가 시쳇말로 자신 앞에서는 설설 기었다.

자신은 미국 대통령을 대신해서 한국을 다스리고 있는 군정 사령관이었다. 말하자면 한국의 임시 대통령이다.

그런데 유독 이승만만 싸움닭처럼 고개를 빳빳하게 쳐들고 자신을 몰아세우고 있는 것이다.

이승만은 도대체 어떤 사람인가? 미국 선교사의 도움으로 미국 유학을 다녀오고, 프린스턴대학에서 미국 정치학 박사를 한국인 최초로 받은 사람이다. 이런 이력을 바탕으로 미국에서 활동하여 한국 최고의 실력자로 성장한 인물이 아니던가. 한국의 지도자 가운데 미국에서 가장 오래 살아 미국의 덕을 제일 많이 본 사람이다.

그런데 미국의 은혜를 그토록 많이 받은 사람이 배은망덕하게도 미국의 정책에 사사건건 시비를 걸고 있으니, 하지는 정말 어이가 없었다. 그는 공산당원 박헌영보다 이승만이 미국에 훨씬 적대적인 인물이라고 생각했다.

하지는 이승만이 하도 비상식적인 행동을 많이 해서 그가 정말 정신이 이상해졌거나 노망이 든 것은 아닌가 하고 의심까지 했다.

하지가 이승만의 정신을 의심할 정도로 이승만이 유별나게 미국에 대해 적대적인 언행을 자주 일삼은 것은 한국에 기독교 신앙에 기초한 자유민주주의 국가를 건설하고야 말겠다는 자신의 열망 때문이었다.

그는 강인했고, 자신의 목표에 대해서는 철저했고, 도전에 대해서는 용서가 없었다. 더군다나 그에 대한 도전이 그의 꿈에 대한 것이라면 그는 한 발자국도 양보할 의사가 없었다.

좌우합작을 시도하는 미국의 의도가 결국 자신의 꿈을 무너뜨리고 말 것이라는 그의 우려가 그를 반발케 하고 있었다.

그는 신념이 강해 어느 때부터인가 아주 독선적인 인물로 변해 있었다. 그는 자신의 신념과 목표에 방해가 되는 것은 어떤 것이든 용서치 않았고 용서할 마음도 없었다. 여기에는 예외가 없었다. 상대가 미국 대통령이었다고 해도 마찬가지였을 것이다. 그는 대한제국의 황제에 대해서도 고개를 숙이지 않았던 사람이다.

이승만은 그의 경고에 화를 내기보다는 오히려 가소롭다는 듯이 껄껄 소리 내어 웃었다.

"미스터 하지, 내 정신까지 걱정해주니 참으로 고맙긴 하오. 그런데 당신은 어찌 충고와 지시도 구분을 못하시오?

난 당신에게 충고를 했소. 웬만큼 똑똑한 사람이라면 벌써 내 말을 알아들었을 것이요. 당신이 이렇게 말귀가 어두우니 별 세 개 밖에 안 되는 것이요, 아시겠소? 별 네 개, 다섯 개를 달고 싶으면 어른이 하는 말을 들어요. 내 앞에서 더 이상 까불면 미국 정부에 얘기해서 얼간이 장군을 당장 소환하라고 하겠소. 내 말 명심하시오."

하지에 대한 이승만의 면박은 끝이 없었고, 하지는 이젠 분노보다는 그에게 완전히 기가 질렸다. 몸서리쳐질 만큼 무안하기도 했다. 그는 이승만을 만난 것을 다시금 후회했다. 이승만에게 싸늘한 눈빛을 보내고 있는 그의 머릿속엔 그가 빨리 자기 눈앞에서 사라져 주었으면 하는 생각뿐이었다. 이승만은 눈을 내리깐 채 자신의 눈길을 피하는 하지를 보고는 빙긋 웃었다.

하지는 그의 모습 그리고 표정 하나하나가 다 얄미워 속이 부글부글 끓었다.

"내가 빨리 꺼져 주었으면 좋겠지요?"

"……"

이승만은 마지막 순간까지 시험하듯 하지를 들었다 놨다 하면서 그에 대한 조롱을 그치지 않았다.

그는 이승만을 바라보는 것도 그의 얘기를 듣는 것도 이젠 지겹고 역겨웠다. 그의 눈에 비친 이승만은 상식을 파괴하는 아주 몰지각하고 몰상식한 미친 노인이었을 뿐이다.

그래서 그는 더러워서 피하는 똥처럼 더 이상 노인과 입 아픈 설전을 벌이고 싶지 않아 목구멍까지 차오른 이승만에 대한 불만을 삼킨 채 입을 꼭 다물고만 있었다.

괜히 입을 열어 긁어 부스럼 만들 필요가 없었다. 하지만 하지의 얼굴은 자신의 이성적 의지와는 달리 잘 조절이 되지 않아 연신 붉으락푸르락 했다.

이승만이 혀를 찼다.

"쯧쯧, 그릇이 작아 큰일이군. 만송, 이제 그만 가세!"

이승만의 기세에 눌려 있던 하지는 이승만과 이기붕이 자리를 뜬 후 그를 향해 미친 사람처럼 비난을 쏟아냈다.

"이 미친 영감탱이, 당신 같은 정신병자가 대통령이 되겠다고? 하하, 당신은 절대 대통령이 될 수 없어. 그 전에 내가 당신을 정신병원에 꼭 처넣고 말 테니! 두고 봐, 이 미친 영감탱이야!"

이승만과 하지는 좌우합작과 신탁통치 문제를 둘러싸고 극한 대립을 벌이며 서로 돌아올 수 없는 강을 건너고 있었다.

하지는 신탁통치를 반대하며 소련을 비방하는 이승만을 위험인물 제1호로 지정하여 미국 정부에 보고했고, 나아가 그의 활동을 통제할 목적으로 돈암장에 가설했던 미군정청의 직통전화까지 끊어버렸다.

이를 계기로 이승만 역시 미군정을 더 이상 대화 상대로 인정하지 않고 드디어 국민을 상대로 한 설득에 나섰다.

3

1946년 늦은 봄 좌우합작 문제와 신탁통치를 논의하던 미소공동위원회가 미국과 소련의 의견 차이로 끝내 결렬되었다.

소련이 반탁운동을 벌이는 단체의 미소공동위원회 참가 불허는 물론이고 소련에 적대적인 정부가 한국에 들어서는 것을 절대 용인하지 않겠다는 의지가 너무 확고해서 좌우합작을 통한 친미 통일정부를 세우고 싶어 했던 미국과 사이가 틀어진 것이다.

동상이몽(同床異夢)은 시간만 문제일 뿐 언젠가는 깨지게 마련이다. 미 · 소 양국의 목적과 목표가 확연히 다른 만큼 이 협상의 결렬은 이미 예정된 것이나 다름없어 결렬이 결코 이상한 일은 아니었다.

협상 결렬로 한반도 정세가 큰 혼란에 빠지면서, 그 모든 책임의 화살이 하지에게 빗발치듯 쏟아졌다. 무지개를 찾아 미지의 세계로 여행을 떠나는 소년처럼, 하지의 대소련 정책이 이룰 수 없는 꿈을 향해 달려가는 몽상에 가까운 비현실적인 행동이라는 게 비판의 이유였다.

하지만 하지는 세간의 이런 비판을 비웃듯 자신의 견해를 성명을 통해 세상에 공표했다.

"금번 협상이 결렬되었지만, 우리의 목표는 변함이 없습니다. 소련과의 합의를 통해 한반도 문제를 해결하겠다는 것이 우리의 기본 방침임을 거듭 밝힙니다."

그의 발언은 협상을 깨려고 하는 소련을 달래기 위한 측면도 없지 않았으나, 어떤 난관에도 불구하고 기필코 목표를 달성하고야 말겠다는 군인의 각오를 밝힌 것이라 할 수 있다.

하지의 생각은 군인의 의지와 투지라는 관점에서만 본다면 충분히 높이 살 만했지만, 협상결렬이 신탁통치 및 좌우합작 추진 중단으로 이어지기를 기대했던 민족진영에게는 언어도단으로 산 넘어 산을 만난 꼴이었다.

당시는 남로당의 위조지폐 사건이 터져서 공산당이 미군정에 의해 불법화된 상태였는지라 좌우합작을 논할 계제가 못 됐다. 공산당에 대해 민심도 싸늘해진 때였다. 하지의 성명에 이승만이 당장 노발대발했다.

"이놈은 융통성이 없든가 바보든가 둘 중의 하나다. 이런 당달봉사한테 나라의 운명을 맡길 수는 없어!"

그는 즉시 돈암장에서 범민족진영 대책회의를 소집했다. 독촉의 임원, 한민당 간부들, 그리고 몇몇 좌우합작 추진론자들이 이 모임에 참석했다.

참석자들의 표정이 모두 비장하고 무거웠다. 이승만이 급히 회의를 소집한 이유를 알았기 때문이다. 하지의 선언으로 민족진영과 미군정이 대충돌할 우려가 커지고 있었다.

"미국과 소련의 협상이 결렬된 만큼 이제 우리의 운명을 언제까지나 미국과 소련 양국에 맡겨둘 수는 없다고 생각하오.

아시다시피 북한 땅에는 임시인민위원회가 구성되어 토지개혁은 물론이고 각 공장을 국유화한 지 오래요. 그런데 우리는 지금 우리 손으로 아무것도 한 게 없어요.

우리의 앞날에 확실한 비전을 제시하지 못하는 미군정만 따르다가는 어쩌면 이 나라가 모두 공산당의 손에 넘어갈지도 모르오. 우리는 지금 비상한 각오로 이 난국을 헤쳐 나가야 하오. 기탄없이 의견을 말해 주시오."

모두가 시급히 대책을 세워야 한다는 필요성은 절감했지만, 사안이 무거워 쉽게 입을 열지 못하고 있었다. 잠시 침묵이 흐르는가 싶더니, 우사 김규식이 손을 번쩍 들었다.

기름을 발라 머리를 말쑥하게 빗어 올린 김규식은 촉감이 부드러운 감청색 양복이 잘 어울리는 신사였다. 인상이 지적인 그의 모습에서는 미국 프린스턴 영문학과의 우등생다운 귀티가 났다. 그는 여기에 참석한 다른 인사들과는 달리 좌우합작론자였다.

"이 박사의 생각에 나도 동의를 합니다. 지금은 분명히 비상시국입니다, 난 공산당에는 확실히 반대하지만, 그러나 어떤 경우에도 좌우합작을 포기해서는 안 된다고 생각합니다.

어렵더라도 이 일을 끝까지 밀고 나가야 탈이 없는 완전한 자주 독립 국가를 건설할 수 있어요."

김규식이 좌우합작을 반대하는 민족진영 인사들의 대책 모임에 굳이 참석한 이유는 분명했다.

그는 오늘 이 자리에서 나올 민족진영의 결정 사항이 행여 해방된 조국의 분열을 가속화시킬 수 있는 방안이 되지 않을까 걱정이 되어 주변의 반대를 무릅쓰고 이 회의에 참석한 것이다.

우사 김규식의 지적과 우려에 대해 대다수는 그가 말한 취지에는 공감하면서 고개를 끄덕였다.

조국의 분열을 바라는 사람은 단 한 사람도 없었다. 부모, 형제가 갈라져서 반목하는, 인륜과 천륜을 저버리는 세상을 이 땅에 만들고자 하는 사람은 아무도 없었다.

그러면서도 그들은 선뜻 김규식의 말에 동의하지 못했다. 좌우합작이 조선반도의 공산화로 이어질 게 분명하다는 이승만의 논리가 더 타당하다고 보았기 때문이다.

물론 이들 가운데는 정치체제에 대한 신념이 부족해서 말을 아끼는 이들도 있었다. 어떤 이들은 사회주의와 공산주의에 대한 구분을 아직 제대로 못하고 있었다.

또 대다수는 민주주의와 자본주의에 대한 경험도 없었다. 이 때문에 이승만이 세상에서 가장 훌륭하다고 주장하는 미국식 자본주의와 민주주의가 대체 어떻게 생긴 물건인지 아무도 몰랐다.

다만 이승만의 추종세력으로서 그에 대한 존경심에서 이승만의 지도노선이 옳다고 믿고 싶을 뿐이었다.

반면에 여운형과 손을 잡은 김규식은 공산당만 아니라면 사회주의식 정치체제도 무방하다고 생각했다. 그에게 정의는 통일이었고, 정치체제에 대한 철학도 분명했다.

그는 정치체제는 어떤 것이든 인민이 자유롭게 선택하면 되는 것이라 믿고 있었다. 다시 말해, 그에게 있어 정치체제는 선택의 문제였다.

미국 프린스턴 대학원에서 영문학 석사를 한 김규식은 외국어라면 못하는 게 없는 언어의 천재였다. 영어, 불어, 독어, 러시아어, 이태리어,

스페인어, 중국어 등등 원어민 수준의 언어를 줄잡아 7개국 이상은 했고, 어떤 언어든 그의 손에 잡히면 석 달 안에 정복이 되고 말았다.

간질과 천재성이 어떤 상관성이 있는지는 몰라도, 간질을 앓았던 토스토에프스키처럼 언어의 천재인 그 역시 심한 간질을 앓아 고생하고 있었다.

사람들은 이 천재를 의식한 나머지 어설픈 지식으로 입을 잘못 놀렸다가 그에게 책을 잡혀 개망신을 당하지 않을까 잔뜩 겁을 먹었다. 이 때문에 그들은 서로 약속이라도 한 듯 일제히 입을 굳게 다물고는 서로의 눈치만 조심스럽게 살폈다.

김규식의 발언 이후 무거운 정적이 회의장에 흘렀다.

김규식은 언제 보아도 멋진 얼굴이었다. 날렵한 얼굴선이 지적인 날카로움을 더해 주었고, 안경 넘어 반짝이는 두 눈은 수정처럼 맑아 순수와 슬픔을 동시에 머금은 듯했다. 그러나 이승만은 김규식이 나이답지 않게 너무 순진하다고 생각했다. 그가 혼자 속으로 말했다.

'문학을 전공한 사람답구먼, 그건 좋은데, 왜 우사는 옳고 그름은 구분하지 않고 매사 모든 것을 좋게만 보려고 하지?'

이승만이 굳게 잠긴 빗장을 풀듯 입을 열었다.

"우사는 좌우합작이 가능하다고 생각하시오?"

"어렵지만 그래도 포기해서는 안 되지요."

"내가 묻는 건 가능하냐는 것이오."

"어찌 해보지도 않고 그걸 판단할 수 있겠소?"

이승만이 어이없어 하는 표정을 지으며 비웃음을 쳤다.

"미소공동위원회가 결렬된 이유가 뭐요?"

"……"

"결렬이 누구의 책임이오?"

"……"

김규식은 이승만 못지않은 달변가였지만 끝내 입을 다물었다. 한국에 친소 정권을 꼭 세우고 말겠다는 소련의 야심이 미소공동위원회를 파국으로 몰아갔다는 것을 알고 있었기 때문이다.

소련이 원하는 것은 공산주의 국가이지 사회주의 국가가 아니었다. 김규식도 공산주의를 싫어했다. 그도 미국에서 살아봐서 자본주의와 민주주의를 선호하는 편이었고, 양보를 한다면 사회적 민주주의 정도라면 충분히 수용할 수 있다는 생각에 통일을 위한 좌우합작에 나선 것이었다.

이승만을 추종하는 일부 세력이 그러하듯이, 그 역시 아직은 공산주의의 성격에 대해 무지한 면이 있었다. 그는 이승만이 주장하는 것처럼 좌우합작이 반드시 공산화로 이어지지는 않을 것이라 믿고 있었다.

여차하면 그는 방향을 틀 수도 있다고 생각했다. 좌우합작이 안 되면 나중에 미국식 민주주의로 돌아오면 되지 않는가 하는 게 그의 판단이었다. 머리가 좋은 탓에 김규식은 모든 걸 쉽게 생각했고, 세상을 자신의 기준으로만 바라보는 면이 없지 않았다. 그의 지적 자만이 역사의 흐름을 읽는 눈을 방해하고 있었던 것이다.

협상 결렬의 책임을 묻는 이승만의 질문에는 김규식도 달리 할 말이 없었다. 이승만은 표정이 굳어 있는 김규식을 지긋이 바라보며 말했다.

"우사, 난 이 나라의 운명을 결정하는 일을 더 이상 미국과 소련에 맡길 수는 없다고 생각해요. 명분에 사로잡혀 되지도 않는 일에 시간을 뺏기고 싶지도 않소.

나도 개인적으로 한때는 공산당의 이론에 찬성한 적이 있소. 더불어 잘살고 평등한 세상을 만들겠다는 데야 반대할 사람이 어디 있겠소?

그런데 38선 이북에서 내려온 사람들의 말을 들어보시오. 땅을 가진 사람들은 사정을 불문하고 다 **빼앗겼다**고 하오. 지주 가운데는 친일로 재산을 모은 민족반역자도 있겠으나 정직하게 땀을 흘려 스스로의 힘으로 재산을 불린 사람도 있을 것이오.

그럼에도 불구하고 땅을 가졌다는 이유로 다 **빼앗겼소**. 이게 말이 되는 얘기요? 어찌 가졌다는 것이 모두 죄일 수 있단 말이요? 이건 후안무치한 날강도들이나 할 만한 해괴망측한 짓이오. 내 말이 틀렸소? 이건 명백한 폭력이오. 이것이 혁명이라면 난 분명히 반대하오.”

이승만은 좌우합작이 결국에는 조선반도의 공산화로 이어질 것이란 전제 하에 공산당에 대한 날선 비판을 가했다. 말하자면, 김규식의 좌우합작 추진에 대한 에두른 비판이었던 셈이다.

이승만이 공개석상에서 김규식의 주장을 반박한 것은 매우 이례적인 일이었다. 이 탓에 참석자들은 모두 놀라워했고 잠시 술렁임이 있었다.

김규식은 이승만보다 나이는 어렸지만, 김규식이 이승만의 프린스턴 대학 선배였기 때문에, 이승만은 나름대로 예의를 갖추어 지금까지 그에 대한 공개비판을 자제해 왔었다.

하지만 그는 더 이상의 논쟁이 일어나는 것은 용인치 않겠다는 듯 참석자들이 딴 맘을 품지 못하게 오금을 박았다. 김규식에 대한 경고의 뜻도 담았다.

“정치란 모름지기 국민의 뜻을 따라야 한다고 생각하오. 그래서 난 이번에 전국을 다니며 국민들의 뜻을 물어 볼 참이요. 그리고 그것에 따라 나는 내 정치의 방향을 결정할 것이오. 현명한 국민들이라면 내 말을 충분히 이해할 것이라 믿소.”

민심이 곧 천심이 아니던가. 이승만이 국민의 뜻을 물어 나라의 운명을 결정하겠다고 나서는데야 김규식은 할 말이 없었다.

국민의 뜻에 따라 정치체제를 선택하는 것이 곧 정도라고 김규식은 늘 입버릇처럼 되뇌어온 사람이다.

이승만의 생각을 전혀 예상하지 못했던 듯 김규식은 이승만에게 역공을 당해 몹시 당혹스런 표정을 짓고 있었다. 이승만은 자타가 공인하는 뛰어난 정치적 수완가였다.

이승만이 전국을 순회하며 무슨 일을 꾸밀지 그것을 생각만 해도 김규식은 더럭 걱정이 되었다.

이날 회의는 만장일치로 이승만의 전국순회 운동을 지원하는 쪽으로 결론이 났다.

김규식은 이승만의 전국 순회가 은근히 신경 쓰였지만 여기에 대해서는 토를 달지 않았다. 다만 그 역시 국민들의 뜻을 물어 좌우합작 문제를 해결하겠다는 마음으로 여운형과 함께 이승만에 맞섰다.

4

미 군정청의 좌우합작에 반대한 이승만은 5월 중순 국민의 뜻을 직접 묻겠다는 각오로 노구를 이끌고 서울을 떠나 강원도와 영남 지방을 돌아 6월 초에 전라도 정읍 땅에 당도했다.

이 일정을 소화하고 나면 마지막 순회 예정지인 충청도만 남게 되어 있었다. 말하자면 전국 순회의 8부 능선을 넘은 것이다.

8할 이상의 국민을 만나본 이승만은 국민의 뜻을 충분히 들었다고 자평하고는 나름의 결론을 드디어 내렸다.

물론 이것은 어디까지나 자신의 주장을 합리화하기 위한 자기식의 논리인 것은 불문가지의 일이었다. 그러나 여론을 좇는 정치도 중요하지만 때로는 여론을 형성하고 주도하는 정치도 중요하다.

해방 당시에는 문맹률이 9할을 넘을 정도로 교육수준이 낮아 민도 역시 극히 낮은 상황이었으므로, 여론을 주도하는 지도자의 역할이 더욱 중요한 때였다. 이 때문에 그는 전국순회 기간 동안 국민들을 교육하는 데 많은 시간을 할애했다.

그는 연설 내내 구한 말 러시아가 한국에서 자행한 야만적인 일들을 지적하며, 한국을 지배하려 드는 소련의 야욕을 경계하지 않으면 일본의 식민지를 겨우 벗어난 한국이 다시 소련의 식민지가 될 수밖에 없다는 사실을 역설하여 늘 청중들의 뜨거운 박수갈채와 환호를 받았다.

이승만이 가는 곳마다 청중들은 구름떼처럼 몰려들었다. 사람들은 소문으로 듣던 이승만의 얼굴을 먼발치에서라도 한 번 보고 싶어서 사다리를 타고 지붕에 오르기도 하고, 원숭이처럼 나무를 타고 오르기도 했고, 상인들은 가게를 닫고 농민들은 쟁기를 논에다 버려두고 달려왔다.

말 그대로 인산인해를 이루어 이승만이 가는 곳엔 발 디딜 틈이 없었다. 청중들의 반응은 전에 없이 뜨거워 이승만을 수행한 사람들이나 그를 따르던 기자들 그리고 참석한 군중들도 모두 놀라서 벌어진 입을 다물지 못했다. 지금까지 어느 누구도 이승만과 같은 호응을 이끌어내지 못했기 때문이다.

미군정의 노골적인 탄압과 그에 대한 여러 논란에도 불구하고 이승만의 전국 순회 연설에서 나타난 청중들의 반응은 그가 여전히 한국인들에게 가장 인기 있는 강력한 지도자일 뿐만 아니라 그가 한국인들 사이에 살아 있는 신화라는 사실을 다시 한 번 세상에 증명해 준 계기가 되었다.

상상을 초월한 청중들의 지지 열기에 이승만과 그의 지지 세력인 독촉 및 한민당 관계자들은 몸과 마음이 하늘을 날 듯 한껏 고무된 반면에, 하지가 이끄는 미군정과 좌우합작을 추진하는 김규식 일행은 청중들의 반응에 몹시 곤혹스러워 하며 이승만의 동정과 발언에 바짝 신경을 곤두세웠다.

이승만은 된장국으로 차려진 저녁상을 물린 다음, 때 이른 더위를 물리치려고 한 손으로 부채를 들고는 자신이 다음날 아침 정읍보통학교에서 연설할 내용을 다듬고 있는 문서 담당 비서 윤석오에게 눈길을 던졌다. 그는 고하 송진우의 소개로 들어온 인물로 이승만의 서툰 한국말을 정서하는 일을 담당했다.

"석오야?"

"예, 박사님."

"내가 이 내용을 내일 발표하면 반응이 어떨까? 사람들이 많이 놀라겠지?"

"……"

삼십대 초반의 윤석오는 이승만의 물음에 눈만 껌뻑거리며 꿀 먹은 벙어리처럼 말을 못했다. 그는 이승만의 열렬한 지지자였지만, 이승만이 한 시간 전에 건네 준 뜻밖의 연설 문안을 보고는 놀란 가슴이 아직도 진정이 되지 않아 지금도 두근대고 있었다.

그가 마른 침을 꿀꺽 삼키고는 걱정스런 눈으로 이승만을 올려다보며 나지막이 말했다.

"박사님, 아무래도 반발이 거셀 텐데요?"

"아마도 그렇겠지?"

이승만은 그의 말이 당연하다는 듯 고개를 끄덕이고는 빙그레 웃었다.

"그런데 박사님, 왜 무리를 하시려는 겁니까?"

"궁금한가?"

"예."

윤석오는 도무지 이승만의 생각을 납득할 수가 없었다. 이승만에 대한 국민들의 인기는 하늘을 찔렀다. 국민들은 이승만을 원하고 있고 또 그와 함께 통일정부를 세우길 간절히 바라고 있었다. 그의 눈에 이승만의 대통령 자리는 그야말로 따 놓은 당상이나 다름이 없어 보였다.

이 마당에 이승만이 별안간 국민들의 뜻에 배치되는 생각을 들고 나왔다. 국민들은 그의 생각을 의아하게 여길 것이고, 그에 대한 실망으로 공고한 이승만의 정치적 위상이 흔들릴 우려가 있었다.

그는 자신의 머리로는 암만 계산해도 이승만이 말하는 답은 나오지 않아 그저 아리송하기만 했다.

'대체 박사님은 어쩌시려고 이런 말을 하시려는가?'

그는 궁금증이 크게 일어 이승만에게 묻고 싶었지만, 물어 볼 용기가 나지 않아 갑갑증을 속으로 달래고만 있었다.

이러던 차에 이승만이 선뜻 자신의 생각을 들려주려 하니, 윤석오의 눈이 샛별같이 반짝반짝 빛났다.

"이 땅에 미국과 같은 자유민주주의 국가를 건설하는 것이 내 평생의 꿈이네. 왜 그런 줄 아는가?"

윤석오는 나이가 적고 몸집은 작아도 결코 처신은 가볍지 않았다. 그는 얼른 대답을 하는 대신 입을 다물고 이승만의 다음 말을 기다렸다.

"미국은 말이야, 정말 특이한 나라야. 그 큰 땅에서 그 많은 사람들이 하나가 되어서 굴러가는 것이 난 너무 신기했어. 우리나라 사람들은 열 명만 모여도 요란하고 나중에는 판이 깨지는데, 미국은 나라가 부서질 듯 시끄럽다가도 나중에는 하나가 되어서 굴러가더라고. 정말 놀라운 일이었어……. 자넨 이게 어떻게 가능해졌다고 생각하나?"

윤석오는 고개를 갸우뚱했다. 들은 풍월은 있어서 그도 미국에 대해서는 웬만큼 안다고 스스로 자부하고 있었던 터이지만, 이승만의 물음에 답할 수준은 아니었다.

얼굴에 민망한 빛을 띠고 답변을 주저하고 있는 윤석오를 바라보며 이승만이 싱긋 웃었다.

"미국이라는 나라는 말이지, 사랑이라는 걸 가르치더라고. 싸울 땐 싸우지만 사람을 미워하지는 않아. 서로를 인정해!

그런데 우린 정반대 아니야? 체면 차린다고 속을 안 보이고 있다가 나중에 사람 뒤통수를 치잖아…….

미국이 이렇게 할 수 있게 된 것은 기독교가 이 나라를 세우고 사람들이 기독교 정신에 입각한 교육을 받았기 때문에 가능한 일이라 생각하네. 미국은 지금도 강하지만 앞으로 점점 더 강해질 것이네. 내 말이 맞나 틀리나 한번 두고 보라고.

아무튼 나는 미국식 민주주의 국가를 건설하고 싶네. 순회를 하면서 국민들도 나와 뜻이 같다는 걸 눈으로 확인했어."

"……"

윤석오는 이승만의 말에 크게 공감한 듯 진중한 표정으로 고개를 끄덕였고, 이승만은 괜히 신이 나서 장장 두 시간에 걸쳐 자신의 생각을 풀어헤쳐 놓아 윤석오의 귀를 한없이 기쁘게 했다. 이승만의 이야기를 듣는 윤석오의 가슴은 신천지에 구경나온 소년처럼 몹시 들떠 있었다.

윤석오는 몰랐지만 이날의 이야기는 예정된 것으로 이승만이 날을 잡아 제대로 된 교육을 그에게 한 번 시킨 것이었다. 평소 윤석오의 됨됨이를 눈여겨본 이승만은 그를 중히 쓰려고 마음을 먹고 있었다.

"그런데 말이야, 지금 이 남한 땅은 참으로 한심해. 나라를 세울 생각은 않고 싸움질만 하고 있으니 말이지.

사람들의 정신이 신탁통치와 좌우합작 문제에만 너무 팔려 있어. 이렇게 다투고 있는 건 나라를 세우기 위한 것인데, 우리는 과정에 너무 많은 시간을 보내고 있어. 언제까지 이런 시간낭비를 하고 있어야 할지 참으로 답답한 일 아닌가?"

"그래도 남한 단독정부는 좀......"

"오해 말게. 내가 남한에 구성하겠다는 하는 것은 임시정부야. 북한은 이미 소련의 지시에 따라 임시정부가 구성되어 일을 하고 있네.

상황이 이런데 우리가 정부 구성을 늦출 이유가 어디에 있는가? 불필요한 논쟁만 계속하다간 이 남한 땅도 소련에 먹히고 말 걸세. 구라파 현실을 보게!"

이승만은 구한말 만민공동회를 이끌었던 관계로 한국을 차지하려고 온갖 흉계를 꾸미던 러시아의 실상을 생생하게 목도한 사람인지라 그는 소련을 몹시 적대시 했고 한국에 대한 소련의 야심을 한 번도 잊은 적이 없었다. 그의 목청이 갑자기 높아졌다.

"소련은 북한 땅을 발판삼아 남한까지 꼭 넘보고 말 걸세. 그런데 우리는 그걸 모르고 있단 말이지. 우리 국민들이나 정치인들이 너무 순진한 것 같아! 소련군을 어이없게도 해방군으로만 알고 있으니 참으로 어이없는 일이야!

소련은 야심이 큰 나라야. 소련을 생각하면 우리가 한시바삐 정부를 세우지 않으면 안 되네. 모든 일에는 때가 있는 법이야. 자고로 태산명동서일필(泰山鳴動鼠一匹)*이라 했어. 신탁통치와 좌우합작 문제로 자꾸

---

* 주: 태산이 떠나가도록 요동을 치더니 뛰어나온 것은 쥐 한마리 뿐이라는 말

싸움만 하다간 서산에 해 떨어지고 말 것이네.

　하루 빨리 우리도 정부를 세워야 해. 그래야 소련을 몰아낼 수 있어. 통일도 가능하고……"

　젊은 윤석오를 상대로 열변을 토하던 이승만은 목이 마른지 냉수를 한 모금 들이키고는 다시 말을 이어가며 자신의 속내를 드러냈다.

　"내가 이 상황에 임시정부 수립을 들고 나온 건 사실은 좌우합작을 막기 위한 것이야. 김규식은 사람은 좋지만 너무 순진해. 좌우합작을 통해 민족통일을 하겠다는 뜻은 좋아. 하지만 좌우합작이 이루어지는 순간부터 공산당이 활개를 치게 될 것이네. 그자들은 정권을 잡기 위해선 수단과 방법을 가리지 않는 사람들이야. 체코와 폴란드에서 그자들은 부정선거를 저질렀어. 그러고도 민의라고 떠들어대면서 정권을 잡았네……. 이 얼마나 뻔뻔한 자들인가. 얼굴에 무쇠철판을 깐 이런 자들을 어떻게 믿고 좌우합작을 한단 말인가?

　미국 정부도 마찬가지고, 하지도 세상물정을 모르는 바보여서 자신들이 무슨 짓을 하고 있는지조차도 모르고 있네. 정말 한심한 일이야!

　아무튼 좌우합작이 더 속도를 내기 전에 지금 당장 이 시도를 무력화시켜야 해. 그렇지 않으면 자유민주주의 국가 건설은 물 건너가고 말 것이야.

　난 자유민주주의 국가 건설에 대한 나의 꿈을 포기할 수 없어. 국민들도 대부분 내 생각을 지지했네. 그러니 지금 국민의 여론을 들어 내 생각을 이때 분명하게 밝히지 않으면 좌우합작을 막을 방법이 없을 거야!"

　이승만은 자신의 남한 단독정부 구상이 북한을 점령한 소련의 야심에 대비하고, 민족단결이란 김규식의 의도와 달리 공산화로 치달을 가능성이 높은 좌우합작 시도를 좌절시키기 위한 고육책으로 정부수립이란 카드를 꺼내든 것임을 분명히 했다.

소련이 어떤 경우에도 한국에 대한 이익을 포기하지 않을 것이란 그의 믿음은 미소 공동위원회의 결렬 사유를 보아도 충분히 짐작할 수 있는 일이었다.

그제야 윤석오도 가만히 고개를 끄덕였다. 하지만 그의 얼굴엔 걱정스런 기색이 역력했다. 그는 이승만의 깊은 뜻에 공감은 했으나 이 발언으로 그에게 위기가 닥치지 않을까 하는 깊은 우려를 지울 수는 없었다.

윤석오는 그날 밤 이승만의 연설 문구를 최대한 부드럽게 뜯어고치느라 밤을 지새워 닭이 홰치는 소리를 낼 때까지 동이 트는 걸 몰랐다, 거울에 비친 그의 눈자위가 시뻘게져 있었다.

5

"미소 공동위원회는 무기 휴회되었고, 통일정부를 열망하지만 북한이 먼저 정부에 해당하는 임시인민위원회를 설치하여 이 또한 간단치 않은 일이 되었다.

일의 형세가 이리 된 마당이라면 남한 땅에서라도 임시정부를 수립해서 북한을 점령하고 있는 소련이 물러나도록 압력을 넣어야 한다."

이승만의 정읍 발언에 벌집을 쑤셔놓은 듯 세상이 발칵 뒤집혔다. 신문기자들은 이승민의 진의를 파악하기 위해 이승만을 따라다니며 취재에 열을 올렸고, 일부에서는 기다렸다는 듯이 이승만에게 뭇매를 가했다.

이승만의 정읍 발언에 공산당이 가장 반색을 했다. 조선정판사 위조 지폐 사건으로 궁지에 몰려 있던 터라 그들은 이승만의 발언을 반전의 계기로 위기에서 벗어나고자 했다.

이 탓에 이승만에 대한 좌익진영의 공격은 전에 없던 인신공격성 비난으로 가득 찼다.

"이 박사가 혼자 고상한 척하더니 드디어 그 더러운 마각을 드러냈다."

"이번 발언으로 그가 반동의 거두임이 다시 한번 입증이 되었다."

"이 미친 노인이 권력욕에 눈이 멀어 보이는 게 없나 보다. 민족을 영구적으로 분열시키려는 음모를 즉각 중단하라!"

이승만을 벼르고 있던 하지의 미 군정도 불같이 화를 냈다. 미 군정의 원칙은 어디까지나 좌우합작을 통한 통일정부 구성이었다. 그들은 이 원칙에서 1밀리미터도 벗어날 생각이 없었다.

그들에게 중요한 것은 한국 국민들의 열망이 반영된 정부가 아니라 소련의 협조를 얻어낼 수 있는 한국 정부의 구성에 있었다.

장개석 정부의 중국을 지키기 위해서라도 미국은 소련과의 긴장관계 해소가 절실했다. 동북아시아에서 한국은 미국의 고려 대상이 전혀 아니었다. 아직은 용도가 불분명하고 기껏 한국은 미국의 큰 거래에 필요할지도 모를 미끼상품에 불과할 뿐이었다.

하지는 그저 그렇고 그런 존재의 한국이라는 나라의 한 늙은이가 벌이는 수작에 넌더리가 났다. 그에게 미치광이라 욕을 해대도 입만 아플 뿐 화가 풀리는 게 아니어서 숫제 이승만이란 이름만 떠올려도 머리가 아파 그를 비난하는 것도 관두었다.

이승만에게는 천 번 만 번 얘기를 해도 쇠귀에 경 읽기가 되어 아무 소용이 없다는 걸 알아서 그를 불러 질책하는 것은 일찌감치 포기하고 워싱턴에 있는 이승만의 정치고문 로버트 올리버 박사를 서울로 불러들였다.

천하에 둘도 없는 고집쟁이였지만 이승만도 올리버 박사의 얘기라면 귀를 기울였기 때문이다.

"닥터 올리버, 당신은 우리 미국인 아니오? 제발 이 박사 좀 말려 주시오. 이 박사 때문에 정말 미칠 지경이오.

나도 닥터 리가 한국의 위대한 지도자라는 사실을 부인하진 않아요. 하지만 닥터 리가 소련을 비난하는 발언을 계속하는 한, 나는 그를 그냥 내버려 둘 수가 없소. 태도를 바꾸지 않으면 모종의 조치를 취할 수밖에 없다는 사실을 꼭 전해 주시오."

"각하, 모종의 조치란 무얼 말하는 것입니까?"

"상상에 맡기겠소."

"이 박사를 제거하겠다는 뜻으로 이해해도 좋습니까?"

"상상에 맡긴다고 하지 않았소?"

"좋습니다, 전하지요. 하지만 어떤 경우에도 이 박사는 자신의 입장을 절대 바꾸지 않을 겁니다. 그분은 하나님을 믿습니다. 그 스스로 이 민족을 해방시킬 운명을 갖고 태어난 사람이라 믿고 있는 분입니다."

이승만을 대변하는 올리버의 발언에 하지의 표정이 왠지 땡감을 씹은 듯 떨떠름하기 짝이 없었다.

'아니, 저놈은 도대체 미국 놈인가, 한국 놈인가? 뭐 저런 후레자식이 다 있노, 제기랄!'

은근한 기대를 안고 불렀지만 막상 올리버를 만나고 나니 하지는 허탈한 웃음만 나왔다. 그의 눈에는 유유상종으로 그 나물에 그 밥이었다.

올리버가 하지를 만나고 돌아간 후에도 이승만의 언행에는 눈곱만한 변화의 조짐도 없었다.

일주일이 지났을 무렵, 때마침 이승만이 외출한 시각에 돈암장 부엌에서 폭발물이 터졌다. 폭발의 정도가 가벼워서 사람을 살상하지는 않았으나, 돈암장에 대한 경고의 뜻을 담고 있는 것만은 분명했다. 폭발물 설치자가 돈암장의 경호경찰이었기 때문이다.

폭발 사고가 난 지 나흘 후 집을 빌려준 이후로 그동안 코빼기도 비치지 않던 조선타이어주식회사 사장이자 집 주인인 장진영이 불쑥 나타났다.

"미안하게 됐소. 내가 사정이 있어 그러니 집을 좀 비워 주어야겠소."

한때는 이승만이 원한다면 평생 이 집을 사용해도 좋다고 호기롭게 떵떵 큰소리를 치며 선뜻 집을 통째로 내주었던 장진영이 느닷없이 찾아와 집을 비우라고 하는 바람에 비서실장 윤치영은 깜짝 놀라서 어쩔 줄을 몰라 했다.

"아니, 장 사장! 아닌 밤중에 홍두깨라더니, 도대체 이게 무슨 말이요? 집을 비우라니!"

"미안하게 됐다고 하지 않소……"

장진영은 미안한지 윤치영의 얼굴을 똑바로 보지 못하고 말꼬리를 흐렸다. 윤치영도 짚이는 바가 있었다.

"하지가 집을 빼라고 합디까?"

"……"

장진영은 우물쭈물 말을 못하고 얼굴만 붉혔다. 긍정도 부정도 하지 않는 것은 긍정의 의미가 더 강했다. 윤치영이 하지의 얼굴을 떠올리며 이죽거렸다.

"이 더러운 새끼!"

하지는 온갖 방법을 다 동원해도 이승만의 입을 막을 수 없다는 걸 알고는 그를 유배시킬 생각으로 실력 행사에 나선 것이다.

하지의 압력으로 이승만은 하루아침에 돈암장에서 쫓겨나서 윤치영이 급히 마련한 마포의 한 주택으로 거처를 옮겼다.

시내와 한참 떨어져 있어 고령인 이승만이 시내를 출입하는 데는 불편했지만, 포구가 내려다 보여 제법 경치는 볼만했다.

다만 노인이 거처하기에는 여건이 마땅치 않았다. 남향이 아니라 볕이 잘 들지 않았고, 집이 움푹 꺼진 곳에 있는데다 주변에는 수풀이 무성했다. 자연히 강의 습기를 스펀지처럼 그대로 다 받아들여 집안이 늘 장마철처럼 습기가 차서 눅눅했다.

여기에 더해 조석으로 발걸음이 끊이지 않던 그 많던 방문객들의 발길도 끊겨 마포장엔 적막감이 더했다. 하지가 이승만을 제거하려는 노골적인 조치를 취하자 적지 않은 재력가들이 하지의 눈 밖에 날까 두려워 발걸음을 중단한 것이다.

하지만 나쁜 일만 있는 것은 아니다. 잃는 것이 있으면 얻는 것도 있는 법이다.

이승만은 마포장으로 옮기면서 미국에서 돌아온 아내 프란체스카와 재회했고, 그녀와 함께 오랜만에 오붓한 시간을 보낼 수 있었다.

볕이 좋은 어느 날 산책에 나선 이승만이 그의 아내 프란체스카를 바라보며 물었다.

"프란체스카, 지금 당신이 밟고 있는 풀이 무언지 아시오?"

"뭐에요?"

"질경이란 풀이라오."

"그런데 그건 갑자기 왜 물어요?"

"질경이란 말이요, 아무리 밟아도 죽지 않아요. 아주 생명력이 강한 풀이지요."

이승만이 자신의 처지를 빗대어 의미심장한 미소를 지어 보이자 팔짱을 한 프란체스카가 파란 눈을 반짝이며 그의 볼에다 가볍게 키스하며 속삭였다.

"당신은 질경이보다 더 강한 사람이에요. 강철보다 더 강한 사람이에요. 난 믿어요. 당신은 분명 당신이 원하는 꿈을 이룰 거예요. 이 나라도 분명 그걸 원할 거예요. 하나님이 당신을 지키고 있잖아요? 난 믿어요, 당신을!"

그녀의 진정어린 격려에 이승만이 기분 좋은 웃음을 지으며 짓궂은 농담을 던졌다.

"프란체스카, 당신 말에 갑자기 내가 힘이 불끈 솟는데 어때 오늘 밤?"

그녀는 이승만이 내뱉은 농지거리에 민망해서 얼굴을 붉히면서도 싫은 기색을 비치지 않고 엿가락처럼 늘어진 그의 아랫도리를 툭 치고는 소리 내어 까르르 웃어 제쳤다.

가자, 유엔으로

I

하지의 이승만 고사 작전에도 불구하고 이승만의 정치적 위상은 조금도 변화가 없었다. 한때 잠깐 흔들리는 것 같았던 그의 위상은 가을에 접어들면서 금방 회복되었다.

하지는 이승만을 돈암장에 유폐시켜 놓고 김규식과 여운형 두 사람을 지원해 좌우합작을 강력하게 추진했었다.

하지만 이들이 야심차게 내놓은 '좌우합작 7원칙'이 기대와 달리 우익과 좌익 양 진영 모두에게 외면당했다.

좌익과 우익의 요구를 모두 담으려 하다 보니 좌우합작 7원칙은 어느 쪽도 만족시키지 못하는 기형의 괴물이 되고 만 것이다.

이 때문에 좌우합작을 위해 고군분투한 김규식과 여운형에게 비난이 쏟아졌다.

우익은 김규식을 분열주의자라고 비난했고, 좌익은 여운형을 권력에 눈 먼 기회주의적 반동으로 낙인찍었다,

하지는 좌우합작 7원칙이 무산된 것에 화병을 얻어 병원을 들락거렸다.

좌우합작을 추진한 세 사람이 모두 마음고생을 하고 있었지만, 이승

만은 반대로 신바람이 났다. 자신이 구상한대로 정국이 돌아가고 있었기 때문이다. 하루아침에 음지와 양지의 처지가 뒤바뀐 것이다.

그는 의욕도 욕구도 넘쳤다. 식성도 좋아져 그는 온 세상을 다 먹어 치울 듯 엄청난 식성을 보였다. 금방 먹고 돌아서서 다시 음식을 찾는 성장기 소년처럼 식욕이 왕성했다.

이날은 프란체스카가 간식으로 장떡을 구워 한 쟁반 담아 내왔는데, 이승만은 윤치영에게 먹어보라는 소리도 없이 마파람에 게 눈 감추듯 냉큼 먹어 치웠고, 마지막 한 점 남은 장떡도 사정없이 자신의 입으로 가져가 포크를 들고 눈치를 보던 윤치영의 손을 머쓱하게 만들었다. 이승만이 그를 보고 빙긋 웃었다.

"내가 좀 너무 했나?"

"알긴 아십니까?"

"내가 주책이지? 암, 하하!"

이승만의 얼굴에 온종일 웃음꽃이 피어 있어 윤치영도 오랜만에 마음이 한결 가벼웠다.

"아버님, 그렇게 기분이 좋으세요?"

"좋고말고. 하지 그놈의 높은 코가 납작해졌는데 이를 말인가!"

곁에 다소곳이 서 있던 이기붕이 눈알을 살살 굴리면서 그에게 아부 아닌 아부를 했다.

"하지가 거꾸러졌으니 이젠 박사님 세상이나 다름없습니다. 감축 드립니다."

이승만은 이기붕의 말에 기분이 더 좋아져서 통쾌한 너털웃음을 터뜨렸다.

아무튼 김규식과 여운형이 애써 마련한 '좌우합작 7원칙'은 양 진영의 반대로 한순간에 공염불이 되었다.

이들은 좌우합작이 무산된 것이 이승만 때문이라고 생각하여 그를 몹시 원망하고 비난했지만, 설사 이승만이 공개적으로 반대하지 않았다고 해도 결과는 달라지지 않았을 것이기 때문에 이승만에 대한 그들의 성토는 좌우합작 무산의 구차한 변명을 찾은 것에 불과했다.

좌익과 우익의 이념과 정치제도는 하늘과 땅의 차이만큼이나 그 차이가 극명했다. 어쩌면 물과 기름과 같아서 도저히 섞일 수가 없었다.

다시 말해, 사상과 신념을 포기하지 않는 한 어떤 양보나 타협이 있을 수 없다. 문제는 어느 쪽도 자신들의 사상과 신념을 포기하려고 하지 않았다는 것이다.

아무튼 좌우합작 7원칙의 무산으로 이승만이 기사회생해서 서서히 기지개를 켜고 있는데 별안간 남로당의 박헌영이 그에게 덜컥 날개를 달아주는 희한한 일을 벌였다. 재수 좋은 사람은 엎어져도 꽃밭에 넘어지는 법이다.

좌우합작이 여의치 않자 박헌영은 남한 혁명을 조기에 달성할 목적으로 김일성과 합의 하에 남로당원들에게 9월 총파업과 10월 폭동을 사주했다.

박헌영의 지령으로 가을철 수확기에 갑자기 철마가 일제히 울음을 그쳤다. 철도 마비로 곡물 운송이 중단되면서 쌀값이 폭등했고, 가난한 노동자들이 당장 비명을 질렀다. 공산당에 대한 비난이 빗발쳤다.

설상가상으로, 대구에서 벌어진 폭동은 대구와 구미 일대를 무정부 상태로 몰아갔다. 사람들이 죽어갔고 건물들이 불타고 있었다.

국민들은 공산당의 야수적인 급진성에 기겁을 했다. 이들에 대해 민심은 완전히 등을 돌리고 있었다.

미 군정도 폭동이 벌어진 대구 사태를 방치할 수 없어서 급기야 계엄

령을 선포하고 군경을 출동시켰다.

줄곧 이승만과 반목하며 대립각을 세워 오던 공산당이 설 자리를 잃고 몰락의 길을 걸어 이승만이 쾌재를 불렀다.

하지도 박헌영의 처사가 어이가 없었다. 조선정판사 사건 때문에 자신이 공산당을 불법화시켰지만, 그는 공산당의 존재 자체를 부정하지는 않았다.

그는 공산당도 한국의 한 정파라고 이해하고 그들을 가급적 수용하려고 애쓴 사람이다. 그들에게 서울 시내에서 가장 근사한 근택빌딩(조선정판사)을 내준 것도 하지였다.

그런데 공산당은 하지의 배려도 잊은 채 연일 그를 배신하고 뒤통수만 쳤다. 그로서는 공산당을 보호하고 싶어도 더 이상 보호해 줄 만한 명분을 찾을 수가 없었다. 하지는 허탈한 심정으로 서서히 공산당과 거리를 두기 시작했다.

한국의 통치자로서 한때 의욕을 불태우던 하지는 일이 자꾸만 꼬이면서 점차 지쳐갔다. 이젠 군정사령관 자리가 바늘방석 같았다. 사령관직을 당장 때려치우고 야인으로 돌아가고 싶은 마음이 굴뚝같았다.

하지만 그에겐 명분이 없었다. 그는 명분을 목숨보다 소중히 여겼다. 그는 명분만 있다면 불구덩이도 피하지 않는 철저한 군인이었다.

어려움은 있지만 그는 다시 군인의 자세로 돌아가야겠다고 생각했다. 그리고는 일주일 동안 고민을 거듭한 끝에 새로운 제안을 들고 나왔다. 남조선 과도입법의원을 창설한다는 것이었다.

이승만은 라디오로 방송된 하지의 성명을 듣고는 파안대소하며 쌍수를 들어 환영했다.

"하하, 이 친구, 서당 개 3년이면 풍월을 읊는다고 하더니, 이제야 청맹과니를 면했나 보군!"

하지는 총 90명의 입법의원 가운데 45명은 군정청이 직접 임명하고 나머지 45명만 선거로 뽑는다고 발표했다.

하지의 의지에 따라 얼마든지 자신의 구미에 맞는 사람을 뽑을 수 있어, 하지의 구상을 이승만이 마냥 반길만한 일은 아니었다.

그런데도 이승만은 무슨 꿍꿍이인지 만사태평이었다. 비서실장 윤치영은 이승만이 너무 안이하게 판단하고 있는 것은 아닌지 내심 큰 걱정이 되었다.

하지가 지목한 기피대상 1호는 단연 이승만이었다. 그가 이승만에게 유리한 국면을 절대 허용하지 않을 것은 자명했다.

이승만은 윤치영의 걱정을 아는지 모르는지 커피의 풍미에 취해 시인 같은 미소를 짓고 있었다. 윤치영은 행여 그의 흥을 깰까봐 염려스러워 조심스럽게 말문을 열었다.

"아버님, 저는 임명직이 45명이나 되어 좀 신경이 쓰이는데요."

"전혀 상관없어. 조금도 걱정하지 말게."

이승만은 윤치영의 말에 괘념치 말라며 손사래를 치고는 껄껄 소리 내어 웃었다. 이승만은 너무 자신만만해 보였다.

윤치영은 근래 이승만의 이 같은 모습을 좀체 본 적이 없었다. 이승만은 저돌적이기도 했지만 때로는 얼음같이 차가워 돌다리도 두드리고 건널 정도의 신중함을 보이기도 했다.

윤치영은 현 시국을 자기 눈으로 봤을 때 이승만의 호기로운 태도가 얼른 납득이 되지 않았다. 이 때문에 이승만의 생각이 그는 몹시 궁금했다. 그는 호기심을 이기지 못하고 슬며시 이승만에게 물어보았다.

"아버님, 행여 하지가 장난을 치면 어떻게 할 것인지요?"

"넌 하지가 그렇게 신경 쓰이냐?"

"지금 모든 권력을 그가 쥐고 있지 않습니까?"

"그건 그렇지. 하지만 걱정할 필요 없다."

그가 커피를 한 모금 마시더니 탁자 위에 놓인 장기 알을 하나 집어 들었다.

"자 봐라, 공산당은 이미 불법화되어 수족이 묶였다. 이젠 공산당 이름을 내걸고 선거를 할 수 없어. 좌파도 이번 폭력사태 때문에 운신의 폭이 좁아졌어. 여론이 아주 좋지 않거든?

반대로 우리는 어떠냐? 우리 독촉 지부와 한민당이 각 지방에 세력을 튼튼하게 키워 놨어. 선거를 하면 당연히 우리가 다수를 점하게 되어 있어!"

이승만은 신들린 사람처럼 신이 나서 침을 튀겨가며 말했다. 이 정도의 시나리오는 윤치영도 얼마간 생각하고 있던 터라 이승만의 의견이 그다지 새롭지 않았다.

그 때문에 윤치영의 표정이 왠지 떨떠름했고, 평소 같으면 작은 일에도 호들갑을 떨었을 윤치영의 반응이 뜨뜻미지근하기만 했다.

이승만은 새치름한 윤치영의 얼굴을 바라보고는 그 속내를 알아챘는지 빙긋 웃었다. 이승만의 눈가에 진 자글자글한 주름이 팔랑개비처럼 기분 좋게 춤을 추었다.

"넌 하지가 장난을 치는 걸 걱정하지만, 그건 그야말로 내가 바라던 바다."

"어째서 그렇습니까? 아버님!"

"너도 알다시피 미국은 법치국가다. 네가 염려하는 것처럼 하지가 장난을 친다면 그건 탈법적인 일이 될 거고 자기 무덤을 스스로 파는 꼴이 되는 거지. 만에 하나 그런 일이 일어난다면 난 미국으로 달려가서 그에 대한 책임을 물을 것이야?"

"어떻게요?"

"하지의 옷을 벗기는 것은 물론이고 미국이 한국 문제를 제대로 처리할 수 없다면 한국문제를 유엔으로 이관하라고 요구할 거야!"

"예?"

윤치영은 이승만의 생각이 영 생뚱맞게 들렸다. 할 말을 잃은 듯 그가 무어라 말은 못하고 의아스러운 표정만 지었다.

미국이 한국 국민의 온갖 원성에도 불구하고 소련과의 화해를 위해 좌우합작이란 허튼 짓을 멈추지 않는 마당에, 미국이 한국문제 처리를 유엔에 맡긴다는 것은 삼척동자가 봐도 있을 수 없는 일이었다.

미국이 이 같은 조치를 취할 경우 소련의 반발을 사는 건 물론이고 미국이 원하는 소련과의 화해도 물 건너가고 말 것이다.

이런 위험부담을 무릅쓰고 미국이 이승만이 원하는 조치를 취할 까닭이 없었다.

'아버님께서 연로하셔서 이젠 총기를 잃어버린 것은 아닐까?'

윤치영이 이승만의 생각을 들으면서 가장 먼저 머리에 떠올린 것은 그의 정신건강에 대한 염려였다.

이승만의 나이가 적지 않았기 때문이다. 그만한 연배의 노인들은 이미 세상을 떠났거나 노망이 들어 골방을 지키는 경우가 태반이었다. 이승만이 그 나이에 노망기를 보인다고 해도 이상한 일은 아니었다.

하지만 이승만에게 정말 터럭 같은 노망기라도 있다면, 이건 보통 일이 아니었다. 세상의 판도가 새롭게 변하는 엄청난 사건이 될 것이다. 그가 걱정스런 눈길을 들어 이승만에게 조심스럽게 물었다.

"아버님, 그게 가능하겠는지요?"

"미국과 소련간의 관계를 생각하면 쉽지 않은 일이지. 그건 나도 알

아. 하지만 강대국의 이해다툼에 놀아나는 우리 같은 약소민족에게는 국제여론에 호소하는 게 우리 문제를 해결할 수 있는 가장 좋은 방법이지."

"물론 그렇긴 합니다만, 우리가 미국에 요구한다고 해서 미국이 우리 요구를 순순히 들어줄 리가 만무하지 않습니까?"

이승만은 윤치영에게 여간해서는 화를 내지 않았는데, 이날은 윤치영에게 눈살을 찌푸리며 불같이 화를 냈다.

"젊은 사람이 어째서 해 볼 생각도 하지 않고 먼저 포기할 생각부터 하나?"

윤치영은 이승만의 벼락같은 호통에 움찔했다.

"사악한 것은 결코 정의를 이길 수 없어. 우리가 하는 일은 정의로운 일이야. 하지가 장난을 친다면 이 또한 사악한 일이고, 미국이 소련과 야합해서 한국 문제를 자기네들 멋대로 처리한다면 이 또한 사악한 일이야!

하지만 가만히 앉아 있으면 아무도 우리 입장을 대변해 주지 않아. 강대국들은 오로지 자신들만의 이익을 위해 싸울 뿐이야. 그러니 그들에게 더 기대할 건 없어. 우리 스스로 뛰어야 한다는 말이지!

우리의 요구는 정당한 것이야. 무리한 것이 아니란 말이야! 우리가 우리 문제를 우리 스스로 해결하겠다고 하는데 이것이 어째서 잘못된 일인가?

이 세상은 얼핏 보면 사악한 기운이 득세를 한 것 같아 보이지만 결국에는 정의가 이기게 되어 있어. 일본이 패망한 것도 따지고 보면 그들이 정의롭지 못하고 사악한 길을 갔기 때문 아닌가? 정의의 하나님께서 지금 우릴 지켜보고 계셔!"

이승만의 목소리는 의분에 찬 탓인지 몹시 떨렸다. 윤치영은 스승의 장황한 훈계에 당혹해하며 얼굴을 붉혔다.

이승만이 윤치영을 준엄하게 꾸짖은 것은 그의 나약함을 질타한 것은 아니었다.

그는 배신의 역사가 우리에게 준 뼈아픈 교훈을 잊어서는 안 된다는 점을 윤치영에게 강조하고 싶었던 것이다.

이승만은 미국을 믿지 않았다. 그는 어느 나라도 믿어서는 안 된다고 생각했다. 모든 것이 힘의 논리에 따른 것임을 알기 때문이다. 이 때문에 구걸 외교로는 아무 것도 얻을 수 없다는 걸 그는 잘 알았다.

그는 역사의 현장에 서 있었던 역사의 산증인이었다. 그는 미국의 배신도 몸소 체험했다. 그는 한 입으로 두 말을 했던 루스벨트에 대한 기억을 40년 지난 이 시점에도 생생하게 기억하고 있었다. 그리고 다시는 그들에게 힘없이 당하지 않을 것이라 다짐하며 벼르고 별렀다.

이승만은 얼굴을 붉히고 있는 윤치영에게 미안했던지 목소리를 누그러뜨렸다.

"이보게, 난 일본이 미국에 전쟁을 선포할 것이라 예측한 사람이네. 내 예상이 맞지 않았는가? 난 미국과 소련도 마찬가지라고 생각하네. 지금은 미국이 소련의 도움이 필요해서 소련의 손을 잡으려고 하지만 소련과 미국이 서로를 불신하고 경계하고 있는 것은 세상이 다 아는 일이지. 지금 양쪽이 모두 자기 세력을 확대시키려고 하고 있어. 이 때문에 언젠가는 두 나라가 충돌하고 말 걸세. 불꽃이 튀기면 불이 붙게 마련이거든. 좌우지간 난 하나님을 믿어. 그 분은 절대 우리 민족을 그냥 내버려두시지 않을 거야, 암!"

신을 입에 올리며 이승만은 전사처럼 주먹을 불끈 쥐었다. 그의 표정은 비장하기 그지없었고 눈에선 강렬한 빛을 뿌렸다.

윤치영은 갑자기 숨이 탁 막혔다. 스승의 얼굴에서 무언가 성스러운 이상한 느낌을 받았기 때문이다. 그는 얼핏 이승만이 신의 사자가 아닐까 하는 생각을 했다.

허지만 그는 솔직히 이승만의 생각에 동의할 수는 없었다. 미국이 소련의 반대를 무릅쓰고 한국 문제를 어떻게 유엔에 이관할 수 있겠는가? 그는 스승의 뜻대로 세상 일이 풀리기를 바랐지만, 한국 문제의 유엔 이관은 하늘이 두 쪽 나도 있을 수 없는 일이라고 생각했다.

문밖에서 들려오는 귀뚜라미의 울음소리와 함께 깊어 가는 가을밤처럼 윤치영의 고민도 깊어져 갔다.

2

"비행기를 못 내준다고?"

"예, 아버님……"

"허, 가소로운 놈이군. 좋아, 이젠 하지 그놈한테 구걸할 것 없다. 동경의 맥아더에게 연락해!"

45명의 선출직 입법의원 가운데 40명이 우익인사로 선출되자 하지는 깜짝 놀라서 선거 과열을 빚은 서울과 강원도의 입법의원 선거를 불법으로 규정하고는 이를 무효화해 재선거를 실시하려고 했다. 재선거를 통해 미군정에 유리한 국면을 조성하기 위한 하지의 시도였다.

이승만은 하지의 이 같은 수작을 어느 정도 예상하고 있던 터라 하지의 선거무효화 조치에 놀라지 않고 오히려 반겼다.

하지를 상대하지 않고 미국 정부와 직접 담판을 지을 수 있는 구실을 갖게 되었기 때문이다.

하지는 자신의 방해공작에도 불구하고 이승만이 맥아더의 도움을 받아 미국으로 떠나자 심드렁한 표정을 짓고는 이죽거렸다.

"기어코 갔단 말이지? 하지만 당신이 아무리 발버둥 쳐봐도 소용없어!"

하지는 이승만의 출국 소식을 듣고는 그를 비난하는 장문의 보고서를 국무성에 보냈다.

"닥터 리는 한국의 중요한 정치지도자이긴 하나 지금 정신 상태는 정상이 아닙니다. 흥분하면 미치광이처럼 혼자 떠들어대다가 다른 사람은 안중에도 없이 훌쩍 떠납니다. 그러니 정상적인 대화가 전혀 이루어지지 않습니다.

더군다나 소련을 비방해 우리 미국 정부의 입장을 아주 난처하게 하고 있습니다. 그 때문에 좌우합작도 어려워지고 미소공동위원회도 파행을 거듭하고 있습니다.

그를 만나는 것은 시간낭비일 뿐만 아니라 미국의 이익에 전혀 도움이 되지 않는 일이니 깊이 유념해서 대처해 주시길 바랍니다."

이승만에 대한 하지의 보고서는 매우 악의적인 비난과 악평으로 가득차 있었다. 이것은 한 국가의 지도자를 평하는 군정사령관의 분별력 있는 보고서는 아니었다.

미 국무성도 이승만에 대한 하지의 개인적인 감정이 보고서에 깊이 녹아 있다고 보았지만, 그들은 이 보고서 자체를 무시하거나 부정하지는 않았다.

하지의 집요한 방해공작을 피해 이승만은 12월 4일 서울을 떠나 사흘

만에 워싱턴에 도착했다. 해방의 기쁨과 설렘을 안고 떠났던 워싱턴을 1년 만에 다시 밟은 것이다.

워싱턴을 떠나 귀국길에 올랐을 때의 그 벅찼던 마음과는 달리 워싱턴을 다시 밟은 그의 마음은 최후의 결전을 앞둔 사람처럼 몹시 비장했다.

미국 정부를 직접 상대한다는 것은 트루먼 대통령을 상대하는 것을 의미했다. 군정사령관 하지를 대할 때보다 그 과정은 열 배는 더 복잡하고 그 결과를 예측하기는 천 배도 더 어려웠다. 모든 것이 안개 속이었다.

그는 여장을 푸는 즉시 워싱턴의 한국 구미위원부의 비서 임병직을 불러 워싱턴 정가의 분위기를 파악한 다음, 이틀 후 그를 대동하고 국무부를 찾았다.

이승만이 전화로 면담 신청을 했던 국무장관 마샬은 사정이 있어 면담장에 나오지 않았고 그를 대신해 국무차관 엘저 히스가 이승만을 맞았다.

이승만을 응대하는 엘저 히스의 태도는 흠잡을 데 없었다. 그는 예의 바른 신사처럼 매우 친절했고 노인을 공대할 줄도 알았다.

그럼에도 이승만은 그의 인상이 그다지 좋아 보이지 않았다. 이목구비가 뚜렷하고 조각상처럼 얼굴이 각이 져서 그런지 몹시 고집스럽게 보였고, 우묵하게 자리 잡은 새파란 눈도 왠지 음흉해 보이기만 하는 것이었다.

이 때문에 이승만은 엘저 히스의 부드러운 미소에도 불구하고 그에 대한 경계심을 늦추지 않았다.

엘저 히스는 이승만이 초면이었으나 워싱턴 정가에 이승만에 대한 소문이 파다해 그가 악명 높은 반소주의자란 사실은 알고 있었고, 소문을 익히 들은 탓인지 백발의 이승만이 그의 눈에는 그리 낯설어 보이지는 않았다.

오히려 강단이 느껴져서 왠지 히스는 그에게 구미가 당겼다. 일흔 한 살이나 되는 노인의 눈에서 뿜어져 나오는 광채가 예사롭지 않았기 때문이다.

간단한 수인사가 끝나고 이승만은 곧바로 그에게 자신의 뜻을 전했다.

"군정사령관 하지 때문에 한국이 몹시 시끄럽소. 그를 소환해 주었으면 하오."

"이유가 무엇입니까?"

"그는 한국 국민들의 뜻을 전혀 고려하지 않고 실현 불가능한 좌우합작만을 자꾸 고집하고 있소. 이 때문에 나라가 몹시 혼란스럽소."

엘저 히스는 이승만의 말을 이해하지 못하겠다는 듯 커다란 코를 만지작거리며 고개를 갸웃거렸다.

"좌우합작이 어째서 나쁜 일이오? 이념을 초월해서 한 나라를 건설하는 것은 한국의 장래를 생각할 때 좋은 일 아닌가요?"

"내가 말하고자 하는 것은 그런 게 아니오. 좌우합작은 얼핏 보면 좋은 생각인 것 같으나 속내를 따지면 그게 아니오."

"그럼 도대체 무엇이 문제란 말이오?"

"당신도 알겠지만, 좌우합작을 한 구라파의 대다수 나라들은 모두 공산화가 되었소. 좌익들이 수단과 방법을 가리지 않고 정권을 장악한 것도 잘 알 것 아니오?

좌우합작을 하게 되면 당연히 한국도 같은 현상이 일어나 공산화가 되고 말 것이오. 하지만 우리 국민들은 다른 제도를 원하고 있어요. 모두 미국을 모델로 한 자유민주주의 국가를 원하고 있다는 말이오."

엘저 히스는 팔짱을 낀 채 무언가를 살피는 염탐군의 눈을 하고는 이승만의 얘기를 잠자코 듣고 있다가 두툼한 입가에 이상야릇한 미소를 지었다.

"정치체제나 어떤 이념을 선택하는 것은 그 나라의 국민들이 결정할 일이지 우리 미국 정부가 남의 나라 일에 콩 놔라 팥 놔라 할 입장은 아니오. 국민들이 공산주의를 선택한다면 그 또한 그 나라 국민들의 선택이 아니겠소?

닥터 리는 국민들이 다른 제도를 원하고 있다고 말했는데, 국민들이 이념이나 정치제도의 선택을 두고 투표를 해본 적이 있소?"

"아직 그런 투표를 한 적은 없소. 하지만 나는 전국을 순회하면서 국민들의 의견을 직접 들어본 사람이오."

"글쎄요, 닥터 리의 생각을 무시하는 것은 아니지만, 그건 다분히 개인적인 생각 아닌가요? 국민의 뜻이란 것은 투표를 통해 알아봐야 하는 것이지 당신이 만나본 몇 사람이 그런 생각을 가졌다고 해서 모든 국민이 다 같은 생각을 하고 있다고 볼 순 없지 않소?"

직업외교관의 습성인지 아니면 이승만에 대한 예우 차원인지, 그도 아니면 그에 대한 조롱인지는 알 수 없지만, 내뱉는 말이 사사건건 시비조였음에도 불구하고 엘저 히스는 입가에 신사 같은 부드러운 미소를 여전히 짓고 있었다.

이승만은 은근히 부아가 치밀었다. 그의 진의가 의심스럽기도 했다.

"그럼 미국 정부는 한국이 공산화되어도 좋다는 거요?"

"그건 한국 국민들이 결정할 일이지 우리가 관여할 일은 아니라 하지 않았소! 그런데 닥터 리는 왜 그렇게 공산주의에 대해 알레르기 반응을 보이는지 모르겠소.

공산주의도 이념은 나쁜 것은 아니지 않소? 평등하게 다 같이 더불어 잘 살자고 하는 것인데 닥터 리는 어째서 그렇게 공산주의를 자꾸만 혐오하는 것이오?"

엘저 히스의 말에 이승만과 임병직의 눈이 휘둥그레졌다. 그의 말이 너무 뜬금없었기 때문이다. 그들은 미국무부 안에서 공산주의를 옹호하는 발언을 들을 것이라고는 꿈에도 상상하지 못했다.

영어로 엘저 히스와 대화를 나누던 이승만은 곁에 앉은 임병직을 돌아보며 한국말로 투덜거렸다.

"병직아, 이 작자가 지금 뭐라 하는 거냐? 이놈 돈 것 아니야?"

엘저 히스는 이들의 말을 알아듣지는 못했지만 이승만과 임병직의 성난 표정 때문에 이들이 무슨 말을 하는지 대충 짐작은 했다. 하지만 그는 이들의 얘기에 전혀 괘념치 않았다.

그들이 자신을 성토하고 비난한다고 해도 달라질 것도 없었고, 그들의 요구를 들어줄 마음은 눈곱만치도 없었기 때문이다.

영어를 이 세상 최고의 언어로 알고 있는 그에게 이들의 말은 단지 야만인들의 웅얼거림 같이 들렸을 뿐이다. 이 때문에 엘저 히스는 동물원 원숭이 구경하듯이 이들을 신기한 눈으로 바라보고 있었다.

이승만은 엘저 히스와 잠깐 대화를 나눠보고는 차라리 쇠귀에 경을 읽는 게 낫겠다 싶어 한국 구미위원부 위원장 자격으로 들고 온 한국 문제 유엔 이관을 촉구하는 청원서를 그에게 전달하고는 한 시간 만에 미련 없이 손을 툴툴 털고 일어났다.

국무성을 나서는 이승만은 왠지 꺼림칙했다. 뒤를 보고 밑을 닦지 않은 것처럼 무언가 개운치 않은 느낌이었다.

그는 국무성 건물 앞 광장의 성조기가 나부끼는 게양대 앞에서 잠깐 걸음을 멈추고는 임병직에게 물었다.

"병직아, 히스란 자가 어찌 좀 수상하지 않냐?"

"저도 그런 생각이 들었습니다."

미국 외교차관이라는 엘저 히스가 무슨 꿍꿍이 속인지는 몰라도 이승만의 면전에서 공산주의를 찬양하고 소련을 지지하는 발언을 연발했기 때문이다.

3

국무성 방문을 마치고 돌아온 이승만은 워싱턴 정가를 돌며 자신이 조직한 한미 친선협회를 중심으로 해서 한국 문제의 유엔 이관에 대한 여론 몰이에 나섰고, 한편으로는 불발된 국무장관 마샬과의 면담도 다시 추진했다.

하지만 이승만의 면담 요청은 신청 때마다 뚜렷한 이유도 없이 매번 거절을 당했다.

들리는 소문에 의하면, 국무성의 엘저 히스가 이승만을 반소주의자인 것은 물론이고 미국의 국익까지 해치는 망나니 반미주의자라고 비난하며, 소련을 비방하는 발언을 중단하지 않으면 그에 대한 면담 신청을 일절 거절하라는 지시를 내렸다는 것이다. 또 여러 경로를 통해 이승만에게 반소 운동을 중단하라는 압력도 잇달았다.

이승만은 뜻밖에 드러난 미 국무성의 자신에 대한 적대적인 태도에 당혹했고 그 배경에 깊은 의구심을 품었다.

일각에서는 자신을 반미주의자라고 모략하지만, 그는 자신을 친미주의자라고 생각했다. 사실 그만큼 미국을 잘 알고 미국을 사랑하는 사람도 드물었다.

그는 자신의 청춘과 노년을 미국에서 보낸 사람이다. 그는 세월의 무게보다 더 깊이 미국을 사랑했고 좋아했다. 그가 혼신을 다해 미국 땅에서 자신의 삶을 살아냈기 때문이다.

워싱턴 거리의 어느 작은 골목도 그의 눈엔 예사롭지 않았다. 자신의 구겨진 셔츠를 빳빳하게 다려주며 언제나 웃는 얼굴로 인사하던 곱슬머리 흑인 토미도 그곳에 있었고, 아내가 아플 때 사오던 설탕물이 듬뿍 발린 달달한 도넛 가게도 자신의 집 앞 골목길에 있었다.

워싱턴은 이승만의 인생이 고스란히 담긴 곳이어서 거리와 골목엔 그의 일기장에 쏟아낸 보석같이 반짝이는 많은 이야기들이 널려 있었다. 어찌 보면 그는 밥보다 빵이 더 친근했고, 숭늉보다 커피가 더 좋은 사람이었다.

이 같은 그를 보고 반미주의자라고 말하는 이들이 있어 이승만은 어이가 없었다. 특히 그는 미 국무차관 엘저 히스를 참으로 기이하게 생각했다. 일면식도 없던 그가 워싱턴 정가를 돌아다니며 자신에 대한 온갖 중상과 비방을 하고 다닌다는 사실을 한미친선협회장을 맡고 있던 모 대학의 총장에게 직접 들었기 때문이다.

"병직아, 엘저 히스가 왜 자꾸 나를 욕하고 다닐까?"

"글쎄요, 혹시 하지에게 무슨 말을 들은 것은 아닐까요?"

"물론 그럴 수도 있겠지만 이건 정도가 너무 지나치거든. 정말 이상해. 미국의 국무차관이란 자리가 얼마나 바쁘고 막중한 자리냐. 그런 사람이 무슨 시간이 남아돌아 일부러 이곳저곳 돌아다니면서 나를 헐뜯고 있는지 참 이해할 수가 없어. 무슨 꿍꿍이 속일까? 예사롭지 않은 일이야!"

"그러게 말입니다. 저도 그 사람이 말하는 걸 보면 미국 국무차관인지 소련 외무차관인지 정말 알쏭달쏭합니다. 혹시 빨간 물이 든 건 아닐까요?".

"그래도 명색이 미국 국무차관인데 그렇지는 않을 거야. 하지만 국무성 안에 붉은 물이 든 사람이 있을 가능성은 충분히 있어. 그렇지 않고서야 일방적으로 소련 편을 들면서 한국이 공산화되든 말든 신경을 안 쓰겠다는 게 말이 돼?"

"박사님, 차라리 성명서를 발표하여 국무성을 한 번 시험해보는 게 어떻겠습니까?"

임병직의 말을 잠자코 듣고 있던 이승만이 무슨 생각이 났는지 눈을 반짝이며 무르팍을 쳤다.

"그래, 그게 좋겠다!"

이승만은 미 국무성의 냉대와 문전박대로 골머리를 앓다가 임병직한 테서 아이디어를 얻어 소련에 편향된 미 국무성의 태도를 비판하는 성명을 발표했다.

한국 문제에 대한 미 국무부의 무성의와 무관심을 성토하는 동시에 행여 미 국무부 내에 있을지도 모를 공산주의자들에 대한 경계를 강화해야 한다는 경고의 메시지도 담았다.

"미국 국무성 내에 공산주의에 물든 이들이 있어서 미국의 대외정책을 망치고 있을 뿐 아니라 한국의 독립을 보장한다는 미국의 약속까지 헌신짝같이 저버리고 있다. 미 국무성은 이들에 대한 경계를 강화하여 우방에 대한 대외정책의 신뢰도를 높이지 않으면 안 된다."

이승만의 공개 발언은 미 국무성을 발칵 뒤집어 놓았고, 미 국무부는 이승만에게 노해서 그를 비난하며 협박조의 경고장을 날렸다.

"노인의 발언이라 이번에는 실언으로 보아 넘기기는 하겠지만 다시

한 번 더 그 같은 허언을 반복하면 미국 정부의 권위에 도전하는 것으로 간주하고 즉각 추방될 수 있음을 명심하라!"

이 사건의 파장은 작지 않았다. 워싱턴 외교가에서는 프린스턴대학 출신의 정치학박사 이승만이 노망기가 들어 정신이 오락가락한다는 소문이 나돌기도 했다. 국제 외교무대의 돈키호테가 끝내는 사고를 쳤다는 비아냥거림도 나왔다.

그런데 이상한 것은 이런 소문의 진원지는 대개가 미 국무성이었다는 점이다. 어지간한 일에는 콧방귀도 뀌지 않는 콧대 높은 미 국무성이 아시아 변방의 작은 나라에서 온 늙은 지도자의 발언에 유달리 예민하게 반응하는 것이었다.

이 탓에 워싱턴 정가에서는 그 저의를 두고 이런 저런 말이 많았다.

"정말, 국무부 안에 공산당원이 있는 것 아니야?"

"그럴지도 몰라. 아니고서야 제 발 저린 도둑처럼 펄펄 뛸게 뭐람?"

"그래도 닥터 리가 너무 날뛰는 것 같아. 나이가 들면 사람이 좀 점잖아져야 하는데 옛날이나 지금이나 달라진 게 없어!"

"꼭 그렇게 색안경을 끼고 볼 건 또 뭔가? 나라를 위해 열정을 불태우는 건데. 난 오히려 그 양반이 부러워!"

이승만이 벌인 소동으로 어느 날 갑자기 엘저 히스란 인물이 여론의 한 가운데 우뚝 솟아올랐는데, 그가 스탈린에게 포섭된 소련의 스파이였다는 사실이 훗날 밝혀진 것을 보면, 세간의 평처럼 이승만에 대한 국무성의 과민반응은 결국 스스로 켕기는 구석이 있었기 때문이다.

아무튼 이 성명서 사건 이후 이승만은 미 국무성의 경계 대상 1호로 지목되어 그의 국무성 출입이 철저히 봉쇄되었다.

국무성은 아예 이승만을 광인 취급하며 그의 면담 신청서 접수조차 거부했다. 숫제 그를 겨냥한 철의 장막이 쳐진 듯했다.

이승만에 대한 국무부의 거친 비난에 군정 사령관 하지도 힘을 받았는지 덩달아 목청을 높였다.

"이승만의 정치고문으로 활동하고 있는 로버트 올리버 박사를 국사범으로 체포해 교수형에 처해야 한다. 그 자는 이 나라를 배신한 매국노다."

샌드백 치듯 국내외에서 이승만을 두들기면서 그에 대한 전방위적인 압박을 줄기차게 계속했다. 이승만은 점차 고립되어 갔다. 국무성의 모든 관리들도 그를 기피 인물로 인식하고 피했다.

이승만이 아무리 두드려도 미 국무부의 문은 열리지 않았다. 임병직은 소용없다는 걸 알고 그만두라고 말렸지만, 이승만은 걸음을 멈추지 않았다.

이승만은 벼랑 끝에 서면 이상하게 힘이 더 나는 사람이었다. 시련이 있을 때마다 그는 신의 숨결을 느끼곤 했다. 자신이 신과 더 가까워진 기분도 들었다. 신에 대한 친밀감이 강해지면 강해질수록 자연히 자신의 기도에 더 힘이 실렸다.

기도는 그의 일상이 되었다. 밥을 먹을 때나 잠을 잘 때나 누군가를 만날 때나 언제나 기도를 드렸다. 그의 기도는 언제나 모든 사람을 위한 기도였고, 용서를 통해 평안을 얻는 기도였다. 또 그는 신과의 대화를 통해 자신의 목표와 신념을 다시금 확인했다.

때로 그는 자신의 특별한 이력을 생각하며 자신을 모세와 비교하는 엉뚱함을 보이기도 했다.

어쨌든 그에게는 선민의식(選民意識)이라는 게 있었다. 이것이 그를 곤경에서 지켜주는 바람막이 역할을 하고 있었다.

그가 노구를 이끌고 지치지 않고 오늘도 미 국무부를 향하고 있는 그

힘도 이 선민의식에서 비롯된 것이다. 그는 언젠가는 천상의 문이 열리듯이 미 국무부의 문도 활짝 열릴 것이라고 믿었다.

이런 자기 암시 탓에 그는 지치지 않는 노익장을 과시했고, 임병직을 비롯한 구미위원부의 젊은 사람들은 그의 모습을 보며 늘 찬탄해 마지않았다.

하지만 그의 선민의식이 그에게 항상 도움이 되었던 것은 아니다. 때론 그의 앞길을 막는 걸림돌이 되기도 했다. 그는 자신이 신의 은총을 받고 있다는 남다른 믿음 때문에 자신의 신념만이 옳다고 여기는 독선과 상대를 무시하는 오만이 몸에 배어 있었다.

타협을 모르는 독불장군이란 남들의 인식 때문에 그는 겪지 않아도 될 오해와 곤란을 자주 겪기도 했다.

옥중 동지 박용만과의 결별도, 군정 사령관 하지와의 마찰도, 사랑하는 아우 김구와의 갈등도 이승만의 이런 비타협적인 태도에 기인하는 바가 없지 않았다.

아무튼 그는 새벽 5시면 잠자리에서 일어나 민족을 위한 기도를 올리고는 가벼운 체조로 몸을 풀었고, 배달된 조간신문을 다 읽은 다음, 토스트 한 조각 커피 한 잔으로 식사를 마친 후에 구미위원부 출근을 위해 연설 원고가 든 색 바랜 까만 손가방을 하나 들고 길을 나섰다.

그는 구미위원부에서 미국 의회와 국무부 그리고 언론을 상대로 한 홍보를 부원들에게 지시하는 한편, 각 사회단체를 방문하여 강연에 나서 미 국무부의 편향된 태도를 비판했고, 미국의 이익을 지키기 위해서라도 소련을 반드시 경계해야 한다는 지론을 전도사처럼 설파하고 다녔다.

그가 미국에 온 지도 4개월이 지나 그의 집 뜰 앞에도 봄이 살포시 들어와 똬리를 틀고 앉아 있었다. 이승만은 과로로 인해 며칠째 침대신세

를 지고 있다가, 뜰을 붉게 물들인 앙증맞은 튤립의 자태에 이끌려 창문
틈새로 밖을 빠끔히 내다보았다. 그의 눈에는 한국에 있는 아내 프란체
스카의 얼굴이 빨간 튤립과 함께 겹쳐들었다.

그가 아내를 만나 처음 데이트한 곳이 제네바 레만 호수가였다. 그곳
에는 두 사람의 만남을 축복해 주기라도 하듯 튤립이 흐드러지게 피어
있었다.

둘은 튤립의 향연에 취해 이런 저런 이야기를 나누며 호수를 열 바퀴
를 돌았고, 황혼이 질 무렵에야 헤어졌다. 그날 이후 그의 아내는 유난히
튤립을 좋아했다.

그는 코를 벌름거리며 그날의 기억을 더듬었고, 달콤한 추억에 빠져
들었다. 이때 비서 임병직이 부리나케 달려와 소리치는 바람에 꿀맛 같
은 추억 여행이 연기처럼 후다닥 달아나고 말았다.

"박사님!"

상기된 표정의 그의 목소리가 몹시 흥분되어 있었다.

"무슨 일인데 이렇게 호들갑을 떨어?"

"박사님……"

"이 사람아, 뭐냐고?"

"트루먼이 의회에서 소련을 주적으로 선포한다는 연설을 했습니다."

"뭐라고? 그게 정말이야?"

임병직의 전언에 이승만이 벌떡 일어나 앉았다. 며칠 째 병석에 누웠
던 그의 얼굴에 갑자기 화색이 돌았다. 그는 회심의 미소를 짓고는 무릎
을 꿇어 기도를 올렸다.

미국의 경고에도 불구하고 소련의 스탈린이 팽창정책을 멈추지 않고
지중해로 진출할 구상 하에 그리스와 터키까지 넘보자, 미국의 트루먼이

지금까지 추구해온 소련과의 화해와 협력 관계를 전격 중단하고 미국의 제일 첫 번째 적으로 소련을 지목한 것이다.

바야흐로 냉전의 시대가 열리고 있었고, 이승만의 눈에는 새로운 세상이 다가오고 있는 것이 보였다. 그길로 그는 채비를 서둘러 곧장 서울로 돌아왔다.

건국의 길

1

서울에 돌아온 지 보름도 되지 않아 갑자기 검정 제복의 무장 경찰이 들이닥쳐 이승만의 거처인 마포장을 물샐 틈 없이 둘러쌌다.

이승만은 귀국하면서 남조선 과도정권을 먼저 수립한 다음 유엔에 가입해 한국 문제를 해결하자고 자신이 제안한 것에 대해 경교장의 김구가 몹시 흥분해 있다는 소식을 듣고 그를 달래려 외출에 나서는 길이었다.

마포장의 대문이 열리고 이승만이 나왔다. 경찰이 그를 막아섰다. 그가 눈을 부릅뜨고 경찰을 노려보며 호통쳤다.

"야, 이놈들! 지금 뭐하는 짓이야?"

"박사님, 나갈 수 없습니다. 하지 사령관의 명령입니다. 저희로서는 어쩔 수 없습니다."

"이놈들, 너희들은 어느 나라 경찰이야?"

"죄송합니다, 박사님을 안으로 모셔라!"

마포 경찰서장의 지시에 경찰관들이 우르르 몰려들어 이승만과 그의 수행원들을 굴비 엮듯 꽁꽁 묶어서 마포장 안으로 간단히 밀어넣고는 출입문을 다시 봉쇄했다.

이승만이 귀국한 후 남한에 과도정권을 먼저 수립해야 한다고 주장한 것이 좌우합작을 추진하던 미군정의 심기를 건드렸고, 미국으로 날아가 공공연히 자신을 비방하고 반소운동을 벌인 것에 화가 난 하지가 결국 이승만을 가택 연금시킨 것이다.

이승만은 하는 수 없이 발길을 되돌려 칩거에 들어갔고, 새장 안에 갇힌 신세가 되었지만, 난마같이 얽힌 정국을 풀기 위한 행동을 멈추지 않았다.

미국 정부가 소련을 적으로 간주한 이상 하지가 추진하고 있는 좌우합작뿐 아니라 하지의 정치적 생명도 이미 끝났다고 그는 진단했다.

이런 연유로 그는 하지의 강압적인 탄압에 놀라기보다 민족의 진로를 두고 자신의 단독정부 구상, 김구의 통일정부 구상, 김규식의 좌우합작으로 갈라진 내부 분열을 더 경계했다.

국민들은 해방 정국을 주도하는 이승만, 김구, 김규식을 3영수로 불렀지만, 이승만의 경계대상 1호는 좌우합작을 추진하는 김규식이 아니라 김구였다. 미국의 태도 변화로 좌우합작은 실질적으로 그 명운이 다했다고 생각했다.

김규식은 명석하지만 심한 두통과 간질을 앓아 건강이 아주 좋지 않았다. 그는 거짓을 모르는 진실한 사람이었고, 낙엽을 보며 눈물 흘리고, 흐르는 바람 소리를 들으며 시를 읊는 예민한 감성의 소유자였다. 혁명가라기보다는 시인에 가까운 사람이었다.

그럼에도 불구하고 김규식은 대인관계가 그리 매끄럽지 못했다. 그것은 오로지 그의 지적 자만과 오만이 주된 이유였다. 그는 지나치게 똑똑했다. 다른 사람의 말을 들으면서 그는 상대가 말을 다 끝내기도 전에 이미 결론을 내려놓고 있었다.

사람들은 김규식을 만나면 꼭 한 번은 놀라고 한 번은 실망했다. 막힘없이 끝없이 풀어 헤치는 그의 해박한 지식에 일단 감탄을 한다. 하지만 동시에 항상 무언가 가르치려 들고 일일이 지적하는 그의 꼼꼼한 태도 때문에 마음이 상해서 돌아가는 것이다.

아무튼 김규식은 이승만과 김구에 비해 대중적 지지도가 낮았다. 게다가 그는 고지식했고 술수를 모르는 정직한 사람이었다. 권모술수가 난무하는 정치판의 이단아라 할 수 있었다. 이런 그에게 어울리는 곳은 정치판이 아니라 백묵을 들고 학생들에게 시를 가르치는 교단이었다.

그는 김규식이 프린스턴대학 출신의 영문학 석사라는 사실 때문에 상해 임정에서 외교업무를 담당하며 허명(虛名)은 얻었을지언정 정치력이 뛰어난 편이 아니라서, 이승만은 그에게 별다른 위협을 느끼지 못했다.

김구는 김규식과는 여러 면에서 달랐다. 그는 명민하지도 못했고 정치력도 부족했다. 그럼에도 불구하고 그는 국민들의 뜨거운 사랑을 받고 있었다. 민족에 대한 그의 순수한 사랑과 열정에 국민들이 감동을 받았기 때문이다.

이승만은 미국의 태도 변화로 건국의 대업을 완수하기 위한 절호의 기회가 다가왔다고 보았고, 이 때문에 새로운 정치적 연대의 필요성이 크게 대두되었다.

그는 영입 영순위로 김구를 꼽고 그와의 협력을 강화하려고 했지만, 참모들은 생각이 달랐다.

특히 비서실장 윤치영은 김구를 아주 우습게 알아서 수시로 김구에 대한 험담을 늘어놓아 이승만의 심기를 어지럽혔다.

"아버님, 저는 백범과 협력을 하는 걸 그만두었으면 합니다. 미군정

행정권을 인수한다고 난리를 칠 때 보지 않았습니까? 그 양반 지도력이 참으로 의심스럽습니다.

비록 국민들의 지지를 받고 있다고는 하나 그처럼 문제가 많은 사람과 협력을 강화하는 건 오히려 우리에게 부담이 될 수 있습니다.

게다가 사람 죽이는 걸 별로 개의치 않는 사람 아닙니까? 앞으로 우리가 세울 나라는 정의로운 법치국가입니다. 법을 개똥같이 여기는 사람하고 연대하는 것은 당장은 도움이 될지 몰라도 두고두고 짐이 될 수 있습니다.

백범과의 연대는 재고해 주십시오. 그와의 연대는 천부당만부당한 일입니다, 아버님!"

윤치영을 비롯한 이승만의 참모들이 지적한 김구의 단점과 허물은 근거가 없는 것이 아니었다. 하지만 김구에 대한 이들의 비난이 아주 순수하다고 볼 수는 없었다.

그들은 이승만이 김구와 협력을 통해 정권을 창출할 경우, 자신들이 차지할 몫이 상대적으로 줄어들 것을 은연중에 우려했다. 새 정부에서 일을 하고 싶어 경교장과 한독당에 선을 댄 사람들이 부지기수로 많았다.

마포장의 가족들 역시 모두 새 정부에서 일하기를 원했다. 이들의 기대와 열망을 생각해보면, 경계감과 시샘이 얼마간 섞인 채 경교장을 바라보는 이들의 불안한 눈길은 어느 정도 이해할 수는 있었다.

하지만 이승만은 참모들의 반대가 몹시 언짢아 눈살을 찌푸리며 목청을 높이곤 했다.

"백범은 누가 무어라 해도 사랑하는 내 아우다. 나도 백범의 허물을 안다. 허나 그처럼 순수하고 우직한 사람은 없다. 나와 함께 길을 가고 싶다면 백범에 대해 더 이상 이런 저런 얘기를 하지 마라. 나는 누구보다 백범을 잘 안다."

상해 임시정부 시절 노선 갈등으로 이동휘와 안창호가 등을 돌릴 때에도 이승만의 곁을 묵묵히 지킨 의리의 사나이가 김구였다.

"대통령 각하, 힘을 내십시오. 저는 언제나 각하 편입니다."

김구는 자신이 이승만에게 한 약속을 지키려고 그가 상해에 있는 동안 고립된 이승만을 위해 궂은일을 마다하지 않았다. 이승만을 그림자같이 따라다니면서 경호와 하루 일정 관리는 물론이고 심지어 식사 준비와 설거지 같은 허드렛일까지 도맡아 주었던 사람이다.

상해에 있을 때 그는 김구의 우직함에 감동했다. 이런 연유로 그는 김구를 삼국지의 장비와 같다고 생각하며 늘 곁에 두고 아꼈다. 그가 충성심이 뛰어나고 형제를 위해서라면 물불을 가리지 않았기 때문이다.

물론 김구는 능력도 부족하고 성질도 파르르 한데다 손에 피까지 묻힌 전력이 있었다. 지도자로서는 작지 않은 흠이다. 하지만 이승만은 자기 참모들처럼 정치적 이해관계만을 따져서 김구를 바라보지는 않았다. 그는 김구를 진정한 아우라고 생각했다.

그래서 경쟁자라기보다는 자신의 조력자나 동반자로 삼고자 하는 욕심이 더 컸다.

그는 자신의 참모들처럼 김구의 가치를 무시하거나 과소평가하지도 않았다. 김구가 국민들의 높은 지지를 받는 것은 충분한 이유가 있다고 보았다.

김구는 윤봉길과 이봉창으로 하여금 의열투쟁(義烈鬪爭)을 벌이도록 해서 일본의 간담을 서늘하게 한 것은 물론이고, 허무와 절망에 빠져 있던 한국 민족의 독립에 대한 열망을 다시 일깨운 사람이다.

그는 이를 통해 연기처럼 흔적도 없이 사라질 뻔했던 상해 임시정부를 다시 일으켜 세운 장본인이기도 했다.

중국 국민당 정부가 우습게 여겨 눈길도 주지 않던 상해 임시정부를 의미 있는 존재로 다시 보게 만든 것도 모두 김구의 공이었다.

김구가 아주 지적인 사람은 못되지만 이처럼 남다른 기백과 열정을 불살라 영웅적인 투쟁을 벌인 것은 사실이다.

김구의 여러 가지 단점에도 불구하고 이승만은 김구가 국민들의 사랑을 받기에 충분한 가치가 있는 사람이라고 생각했다.

또 그는 김구와 자신의 차이를 주목했다. 자신은 이성적이고 냉철한 편이다. 반면에 김구는 자신보다 훨씬 인간적이다. 김구를 따르는 사람이 많은 것도 김구의 인간적인 면이 끼친 영향이 컸다.

그래서 그는 자신과 김구가 힘을 합치면 서로의 단점은 보완되고 장점은 배가(倍加)되는 일석이조(一石二鳥)의 효과가 있을 것이라고 생각했다.

그러나 참모들은 여전히 김구와 연대하는 걸 반대했다. 하지만 이승만은 이런 여러 가지 이유로 김구를 포기하고 싶지 않았다.

삼고초려(三顧草廬)를 해서라도 김구를 자신의 정치적 동반자로 삼고 싶어서 이승만은 출타 시기를 엿보고 있었다.

머지않아 해제될 것이라고 생각했던 연금 기한이 기약도 없이 길어졌다. 어느 날 외부인의 출입이 통제되더니 얼마 지나지 않아 우편물이 검열을 받았고, 전화기도 불통이 되었다.

비서진들만이 몸수색을 받고 마포장을 드나들었다. 외부와의 소통은 물론이고 재정도 다시 어려워졌다. 하지가 곧 마포장의 정치자금을 몰수할 것이란 흉흉한 소문도 돌았다.

실제 어제는 이승만에게 정치자금을 대주던 방직회사 사장이 경찰청에 불려가 조사를 받고 나오기도 했다.

하지는 자신이 추진하는 작업이 무사히 끝날 때까지 이승만을 마포 장에 가두어 놓을 심산이었다. 좀체 평상심을 잃지 않던 이승만도 연금 이 한 달째 접어들면서 더럭 조바심이 났다.

하지가 김규식과 여운형을 지원해서 좌우합작을 계속 추진하고 있다 는 풍문이 있어서 이승만의 불안감이 자못 컸던 것이다. 조반을 마친 그 가 윤치영을 서재로 불러 김구에게 전할 편지를 건넸다.

2

김구는 윤치영이 들고 온 이승만의 편지를 주마간산 격으로 한 번 슬 쩍 읽고는 차가운 표정으로 윤치영에게 담담히 말했다.

"윤 실장, 난 개인적으로 우남 형님을 좋아하고 존경해요. 하지만 난 형님이 남한에 단독정부를 세우려는 것은 반대해요.

형님이 자꾸 남한 단독정부를 세우려고 하니까 사람들은 형님이 대 통령 병에 걸린 사람이 아닌가 생각합디다. 난 그런 소리를 듣고 무척 속이 상했소.

난 형님이 반드시 대통령이 되어야 한다고 생각하는 사람이오. 하지 만 이것은 어디까지나 통일정부의 대통령이지 남조선만의 대통령이 되 어서는 안 된다고 생각해요.

나는 형님을 좋아하지만, 남한만의 단독정부 구성은 안 된다고 하더 라고 꼭 말해 주시오. 남북 합작을 통한 통일정부 구성을 위해서라면 얼마든지 형님을 돕겠지만, 남한만의 단독정부 구성에는 찬성할 수가 없어요. 형님께 미안하다고 전해 주시오."

김구는 결심을 굳힌 탓인지 이승만의 편지에 큰 관심을 보이지 않았다. 어쩌면 무성의와 무시를 넘어 퇴짜를 놓았다고 하는 편이 사실은 옳았다.

윤치영은 자신이 갑이라도 되는 양 짐짓 거만을 떠는 김구에게 은근히 배알이 꼴려 있는데다가 김구가 다른 사람의 말에 빗대어 이승만을 에둘러 비난하자 몹시 화가 났다.

'이 양반이 보자보자 하니 해도 너무하는구먼. 아버님이 연금상태에 있다고 아버님을 홍어 좆으로 아나?'

그는 이승만의 편지를 김구에게 전하고 그의 뜻만 받아서 그냥 돌아가려다가 생각을 바꾸어 노골적으로 그에게 따지듯이 물었다.

"선생님, 북한에는 올봄에 이미 북조선 인민위원회가 들어섰습니다. 북한 단독정권이 들어섰다는 말입니다. 그런데도 우리는 아무런 조치를 취하지 않고 가만히 있어야만 합니까?"

김구는 윤치영이 눈초리를 슬쩍 치켜 올리고 물어오는 태도가 심히 건방져 보여 몹시 눈에 거슬렸다. 게다가 윤치영이 평소 자신에 대한 험담을 이승만에게 잔뜩 늘어놓아 자신과 이승만 사이를 이간질시킨다는 소문도 들었다. 이 때문에 그는 윤치영을 평소 이승만의 눈을 흐리는 대표적인 간신배라고 생각했다.

김구는 이승만이 주장한 단독정부 구성안을 윤치영이 다시 꺼내는 것을 보고는 언짢은 기색을 하고는 버럭 화를 냈다. 윤치영이 단순한 심부름꾼의 신분을 망각한 것으로 본 것이다. 그는 윤치영의 무례를 단단히 꾸짖을 작정이었다.

"윤 실장, 통일은 우리 민족의 염원이오. 우리가 이뤄내야 할 지상과

제란 말이오. 그런데 그 무슨 뚱딴지같은 소릴 하고 있소?"

김구의 답변은 너무 당연한 지극히 원론적인 대답이었다. 윤치영은 어쩔 수 없는 위인이라며 속으로 냉소를 짓고는 김구를 은근히 골려줄 요량으로 짐짓 공손한 얼굴을 하고 다시 물었다.

"그런데 그게 가능하겠습니까?"

"무슨 말이오?"

"소련이 북한을 포기하겠냐는 말입니다."

"우리 민족이 힘을 합치면 안 될 게 뭐가 있겠소?"

"그게 고스톱 판에서 광을 파는 일도 아니고 말처럼 쉬운 일이겠습니까?"

윤치영은 김구의 순진함을 조롱하고 있었다. 그럼에도 둔감한 탓인지 김구는 이를 얼른 알아차리지 못했다. 김구의 어조가 사뭇 진지했다.

"죽을힘을 다해 끝까지 해야지요. 그렇지 않으면 우리는 민족의 죄인이 되는 겁니다."

"선생님, 밖에서는 우박이 떨어지고 폭풍이 불고 있습니다. 우리가 다 죽게 생겼는데도 민족 운운해야만 하겠습니까?"

"이보시오, 윤 실장! 가족이란 다 같이 살 때 의미가 있소. 민족도 마찬가지요. 그런데 어찌 나 혼자 살겠다고 가족을 버릴 수가 있단 말이오? 그건 패륜적인 행동이오!"

김구는 흥분했고 그는 윤치영에 대한 분노를 감추지 않았다. 김구의 목소리는 몹시 거칠었다. 하지만 윤치영의 귀에는 한 마디도 들리지 않았다. 그는 비웃었다.

'정말 귀신 씨나락 까 잡수시는 소리만 하시는구먼!'

이치만 놓고 보면 김구의 말은 그른 게 하나도 없지만, 가능성을 놓고 생각하면 윤치영은 실로 기가 막혔다. 김구의 구상이 실현될 가능성은 제로였다.

그가 한심하다는 생각도 들었다. 그의 눈에 김구는 아무런 생각이 없는 사람 같았다.

그는 김구의 전략적인 두뇌가 아무리 부족하다고 해도 명색이 한 나라를 대표하는 지도자 가운데 한 사람인데 현 시국의 어려움을 타개할 어떤 대안 하나 정도는 갖고 있지 않을까 하고 생각하고 있었다.

윤치영은 그 같은 판단을 하고 김구를 슬쩍 떠본 것인데, 결과는 예상보다 더 실망스러웠다.

그는 김구가 정말 이 나라를 책임질 수 있는 지도자의 재목이 되는지 새삼 의심스러웠다.

김구는 공산당을 반대했고 좌우합작론자도 아니다. 그런데도 김구는 남북합작을 통한 통일정부를 구성하겠다고 열을 올리고 있다. 그로서는 도무지 이해할 수가 없었다.

'소련 놈들이 세살배기 어린애도 아니고…… . 떡 줄 놈은 생각도 않는데 이 양반은 김칫국만 마시고 있어. 그런데도 아버님은 어찌 이런 형편없는 사람에게 자꾸만 매달리는 거야?'

그는 김구가 숫제 장님이거나 귀머거리거나 그도 아니면 바보천치라 생각했다. 윤치영은 속에서 천불이 났다. 윤치영은 가슴이 울컥했고 급기야 넘어서는 안 될 선을 훌쩍 넘어버렸다.

"선생님, 말씀을 들어보면 선생님만한 성인군자는 이 세상에 없을 것 같습니다. 그런데 이처럼 훌륭한 성인군자께서 어찌하여 그 많은 사람들을 죽였습니까? 고하를 죽인 게 누구입니까?"

"아니, 이 사람이 뭐라고 하는 게야?"

"선생님, 아무리 감추려고 해도 하늘이 알고 땅이 압니다. 사람 목숨 뺏는 것은 도덕적인 일이고, 얼마간의 사람이라도 살려보겠다는 우남 선생님의 생각은 비난을 받아야 합니까?"

"윤 실장, 그 입 닥치지 못하겠나!"

김구의 눈가가 씰룩대면서 그가 탁자위에 놓인 벼루를 손에 쥐었다. 윤치영을 노려보는 김구의 눈에선 불을 뿜고 있었다. 윤치영은 흥분해서 얼굴이 시뻘겋게 달아올라 어쩔 줄 몰라 하는 김구를 보면서 십년 묵은 체증이 내려앉은 것 같은 묘한 쾌감을 느꼈다.

윤치영은 김구에게 의례적인 사과를 하고는 서둘러 경교장을 빠져나온 후, 경교장 담벼락에다 침을 뱉었다.

"우린 절대 죽 쒀서 개 주지 않을 거요. 아시겠소?"

3

윤치영은 김구에 대한 이승만의 마음을 생각해서"이승만이 대통령 병에 걸렸다"고 한 김구의 말만은 차마 전할 수 없었다.

이승만은 윤치영의 보고에 아무 말 없이 고개를 끄덕이고는 손가락을 후후 불었다. 고문 후유증으로 생긴 오랜 습관이 다시 나왔다. 그만큼 그가 자신의 요청에 대한 김구의 부정적인 반응에 크게 실망을 했다는 의미였다.

게다가 무기 휴회에 들어갔던 미소공동위원회가 내일 덕수궁에서 열리기로 되어 있어 이래저래 이승만은 속이 탔다. 앞에서는 존 하지가 막아서고 뒤에서는 김구가 등을 당기고 있는 형국이었다.

하지를 등에 업은 김규식은 2차 미소공동위원회가 열리게 되자 이 기회를 놓치지 않고 기필코 좌우합작을 성사시키겠다는 일념에 사로잡혀 국민들을 선동하고 나섰다.

"애국자를 자처한다면 반드시 미소공동위원회에 참여해야 한다. 이것은 국민의 의무다!"

나아가서 하지는 김구와 김규식의 연대를 슬그머니 부추기는 불까지 지폈다. 모든 정파가 이승만을 위협했다. 당장 마포장에 비상이 걸렸다.

"한 시가 급하오. 김규식의 선동에 맞서 투쟁을 벌이시오. 독촉과 한민당원 전원이 이 투쟁에 나서야 하오.

신탁통치를 지지하는 좌우합작은 망국의 지름길일 뿐만 아니라 강대국의 식민지로 다시 산다는 것을 말하는 것이오.

우리는 노예로 살 수 없소. 죽음을 각오하고 우리는 이를 막아내야 합니다. 동지들이여, 민족의 명운이 걸린 일이니 결사항전 하시오! 나가서 싸우시오!"

이승만의 지시는 엄청난 반향을 불러일으켰다. 독촉과 한민당원들은 물론이고 김구의 한독당 일부 당원들도 항의 집회에 참석했다. 일반 국민들도 이승만이 주도한 반탁 시위에 대거 참여해서 반대의 열풍이 전국을 휩쓸었다.

김구의 잦은 실수로 많은 사람들이 이승만에게 거는 기대가 더 커진 데다, 미군정 사령관 하지의 이승만에 대한 탄압이 국민들의 반발을 불러일으켰기 때문이다.

일본의 압력에 굴복해서 황제가 물러나고 뒤이어 뼈아픈 식민지 시대까지 경험했던 터라, 한국인들은 외세의 간섭에 대해 유난히 예민했다.

이승만에 대한 하지의 핍박이 하지의 기대와는 달리 오히려 이승만과 한국인 사이의 연대의식을 강화시킨 것은 다분히 민족적 방어본능이 발로된 결과였다.

또 국민들은 모두 신탁통치를 반대했다. 이승만의 생각과 국민들의 뜻이 일치했던 것이다. 다시 말해, 이승만은 민심을 거스르는 김규식과 달리 민심의 물결을 따라 순항하고 있었다.

미소공동위원회가 열린 덕수궁 인근은 회담 기간 내내 좌우합작을 성토하는 시위대의 함성으로 들끓었다. 덕수궁 밖에서 북과 징소리가 요란하게 울려 퍼졌다.

미국과 소련의 회담 당사자들은 시위대의 동향에 촉각을 곤두세웠다. 이들이 회담장에 난입할지도 몰라 그들은 회담 내내 긴장의 끈을 늦추지 못했다.

하지만 심리적 압박감에 쫓기다 이견 차이를 좁히지 못한 채 회담은 결국 아무런 합의를 보지 못하고 끝났다.

천신만고 끝에 마주한 두 번째 회담마저 실패로 돌아가자 하지는 이승만에게 분통을 터뜨렸다.

"닥터 리, 어글리 코리안, 선 오브 비치(son of bitch)!"

그는 연금이라는 비상수단을 동원하고서도 이승만과의 싸움에서 끝내 졌다. 그는 자신의 패배를 인정했다.

하지만 그는 전리품이라면 좀이 슨 종이 한 장도 이승만에게 주는 것이 아까웠다.

그는 이승만에게 자신이 완전히 짓밟힌 것만 같은 처참한 기분이 들었다. 그는 너무 화가 나서 도무지 이 상황을 받아들일 수가 없었다.

그는 어떤 대가를 치르는 한이 있더라도 자신을 바보로 만들어버린 이승만에게 보복하고 싶었다. 하지는 이승만에 대한 복수심에 불타 점점 충동적으로 변해 갔다.

그는 미소공동위원회가 무산되고 좌우합작이 현실적으로 어려워지자 이승만의 대안으로 쓸 요량으로 미국에 있던 서재필을 회유해서 한국으로 덜컥 데려왔다.

이승만은 하지가 미국에 있는 서재필을 영입한다는 소식을 듣고는 어이가 없어 쓴웃음을 지었다.

"하지가 다급하긴 다급한 모양이군. 이젠 정말 제 정신이 아니야!"

"아버님, 그래도 경계를 해야 하지 않겠습니까?"

"경계는 무슨 얼어 죽을 놈의 경계. 자네 서 박사 나이가 얼만지 아나?"

"……"

"자그마치 여든다섯이야. 저승길이 오늘인지 내일인지 모를 노인네를 데려다가 무슨 짓을 하려는 건지, 나 원 참!"

이승만의 눈에 비친 하지의 처사는 점입가경(漸入佳境)이었다. 윤치영을 비롯한 참모들은 몹시 불안해하며 하지가 무슨 작당을 할지 모르니 이럴 때일수록 조심해야 한다고 이구동성으로 입을 모았지만, 이승만은 확신에 찬 목소리로 손사래를 치며 껄껄 소리 내어 웃을 뿐이었다.

"한바탕 광대 판이 벌어질 것이니 그냥 두고 보기나 하게."

이승만의 예상대로 웃지 못할 일이 기어코 벌어졌다. 고령의 서재필은 한국말이 아주 서툴렀다. 미국에서 60년 이상을 살아 그는 한국인이 아니라 미국인이라고 보는 게 옳았다. 그는 국적도 미국이었다.

좌우합작을 추진하는 김규식을 지원할 요량으로 하지가 공을 들여 데려온 서재필의 귀국 일성에 국민들이 까무러치듯 놀랐다.

"한국인들은 비누 하나 만들 기술이 없는데 무슨 자치능력이 있다고 반탁운동을 벌이는가?"

서재필은 한국인들이 지금 어떤 생각을 하고 있는지, 무엇을 바라고 있는지, 무엇에 대해 화를 내고 있는지 아무 것도 모르는 백치였다.

어쩌면 알려고 하지도 않았거나, 한국인들이 미개하기 때문에 그것을 아는 것이 그다지 의미가 없다고 생각했는지도 모를 일이다.

아무튼 그의 생각이 어찌 되었든 간에 그건 별로 한국인들에게 중요하지 않았다. 그는 한국인들을 공개적으로 모욕한 것이다.

언론은 서재필을 버터로 마늘 냄새를 지운 영혼 없는 인간이라고 몰아세웠고, 서재필을 영입한 하지도 싸잡아 공박했다.

"일에는 상식과 정도라는 게 있다. 하지 사령관은 역지사지(易地思之)의 입장에서 한국인의 마음을 생각해 보라! 우리 국민도 미군정과 갈등을 원하지 않는 만큼 미군정 역시 한국인들의 감정을 자극하는 정책을 자제하길 거듭 당부한다. 그리고 이 땅은 어디까지나 한국인들의 땅임을 다시 한 번 강조해 둔다."

서재필의 발언에 모든 언론들이 하지에게서 등을 돌렸다. 한국 언론이 용기 있게 하지를 공개적으로 비판한 것도 이것이 거의 처음이었다. 미군정을 대하는 한국 언론에 엄청난 기류변화가 일어난 것이다.

이승만이 이끈 시위가 미소공동위원회를 파국으로 몰아간 이후로 힘이 이승만에게 더 무겁게 실린데다 서재필의 실수로 충분한 명분이 있었기 때문이다.

하지는 속이 터졌지만 자기 스스로 무덤을 판 꼴이라 그로서는 달리 변명할 말이 없어 속을 끙끙 앓았다.

마술을 부리듯이, 이승만은 가두어 놓으면 바람같이 사라졌고, 묶어 두면 연기처럼 날아갔다.

하지는 힘만 들 뿐 자신의 재주로는 도무지 이승만을 통제할 방법이 없다고 생각하고는 마침내 그의 연금을 해제했다.

연금 100일 만이었다. 이승만에게 다시 자유가 주어진 것이다. 한겨울을 지난 마포장에 다시 봄이 왔다. 내방객들이 들끓었고 문전에 먼지 바람이 일었다.

권력의 추가 급격하게 이승만에게로 기울었다. 끝없이 이어지는 사람들의 발걸음, 신문 1면을 늘 도배하는 이승만의 동정 소식은 이미 이승만이 이 나라의 유일한 지도자가 되었다는 것을 말해 주었다. 이승만에 대한 하지의 태도도 크게 바뀌었다.

이승만의 오랜 기도가 하늘에 닿았던 것일까, 신은 이승만에게 다시 미소 지었다. 이승만이 연금에서 해제된 지 이틀째 되던 날, 미국이 한국 문제에 대한 모스크바 협정을 파기하고 한국 문제를 유엔으로 이관시킨다는 미 국무성 동북아 부국장 존 엘리슨의 계획이 발표된 것이다.

미 국무성의 발표에 이승만은 아내 프란체스카를 끌어안고는 눈물을 펑펑 쏟았다. 그는 소련으로부터 벗어나기 위해 한국 문제를 유엔에 이관시키고자 했지만 자신의 구상이 이렇게 빨리 실현될 것이라곤 꿈에도 생각지 못했던 터라 너무 놀라서 뛰는 가슴을 진정시킬 수 없었다. 그는 주먹으로 가슴을 때리며 울고 있었다.

"프란체스카, 이건 기적이야, 기적! 하나님이 만드신 기적이라고! 내가 말했잖아, 하나님은 결코 우리 민족을 버리지 않을 거라고 말이야!"

이승만은 모세가 이스라엘 민족을 이끌고 홍해를 건너던 때의 일을 떠올리며 마음속으로 하나님에게 감사의 기도를 올리고는 부리나케 미국에 있는 임병직에게 전보를 쳤다.

"홍해의 기적이 일어났다! 우리 앞에 놓인 가장 강력한 장애물이 드디어 제거되었다. 이제 9부 능선을 넘었다. 오늘은 워싱턴에서 자축 파티를 열어도 좋다. 서울에서 다시 파티를 열 때까지 마지막까지 분투할 것!"

이승만의 마포장은 축제에 휩싸였다. 행(幸)이 있으면 불행(不幸)도 있기 마련. 좌우합작을 추진했던 하지와 김규식, 여운형 그리고 공산당은 마른하늘에 날벼락을 맞아 하늘이 노래지고 있었다.

소련을 미국의 적으로 삼아야 한다고 주장해서 미 국무부로부터 미치광이로 매도되었던 이승만의 견해가 미 국무부의 대소 정책으로 채택된 데는 미국을 둘러싼 대외환경의 급격한 변화가 결정적인 역할을 했다.

미국은 소련을 자극하지 않으면서도 눈에 보이지 않게 소련을 견제하기 위해 중국의 국민당 정권으로 하여금 모택통의 팔로군과 국공합작을 하도록 지원했었는데, 소련의 변심으로 상황이 바뀐 것이다.

소련의 지원을 등에 업은 모택동이 이끈 팔로군이 중국 국민당을 무너뜨리면서 소련 방어 목적으로 추진된 중국의 국공합작 계획이 수포로 돌아갔다. 여기에 더해 미국은 전후 구라파 지역 재건을 위해 막대한 재원이 필요했다.

미국이 비록 세계 최고의 경제대국이라곤 하지만, 양 대륙에 걸쳐 소련 봉쇄작전을 펼치기엔 미국의 재정에 큰 무리가 따랐다.

2차대전을 치르면서 1천2백만 명으로 늘어난 군인 수를 감축하지 않고서는 미국 경제가 도저히 버틸 수 없었던 것이다. 군인은 소비인력이지 생산인력이 아니다.

중국에서 발을 빼지 않으면 소련이 노리고 있는 구라파가 위험한데 구라파는 미국의 뿌리이다. 미국은 저간의 상황 탓에 눈물을 머금고 중국 철수를 결정했다.

중국마저 포기한 마당인지라 대륙의 한 귀퉁이에 붙어 있는 한국은 미국에겐 그다지 큰 전략적 가치가 없는 땅이었다.

하지만 내가 갖는 것은 부담스럽지만 남 주기도 아까운 것이 세상사의 이치 아닌가.

미소공동위원회가 지지부진한 상태인지라 미국은 극동에서 명예로운 퇴진을 준비하면서, 소련과의 마찰이라는 부담을 덜기 위해 한국 문제를 유엔에 이관시키게 된 것이다.

한국 문제의 유엔 이관은 결국 마찰은 줄이고 미국이 우방을 지켜냈다는 최소한의 생색내기용 명분만을 살린 미국의 고육책이었던 셈이다.

아무튼 이승만이 『Japan Inside Out』(일본의 가면을 벗기다)이란 책에서 일본의 도발을 예언했던 것처럼, 미국 정부에 의한 한국 문제의 유엔 이관 결정은 유엔으로 이관하는 것이 한국 문제 처리에 가장 효과적이라고 주장한 이승만의 견해를 입증한 것이므로 그의 뛰어난 통찰력에 대해 사람들이 다시금 찬탄해마지 않았다.

4

1947년 10월 28일, 엘리슨의 계획에 따라 한국 문제의 유엔 이관이 정식으로 유엔에 상정되었고, 소련 대표는 모스크바 협정 위반이라며 반발했지만 미국이 유엔의 주도권을 쥐고 있어서 한국 문제에 대한 토의는 미국의 의도에 따라 계속되었다.

드디어 운명의 날이 목전에 다가왔다. 한국 문제가 유엔에 상정된 지 보름만인 11월 14일 유엔감시 하의 남북한 총선거 결의안이 총회에서 처리될 예정이었다.

한국 국민들은 자신들의 운명을 가를 이 결의안의 향배에 모두 촉각을 곤두세웠다. 결의안이 통과될 경우 해방 후 정파간의 이념 대립으로

혼란을 거듭해 온 정국의 급속한 안정을 기대할 수 있고, 결의안이 무산
될 경우 정쟁이 격화될 것은 불을 보듯 훤했다.

그래서 정파를 초월하여 모든 국민들이 바짝 긴장했다. 이승만도 예
외는 아니었다. 미국이 주도권을 쥔 유엔이 자신의 주장을 채택할 가능
성이 높다고 보았지만, 예단할 수는 없는 일이었다.

흔히 한 번 실수는 병가지상사(兵家之常事)라지만, 이것은 어디까지나
원상복구가 가능한 사소한 일에만 해당될 뿐이다. 민족의 운명을 결정하
는 중대한 일에 실수란 있을 수 없는 일이고, 실수는 결코 용서받을 수 없
는 역사의 범죄이자 죄악일 따름이다.

이승만은 혼신의 힘을 다해 자신의 소망을 하나님에게 간구하는 통
성 철야기도를 일주일 동안 올렸고, 심판의 날 제단 앞에 선 제사장처럼
경건한 마음으로 하나님 앞에 무릎을 꿇었다.

한 달 전에 이사를 한 이승만의 이화장에는 어젯밤부터 사람들이 몰
려들었다. 천여 평이나 되는 이화장이 미어터지고 있었다. 입추의 여지
없이 들어찬 인파로 이화장은 콩나물시루 같았다.

집안에 미처 들어오지 못한 사람들은 구불구불한 좁은 골목길에 길
게 늘어서서 모닥불을 피운 채 저녁 귀뚜라미가 몰고 온 늦가을의 한기
를 쫓았고, 마음이 급한 사람들은 이화장으로 이어지는 비탈진 동산에
올라가 진을 쳤다.

서울방송국을 비롯하여 조선일보, 동아일보, 일본 NHK, 미국 뉴욕 타
임즈 및 워싱턴 포스트지 기자 등등 수많은 내외신 기자들도 이화장을
찾아 유엔총회의 결과를 기다렸다.

이승만의 서재 벽에 걸린 괘종이 열두 번을 울리자, 한순간에 실내가
깊은 적막의 계곡으로 미끄러져 들어갔다. 기자들을 비롯하여 거의 100

명의 사람들이 서재 안에 빼곡했지만, 숨소리조차 들리지 않았다.

뉴욕과의 시차는 13시간이었다. 서울이 자정을 넘겼으므로 뉴욕은 오전 11시였다. 사람들은 마른침을 꿀꺽 삼키며 모두 단파 라디오방송에 귀를 쫑긋 세웠다.

노르웨이 외교관 출신인 트리브그 리 유엔 사무총장의 음성이 흘러나왔다. 오전 내내 토론을 계속하다 투표에 부쳐진 한국 처리 안건 결과를 발표하는 시점이었다.

하얀 한복을 입은 이승만은 두 시간 째 꼼짝도 않고 예수의 십자가 앞에 무릎을 꿇은 채 두 손을 모으고 있었다.

리 사무총장은 세계평화를 구현하기 위해 창설된 유엔의 설립 목적을 장황하게 설명한 후 한국 문제에 대해 언급하기 시작했다.

라디오 앞에 몰려든 사람들은 그의 목소리를 조금이라도 또렷이 들으려고 가슴을 앞으로 구부렸다.

"유엔이 한 국가의 장래를 결정하는 것은 한국이 그 첫 사례가 됩니다. 개표 결과를 두고 환희의 축배를 드는 쪽도 있을 것이고, 반대로 실망하는 쪽도 있을 것입니다.

그러나 결과가 어떠하든 이것은 다수결에 따른 선택이므로 모두가 승복해야만 합니다. 이것이 신사의 태도이고, 이런 태도만이 국제평화를 이룰 수 있게 할 것입니다."

리 사무총장의 충고는 한국 문제의 처리 방향을 두고 첨예한 대립을 빚은 미국과 소련 양국뿐만 아니라 양진영에 들러리를 선 나라들을 비롯하여 이익 당사자인 한국 내의 각 정파에 대한 그의 진심어린 당부였다.

그는 초대 유엔사무총장으로 유엔에서 처음으로 처리되는 국제문제를 공평무사하게 처리하여 역사에 남는 유엔사무총장이 되고 싶다는 열망이 가득해서 미국과 소련 어느 쪽의 눈치도 보지 않고 소신껏 일을 처리했다고 자부했다.

그가 차분한 목소리로 결과를 발표했다.

"유엔 회원국 총 49개국 가운데 43개국이 투표에 참가했으며, 기권은 6개국입니다."

갑자기 사람들의 안색이 변하면서 실내가 술렁거렸다.

입장을 정리하지 못해 기권한 국가가 6개국이나 되었다는 게 아무래도 몹시 꺼림칙했다. 워낙 접전이 예상되어 한두 표 차이로 승패가 갈릴 것으로 모두 전망하고 있었기 때문이다. 6개국이나 기권을 했다면 상황은 낙관할 수 없었다. 비관적이라고 보는 게 옳았다. 이 때문에 일부 사람들은 벌써 울상을 지었다.

충격을 받은 이화장은 찬물을 끼얹은 듯 싸늘한 정적에 휩싸였다.

그러나 이승만의 대척점에 서 있던 김규식의 삼청장은 화기가 돌았다. 이승만의 이화장과 마찬가지로 김규식의 집이 삼청동에 있으므로 지명을 따서 사람들은 그의 집을 삼청장이라고 불렀다.

기권이 6표나 된다는 리 사무총장의 발표에 김규식은 지난여름에 백의사* 단원들의 저격을 받고 세상을 떠난 여운형을 떠올리며 눈시울을 붉혔다.

같은 하늘 아래 부는 가을바람인데도 삼청장의 바람과는 달리 이화장의 바람은 어딘지 모르게 을씨년스런 구석이 있었다. 사람들의 표정도 착잡했다.

그런데 이승만만은 전혀 동요의 빛이 없었다. 마음을 비우고 하나님에게 모든 것을 의탁한 탓인지, 사람들의 눈에 비친 그의 모습은 모든 것을 초월한 사람처럼 담담하기 그지없었다. 자유를 찾아 먼 길을 떠난 구도자처럼 그는 차분했고 진지했다.

---

* 중국에서 활동하던 독립운동가 염동진이 조직한 해방 정국의 우익 테러단체

　제사장은 태연자약했다. 사람들은 그의 모습에 다소 위안을 받았고 용기도 얻었다.

　여기저기서 헛기침을 했다. 불현듯 밀려든 부정한 생각을 떨쳐내기 위함이었다.

　한 가닥 지푸라기를 잡는 심정일지라도 마지막까지 희망의 끈을 놓지 않는 게 중요했다.

　"찬성 43, 반대 0!"

　라디오에서 흘러나온 리 사무총장의 목소리에 믿기지 않았던 듯 모두들 어안이 벙벙한 표정을 지었다.

　이승만의 눈에선 굵은 눈물이 방울방울 흘러내렸다. 그가 승리의 V자를 그리며 두 팔을 번쩍 들었다. 100퍼센트 찬성이었다.

　"대한민국 만세!"

　"만세!"

　"만세!"

　별이 총총히 빛나는 밤하늘에 경천동지하는 만세 소리가 쩌렁쩌렁 울려 퍼졌다. 환희에 차서 사람들은 서로를 얼싸 안고 덩실덩실 춤을 추었고, 감정에 북받친 나머지 일부 사람들은 대성통곡을 하기도 했고, 더 격한 감정을 토하던 사람들은 실신해서 들것에 실려 병원으로 후송되기도 했다.

　수십 대의 카메라가 이승만을 정조준하며 사방에서 불꽃놀이를 하듯 펑펑 터졌다. 서울방송국의 대기자가 얼른 다가와 이승만에게 마이크를 들이밀었다.

　"박사님, 이 역사적인 날 우리 국민들을 위해 한 말씀 부탁드립니다."

　마이크 앞에 선 이승만의 모습은 전에 없이 흥분된 표정이었다. 늘어진 그의 눈가에는 굵은 눈물방울이 그득 고여 있고, 아래로 늘어진 입가가 씰룩거려 보는 이의 마음을 숙연하게 했다.

그는 가슴이 벅차다 못해 먹먹했다. 그처럼 유창한 달변가가 당장 무슨 말을 해야 할지 생각이 떠오르지 않아 잠시 멍한 표정으로 서 있었다.

그로서는 참으로 질긴 사투와 오랜 기다림 끝에 얻은 결실이었다. 이 땅에 공화정을 탄생시키기 위해 구한말 만민공동회를 이끌고 시위 군중들과 함께 서울 종로를 누비던 그때부터 흘러간 세월이 자그마치 50년이었다. 그는 반세기의 투쟁 끝에 결국 자신이 꿈을 꾼 공화정을 이 땅에 탄생시킬 수 있는 토대를 마련한 것이었다.

그가 조용히 입을 열었다. 그의 목소리가 유난히 더 떨렸다. 울음기가 섞여 있어 그의 연설을 듣는 국민들의 가슴도 기쁨의 눈물에 촉촉이 젖어들었다.

"국민 여러분, 드디어 우리는 새 역사의 대 전진을 위한 위대한 일보를 내딛었습니다. 하지만 갈 길은 아직 멀었습니다. 오늘의 이 결정은 옷을 짓는 데 비유하자면 이제 겨우 마름질을 시작한 것에 불과하고, 달리기에 비유하자면 기껏 출발선상에 선 것이나 다름없습니다.

리 사무총장이 말했듯이, 모든 국민들이 유엔의 결의를 다 환대하지는 않을 것입니다. 이 때문에 우리가 극복해야만 할 수많은 도전과 역경이 우리 앞에 기다리고 있을 것은 분명한 사실입니다.

하지만 나 이승만은 이 길만이 우리 민족의 번영과 평화를 보장받는 유일한 길이라 믿고 있습니다.

유엔의 결정으로 이 땅에 비로소 국민들이 원하는 정부를, 국민의 손으로, 국민의 뜻에 따라 세울 수 있게 되었습니다. 이것이 제가 평생을 갈망하던 민주주의 국가입니다. 저는 이 민주주의 국가를 만들기 위해 평생을 싸워왔습니다.

모쪼록 우리 대한국민들이 자유와 민주 그리고 평등의 기치 아래 번영의 과실을 함께 누리는 새 시대를 열어가는 데 함께 동참해 주실 것을 이 자리에서 강력하게 호소합니다!"

이승만의 대국민 호소문 발표에 우레와 같은 박수갈채가 쏟아졌고, 남편 곁에 선 프란체스카 여사는 흐르는 눈물을 주체하지 못해 어깨를 들썩이고 있었다.

5

유엔 결의에 따라 건국 준비가 구체화되자 이를 무산시키기 위한 남로당의 폭력 투쟁이 잇달아 남한 내부의 분열과 긴장을 조장하고 있었으나, 이런 위협에도 불구하고 건국을 위한 대내외적인 준비는 예정된 시간표에 따라 착착 진행되고 있었다.

더욱이 남한 단독정부 구성에 반대하며 이승만을 괴롭히던 김구도 입장을 바꾸었다.

유엔 감시 하에 치르는 총선이라면 남한 단독정부라 해도 마다할 이유가 없다며 이승만에게 선뜻 지지를 보냈다.

"이 박사가 주장하는 정부는 내가 바라는 정부와 다르지 않다. 사람들이 괜한 오해를 하여 나와 이 박사 사이에 갈등이 있는 것처럼 말하나 이는 전혀 사실이 아니다."

이승만은 김구의 지지 선언에 당장 경교장으로 전화를 걸었다.

"백범, 고맙네. 역시 아우님뿐이야!"

"우남 형님, 그간 쌓인 앙금은 훌훌 털어버리고 이제 앞으로 잘해 봅시다!"

"여부가 있나, 우리 맹세하지 않았는가? 이 땅에 자유와 민주주의 꽃 피워 보자고!"

"그럼요, 그렇고말고요!"

통일방안을 두고 대립을 거듭하던 두 사람이 유엔결의를 통해 다시 손을 맞잡았다. 가깝고도 먼 사이가 되는가 싶더니, 역시 두 사람은 그간 나누었던 정이 두터워서인지 금방 원망과 오해를 풀고는 다시 형제의 정을 나누었다.

김구의 지지는 이승만에게 더할 나위 없는 큰 보탬이 되었다. 김구의 화끈한 지지는 이승만을 남한 정국을 주도하는 1인자로 확고하게 자리매김하게 했다.

이승만과 반목하던 하지도 완전히 꼬리를 내리고 이승만을 미래의 한국 대통령으로 대접했다.

이승만이 한국 최초의 대통령이 된다는 것은 의문의 여지가 없는 사실로 모두에게 받아들여지고 있었다.

다만 그가 통일정부의 대통령이 될지 남한 만의 대통령이 될지 그것만은 아직 예단이 어려웠다. 소련이 북한의 운명을 손에 쥐고 있었기 때문이다. 당연히 소련의 태도가 초미의 관심사였다.

역사상 최초의 민주 독립국가 건설을 열망하는 한국인들의 뜨거운 환영을 받으며 선거 관장 임무를 맡은 유엔 한국임시위원단이 1948년 1월 8일 드디어 입국했다.

이와 동시에 사람들의 눈길이 모두 소련을 향했다. 하지만 소련은 별

다른 반응을 보이지 않았다.

"이상하구만. 소련이 어찌 입을 다물고 있지?"

"그네들도 별 수 없이 현실을 인정한다는 뜻이겠지."

"소련 놈들이 어떤 놈들인데, 그 속을 어찌 알아?"

소련의 반응을 두고 설왕설래 하는 가운데 유엔 한국임시위원단은 이승만과 김구를 만나 향후 선거대책에 대한 의견을 교환했다. 이승만과 김구는 이구동성으로 그들에게 말했다.

"우리는 통일정부를 원하오. 자유로운 남북한 동시 선거가 가장 이상적이요. 이것이 이루어질 수 있다면 무엇이든 돕겠소."

이승만은 대통령이 된다면 반쪽 대통령이 아닌 온전한 대통령이 되길 원했고, 김구는 정부를 구성해야 한다면 통일정부를 구성하는 것이 마땅하다고 생각했다.

하지만 소련은 여전히 가타부타 반응이 없었다. 소련의 꿍꿍이를 알 수 없어 한국인들은 바짝 애가 탔다. 북한을 방문할 계획을 갖고 있던 유엔 한국임시위원단도 소련의 승인이 떨어지지 않아 평양을 방문하지 못하고 서울에서 발이 묶였다.

그들은 어쩔 수 없이 소련의 답이 오기를 기다리며 이승만과 김구가 주최하는 환영식에 참석하여 오찬과 만찬을 즐기며 한가로운 시간을 보냈다.

보름쯤 지났을 무렵, 소련이 마침내 입을 열었다. 소련의 창구는 소련의 주 유엔 대표 안드레이 그로미코였다.

"한국 문제의 유엔 이관은 모스크바 협정 위반이다. 그러므로 우리는 한국임시위원단의 방북을 승인할 수 없다!"

그로미코는 임시위원단의 방북 불허 이유를 미국의 협정 위반에서 찾고 있었지만, 그 속내는 자신들이 점령한 북한 땅만은 결코 미국에게 내어주지 않겠다는 심보일 뿐이었다.

소련이 너무 오래도록 침묵을 지키고 있어서 소련의 반응을 전혀 예상 못한 것은 아니었지만, 소련이 분명히 반대를 하고 나선 이상 이젠 유엔한국임시위원단의 방북이 현실적으로 불가능하다는 것이 확실해졌다.

더불어 유엔이 구상한 남북한 동시 선거도 물 건너 간 꼴이 되었다. 공이 다시 유엔으로 넘어갔다. 한국 문제에 대한 유엔의 처리 방향에 따라 한국의 운명도, 이승만의 운명도 영향을 받을 수밖에 없게 되었다. 결국 이화장에 위기를 알리는 비상벨이 다시 울렸다.

그로미코의 발언 직후 이승만은 참모들과 한민당 간부들 그리고 독촉 간부들을 급히 소집했다.

"소련의 반대로 임시위원단이 유엔으로 다시 돌아가 유엔본부의 훈령을 다시 받아야 한다고 하오. 소련이 하도 강하게 반발하니 미국도 소련을 달래야 할 게 분명할 게요. 상황이 이러니 까딱 잘못하다간 다 된 밥에 코 빠뜨리게 생겼소. 상황이 좋지 않소. 좋은 생각이 있으면 안을 내보시오."

이승만의 얼굴엔 전에 없던 긴장의 빛이 역력했다. 바둑으로 치자면 승패를 가름할 마지막 한 수를 남겨둔 상황이었다.

한 수에 따라 나라의 운명이 뒤바뀔 판이었다. 이승만은 누구보다 이 한 수의 의미를 잘 알고 있었고, 지금은 신의 한 수가 필요했다. 그래서 산전수전 다 겪은 그였음에도 불구하고 이 문제 앞에서는 긴장하지 않을 수 없었다.

한국의 명사 20여명이 머리를 맞대고 숙의를 거듭했지만 두 시간이 지나도록 뾰족한 대응책을 찾지 못했다. 이승만은 속이 타서 눈길을 돌리다 인촌 김성수를 보고는 문득 무슨 생각이 났는지 그에게 물었다. 동아일보사 사장 김성수가 어젯밤 한국임시위원단의 노고를 격려하기 위한 축하연을 동아일보사 사옥에서 열었기 때문이다.

"어젯밤 파티 분위기는 어땠소?"

"아주 끝내줬습니다."

"메논은 어땠소?"

"그 양반은 모윤숙이한테 홀딱 반했는지 사족을 못 쓰던데요."

"허허, 그래요?"

김성수의 전언에 이승만은 별다른 언급 없이 빙긋 웃기만 했다. 메논은 유엔 한국임시위원단 대표를 맡은 인도의 외교관이었는데, 한때 문학청년을 꿈꾸었던 감수성이 풍부한 사람이었다.

이 때문에 파티에 참석한 여류 시인 모윤숙과 얘기를 나누다가 그녀에게 흠뻑 빠져 세월 속에 잊혀져간 청춘의 불꽃을 이국땅에서 다시 불태우고 있는 중이었다.

이승만은 유엔 한국임시위원단이 방한하기 직전에 위원 개개인의 취향을 미국에 있는 임병직을 통해 제 손금 보듯 소상하게 파악했다. 외교란 명분 못지않게 사람의 마음을 움직이는 것도 중요했기 때문이다. 이것은 오랜 대미 외교활동을 통해 그가 얻은 생생한 교훈이었다.

메논이 문학청년을 꿈꾼 사실을 알고 이승만은 의도적으로 시인 모윤숙을 그에게 접근시켰다. 당시 모윤숙은 주한 외국인을 상대로 외교를 펼치는 사교모임인 낙랑클럽을 이끌며 이승만을 외곽에서 지원하고 있었다.

6

이혼 이후 줄곧 독신을 고집하며 살아온 여류시인의 안방은 침실과 서재를 겸했다. 일인용 침대, 키가 낮은 화장대, 옷장, 책상이 서로 키 자랑을 하며 넓지 않은 방안에 다닥다닥 붙어 있었다.

가구들은 모두 구입한 지 10년도 더 된 낡은 것들이었지만, 주인의 손을 자주 탄 탓에 가구들은 모두 새것인 양 반질반질 윤기가 났다.

오래된 가구에서 풍기는 정결함은 주인의 부지런함과 검소함을 말해주었고, 방안에 가득한 분내는 이 방이 성숙한 여인의 방이라는 사실을 어렵지 않게 알게 해주었다.

그녀는 밖이 내다보이는 창가의 책상에 앉아 어젯밤 메논과 파티에서 나누었던 인도 시인 타고르에 대한 기록을 들춰보며 그가 한국을 대상으로 쓴 '동방의 등불'이란 시를 노트에 적고 있었다.

> 일찍이 아세아의 황금시기에
> 빛나던 등촉의 하나인 조선
> 그 등불 다시 한 번 켜지는 날에
> 너는 동방의 밝은 빛이 되리라

아시아 최초의 노벨문학상 수상자인 타고르, 그는 신과 교감하는 영적인 시를 많이 써 일명 시성(詩聖)이라고도 불리는 사람이다.

다 같은 식민지 국가의 국민이라는 동질감이 있었던 탓인지, 한국에 대한 타고르의 눈길은 따뜻했다.

한국이 동방의 등불이 되기를 희망했듯이, 그는 자신의 조국 인도의 부활도 열망했을 것이다.

　모윤숙은 어제 대화를 나눈 메논을 생각하며 입가에 살포시 미소를 지었다.

　메논은 전형적인 아리아인의 골격을 가져 이목구비가 아주 수려한 미남인데다 키도 훤칠했다. 얘기도 잘 통했다. 문학을 전공하려 했던 사람답게 감성도 풍부했고, 외교관답게 상대를 배려하는 매너도 좋았다.

　그녀는 오랜만에 괜찮은 사람을 만났다고 생각했다. 다만 한 가지 흠이라면 그가 은근히 자신을 여자로 보려고 하는 면이 없지 않다는 점이다.

　그녀도 남자를 만나면서 욕정을 느낄 때가 있다. 섹스를 싫어하지도 않는다. 하지만 여자를 섹스의 대상으로 보려는 남자들은 싫어했다. 섹스만을 원하는 남자는 더 싫어했다. 싫다 못해 혐오했다.

　이런 남자들은 대체로 하룻밤의 정사로 여자를 완전 정복했다고 믿는 아주 어리석은 사람들이거나, 신의도 없고 버릇도 없는 제멋대로인 경우가 많다.

　그녀는 자신에게 목숨을 거는 남자도 버릇없는 남자들 못지않게 싫어했다. 여성 해방과 자유연애를 꿈꾸는 신여성으로서 누군가의 구속을 받는다는 건 상상만 해도 끔찍했다.

　그녀는 한 번의 결혼과 이혼만으로 그 끔찍했던 생활을 끝낸 걸 다행으로 생각했다. 또다시 결혼이라는 족쇄를 채워 자신의 운명을 속박의 올가미에 가두고 싶지 않았다. 그녀는 자유를 원했다.

　그녀가 시장기를 느끼며 때늦은 아침을 준비하기 위해 자리에서 막 일어날 때 전화벨이 요란하게 울렸다. 이승만이었다. 그녀가 이승만의 전화에 환한 웃음을 지으며 종달새처럼 지저귀었다.

일제 말기에 절개를 지키지 못하고 꺾인 많은 지식인들이 그러했듯이, 그녀는 허무와 절망에 빠져 친일로 변절을 했고, 그녀 역시 문단의 다른 작가들처럼 학도병의 출정을 찬양하는 여러 작품도 지었다.

이 때문에 해방 후에 춘원 이광수와 함께 문단의 대표적인 친일파로 지목되어 호된 비판을 받았는데, 이승만이 그녀의 남다른 글재주를 알고 글을 통해 조국에 봉사할 수 있는 기회를 그녀에게 준 것이다. 그런 연유로 이승만에 대한 그녀의 애정은 남다를 수밖에 없었다. 이승만은 구렁텅이에 빠져 허우적대던 자신을 구해준 은인이었다.

"박사님!"

"그래 나야, 잘 있었어?"

"염려 덕분에, 저는 별일 없습니다. 요즘 많이 힘드시죠?"

"그렇지 않다면 거짓말이겠지? 부탁 하나 하자."

"말씀하세요."

"오늘 저녁에 메논을 우리 집으로 데려올 수 있겠나? 대신 내가 불렀다는 소리는 말고 말이야!"

이화여전 출신의 모윤숙은 머리회전이 아주 빨랐다.

"알았습니다."

그녀는 이승만이 자신에게 준 임무가 무엇인지 금방 알아챘다. 어쩌면 이 임무는 처음부터 주어진 것이었다. 이제는 대미를 장식할 그 마지막을 준비할 시간이었다.

그녀는 호흡을 가다듬고는 잠시 턱을 괴고 궁리를 하다가 옷장을 열어 고이 감추어 두었던 속옷과 검정 시스루 블라우스를 꺼냈다.

지금까지 단 한 번도 입어보지 않고 아껴 두었던 그녀가 간직한 가장 섹시한 블라우스였다. 그리고 그녀는 도톰한 입술에 붉은 립스틱을 짙게 발랐다. 헝클어진 머리를 매만지고는 은은한 장미 향수도 뿌렸다.

그녀가 비추인 거울 속에서 성숙한 한 여인이 그녀를 보고 있었다. 거울 속에 있는 그녀는 삼십대 중반의 나이답지 않게 가슴이 탱탱했다.

볼록한 가슴의 실루엣이 그대로 드러났고, 입술은 그녀가 보기에도 깨물고 싶을 만큼 육감적이었다.

거울 속의 그녀는 아름다웠지만 왠지 얼굴이 어두워 보였다. 그녀는 마음이 무거웠다. 긴장도 되었다. 그래서 거울 속의 그녀에게 살짝 물었다.

"넌 누구니?"

"나? 윤숙이."

"이름이 좀 촌스럽다, 그치?"

"요즘 이름으론 이만하면 근사한 거야. 끝순이, 말순이, 말자도 있는데 뭘!"

"하긴 그래. 그런데 넌 꽃보다 더 예쁘게 차렸는데 표정은 왜 그리 어둡니?"

"어두운 게 아니라 긴장한 거야."

"무슨 일인데?"

"별 걸 다 묻는다."

"알고 싶어."

"넌 몰라도 돼."

"비밀이야?"

"그래 비밀이야."

"비밀이라니까 정말 궁금하다. 나한테만 알려주면 안 돼?"

"싫어, 말 할 수 없어. 말하면 비밀이 아니잖아."

"에이, 세상에 그런 게 어디 있어. 힘든 건 나누는 게 좋아!"

"웃기는 소리 마, 이 멍청아! 이건 나눌 수 있는 게 아니야. 때로는 사람에겐 죽을 때까지 혼자 지고 가야 할 비밀이라는 게 있는 거야, 알았어?"

거울 속에 비친 그녀의 얼굴은 점점 비장해지고 있었다. 그녀는 자신이 조국에 진 빚을 갚기 위해서라면 자신의 모든 것을 다 내던지겠다고 각오를 단단히 다졌다. 그리고는 혼잣말로 중얼거렸다.

"네 몸뚱아리에 조국의 운명이 달렸어. 윤숙아, 긴장하지 마. 다 잘 될 거야. 넌 잘 할 수 있어. 오늘 네 조국을 위해 자랑스러운 개가 되는 거야, 알았지?"

자신에게 다그치는 그녀의 눈가가 촉촉이 젖어 있었다.

7

모윤숙이 한밤중에 이화장으로 데려온 메논을 이승만은 속옷차림으로 맞았다.

이승만이 허겁지겁 가운을 걸치는 걸 보고 메논은 아주 난감한 표정을 지으며 안절부절 어쩔 줄 몰라 했다. 그는 모윤숙이 이화장에 들러 차한 잔 얻어먹고 가자고 손을 잡아끄는 바람에 못이기는 척하고 따라나선 것이었다. 한편으로 한국 문제에 대한 이승만의 의중을 들어보고 싶은 속마음도 없지 않았다.

"닥터 리, 이 늦은 밤에 괜한 실례를 한 것 같습니다."

"아닙니다, 아니에요."

이승만은 서둘러 아내에게 차를 내오게 하고는 메논의 노고에 대한 칭송을 아끼지 않았고, 그의 얼굴에서 긴장의 빛이 사라지는 것을 보고는 슬며시 한국 문제를 꺼내들었다.

"소련이 방북을 불허한다고 하는데, 메논 선생께서는 앞으로 어찌 하실 작정입니까?"

"본부로 돌아가 다시 훈령을 받아야 하지 않겠습니까?"

"물론 당연히 그리 해야 하겠지만, 소련의 태도로 보아 쉽지 않을 겁니다."

"그럼 닥터 리는 어떻게 하면 좋겠습니까?"

이승만은 그의 물음을 진작부터 기다리고 있었다. 하지만 그는 곧장 답을 하지는 않았다.

얼치기 장사꾼들은 물건만 파는 데 급급해서 자신의 패를 내보이고 결국에는 손해를 보지만, 최고의 장사꾼은 상대에게 패를 읽히지 않으면서도 사람의 마음을 살 줄 아는 사람이다.

메논이 자신의 생각을 궁금히 여기고 있으나 면전에서 말하는 것은 어리석은 짓이다. 그는 모든 공을 이미 모윤숙에게 넘겨놓고 있었다. 타석에 들어선 타자가 확실히 공을 때릴 수 있는 분위기를 만드는 것이 감독의 임무였다. 자신의 역할은 거기까지였다.

그는 답을 하는 대신 아내가 내어 놓은 차를 그에게 권하며 은근슬쩍 딴청을 피웠다.

"두 사람 분위기가 아주 좋아요. 잘 어울립니다."

이승만의 말에 모윤숙이 민망한 기색을 감추지 못하고 얼굴을 붉히자, 메논도 그 말이 싫지 않았던지 싱긋이 웃었다. 메논의 눈치를 살피던 이승만은 흥정을 붙이는 수완 좋은 장사꾼처럼 시치미를 뚝 떼고 모윤숙에게 질문을 던져 다시 한 번 메논의 마음을 설레게 했다.

"우리 모 선생은 아직도 독신이지요?"

"예!"

그녀의 답에 메논의 눈이 반짝반짝 빛이 났다. 이승만은 내심 쾌재를 부르며 한국 인삼차의 효능과 인도의 시인 타고르를 두고 한참 이야기를 했고, 괘종시계가 열한 시를 알릴 무렵에야 게슴츠레한 눈빛으로 가는 하품을 간간이 토했다. 메논이 얼른 눈치를 채고 미안한 기색을 하고는 자리에서 일어났다.

"너무 많은 시간을 빼앗았습니다."

"아니, 무슨 말씀을. 벌써 가시려고?"

이승만이 짐짓 놀라는 척하고는 눈을 껌벅이며 그의 곁에 앉은 모윤숙에게 곁눈질을 하며 신호를 보냈다.

"아니에요, 박사님. 정말 너무 늦었어요. 메논 선생은 제가 모시고 갈게요."

모윤숙이 메논의 손을 슬그머니 잡았고, 메논의 입가에는 은근히 기분 좋은 미소가 피어오르고 있었다. 이승만은 속으로 미소를 지었다.

'딱 걸렸군!'

메논은 이화장을 나서면서 뒤를 돌아보고는 그녀에게 말했다.

"닥터 리는 아주 유쾌하고 지적인 분이에요. 미스 모, 그렇지 않습니까?"

메논은 이승만이 자기 마음에 쏙 든 눈치였다. 그는 적지 않은 이름난 정치지도자들을 만나 보았지만 이승만처럼 소탈한 사람을 별로 본 적이 없었다.

"그래요, 지적인 분이지요. 하지만 그보다는 마음이 더 따뜻한 분이에요. 사랑도 넘치세요."

"미스 모는 그분을 존경하는군요?"

"당연하죠. 그분은 이 나라를 위해 평생을 바친 분이에요. 그래서 우리는 그분을 국부(國父)라 불러요."

메논은 자신이 연모하는 여인의 말에 말없이 고개를 끄떡이고는 다시 한 번 이화장을 뒤돌아보았다.

때마침 하늘에서 함박눈이 꽃잎같이 쏟아져 내렸다. 그녀가 몸을 가볍게 떨었고, 메논이 신사답게 자신의 파란 순모 목도리를 벗어 그녀의 목에 둘러주었다.

그녀가 예쁜 웃음을 지으며 그의 팔에 팔짱을 끼자 풍만한 가슴의 부드러운 촉감이 그에게 여과 없이 전달되었다. 메논의 가슴은 걷잡을 수 없이 두근댔다.

메논이 홍조를 띤 얼굴을 하고 지그시 그녀를 바라보고 있었다. 그의 눈 깊숙한 곳엔 그녀에 대한 흠모의 빛이 그득했다.

폭풍 같은 밤이 지났다. 순백의 옷을 입은 듯 온 세상이 하얗게 빛났다. 호텔을 나서는 그녀가 로비에서 누군가에게 전화를 걸었다.

"박사님!"

"윤숙이냐?"

"예, 박사님, 임무 완수했습니다!"

8

보름 후 메논은 뉴욕 유엔본부로 돌아가서 이승만의 견해를 그대로 반영한 보고서를 올렸고, 이 보고서를 바탕으로 하여 유엔 총회는 미국이 제출한 〈감시 가능 지역 선거안〉를 2월 26일 통과시켰다.

　미군정 사령관 하지도 본국의 훈령을 받고 남한에서 총선거를 실시한다는 포고문을 발표했다. 마침내 모든 것이 이승만이 원하던 방향으로 정리가 되고 있었다.

　이승만의 이화장과 한민당 당사는 하지의 성명 발표에 기쁨을 감추지 못하고 축배를 들었고, 이화장에 있던 이승만은 하지의 전화 통고를 받고는 새 국가 건설을 위해 모든 국민이 동참해 달라는 성명을 발표했다, 그리고는 곧장 경교장에 전화를 걸었다.

　"아우님, 드디어 우리가 나라를 세우게 되었소, 오늘 저녁 시간이 어떠시오, 집에서 식사나 같이 합시다."

　"우남 형님, 죄송합니다, 오늘은 제가 몸이 아주 좋지 않아서 다음으로 시간을 미루지요."

　"……"

　뜻밖에도 김구의 반응은 뜨뜻미지근하다 못해 싸늘하기까지 했다. 이승만은 뜨끔한 게 무언가 날카로운 가시 하나가 날아와 가슴에 들어박히는 기분이었다. 꺼림칙했다.

　지난 연말 한독당 당원인 초등교사 배희범과 미군정 경찰 박광옥이 한민당 당수 장덕수를 살해한 일로 김구가 구설에 올랐을 때, 도와주지 않았던 것이 이승만은 괜히 마음에 걸렸다.

　김구와 한민당 당수 장덕수는 미·소공동위원회 참여 문제로 갈등을 빚었고, 또 김구의 한독당과 장덕수의 한민당이 합당하는 과정에 장덕수가 합당을 극력 반대했는데, 장덕수가 피살되자 그 배후로 한독당 당수인 김구가 지목되었다.

급기야 김구가 군정 당국에 의해 법정에 서야 할 위기에 처하자 그는 자기 피붙이보다 자신이 더 살갑게 여기는 남한 최고의 실력자 이승만에 게 급히 구명을 요청했다.

세상이 변해 미군정장관 하지도 이젠 이승만에게 머리를 숙이고 있으므로 이승만이 손을 써준다면 자신이 위기를 모면할 수 있다는 판단에 서였다.

하지만 이승만은 김구의 바람과 달리 적극 나서지 않아 김구를 실망시켰다. 그로서는 공사를 구분할 수밖에 없었다. 김구와 혈육 이상의 정을 나누고 있었지만, 그 역시 김구를 장덕수 살해의 배후라 믿고 있었고, 김구가 테러에 연루된 일이 비단 이번 한 번만은 아니어서 무조건 그를 감싸고 돌 수만도 없었다.

그는 아무리 명분이 있다고 해도 문제 해결을 위해 무력에 호소하는 것에는 반대하는 사람이었다. 김구가 이 일로 법정에 서는 것이 굴욕적인 일이 될 순 있지만, 멀리 내다보면 김구를 위해 꼭 나쁜 일만은 아니라 생각했다. 그는 이번 기회에 급진적인 김구의 투쟁 방식을 부드럽게 바꾸어 주고 싶었던 것이다.

아무튼 이 사건으로 인해 김구가 우익 결집을 위해 야심차게 추진하던 합당은 물 건너갔다. 김구는 이승만의 방관적인 태도에 마음의 상처도 받았다.

그럼에도 김구는 대범하게 이승만을 이해하려고 했다. 그 역시 사적인 감정을 공적인 일에 결부시키고 싶지 않았던 것이다.

그는 곧 흥분을 가라앉혀 냉정을 되찾았고 유엔 주관 하에 치르는 총선이라면 남한에서만 선거를 치른다 해도 반대하지 않겠다고 말했다.

소련의 반대로 유엔 한국임시위원단의 방북이 불가능한 상태였기 때문에, 그 역시 남한 과도정부를 수립한 후 통일로 나아간다는 이승만의

2단계 통일론을 현실적 대안으로 받아들였다.

심지어 그는 자신의 생각이 이승만의 견해와 다르지 않다고 누누이 주장해 두 사람을 두고 벌어지는 세상의 시비를 잠재우려고도 애썼다.

이렇듯 김구는 이승만에 대한 서운함을 버리고 호형호제하던 과거의 친밀한 관계를 회복해 이승만을 철저히 신뢰하고 그에게 뜨거운 지지를 보냈던 것이다.

어제까지도 멀쩡하게 연설을 다니던 김구가 아니던가. 그런데 그가 별안간 건강상의 이유를 들어 만찬을 연기하자고 했다.

총선을 목전에 둔 마당이었다. 아무래도 이승만은 김구의 태도가 마음에 걸렸다. 그는 입이 가장 무겁고 신중한 윤석오를 조용히 불렀다.

"경교장에 좀 다녀와야겠어. 백범과 나눈 얘기는 나 외에는 아무에게도 하지 말게!"

이승만의 지시로 윤석오는 남의 눈에 뜨일세라 모자와 안경까지 써서 변장을 하고는 서둘러 이화장을 나섰고, 마침 경교장 앞에서 출타에 나서던 김구와 맞닥뜨렸다. 자동차에 오르던 김구가 윤석오를 보고 멈칫했다.

"선생님, 저 석오입니다."

"그래, 웬일인가?"

"잠시 들어가 얘기 좀 할 수 있으신지요?"

"난 지금 급한 일정이 있어 나가는 길이네, 미안하지만 다음에 한번 보세."

"박사님 심부름을 왔습니다."

"다음에 내가 시간을 내서 찾아뵙는다고 전하게. 오늘은 내가 시간이 없어, 미안하네."

김구의 어투는 부드러웠지만 얼굴은 무언가를 감추고 있는 사람처럼 굳어 있었다. 윤석오는 더 이상 말을 붙여봐야 소용이 없다는 걸 알고 입을 다물었고, 그가 떠난 연후에 인근 가게에서 사과 한 봉지를 사들고 안면이 있는 늙수그레한 경비원에게 다가가 그에게 과일봉지를 건네며 넌지시 물었다.

"백범 선생님이 많이 바쁜가 보오?"

"요즘 매일 우사 선생님과 어울리고 있어요. 지금도 삼청동으로 가고 있을 걸요?"

경비원은 백범이 이승만을 가까이 하지 않고 우사 김규식과 만나는 것이 못마땅했던지 윤석오가 묻지도 않은 얘기를 술술 풀어놓았다.

그의 생각에는 백범이 정국의 주도권을 쥔 이승만을 도와야 새 정부에서 요직을 얻을 수 있고, 원님 덕에 나발 불듯 자신도 떡고물 하나 챙기지 않을까 내심 기대했었기 때문이다.

하지만 이 말 많은 경비원을 제외한 다른 경교장 식구들은 윤석오를 소 닭 보듯 했고, 말을 붙이려고 하면 싸늘한 얼굴을 하고 등을 돌리기 일쑤였다.

장덕수 사건 때 보여준 이승만의 방관적인 처신 때문에 경교장 식구들은 이승만에게 배신을 당했다고 생각해 이화장 식구들에게 적의를 품고 있었던 것이다.

그는 경교장을 요모조모 암만 뜯어보아도 파고 들 틈이 없어, 발길을 되돌리려 하다가 기왕에 나선 걸음이라 경교장의 동정을 살피기로 하고는 경교장 앞 다방을 찾았다.

9

경교장 경비원의 말처럼, 그 시각에 김구를 태운 지프는 삼청동 김규식의 자택을 향하고 있었다. 그의 검정 지프가 대문 앞에 다다르자 기다렸다는 듯이 김규식의 비서들이 우르르 달려 나와 그를 맞았다.

"손님은 어디 있는가?"

"안채에 우사 선생님과 같이 있습니다."

김규식의 비서들은 눈알을 뱅뱅 돌려 문 바깥을 두리번두리번 살피더니 잽싸게 대문을 걸어 잠갔다.

김구가 방문을 열고 들어서자 머리가 희끗희끗한 중년의 남자가 자리에서 일어나 김구에게 깊이 고개를 숙여 깍듯이 인사를 했다.

"주석 각하, 저는 성시백이라고 합니다."

"우사에게 얘기는 들었소, 앉읍시다."

성시백은 이승만과 같은 황해도 평산 출신의 공산당원으로 북조선 인민위원회의 남한 공작 책임자였다. 좌우합작을 추진하면서 김규식과도 내왕이 잦았다.

성시백은 사십대 중반의 사내로 키는 자그마했지만 군살이 없고 탄탄해서 나이보다 열 살은 더 젊어보였다.

"주석 각하, 뵙게 되어 정말 영광입니다."

"공치사는 그만하고 본론으로 들어갑시다."

김구는 틀에 박힌 그의 인사가 거추장스러운 듯 말투가 조금은 퉁명스러웠다. 그는 김규식의 거듭된 요청에 마지못해 공산당원을 만나고는 있었다. 하지만 그는 공산당을 싫어해서 성시백에 대한 편견이 없지 않았다. 매끄러운 그의 모습이 김구의 눈에는 권모술수에 능한 간신배 같아 보이기도 했다.

성시백은 김구의 무뚝뚝한 태도에 얼핏 당황하는 눈치였으나 금방 부드러운 미소를 지었다. 공작 책임자답게 자기 감정 관리가 아주 철저했다.

"그럼 말씀드리지요. 저는 김일성 위원장의 지시를 받고 내려왔습니다, 김일성 위원장께서는 금번 유엔 결의로 남북한이 갈라질까 크게 우려하고 있습니다. 주석 각하께서도 이 점에 대해서는 마찬가지겠지요?"

"대체 누가 이 나라의 분열을 원하겠소?"

"지당하신 말씀입니다. 그렇다면 이번 총선에 어떻게 하실 생각이십니까? 제가 듣기론 주석 각하께서는 이번 총선에 참여하실 것이라 들었는데……"

"북한에서 유엔 위원단 방문을 막으니 어쩔 수 없는 일 아니오!"

"오해 마십시오. 저희들이 유엔 위원단의 방북을 막은 것은 우리 민족의 문제는 우리 스스로 해결하자는 뜻이지, 다른 의도는 없습니다. 그래서 저희들은 지금까지 김규식 선생님을 통해 좌우합작을 시도해오지 않았습니까? 우사 선생님 그렇지 않습니까?"

성시백은 지원을 청하듯 김규식에게 슬그머니 눈길을 돌렸고, 김규식은 그의 말의 진의를 확인해 주듯 고개를 끄덕였다. 그럼에도 여전히 김구는 경계심을 늦추지 않았다.

"대체 내게 원하는 게 뭐요?"

김구의 어투에는 여전히 가시 같은 게 있었지만, 성시백은 아무렇지도 않은 듯 여유를 보이며 김구를 보고 빙긋 웃었다.

"그걸 말씀 드리기 전에 한 말씀 여쭙고 싶은 게 있습니다."

"……"

김구는 그가 좀 당돌하다고 생각하면서도 서두르지 않고 자기가 하고 싶은 얘기를 찬찬히 풀어가는 그를 보면서 조금씩 흥미를 느꼈다. 벽을 멀거니 바라보고 있던 김구의 시선이 기름기가 반질반질하고 매끈한 그의 얼굴에 떨어지고 있었다.

성시백이 때를 놓치지 않고 김구의 속내를 건드렸다.

"주석 각하께서는 남북한이 동시에 선거를 치르게 된다면 대통령이 누가 되실 것 같습니까?"

"그야 이 박사가 당연히 되지 않겠소?"

"정말 그리 생각하십니까?"

"나뿐만 아니라 모든 사람들이 그리 생각하오."

김구는 그가 자신을 시험하는 것 같아서 마음이 언짢아 눈살을 은근히 찌푸렸다. 하지만 성시백은 그의 생각을 비웃듯 입가에 지은 보살 같은 미소를 거두지 않고 고개를 조용히 가로저었다.

"아닙니다. 절대 아닙니다."

"그게 무슨 말이오?"

김구는 그의 말이 뜬금이 없어 의아한 표정을 지었다. 남한은 물론이고 남북한을 통틀어 선거를 한다고 해도 이승만을 이길 사람이 없다고 그는 믿고 있었다. 이승만의 투쟁 경력과 그의 이력은 현재 생존해 있는 명망가 가운데 으뜸이었고, 국민들의 지지도 날이 갈수록 차돌같이 단단해지고 있었기 때문이다. 말하자면 그로서는 비집고 들어설 만한 한 치의 빈틈도 없었다.

이런 탓에 그의 말이 해괴하기만 했다. 그의 안색을 살피던 성시백이 슬그머니 본심을 드러냈다.

"김일성 위원장께서는 대통령이 될 생각은 추호도 없습니다만, 이승만이 나온다면 절대 자리를 양보하지 않을 것이라고 말했습니다. 미국의 주구노릇을 하고 있는 이승만 같은 반동에게는 초대 대통령이란 고귀한 자리를 내줄 수 없다는 말입니다.

하지만 백범 선생께서 나오신다면 천 번이든 만 번이든 대통령 자리를 양보할 용의가 있다고 했습니다. 김일성 위원장의 결심은 피눈물을 흘리며 독립을 얻어낸 마당에 나라를 두 동강 내서는 안 된다는 절박한 심정에서 나온 것입니다.

어떻습니까? 부모형제가 갈라지고 생살이 찢어지는 아픔을 겪어야 할 판인데, 이것을 어떻게 두고 보겠습니까? 이 나라의 통일을 원하신다면 주석 각하께서 김일성 위원장의 용단을 받아 주셔야 합니다.”

“……”

김구는 뜻밖의 제안에 놀라 말을 못했다. 그는 그저 어리둥절한 표정만 짓고 있을 뿐이었다. 측근 참모들이 자신이 대통령이 되어야 한다고 부추겨도 그는 도리질을 쳤다.

‘우남 형님이 계신데 언감생심 대통령이라니?’

김구 또한 사람인지라 그에게도 욕심이 없지는 않았다. 다만 이승만이 대통령을 역임한 다음 후임 대통령 자리 정도는 자신이 노려도 되지 않겠는가 하는 생각을 갖고 있었다. 말하자면 ‘형님 먼저 다음엔 동생인 내가’였던 것이다.

그런데 김일성이 초대 대통령 자리를 자신에게 양보하겠다니, 그로서는 까무러칠 수밖에! 김구는 말을 않고 있었지만 생각은 몹시 복잡했다. 그의 제안이 사실인지도 알 수 없을 뿐더러, 설사 거짓이 아닌 참이라고 해도 이승만을 배신한다는 것이 그로서는 내키지 않았다.

이승만이 누구인가? 비록 장덕수 피살 사건에 연루된 자신을 구명해 주지 않아 서운한 마음이 없지 않았으나, 이승만은 평생 고락을 같이 한 자신의 동지이자 형이었다.

한 사람은 상해에서, 한 사람은 워싱턴에서, 비록 몸은 서로 멀리 떨어져 있어도 서로 평생을 의지하며 일본과 싸워온 동지였다. 그는 이승만에 대한 여러 불편한 감정에도 불구하고 이승만이 대통령이 되는 것이 순리라고 생각했다.

그럼에도 불구하고 그는 성시백에게 분명한 거부 의사를 밝히지 못했다. 불쏘시개가 슬며시 들어오자 그의 마음속에 채 꺼지지 않고 있던 불씨가 슬슬 열을 받고 있었던 것이다. 그는 말없이 뿔테 안경만 만지작거렸다. 그의 눈이 안경 너머에서 바람 앞의 촛불처럼 흔들리고 있었다.

성시백은 욕망이 끓어오르는 그의 눈빛을 보고는 내심 쾌재를 불렀다. 그는 짐짓 아무 것도 모른 척하며 애가 절절 끓는 목소리로 그에게 다시 한 번 더 멍석을 깔았다.

"주석 각하, 결단이 필요합니다. 나라가 두 동강 나느냐? 통일이 되느냐? 이 모든 게 주석 각하의 뜻에 달렸습니다.

통일 대통령이 되어 달라는 김일성 위원장님의 뜻을 받아 주십시오. 주석 각하, 불쌍한 이 나라 인민들을 위한 것입니다."

김구도 나라의 분열을 원치 않고 있던 터여서 성시백의 말에 더 이상 토를 달지 않았다. 김구는 난감한 표정으로 잠시 턱을 괴며 생각을 했고, 우사 김규식은 결심을 못하고 어정쩡한 태도를 보이는 그가 답답한지 담배를 하나 꺼내 물고는 김구를 압박했다.

"백범, 나라의 통일을 위한 길이오. 여기서 무슨 고민이 더 필요하오? 통일보다 더 중요한 게 있소?"

백범은 피곤한지 안경을 벗고는 눈을 비비다가 이맛살을 잔뜩 찌푸리고는 한숨을 내쉬었다.

"이 중차대한 일을 어찌 성시백 동지의 한 마디 말만 믿고 덜컥 결정하겠소! 생각할 말미를 좀 주시오.”

　김구는 그 길로 자리에서 일어나 경교장으로 돌아갔고, 쇠는 달구어 졌을 때 때리고 쇠뿔은 단김에 빼렸다고, 김구가 틈을 보이자 성시백은 몇 날 며칠을 쉬지 않고 경교장을 찾아가 이미 열을 받은 김구를 집요하 게 물고 늘어졌다.

　나흘 째 되는 날, 마침내 김구가 못이기는 척하고 입을 열었다.

　“좋소, 김일성 위원장의 제안을 받아들이겠소. 하지만 난 대통령 자 리가 욕심나서 이런 결심을 한 것은 아니요. 난 오로지 이 나라가 통일 된 국가로 세워지기를 바랄 뿐이오. 아시겠소?”

　김구는 평생 명분을 중시했다. 명분만 분명하다면 불구덩이에라도 뛰 어들고 오물도 뒤집어쓰고 사람을 죽일 수도 있었다. 가족의 생존을 위 해 눈을 질끈 감고 치마끈을 푸는 여인처럼, 사실 그는 그렇게 살아왔다.

　그는 통일만 된다면 대통령 자리에 대한 욕심도 버릴 수 있다고 말했 다. 이것은 분명히 그의 진심이었다. 그만큼 그는 순수했고 열정에 찬 뜨 거운 사람이었다.

　연이은 테러 연루설과 거듭된 정치적 오판으로 큰 타격을 받아 김구 의 정치적 무게감은 눈에 띄게 쪼그라들었다. 그 어떤 정치세력도 인기 가 바닥까지 떨어진 한독당에 협력과 연대의 손을 선뜻 내밀지 않았다. 한때 큰 기대를 모았던 김구의 한독당이 이젠 다른 정파들에게 부담스러 운 존재가 되고 있었기 때문이다.

　그로서는 대통령이 될 가망도 없었고, 정치적 고립무원에 빠진 그가 당장 정치적 위상을 회복할 가능성도 많지 않았다.

　이 때문에 그는 최소한 명분만은 잃고 싶지 않았다. 그는 벼슬에 초 연한, 욕심을 버린 지조 있는 선비의 길을 택하고 싶었다. 이것은 김구의 마지막 자존심이었다.

성시백은 그의 생각에 깊은 감화를 받았으나, 그가 그다지 존경스럽지는 않았다. 그에게 김구는 단지 활용의 대상이었을 뿐 숭모의 대상이 아니었기 때문이다. 공작책임자에게 감상은 금물이다. 아무튼 김구의 총선 불참을 이끌어낸 것만으로도 성시백으로서는 이미 대성공이었다.

"주석 각하, 정말 위대한 결단을 하셨습니다. 각하께서는 진정한 민족의 영도자이십니다!"

성시백은 그 앞에서 엎드려 큰절을 올리며 어린아이처럼 펑펑 울었다. 이것은 김구의 결단에 대한 감동의 눈물이 아니라 공작 책임자로서 큰 산을 이제 막 넘었다고 안도하는 기쁨의 눈물이었다. 김구는 성시백의 생각은 까맣게 모른 체 방긋 웃으며 그를 일으켜 세우고는 말했다.

"성 동지, 이제 우리는 통일이라는 한 배를 탔소. 함께 갑시다. 통일의 길로!"

10

김구의 성명서가 곧장 다음 날 조간신문에 발표되었다.

"남북한의 자유로운 총선거를 위해 남북한에 주둔한 미군과 소련군의 철수를 주장하는 바이다, 지금 선거를 하는 것은 민족의 장래를 암울하게 할 우려가 크다. 금번 선거를 미소 양국 군대가 철수한 이후로 연기하고, 그 이후에 선거를 실시하여 통일정부를 구성하는 것이 마땅하다."

이승만은 신문에 난 김구의 기사를 보고는 망연자실한 표정을 지으며 주먹으로 가슴을 쳤다. 그리고는 한숨을 내쉬다가 북어포 찢듯 신문을 북북 찢어 휴지통에 구겨 넣었다.

"백범이 이토록 어리석은 사람인가?"

그는 백범 김구에게 정말 실망했다. 그의 눈에 비친 백범은 국제정세에 관한 한 백치나 다름이 없어 보였다.

"소련을 몰라도 너무 몰라!"

이승만은 야심에 가득 찬 북극 곰 소련을 평생 경계해 온 사람이었다. 그는 김구의 분별없는 태도에 화가 나서 망령난 사람처럼 끝도 없이 주절거렸다. 그의 안색을 조심스럽게 살피던 윤석오가 나지막이 말했다.

"박사님, 기자들을 부를까요?"

"마땅히 그래야지. 작은 화근도 큰 불을 부를 수 있어!"

이승만은 김구의 공세에 대응해 소련의 반대로 남한에서 선거를 치를 수밖에 없는 불가피성을 역설했고, 남한의 정부는 단독정부가 아니라 어디까지나 과도정부이며, 이를 통해 소련을 몰아내고 안전한 통일정부를 머지않은 장래에 구성하게 될 것이라고 주장했다.

항간에 일고 있는 분단에 대한 우려를 불식시키기 위한 것이었다.

하지만 김구와 김규식이 연대해서 선거를 반대하고 나서자, 5 · 10선거를 치르기 위해 입국해 있던 유엔 한국임시위원단도 뾰족한 수가 없어 고민에 빠졌다. 김구와 김규식의 정치적 위상이 비록 예전만 못하다고 해도 두 사람이 남한의 대표적인 지도자인 것은 분명했고, 우익 진영의 두 거물이 반대하고 나선다면 선거가 순조롭게 진행될 리도 만무했기 때문이다.

후유증이 크게 우려되는 선거를 무리하게 치른다는 게 그들로선 부담이었다. 그래서 이들은 여론의 동향을 살피다가 결정을 못하고 다시 유엔으로 되돌아갔다.

방향을 정했나 싶더니 한국이라는 공이 다시 유엔의 테이블 위에서 갈피를 못 잡고 어지럽게 왔다 갔다 하고 있었다.

유엔 한국임시위원단이 뉴욕으로 돌아갔다는 소식에 이승만은 가슴이 조마조마했다. 김구는 기대 반 우려 반의 눈으로 새로운 결과를 지켜보고 있었다.

이승만은 워싱턴 구미위원부의 임병직과 자신의 정치적 고문인 로버트 올리버 박사에게 긴급히 연락을 취했다.

"언론 홍보는 물론이고 유엔대표부 대사들에 대한 밀착 외교를 서두르시오!"

이승만의 기민한 대처와 모윤숙과의 사적인 인연으로 이승만에게 매우 우호적인 인물이 된 인도 대표 메논의 도움으로, 재의결에 들어간 한국총선 문제는 유엔소총회의 인준을 받는 데 다시 성공했다.

유엔위원단이 활동 가능한 남한 지역에서 총선을 실시하는 데 찬성 31표, 반대 2표, 기권 11표로 한국총선 안을 가결한 것이다.

우여곡절 끝에 유엔에서 두 번이나 의결을 거친 한국의 총선이 마침내 실시를 눈앞에 두게 되었다. 각 진영의 반응은 각기 처한 정치적 입장에 따라 당연히 크게 엇갈렸다.

총선을 고대했던 이승만과 한민당은 환영일색인 반면, 유엔결의를 두 번이나 거친 터라 김구와 김규식은 차마 말은 못하고 볼멘 표정만 짓고 있었다.

공산당은 분단을 고착화시킬 우려가 있다는 이유를 들어 유엔 결의에 격렬하게 저항했고, 어떤 수단을 써서라도 남한의 총선을 무력화시켜야 한다고 생각하고는 남한 사회에 폭력투쟁을 사주하고 나섰다.

김일성과 박헌영의 지령으로 총선을 앞둔 남한 땅에 붉은 이념의 격랑이 휘몰아쳤고, 한반도의 끝자락, 바다 위의 외로운 섬 제주도를 순식간에 삼켜버렸다.

남로당원이자 교사 출신인 김달삼이 400여명에 달하는 인민유격대를 조직해서 소총, 칼, 낫, 죽창으로 무장하고는 4월 3일 제주도 내의 경찰서를 일시에 기습 공격하여 하룻밤 사이에 30여명의 경찰과 청년단원의 목숨을 빼앗았고, 이에 대응해 미군정은 1,700명의 경찰병력과 800명의 국방경비대까지 동원해 남로당 토벌 작전에 나섰다.

쫓고 쫓는 자 간에 잔인한 살육전이 벌어졌다. 시간이 흐르면서 분단을 막겠다는 아름다운 명분도 혼란을 수습하겠다는 질서 유지의 명분도 사라지고, 생존 본능과 상대에 대한 불신만 남아 서로의 목에 칼날을 겨누는 이상한 상황이 벌어졌다.

피가 피를 불렀고, 원한이 원한을 낳았다. 미움이 증오를 낳았고, 복수가 복수를 불러왔다. 이성이 마비되었던 것이다.

유채꽃이 만발한 봄날의 제주를 검붉은 핏빛으로 물들인 한국 현대사의 어두운 한 페이지가 열리고 있었다.

11

제주 폭동의 와중에도 김구와 김규식은 통일정부를 이루고 말겠다는 일념으로 총선에 반대하며, 총선을 코앞에 둔 4월 하순에 38선을 넘어 남북조선 제(諸) 정당 사회단체 대표자 연석회의에 참석하기 위해 평양

에 들어갔다

소련의 구상 하에 열린 이 회의는 엿가락처럼 늘어뜨린 기다란 회의 제목처럼 남북의 모든 지도자가 모여 통일문제를 논의하자는 것으로 일단 그 뜻은 숭고했다.

이승만은 김구가 자신의 만류에도 불구하고 결국 38선을 넘자 혀를 찼다.

"바보 같은 놈, 갈려면 모스크바를 가야지. 모스크바에 가서 스탈린과 담판을 지어야지 평양에 가서 김일성이를 만나 봐야 무슨 소용이 있누?"

'남북조선 제정당 사회단체 대표자 연석회의'라는 것이 소련의 세력 확대를 위한 국제적 전략에서 나온 것임을 이승만은 일찍이 간파했다. 동구라파가 일제히 공산화된 것은 눈 가리고 아웅 하는 소련의 조삼모사 (朝三暮四) 정책에 민족주의자들이 기만을 당한 결과임을 알고 있었기 때문이다.

민족주의자들은 대체로 열정이 강했고 마음만 순수할 뿐 문제 해결을 위한 구체적인 전술이 부족한 경우가 태반이다.

이승만은 결국 김구도 동구라파의 경우와 마찬가지로 소련의 공작에 놀아나고 말 것이라 예단하며 이렇게 한탄했던 것이다.

이승만이 우려했던 대로 김구는 결국 아무런 성과도 거두지 못하고 빈손으로 38선을 넘어 다시 서울로 돌아왔다. 그가 평양에서 김일성과 발표한 '통일을 지향해야 한다'는 성명은 아무런 구속력도 없는 허울 좋은 선언문에 불과했다.

오히려 그는 남한 지도자 자격으로 남북 연석회의에 참가함으로써 자신의 의도와는 달리 북한 정권의 정통성 세우기에 일조하는 우를 범하고 말았다.

김일성과 소련 당국이 김구의 남북연석회의 참석을 대내외적으로 열렬히 선전해댔기 때문이다. 내막을 알지 못하는 북한 민중들은 이들의 선전술에 놀아나 그들의 주장을 사실로 믿었고, 그들은 북한의 김일성을 남한의 이승만보다 훨씬 통일지향적인 민족주의자로 알게 되었다.

당연히 땅을 몰수당한 지주들이나 반동으로 몰려 김일성에게 원한을 품은 사람들을 제외한 북한 민중들에게 김일성은 민족의 영웅으로 떠올랐다. 김구의 참석을 끈질기게 유도한 소련의 숨은 의도가 여기에 있었던 것이다.

남한은 아직 총선도 치르지 않았는데 북한은 북한 단독정권 수립을 위해 수개 월 전에 이미 신헌법까지 마련해 둔 상태였다. 그들 역시 상황이 여의치 않자 북한 단독정권 수립 후 남한 통일이란 시나리오를 미리 써 둔 것이다.

이들의 협상은 결국 단독정권 수립의 명분을 차곡차곡 쌓기 위한 협상용일 뿐, 분단문제 해결을 위한 본질적인 협상이 아니었다.

북한의 협상 전략은 혼자 밥을 다 지어놓고, 막 밥을 지으려 군불을 때고 있는 남한을 꼬드겨 같이 밥을 짓자고 우롱한 기만행위에 지나지 않았다.

그럼에도 서울로 돌아온 김구는 소련과 김일성의 약속을 철썩 같이 믿고 총선 연기를 줄기차게 요구했다.

"소련이 제안한 바와 같이 우리 땅에서 외국 군대가 즉각 철수하고, 남북의 모든 지도자들은 외국 군대가 철수한 이후 어떤 경우에라도 내전이 발생할 수 없다는 사실을 다시 한 번 더 확인한다.

또 북조선 당국은 압록강 수풍 발전소의 전력 송전도 끊지 않을 것이며, 북한 수리조합 저수지는 우리의 논에 물을 댈 수 있도록 수문을 계속

개방할 것을 약속했다."

하지만 총선 나흘만인 5월 14일 북한이 일방적으로 송전을 중단하고 수문을 막아 김구의 호언장담이 하루아침에 공염불이 되었고, 김구는 소련이 연출한 무대의 불쌍한 피에로 신세가 되고 말았다.

달의 몰락

1

북한의 집요한 방해공작, 남한 내부의 극한 폭력 투쟁, 그리고 김구와 김규식을 비롯한 우익 인사들의 총선 반대 입장에도 불구하고 5 · 10 총선은 봄의 축복을 받으며 무사히 끝났고, 제주도를 제외한 전 지역에서 뽑힌 198명의 제헌의원들이 모여 임시의장으로 이승만을 선출했다.

이승만은 제헌국회에서 7월 20일 대통령으로 선출되었고, 나흘 후 중앙청 광장에서 취임식도 가졌다. 그리고 그는 8.15 광복절을 맞아 3천만 한민족이 지난 반세기 동안 염원해 왔던 대한민국 건국을 드디어 선포했다.

쇠락한 봉건왕조와 암울했던 식민지 시대를 뛰어넘어 국민이 주인이 된 새로운 대한민국이 한반도에 들어선 것이다. 5천년 한민족 역사에 있어 신기원이 수립되는 순간이었다.

이승만은 이 땅에 반드시 세워야 할 최고의 이념적 가치로 자유민주주의를 꼽았고, 신생 대한민국에 대한 유엔의 승인을 얻기 위한 노력을 경주하는 한편, 여전히 불타고 있는 이념논쟁으로 내전의 위협에 직면한 불씨를 제거하기 위한 작업도 서둘렀다.

난산(難産)일지언정 우여곡절 끝에 이승만이 대한민국을 건국하는 데는 일단 성공했지만, 그에 대한 도전은 멈추지 않았다. 오히려 이전보다 더 노골적이고 직접적인 도발과 위협이 잇달았다. 김구와 남로당, 북한이 그의 발목을 잡고 늘어졌다.

제주 4·3사건의 여진으로 그해 10월 중순 경 여수와 순천에서 남로당에 가입한 2천명의 군인들이 무장봉기에 나서 남도 지방을 일시에 무정부 상태에 빠뜨렸고, 북한은 개성 일대에 포격을 감행하면서 전운을 나날이 고조시키고 있었다.

이 와중에 김구도 신생 대한민국의 안정보다는 대한민국이 혼란을 거듭하는 데 일조하는 행동과 발언을 일삼았다.

이승만이 장면을 대표로 하여 유엔에 신생 대한민국의 승인을 요청할 사절단을 꾸리자 김구는 이에 맞서 독자적인 성명을 발표했다.

"유엔은 한국에서 외국 군대가 철수하고 이후 자유로운 총선거를 통해 새로운 정부가 구성될 때까지 대한민국을 승인해서는 안 된다."

하지만 김구의 극력 반대에도 불구하고 유엔은 신생 대한민국을 승인하여 대한민국을 국제무대에 공식적으로 데뷔시켰다. 김구의 지도력이 또 한 번 큰 상처를 입었다.

김구에 대한 한독당 간부들의 우려와 실망이 점차 커져만 갔다. 독립운동의 성골을 자처하는 김구의 독단적인 태도에 그의 측근들조차 지치고 있었다. 통일정부에 눈과 귀가 먼 김구는 누구의 말에도 귀를 기울지 않았다.

"대한민국은 유엔의 감시 하에 치러진 선거로 탄생한 국가입니다, 잘못하다간 우리 모순에 빠질 수 있습니다, 주석 각하!"

"우리 한독당이 와해될 수도 있습니다."

유엔 감시 하에 치른 선거로 구성되는 정부라면 남한 단독정부라도 상관없다는 김구의 이전 발언을 두고 측근들이 한 지적이었다. 하지만 김구는 측근들의 충고를 귓등으로 흘려들었다.

"통일정부는 우리 한독당의 지상과제이고 존재 이유야. 통일정부가 없다면 우리 한독당도 필요치 않아!"

김구가 끝까지 자기 고집을 굽히지 않고 제 갈 길을 가자, 한독당 간부들도 김구에 대한 기대를 접고 마침내 각자도생(各自圖生)의 길로 나아갔다.

신익희, 이청천, 안재홍, 조소앙이 김구 곁을 떠났다. 그런데도 김구는 스스로 수족을 잘라내는 자해(自害) 행위를 멈추지 않았다.

2

개미와 곤충이 천재지변을 먼저 알아차리듯, 한독당의 위기를 한독당의 젊은 당원들이 먼저 눈치챘다.

한독당의 현실은 암울했고 미래는 보이지 않았다. 비상수단을 강구하지 않으면 머지않아 이 거대한 공룡이 쓰러지고 말 것이라는 데에는 이론이 없었다.

한독당의 젊은 당원들이 낙담한 나머지 사태를 이 지경으로 몰아간 지도부에 대한 성토를 계속하며 불만을 마구 쏟아냈다. 특히 서북청년단에 가입된 북한 출신 당원들의 불만이 가장 컸다. 기대가 높았던 것에 따른 실망감 탓이었다.

한독당 당원들의 상당수는 월남인이었다. 북한에서 땅을 **빼앗기고**

한순간에 반동으로 몰려 생사의 기로에 서 있던 사람들이어서 이들은 김구의 반공 노선에 적극 찬동했다. 한독당에 가입해 누구보다 열심히 활동했다. 공산당에 대한 한이 골수에 맺혀, 이들은 모두 열성 당원이 되었다.

그런데 믿었던 김구가 갈지자(之) 행보를 보여 이들은 헷갈려했다. 언제는 김구가 반공주의자인 이승만을 지지하더니, 또 어느 때는 통일정부를 빌미로 소련을 옹호하는 발언을 일삼았다. 그들은 김구가 자신들을 배신했다고 생각하여 격분했다.

평안북도 용천 출신의 육군소위 안두희도 김구의 돌변한 태도에 당혹해하는 사람 가운데 하나였다.

용천 부호의 아들이었던 안두희는 북한에서 토지개혁이 일어난 이듬해인 1947년 월남을 했고, 북한 출신들로 구성된 테러단체 서북청년회에 가입해서 활동하다가, 서른이 넘은 늦깎이로 육군사관학교에 들어가 8기생으로 졸업한 신임 포병장교였다.

건국 이듬해 안두희는 3.1절 기념식이 끝나고 부대에서 돌아오던 길에 종로의 한 선술집을 찾았다. 하늘이 희끄무레한 게 기분이 좋지 않았다. 빨간 완장을 찬 인민위원회 위원들이 들이닥쳐 자기 집안의 토지를 전면 몰수한다고 통고한 날도 이날처럼 날이 흐렸다.

"어이, 안 소위! 왜 이리 늦었어? 10분당 벌주 한 잔이야. 한 시간 늦었으니 여섯 잔은 마셔야지!"

그곳에는 자신과 활동을 같이 해온 서북청년단 출신의 젊은 한독당원 다섯 명이 먼저 와서 그를 기다리고 있었다.

안두희는 그들의 말에 싱긋 웃음을 짓고는 우울한 마음을 달래려 말없이 막걸리 여섯 잔을 순식간에 비워냈다. 그들이 호탕하게 웃으며 손뼉을 쳤다.

"안 소위는 역시 대단해! 덩치는 작은 사람이 술은 항우장사보다 더 잘 한단 말이야!"

동병상련의 정을 나누는 월남인으로서 가끔 만나 서로 위로를 주고 받던 이들은 술기운이 오르자 현실에 대한 불만을 토로하기 하기 시작했다.

"아니, 백범 선생은 도대체 왜 그러는 거야? 빨갱이를 그렇게 싫어했던 사람이 오히려 요즘은 그놈들을 은근히 옹호하고 있으니 말이야! 나원 참, 술이나 한 잔 주게!"

"나도 모르겠어, 우리 한독당 처지만 생각하면 머리가 아파."

"난 탈당할 생각이야. 쓸 만한 사람은 다 빠져나가고 김구 선생 혼자 남았는데, 이걸 뭐 당이라 할 수도 없고……"

"이름 하여 사당(私黨)이라 하지 뭔가!"

이들의 말을 잠자코 듣고 있던 안두희는 그들의 비아냥거림이 못마땅한지 눈살을 찌푸리고는 갑자기 벌컥 성을 냈다.

"에키, 이 사람아! 김구 선생이 아무리 없다고 이런 험담을 하면 안되지! 그래도 나라 독립을 위해 얼마나 애를 쓰신 분인가!"

안두희의 질타에 그의 친구들이 이구동성으로 목청을 높였다.

"누가 그걸 몰라? 하지만 지금 하는 꼴을 보게! 이게 제 정신인가? 이미 나라가 섰는데, 도와주지는 못할망정 염장 지르는 것도 아니고 심술난 노인네처럼 왜 그렇게 사사건건 시비를 거냐 말이지?"

"맞아, 망령이 든 게야. 죽을 때가 된 거지. 정말 이 꼴 저 꼴 안 보이고 차라리 죽는 게 백범 선생 신상에 이로울 거야. 가만 백범 선생이 올해 연세가 얼마나 되셨지!"

"일흔 넷이야."

"벌써 천수를 다 누렸구먼!"

"야, 이 새끼들아! 그만 좀 하라니까!"

안두희는 마치 자신이 모욕을 당한 듯 얼굴이 시뻘겋게 달아올라 소리쳤다. 그의 눈에 살기가 그득했다.

"야, 안 소위, 왜 이래? 왜 이렇게 흥분해?"

그의 친구들은 독사 같이 파르르 성을 내며 술자리 분위기를 망치고 있는 안두희의 반응이 이해가 되지 않는지 화가 나서 언성을 높이자 손님들의 시선이 자신들에게 쏠리는 걸 느끼고는 민망함에 슬그머니 목소리를 낮추었다.

밀짚모자를 깊이 눌러 쓴 채 어두컴컴한 구석진 자리에 혼자 앉아 술을 마시던 한 남자가 이들의 모습을 가만히 지켜보고 있다가 이들이 술자리를 파하는 걸 보고는 안두희의 뒤를 따라 붙었다.

3

술에 취해 비척비척 걷고 있던 안두희가 하숙집 골목길에 들어섰을 때 그의 뒤를 쫓던 남자가 그를 불러 세웠다.

"안 소위, 잠시 얘기 좀 합시다."

안두희는 생면부지의 남자가 자신을 부르는 소리에 깜짝 놀라 고개를 돌렸다.

"당신은 누구신데, 내가 군인인 걸 아시오?"

"선술집에서 당신들이 하는 얘기를 좀 엿들었소, 미안하오."

밀짚모자를 쓴 남자는 그에게 사과를 하듯 모자를 벗고는 그에게 가볍게 목례를 했다. 키가 훤칠한 사내는 이목구비가 뚜렷하고 얼굴이 갸름한데다 눈매도 서글서글해서 인상이 나쁘지 않았다.

"나 하고 술 한 잔 하지 않겠소?"

안두희는 술기운이 꽤 올라 있었지만 마음이 우울한 탓에 혼자 있는 빈 방에 가는 게 쓸쓸해 내키지 않았다.

혼자 술을 한 잔 더 할까 하는 생각을 하고 있던 차였으므로, 술을 사겠다는 그의 제의를 굳이 뿌리치지 않고 발길을 되돌려 그를 따라 나섰다. 그들은 마을 어귀의 주막집으로 들어가 자리를 잡았다.

"근데 당신은 대체 누구요?"

사내는 안두희의 물음에 싱긋 웃기만 할 뿐 말을 아꼈다.

"내가 누군지는 천천히 얘기하겠소. 먼저 술이나 한 잔 받으시오."

안두희가 술잔을 비우자 그가 안두희에게 자신에게도 술을 한 잔 달라고 청했다. 안두희가 무뚝뚝한 표정으로 그에게 술을 따르자, 그 남자는 호기롭게 잔을 비우고는 김치 한 잎을 입에 쓱 베어 물었다.

"안 선생, 막걸리에는 뭐니 뭐니 해도 난 김치가 최고요. 안 선생은 어떤 안주를 좋아하시오?"

"안주라면 신의주 순대가 최고지요?"

"고향이 신의주요?"

"어떻게 알았소?"

"아니, 사람이란 원래 고향에서 먹던 음식이나 어머니가 해주던 음식을 최고로 치지 않소?"

그의 말에 안두희가 빙긋 웃었다.

"듣고 보니 맞는 말이오. 그런데 나한테 무슨 할 말이 있어 나하고 술을 한 잔 하자는 게요?"

지금까지 시시콜콜한 잡담을 늘어놓던 사내는 그제야 자세를 고쳐 앉았다.

"아까 친구분들하고 얘기하는 걸 들어보니 김구 선생을 아주 좋아하는 것 같소이다."

"백범 선생을 싫어하는 사람이 있소?"

술기운 탓에 안두희의 말투가 퉁명스러워졌다. 사내가 조금 무안한 표정을 지으며 말했다.

"내게 화 나셨소?"

"아니오, 외려 내가 미안하오. 초면인데……"

"괜찮소. 그런데 요즘 세상 사람들이 백범 선생을 두고 하도 말이 많은데 어찌 된 일이오? 친구들 얘기에 안 선생이 좀 예민하게 반응하는 걸 보니 백범 선생과 무슨 사연이 있는 사람 같기도 하고요. 그래서 여러 가지로 좀 궁금했소."

"사연이요? 많지요!"

안두희는 사내의 물음에 허탈하게 웃고는 술을 벌컥 들이켰다. 몹시 속이 상한 기색이 역력했다. 잔이 차기 무섭게 그가 술을 비워 금방 주전자가 배를 드러냈다.

사내는 주모에게 술을 더 가져오게 했다. 사내는 안두희의 허전한 마음을 채우듯 술잔이 넘치게 술을 따랐다.

"참 술 인심이 좋소?"

"술 인심은 우리 조선 사람이 최고 아니요? 근데 왜 그렇게 괴로워하시오?"

"내가 괴로워하는 것처럼 보이오?"

"얼굴에 '나 괴롭소!' 그렇게 딱 쓰여 있소."

"점쟁이요?"

"점쟁이가 아니라 철부지라도 안 선생 얼굴을 보면 알겠소. 무엇 때문에 그렇게 괴롭소? 김구 선생 때문이요?"

사내는 안두희의 애잔한 눈빛을 보면서 눈물샘을 자극하듯 의도적으로 그의 가슴에서 요동치는 아픔의 근원을 슬쩍 건드렸다. 그의 말에 안두희가 참았던 눈물을 주르르 흘렸다. 술 탓도 있었다.

"난 김구 선생을 사랑하오. 그 양반을 존경하오."

"그런데 왜 그렇게 아파하시오?"

"난 김구 선생이 욕을 당할까 두렵소. 두렵단 말이요!"

김구에 대한 사랑이 지극한 탓에 안두희는 격정에 사로잡혀 낯선 사내 앞에서 창피도 잊고 어깨를 들썩였다.

사내는 아무 말 없이 담배를 꺼내 물고는 그의 마음이 가라앉기를 가만 기다렸다. 한동안 울음을 그치지 않던 안두희는 웬만큼 슬픔이 가시자 그제야 정신이 들었는지 민망한 얼굴을 하고 사내를 보고는 겸연쩍게 웃었다.

"제가 주접을 좀 떨었습니다."

"아닙니다. 김구 선생을 정말 많이 사랑하시는 것 같습니다."

"……"

안두희는 말없이 고개를 끄덕였고, 사내가 호기심 어린 눈길을 던지며 그에게 다시 물었다.

"그런데 욕을 당할까 두렵다는 게 무슨 뜻인가요?"

"아까 친구들 하고 하던 얘기 들었다고 하지 않았습니까?"

"남의 얘기를 엿듣는 건 실례라, 제대로 다 듣진 못했습니다."

"그래요? 듣고 싶소?"

"말해 줄 수 있으면 듣고 싶소."

"……"

안두희는 땅이 꺼질 듯 한숨을 내쉬다가 입을 열었다.

"서북청년단 활동을 하면서 김구 선생을 만났어요. 공산당을 때려 부수어야 한다고 말씀하셨고, 저 같은 서북청년단 청년들이 당신의 희망이라 말하시며, 월남한 지 얼마 되지 않는 저를 불러다 밥도 한 번 사 주셨어요. 참으로 감격했습니다. 임시정부 주석께서 나 같이 하찮은 사람에게 환대를 해주시니 몸 둘 바를 몰라 선물을 사들고 몇 번 인사를 간 적도 있었지요. 이런 인연으로 아무튼 김구 선생과는 친밀하게 지냈습니다.

한때 저는 그분이 대통령이 될 것이라 믿어 의심치 않았습니다. 그래서 제가 아는 그분을 몹시 자랑스럽게 생각했어요. 그런데 점점 그분에게 많은 실망을 하고 있어요.

친구들도 그렇지만 나 역시 요즘 김구 선생의 행동은 이해가 되질 않아요. 까딱 잘못하다간 평생 쌓아온 명예에 먹칠을 당하지 않을까 걱정이 되는 게 사실이에요."

"음, 그렇군요. 나도 선생 생각에 동의해요. 요즘 김구 선생의 모습을 보면 정말 안타까울 뿐입니다."

두 사람은 마음이 통했는지 서로를 바라보며 싱긋 웃었고, 마음을 나누듯 술잔을 함께 비웠다. 사내가 의미심장한 눈길을 그에게 던지며 나지막이 말했다.

"안 선생, 시저와 브루투스의 이야기를 아시오?"

"대충은 알고 있소, 그런데 왜요?"

"브루투스가 시저를 죽이지 않았다면 시저의 운명은 어떻게 되었겠소?"

"……"

안두희는 짚이는 바가 있어 사내의 말에 순간 움찔했다. 하지만 사내는 그의 생각은 마음에 두지 않는 듯 거침없이 말을 이었다.

"아마도 처참하게 죽어 역사에 잔인한 독재자란 오명을 남겼을 거요. 브루투스는 시저를 죽였지만 역설적으로 시저의 명예를 지켜낸 장본인 아니겠소?"

안두희는 그가 자신을 시험하는 것 같아 화가 났다. 그가 눈에 쌍심지를 켜고 사내에게 버럭 성을 냈다.

"지금 내게 무슨 말을 하려는 게요?"

"화나게 했다면 미안하오. 단지 나는 시저는 자신을 사랑했던 신하에게 죽임을 당해 명예를 지켰다는 사실을 말하고 싶었을 뿐이오."

안두희는 그의 말에 비위가 상했다. 그는 사내의 말을 더 이상 못 듣겠다는 듯 역겨운 표정을 지었고 갑자기 벌떡 일어났다.

"난 그만 가겠소!"

"안 소위, 잠시 앉으시오. 아직 얘기 안 끝났소!"

사내가 느닷없이 그에게 명령을 하듯 눈을 부릅뜨고 노려보았다. 순진한 시골 총각처럼 서글서글하게만 보였던 그의 눈이 무섭게 이글댔다. 범의 눈을 보는 것만 같았다.

그는 괜히 주눅이 들었다. 기가 한풀 꺾인 안두희가 슬그머니 주저앉자, 사내가 다시 표정을 부드럽게 하여 말했다.

"사람이란 부모를 잘 만나고 아내를 잘 만나고 자식을 잘 만나고 친구를 잘 만나는 것도 큰 복이지만, 나는 죽는 복이 가장 큰 복이라 생각하오.

잘못 죽으면 평생 쌓아온 모든 것이 물거품이 되지만, 제대로 죽으면 죽음이 지금까지 저지른 온갖 악행을 다 덮고도 남아 아름다운 명예까지 얻을 수 있소. 이게 죽음이요.

죽음이 삶을 바꿀 수도 있다는 말이요. 선한 죽음이 선한 삶이 될 수 있다는 말이요. 안 소위, 당신은 김구 선생이 오명을 뒤집어쓰고 죽길 바라시오?"

사내의 말투는 사뭇 고압적이었고 그간의 온화한 표정은 온데 간데 없고 성난 야수처럼 싸늘하기만 했다. 안두희는 갑자기 가슴이 서늘했다. 오금이 저리는 것도 같았다. 불길한 생각이 엄습했고 입이 바짝 탔다. 안두희는 사내에게 결코 지지 않겠다는 듯 대한민국의 육군 소위답게 안간 힘을 다해 맞섰다.

"당신은 도대체 누구요? 누군데 나한테 이런 이상한 말을 하는 거요?"

사내는 그제야 야릇한 웃음을 흘리며 자신의 신분을 밝혔다. 안두희는 그의 신분증을 보고 화들짝 놀라 눈을 휘둥그렇게 떴다.

"대체 나에게 뭘 원하는 거요?"

"난 오랫동안 당신을 봐왔소. 김구 선생을 사랑하는 당신의 마음을 사고 싶소."

"그런데요?"

"김구 선생이 소련과 내통한 흔적이 발견되었소. 때를 놓치면 김구 선생이 소련과 내통해 국가를 전복하려 한 내란음모 혐의로 구속될 상황이오. 그러면 사형이오. 나 역시 김구 선생을 사랑하오. 당신 말고도 김구 선생을 존경하는 사람들이 많소. 평생 독립을 위해 싸워 온 그 양반에게 내란죄를 씌워서 죽일 순 없지 않소? 안 선생, 그렇지 않소?"

그의 말에 안두희는 사색이 되어 아무런 말을 못하고 부들부들 떨기만 했다.

사내는 거의 얼이 빠져 있는 안두희의 영혼을 빼앗기라도 하듯 악마의 혀를 놀리며 계속 그를 회유하고 압박했다.

"시간이 없어요, 백범 선생이 구렁텅이에 빠지기 전에 그를 구해야 하오, 이 일은 김구 선생을 사랑하는 사람만이 할 수 있소. 바로 당신 같은 사람이요. 사흘 간 말미를 주겠소. 뜻이 서면 연락을 주시오."

말을 마친 사내는 그에게 연락처를 하나 남기고는 바람같이 훌쩍 떠났고, 안두희는 자신이 올무에 걸린 사실을 알고는 안절부절 못하고 통금 호각이 울릴 때까지 넋이 나간 채로 쓸쓸한 주막에 홀로 앉아 있다가 눈꺼풀에 돌멩이 하나를 달아 놓은 듯 꾸벅꾸벅 조는 늙은 주모의 늘어진 하품 소리를 듣고서야 자리에서 일어났다.

안두희는 김구를 죽이지 않으면 자신이 죽고, 김구를 죽여야 자신이 산다는 사실을 깨닫고는 이 얄궂은 운명에 분노해 달빛이 없는 컴컴한 하늘을 올려다보며 욕지거리를 퍼부었다.

"야, 이 개새끼야? 그렇게 좋은 일이면 네가 하지 왜 날 시켜?"

4

작년부터 기세를 올리던 중국 팔로군은 올해 5월에 들어 상해를 점령하는 등 장개석의 국민당 정부를 파죽지세로 몰아붙였고, 이 무렵 한국도 개성 일대에서 맹렬한 포격전이 연일 벌어졌다.

해를 넘기면서 소련의 사주로 아시아의 두 국가 한국과 중국에서 공산당의 공세가 거세지고 있었던 것이다.

게다가 육군 2개 대대 750명에 달하는 병력과 소형 경비정을 탄 해군이 월북을 함으로써 가뜩이나 불안한 남한 정세를 더 혼란스럽게 몰아갔다.

이 때문에 미 군부는 이승만의 군 통제력에 의심을 품고 무기 공급을 제한하고 나섰다. 여순 반란사건에서 보았듯이, 만약 미군이 국군에게 제공한 중화기를 공산당이 탈취해 무장할 경우 뒷감당을 할 수 없다는 우려 섞인 판단 탓이었다.

하지만 이 와중에도 미국은 작년에 세웠던 계획에 따라 올해 상반기 안에 한국에 주둔하는 1만5천 명의 미군을 단계적으로 철수시키고 있었다.

미군 철수로 속이 바짝 타서 발을 동동 구르고 있는 이승만과는 달리 경교장의 표정은 느긋하기 그지없었다.

엿새 후에는 한국에 남은 마지막 미군이 떠나는 날이었다. 외국 군대 철수를 강력히 주장해온 김구는 미군 철수를 앞두고 깊은 감회에 젖었다.

'드디어 미군이 물러가는군. 나한테 약속했으니 머지않아 소련도 물러가겠지. 그러면 정말로 통일을 이룰 수 있을 거야. 암 그렇고말고!'

이승만은 미군 철수로 인한 방위공백으로 인한 남한의 공산화를 걱정했지만, 김구는 미군 철수를 통일의 호기로 보면서 이승만을 은근히 비웃었다.

'형님, 그 허무한 권력을 잠깐 잡으려고 그렇게 난리를 피웠소? 참으로 안됐소. 이젠 형님의 시대도 끝이오.'

김구는 대한민국에 대한 유엔의 승인이 분단의 빌미가 되었다고 생각해 이를 막지 못한 것을 천추의 한으로 여겨 한동안 입맛을 잃었다가, 이승만 정권이 흔들리는 걸 보면서 통일에 대한 희망을 다시 품었다.

그는 칠첩반상으로 차려진 저녁을 간만에 싹싹 비우고는 서재에 앉아 창문을 열었다. 한낮의 더위가 물러가고 제법 서늘한 바람이 그의 모시적삼을 뚫고 솔솔 불어 들어왔다. 그는 비서실장 선우진이 가져온 차를 마시며 흔들의자에 앉아 다리를 꼬고는 잠깐 망중한을 즐겼다.

웬일로 하늘의 달이 보이지 않았다. 그는 무심코 곁에 서 있던 키가 껑충한 선우진에게 고개를 들어 물었다.

"하늘에 왜 달이 안보여?"

"주석 각하, 그믐 아닙니까? 아마도 내일 아침에 잠시 뜰 겁니다."

"그렇지? 허허, 내가 깜짝 잊고 있었군."

"주석 각하, 요즘 기분이 참 좋으신 것 같습니다."

"아니, 미군이 철수한다는데 자네는 그렇지 않은가?"

"저도 그렇습니다."

두 사람은 너털웃음을 터뜨리며 오랜만에 시원하게 웃었다.

"그런데 말이야, 난 형님이 안타까워. 달도 차면 이지러지는데 순리 대로 사시면 될 걸 왜 그렇게 욕심을 부렸나 몰라?"

"그 양반 욕심이야 정평이 나지 않았습니까?"

"그런가?"

김구는 이승만의 몰락을 상상하며 다시 한번 통쾌하게 웃었다.

다음 날 김구는 어제 저녁에 과식을 한 탓인지 배탈이 나서 아침부터 화장실을 들락거렸다.

잦은 설사로 기진맥진해서 그는 선우진이 가져온 미음도 본체만체 하고 의자에 몸을 기대어 앉아 있다가 약을 먹고 간신히 기운을 차렸다. 그때 선우진이 올라왔다.

"주석 각하, 안두희가 왔습니다."

"그놈이 왜?"

"인사 좀 하겠다고……"

"내가 몸이 안 좋으니 다음에 오라고 해!"

"옹진 전투에 참가하러 간다는데요? 한 번 격려 좀 해주시죠? 열성 당원 아닙니까?"

"아이, 귀찮은 녀석. 그럼 잠시 올라오라고 해!"

선우진은 김구에게 미안한지 계면쩍게 웃음을 지으며 뒤통수를 긁었다. 안두희는 한독당에 입당한 시간은 얼마 되지 않았지만 서북청년단시절부터 김구와 가깝게 지내 선우진도 잘 알았다.

옹진반도에서 벌어지는 전투가 하도 험악해서 만약 안두희가 목숨을 잃기라도 한다면, 김구에게 인사를 하려고 찾아 온 안두희의 면담 요청을 거절한 것은 그에게 두고두고 인간적으로 큰 부담이 될 수도 있다.

이 때문에 선우진은 김구의 몸이 불편한 걸 알면서도 그를 김구에게 안내했다.

김구는 흔들의자에 삐뚜름하게 앉아 있다가 안두희가 들어서자 반갑게 손짓했다.

"어서 오게."

"주석 각하, 몸이 불편하시다고 얘기 들었습니다."

"별 것 아니야, 배탈 좀 난 건 데 뭐. 별 걸 가지고 호들갑을 떤다."

김구는 대수롭지 않은 얼굴을 하고는 안두희를 보고 싱긋 웃었다.

"옹진 전투에 참가한다면서?"

"예!"

"많이 위험하다지?"

"예. 어쩌면 선생님을 뵙는 게 마지막이 될지도 모르겠습니다."

"어허, 이 사람이 어른 앞에서 못하는 소리가 없어!"

김구가 눈을 부릅뜨고 짐짓 험악한 표정을 지으며 그의 경솔함을 나무라자, 안두희가 은근슬쩍 얼굴을 붉혔다.

김구는 그가 자신의 질책 때문에 민망해 하는 것으로 알고는 빙긋 웃으며 그를 토닥였다.

"이 사람아, 객쩍게 얼굴을 붉히고 왜 이래? 영 자네답지 않아!"

"죄송합니다. 그런데 주석 각하 하나 여쭐 것이 있는데요?"

"뭐야?"

"공산당을 어떻게 생각하시는지요?"

"공산당? 난 안 좋아하지."

"그런데, 요즘 주석 각하께서 공산당과 자주 어울린다는 소문이 돌아 걱정입니다."

"누가 그런 허튼 소릴 해?"

"많은 사람들이 그렇게 알고 있습니다. 주석 각하께서 남북연석회의에 다녀오신 후로……."

"남 말하기 좋아하는 호사가들의 말이야. 귀담아 들을 필요 없어."

"저도 그렇게 생각합니다."

"그럼 됐어."

"그런데 왜 자꾸만 대한민국을 부정하시는 말씀을 하시는 겁니까?"

"자네 오늘 왜 그래? 작정하고 나한테 따지러 왔나?"

김구가 눈살을 찌푸리며 노기를 얼굴에 띠었다.

"자네는 이 나라를 쪼가리로 만들고 싶은가? 아니면 통일을 원하는가? 난 이 나라를 통일시키고 싶어!"

"심기를 어지럽혀 죄송합니다. 선생님, 사랑합니다."

안두희가 얼굴을 숙이고 사죄를 청하자, 김구도 안색을 누그러뜨렸다.

"고맙네, 자네도 건강하게 지내다 돌아오게."

"선생님, 사랑합니다."

"이 사람아, 오늘따라 웬 사랑 타령이야? 아무튼 고마워."

"그럼 저는 물러가겠습니다."

"그래."

안두희는 김구에게 큰 절을 올리고는 조심스럽게 방문을 닫고 나갔다. 김구는 전에 없던 그의 행동에 고개를 갸웃거렸다.

"저 친구 오늘 왜 저래? 참 이상하구만."

김구는 싸하게 아파오는 배 때문에 화장실에 갈까 하다가 잠깐 참아 볼 요량으로 배를 움켜쥐고는 등을 돌려 밖을 내다보았다. 흐릿한 하늘 이 처마 밑까지 내려와 있어 온 세상이 우중충했다. 하늘을 보니 괜히 마음이 무겁고 슬펐다.

잠시 후 노크 소리가 들리면서 방을 나섰던 안두희가 다시 들어왔다.

"아니, 자네 또 웬일인가?"

"드리고 싶은 말이 있었는데 깜빡 잊어 다시 왔습니다."

"뭔가?"

"선생님은 제게만은 태양이십니다."

"그럼 다른 사람들은 어찌 생각하나?"

"2인자, 달이라 말하고 있습니다."

"나도 그렇게 생각해. 태양은 우남 형님이지, 암!"

"그런데 선생님께서는 왜 태양처럼 언행을 하십니까? 차라리 달처럼 사시지……"

"이 사람아, 자네 아침 잘못 먹었어? 지금 뭐하자는 게야?"

김구는 뜬금없이 찾아와 내뱉는 안두희의 종잡을 수 없는 언동에 화가 나 언성을 높였다.

"지금은 하늘에 태양이 두 개가 떠 있습니다. 그럼 어떻게 되겠습니까? 세상이 어지러워집니다."

"이봐, 안군! 정신 차려, 이 사람아!"

김구의 버럭 호통이 그의 귀에는 들리지 않았다. 흔들리는 안두희의 눈동자에 회한이 가득한 슬픔이 고여 들었다. 그가 입술을 깨물고는 시저를 죽인 브루투스의 말을 인용했다. 요동치는 자신의 마음을 다잡기 위함이었다.

"선생님, 전 선생님을 사랑합니다. 하지만 이 대한민국을 더 사랑합니다."

그가 손을 부르르 떨면서 안주머니에서 리볼버 권총을 빼들었다. 그는 김구를 영원히 살리고 대한민국을 살리는 길이 이 길밖에 없다고 스스로에게 암시를 주었다.

'이게 선생님과 나라를 살리는 길이야!'

김구는 하얗게 질려 소리쳤다.

"안군, 왜 그래?"

"선생님, 사랑합니다. 정말 사랑합니다. 조금 일찍 가시는 것밖에 없습니다. 안녕히 가십시오."

말이 끝나기 무섭게 안두희의 총구가 네 번 불을 뿜었고, 임시정부를 이끌어 온 한국의 거인 김구는 방바닥에 스르르 쓰러지고 있었다.

5

미군 철수 문제로 골머리를 앓고 있던 이승만은 내무부 장관의 긴급 보고에 사색이 되었다. 그는 자신의 귀를 의심해 다시 물었다.

"뭐라고 했나?"

"김구 선생이 암살당했다고 합니다."

"누가?"

"안두희라는 육군 소위인데, 현장에서 체포되었습니다."

"수사를 철저히 해서 배후를 명명백백히 밝히도록 하게. 그리고 장례식은 최대한 예우를 갖추도록 하게나!"

이승만은 내무부 장관이 돌아간 뒤 자리에 털썩 주저앉아 울음을 터뜨렸다. 한때 정치적 이견이 있어 갈등을 겪기도 했지만, 자신에게 있어 그는 혈육이나 다름없이 아끼는 아우였다.

자신이 떠난 임정을 굳건하게 지킨 이도 그였다. 그가 있었기에 자신이 미국에서 구미위원회 활동을 하는 것도 가능했다. 이 때문에 그는 환국한 김구를 진심으로 환영했고 또 그를 주석으로 인정했었다.

이승만은 갑작스런 비보에 가슴이 무너져 내리는 것만 같았다. 그는 의자에 가만히 앉아 가슴에 두 손을 모으고 기도하며 그의 영혼에게 말을 걸었다.

'아우님, 잘 가시게. 모든 짐 내려놓고 잘 가시게. 나도 곧 뒤따라가겠네. 자네가 다 하지 못한 일 마무리 하고 따라 가겠네. 그곳에 가서 같이 한번 크게 웃어보세!'

이승만은 곧장 김구의 죽음에 대한 담화를 발표해 평생 나라 독립의 외길을 걸어온 그의 위대한 삶에 대해 존경을 표하며 죽음을 애도했고, 국민들은 창졸간에 떠난 김구의 죽음에 마치 어버이를 잃은 듯 슬퍼 해 온 나라가 비통한 슬픔에 잠겼다.

반면에 그와 정치적 대립 관계에 있던 사람들이나 남한의 공산화를 우려했던 사람들은 그의 죽음으로 나라의 안전을 위협했던 큰 화근이 제거되었다는 생각에 적지 않은 안도감을 느꼈다. 대다수 한민당 인사들이 그 같은 입장이었다.

그들은 김구가 대한민국의 실체를 부정해 대한민국과 김구가 양립할 수 없는 상황에 놓여 있다고 생각했다.

김구의 꿈을 위해서는 대한민국이 없어져야 했고, 대한민국이 살아남기 위해서는 김구가 사라질 수밖에 없는 운명이었다고 본 것이다.

김구에게 수작을 걸었던 공산당은 의외로 김구의 죽음에 대해 무덤 덤했다. 그가 자신들에게 더 이상 별다른 이용가치가 없는 인물이라고 생각한 탓이다.

김구의 장례식은 국민장으로 결정되었다. 그의 장례식에는 백만 명에 달하는 국민들이 참석했다.

주한 외국인들은 하얀 상복을 입은 장례행렬이 끝없이 이어지는 데 놀라움을 감추지 못했다. 그들은 이 같은 장엄한 장례식을 구경한 적이 없었다. 그의 죽음에 안도감을 느낀 그의 정적들은 수많은 국민들의 애도에 가슴 한 구석이 서늘해지기도 했다.

다 늙어빠진 무력한 맹수로 여겼던 김구가 여전히 산천초목을 벌벌 떨게 할 호랑이였다는 것을 새삼 안 것이었다.

아무튼 이승만은 빚진 자의 기분으로 김구의 죽음에 대해 진심으로 애가 끓는 통절한 슬픔을 표현했다.

하지만 그와 함께 남북연석회담에 참가했던 우사 김규식은 크게 놀라지 않고 오히려 그의 죽음을 담담히 받아들였다.

우사 김규식은 김구가 피살되었다는 비서의 보고에 말없이 자리에서 일어나 멀거니 정원을 바라보며 혼자 중얼거렸다.

"백범이 죽을 복은 타고 났어, 허허!"

그의 말은 해방 정국 당시 백범 김구의 현실이 어떠했는지를 똑똑히 말해 주고 있었다. 그 역시 김구의 죽음이 자칫 오명을 뒤집어 쓸 뻔했던 그의 명예를 살린 것으로 보았던 것이다. 또한 비극적인 죽음으로 인해 김구가 한국의 신화로 다시 탄생하게 된 것도 부인할 수 없는 사실이다.

마지막 승부

I

1950년 6월 26일 새벽 칠흑 같은 어둠이 내린 바깥에는 나라의 비극을 대변해 주기라도 하듯 비가 부슬부슬 내리고 있었다.

북한의 남침 소식에 경무대를 긴급히 방문한 미국 무초 대사에게 북한의 남침을 통일의 기회로 반드시 삼겠다고 이승만은 큰 소리를 쳤지만, 전황이 몹시 불리하게 돌아가 마음이 불안해서 잠시도 눈을 붙일 수가 없었다.

그래서 그는 꼼짝도 않고 집무실에 홀로 앉아 북한의 남침으로 벌어진 이 사태 해결을 위해 골몰하며 밤을 꼬박 새우고 있는 중이었다.

작년에 중국이 모택동의 팔로군에 의해 완전히 점령당하고, 주한 미군 철수에다 한국을 미국의 방위선에서 제외한다는 애치슨 선언이 올해 초에 나오면서 북한의 남침은 이미 예상되었던 일이었다.

그는 이 상황을 초래한 것이 대한민국의 안보 공백을 야기한 미국이라 생각했고, 우려했던 전쟁이 벌어지자 미군 철수의 대가로 한국군 전력증강을 주장한 자신의 요구를 이런 저런 핑계를 대고 끝내 들어주지 않은 미국이 괘씸하기만 했다.

하늘에서는 북한의 야크기(소련의 프로펠러 추진식 전투기)가 연신 날았고, 그때마다 공습경보 사이렌이 시끄럽게 울려 퍼졌다.

이승만은 마음이 복잡했다. 한국군의 힘만으로는 눈앞에 닥친 이 위기를 타개할 수 없다는 것은 분명했다. 새벽 3시경 이승만은 동경의 맥아더에게 전화를 걸었다. 전화를 받은 맥아더의 부관은 깊은 밤에 난데없이 걸려온 전화에 짜증이 났던지 퉁명스럽게 말했다.

"지금 장군께서는 취침 중입니다. 깨울 수 없으니 나중에 전화 드리겠습니다."

그의 말에 이승만이 벌컥 화를 냈다.

"이보시오, 미국 시민들이 지금 서울에서 죽어가고 있소. 미국 시민들을 다 죽일 셈이오? 당신 상관을 역사의 죄인으로 만들고 싶소? 그렇게 하고 싶으면 바보처럼 실컷 재우시오!"

이승만의 호통에 맥아더의 부관은 그제야 정신이 번쩍 나서 맥아더를 급히 깨웠고, 이승만은 그에게 이 사태에 대한 미국의 책임을 물으며 지원을 요청했다.

맥아더는 오랜 친구의 요구에 화답해서 지체 없이 무스탕 전투기 10대, 105밀리 곡사포 36문, 155밀리 곡사포 36문, 바주카포를 지원했다.

북한 인민군은 맥아더가 보낸 미국의 무스탕 전투기에 놀라 잠시 몸을 움츠렸지만, 그들은 조금도 주눅 들지 않고 진군의 발걸음을 계속했다. 북한 인민군은 '남조선해방'과 '조국통일'이라는 김일성의 선전에 세뇌되어 동족 간에 피를 흘린 이 전쟁을 성스럽게만 여기고 있었다.

맥아더의 긴급 지원이 북한군의 전진을 얼마간 늦추는 데는 도움을 주었는지 몰라도 맥아더의 이 초기 지원은 언 발에 오줌 누는 격에 불과해 전황의 열세를 되돌릴 수는 없었다. 탱크를 앞세운 북한군은 파죽지세의 기세로 밀고 내려왔다.

미국 정부의 즉각적인 개입이 필요했다. 하지만 미국은 이 전쟁을 방관하지는 않겠다는 의지를 내보이고만 있을 뿐, 세계대전으로 비화될 우려가 있어 분명한 결정을 못하고 숙의만 거듭하고 있었다.

애가 탄 이승만은 주미 한국대사 장면에게 당장 트루먼을 만나 미군 참전과 한국군에 대한 군비지원을 강력히 요청하라는 훈령을 내렸다.

트루먼은 이승만의 지적에 전쟁 발발에 대한 미국의 책임을 느끼면서 소련의 팽창 야욕을 저지하기 위해 참전을 선언했다.

그러나 북한을 제재하기 위한 유엔 결의가 안전보장 이사회에서 통과될 수 있을지 불투명해 그 역시 좌불안석이었다.

소련이 거부권을 행사하면 모든 것이 수포로 돌아갈 판이었기 때문이다. 소련의 입장이 매우 중요했다.

그런데 뜻밖에도 소련은 안전보장 이사회에 참석하지 않았다. 이 덕에 남침 이틀 만에 유엔 결의를 통한 북한 제재가 결정되어 한국은 벼랑에서 벗어날 굵은 동아줄을 힘차게 잡을 수 있었다. 한국으로서는 기적 같은 일이 벌어진 것이다.

미국은 물론이고 국제사회가 소련이 안전보장 이사회에 참석하지 않은 것을 몹시 이상하게 여겼다. 스탈린이 북한에게 남침을 지시하고 수백 대의 전투기, 수천 대의 탱크, 수만 문의 야포까지 지원한 사실을 알고 나면 소련의 태도는 더더욱 이해가 가지 않는다.

하지만 이 모든 것은 스탈린의 치밀한 계략에 따른 것이었다. 그는 민족주의자 모택동을 싫어했고, 소련과 국경을 맞대고 있는 중국이 강대국으로 성장하는 것을 원치 않았다. 그는 한국전쟁을 통해 모택동의 중국과 미국 사이에 전선이 형성되기를 바라고 있었다.

스탈린은, 미국과 중국 두 강대국이 한반도에서 물고 뜯으면서 상처를 입고 비틀거릴 때 비로소 소련이 세계 패권을 손에 쥘 수 있다고 생각했다.

　말하자면 그는 이이제이(以夷制夷) 전법을 구사해 소련을 세계 유일의 패권국가로 등극시켜 위대한 러시아의 새로운 피터 대제가 되고 싶었던 것이다. 이렇게 보면 한국 전쟁은 스탈린의 야망에 놀아난 한 편의 슬픈 연극이었다고 할 수도 있다.

2

　그 사이에 북한군은 바람같이 날아와 서울의 관문인 의정부에 들어서서 서울을 정조준했다. 경무대에 비상이 걸렸다.

　"각하, 떠나셔야 합니다!"

　"난, 안 가! 서울을 사수해야 해!"

　북한군의 서울 진입이 코앞에 와 있었다. 그럼에도 이승만은 완강하게 피난을 거부하고 버텼다. 각료들의 끈질긴 설득에도 이승만이 도리질만 치고 있었다. 그의 아내 프란체스카 여사가 울면서 그에게 매달렸다.

　"여보, 당신은 국가원수예요. 최고사령관인 당신이 적에게 잡히면 이 전쟁은 패전으로 끝이 나는 거예요, 당신은 이 나라가 공산화되길 바라세요? 일단 수원까지만 내려갑시다. 상황을 봐서 다시 올라오면 되잖아요?"

　프란체스카의 주장은 충분히 일리가 있었지만 그녀의 간절한 호소도 이승만에게는 씨알이 먹히지 않았다.

　"프란체스카, 장수가 물러나는 순간 군사들은 사기를 잃고 오합지졸이 될 것이오. 지금 전선에서는 우리 병사들이 육탄으로 적을 막고 있소.

이 처지에 날 보고 피신을 하라고? 어림도 없는 일이오. 결코 하나님은
이 나라를 그냥 내버려두지 않을 테니 조금만 더 기다려 보시오.”

　이승만은 불안해하는 아내를 위로하며 다독였다. 하지만 그 역시 사
태가 녹록치 않음을 알고 있었다. 그는 갑갑증이 나서 자리에 가만 앉아
있을 수가 없었다. 그는 방안을 서성거리며 손을 후후 불었다. 그만큼 그
의 속이 타고 있었다.

　27일 새벽 2시경, 신성모 국방장관이 헐레벌떡 경무대로 뛰어 들어왔
다.

　“각하, 정말 이젠 대피하셔야 합니다. 적의 전차가 청량리까지 들어왔
습니다. 시간이 없습니다.”

　“이런 젠장! 북한군은 우리 국군한테 한주먹꺼리도 안 된다고 큰소리
치더니 도대체 이게 무슨 꼴이오?”

　“제가 죄인입니다, 각하! 아무튼 지금은 일분일초가 급합니다.”

　적군이 청량리에 진입했다면 경무대가 적의 수중에 떨어지는 건 시간
문제였다. 그제야 이승만도 사세를 돌이킬 수 없음을 인정하고 참모들을
따라 나섰다.

　새벽 3시 30분, 이승만은 객차 2량으로 만든 특별열차에 올라 한강을
건넜다. 특별열차라곤 하지만 열차는 차창 유리가 깨어지고 대통령이 덮
을 담요 한 장도 갖추지 못했다. 그만큼 대통령의 피난은 사전 준비 없
이 번갯불에 콩 구워 먹듯 긴박하게 이루어졌다.

　이틀 동안 한시도 눈을 붙이지 못했던 이승만은 열차 안에서 몸을 뒤
척이다 깜빡 잠이 들었고, 눈을 떴을 땐 대구였다.

　“여기가 어디야?”

　“각하, 대구입니다.”

"뭐야? 기차를 다시 돌려! 대전으로 간다."

"각하, 안 됩니다. 위험합니다."

"말이 많다! 내가 돌리라고 하지 않았나!"

이승만은 서울 시민을 남겨두고 홀로 서울을 떠난 것이 너무 마음이 걸렸다. 그는 다시 서울로 돌아가 서울 시민들과 함께 적을 맞아 싸우다 장렬히 산화하겠다는 생각으로 기차를 북쪽으로 돌려 세웠다.

참모들의 걱정 속에 방향을 튼 기차는 다시 북쪽을 향해 달렸고, 온종일 굶고 있던 이승만은 대전을 지날 무렵 간단한 요기를 위해 대전역에 일시 하차했다. 그때 미국 대사 무초가 환한 미소를 지으며 이승만을 급히 찾아왔다.

"각하, 아주 기쁜 소식입니다."

"뭐요?"

"소련이 거부권을 행사하지 않아 북한에 대한 유엔의 제재가 결정되었다고 합니다, 머지않아 연합군이 달려와 우리를 도울 것입니다."

"그래요? 오, 하나님!"

이승만은 무초 대사의 전언에 탄성을 지르며 어린아이처럼 팔짝팔짝 뛰었다.

"하나님은 정말 이 나라를 버리지 않으셨어. 하나님은 우리를 보고 계신거야. 그렇지 않아? 신 장관!"

이승만은 유엔의 참전 결정에 고무되어 잃어버린 활력을 되찾았고, 전황 관리를 위해 대전에 임시집무실을 차렸다.

하지만 수원을 점령한 북한군이 빠르게 남하하고 있어 이승만은 다시 대구로 내려가야 했다. 다만 유엔군이 곧 이 전쟁에 개입한다는 기대 섞인 희망 때문에 개전 초기의 절박했던 마음과 달리 전황 타개에 대한 낙관적인 전망이 고개를 들고 있었다.

3

개전 3일 만에 함락되었던 서울은 맥아더가 감행한 인천상륙작전 성공에 힘입어 9월 28일 적의 수중에서 탈환했다. 연합군이 당도할 때까지 국군과 학도병들이 피를 흘리며 두 달 동안 사투를 벌여 낙동강 방어선을 굳건하게 지켜낸 값진 결과였다.

개전 3일 안에 남한을 완전 점령할 수 있다고 큰소리 친 김일성의 주장과 남로당 당원 30만 명이 당장 들고 일어나 남조선 해방은 그야말로 식은 죽 먹기라 했던 박헌영의 호언장담은 결국 식언이 되었다.

이 때문에 공산당 두 거두의 위신이 땅바닥으로 추락한 것은 물론이고 하루아침에 세상의 비웃음거리가 되었는데, 이들의 예상이 완전히 빗나간 배경에는 이승만의 기민한 내정개혁이 결정적인 역할을 했다.

이승만은 내우외환의 위기 속에서도 내각의 격렬한 반대를 무릅쓰고 비서 윤석오의 건의를 받아들여 사회주의자인 조봉암을 농림부장관으로 기용하고는 토지개혁을 즉각 단행했다.

조봉암은 처음에 북한과 마찬가지로 무상몰수와 무상분배를 주장했으나, 대립과 반목보다는 화합을 추구하는 이승만의 뜻을 받들어 토지의 유상몰수와 유상분배를 실시해서 지주들의 불만도 잠재우고 소작농들의 부담도 덜어주는 누이 좋고 매부 좋은 토지개혁을 마무리했다.

소작농들이 크게 부담스럽지 않은 적은 비용으로 이미 토지를 모두 분배받은 터라, 무상으로 토지를 나누어주겠다는 김일성과 박헌영의 선전과 선동이 소작농 출신 농민들의 마음을 붙잡지 못했다.

토지개혁으로 남한에는 지주들에게 빼앗을 땅이 한 평도 남아 있지 않았다. 이 탓에 김일성의 얘기는 한 마디로 공수표가 될 수밖에 없었다.

또 제주 4·3 사건과 여순 폭동을 거치면서 군 내부는 물론이고 국회에까지 잠입했던 남로당원들이 대거 뿌리 뽑히는 바람에 박헌영과 김일성이 한껏 기대했던 남로당의 폭동도 전혀 일어나지 않았다. 사회주의 이론에만 해박한 설익은 사회주의자 박헌영이 열정을 이기지 못하고 현실을 외면한 채 불장난을 지른 결과가 이렇게 나타난 것이다.

여기에다 그들은 군수물자 보급마저 큰 어려움을 겪었다. 그들은 해방군이 되어 남한에 들어가면 모든 남한 주민들이 쌍수를 들고 자신들을 환영할 것이라고 오판하고는 군수품 보급 문제를 아주 간단하게 생각했다.

이승만의 과감하고 신속한 내정개혁으로 사회 안정을 위협하는 불안 요인이 사라진 상태라 그들은 자신들이 기대한 보급 문제에도 발목이 잡혔다.

남한 당국의 불만세력으로 그들이 파악했던 노동자나 농민들이 이승만의 내정개혁으로 이승만 정권에 대한 지지세력으로 바뀌면서, 그들은 자신들이 원했던 보급 문제를 현지에서 해결하는 데 실패하고 말았다.

보급 문제를 가볍게 여겼던 관계로 몸이 깃털처럼 가벼워 날쌔게 남하하는 데는 성공했지만, 종국에는 전선이 길어지고 보급이 끊기는 바람에 인천상륙작전이 전개되자 북한군은 독안에 든 쥐 신세가 되지 않을 수 없었다.

아무튼 처절한 석 달 간의 전투를 통해 되찾은 서울은 곳곳이 멍이 들어 있어 시쳇말로 망신창이였다. 건물과 도로는 부서지고 패어 낡아서 구멍 난 옷가지마냥 너덜너덜했다. 적이 물러난 지 이틀이 지났는데도 거리엔 연기가 아직도 자욱했다.

이승만은 눈시울을 붉힌 채 멀리서 들려오는 포성을 들으며 서울로 돌아왔다. 그는 맥아더와 함께 중앙청 광장에서 서울 수복을 기념하는 행사를 가진 후 현안을 논의하기 위해 그를 자신의 집무실로 초청했다.

트루먼은 전쟁이 확대되는 걸 원치 않아 유엔군의 참전 목표를 한국 상황을 전쟁 이전 상태로 되돌려 놓는 것이라고 규정해 놓았다.

이 때문에 서울을 수복한 유엔군은 진군을 멈춘 채 혼비백산 삼십육계 줄행랑을 놓는 북한군을 멀거니 바라보면서 한가롭게 전열만 가다듬고 있어 이승만의 속을 바짝 태웠다.

38선만을 지키겠다는 트루먼의 전쟁 구상은 분단의 고착화를 의미했다. 이것은 북한군의 남침을 북진통일의 호기로 삼겠다는 이승만의 생각과는 정면 배치되는 것이었다.

이승만은 트루먼의 생각을 용인할 수 없었다. 그래서 그는 일단 유엔군 사령관 맥아더의 의중을 떠보려고 그를 불렀던 것이다.

서울 수복 환영행사가 끝난 직후라 이승만과 맥아더 사이에는 한 동안 흥겨운 정담이 오갔다. 맥아더의 기분을 살피고 있던 이승만은 맥아더가 담배 파이프를 물자 그답지 않게 선뜻 맥아더에게 불을 붙여주며 물었다.

"장군, 38선을 어찌할 것이오?"

"각하, 저는 국제연합이 제게 부여한 권한만 행사하고 있습니다. 국제연합은 아직 제게 38선을 넘으라는 지시를 하지 않았습니다."

"그럼 좋소. 연합군은 그렇다 치더라도 우리 국군이 북진하는 것은 어찌할 것이오? 막을 것이요?"

"국군도 지금은 유엔군의 일원 아닙니까?"

맥아더의 말은 국군도 유엔군의 일원이니 국제연합의 훈령에 따라 38선을 넘어서는 안 된다는 뜻이었다. 이승만은 그의 말에 은근히 반발하며 자신의 속내를 밝혔다.

"장군, 물론 장군의 말이 틀린 것은 아니요. 하지만 북한군이 먼저 38 선을 무너뜨렸는데 우리가 38선을 굳이 지킬 필요가 있겠소? 38선이 남아 있는 한 이 전쟁은 다시 재발하고 말 것이요.

난 동북아시야 평화의 화근이 될 38선을 없애고 싶소. 우리 국민들도 나와 생각이 똑같소. 유엔의 뜻 때문에 내가 자제를 시키고는 있지만 지금 군인들은 38선을 넘겠다고 난리요!

분위기가 심상치 않소. 내가 북진 명령을 내리지 않아도 국군이 스스로 38선을 넘는다면 나로서도 어찌해 볼 도리가 없소. 이런 상황이 온다면 어떻게 하시겠소?"

"……"

맥아더는 그의 말에 즉답을 피했다. 그는 말없이 무거운 얼굴을 하고는 담배 파이프만 계속 빨았다.

이승만이 에둘러 말했지만, 이승만의 말은 미국이 반대해도 국군에게 38선 돌파 명령을 내리겠다는 뜻을 자신에게 전한 것으로 맥아더는 알고 있었다.

그는 이승만의 친구였다. 그는 이승만의 심중도 십분 이해했다. 그도 자신이 이승만의 입장이었다면 그와 같은 판단을 했을 것이라 생각했다. 조국 통일의 호기를 눈앞에 두고 이런 저런 눈치를 보느라 결단을 못하는 것은 지도자의 올바른 처신이 아니라 여겼다.

그는 내심 이승만에게 승인 사인을 보내고 싶었다. 그러나 그는 유엔군 사령관이었다. 유엔으로부터 위임받은 일 외의 문제를 언급하는 것은 유엔군 사령관으로서 적절치 않다고 판단해 그는 대답을 유보했다. 물론 직접적인 반대도 하지 않았다.

그는 이승만의 질문에 대답하는 대신 이승만의 집무실을 떠나면서 그를 보고 빙긋 웃었다.

"각하, 커피 잘 마셨습니다. 항상 신의 가호가 있길 빕니다."

4

이승만은 긍정도 부정도 하지 않는 맥아더의 태도를 보면서 힘을 얻어 곧장 육군참모총장 정일권을 불렀다.

"3사단과 수도 사단이 38선까지 갔는데 어째서 장군은 북진 명령을 내리지 않는가?"

"각하, 유엔의 훈령 때문에 38선을 넘을 수 없습니다."

"이보게, 자네는 대한민국 장군인가? 미국 장군인가?"

이승만의 힐문에 정일권이 당황해 얼굴을 붉혔다.

"자네 나이 서른넷인데 그만한 패기도 없는가? 그만한 용맹도 없는가?"

"각하, 그런 게 아니라……"

"변명은 듣기 싫네! 당장 북진 명령을 내리게!"

이승만의 강압적인 지시에 정일권이 울상을 지으며 볼멘소리를 했다.

"각하, 38선을 넘게 되면 유엔과 큰 갈등을 일으키게 됩니다."

"이봐, 정 장군. 우리가 38선을 못 넘을 이유가 뭔가? 38선에 넘지 못할 장벽이 쳐져 있는가, 아니면 38선에 천길 벼랑길이 생겼는가? 어째서 자네는 자꾸만 안 된다는 소리만 하는가? 자네 계급장 떼이고 싶은가? 안 되면 방법을 찾으면 될 것 아닌가?"

이승만의 불호령에 정일권은 주눅이 들어 입도 벙긋하지 못하고 물러

나와 자신의 고문으로 있는 하우스만과 이 문제를 두고 숙의를 거듭했고, 밤을 꼬박 새우며 법령집을 이 잡듯이 뒤진 끝에 마침내 북진의 근거를 찾아내고는 무르팍을 쳤다.

"바로 이거야!"

이른바 '긴급추적권(緊急追跡權)'이란 수단을 발견한 것이다. 정일권의 눈이 번쩍 뜨였다. '긴급추적권'은 연안국의 영해에서 타국 선박이 연안국의 국내법을 위반할 경우 연안국 군함이 공해에까지 계속 추적하여 나포할 수 있는 권리인데, 이 규정을 한국전쟁에 준용하면 38선을 넘어서는 안 된다는 유엔 결의에도 불구하고 북한의 남침으로 안보상의 이익을 침해받은 당사자 대한민국은 자신의 안전을 확보하기 위해 38선 넘어 적을 공격해도 국제법상 아무런 문제가 되지 않는다는 해석이 나왔다.

정일권은 첫새벽에 잰걸음으로 달려가 눈도 뜨지 않은 이승만을 깨워 긴급히 보고했고, 단추도 제대로 잠그지 않은 잠옷차림의 이승만은 아주 오랜만에 흡족한 표정을 지으며 그의 노고를 치하했다.

"역시 젊은 친구는 다르구먼! 좋아, 당장 38선을 돌파해 통일 대업을 완수하도록!"

이때가 서울 수복 이틀 후인 9월 30일이었다. 다음날 대통령의 진격 명령으로 수도 사단이 도망가는 북한군을 쫓아 38선을 돌파했다.

유엔의 권고안을 무시하고 이승만이 단독으로 38선을 넘을지 모른다는 맥아더의 보고에 트루먼은 이승만의 성격이 불같고 별나서 럭비공처럼 어디로 튈지 모르는 사람이란 건 잘 알지만, 유엔 결의까지 있는 마당에 최소한의 상식이 있는 사람이라면 설마 그럴 리는 없을 것이라고 애써 자위하고 있었다.

보고를 받은 지 채 이틀 밤도 지나지 않아 수도사단이 38선을 넘어 북진을 시작했다는 소식을 듣고 트루먼은 노발대발했다.

"이런 미친 영감쟁이가 있나?"

북진으로 전선이 확대되면 중국과 소련의 개입은 불을 보듯 뻔했고 자칫 잘못하다간 3차 세계대전으로 비화될 우려가 있었다.

38선 돌파는 이승만의 독자적인 판단에 따른 것이지만, 한국군은 어디까지나 유엔군의 일원이었다. 이승만의 38선 돌파로 전쟁이 확대될 치명적인 폭탄이 터진 것이다.

트루먼도 이젠 어쩔 수 없었다. 자신이 이승만의 함정에 빠진 것을 알고 낙담했지만, 하루 이틀 고심을 거듭하던 그도 별 수 없다는 듯 38선을 경계로 한 현상유지 정책을 철폐하고"북한 침략군의 무력을 분쇄하고 북한 인민들의 자유로운 선거 보장을 위함"이란 명목으로 한국에 통일정부 수립을 위한 작업에 착수했다.

이승만은 트루먼이 유엔결의를 통해 38선 돌파를 선언했다는 소식을 미국 대사 무초에게서 듣고는 애써 표정관리를 하며 무초를 통해 트루먼에게 감사의 뜻을 전했고, 무초가 물러가자 두 손을 번쩍 들고는 목이 터져라 환호성을 질렀다.

"됐어! 이젠 됐다고! 하하하. 트루먼이 결국 내 계략에 넘어갔어!"

트루먼이 한국전쟁에 개입한 것은 한국의 안전보장에 대한 자신들의 약속보다는 소련의 위협으로부터 일본을 지키기 위한 생각이 더 컸다.

이 때문에 자신이 38선을 돌파한다면 트루먼도 어쩔 수 없이 일본 방위를 위해 38선 돌파에 동참할 수밖에 없다는 계산을 이승만은 일찌감치 하고 있었다. 한국이 무너지면 일본이 위험하고, 일본이 위태로워지면 태평양에 놓여 있는 미국의 이익까지 침해당할 우려가 있기 때문이었다.

아무튼 도박이나 다름없는 이승만의 대담한 물귀신 작전이 성공해서 마침내 국군과 유엔군이 다 함께 38선을 뚫고 북진을 시작했다.

5

어느덧 햇수로 전쟁 발발 3년이 흘렀다. 그 사이 서울을 두 번 빼앗기고 뺏고, 전선이 세 차례 밀고 밀리는 격전을 벌였지만, 어느 쪽도 완벽한 승리를 거두지 못한 채 원위치로 돌아와 남북한은 38선을 두고 지루한 공방전만 벌였다.

이 때문에 일각에서는 이 전쟁을 '요요*전쟁'이라 부르기도 했다. 이 전쟁은 뚜렷한 승자도 패자도 없는 전쟁이었다.

전쟁의 장기화로 미국은 점점 곤란해지고 있었다. 2차 세계대전의 후유증이 채 가시지 않은 상태에서 한국전쟁에 뛰어든 관계로 미국 경제의 피로감이 극심했고, 사망자가 무려 2만5천명을 넘어서서 미국인들이 전쟁이라면 이젠 진저리를 쳤다.

전쟁으로 인기가 추락한 트루먼은 결국 물러났고, 미국 국민들은 한국 전쟁의 종전을 공약으로 내세운 세계 2차대전의 영웅 아이젠하워를 새로운 대통령으로 선출했다.

미국은 전쟁에 신물이 나서 한시라도 빨리 한반도에서 철수하고 싶어서 한국의 의사와 상관없이 북한과 중국 측에 더 많은 양보를 하며 휴전을 서둘렀다.

휴전을 반대하며 북진통일을 강력히 주장하고 있는 이승만과 휴전을 원하는 미국 사이에 서서히 전운이 감돌았다.

한국 철수를 결정한 미국은 제 코가 석자인 마당이라 한국에 아무런

---

* 다시 돌아온다는 뜻의 필리핀 말

미련이 없었다. 그들은 아무런 부담을 지지 않고 얼른 짐을 싸서 도망만
치고 싶었다. 이것이 미국의 본심이었다.

하지만 이승만은 미국의 이 같은 무책임한 태도를 이번만큼은 절대
용인하지 않겠다고 다짐했다. 그는 이미 미국의 무성의와 무책임한 이기
적인 태도에 두 번이나 상처를 받은 바 있었다.

조미우호통상 조약에도 불구하고 한국이 일본에 병합되는 것을 미국
은 방관했고, 해방 이후 소련의 북한 점령을 용인한 것도 미국이었다.

인민군과 중공군을 포함해 북한 땅에는 90만 명이라는 엄청난 병력
이 포진하고 있었다. 상황이 이러했지만, 미국은 여론에 떠밀려 한국에
대해 어떠한 안전보장 조치도 취하지 않고 일방적으로 한국에서 물러나
려고 했다.

한국의 발등에 불똥이 떨어지고 있었다. 한국의 안보 공백은 불가피
했고 한국은 공산화의 불길에 다시 휩싸일 수밖에 없는 위기에 놓이게
됐다.

이승만은 미국의 태도에 격분해 자신이 들고 있던 카드를 만지작거
렸다. 그는 외무장관 변영태와 헌병사령관 원용덕을 조용히 불렀다.

"난 미국이 이 전쟁에서 도망치듯 달아나는 걸 두고 볼 수 없어, 이젠
휴전 판을 엎어버리는 수밖에 없어, 자네들 생각은 어떤가?"

이승만의 말에 변영태와 원용덕의 얼굴이 잔뜩 굳었고 그들은 긴장
한 나머지 마른 침을 꿀꺽 삼켰다. 그들은 이승만이 자신들에게 밝힌 말
의 의미를 잘 알았다.

그들은 몹시 불안했다. 미국 정부가 이승만을 제거하기 위한 모종의
계획을 수립해 놓았다는 사실을 외교경로를 통해 전해 들었기 때문이다.
미국이 이승만 제거 작전에 나섰다는 소문도 서울 바닥에 파다했다.

휴전을 앞두고 전국 곳곳에서 '휴전협정 반대'와 '북진통일'을 주장하는 데모가 연일 벌어지고 있었다. 거국적으로 벌어진 이 시위는 이승만의 뜻이 반영된 것이었다.

이승만이 존재하는 한 미국이 원하는 순조로운 휴전협정 체결은 불가능했다. 이 때문에 미국 정부는 한반도의 분단을 고착화시킨다는 이유를 들어 휴전을 결사 반대하는 이승만을 권좌에서 끌어내릴 생각을 하게 되었다.

급기야 주한 미8군 사령관 맥스웰 테일러가 상부의 지시를 받아 은밀히 이승만을 제거할 군부 쿠데타를 준비했다. 이른바 '에버레디(Ever-Ready)' 작전이다. 이 작전은 유엔군 사령관 클라크의 동의를 받아 미 국방부 합참본부에 제출되어 아이젠하워 대통령의 재가를 기다리고 있었다.

한국과 미국의 관계는 마주보고 달리는 열차나 다름이 없었고, 이승만 제거작전은 초읽기에 들어갔다. 대충돌이 불가피했다.

위기가 극대화된 상황에서는 작은 불씨도 엄청난 폭발력을 지닌다. 그런데 이승만이 세계를 깜짝 놀라게 할 카드를 꺼내려고 했다. 변영태는 이승만이 손에 쥔 카드를 자살폭탄이라 여겼다. 그는 파국만은 막아야 한다는 생각에서 간절한 목소리로 호소했다.

"각하, 이건 너무 위험합니다."

"뭐가 위험하다는 거야?"

"포로를 석방하는 것은 협정 위반입니다. 미국이 가만히 있지 않을 겁니다."

이승만은 울상을 짓고 있는 변영태를 보면서 자신은 그 어떤 것도 개의치 않는다는 듯 껄껄 소리 내어 웃었다.

"허허, 자네는 항간에 떠도는 쿠데타 걱정을 하고 있는 건가? 한 번 해 보라지! 나 하나 잡아 가둔다고 미국 뜻대로 일이 되진 않아. 내 뒤에는 애국심에 불타는 2천만 국민들이 있다고!"

이승만은 포로석방이 불러올 만만치 않은 파장을 알고 있었다. 하지만 그는 휴전으로 낙동강 오리알 신세가 될 한국을 구하기 위해서는 이보다 더 효과적인 카드가 없다고 생각했다. 명분도 있었다. 자신들의 의사에 따라 송환을 거부한 반공포로를 석방하는 것은 인본주의에 입각한 것으로 이 땅에 정의를 세우는 일이기도 하기 때문이다.

그는 안절부절 못하는 변영태의 불안한 눈길을 뒤로 한 채 눈을 부릅뜨고 부동자세를 취하고 있는 헌병 사령관 원용덕을 바라보며 지시했다.

"18일 0시를 기해 반공포로들을 모두 석방하게!"

6

이승만의 포로석방 조치로 날이 밝자 부산, 대구, 광주, 영천, 논산, 부평 등지에 분산 수용되어 있던 반공포로 2만7천 명이 환호성을 지르고 자유를 외치며 왈칵 거리로 쏟아져 나왔다.

태평양 건너 백악관이 발칵 뒤집혀졌다. 아이젠하워는 즉각 비상회의를 소집해 대응에 나섰다. 이승만의 조치로 산달을 막 눈앞에 둔 휴전협정이 유산될 지경에 놓였다.

당장 공산진영의 비난이 빗발쳤다. 그들은 휴전협정을 무산시키겠다고 엄포를 놓으며 미국을 압박했다. 아이젠하워는 휴전협정의 판을 깬 이승만에게 격노해 목청을 높였다.

"이승만은 우리 미국뿐 아니라 유엔에 대해서도 아주 적대적인 조치를 취했소. 그의 막가파식 행동을 용인한다면 유엔은 국제문제를 조율할 능력을 상실하게 될 것이오. 이제 방법이 없소. 난 '에버레디'계획을 승인할 생각이오."

비상회의에 참석한 각료들은 모두 아이젠하워의 생각에 동의를 하는 듯 고개를 끄덕였지만, 덜레스 국무장관이 느닷없이 불쑥 이의를 제기하고 나섰다.

"각하의 말씀에 전적으로 동감합니다. 그러나 이승만을 제거하는 것은 신중하게 해야 합니다. 우리의 목적은 휴전협정을 체결하는 것이지 이승만을 제거하는 것이 목적이 아니라는 것입니다.

우리가 이 전쟁에 참가한 것은 공산주의를 막아 자유세계를 지키기 위한 것이었습니다. 이승만이 비록 말썽꾼이긴 하나 자유세계의 첨병이되어 공산당을 맞아 싸우고 있습니다.

이승만을 제거하는 것은 자칫 우리 스스로의 모순에 빠질 수도 있는 일입니다."

아이젠하워는 그의 반론에 화가 나서 벌컥 소리를 질렀다.

"그럼 도대체 어찌 하자는 말이오? 그 자가 지금 깽판을 치고 있는데?"

머리가 반들반들한 대머리 아이젠하워의 이마에서 땀이 송알송알 솟아나고 있었다. 흥분한 그의 얼굴이 홍당무처럼 시뻘게졌다.

"일단 특사를 파견해서 그의 요구 조건을 한 번 알아보십시오. 그가 휴전을 반대하고 북진통일을 주장하지만 그것이 쉽지 않다는 것은 본인이 더 잘 알고 있을 것입니다. 포로석방도 어쩌면 그 조건을 우리에게 관철시키기 위한 이승만의 압박카드일 수 있습니다."

이승만의 프린스턴대학 동문이기도 한 덜레스는 노회한 외교 전문가답게 이승만의 의도를 간파하고 있었다. 그가 아이젠하워의 분노를 알면서도 공개석상에서 이승만 구하기에 선뜻 나선 것은 동문에 대한 사적인 감정 때문만은 결코 아니었다.

그는 이승만과 마찬가지로 철저한 반공주의자였고, 공산 진영의 위협으로부터 자유를 지키기 위해서는 무력도 사용할 수 있다는 강경론자였다.

그는 이승만이 비록 미국의 정책에 반기를 들어 미국을 괴롭히고 있기는 하나 반공주의자 이승만은 높이 사고 싶었다.

당시에 이승만처럼 뜨거운 반공의 전사는 세계적으로 그 유례를 찾을 수가 없었다. 이승만의 반공은 신 앞에 모든 이가 평등하다는 그의 깊은 신앙심에서 나온 것이기 때문이다. 정치적 이해관계에서 나온 반공노선과는 그 격과 질이 달랐다.

그래서 그는 이승만을 제거하는 것은 대국적인 견지에서 자유진영의 엄청난 손실이라고 판단했던 것이다.

아이젠하워는 대외정책 책임자인 국무장관 덜레스의 강력한 반대에 부딪혀 이승만 제거 계획을 일단 보류하고, 그의 뜻을 받아들여 특사를 파견하기로 결정했다.

7

반공포로 석방 엿새 만에 아이젠하워의 특사 로버트슨이 서울에 당도했다. 그는 이승만을 만나기 위해 경무대로 가는 길에 차창 가에 비친 풍경을 보고는 모골이 송연했다.

건물마다 전봇대마다 붉은 글씨로 쓰인 플래카드가 깃발처럼 바람에 나부끼며 요괴처럼 사방에서 춤을 추었다.

국문과 영문으로 적힌 '북진통일' '휴전반대'라는 구호가 붉은 아가리를 벌리고 날카로운 이빨을 들이밀며 자신을 덮쳐올 것만 같은 착각이 들었다. 거리도 데모 행렬로 가득했다.

플래카드를 앞세우고 행진을 벌이는 이들도 모두 붉은 글씨가 쓰인 하얀 띠를 이마에 질끈 동여매고 있었다. 그는 서울에 들어오는 순간 자신이 적지에 갇혔다는 생각을 피할 수 없었다.

미국을 떠날 때엔 미친 이승만을 반드시 때려눕히고 말겠다고 호언했던 그였지만, 서울 시내의 살벌한 분위기에 주눅이 들어 로버트슨의 얼굴엔 긴장감이 감돌았다.

하지만 그는 명색이 세계를 호령하는 미국무부 차관보였다. 서울의 기세에 짓눌려 잠시 주춤했던 그는 다시금 자세를 가다듬고 전의를 불태우며 아시아의 무법자 이승만을 응징하기 위해 경무대를 방문했다.

그는 이승만을 만나면서 다시 한 번 놀랐다. 이승만이 미국 대통령 특사 로버트슨을 아주 정중하게 맞았기 때문이다.

저승꽃이 만발한 백발의 노인은 그가 들어서자 백 년 손님을 맞듯이 자리에서 일어나 그를 따뜻하게 끌어안았고, 익숙한 미국식 인사로 볼에다 키스까지 하는 것이었다.

그동안 그는 이승만을 괴물로만 알고 있었다. 뜻밖에도 이승만은 미소가 매력적이고 유머가 넘치는 너무나도 온화한 신사였다.

그러나 그는 다시 한 번 더 놀랐다. 이승만은 언행을 서두르지 않았지만 집요했다.

팔순을 바라보는 노인의 끈질김과 빈틈없는 책략에 그는 얼이 빠져 그만 고개를 절레절레 흔들었다.

"각하, 미국은 이미 이 전쟁에서 2만5천명에 달하는 젊은이의 고귀한 목숨을 바쳤습니다. 우리는 더 이상의 희생을 국민들에게 강요할 수 없어 휴전에 나선 것입니다. 각하께서 불안해하시는 한국의 방위에 대한 문제도 미국 정부가 보장한다고 약속했습니다. 그런데도 휴전에 자꾸 반대만 하시니 미국 정부로서는 참으로 유감입니다."

"허허, 그래요? 난 생각이 좀 달라요. 미안하지만 난 당신들의 말을 믿을 수가 없소. 우리는 미국에게 그 동안 두 번이나 배신을 당했소. 지금 당신들이 하는 행태를 보면 또 다시 우리를 버릴 모양새요. 그런데 어째서 문서 한 장 없이 달려와서 무턱대고 당신들을 믿으라고만 하는 것이오?

구한말에는 조미 우호통상조약이란 외교문서가 눈을 뜨고 뻔히 살아 있었소. 그런데도 미국은 한국을 버렸소. 도대체 무얼 보고 우리에게 믿음을 강요하는 것이오?

입장을 바꿔놓고 한 번 생각을 해보시오. 우리가 당신들에게 당했듯이 당신들이 우리에게 당했다면 어떻게 우릴 믿겠소? 대체 믿을 수 있는 근거가 무엇이 있단 말이오?"

이승만은 범인을 추궁하는 수사관처럼 로버트슨의 생각을 조목조목 반박했고, 한국에 대한 거듭된 배신으로 미국이 양치기 소년이 되었다는 이승만의 주장에 로버트슨도 달리 대꾸할 말이 없었다.

적당한 회유와 노골적인 협박으로 이승만 정도는 쉽게 꺾을 수 있다고 장담했던 로버트슨의 판단은 완전히 빗나갔다.

이승만과 대화를 하면서 그는 시종 이승만의 논리에 자꾸 말려들었다. 이 때문에 그는 상황을 모면하려고 억지 주장을 펴다가 다시 궁지에 몰렸다.

공격자와 방어자의 입장이 바뀌어 로버트슨이 이젠 이승만에게 쫓기고 있었다. 그는 마침내 이승만과 대화를 해봤자 자신에게 이로울 게 없

다는 것을 깨닫고는 상부의 훈령을 받아야 한다는 핑계를 대고는 급히
자리를 떴다.

그는 이승만에게 참패를 당했다. 이승만에게 일방적인 설교만 듣게
된 것은 그로서는 굴욕이었다. 그런데도 경무대를 나서는 그의 표정은
그다지 불쾌해 보이거나 무거워 보이지 않았다. 오히려 그는 입가에 희
미한 미소를 띠고 있었다. 도무지 이승만과 한바탕 격전을 치르고 나온
사람 같아 보이지 않았다.

그는 이승만과 대화하면서 그에게 분노하기보다 이상하게 이승만에
게 끌리고 있었다. 그는 기분이 참으로 묘했다. 징벌을 위해 찾아간 악
당에게 자신이 도리어 존경의 마음을 품게 되었기 때문이다.

그는 이승만을 알지도 못한 채 남의 말만 듣고 그가 무식하고 야만적
이고 비열한 악당이라고 서둘러 판단했던 자신의 경솔함이 부끄러워 얼
굴을 들 수가 없었다.

이승만에 대한 세간의 악담이야말로 서양인들의 어리석은 오만에서
출발한 인종적 편견임을 그는 이승만을 만나고 나서 비로소 알게 되었다.

이승만의 식견은 백과사전을 연상시킬 만큼 풍부했고, 조국을 위해
싸워온 그의 지난 시절 얘기를 들을 때는 눈물이 날 만큼 감동적이었다.

그는 휴전 문제를 상의하기 위해 방문한 자신에게 이승만이 자신의
지난날 살아온 얘기를 굳이 들려준 이유를 어렵지 않게 짐작했다.

이승만은 자기 조국을 위해서라면 자신의 목숨까지도 기꺼이 바칠
준비가 되어 있다는 것을 말하고 싶었던 것이다.

이 점은 로버트슨에게 상당히 부담스러운 문제였다. 신념에 찬 확신
범들의 경우 그들이 저지른 행위가 언제나 치명적이라는 걸 그는 알고
있었다.

대개 테러리스트들이 신념에 찬 확신범들의 범주에 들어간다. 이들

은 명분만 합당하다면 자살을 포함해 상상할 수 없는 모험과 도박을 벌이는 무리들이다. 목숨보다 명분을 더 중요하게 생각하는 사람들이 확신범들이다.

그는 이승만도 자기 조국을 위해 충분히 도박을 할 수 있는 사람이라고 생각했다. 그가 전화기를 들고 워싱턴의 덜레스에게 자신 있게 말했다.

"이승만은 빈틈이 없고 책략이 풍부해 능구렁이 같습니다. 하지만 너무 감정적이라 위험하기도 합니다.

우리가 그의 요구를 들어주지 않을 경우 예상 밖의 도박을 감행할 수도 있을 것 같습니다. 위기 관리를 위해 일단 그의 요구조건을 받아주는 게 좋겠습니다.

그가 미국의 큰 골칫거리인 것은 분명하지만, 반공에 대한 그의 정신을 생각하면 그의 요구를 승인하는 것이 우리 미국의 이익을 위해서도 그리 나쁘지 않을 것 같습니다."

이승만의 집요한 설득이 힘을 발휘해서 결국 그를 끝없이 위협하던 도도한 워싱턴의 철벽이 봄눈 녹듯 스르르 무너져 내렸다.

협상 2주 만에 이승만이 미국 정부에 요구한 조건이 수용되었다. 내용은 대략 다음과 같다.

첫째, 정전 후 한미 양국은 상호방위조약을 체결한다.

둘째, 미국은 한국에 장기적인 원조를 제공하며 1차로 2억 달러를 제공한다.

셋째, 미국은 한국의 20개 사단과 해군병력을 증강시킨다.

넷째, 양국은 휴전회담에 있어 90일이 경과해도 정치회담이 성과를 얻지 못할 경우 이 회담에서 탈퇴하여 별도 대책을 강구한다.

다섯째, 한미 양국은 정치회담을 개최하기 이전에 공동 목적에 관하여 양국의 고위회담을 개최한다.

로버트슨과 의견 일치를 본 이 합의안의 골자는 어디까지나 이승만이 한국의 안전을 위해 줄기차게 요구한 상호방위조약 체결이었다.

이승만 정부의 각료들은 그가 이루어 낸 개가에 대해 놀라워하며 찬탄해 마지않았다.

다윗과 골리앗의 싸움처럼 오로지 신념과 용기로 무장한 알몸 하나로 미국이란 거인을 상대로 승리를 이끌어낸 이승만의 노고에 국무회의장이 한 순간에 눈물바다가 되었다.

가슴 졸이며 협상과정을 줄곧 지켜본 외무장관 변영태가 울먹이며 말했다.

"각하, 이 모든 것이 각하의 공이십니다. 참으로 위대하십니다, 각하!"

하지만 이승만은 들뜬 각료들의 모습과는 달리 표정이 너무 담담했다. 아직 숙제가 남아 있다는 눈치였다.

"이봐, 아직 끝난 게 아니야. 문서라는 건 믿을 게 못 돼. 그저 불에 타서 없어지는 종이 한 장에 불과할 뿐이야. 확실한 아주 분명한 담보가 있어야 해!"

이승만은 무슨 꿍꿍이인지 미국이 주도하는 휴전협정을 반대하지는 않겠지만, 자신은 휴전에 찬성하지 않는 사람이라 휴전협정에 사인을 해줄 수 없다고 말하고는 휴전협정에서 슬쩍 발을 뺐다.

이승만이 휴전협정에 사인을 하지 않겠다고 버티자 미국은 아연 긴장했다. 이승만이 다 된 밥에 재를 뿌릴 수도 있을지 모른다는 생각에 미국은 덜컥 겁이 났던 것이다. 이승만은 반공포로 석방이라는 전대미문의 카드를 사용해 세계를 놀라게 한 사람이었다.

이 때문에 한미상호방위조약 체결을 위해 내방한 덜레스의 얼굴이 몹시 굳어 있었다. 이승만은 그를 보며 조심스럽게 입을 열었다.

"난 휴전협정에 반대는 않소. 나도 전쟁을 싫어하는 사람이요. 그런데 말이요. 90일 동안 회담을 해도 공산당에게 양보를 얻지 못해 회담 성과를 못 낸다면 그땐 어찌 하겠소?"

"끝까지 노력을 해봐야지요."

"대답이 애매합니다. 언제까지요?"

"어떤 어려움이 있어도 우리는 포기하지 않습니다."

덜레스는 이승만에게 책을 잡히지 않으려 최대한 두루뭉술하게 대답했다. 이승만이 논리의 대가라는 것을 잘 알고 있기 때문이었다. 어설픈 대답으로 약점을 잡히기보다는 확실치 않은 것은 즉답을 피하는 것이 상책이라고 그는 판단했다.

이승만은 물에 물 탄 듯 술에 술 타듯 뜨뜻미지근한 그의 반응을 보며 덜레스의 속내를 간파하고는 내심 웃었다.

덜레스는 어렵게 이룬 휴전협정을 마무리 지으려고 이승만을 대충 달래서 한미 조약안을 얼른 체결하고는 일을 최대한 빨리 끝내고 싶었다.

하지만 두 사람은 전문적인 꾼이었고 이름난 선수였다. 두 사람은 상대의 애를 태우려 애매모호한 태도를 취하면서 시간을 끌었고, 팽팽한 긴장 속에 두 사람은 서로를 향해 이렇게 말하고 있었다.

'어이, 친구! 머리 나쁜 사람처럼 서로 알면서 왜 그래?'

탐색이 끝나자 이승만은 은근슬쩍 수작을 부리고 있는 덜레스를 향해 미국의 아픈 곳을 사정없이 찔렀다.

"만약에 90일 이내에 공산당과 정치적 타협이 실패할 경우, 협정을 파기하고 미국이 다시 전투를 재개할 수 있겠소?"

이승만의 질문에 덜레스는 당황해서 얼굴을 붉혔다. 그는 초조한 기색으로 담뱃불을 붙여 한 두어 모금을 빨고는 나지막이 말했다.

"각하, 그건 제가 답할 수 있는 일이 아닙니다."

"좋소, 그렇다면 공산당과 정치회담이 실패할 경우 그 대안은 무엇이 오?"

"우리는 회담이 실패하지 않을 것이라 봅니다."

"무슨 근거로 그리 생각하시오?"

"우리 미국은 실패하는 협상은 하지 않습니다. 평화적인 방식으로 끝까지 우리의 목표를 쟁취하는 것이 미국 외교의 기본 목표입니다."

덜레스는 이승만의 노골적인 물음에 구체적인 답변을 피한 채 매끄러운 미꾸라지 마냥 외교적인 수사만을 구사해 이승만의 올무에서 빠져나가려 살금살금 눈치를 보고 있었고, 이승만은 그를 보고는 가소로운 듯 냉소를 지으며 직격탄을 날렸다.

"이보시오, 장관! 수백만이 피를 흘린 전쟁을 치르고도 얻어내지 못한 양보를 회담 테이블 위에서 대체 무슨 재주로 얻어낸단 말이오?"

이승만이 노기를 띤 채 눈을 부릅뜨고 덜레스를 노려보았다. 덜레스도 그제야 이승만의 요구를 분명히 인식했다. 그의 머릿속에 이승만의 생각이 텔레파시처럼 슬며시 들어와 앉았다.

'공산당은 믿을 수 없고 우리는 아직 힘이 없으니 당신들이 이 땅에 들어와 자유의 수호자가 되어 주시오!'

덜레스는 이승만의 요구가 몹시 부담스러웠다. 하지만 그의 요구를 거절하기도 난감했다. 그의 요구를 들어주기 위해서는 엄청난 재원이 필요했고, 그의 요구를 물리치는 것은 또 다른 재앙을 불러올 위험이 컸다.

이 당시의 이승만은 대한민국의 안전 문제로 노심초사해 있어 매우 감정적이었다. 덜레스가 우려한 것은 북진통일을 외친 이승만의 전쟁이었다. 이승만은 이미 전력이 있는 사람이었다. 그로서는 이승만의 생각과 의지를 허세로 치부하며 흘려들을 수가 없었다.

정을 주는 것은 한 번이 어렵지 두 번이 어렵지 않듯이, 사고를 치는 것도 한 번이 어렵지 두 번이 어렵지 않은 법이다.

고심 끝에 그는 잠시 생각을 바꾸었다. 그러자 모든 게 다르게 보였다. 마음을 바꾸니 시각이 달라졌고 시각이 바뀌니 셈이 달라졌다.

이승만의 요구를 수용하자면 당장은 돈이 들지만 전쟁을 피하는 것이 오히려 미국을 위해 경제적으로도 더 유익한 일이라 생각했다.

또 자유진영의 최전선에 서서 공산당과 싸우는 이승만을 무릎 꿇게 하기보다는 그를 지지하는 편이 훨씬 정의로운 일이라 판단했다.

이 길이 미국이 자유의 수호자라는 명예를 지키고 평화에 대한 미국의 의지를 세계에 내보일 수 있는 훌륭한 방안이기 때문이다.

막다른 골목에서 불가피하게 만나게 되는 합리화라는 심리는 인간을 때로는 매우 행복하게 만들기도 한다. 긴 침묵 끝에 그가 환한 웃음을 지으며 고개를 끄덕였다.

"각하, 각하의 목표와 우리의 목표는 같으며, 각하의 생각과 우리의 생각 또한 같습니다. 우리는 분명 좋은 친구가 될 수 있을 것입니다."

덜레스가 내민 손을 이승만이 턱석 잡고 너털웃음을 터뜨리며 외쳤다.

"우린 원래부터 좋은 친구였소!"

8

이승만은 정권과 자신의 목숨을 내건 벼랑 끝 외교전을 통해 마침내 한미상호방위조약 체결이란 값진 승리를 따냈다. 또 이 조약안을 실질적으로 담보하기 위해 주한 미군 2사단이 38선을 목전에 둔 서부전선에 배치되었다.

서부전선에 주둔한 미군을 볼모로 북한의 공격을 억제한 이른바 인계철선(引繼鐵線) 개념을 도입한 것이다.

외무장관 변영태가 워싱턴에서 덜레스와 함께 한미상호방위조약 안에 서명하고 돌아오자, 이승만이 담화를 발표했다.

"우리 후손들은 여러 대에 걸쳐 이 조약으로 인해 많은 혜택을 누리게 될 것이며, 외부 침략자로부터 우리의 안전을 항구적으로 보장받게 될 것이다."

이날 밤 이승만은 아내 프란체스카를 끌어안고 밤새 기쁨의 눈물을 흘렸다.

"프란체스카, 이게 꿈은 아니지?"

"꿈이긴요, 이건 현실이에요. 여보, 정말 당신 고생했어요!"

"아니야, 이건 하나님이 도우신 거야. 그렇지 않고서야 내가 공갈 좀 쳤다고 어떻게 미국이 이 작은 나라를 위해 선뜻 양보를 하고 수만 명의 젊은 군인들을 이역만리 우리 땅에 보낼 수 있겠어?"

"그건 그래요."

"그런데 내가 이번에 미국을 너무 몰아붙였지?"

"그런 면이 없지 않아 있죠."

"이번에 미국에 가면 내가 사과를 해야겠어, 감사의 뜻도 전하고."

"그렇게 하세요, 미국은 우리의 친구잖아요."

가뭄에 단비 내리듯 오랜만에 운우지정을 나눈 금슬 좋은 노부부는 몸이 개운해서인지 대화도 역시 손발이 척척 잘 맞아 찰떡궁합을 자랑했다.

이듬해 여름 이승만은 아이젠하워의 초청으로 미국 공군기를 타고 미국을 국빈 방문했다.

이틀간의 환영행사를 마친 이승만이 노구를 이끌고 아시아인 최초로 상·하원 합동 연설을 위해 국회 의사당에 들어섰다.

그가 들어서자 상·하원 의원 전원이 기립박수를 보냈고, 하원의장 조세프 마틴의 소개에 다시 한 번 우레와 같은 박수 소리가 터져 나왔다.

"이분은 우리 미국인이 진정으로 존경해 마지않는 자유진영의 투사 이승만 대통령입니다."

이승만은 의원들의 환대가 감격스러운 듯 눈시울을 붉히고는 잠시 감정을 추스른 다음 천천히 걸어 연단으로 나아가 마이크 앞에 섰다.

"사랑하고 존경하는 미국 시민 그리고 의원 여러분, 여러분의 환대에 대해 진심으로 감사를 드립니다.

지난 전쟁에 많은 미국인들이 한국을 위해 희생되었습니다. 한국에 대한 여러분의 사랑을 우리는 결코 잊지 않을 것입니다.

하지만 유감스럽게도 여러분의 형제들이 피를 흘리며 싸운 이 전쟁에서 우리는 아직도 완전한 승리를 거두지 못했습니다.

공산 독재세력들은 자신들의 세력을 확대하기 위해 혈안이 되어 있고, 휴전이 된 한반도에도 공산 독재세력들의 위협은 계속되고 있습니다.

하지만 더 우려스러운 것은, 코앞에 적을 마주하고 있는 서울의 안전도 문제지만 워싱턴 역시 공산세력의 공격으로부터 자유로울 수는 없다는 것입니다.

크렘린 음모자들의 최종 목표는 워싱턴입니다. 그들은 분명 미국을 파괴하려 들 것입니다. 존경하는 의원 여러분, 지금은 냉전의 시대입니다.

우리는 불의에 맞서야 합니다. 자유를 위해 맞서야 합니다. 생존의 길은 단순히 평화를 외치는 것만으로 얻어지는 것이 아닙니다. 우리는 함께 뭉쳐 우리를 위협하는 세력에 맞서 싸워야 합니다.

저의 주의 주장이 강경하게 들릴 수도 있습니다. 하지만 저를 이처럼 강하게 만든 것은 공산당입니다. 이 냉전의 시대에 힘이 없다는 것은, 나약하다는 것은, 곧 자신의 운명을 스스로 개척할 수 없는 노예 신세로 전락하는 것이나 다름이 없습니다.

존경하는 의원 여러분, 공산주의의 발호를 막기 위해, 인간의 존엄성을 지키기 위해, 다 함께 힘을 합쳐 맞서 싸웁시다.

한반도를 비롯한 아시아 지역에서 이 같은 가치를 보존할 수 있다면, 여러분의 고귀한 결정이 만든 아름다운 파장이 유럽, 아프리카는 물론이고 미주의 여러 나라에까지 퍼져나갈 것입니다."

이승만은 연설을 하는 동안 33번이나 박수를 받았다. 사뭇 웅변조인 그의 연설이 의원들에게 큰 감동을 준 탓이다. 하지만 연설 내내 공산주의에 맞서 싸워야 한다고 주장한 것은 전쟁에서 피를 흘리며 함께 싸워 준 동맹국에 대한 예의는 아니었다.

그 시점에 이승만이 정말 해야 할 연설은 어디까지나 미국인의 희생에 대한 진솔한 감사의 표시였을 것이다.

이승만의 어깨에 힘이 너무 들어가 있었고, 훗날 그도 이 사실을 알고는 겸연쩍은 웃음을 지으며 자신의 정치 고문인 올리버에게 털어 놓았다.

"닥터 올리버, 지난 번 연설은 내 인생 최대의 실수였어!"

코리아, 아이 러브 유 포에버

그로부터 시간이 훌쩍 흘러 여섯 해나 지나갔다. 자줏빛 진달래가 흐드러지게 핀 봄날, 경무대 밖에서는 천지를 뒤흔드는 총소리가 요란했다.

3.15 부정선거를 규탄하는 시위대가 경무대 쪽으로 이동하다가 경찰이 쏜 총을 맞고 픽픽 힘없이 고꾸라졌다. 이승만이 생일을 맞은 지 한 달도 지나지 않았을 때다.

이승만은 별안간 불거진 이 사태를 맞아 놀란 가슴을 진정시키지 못하고 하루 종일 허둥거리다가 밤을 뜬 눈으로 지새우고 있었다. 아내 프란체스카 여사 역시 잠을 이루지 못했다.

그녀는 남편에게 불필요한 신경을 쓰게 하지 않으려고 일부러 자는 시늉을 하며 모로 누운 채 눈만 감고 있었다.

새벽하늘에 뜬 별이 총총했지만, 그녀의 오감은 빛나는 칼날 같이 예리하게 떨쳐 일어나 의자에 홀로 우두커니 앉아 있는 이승만에게 온통 쏠렸다. 그녀의 귀에는 째깍째깍 흐르는 시계바늘 소리와 끙끙 앓는 남편의 신음만 가득 들려왔다.

얼핏 훔쳐본 남편의 옆모습이 겨울 나뭇가지마냥 너무 앙상해 보였다. 얼굴은 납빛이 되어 있었다. 멍한 표정이 흡사 넋이 나간 사람 같았다. 천장에서 흐릿하게 내리비치는 삼십 촉 백열등이 이날따라 유난히 더 차갑게 느껴졌다.

남편이 사랑하는 국민이 창졸간에 개죽음을 당했으니 그가 이처럼 절망적인 기분에 빠져드는 것은 어쩌면 당연했다. 그것도 남편이 총애하는 경무대 경호책임자 곽영주의 발포 명령으로 많은 사람들이 죽었다고하니, 그 자신이 국민을 죽인 것이나 다름이 없는 일이라고 생각했다.

이승만은 끙끙 앓다가 훌쩍이기도 했다. 그녀는 울먹이고 있는 남편이 가여워서 늙은 그의 몸을 꼭 끌어안아 주고 싶었다.

하지만 지금은 그 어떤 것도 그에게 위안이 될 수 없다는 것을 알아, 그녀는 상황을 어렵게 만든 곽영주를 원망하며 속만 끓이고는 입술을 깨물 뿐이었다.

날이 밝았다. 여명을 뚫고 빛이 사방에 비쳐들자 경무대 마당에서 이승만이 키우던 진돗개가 컹컹 시끄럽게 울어 경무대의 정적을 깨뜨리며 잠시 달아났던 사람들의 의식을 소란스럽게 깨웠다. 경무대 인근에 시위대가 다시 몰려들고 있었다.

그의 아내가 남편의 눈치를 보다가 기척소리를 냈고, 의자에 앉아 있던 그가 고개를 돌려 아내를 물끄러미 바라다보았다. 충혈된 그의 눈이 퉁퉁 부어 있었다. 그의 시선이 아내의 눈과 마주치자 그는 아내를 보고 아무 일도 없다는 듯 애써 싱긋이 웃었다.

"프란체스카, 잘 잤어? 난 좀 나가봐야겠어. 내 지팡이 어디 있지?"

"지금 이 시각에 어딜 가시게요?"

"우리 아이들한테 가 봐야지. 학생들이 많이 다쳤다고 하잖아!"

"여보, 그럼 저도 같이 가요. 당신 아이들이기도 하지만 제 아이들이기도 해요."

노부부는 누가 먼저라 할 것도 없이 주섬주섬 옷을 챙겨 외출 채비에 나섰다. 두 사람이 막 문을 열고 나서려고 할 때 기별을 받은 경무대 경호책임자 곽영주가 놀란 토끼눈을 하고 헐레벌떡 뛰어와서 이들을 막았다.

"각하, 지금 나가시면 안 됩니다. 주변에 시위대가 쫙 깔렸습니다. 위험합니다."

"비키게."

"안 됩니다, 각하. 각하께서는 이 나라의 근본이십니다."

"못난 사람 같으니라고. 곽 경무관, 자네 지금 무슨 소릴 하고 있는 겐가? 내가 이 나라의 근본이라니? 자네가 이런 생각을 하고 있으니 오늘 이 같은 일이 벌어진 게야!"

"……"

"이보게, 곽 경무관. 나에 대한 자네의 충성심은 나도 알아. 하지만 국민들이 나라의 근본임을 절대 잊어서는 안 되네. 국민이 없는데 국가가 어찌 있을 수 있으며, 국민이 없으면 국가도 없는데 하물며 어찌 대통령이 있을 수 있겠는가?

난 이 나라의 주인들에게 내 허물에 대한 용서를 빌러 가야겠어. 그러니 더 이상 막지 말게."

"각하……"

이승만은 자신 앞에 무릎 꿇고 앉은 곽영주를 뒤로 하고 정문에 대기 중인 지프차에 올라 부상당한 학생들이 입원해 있는 병원을 찾아갔다.

다리가 부러지고 머리가 깨진 학생들이 붕대를 칭칭 감고 병상에 줄줄이 누워 있었다.

"자네, 많이 다쳤구먼!"

"각하, 괜찮습니다."

"아니, 일어나지 마라. 몸조리나 잘해."

올해로 여든여섯 천수를 다 누린 대통령이 노구를 이끌고 지팡이에 의지한 채 병실에 들어서자 학생들은 죄다 화들짝 놀라 모두 일어나 앉으려고 안간힘을 썼다. 시위의 주된 이유가 이승만이 아니었기 때문이다.

민주당 대통령 후보였던 조병옥이 갑자기 암으로 미국에서 사망하는 바람에 이승만은 대통령 선거에서 일찌감치 당선된 상태였다. 문제는 이기붕이 선거 부정을 저지른 부통령 선거였을 뿐이다.

하지만 이승만은 이 모든 일이 자신 때문에 일어난 것만 같아 너무 괴로워 가슴이 찢어지는 것만 같았다. 자신에게는 손자나 증손자뻘 쯤 되는 너무나도 귀엽고 예쁜 학생들이었다. 한 학생이 손수건으로 눈물을 훔치는 이승만을 보고 오히려 위로했다.

"각하, 너무 걱정 마십시오. 저희들은 젊습니다."

"미안하네. 하지만 잘 했어. 불의를 보고 참는 건 젊은이가 아니야. 젊은이는 정신이 죽으면 안 돼. 암, 안 되고말고!"

그 역시 혈기왕성한 이십대에 왕정을 타도하고 공화정을 세우기 위해 만민공동회를 이끈 투사였다.

젊은 학생들의 모습에서 그는 자신의 지난날을 읽고 있었다.

'그런데 어쩌다 이렇게 되었지?'

그는 참담했다. 부통령 선거에 부정이 있었다는 것을 그는 발포 사태가 난 다음에야 알았다. 그는 자책했다.

'내가 바보였어! 내가 봉사였어! 내가 귀머거리였어!'

그는 울화가 치밀었다. 그는 이기붕에 대한 자신의 편애가 이 사태를 불렀다는 것을 부인하지 않았다.

미국 정부는 부정선거에서 비롯된 한국의 소요사태를 진정시키기 위해 이승만에게 정치개혁을 요구했다. 미국 정부는 이승만의 사임을 요구하지 않았다.

하지만 이승만은 자신이 이 사태에 대해 책임을 져야 한다고 생각했다. 눈이 먼 노인이 운전을 하다가 한 눈을 잠시 파는 사이 대형사고가 나서 참사가 빚어졌기 때문이다.

이승만은 서울에서 소요사태가 벌어진 지 8일 만에 전격적으로 대통령직 사임을 발표했다. 만민공동회를 이끌며 쌓아온 그의 정치인생이 65년 만에 막을 내리고 있었다.

경무대 구석방에 몸을 숨긴 채 대통령의 사임을 전해들은 이기붕 일가도 희망이 사라진 것을 알고는 가족 집단자살이라는 극단적인 선택을 했다.

이승만이 사가(私家)인 이화장에 머문 지 한 달쯤 지났을 무렵, 신생 정부의 권유를 받아 지친 심신을 요양할 목적으로 잠시 외유에 나섰다. 기온이 따뜻한 하와이에 가서 한 달 휴양을 한 후 귀국할 예정이었다.

당연히 그의 차림은 단출했다. 짐이라고 해봐야 노부부의 옷 몇 벌을 넣은 여행 가방 세 개와 독립 운동할 때부터 써온 헌 타이프라이터가 든 가방 하나가 전부였다.

오랜만에 하와이에 간다는 사실 때문에 그는 조금 들떠 있기도 했다. 하와이엔 독립운동 시절 그를 도와준 지인들이 많았다. 그들과 맛있는 음식도 만들어 먹고, 교민들이 흩어져 살고 있는 섬도 돌아보고, 자신이 세운 한인학교도 방문할 예정이었다.

하지만 비행장에 들어서면서 그가 그린 잠깐 동안의 즐거운 상상은 여지없이 깨어졌다.

비행장에 나온 경찰이 그의 몸과 짐을 이 잡듯이 뒤져서 그를 거의 까무러치게 했던 것이다. 그는 몹시 불쾌했지만 경찰에게 화를 내지는 않

았다. 경찰의 무례는 신생 정부의 지시에 따른 것임을 어렵지 않게 짐작
할 수 있었기 때문이다.

약속과 다른 신생 정부의 돌변한 태도가 웬지 미심쩍었다. 하지만 그
는 고개를 흔들었다.

'설마!'

그는 머릿속을 스치는 불길한 상념을 지우고는 한 달 후에 다시 돌아
올 것을 기약하며 조용히 비행기 트랩을 올랐다. 그는 창가에 비친 조국
의 산하를 바라보고 손을 흔들며 읊조렸다.

"아이 러브 유, 코리아. 시 유 어게인!"

하지만 한 달 후에 되돌아올 것이라던 그의 꿈은 끝내 이루어지지 못
했고, 싸늘한 시신이 되어서야 꿈에도 잊지 못한 고국에 돌아와 자신의
육신을 묻을 수 있었다.

건국 이래 이승만 정부 정책의 핵심은 언제나 교육이었다. 그는 열악
한 재정 상태에도 불구하고 교육 인프라를 구축하는 데 엄청난 예산을 쏟
아 부었다. 그는 교육을 민족중흥의 최고 방안이라고 생각했기 때문이다.
하와이 독립운동 당시에도 그는 교육에 온 열정을 다 쏟은 사람이었다.

아무튼 교육에 대한 그의 집념 덕분에 해방 당시 85퍼센트 가까이 되
었던 문맹률이 그의 집권 기간에 5퍼센트 이하로 줄어들었고, 초등학교
6년 의무교육으로 취학연령에 해당하는 학생 대부분은 학교에 다니고
있었다. 더욱이 고등교육 발전은 더 눈부셨다.

해방 당시 남북한을 통틀어 중등학교 이상의 교육을 받은 사람은 2만
6천명에 불과했는데, 이승만이 물러날 무렵에는 남한에만 8만명 이상의
대학생이 학교에 다니고 있었다.

물론 경기 침체기의 과다한 고급인재 양성이 높은 실업률로 이어져

서 사회불안 요인이 되기도 했지만, 그가 양성해 놓은 젊은이들이 훗날 대한민국의 경제를 이끈 견인차가 되었다는 것 또한 부인할 수 없는 사실이다.

이승만을 보면서 느끼는 하나의 역설은, 이승만은 자신이 키운 학생들에 의해 권좌에서 물러났지만, 동시에 그를 몰아낸 학생들에 의해 그 자신이 갈망했던 부강한 자주독립국가의 꿈을 이루게 되었다는 점이다.

한국이 아시아의 중심 국가를 넘어서서 세계 10대 경제 강국으로 올라 선 지금의 모습을 바라보면서 이승만은 무슨 생각을 할까?

주름진 그의 입가에 퍼지는 환한 미소가 그려진다. '나, 지금 너무 행복해요. 내 조국 대한민국, 영원히 사랑합니다!'

이승만은 임종을 맞아 이렇게 기도한다.

"주님, 저 이승만입니다. 이제 제게 주신 사명을 미처 다 마치지 못한 채로 주님 곁으로 가려고 합니다. 불쌍한 저의 영혼을 받아 주십시오! 아울러 다시 한 번 저의 소망을 위한 기도를 주님께 드립니다.

식민통치의 질곡에서 어렵게 벗어난 제 민족이 다시는 외세의 침략에 굴복하여 또다시 종의 멍에를 지는 일이 없도록 해주시고, 세세토록 자유와 평화와 번영을 누리는 복된 땅이 될 수 있도록 굽어 살펴 주시옵소서. 그리하여 이 땅의 자유를 위해 목숨을 바친 수많은 영혼들의 아름다운 희생이 헛되지 않도록 이끌어 주십시오.

대한민국이여, 영원하라!"

─끝─